思露心雨

曹震 著

中

宁夏人民出版社
黄河出版传媒集团

思露心雨

目录 contents

上册

中 册

下 册

第十七集　梦里桃源

DISHIQIJI MENGLI TAOYUAN

一

春天的到来，在不同的地域有不同的特点。江南三月，清风润雨，莺飞草长，而北国塞外，却是风吼沙舞，漫天的弥蒙，它们以不同的方式呈现着春天的气息。同样，感春的方式也就各有千秋了，“随风潜入夜，润物细无声”的细腻，“感时花溅泪，恨别鸟惊心”的幽情，无疑是江南春天的意蕴；风高原野阔，沙吼天地新的气势，衰草披离散，幼芽绿朦胧的幻象，肯定是北国春天的场景，情怀和气势上的差异，让人对春天的感悟生动而真切，浓烈而温馨。其实，每个人都是春的使者，在春的怀抱里，抒发着自己的情怀，畅想着自己的憧憬，播撒着希望的种子，放飞着喜悦的灵魂。春天融入每个人的身心。

二

在现代化的进程中，传统的积淀深厚地寄付于我们的基因里，镶嵌于我们的思想中，体现在我们的精神和行为上。传统的延续和现代的创造形成巨大的反差，历史的演绎和现实的探索紧密地缠绕在一起，以致既不能用传统方法说明问题，又不能用现代理念判别事实，形成了思想的偏差，理论的模糊，精神的迷茫。任何继承与创新都是从纵向和横向上展开的，都是在纵横交错中实现和孕育的，谱写一种什么样的主旋律，熔铸一种什么样的新思想，升华一种什么样的新精神，对于一个民族来讲是至关重要的，简单的弃此取彼不行，一味的调和也不可取，只有在交融中精萃，在碰撞中磨合，承前启后，继往开来，才能有所建树，才能普照人心，引领时代。

三

吃吃喝喝，从家里的一日三餐，粗茶淡饭，到各种场合的鸡鸭鱼肉，生猛海鲜，凝聚着一个家庭，联络着一群亲朋，维系着一个群体，润滑着一个社会；从原始社会的图腾崇拜，到夏商周时的飨宴之礼，从古代的文化浸润，到现代的滥觞诠释，纵贯几千年，一条吃喝的主线，串起一个个时代的场景风情，扯起一张张社会的生动网络，将人们置于它的缠绕和包裹之中。有时对吃喝的状态和意义难以理解，其实仔细想想也很正常，尽管自然科学和社会理论有详细的解释与论述，尽管行为习惯和道德伦理有相应的规矩和要求，尽管吃喝的内容和形式纷繁复杂变幻无穷，但其命以食为基，民以食为天的根本是永恒不变的。无论把吃喝注入多少内容，添加多少作料，变换多少花样，赋予多少功能，阐述多少意义，粉饰多少文化，最本质的依然不会改变。所以，不要被吃喝的繁杂表象所迷惑，不要被吃喝的功利手段所侵蚀，不要被吃喝的庸俗文化所俘虏，人们离不开吃喝，但无度的肆意的吃喝却会毁灭吃喝者。

四

历史的经线，现实的纬线，编织成一张巨大的网络，把人类的生存、时代的变迁、社会的发展一网尽收；精粹与杂芜，珍珠与鱼目，金玉与泥沙，清纯与污浊，凝结成斑驳陆离的神秘之塔，映射着幽幻莫测的奥妙之光，散发着混合杂陈的气息，蕴含着僵化灵动的意境。一座复合混杂的精神城堡，田园情怀与市场喧嚣相融，诗意栖居和急功近利相伴，梦幻灵动与欲念偏执相随，孤独寂寞和繁闹浮躁相对；一切都在化合与分解，一切都会遗传和变异，人们在清醒与糊涂中迷茫，人们在继承和创新中徘徊。这是一个思考的时代，也是一个遗忘的时代，更是一个极具挑战的时代；激烈的碰撞，尖锐的对立，剧烈的磨合，复杂的交融，会让我们萌发什么样的幼芽，迸发什么样的火花？

五

当西学东渐之时，一些传统堡垒中的有识之士开始辛勤地探索深刻地思考，无论是“师夷之长技以制夷”，还是“中学为体，西学为用”；无论是全面西化，还是顽固僵化；无论是继承坚守，还是变革创新，都是在时代变化社会动荡的特殊时期的一种正常应对，都是在民族危亡国家命运面临抉择时的精神觉醒。虽然思潮涌动，学说林立，理论繁杂，观点纷呈，破茧而出的，或是壮丽的希望，或是邪恶的阴影，但在当时的时代背景和社会环境中，能以自己特有的精神长剑，击打古老僵硬的故国躯壳，能以自己勇敢的思想之刃，解析传统繁芜的文化内核，这种意志信念，心胸气度，担当精神是难能可贵的，值得人们永远尊重和铭记。历史愈长久，积淀愈深厚，包袱固然沉重，但反思和升华的基础也愈坚实，变革创新的能力也愈巨大；怕的是对历史的了解不全面，理解不到位，认识不客观，对现实的状况不清楚，对时代的特点不清晰，对社会的发展趋势不掌握，特别是对自己的使命责任不担当，那就会断送历史，丧失机遇，导致民族的衰亡国家的破落。今天，回忆往事，就应当从仁人志士先哲硕学的担当中，增添我们的使命感责任心，而不是过分纠缠于当时学说思想的细节，沉溺褒贬的虚幻之中。

六

平淡的回归胜似既得的享有，因为在势利繁闹的旅途中看到的阴晴圆缺太多，遇到的成败得失太频，唯有一颗平常的心，才能在平静中认清自我。人生的坐标系不少，追求的目标又很多，来自四面八方的诱惑导致人们沉溺于虚妄之中，变幻莫测的评价使人们迷茫于懵懂之里，既被许多表象的光彩所迷惑，又用世俗的唯利是图来衡量，以致迷失了自我。于是，满足于随波逐流，麻木于醉生梦死，失去了人性的本真，忘记了人生的意义。人们需要一种真正的精神启迪，心灵超越，它平淡如水，平静如潭，平常于日月星辰，平凡于天地万物，在宁静中品味世界和自我，在淡泊中领略社会和人生。剥去装饰的回归，胜似获取的行程。

七

由于多种原因人类有了愚人节，不管它如何起源，怎样流传，内容各异，形式多样，影响不一，诠释异殊，但对人类来讲，既是一种客观的描述，也是一种主观的警示。因为，面对无限的宇宙，永恒的世界，复杂的社会，变幻的时代，奥秘的人生，诡异的心灵，我们都还是愚人。虽然具有了长河般的历史，群山似的见证；虽然有了丰富的物质积累，灿烂的精神成果；虽然具有了一定的思想水平和行为能力，具备了认识利用自然创造时代推动社会的智慧和本领，但从宏观上讲依然很渺小，从微观上讲依然很肤浅。往往在喧嚣的进程中麻痹了自我，在名利的追逐中迷失了自我，被历史的积淀、现实的堆砌、既得的利益、浅薄的欲望桎梏了思想、羁绊了灵魂、消磨了意志。所以，我们是愚人，要有这种清醒的认识，也要有返璞归真的净化，达到“大智若愚”的境界。愚人节应该是人类自己真正的节日。

八

人们总是愿意把自己当成是聪明人智慧者，也不断在向这个目标去努力，对待世界上的各种事物抒发着自己所谓的独到见解，趾高气扬，思绪万千，意兴张狂；笔墨淋漓昂扬，文章汗牛充栋，观点星光灿烂，理论博大精深，无处不闪烁着智慧的光芒，无处不彰显着聪明的身影。上至庙堂，下至蛮荒，总有聪明人的点拨，智慧者的说教；大千世界，芸芸众生，总有聪明智慧者的普照，愚昧群氓的承应。但历史编织的这张大网，社会铸就的这个舞台，呈现了聪明智慧者的同时，也迷失了其自我的本真；一种被社会绑架了的冠冕堂皇，一种被世俗熏染了的道貌岸然，一种被舆论裹挟了的理论说教，一种被自我膨胀了的踌躇满志，让聪明智慧者享有盛誉的虚幻，满足心灵的渴望，也使聪明智慧者沉沦于思想的退化，麻木于精神的堕落。只有少数觉悟者，经过痛苦的解析，深刻的反思，艰难的砥砺，彻底的净化，破茧而出，蜕变成纯真灵性的彩蝶，飞舞于人性的真善美之境；只有不多的超越者，通过思想的交锋，情怀的陶冶，精神的磨折，心灵的煎熬，浴火重生，升华出精粹超逸的凤凰，翱翔于人类精神的家园心灵的故乡。聪明智慧是人的自知自明自警自省。

九

春的绿，飘浮于原野，笼罩于山林，沁润于江河，弥漫于天地，清新着思绪，净化着心灵。已剥去装饰的自我，呈现单纯的襟怀，裸露苍白的本真，和生机盎然的春天形成巨大的反差，又与欣欣向荣的季节紧紧相融。人从自然中走来，在社会中行进，注入了丰富的内容，呈现着复杂的表现，内在和外来的磨折与重负，使本来平凡平淡平常的人们，变得雍容华贵或卑微琐屑，在不同的装饰下，在迥异的层次中，失去了人性的本真和单纯。大自然在季节的更替中不断变换着自己的面貌，呈现不同的风采，但始终保持着自己的根本，我们不断增添装饰的色彩，积累物质精神的成果，却一次次将自我迷失。春的绿，在心灵中蕴润，淡淡的惆怅，微微的朦胧。

十

树欲静而风不止。向往耸立于深涧的松，羡慕藏匿于幽谷的潭，唯有清风细雨的抚慰，唯有日月星辰的光临，那一份宁静安然，那一份恬淡超逸；但其很难实现，因为尘世的纷扰，名利的追逐，欲望的炽烈，人际的诡异，搅得清浊不分，黑白混淆，是非颠倒，人鬼难辨。现实中人们为了生存都在尽力劳作，为了发展都在精心经营，无论目标大小，方法怎样，手段好坏，都要尊重事实，遵循规律，符合常识，合乎道德，顺应伦理。但往往有些人因为私利，巧取豪夺，求得权势，为非作歹，以无德立世，以无才御位，以无能处事，以无知为荣，把平常的生活，和谐的氛围，正常的工作搞得乌烟瘴气，污浊不堪，导致了人们思想的混乱，精神的烦恼，心灵的浮躁。所以，想求得一种宁静淡泊的境地，只能在自己的修炼净化中获取，只能从心灵的孤独寂寞中享有了。

十一

久盼的雨，吝啬地从天际稀疏地洒落，原野泛起湿润的意蕴，空气中弥漫着清新的气息。沐浴在这似落非落如断如续的沁润中，感到有一种飘逸的散淡，朦胧的惬意。大地和万物需要雨露的滋润，心灵和情怀更需要清凉的抚慰。人生中太多的磨砺，让心路蜿蜒曲折，生活里太杂的感受，让精神抑郁萎靡；在名利的包围中豕奔狼突，在成败的纠缠里乌烟瘴气，真诚质朴不在，清幽宁静难觅，灵魂干涸，精神枯槁。总是企盼着一隅孤独的净土，总是向往着一处寂寞的天宇，安放那躁动的心灵，抚慰那抑郁的灵魂，高悬于深邃，深藏于厚地；

孤独到极致是心胸的豁达，寂寞到无声是精神的超逸，此时，只有天际的雨丝，心灵的无语。

十二

人们有时会失去一些物质或精神的财富，但心灵中的向往和追求却始终存在，因为灵魂的引领，总是能超越历史的回忆现实的场景，给人以无限的动力。逝去的不会返回，现实的即将成为过去，而未来是永恒的召唤，始终植根于人们的心里。不可能脱离现实之基，因为它深埋着历史的根系，只有水土肥沃，才能根深叶茂；不可能抛弃未来之翼，因为它承载着向往的理想，只有高天阔地，才能宏图伟业。在现实中能够有心灵的解脱，就是一种提前实现了的向往，因为理想的幼芽已经萌发；在人生中能够有精神的超越，就是一种对未来的应答，因为信念催促着执着的步伐。

十三

静静地注视着四季的变化，心儿沉浸于岁月的长河，倾听它的低吟浅唱，领略它的高歌怒吼。一滴水也有它的能量，可以滋润有限的土壤草木，也能反射辉煌的太阳，露珠晶莹，七彩之光，彰显着生命的意蕴；无论它单独呈现，还是汇入溪流，沉入深潭，遥越瀑布；无论它聚江河汇大海，集风云携雷电，还是雨雪雾霭，波涛巨浪，都是生命的激情。人们在现实中往往沉溺于繁闹喧哗的名利之中，满足于物质精神的自我感受，真正能静下心来感悟生命意义的又有多少呢？仰望碧空，星光灿烂，俯瞰大地，万物繁盛，唯有融入万象之本，才能达到宁静致远的境地，才能有淡泊明志的情怀。红尘扑面，世俗蒙心，精神的绿洲日益缩小，心灵的故园几近荒芜，唯有这孤独的坚守，寂寞的抵挡，让思想有所净化，让灵魂超逸安然，有点真正的自我。

十四

现实中对有些东西麻木一点，并不是一种有意的懈怠，而是一种自觉的清醒。世间万象，纷纭变幻，名缰利锁，缠绕繁杂，让人迷失于诸多诱惑之中而不知其所在，随波逐流于庸俗之中而不自知。所以，适度的麻木，对有些东西暗淡点，思想上的包袱就会少一些，精神上的污染就会轻一点，心灵上的俗尘就会淡一点。自甘淡泊，守住心灵的那份清纯，安于平静，把住精神的那份安然，既是人生的修炼，也是人生的智慧，更是人生的至高境界。脱去苦海，不是不去努力生活，立地成佛，不是不去积极进取，而是适应中的恬淡，升华中的超逸，这是生命的真谛。繁闹中的宁静，嘈杂中的淡泊，是谓精神意象的灵地，心灵奥妙的家园。

十五

静如止水，静静地映照着蓝天白云，默默地承载着日月星辰；清风抚慰，绿荫环绕，寂静中，听到了小鸟的欢唱，碧草的低吟，繁花的绽放之音，树木的拔节之声；清辉弥漫，朦胧幽静，孤独中，看到了万物的兴衰，岁月的纷纭，时代的仓促步履，社会的烦恼喧嚣；孤独寂静中，也才看清了自己的身影，听到了自己的心声，不再是红尘俗雾的扑面，不再是名利得失的羁绊，只是平常的情趣，平淡的思绪，平静的心态，平凡的意蕴。藏于孤独的精神之深山幽谷，隐于寂寞的心灵之清溪碧潭，在人生的行程中回味生命起始的纯真，在生命的回归中感悟人生的意蕴，还自己本来的面目，还自己原有的心灵。静如止水，那是超逸的情怀，精萃的灵魂。

十六

桃花源不在现实中，只在人们的心中。久居尘世，人心被繁杂喧闹的名利所熏染，人性被尔虞我诈的诡异所侵蚀，心灵家园的荒芜，精神故乡的淡忘，人们只在生存和发展的急促行程中随波逐流，只在争取和享有的既得利益中苟且麻木，而人生的意蕴暗淡枯萎，生命的真谛荡然无存。人们只是无源之水的漫漶，无本之木的疏落，无灵性之身的游走，无精神引领的茫然，唯有描绘出自己心灵中的桃花源，建造成自己精神里的理想地，才能唤醒生命的意蕴，闪烁人性的光芒。只有桃花源这种幽幻的梦境，向往的净土，才能感到春风润雨般的温馨，自然恬淡的和谐，真善美的甘醇；只有这样的心灵家园，精神故乡，才能孕育纯真质朴的品性，才能蕴含清净安然的情趣，才能安放一颗平静平淡平常平凡的身心。而桃花源的憧憬不是自然的精神寄托，不是随意的心灵描绘，而是艰难曲折的经历，痛苦磨难的砥砺，沧桑寂寥的精萃，美好向往的结晶；涉世愈深久，感悟愈深刻，超脱的心绪愈迫切，心灵的意境愈纯净，桃花源就愈美丽，精神家园就愈安然。

十七

自己的事情自己做，这是一个基本的常识，但这平常的道理，在现实中有时却变了味道；往往由于各种主客观因素的影响，主要是所谓权势的作用吧，有些事就不会自己做了，学习由人代替，工作由人代劳，连生活中的一些顺手而为的事，也要由人安排，久而久之，养成了一些脑满肠肥颐指气使无德无能的寄生虫，也孕育了一批具有浓厚奴性意识强烈奴婢行为的依附者；其攀权附势，俯仰鼻息，阿谀奉迎，狐假虎威，翻云覆雨，使奸弄巧，今天是权贵的奴仆，明天是势利的宦臣。现实中很多正常的事之所以不正常，在于需求与供给之间的不平衡，在于需要和满足之间的双重互动；权势的暂时持有者和权势的持续依附者，各取所需，结成畸形的利益网络，缠绕于社会肌体之上；各获其利，汇成污浊的庸俗泥淖，腐蚀于日常生活之中；导致了一种正常的不正常，不正常的正常，人间的丑陋粉墨登场，人性的粗鄙淋漓表演，人生的堕落夜以继日，有时还披上一层装饰的纱幕。

十八

做一个真正的人非常不易，因为在生存与发展的行程中，理想追求总是被既定的社会存在所制约，思想行为总是被具体的环境所影响，适应生存者众，挺立独拔者鲜。有点权势的，不可一世；有些钱财的，趾高气扬；趋炎附势的，俯仰谄媚；随波逐流的，苟且偷安。特别是一些跳梁之角，攀权势于庙堂，窃利益于市场，飞扬跋扈于世间，乌烟瘴气于人际，荼毒生灵，败坏风气，污染社会，葬送时代；虽然只是一种暂时的猖獗，短命的狂妄，终将被历史的洪流所淘汰，被时代的大潮所涤荡，但总是让人扼腕叹息，忧虑不止。千里长堤，毁于蚁穴，人们要保持自己的道德良知，社会要坚守自己的法规底线，生活要有丰富健康的内容形式，时代要有公正清明的时尚风貌。人们努力追求物质利益精神成果固然重要，但做人更是自己的根本所在，人啊人，自警自省吧。

十九

逃避也需要一种勇气，因为现实存在既得的利益，把人们的心灵缠绕得非常紧密，从繁闹中退居宁静，从喧嚣中隐匿沉寂，需要有一种精神的决绝，必须以一份心灵的超越。从古至今，大凡宗教场所，圣道神地，书香院寓，仁居哲所，都处于崇山峻岭之中，江河湖海之旁，从物理上是一种空间的与尘世隔绝，从心理上是一种精神的与俗念断离，以营造感悟天地、通透人生、道法自然、精辟社会、解析生命的意境；以蕴含明晰万物，精萃其质。砥砺其旨，著章立说，微言大义的精神。现实中，为了生存必须有一定的利益获取，为了发展必须有一些适应的方法，这是正常的，但过分注重成败得失荣辱褒贬，一味沉溺欲念奢望名利获取，就会导致行为苟且，思想低俗，精神萎靡，心灵浑浊。所以，要有适时适度的超脱，要有合情合理的逃避；失去一些想法，丢掉一些利益，置换出一个清静的时空，孕育一种超逸的情怀，既是意志的决断，也是智慧的升华，更是人生不可或缺的心灵回归。

二十

崇山峻岭，江河湖海的隐匿是一种洒脱的淡然，凡尘俗雾，名缰利锁的逃避是一种孤寂的超逸；寄情山水，意蕴原野，让疲惫的心灵得到诗意的滋润；蜗居尘世，沉溺纷纭，让萎靡的精神有点清新的抚慰；无论怎样选择，都是一种挑战，它衡量人们是否有一个清醒的自我，是否保持人性的本真。久居繁杂喧闹，满眼彩光虹霓；沉浸随波逐流，满心鱼龙混杂；失去了心灵的平静，淹没了精神的淡定，只有从灵魂深处唤醒生命的真谛，才能认识自我，安放心灵，放飞精神。所以，寄情自然还是超脱红尘，都是一种精神的探寻，灵魂的释放，都是一种自觉的警醒。

二十一

平静平淡平常平凡乃人之根本也。生活在繁闹喧哗的尘世，没有点平静之思，很难认识复杂缠绕的自然社会现象，深思熟虑事物的丰富内涵和深刻本质，把握自然社会和人类自身的发展规律。生存于名利纷争的激流，没有点平淡之意，很难应对红尘俗雾的侵扰熏染，沉浸欲念炽热行为偏执的狂妄，失去本真的品性和淡雅的情怀。沉溺于荣辱成败褒贬得失的旋涡，没有点平常之态，就会陷入鼠目寸光锱铢必较的狭隘境地，沦落为名利场中的奴婢，丧失道德的底线和做人的本分。满足于个人成就事业亮点的光环，没有点平凡之心，就会麻醉在既得利益的发酵和欲望的虚幻之中，自命不凡目空一切，脱离实际生活，蔑视芸芸众生，成为浅薄丑陋的时代泡沫。由平静到平淡，由平常到平凡，不是简单的排列，不是随意的组合，而是丰富阅历的精萃，深刻思想的砥砺，心灵的净化，精神的升华，乃是人生的真谛，心路的必然。

二十二

繁闹的尘世中求得一点宁静是非常珍贵的，因为它来自于内心而不在于外形，唯有清除杂念，杜绝俗尘，封闭心扉，超逸情怀，才能享有那一刻的清静，拥有那一份的安宁。行于世间，红尘扑面，俗雾蒙心，积习成垢，庸念混沌，纯净的精神家园不再，美好的心灵故乡难寻；看不清自己，识不了别人，污浊了视野，腐蚀了精神，把浮名虚利当成了宗旨，把狂想妄念当成了根本；殊不知时光如梭，过眼烟云，天地造化，命运捉弄，众生百代过客，人间变幻无穷，人们不能迷失于转瞬即逝的角色，沉溺于神秘诡异的场景。有时片刻的独处，短暂的宁静，沉寂默然，却是感悟人生的妙处，觉悟自己的佳境。因为难得而珍贵，因为珍贵而珍重，心里的宁静。

二十三

轻轻地从山崖沙畔缓缓渗出，汇集成清澈的涓涓溪流，沿着山边沟壑蜿蜒而下，一路曲折地低吟浅唱，染绿了一沟的碧草翠木，滋润了两岸的五谷杂粮，孕育了零星的村社人家，唤醒着断续的鸡鸣犬吠，缭绕着晨夕的炊烟雾霭，描绘着家园的纯朴安逸，抒发着故乡的情怀梦幻。清晨，经过昼夜的蒸腾和凝聚，满沟的树木草叶庄稼，村舍的屋顶窑洞的墙壁，沁润着晶莹碧透的露珠，行人的脚步，牛羊的涌动，鸟儿的鸣跃，惊落睡梦中的露珠，雨点般地飘洒洋溢；空气清新凉爽，伴着草木庄稼的味道，含着农人禽畜的气息，依着屋舍窑洞的底蕴，清纯温馨，质朴净洁，弥漫着自然的诗情画意。蓝天如洗，碧透深邃，容纳无限的遐想，白云飘逸，似梦如幻，承载灵动的奥秘。故乡的清晨是那样的纯真安逸，不只是自然地呈现，家园的召唤，而是精神的启迪，心灵的回归。

二十四

山沟里的岁月是缓慢寂静的，时间在这里仿佛失去了意义，唯有日出而作，日入而息的循环，唯有地老天荒，亘古不变的执着。一条小溪流滋润了蜿蜒曲折的沟壑，繁衍着生机盎然的树木花草五谷杂粮，放生着自然游荡的鸡犬豕兔牛羊马驴，养育了时代生存的山民牧夫。和周围世界的相对封闭，与喧闹尘世的相对隔离，沟壑滩畔呈现着质朴的厚重，屋舍窑洞镶嵌着历史的印迹，偶尔遇到的农夫牧人，只是亲切的问候满脸的欣喜，纯朴中带着点羞涩，真挚里包含着好奇。一个人游荡在芳草萋萋林荫重重的沙径土路上，徘徊在田头地间溪涧崖畔，伴随的是小溪流的低吟浅唱，晶莹露珠的清凉抚慰，呢喃婉转的鸟鸣，零星传来的鸡鸣犬吠；幽静空灵中能感到自己血液的流淌，脉搏的跳动，心灵的独语，思想如弥漫的雾霭，精神似飘逸的云翳。故乡总是早早地把人们唤醒，又缓缓地让人们入睡，平常延展了岁月的长度，平静熨平了社会的起伏，平淡注入了生活的温韵，平凡彰显了生命的真谛，一切从它的怀抱孕育，一切又复归它的母体。

二十五

为了人民的幸福民族的兴旺，实现一个新理想，创造一个新世界，先辈们不惜抛家弃产，离乡背井，置富裕安康的生活于不顾，在艰难曲折中英勇拼搏，抛头颅洒热血，殚精竭虑，砥砺奋进，终生奋斗，达到了期望的基点，实现了自己的理想，创造了历史的辉煌。在书写了创业者的历史篇章，留下奋斗者的英雄足迹后，逐步褪去成功的光环，抛弃荣誉的装饰，断绝世俗的喧闹，远离名利的侵扰，回归初始的母体，融入故乡的怀抱。依然是那个纯真质朴的清河沟，溪流潺湲，花草萋萋，林木蓊郁，崖隘涧畔；依然是那个温馨安然的小山村，屋舍窑洞，五谷杂粮，鸣禽走畜，零星人家；时光如流，岁月如梭，斗转星移，物是人非，只有记忆的情丝，编织征程的图案，只有感慨的畅想，抒发悲喜的惆怅，只有回归的欣悦和不安，诉说游子的感叹和眷恋。而这一切都化为坟头的祭奠，一杯烈酒，几缕青烟，寄托我对先辈们的追述，更有那深深的思念，远处稀疏的人影从清河沟走来，又融入小山村的每一个角落，飘逸在永恒的天地间。

二十六

清河沟的故乡走出去多少人。无论是历史上浴血奋战艰难创业，为民族解放中华人民共和国建立献出毕生精力的先辈，还是在革命建设时期殚精竭虑勤奋工作的栋梁骨干；无论是事有所为业有所成、风采照人的各路精英，还是敬业爱岗踏实苦干、平凡无闻的芸芸众生。沿着蜿蜒曲折的清澈溪流，一路奔腾，涌入时代的江河湖海；顺着沟壑崖畔的崎岖小路，征程万里，投身社会的崇山峻岭；在风云变幻的时代舞台上，承担着不同的角色，演绎着悲欢离合的剧目；在繁杂喧闹的社会乐章中，谱写着不同的音符，演奏着成败得失的旋律。无论行程如何辉煌或黯淡，无论成果如何丰硕或卑陋，在故乡的母体中，在家园的怀抱里，一切都回归于平静平淡，一切都隐佚于烟消云散；唯有清溪多了些潺湲的漫步，草木有了繁茂的随意，屋舍窑洞多了些残破的寂寥，农夫牧人少了几多的伙伴。往事历历，无法重复的惆怅，心路漫漫，难以倾诉的忧伤；只有回归的脚步，踩踏着寂寞的回忆，只有孤独的身影，镶嵌在历史的相框。依偎在故乡的身边，融入家园的怀抱，心灵恬淡超逸，精神清爽安详。

二十七

人生最深厚浓重的是乡情，不管你经历如何崎岖复杂，不论你结果怎样丰硕微陋，最终都要回归于永恒的精神家园，安然于超逸的心灵故乡。名利场中的奔波，使人们沉溺于世俗的风霜雪雨中，麻醉在得失的阴晴圆缺里，思想狭隘晦暗，精神颓废萎靡，但植根在心灵中的故乡之情，流淌在血液里的家园之恋，始终护持着日益退化的人性之本，始终坚守着逐渐缩小的纯真之基，让人们保持一定的清醒，懂得一些人生的意蕴，感知一点生命的真谛，拥有一份质朴的情怀。物质的积累日益丰富，固然是时代的发展，感官的享受繁杂多样，肯定是社会的进步，但缺失了精神的主干，灵魂的引领，人类就会在繁花似锦烈火烹油的喧闹中日益退化，社会就会在宏伟博大气势雄浑的伟岸中逐渐坍塌。乡情犹如清风润雨，浇灌着人们的精神家园，滋润着人们的心灵故土；乡情恰似冰清雪洁，净化着人们的思想，精萃着人们的品性；乡情堪比日月星辰，启迪着人性的觉悟，普照着生命的永恒。其实，乡情是我们心中永远的梦。

二十八

清泉自流，不管风云变幻的岁月荏苒；松柏挺立，岂视雨雪雷电的季节更替；一如既往，特立独行，保持一种品性，保有一种风格，那就是威武不屈，贫贱不移，富贵不淫。人生在世，想得到的东西太多，想实现的欲念太杂，名利之得，看似耀眼，其实只是过眼烟云，唯有心胸中的凛然正气，伟岸风骨，才是做人的根基。固然，在现实中，为了生存发展，一时的随波逐流能得到实惠的名利，但如果以丧失人格和气节为代价那就为人所不齿了。身居闹市，心处尘俗，保持其孤岸独拔之身，拥有清高净洁之心，是一种精神的升华，境界的超逸，也是一种心灵的愉悦，灵魂的快乐。有了做人的尊严，也就有了自我的彰显，有了自我的风骨，也就有了做人的底线。

二十九

丢掉幻想，保持清醒，抛弃欲念，留下质朴，淡泊超逸，返璞归真，是一种心灵的净化，精神的超越；净化是人生各种磨难的砥砺，超越是世间万象精萃后的结晶。岁月荏苒，流逝的是生命，时光飞渡，送去的是人生；繁花似锦的成果，只不过是生命的装饰，悲欢离合的场景，只不过是人生的伴侣；唯有永恒的生命之流，在人们的行程中溪流瀑布江河湖海，只有无限的人生之旅，在人们的生存中崎岖蜿蜒波峰浪谷。要看清一切附着在生命之身上的璀璨光彩，要明白一切寄附在人生之旅中的名利虚幻，还自己一个本来的面目，还自己一个纯真的自我，始终拥有那份孤独的伟岸，寂寞的原野，始终怀有心灵的宁静，精神的淡然。

三十

在强大的现实利益面前，人们往往失去清醒的自我，深陷其缠绕不能自拔，迷恋其得失不能自觉。因为受各种客观因素的影响，特别是被自身骨子里的那些劣根性指使，被长期世俗观念熏染，为传统行为习惯侵蚀，随波逐流，泾渭不分，昏然于世而不自知，愚昧于行而不自明。从根子上讲，人们长期以来缺乏一种独立的精神和自觉的意识，总是迷信于一些理论说教，沉溺于一些世俗风尚，养成了僵化的思维定式和从众的行为习惯，唯上唯书唯众而从之，依时尚风气舆论而顺之，缺失了把握自我禀性的清醒，丢掉了坚持自我独立的禀性，人格颓废，精神萎靡。人们沉醉于既得利益的直接或间接享有上，满足于物质或感官的麻痹中，麻木于思想的虚无里，导致了心灵的荒芜，精神的枯竭，人性的本质和自我的觉悟无从谈起，生命的脊梁和人生的信念无法挺立，人们也就退化成生物般的生存了。

三十一

生命的真谛在于平常，往往一些看似非常宏大壮观的事，反而只是一种激情澎湃的场景，过眼烟云转瞬即逝，而面对年复一年日复一日的平常之事，却犹如煎熬磨折的艰难历程，阴晴圆缺恒久缠绕；参与一时一事的伟大创造容易，应对日久天长的平常琐屑困难。天地万物，在时光流逝岁月变幻中，承载着季节的更替；芸芸众生，在时代变化社会发展中，实践着自己的理想；不管其丰富的内涵复杂的形式，不论其曲折的历程特殊的表现，从根本上讲，只是自然社会人生的基本规律正常态势。所以，唯有用平常的情怀对待，才是一种正常的精神，唯有以平静的境地接纳，才是一种安然的心态。大洋的胸怀是平静的，因为它了解江河湖海的行程与特点，山川的内心是淡然的，因为它明白砂石峻岭的崎岖与表现，人生的意蕴是深邃真切的，因为它展示着生命的真谛，一切皆在平常之中。

三十二

丧失人格和原则去谄媚于权势，虽然能带来所谓的利益和好处，但却失去了做人的根本，是为世间所不齿的卑鄙龌龊。人活着要有尊严和风骨，良好的品行与气质，来自对社会责任的承担，历史使命的承受，更是人性本质的彰显。对于一些没有知识缺乏本领品行低下靠投机取巧取得权势的龌龊小人，以私利为至尊，置国家与人民的利益而不顾，昏庸丑陋，浅薄恶俗，和其同列庙堂共处公廨已经感到是一种耻辱，遑论什么交往沟通了。做人必须要正直善良质朴纯真，不能藏污纳垢随波逐流苟且于世，每读“出淤泥而不染，濯清涟而不妖”之句深感其意境高远，情怀清纯，精神超逸，直把人性的真善美以莲花的形态诠释得淋漓尽致，直把为人处世的精神要求和行为准则描绘得入木三分，是谓君子，必当谨记，以求自警也。

三十三

青松翠柏长于深涧，挺拔凌然，超逸的自知；奇花异草，藏之于幽谷，清香四溢，纯净的自觉。像白云静静拂过碧空，不留一丝痕迹，像雨露轻轻飘洒原野，不带一点依恋，像古潭清泉，映照着记忆的身影，像日月星辰，闪烁着展望的奥秘。只有境界的空灵，精神的纯净，才能彰显人性的至尊人格的伟岸。利益的泡沫溢涌充斥，喧闹中看不到清流潺潺，世俗的尘埃铺天盖地，繁杂里透不出星光灿烂，但生活的主流依然汹涌澎湃高歌猛进，生命的新芽依然生机盎然茁壮成长。血液中始终流淌的是历史积累的高贵，头脑中始终铭刻的是现实精粹的博雅，胸怀里始终是生命的低吟浅唱黄钟大吕，境界中始终是精神的家园心灵的故乡。一切清溪自流暗香如故。

三十四

晴空中瞬间一阵暴雨，虽然有点惊诧，但也正常；人生中突然一时不顺，虽然有些不快，但也平常。试想大千世界，无奇不有，行程万里，歧路纷纭，更何况风云变幻莫测，征途崎岖蜿蜒，有时无迹可寻无路可行；因为已有的路已经很多了，但行路的人更多，开辟的数量和速度远远赶不上走路的需要，而且心路的复杂与漫长注定了人生的奥妙与神奇。不受任何思想束缚，不被任何规矩制约，四面八方皆可探索，但也会碰壁而回，有时甚至退到了原点。所以，有时遇到各种突发的问题，甚至有些是不能理喻的事情，不必惊慌失措，这只是生活中正常的现象怪异的表现而已，只要保持平静的心态，以静制动，就会适应其态势，把握其脉理，针对其要点，迎刃而解了。

三十五

不要幻想得到别人的完全理解，不要希望得到别人的怜悯同情，唯有自己保持平静的心灵，唯有自己坚守孤傲的品性。何必为势利之焰所诱，飞蛾投火，自取灭亡；何必为名誉之光所惑，虚荣伪饰，过眼烟云；何必计较人们世俗的目光，风雨变幻，狭隘偏蹙；何必在意人们势利的行为，随波逐流，唯利是图。人不可能总是一帆风顺，享有一世的荣华富贵，人不可能总是意满志得，保持一生的权势名声。山重水复的必然行程，柳暗花明的偶然场景；阴晴圆缺的变幻莫测，悲欢离合的奥秘命运；唯有平静地适应，淡泊地看待，唯有平凡地相守，平常地应对；心灵的恬淡，精神的超逸，才是自我的本真。安然于孤独之隅，散淡于寂寞之灵，天籁之声和心灵之语交融，便是人间的仙境。

三十六

自古圣贤皆寂寞，因为有不同于尘俗的事业，有不同于世见的道理，思想深刻，意蕴博雅，文辞瑰丽，警世省心，超凡脱俗中有一种远离社会的幽幻，深邃奥秘里有一种凌驾时代的超越，所以，与既定的社会环境，时代特点，人文时尚，生活习俗就会违逆悖行，为世人所不解，为社会所不容。人们给予各种评价，贴上不同的标签，打上不同的印记，注入不同的诠释，索取不同的内容，借鉴不同的形式，各取所需，为己所用；而其博大精深的理论体系，哲理精辟的思想观点，汪洋恣肆的意蕴情怀，超级灵动的精神风范，却熟视无睹，甚至藏之高山，放之江河，散于原野，束于深斋，只是清风润雨，星光月辉，来的寂寥，去的幽淡。人们总是被动地追寻着圣贤的足迹，获取他们身后的智慧光环，以求得精神压力的释放，心灵束缚的解脱，只是一种偶像般的崇敬拜谒，缺失了真正的相通相识，没有了心灵的相互承应。但这一点就足够了，毕竟人们还持有自己的精神底线，保存着不多的信仰情结吧。

三十七

小山村是那样的温馨安宁，溪流清澈地蜿蜒潺湲，低吟浅唱地轻步慢行，牵起一沟壑的碧绿，扯起一崖畔的青翠，缀满五颜六色的花朵，织起漫野的缤纷灿烂。小鸟的呢喃伴着溪流的旋律，山雉的啼鸣惊飞了白云的梦幻。人们从它宁静的母体里走出去，又从繁闹的尘世中走回来，依偎在它宁静的怀抱里，洗涤风尘，褪去装饰，净化心灵，安放灵魂；而久居的人们，则宁静了一生，日出而作，日入而息，融化成故园的身影，凝聚为乡恋的源泉，让人们始终有溯源正本的参照，始终有精神家园的思念心灵故乡的梦境。太多的回忆，让心灵泛起轻轻的波澜，太多的思绪，让精神洋溢阵阵的风韵，此时已化幽灵的清风润雨，弥漫在家园的风情里故乡的图画中。

三十八

时间剥去了社会披在身上的各种装饰，还一个真实的自我；岁月沉淀了时代赋予心灵的各种感受，还一个成熟的自我；经历了成败得失的山重水复，品味了荣辱褒贬的柳暗花明，心灵平静如止水，精神淡泊似清辉，一切用善良去滋润，一切以真诚去抚慰。高天流云，或雨雪或霜雾，柔情的回归；大地苍茫，或蓊郁或枯萎，生命的轮回。将自己净化成晶莹的露珠，把自己精萃为纯净的砂石，追溯起始的原点，升华安然的境界。繁盛过后的寂寥是容纳万物的襟怀，炽热消退后的冷清是感悟人生的天地。心语无声，自然的倾诉，不必求解应答，只是朦胧的飘逸。

三十九

岁月荏苒，时光流逝，山河依旧，人世沧桑。每次的相聚，总会失去一些熟悉的身影，增添一些陌生的面孔；每回的离别，总是缠绵的依恋，惆怅的期盼。人生如梦，是那样的短暂而又漫长；梦如人生，是那样的幽幻而又真切。转瞬即逝的场景，生离死别的面貌，长亭短亭的古道蜿蜒于深邃的天际，翠柳黄叶的灞桥孤寂在荒芜的故园。心中的梦幻扯不清理还乱，任它点点斑斑地倾诉，随它朦朦胧胧地弥漫。

四十

大千世界，万物峥嵘，最真实的是那些平常的芸芸众生，没有繁多的奢望，没有贪婪的攫取，在日常的生活和工作中，以自己的质朴心态和实在行动，为人做事，以尽本分。不像一些沉溺于势利中的投机客，活跃在尘俗里的钻营者，满脑的利益，满心的名誉，趋炎附势，谄媚巧佞，一切以势利衡量，一切以欲望取舍，恨不能攫取天下之利以饱其私囊，污泥浊水，卑鄙肮脏。所以，平凡之人，平常之事，乃是社会的根本，时代的主体，生活的基础，是应该珍重的瑰宝；但受主客观因素的影响，往往社会的物质精神财富被不同阶层分别占有，形成了远近高低各不同的差异，特别是一些势利小人更是巧取豪夺，不仅享有了过多的物质财富，而且败坏了社会风气，这是任何一个执政者必须重视的现实，也是必须要解决的问题。人民大众的福祉是社会长治久安的根本。

四十一

刮来一阵疾风，摇动一树枝叶，然而根系深扎于土，树干挺立于空，依然是执着与坚定。做人要像大树一般，根的顽强扎实，干的挺拔伟岸，枝繁叶茂，春夏秋冬；寂寞地奠基，孤独地成长，汲取深厚的养分，搏击自然的风云。人生复杂多变，生活丰富多彩，只有深植于时代的土壤，安然于黑暗寂寞的探索，扎实地铺展根系，顽强地撑起枝干，傲然地展示风貌，才能把久远的历史，纷纭的现在，憧憬的未来，凝结成坚定的信念，孕育出博大的胸襟，培育出美好的情怀。要有根系的深沉厚重，要有枝干的孤傲挺然，要有叶的激情与多彩，要有心的向往与梦幻。一树一世界，一叶一菩提，只从心中去，只往心里来。

四十二

经历了人生的山重水复，品味了生活的甜酸苦辣，知晓了人间的阴晴圆缺，感悟了生命的生离死别，心儿沉静了，意兴安然了。孤独地坚守那份寂寞，拒绝世俗风尘的侵扰；沉静地护持那份淡泊，隔离势利喧嚣的打搅；扎起精神的篱笆，只有萋萋的芳草淡淡的野花，松风竹雨，梅雪菊霜，兰霭菏雾；筑起心灵的家园，只有清清的溪流幽幽的深潭，远山含日，近水弄月，星光闪烁。竹篱茅舍，残灯陋案，身在何处？青史黄卷，意兴阑珊，心在谁家？

四十三

我孤独地游荡在家乡的沟壑崖畔田间地头，寂寞地徘徊于山村的屋舍窑洞荒径曲路；一沟的青翠，漫野的碧透，树木花草的映衬点缀，蜿蜒溪流的低吟浅唱，逝者的灵魂，生者的身影，化为五谷杂粮的蓊郁，融入雾霭炊烟的萦绕。太多的记忆，深切的思念，推开童年纯真质朴的窗，捕捉稚嫩的呼叫恣肆的嬉闹；太多的情感，浓重的依恋，打开清贫纯朴的门，迎纳辛勤的劳作艰难的生计。远去了先辈的抚慰，音容笑貌依然，关爱与寄托殷殷切切，沁入亘古流淌的血脉；近听到亲朋的问候，苍发童颜乡趣，希望与祝福实实在在，融入未来发展的沧海。泪珠与露珠相溶，似雨似雾，如雾如霭，弥漫在故乡的原野崖畔，飘逸在家园的温馨胸怀。

四十四

家园情怀是那样的深沉而纯净，沉浸在温馨质朴的感觉里，可以通达天地，感知万物，品味生活，觉悟人性。朝露欲坠，溪流潺湲，漫坡的碧绿，一沟的青翠，几声婉转的鸟鸣，伴着窸窣的虫曲；牛羊散落沟畔溪边，鸡犬漫游村头田间，炊烟袅绕，人声稀疏，只是停滞的岁月，凝固的时光，只是辛勤的劳作，生活的安然。游子归来，步履蹒跚，怕惊动了故乡的平静恬淡；凡尘脱去，身心清扬，恐扰乱了家园的诗情梦幻。静静地注视着零星的屋舍窑洞，轻轻地捕捉那熟悉的音容笑貌，把记忆浸入到历史的长河，把思绪沉醉于纯真的眼前，一切如梦似幻，沁润着心灵的源泉。

四十五

喧闹过后是寂静，繁杂抛掉是平淡。溪流在崎岖蜿蜒的沟壑里低吟浅唱，鸟儿在青翠欲滴的树木花草中婉转呢喃，这里有太多的记忆，这里有太深的思念。从自然纯朴的母体中陆续走出去的人们，又先后回归到这自然纯朴的怀抱里；唯有寂寞的沟壑，残破的长城，颓败的边墙，锈蚀的箭镞，铭刻着金戈铁马，回肠荡气的历史；唯有蓊郁的草木，茁壮的庄稼，散漫的牛羊，飘逸的炊烟，诉说着日出而作，日入而息的生活。原野田间的身影，耕耘着深厚的传统，播撒着希望的种子，放牧着幸福的憧憬；屋舍窑洞的烛光，延续着古老的传说，演绎着现在的神话，诠释着未来的梦幻。只有回乡的灵魂，化为清风细雨，滋润着归宿的原野，安放疲惫的神韵；只有漂泊的游子，变成云岚雾霭，缠绕着温馨的故园，净化繁杂的心灵。独然而行，一腔思虑，两行浊泪，不言沧桑人生，无意成败得失，只在这幽静安然的家乡。

四十六

一切都回到了原点，不管是艰难曲折的行程，还是风云变幻的内容，不管是辛勤劳作的耕耘，还是硕果丰盈的收获。故乡的小山沟走出了不少雄心壮志的豪杰，浪漫情怀的游子，谋求幸福的乡亲，也接纳着幽幻的灵魂，疲惫的身影，沧桑的心灵。精神家园引领着人们的前行，也召唤着人们的归来；心灵故乡孕育人们的炽热，也安放人们的平静。当人生的经历达到一定的程度，生活的砥砺有所积累，思想的内容逐渐丰富，精神的意蕴深邃精萃时，“行到水穷处，坐看云起时”的感悟油然而生；总想超凡脱俗，摆脱尘世的纷扰，解除名利的桎梏，寻找一处精神的净土，安放疲惫的身心，抚慰迷茫的灵魂。于是，向往故乡的回归之情愈发急切而浓烈，蕴藏心灵深处的家园情怀愈发炽热而喷涌，在景物依然、人世沧桑的故乡有了精神的寄托，在记忆往复、感慨沉思的家园有了心灵的归宿。一切又回到了原点，那是不能重复的但可以在心灵中溯源，精神里感受的原点，那是一个神秘奥妙的原点。

四十七

没有什么可抱怨的，没有什么可愤懑的，世间诸事都属正常，只是在不同的时间不同的地点，以不同的内容不同的形式而呈现。客观地对待一切，承认它们客观存在的合理性，合理存在的客观性；公正地对待一切，接纳其合理的内容与形式，纠正其错误的观点和表现；正确地对待一切，顺其自然，因势利导，精萃砥砺，让真理之光芒普照，让谬误之偏见黯淡。仁慈善良是人性的根本，是蕴含万物的基点，只有具备这种胸怀与境界，才能彰显人类品性的崇高，壁立千仞海纳百川，给自己的思想和行为一个合理的解释，给世界一个和谐与平安的答案。有些人往往把仁慈善良当成软弱，把哲理智慧当成虚幻，以自己的沉沦龌龊颓废亵渎人性的真善美爱，以自己的浅薄狭隘丑陋度量人性的精深博大。殊不知，和自然愈近，思想觉悟愈深刻高雅，与人类愈亲，精神意蕴愈真诚仁善，与万物愈融，心灵境界愈安然恬淡，而这一切都在于自己的平常平淡之意，平静平凡之心，都来源于真诚仁慈善良美好的品性，来自我们执着的修炼自觉的净化和精神的升华。

四十八

大海辽阔深邃，无论是天上的各种降水，无论是地上的千江百流，清浊混杂，一起接纳；让它们平静下来，沉淀下来，在化合分解中精萃，博大精深中净化，呈现碧蓝的纯净，洋溢透彻的清新。海洋是生命的母亲，一切从它的母体中孕育，海洋是生命的摇篮，一切在它的怀抱里成长；生命的启程，生命的归宿，循环往复，生生不已。人生在世，为人处世纷纭复杂，臧否评判各有千秋，但基本的标准却是仁慈真诚宽厚的检验，就像海洋的宽阔胸怀，宏伟气度，崇高境界，给我们以形象的寓意，深刻的启迪。每个人都应该有海洋的品性。

四十九

有时伤感的情怀很浓重，这种轻曼的忧虑与愁绪给心灵涂上寂寥的色彩，给精神注入朦胧的意蕴。犹如水中月镜中花，雨雪的飘逸，雾霭的弥漫；恰似诗中画字中韵，远山的苍茫，近水的澄澈。直面名利场的明争暗夺，沉溺权势的诡诈阴攫，纠缠人际的繁闹撕扯，思想粗陋而不能深刻，精神紧张而不能淡泊，心灵烦恼而不能清净；所以，向往美好的企盼，化为忧伤的情韵，享有一点自由的思考，感受一点浪漫的灵动，也是一种自我的心灵净化，精神超越。伤感是一种情怀的修复，思想的深化，更是一种境界营造。

五十

想得到的得到了，又能如何？一切都是转瞬即逝的场景，过眼烟云的虚幻。建构在名利权势基础上的成果，短暂而渺小；闪烁于荣华富贵载体中的光环，苍白而暗淡。往往这些光怪陆离的色彩，使目光短视，精神萎靡；往往这些繁杂丰盈的享受，让心灵迷失，境界庸俗。过度的适应，极力地顺从，麻木地苟且，丧失了人格的独立，导致了品性的堕落；满足既得利益，沉醉炫目名誉，沉溺感官愉悦，折断了意志的锋芒，腐蚀了信念的坚韧。得到的未必所得，未得到的未必所失，只有深刻地剖析，痛苦地砥砺，纯粹地净化，才能感悟人生的根本，熟谙生命的真谛。一切的有无皆是造化的安排，一切的得失都是命运的捉弄，一切都在心灵里得以精萃，一切都在精神中得到升华。

五十一

心中的淡然已经形成，但有时的躁动依然存在，平静中时有琐屑的杂芜，泛起一点烦恼的微澜，而转瞬即逝的消解，也可以说有了初步的境界。由简到繁易，由繁到简难；由静到动易，由动到静难；从平常步入荣耀易，从尊贵回归平常难；因为前者是努力进取过程中的不断积累和享有，后者却是砥砺净化中的不断消减和扬弃，前者满足于世俗中名利的攫取，后者致力于心灵中境界的打造。人生在世，衣食住行，功名利禄，荣辱褒贬，成败得失，既是平常的生活内容，也是正常的心路历程，但孕育其世俗中的精神追求，则是人生的根本，生命的真谛。“出淤泥而不染，濯青莲而不妖”，世俗生活的必需，并不证明思想境界的必然，物质精神的丰盈，并不说明心灵家园的充实。不断收获着成果，也积累着尘垢，付出后的享受，也要在享受后付出。所以，卸掉缤纷的装饰，褪去灿烂的光环，远离繁闹复杂的名利场，断绝扑朔迷离的是非地，是一种在消减中的精萃，净化中的升华。

五十二

超凡脱俗不易，但在实现其超越后，又要适应尘俗，就更难了，总有一种曲高和寡的尴尬，知音难觅的无奈。有时无法适从，只好退居一种自然的状态之中，在质朴单纯的心灵境界，为独立之意志自由之思想提供一个空灵的天地。因为，愈接近自然，精神的原野愈深邃辽阔，心灵的家园愈纯真静谧。身居凡尘闹市，心系远山近水，返璞归真的情怀，是容纳一切的净土，幽幻空灵的境界，是安适灵魂的故地。“心远地自偏”是何等的智慧，何等的超逸。

五十三

不要幼稚地培养，不要简单地塑造，更不要用僵化的思想固定的模式去打造。人是社会的生物，有其生存的理由发展的规律，有其社会的属性时代的特点；要基于其人性的根本，注重品性的蕴含，凝聚人生的精粹，陶冶情趣的品质，丰富能力的功效，完善人格的内核；适应社会发展，满足时代需要，代表人民利益，符合各项事业，选贤任能，德才兼备，在实际生活中磨炼，在社会大潮中砥砺，成为事业的中流砥柱，国家的骨干栋梁。所以，英雄豪杰，仁人志士，文才武略，只能在时代风云的搏击中脱颖而出，只会于勤奋努力的工作中涌现，只能在光明正大公平正义的环境里产生，只会在艰难复杂经磨历劫的砥砺中成长。有时带有主观色彩的择取，偏执意愿的培养，情绪化的塑造，会造成人才的畸形，片面的发展；如果私利至上，拉帮结派，架构利益集团，结成裙带关系，荼毒社会，败坏风气，腐蚀人心，就会导致民心的丧失，事业的衰败，国家的危亡。人是社会的主体，人才是社会的精英，二者的和谐共处和特色表现，是衡量社会进步时代发展事业成败的标志。

五十四

秋雨连绵，秋色漫野，一切都弥漫着秋天的氤氲。原野呈现着缤纷灿烂的瑰丽，远山逶迤苍茫，近水清澈碧透，大地铺满赤橙黄绿青蓝紫般的锦绣；即将成熟的和已经收获的展示着季节变换的斑斓，蚀刻下岁月流逝的印迹。繁茂逐渐被萧疏更迭，热烈即将为苍凉代替，丰盈的果实充实于仓廪，人生的感悟荡漾在心里。宁静中，回忆的溪流蜿蜒潺湲，起伏曲折的行程历历在目；淡泊里，思虑的经纬纵横交错，捕捉着纷纭变幻的奥秘。裸露的原野将要接纳冬天的冰封雪舞，坦诚的心灵开始承受严酷的净化洗礼。沉浸在这寂寥的季节，感慨岁月的轮回，感悟人生的意蕴，浓重的秋意忧虑的情怀，化为秋风萧瑟，秋雨缠绵，沁入幽幻的梦里。

五十五

不要想得太多，人生的经历已经非常丰富，无论是山重水复，还是柳暗花明，深深地蚀刻在岁月的征程中；不要想得太重，生命的意蕴已经淡泊超逸，无论是成败得失，荣辱褒贬，轻轻地飘散于心灵的家园里。总是激情地投入，奋勇地拼搏，沉浸在叱咤风云的舞台上；总是尽心地谋划，努力地工作，坚守在敬业守责的角色里。热闹喧嚣占据了胸怀，凡尘俗念笼罩着头脑，名利的缰索驾驭着行为，荣辱的羁绊束缚着思想，一切都淹没在浮躁的烟尘雾霾中，失去了本真的自我。人生如梦，梦如人生，平静下来的孤独，平淡之中的寂寞，让一切烟消云散，回归质朴的原点，让一切洗涤净化，呈现纯真的原貌。卸下繁杂的装饰，褪去耀眼的光环，清除心灵的污垢，洗涤精神的灰尘，安放高贵的灵魂，拥有一个真正的空灵的自我。

五十六

长久和阴谋诡计打交道，会丧失人格，因为久居鲍鱼之肆而不知其臭也；长期和势利之人相交往，会失去自我，因为沉溺虚伪而不辩其实也。脱离现实不可能，唯有超然于其上，保持心灵的平静，精神的淡泊，才能“出淤泥而不染，濯青莲而不妖”。现实生活中，各种利益纠缠交错，各种诱惑五光十色，既是既得的物质占有或感官享受的过程，也是思想沉醉或精神萎靡的开始，如不能有深刻的反思自我的警醒，就只会沉沦于世俗而失去境界。往往有些仁人志士，高僧大德，贤俊雅哲，清贫困顿中虽无荣华富贵之势，却有超然洒脱之态，虽无名誉装饰之形，却有博雅淡泊之灵；与其让身心缠绕名利枷锁，不如让精神有一种自由洒脱之意境。不管身在何处，只要有清醒的自知自警，保持人格的独立精神的自由，便是超凡脱俗的修持，心灵家园的安逸。

五十七

秋月高悬，河湖澄澈，几处梅花笛，谁家碧玉箫？无限的遐想，飘逸于深邃的宇空，编织着幽幻的梦境；满腹的惆怅，弥漫于辽阔的原野，浸润着忧虑的家园。一行白鹭的飘逸，几群雁阵的啼鸣，岁月以变幻的风情场景，昭示着生命的轮回；群山逶迤于亘古的苍茫，江河蜿蜒着时光的延展。时代发展，社会进步，人类的变化日新月异，唯有自然的永恒决断着一切；人们适应自然，利用自然，改造自然，但只是微不足道的谋略，雕虫小技的手段，并不能触动自然的根本。人类取得的所谓辉煌成就丰硕果实，只是仰仗自然的索取，也是深厚的尊崇敬仰。沉浸于自然之中，会感知生命的博大精深，人生的短暂渺小，会看透社会的风云，时代的雾霭，会有一个清醒超逸的自我。

五十八

由理想主义成为自然主义是思想上的一次飞跃，充满激情活力昂扬意志的思想和行为，转化为平静淡泊孤独寂寞的情趣与精神，不是思想的沉沦，而是心灵的超越。因为，有了艰难曲折的历程，风云变幻的磨难，领略了人世间的阴晴圆缺，品味了生命中的悲欢离合，感悟到宇宙的根本法则，深谙了自然的永恒真谛，奥秘的自然星空，纯净的心灵自律，凝聚成水火相融的结晶，升华出超然安逸的境界。一切都回归本源的纯真质朴，一切都精萃于天人合一的玄然。

五十九

像清泉碧溪自然流淌，如芳草繁花安然岁月，一个平凡的山村农妇，一个平常的草根老人，用一生的清贫演绎着生活的意义，用一生的信念诠释着人生的真谛，用微薄的身躯孕育信誉的纯真，用善良的心灵滋润人格的高贵。一个清名的坚守，一个庄重的承诺，竖起了一座精神的丰碑，铸就了人格的高尚。现实的红尘扑面而来，世俗的浊流随处流淌，人们沉溺其中而不自知，麻木其中而不自警，信念就会颓废，人格就会丧失。然而，这位孤苦伶仃的老人，用自己的纯真善良，淳朴执着，维系着人性的根本，彰显着人生的意义；辛勤的劳作，点滴的积累，偿还了债务，付出了心血，赢得了尊重，安然于浓重的乡情，坦荡于赤诚的襟怀，让名利场中的钻营者羞愧，让利欲熏心的投机者耻辱，让我们每一个人都检视自己，是否还有人格的伟岸，人性的灵光。那个永远铭记的山村大娘。

六十

平静中能领略万物，淡泊中能感悟真谛。正如秋水澄澈，映照深邃的碧空飘逸的白云；正如秋叶斑斓，倾诉激情的相遇忧伤的离别。天地辽阔，原野萧瑟，收获后的秋声意蕴深长，平静下来的秋意寂寥苍茫。过去的努力都在历程中得到了检验，未来的憧憬也在收获里重新孕育；繁闹喧嚣的行为，浮躁烦乱的思想，褪去缤纷斑斓的装饰，卸下得失荣辱的包袱，看到了自己的身影，看清了自己的心灵。淹没尘世已久，沾染许多庸俗，迷恋名利的获取，沉醉欲念的享有，把很多过眼烟云的虚幻当成了理想的目标，把转瞬即逝的结果当成了信念的向往，精神萎靡，行为懒散，沉溺于浮光掠影的混沌之中，麻木在随波逐流的苟且当下。秋的深远意蕴，给心灵平静的场景，淡泊的舞台，让人们有了更多的思考，更精粹的净化，好安放恬淡超逸的心灵。

六十一

一个人要保持自己的清明正直，不在于其知识和阅历是否丰富深厚，而在于其心胸人格是否博大高尚；唯有纯真善良博爱，以平常之心，平静之意，平淡之思，平凡之韵参透自然和人世；以感恩之情怀，报世之胸襟，为民之境界容纳万物和社会，才能有清纯磊落光明正大的心胸，伟岸超逸慈爱傲然的人格。来自现实的诱惑太多，人们沉醉于过分的索取之中，就会混迹于世俗，迷恋于名利，苟且于权势，满足于既得，长久在世俗的旋涡中浸染，逐渐迷失了本性，丧失了人格，无法光明磊落的为人处世，无法彰显自己的品性和人格。要保持自己清明正直光明磊落的品性，保持自己海纳百川壁立千仞的胸怀，这是先人们的基因继承，几代人的血脉滋润，社会风云的锤炼，时代烈火的砥砺，更是自我的精神境界，心灵家园，唯有其才是生命的永恒。

六十二

秋高气爽，万物纷呈，缤纷斑斓，收获的季节让人心醉；碧空深邃，白云飘逸，原野苍茫，丰硕的果实让人感慨。极目远眺，群山逶迤，江河蜿蜒，雄浑而辽阔；俯瞰近览，赤橙黄绿，溪流澄澈，温柔而细腻。这是一个成熟的季节，人们在收获中回忆着春耕夏耘冬藏的勤劳历程，品味着风霜雨雪雷电的变幻莫测，感悟着人生阴晴圆缺的悲欢离合，思索着生命神秘奥妙的循环往复；这是一个幻想的季节，人们在检验中评判着得失成败，享受着荣辱褒贬，憧憬着崭新的丰硕收获，企盼着美好的未来。其实，在成熟与幻想的交融之中，在老到与幼稚的混杂之里，人们由繁闹步入平静，由执着转入淡泊，精神境界寂寥而深邃，心灵家园温馨而安然，对人生有了更为深刻的认识，对生命有了更为精辟的见解。蓝天上白云飘逸，变幻着捉摸不定的形态，编织着自己的梦境；原野中万象涌动，构筑着复杂多样的场景，演绎着生命的意蕴。秋意中，悠然的恬淡在心中弥漫，不留一点踪影。

六十三

无欲难，因为来自四面八方的诱惑不断涌现，人们为了及时应对，全力以赴，沉溺其中不知其累，迷恋其中不觉其烦，搞得身心疲惫，以致逐渐失去了平常的心态，平静的思考，把握不住自己的精神意蕴，失去行动的理性引领，在漫无边际的欲望和肆无忌惮的攫取中，随波逐流，迷失自我。虽然取得一定的名利，享有一些物质和精神的成就，但仔细琢磨，没有什么值得回味的心灵感悟，生命真谛，只是一些烦乱的利益堆积人际纠缠。有时在检验自我的行程，反思自我的心路时，才有如梦初醒醍醐灌顶的感慨，超凡脱俗的向往，才有去除欲念远离世俗的警醒，回归精神家园的企盼。无欲难，难在心灵中是否有诗意的栖居，是否有超越的意念。

六十四

权势与声望的较量，是一场混战，只能用事实去证明，用人心去检验；是否公允正确，只能在时代的风云中砥砺，在历史的长河中得到验证。人间正义是社会的主体，时代的主脉，人类的主干，但确立正义的内容标准不易，坚守正义的品性更难。由于生存发展的需要，受各种利益的诱惑，被大小权势所制约，很多时候，人们总是把心里的真实看法藏匿起来，虚与委蛇于世俗的应对之中，说一些虚情假意的话，做一些虚头巴脑的事；人间正义乃是人性的本质所有，社会的根本所在，虽然有时会被暂时的俗雾恶习遮蔽，被强势的丑陋污秽浸染，但它始终闪烁着纯真质朴的光芒，给人以精神的引领智慧的力量。权势的好坏决定着声望，声望的优劣影响着权势，一切都要在现实中锤炼，一切都要在历史中检验，一切都要在民心中衡量。人间正义是永恒的砝码冶炼的熔炉，丈量着人性的高度，精萃出圣洁的精神之珠。

六十五

怀念父亲，他常常从梦中走来，慈祥的面庞，温柔的眼神，缓慢幽默的乡音，拙朴简单的动作，特别是他那温厚的手掌在我头上抚摸、肩膀上拍打时，流露的那份深情，现在我才体会到，但已成追忆，让人伤心。父亲是一座巍峨高耸的火山，把浓重的情感深藏于内心，从细微处缓缓释放，丝毫不会灼伤儿女；父亲是一条蜿蜒浑厚的江河，把殷切的期盼荡漾于胸襟，激浪高歌曼妙低吟，滋润着我们的心灵；父亲是碧透深邃的天宇，放飞着孩子们的希望，承载着翱翔的翅膀，陪伴你搏击风雨雷电，容纳闪烁的星辰；父亲是博大深厚的海洋，推动后代们的理想，开辟着前进的航道，引领你战胜惊涛骇浪，奔向美好的前程。父亲的阳光雨露始终沐浴着我们，孕育真诚善良美好的心灵，父亲的言传身教永远激励着后代，呵护纯朴厚实淡雅的家风。父亲总是梦中静静地来，梦醒轻轻地去，转瞬即逝的相聚，化为思念的雾霭，天地朦胧。

六十六

内心的平安是人生的根本，因为任何内在的欲望外在的冲动，无论理由如何充足，无论技巧如何娴熟，都是一种生物性的刺激，社会性的反应；内心的平安是生命的真谛，因为只有心灵的平静精神的安然，无论人生怎样艰难曲折，无论生命如何跌宕起伏，都是风雨历程的砥砺，灵魂精萃的结晶。化烦躁于清爽，止喧嚣于平静，既是一个净化的过程，也是一种升华的佳境。人世间万象纷纭，向往与追求的东西太多，看似实在的功名利禄，只不过是水中月镜中花的朦胧；貌似成功的荣华富贵，只不过是过眼烟云的虚幻光影。人们要生存发展无可非议，但把自我完全投入到名利的追逐中，并以此为根本那就错误了；社会要进步，时代要前进本属正常，但把发展的目标狭隘化，进步的历程畸形化，并以此为理想那就荒谬了。生命的历程是一种体悟基础上的心悟，心悟引领下的体悟；人生的境界是实践中的精神砥砺，思想中的心灵净化。只有内心的平静安然，才是生命的根本，生命的真谛。

六十七

将一颗愚昧腐朽的头脑嫁接在现代化的体制机制上，将一种僵化萎靡的思想注入科技型的运作程序中，不是漫画式的描述，而是现实中的事实。人世间有很多东西总是逆潮流而行，违规律而作，披着所谓“改革”“创新”的面纱，打着标新立异的旗帜，充塞的却是腐朽污浊肮脏的内容；在冠冕堂皇的掩饰下，腐败滋生恶俗横行，败坏着事业的肌体，污染者社会的空气，侵蚀着人们的精神。建构一个具有深厚文化蕴含的现代企业不易，关键是缺失文化底蕴的投机客钻营者披上高雅圣洁的文化外衣，利用谄媚奸佞巧取豪夺的权势，推行愚昧无知恶俗盛行的伎俩，索取利益满足贪得无厌的私欲，导致了企业和从业人员思想的浅薄，精神的堕落，文化的沉沦，失去长远发展持续进步的动力。这种现象非常普遍，必须引起高度的重视，采取有效的方法，才能有所改观，而最重要的是科学的用人标准和正确的择人方法了。

六十八

不要用庸俗的事务干扰心灵的恬淡和宁静，不要用世俗的污浊浸染精神的清明与纯真，不要让贪婪妄念制约思想的深刻和博大，不要被投机取巧支配行为的节俭与质朴。不视不听，是人生艰难砥砺后的一种自觉选择；不作不为，是生命精萃净化后的一种精神升华。建立在生存发展基础上的各种利益追求很正常，有各种各样的思考想法也没错，关键在于这种追求的目的和意义是什么，追求的具体方式方法又怎样。公正清廉之人，求之于道，得之于理，合之于德，行之于矩；而卑鄙无耻之人，则口是心非，谗佞虚伪，投机取巧，唯利是图。所以，保持自我的清醒，秉持纯真的品性，远离世俗欲念的侵扰，拒绝同流合污的交际，守住孤独，安于寂寞，便是人生的佳境，心灵的福地。

六十九

从纵向上来讲，总结过去，憧憬未来，把人性的真善美承续传延，拓展广阔的天地，注入丰富的内容，赋予缤纷的形式，江河汇集，融入无限的大海；从横向上来看，立足现实，把握当下，坚守人性的本真，秉持质朴的风骨，凝聚社会的精华，彰显时代的特点，铸就伟岸的山峰。总之，不能让历史的虚无主义阉割文明的脉络，断送源远流长的人生之基，不能让现实的污俗浊习侵蚀时代的环境，扭曲真善美爱的人性之本。每一个人都要承担历史的使命，社会的责任，时代的寄托，不为既得的名利所迷惑，不被虚幻的成就所蒙蔽，无论身居庙堂高厅大室，还是栖居竹篱茅舍陋室；无论权势显赫身名远播，还是势单力薄孤陋寡闻；无论是建功立业的精英豪杰，还是朴实劳作的芸芸众生；都应秉持人性的根本，坚守做人的品性，以人类的崇高精神引领，战胜自我的局限，修持身心的纯真，以有限之精力承载无限之传承。

七十

顺其自然，许多事情就让它按自然的法则社会的规律时代的趋势去生存发展吧，这不是消极颓废的无所作为，而是顺天应人的理性自觉。世上许多事情，由于人们的主观任意，狂妄自大，恣意肆行，不按规律办事，不依法则行为，破坏了自然环境，败坏了社会风气，污染了时代躯体，玷污了世情人心，以致山河破碎，浊浪排空，酸雨雾霾，毒害盛行；导致了社会发展畸形，体制机制紊乱，法度规则疏漏，贫富悬殊日重；造成了精神颓废萎靡，思想混乱无主，时尚低俗恶习，人心浮躁郁闷；虽言有过之，但实在惊心。独立之精神，自由之思想，坚定之信念，智慧之举措，皆以权势为尊，以利益为荣；不以真理为基，不依科学为据，不以民心为本，不从现实出发，不从长远着眼，看似轰轰烈烈的喧闹，实则事倍功半的虚景。所以，只有真正能达到顺其自然的思想水平，才能有天人合一的佳境，只有真正从客观实际出发，尊重规律法则，符合世情民心，谋划长远，布置全局，注重现实，讲究方法，才能取得不世之功业，万代之盛名。为政者，不可不警也。

七十一

让心儿静下来，只有在宁静中才能听到自己的声音；让步伐慢一点，只有在缓慢中才能浏览一路的风景；让思想愚钝一些，只有失去一点尖锐和深刻，才能感知世界的浑然和懵懂；让精神散淡一点，只有减少一些精明和计较，才能领略时代的幽幻与朦胧。有时特别需要这样的场景，却始终安放不下躁动的心灵，有时常想得到这样的意境，却无法抚慰那抑郁的精神。太多的欲望驾驭着思想的战车奔驰，不愿片刻的停驻；太重的名利驱使着行动的步履急促，不能丝毫的安歇；沉溺于攫取的疯狂中，麻醉在占有的享受里，红尘扑面，恶俗缠身，精神萎靡，灵魂沉沦。只有远离欲念俗行，才能有宁静的心灵，只有宁静的心灵，才能远离欲念俗行。生存发展的压力让人们忘掉人生的本意，急躁烦乱的进程使人们失去了生命的意蕴，适当停下脚步，适度放松精神，有点诗意的情趣，有些幽幻的梦境，仔细聆听心灵的独语，平静琢磨精神的超逸，给自我一个真正的清醒。

七十二

生命的意义不在于复杂深刻的诠释，而在于自己的本能，来自于神秘的未知，走向奥妙的无限，在生死交替中实现着自身的价值，在继承发展中彰显着永恒的意义。一切试图给予其详尽阐释或明确答案的，都是水中月镜中花般的朦胧，都是苍白无力徒劳无果的虚幻。但生命的历程是可以阐述的，丰富的内容，繁杂的形式，纷纭的表现，璀璨的结晶，呈现于历史的长河，耸立于时代的峰巅。特别是人类社会诞生中的奥秘，发展中的积累，创造中的物质精神文明，记载了生命的历程，彰显了生命的意蕴，赋予了生命意义的具象表达。宇宙深邃辽阔，我们始终可以感受生命的无限奥秘，人生复杂艰难，我们始终享有生命的日月星辰，珍爱生命，珍重生命，珍惜生命，生命的意义就在其中。

七十三

秋叶斑斓，随着清冽的风飘然而下，秋草枯萎，沁润着淅沥的雨匍匐而卧，一个璀璨的季节由繁闹逐渐冷清，由丰盛开始凋零。原野褪去缤纷灿烂的装饰，质朴而苍茫，蓝天在清风白云的拂拭下，愈加深邃幽碧；群山逶迤，呈现着沧桑的古朴，江河澄澈，映射着寂寥的空灵。空气清新温润，小鸟的啼鸣少了些往日的婉转，格外清脆嘹亮，南翔的雁阵犹如跳跃的音符，飘逸中传来悠扬的旋律。昼夜的温差骤然拉大，身心的感受悱恻幽幻，一切都从繁闹中解脱，一切都由喧嚣到平静，寂寥的天地给心灵提供了无限遐想的空间，沧桑的岁月为人生沁入了深思熟虑的感叹。仿佛游子的归乡之旅，急切中有些情怯，盼望里多些迷茫，伤感中有点愉悦，惆怅里有些向往。这是一个心灵回归的季节。

七十四

喧嚣的声浪逐渐平息，繁杂的俗务尘埃落定，一切都安然于寂静，一切都回归于平淡。逐渐褪去缤纷灿烂的装饰，裸露胸怀，承纳季节的更替，接受岁月的洗礼；耐心分拣成败得失的果实，净化心灵，涵蕴人性的晶莹，升华精神的境地。秋风中，黄叶落地尘埃入土；秋雨里，沉淀浮华销蚀燥迹；秋声轻，天地苍茫万物萧瑟；秋意淡，阴晴圆缺人在梦里。俯仰天地，品察万物，岁月不居，人生如旅；感悟自然，深谙社会，通晓时代，人向何去？历史的沧桑厚重，现实的繁杂变幻，未来的迷茫神秘，都化作秋的意蕴，弥漫在淡淡的幽思梦幻里。

七十五

人性不清净，处处惹尘埃。现实中的各种诱惑，让人们沉溺其中而不自知，麻醉其里而不自禁，在疯狂的索取，贪婪的占有，奢靡的享受中，迷失本性，精神堕落，不知故乡在何处，反认他乡是故乡，演绎着一生的荒唐。人从自然中来，在社会中长，愈成熟，本性中的纯真善良美好基因愈少；愈进步，人性中的质朴诚实公正成分愈淡；愈发展，头脑中感悟天地品察万物的智慧愈浅；愈文明，心灵中超逸的情怀安然的境界愈无。唯有名利的五光十色，权势的剑拔弩张，欲念的冠冕堂皇，享受的奢侈靡费，心里的阴谋诡计，行为的巧取豪夺，眼界的鼠目寸光，生息的苟且浑噩，哪里还有个人样。且莫慌，上天自有警示，人间定有药方，治治这群丢人现眼的脓包孱蛋混世魔王。

七十六

人们用一生去修身养性，提升自我，但往往大多只有在最后的岁月才真正领略了人生，感悟了生命；因为过程被浮躁和功利所充斥，思想为欲望所占有，行动被攫取所控制，身心沉溺于既得的名利之中，无暇顾及精神的品味。只有到了一定的年龄，具有了一定的阅历，生活工作有了一些闲暇，精神世界有了一些空间时，才会真正的沉静下来，做一番深刻的思考。造物主的伟大不只在于创造什么，更在于创造中给人们积累着值得反思的过程，提供着值得精萃的内容，让人们在适当的时候回归人性的自我，看到本来的面貌和原质的品性。所以，岁月以执着的变幻提示人们，天地以永恒的奥秘警示人们，万物以生死的循环昭示人们，而人们在什么时候有所觉悟，觉悟到什么程度，全在于自己修身养性的自觉了。

七十七

自然的努力与功利性的博取，得到的东西可能一样，但所享有的心情却有所不同；前者顺其自然，发于本真，无意苛求，后者则工于心计，倾力打造，决意求取；所以，就会有不同的感受，前者是一种安然的愉悦，后者是一种雕琢的品味。人世间，种瓜得瓜种豆得豆是正常，有心插花无意得柳也是正常，而享有的感受却是不同，人们总是在聚精会神或胡思乱想中，耕耘了土地，播下了种子，收获了果实，但思想的认识，心灵的品味，精神的感悟则“横看成岭侧成峰，远近高低各不同”了。人生的变幻莫测神秘奥妙不只在形，而在心中，妙哉乎？

第十八集　上善若水

DISHIBAJI SHANGSHAN RUOSHUI

一

清新寒冽的风抚慰着原野，洁白缱绻的云飘逸于碧空，深秋的意蕴恬淡而幽幻，澄澈爽洁中弥漫着淡淡的惆怅。春风夏雨秋霜冬雪，岁月给人以不同的感受，唤起的却是心灵的共鸣，触发生命意蕴的幽思，感慨人生变幻不定的情愁。自然的变化真实而平常，给人以直接的启迪深奥的引领，把过去现在未来编织成悠长的回忆，深刻的思考，希望的梦想，沁润着精神的家园，温馨着心灵的故乡。落花流水的春去，天高云淡的秋往，季节的更替，生命的轮回，繁盛过后的平静，炽烈过后的淡泊，是心灵的超逸，精神的安然。融入深秋的怀抱，一任江天辽阔，万物萧瑟，唯有思想的漫步，灵魂的游荡。

二

心淡如水，秋天的水，碧透清澈，映射着淡定和安然，凝结着宁静与幽幻；心淡如云，秋天的云，飘散超逸，漫漶着灵动与从容，洋溢着悠然和随意。心淡如月，秋天的月，清光冷辉，冰清玉洁般的纯净，沁润着万物萧瑟的苍茫；心淡如人，秋天的人，孤独寂寥般的惆怅，蕴含着忧天悯人的情怀。这个美好而冷峻的季节，让人沉醉，让人清醒，让人激动，让人宁静；一切热闹喧嚣都逐渐沉寂下来，化为和谐温馨的悠远，一切缤纷灿烂都悄然剥离褪色，留下质朴浑厚的沧桑。心灵的空间深邃广阔，精神的向往自由蹁跹，灵魂的飘逸弥漫着梦幻的雾霭，一切都汇入本真的源点，一个淡字儿了得？

三

总想让心儿沉寂下来，但始终做不到，是现实中的诱惑太多，还是自我的修炼不够，惆怅于一种混沌之中。人生的阅历已比较丰富跌宕，心灵的路程崎岖蜿蜒；满目的青山夕照，桑榆残霞；满腔的大浪高歌，低吟浅唱；淡定中一丝丝的惆怅，宁静中一点点的觉悟，秋风般的抚慰着沧桑感浓重的思绪，秋雨似的沁润着寂寥情幽淡的意蕴。收获了过去的成败得失，领略了现在的悲喜交织，企盼着冰晶雪洁的净化，梦幻着春意盎然的璀璨，跨越式的思绪还未将既得的季节参透，又急切地憧憬着更遥远的未来，强大的惯性思维，来不及过程的品味，场景的细琢，内容的精萃，把结果当成起点，视起点为结果，连绵不断中丢失了很多精神的张扬深邃的内核。稍停脚步，伫立思考，沉浸在深秋的原野，一切都那样自然平常，一切都那样宁静安然，让心灵有点轻曼的游荡。

四

淡定是很难做到的，因为它不是一种表面的状态，而是一种心灵的从容，精神的超越。人世间风起云涌，变幻莫测，以不同的社会背景时代场面为人们提供了复杂多样的舞台，演绎着起伏跌宕的剧目，诠释着悲欢离合的人生。人们总是被激情与躁动所笼罩，沉溺于欲望和攫取之中，思想行为始终处于一种眼前目标和既得利益的制约下，把心灵的纯真质朴丢在一边，任其沉寂荒芜自生自灭。其实，这种的漠视和冷落，反而使心灵在自然的观察中，社会的冷眼里，人际的拒绝下，少了些红尘扑面俗利蒙心的侵扰，远离了污泥浊水龌龊卑鄙的腐蚀，保留住了人性的根蒂，犹如沙漠里的清泉，给人以纯净的感悟，自觉的警醒。大千世界，芸芸众生，从本质上讲是自然而平常的，所以，淡定是一种精神超越的境界，它融纳于万物，超然于万物，无论繁闹还是寂寞，都会“凌霄不屈己，得地本虚心”，天人合一的襟怀，物我相忘的坦然。

五

心儿静了一些，只是简单地从繁闹的尘世有所解脱，远离了点名利场的缠绕，静静地向边缘溜去，但心灵中超然的境界还未形成，不时波来浪去，冲击着心灵的堤岸。从世俗的洪流中逐渐分流，回归平静，不是逃避；从名利的羁绊中逐步解脱，安于平常，不是无为；新的起点不再是建立在成败得失基础上的盲目，新的目标不再是满足于荣辱褒贬享有上的计较，而是一种与天地田畴的胸襟，与万物相融的情怀，与日月同辉的境界。由繁闹到平静，由平静到深思，由深思到超越，心路依然崎岖坎坷，行程还会山重水复，但只要秉持品性的纯真善良美好，修持精神的清明洁净超逸，就会升华出温馨安然的心灵境界。只要开始静了下来。

六

小溪流潺湲清澈，在岁月的流淌中冲刷着苍茫的原野，留下蜿蜒曲折的沟壑，滋润着一沟的青草翠木稼禾，哺育着漫坡的牛羊，延续着多少代的人家烟火。逶迤连绵的远山，犬牙交错的峰峦，挂着夕阳或牵着弯月；春风夏雨，秋霜冬雪，抚慰着黄土丘陵的涟漪，变幻着季节的色调。呢喃的燕语，婉转的鸟啼，悠远的雁鸣，凄楚的鸦声，伴着蜂蝶的轻曼妙舞，合着虫儿的低吟浅唱，夹杂着鸡犬的相闻，飘忽着偶尔的人家问答，诉说着小山村的安然与静谧。游走在故乡的荒径野道，扑面而来的是清净爽洁，听到的是天籁地声；心儿静了，身儿轻了，只有心灵的独语，精神的超逸，融化在清纯质朴的怀抱，沉浸于梦的幽幻里。

七

经过秋风的劲扫，初冬的天空碧蓝辽阔，深邃而澄明，太阳在地平线奋力一跃，露出彤红的脸庞，刚刚燃烧漫天的朝霞，瞬间又放射出万道金光，将天地收揽，将万物笼罩。空气中弥漫着清新，带着寒意，沁入心脾的爽透；原野寂寥苍茫，远山近水，逶迤清俊，蕴含诗情画意的长卷，承载悲欢离合的篇章；不经意间，天地完成了一次交接，季节实现了一次转换。徜徉在冬天的城市中，游荡在大街小巷里，失去了枝叶花草的空间宽阔了许多，车水人流依然川流喧闹，但毕竟稀疏安静了不少；一阵清冽的风吹过，卷起残存的枯枝败叶，扬起微弱的灰尘，漫无形态回旋飘浮，又黯然地落在道路旁。偶尔天空飞过一群带哨的鸽子，点缀着各色建筑的冷峻，不时落下几只觅食的麻雀，给逐渐僵硬中的街巷注入点轻盈的灵动。漫无目标的游荡，默默地承接着冬天的抚摸，苍凉中有些神秘的感觉，心灵随着景物的转换也在萧瑟中有了期盼，雪花何时飘落，有一个红妆素裹的梦乡？

八

初冬的太阳散发着金色的光辉，给清冽的空气融入一丝温柔的抚慰，让赤裸的原野涂上轻曼的面纱；天空碧蓝深邃，万里澄澈幽静，偶有一丝云絮做着潇洒的游荡短暂的徘徊，又静静地消失在无限之中。一群鸽子变幻着形态，拂拭着天宇，盘旋轻扬，像是联系天地的使者，吸引着人们的目光，带去缥缈的遐想；几只麻雀在失去枯叶的枝条上来回跳跃，犹如五线谱上的音符，奏着清脆欢快的歌儿，把思绪拉回到以往。冬天的来临默默无语，含蓄而深沉，没有跌宕起伏的交接仪式，只有清冽的风不时抚摸着苍茫的原野，搅动着季节轮回的缠绵，诉说着岁月流逝的伤感。在阳光与灰尘的混淆里，一切都显得慵懒散漫，僵硬笨拙的躯体和迷茫的心灵扭曲在一起，构成初冬的惆怅。

九

总是被无数动人的故事和感人的事迹所激动，因为在他们的身上和事迹中，闪烁着人性的真善美，彰显着自然的仁义信；其思想之深邃，品性之高洁，风骨之刚烈，行为之坦荡，明昭日月，贯通天地，泽被众生，惠及后人。但这些人物和事迹又很平常，甚至是默默无闻，淹没在名利的红尘俗雾之中，藏匿于时髦的急功近利之里，偶尔被社会的良心时代的正义所揭示，唤醒人们委顿的精神迷茫的心灵。人类在生存发展中汲取着这高贵的禀赋，承续着这纯真的品性，也在进步繁荣中变异着它的基因，扭曲着它的本真，能不能继承中发扬，发扬中继承，考量着每一个人。正是经常被这种崇高的人物和事迹所教育，被这种纯真的人性和精神所警醒，被这种纯洁的思想和行动所激励，人类保守住了人性的底线，找到了自我的根本。感动的是我们总能被感动，而不至于麻木沉沦，庆幸的是我们总能被启迪，砥砺精萃后不断升华，感动本身就是一种精神的洗礼心灵的超越，因为你还有感动。

十

清者自清，浊者自浊，不清不浊者混沌。大千世界，芸芸众生，为不同利益所吸引，价值观各有千秋，坐标系参差不齐，这是人生多样性的典型特征，属于正常的社会现象。但有时有些浊者不自知，反而以清者自居，指点时势，臧否人物，混淆是非，颠倒黑白，大有天下舍其谁为之态，令人耻笑不及也。真正的君子有好生之德，上善若水，成人之美，求同存异，物我两忘，天人合一，秉持的是心灵的真善美，追求的是精神的清纯净，以人性的本真质朴容纳万物，以心地的光明磊落对待世界，自有一番清者的胸襟和风范 。社会之潮，时代之流，清浊混杂，是非相交，由清入浊，由浊变清，莫衷一是，只有始终坚持人性的本真，崇高的志趣，修身养性，砥砺精进，才能正本清源，激浊扬清，世风浑厚，人心淳朴，社会安然。君子不在乎生存于或清或浊之地，而在乎能否超越尘俗达到清明之境也。

十一

宁攀一座崎岖峻拔的峰岭，不踩一堆龌龊肮脏的狗屎，此话虽俚俗，却也道出了深刻的意蕴。纵有千难万险，在艰辛的攀登中，迎接着接二连三的挑战，领略着山重水复的风光，品味着柳暗花明的欣悦，感受着风云变幻的奇妙，享有征程中气势雄浑的伟岸水火交织的砥砺，升华出精神上壁立千仞海纳百川的襟怀；万里长征何所惧，只要有坚定的意志和信念，执着的精神和毅力，一定能达到胜利的彼岸。而无意间踩到一堆狗屎，虽阻挡不了前进的步伐，扭转不了奋斗的目标，侵蚀不了炽热的激情，但总会让人感到一种无奈和恶心，既要花费一定的时间去清除污迹，还要付出一定的精力摆脱纠缠，消解其带来的烦恼。现实中，这种现象非常普遍，所以要尽量少踩为妙。

十二

君子者，凛然正气，清明风骨，品性纯真，不为物喜，不以己悲，视天地为一体，待万物于一身；胸怀博大以揽宇宙，境界高逸漫游九霄，不为一时一事所陷，不为悲欢离合所拘，圣心于内，雅致于外，淡泊明志，宁静致远，天人合一，顺其自然。此种境界非一日之功所能达，需长期修炼以成行，不断实践探索，始终砥砺精进，终能超凡脱俗傲然于世也。清风白云，阳光雨露，自是心灵的超逸；云卷云舒，花开花落，本就精神的意蕴；荒野苍茫，不失儒雅之气象，庙堂轩宇，终有散淡之品性。君子伟岸孤拔，依然平凡之人平静之态，君子超然俊朗，还是平常之心平淡之意，与天地万物同矣。

十三

平静而恬淡，把心儿放到最低点，人生在世，多伟大的作为，也改变不了自己的本质，那就是一个平常的人，多辉煌的业绩，也遮掩不住自己的根脉，那就是一个平凡的人。看惯了春花秋月，经历了夏雨冬雪，领略了岁月的流逝，感悟了季节的轮回，在生活的波峰浪谷跌宕，在事业的崇山峻岭攀登，成败得失都是过眼烟云的回忆，悲欢离合化为转瞬即逝的朦胧。人们终将从名利的尘埃中淡出，还原自我的本真，人们终将从荣辱的虚饰中解脱，回归自我的本分。带着满腔的欲望激情入世，不留一点杂质的灵魂安然隐遁，不是简单的告别，而是心灵净化的超越，精神涅槃的重生，“质本洁来还洁去”，是一条痛苦而欣慰、沉重而超逸的心路，你可在其中？

十四

心灵的自由不能只依靠于外部的环境，更不能寄托于名利的享有，因为它是来自人性深处的精神状态，属于灵魂范畴的幽幻意蕴，过多的刺激，刻意的安排，精细的雕琢，只能加重它的负担，束缚住它的翅膀，永远不能飞翔。要达到心灵自由的境界，必须时刻砥砺精进，反思精萃，在现实的风尘俗土中开辟出精神的清泉绿地，必须始终修身养性，涵养本真，在名利的繁杂喧闹中净化出灵魂的晴空静宇。世俗可以缠绕，名利可以负担，成败得失可以承载，荣辱褒贬可以应对，但绝不能沉溺而不自警，麻醉而不能清醒，沉沦而不能觉悟。心灵的自由，既是一种精神的追求，也是一种境界的创造，既是一种理想的憧憬，也是一种过程的享受。

十五

年年岁岁，岁岁年年，时光飞逝，岁月荏苒，人生的历程不断延伸，生命的脉络逐渐缩短，无限的召唤幽幻深邃，有限的经历烟消云散。一路走来，春夏秋冬，风雨霜雪，奇谲的时代场景，变幻的社会舞台，复杂的生活构成，莫测的人生轨迹，犹如蜿蜒崎岖的峰峦，九曲回肠的江河，化为感慨万千的音符旋律，谱就回忆的乐章，始终在心头萦绕。一路走来，阴晴圆缺，成败荣辱，波澜跌宕的惊悸，山重水复的砥砺，花好月圆的欣慰，生死离别的庄重，犹如苍茫辽阔的原野，深邃奥秘的天宇，融为缤纷灿烂的五光十色，绘出感悟的画卷，始终在心灵演绎。感万物而悟天地，知人生而晓尘世，一切实在的虚幻，一切虚幻的实在，都在这年年岁岁，岁岁年年的轮回里。又是一个新年的来临。

十六

心灵中总会被一些似是而非的俗尘所侵扰，需要经常的拂拭，一方面说明世态之烦乱，人际之复杂，树欲静而风不止，另一方面则证明自身修持不够，没有达到宁静淡泊的境界。“佛性常清静，何处惹尘埃”，心灵的不通透，精神的不超逸，就会时常为尘世的风雨侵袭，名利的雾霾笼罩，始终处于一种欲断不能欲理越乱的窘态。所以，对于自身来讲，要秉持觉悟的执着，坚守超越的信念，注重日常的修炼，以达到清明纯真的境地。受制于现实的生活，困顿于社会的环境，羁绊于时代的条件，人们委屈于世俗，求全于当下，把价值的坐标系放到利益的占有和外部的褒贬上，也属正常；但要看到这也是导致世风不淳人心迷失的重要原因，长期沉溺其中，精神萎靡，心灵颓废，意志消沉，锱铢必较，鼠目寸光，人性的本真就会丧失，人生的历程就会晦暗，社会的发展就会畸形。心灵的清净是需要时常的拂拭来维系的，是靠持久的觉悟净化精萃的，是在一花一草，一沙一石，一念一思，一行一动中蕴含的。

十七

一路走来的江河，带着溪流的轻曼，瀑布的飞跃，霜露雨雪的滋润，沟壑涧畔的汇入，蜿蜒崎岖的低吟浅唱，九曲回肠的悲欢离合，挟持历史的厚重，驾驭时代的洪流，波起浪伏，汹涌澎湃，奔向未来的海洋。有时的激浪排空，惊涛拍岸，是风云际会的浓烈；有时的潺湲温顺，平静安然，是顺其自然的淡泊。太多的水量集聚，太深的水质凝结，呈现着本真的内涵，昭示着品性的光芒。人是自己的水滴溪流，人生是自己的江河湖泊，无论是渺小微弱，还是博大强健，无论是丰功伟业，还是琐业屑绩，无论是庙堂冠冕，还是茅舍草莽，都应有上善如水的品德，涵蕴万物的情怀，泽被天下的胸襟。逝者如水，生者如水，生死交替，生命轮回，生生不息。当人们具有江河般的经历和积累时，不在于体量的大小，而在于品性的继承和发扬，纯真的保持与彰显；当人们有了人生的砥砺和感悟后，不在乎名利的得失，而在于心灵的平静与安逸，精神的清明和超越。

十八

平淡下来，像经历了春耕夏耘秋收的原野，在冬的时节，褪去五光十色的装饰，裸露出苍茫的辽阔；沉寂下来，像经受了春风夏雨秋霜的万物，在冬的怀抱，消去繁闹杂乱的喧嚣，呈现着苍凉的深邃。剧烈造山运动后的奇峰怪岭，巍峨地耸立于苍穹之间，汇集千溪百流后的长河大江，蜿蜒地匍匐于大地怀抱，一切都是因果的过程，一切都是过程的因果。人生的历程也是如此，当阅历积累到一定程度时，激越的喧哗和猛烈的碰撞会转化为平静的淡然沉寂的萧索，壁立千仞无语，海纳百川静默，生命的律动此时沉稳而浑厚，生命的内涵此时本真而深刻，一切的成败得失荣辱褒贬在岁月的净化中烟消云散，一切的悲欢离合喜怒哀乐在时光的凝结里冰晶雪洁。冬的意蕴是经历后的沉淀，精萃中的升华，还你一个干净的心灵世界。

十九

蓬生麻中不扶自直，荷出淤泥污而不染，君子守其道，净其心，明其志，和其行，处俗世而独立，居凡尘而超逸。然久居污俗，时与陋习，难免有所沾染，虽时刻警醒，经常反思，总还会有所失之处矣。是谓人生修炼，千难万险而不惧，但鞋里的一粒沙会让你不能快步；是谓品性陶冶，千杯万盏而不醉，但思想中的一滴浊酒会使你迷失。所以，勿以小恶而不禁，勿以小善而不积，要时刻清净本心，保持纯真，砥砺志向，陶冶情趣，涵蕴品性，合规中矩。关键的是要淡泊名利，远离污俗，拒绝陋习，始终保持思想的高度，始终坚持精神的独立，始终保持心灵的安然超逸。

二十

主动地从名利场中边缘化，这既是一种人生态度，也是一种应对方法，更是经磨历劫风雨行程后的一种心灵超越。只想在世俗的涛头浪尖挺立，那绝不是生活的常态，只想在名利的峰峦岭崖盘旋，那也不是人生的必然；真正的力量往往是深沉浑厚的中流，携带着来自崇山峻岭江河湖泊的能量，推动着时代的发展，彰显着人类的希望。但它常常被人们熟视无睹，而泛浮其上的泡沫却闪烁着迷人的光泽，吸引着人们的目光，引诱着人们的思想和行为。所以，要从所谓的繁华喧闹中淡出，保持一种精神的自觉，具有边缘化的意识，不是消极的逃避，而是心灵的净化，因为它远离浮光掠影的表象，直面本真实在的内涵，从更高远更持久的境界上去思考问题，认识社会，反思自我，拥有真正的精神独立思想自由。能否具有自觉边缘化的思想和行为，也是衡量心境高低优劣的一种尺度，君子者，可谨记之，可修炼之。

二十一

乱国不居，危邦不入，这是古代圣人智者的一种理想，而且是在邦国群立，诸侯纷争，内乱不止条件下的一种态度和选择。当今世界，虽然一体化趋势日益加强，地球村面貌有所呈现，但民族国家形态依然是“横看成岭侧成峰，远近高低各不同”，有疆有域，有规有矩，任何人不能独立于外。所以，不管是危国乱邦，还是和谐家园，自然就将你安排于其中，偶有流于异国它邦者，毕竟是有限的了。对于一个人来讲，在市场经济条件下，竞争的舞台相对大了，选择的机会肯定多了，但就我国目前的人力资源状况和社会保障环境来言，择业的机遇还是有限度的，单位无论参差不齐好坏悬殊，总是要有所寄居的，这是客观现实。值得注意的是无论从事何种事业，工作的单位岗位如何，环境风气怎样，唯有保持自己纯真善良的品性，拥有积极乐观的胸怀，始终坚守自知自觉的明见，就能安然应对，居乱不惊，处俗不沉。现代社会中，人们的生存发展，不只在于具体的环境，更在乎自己的精神内涵。居有限，思无涯矣。

二十二

因为长期受传统思想灌输的“天下情怀”统领着一切，所思所想总是天马行空，意气风发，空阔遥远，缥缈无际，和现实生存的具象形成巨大的反差。人生在世，现实和理想各具特点，又相互贯穿，关键是如何把握；沉溺于现实，庸碌无为，迷幻于理想，虚无缥缈；两极之间，单向性的选择肯定会导致谬误，要达到适度的把握，更需不断的修持。特别是在势利的条件下恶俗的环境中，既要有理想高洁的坚守，又要有现实作为的应对，如果非要抉择，宁守“天下情怀”之迂阔，也不染恶俗之实利，因为，失去精神的意蕴，人生又有何意趣？

二十三

初冬的太阳，从地平线轻轻一跃，染红天际，刹那间，又将金色的光辉洒向大地，一切都温润而安逸。清冽的晨风拂过，宇空澄澈如洗，碧透深邃；远处群山逶迤，山顶的积雪闪烁着耀眼的光泽，沟壑纵横的褶皱与凸凹在爽透净洁的空气中，清晰地彰显着苍劲的轮廓；落了叶的树木，将枝干萧索的升向空中，不时有鸟儿栖息，谱写成不规则的五线谱，演绎着呢喃细语；昨夜凝结的梦幻，化为初晨的憧憬，飘逸在更多的企盼中，游弋在轻盈的浪漫里。静静地注视着初冬的晨景，把自己化为清新的空气，变成爽透的光泽，沁润在奥妙的幽幻中，融入于无限的苍茫里。

二十四

当自己真正沉浸于毫无思考的痴呆状况时，头脑才恢复了本原的真实；没有了繁杂热闹的诱惑，失去了眩晕夺目的奢求；一任天光云影的徘徊，花开花落的自由；哪管成败得失的计较，荣辱褒贬的衡量。这时的自我，只是自然一物，孤独地待着，寂寞地傻着，人生的阅历和智慧荡然无存，时间停顿空间苍白，一切都沉浸在混沌之中，一切都凝固于深邃幽幻。真的，人们在追求名利的现实中，总是把精神之弦绷得很紧，急促的弹奏，始终想得到奇异的音符美妙的旋律，殊不知，过多的欲望奢求压抑了心灵的自由，淹没了精神的灵性，失去了自己的纯真，终究流于世俗的滥觞，只能沦为陋习的附庸。从这个意义上讲，一定的痴呆和短暂的无知，却也是一种心灵的休憩，精神的驻足，本性的恢复。

二十五

当清越欢快的溪流汇入幽静的深潭时，一切都沉浸在孤独的惆怅和寂寞的安然里，唯有蓝天的映照，白云的抚慰，日月星辰的点缀，苍松翠柏的环绕；智慧的凝结，精神的精萃，像一面神秘的魔镜，贯通天地，直达心扉，让一切呈现本真的面目，让万物裸露原质的品性。溪流的驻足，深潭的暂住，滋润心灵的幼芽，稚嫩中泛着清新的光泽；有限的历程，无限的向往，孕育精神的源泉，清澈里透着灵动的奥秘。深潭的孤独寂寞是人生的美好家园，暂时的停顿安歇是精神的精萃之地，心灵的躁动平静下来，迷失的自我有了回归，一切过程转换为起点的驿站，一切结果升华出引领的启迪。

二十六

当形成江河时，一切都显得平缓而浑厚，没有了溪流瀑布的低吟浅唱，没有了古潭湖泊的幽静恬淡，梳理了行程的经纬，精萃了阅历的内涵，汇集千江万流的向往，裹挟泥沙俱下的杂念，顺势而为，浑然向前。此时的江河是深沉的，承载了久远的历史，见证了曲折的行程，融汇了无数的清流浊水，把悲欢离合成败荣辱沉淀为浑然的宽厚，把阴晴圆缺生离死别净化成安详的淡然，坦荡豪迈地奔向生命的无限之海。偶尔的飞涛激浪，不时的高歌怒喊，几处的徘徊回旋，只是回忆的映照，征程的感叹，因为生命之海在永恒的召唤。

二十七

人从简单中走来，经过复杂的历练，又终究回到简单，犹如哲学家从纷繁复杂的自然社会心理学说中概括出抽象的终极理论，就像宗教者从凡尘俗土的衣食住行生老病死中描绘出幽幻的圣域仙境。无论过程如何漫长而曲折，无论内容如何丰富而奥秘，无论形式如何缤纷万象，无论结果大小多少，都是从简单启程，回归到简单；始和终是一个无限的点永恒的环，点点相连，环环相扣，铸就了人生的项链，挂在岁月的颈项，闪烁着生命的光芒，这是涵盖天地，化育万物的根本法则。世间的事本来就简单，平常平淡，真理从不掩饰自己，平静平凡；人们过多的欲望与攫取，迷失了发现真理的慧眼，退化了追求真理的能力，失去了坚持真理的信念，一切的繁复遮蔽了简单的晶莹，一切的追寻扭曲了简单的内涵。能简单，不容易，会简单，大智慧，因为简单是一种精神境界，心灵的家园。

二十八

主动的边缘化，自觉的非主流化，闲看世俗中心的繁闹，淡视名利场里的喧哗，静静地守住心灵的孤独和寂寞，默默地护持精神的恬淡与超逸，不再让世俗的风尘侵袭心扉，不再让名利的雾霾缠绕思想。清明洁净的精神原野，承纳春风夏雨秋霜冬雪的抚慰；温馨安然的心灵家园，沐浴纯真善良美好仁义的洗礼。竹篱茅舍，清风明月不时的眷顾，青灯黄卷，鸟鸣虫吟偶尔的叨扰，淡茶浊酒，激越古今的高谈宏论，琴棋书画，温韵情怀的低吟浅唱。轻轻的淡出，不留一点痕迹，慢慢的回归，长亭古道的惆怅；身在闹市，心已远去，追寻落英缤纷的桃花源，可曾有“采菊东篱下，悠然见南山”故人的身影；活在当下，神已缥缈，遥忆曲水流觞的兰陵会，再能展群贤毕至，俊朗荟萃儒雅的风光?

二十九

孤独是一种境界，主动隔绝了与风尘世俗的各种联系，自觉阻断了来自四面八方的诱惑，默默地坚守着那份宁静和淡泊，没有了太多的奢望欲念，没有了炽热的攫取占有，唯有心灵的自由，精神的散淡，让灵魂回归纯真质朴的原点。人们常常忍受不了孤独，这是人类社会性本质的使然，也是趋利邀名基因的遗传，更是活在当下享受现世的习惯；但人们又需要孤独，哪怕能拥有一会短暂的时空，梳理一下杂乱的思绪，安定一些繁闹的心情。然而要达到孤独的境界也是非常不易的，必须有一定的生活历练，经过艰难时事的砥砺，积累经验吸取教训，才能分解化合，精萃升华，拥有超逸的胸襟，博大的情怀，空灵的意蕴，自觉的能力，享有孤独的奥妙。是谓孤独是一种精神的升华，心灵的超越。

三十

气蕴山河，志吞天地，一种大我的情怀看似空虚缥缈，但那回肠荡气的豪迈让你笑傲尘世，拥有风光无限的宇宙。人生在世，苟且于世俗是一种生存，浑噩于浊尘是一种活法，追名逐利很正常，趋时附流不见怪，而空灵通透超凡脱俗潇洒飘逸也是一种生活的恣意。让心儿放飞，何必拘泥于一时一事，让心胸开阔，何必计较于一点一面；思想的自由，精神的独立，是生命的精灵，人生的翅膀，引领彪炳千秋的宏图伟业，彰显义薄云天的豪情壮志。不要因现实生活的繁杂琐屑而失去思想的活力，不要因成败得失的锱铢必较而僵化精神的超逸，“吾心即是世界，世界即是吾心”，天地万物的大美，只有独立的精神才能感悟，只有只有的心灵才能品味。

三十一

由于经历了太多的事，现在反而有些怕事，特别不愿为一些琐屑所打扰，只想静静的独处一隅。也许是心灵平静精神淡泊了，对有些事物的前因后果熟谙后，不太愿意主动启动或参与其过程，更不愿领略那个所谓的结果。人的敏感性在长久的磨砺中，逐渐变得钝化，由强烈的兴趣转化成平淡的应对，心如明镜，形如槁木，老子的“大智若愚”可能就是指这种经过砥砺净化后的心态和行为吧？总以逞能侍强而热闹，却因灰飞烟灭而寂寞，都说天下万物皆有因果定数，岂知人间诸事总是变幻莫测。经春耕夏耘秋收之忙碌，在冬藏的寒冽中将一切凝结，精萃出晶莹剔透的精神意蕴，在智慧之光的照射下，化为清幽的淡然，在心灵中淡淡的飘逸。

三十二

太阳天天升起，无论是晴空万里，还是乌云遮蔽，总是执着地行使着普照大地温润万物的神圣使命，从不在乎人们的关注或漠视；它轻轻地从东方跃出，安然地滑过苍穹，默默地隐入西边，唯有灿烂的朝霞斑斓的夕晖，把人们不时从世俗的沉溺中惊起，引起激动的雀跃深情的感喟；唯有炽热的光芒七彩的虹霓，将人生时刻从迷茫的麻木中唤醒，沁入温韵的爱抚深刻的启迪。红尘滚滚，俗浪涛涛，趋炎附势的汹涌，追名逐利的喧嚣，填充着现实生活的天地，侵蚀着人们的精神家园；唯有太阳依然平静地朗照，不为誉赞，不为谤毁，燃烧着生命，诠释着真理，彰显着正义，放射着光明，铸就永恒的丰碑。伟大的内核就是平凡，宏伟的基础就是平常，辉煌的底色就是平淡，热烈的意蕴就是平静。人们往往注重表象而忽视本质，麻醉在自我的膨胀中，沉溺于有限的见识里。天天看看太阳吧，因为太阳在沐浴着你。

三十三

许多事情纠缠萦绕，很多想法此起彼伏，不是事情的重要或琐屑，不是想法的美好与恶劣，而是精神的弦总是被世俗的追求所弹奏，心灵的鼓总是被欲望的锤所擂动，不免神魂颠倒，心浮气躁。现实中很多内在的心理活动为外在的风尘流俗所影响，总是以所谓的时尚的评价和名利的坐标来参照，把思想和行为套在一定的僵化模式之中，长期沉溺于既得的利益和名誉的享有上，人们逐渐失去了心灵的纯真，精神的高逸。心有千千结，奈何一个解不开放不下的名缰利锁，意得重重果，纠缠一个取不尽用不完的奢望欲念，终是苟且偷生的混迹，浑噩残喘的依附。所以，打开思想禁锢的藩篱，破除精神僵化的荆棘，就要洗涤心灵的污泥浊水，净化灵魂的风尘俗雾，宁静胸怀，淡泊意蕴，抛却杂念，正心明义，以求得身在凡尘闹市，心在碧空净宇的精神境界。想想看，世上诸事繁杂，难道只有拿得起没有放得下的道理？

三十四

随遇而安，就像一条大河，进入波澜壮阔之境，就不在乎一些风来雨去的细流末水，以自己的浑厚与淡定，平缓而执着的向大海奔去，一切的阻挡都推到了岸边，一切的责难都抛到了身后，中流浩荡气势雄浑，波澜不惊安然超逸。上善若水，唯有此时此处，不以物喜，不以己悲，物我相忘，天人合一；唯有此情此景，涵蕴万物，贯通天地，承载千秋，彰显奥秘。生命的璀璨，无限的召唤，人生的砥砺，有限的努力，融入生生不已的永恒之海，沁入暗香浮动的心里。

三十五

新年匆匆而来，还未及时品味，已经十几天过去了，好像岁月的流淌季节的更替在心中逐渐失去了庄重的仪式性，变得随意和淡漠了。人生如梦，时光如梭，我们只是从心理的角度上去感悟它的存在，知晓它的客观，特别是把精力完全关注到世俗的名利攫取上时，时间的意蕴更显得繁乱无序，一团乱麻了。只有心灵平静，精神淡泊的时候，时间才恢复了正常的状态，像溪流般静静地流淌，没有喧闹，无须装饰，没有刻意，无须雕琢，执着恒定，自然安详。当辞旧迎新失去神秘的色彩时，心灵的恬淡也达到了一种境界，一切顺其自然，物我相忘。

三十六

骨子里的血性遗传，品性中的刚直沉淀，心灵上的纯真质朴，精神里的恬淡安然，随着时光流逝，岁月荏苒，越发浑然厚重，又从厚重中升华出轻灵的洁净，容不得心灵中的奢望俗念，行为上的丑态陋习，久而久之，幻化成一种自觉的衡器评价的法眼，不入清流者一概拒绝，不合清逸者一律弃之。此精神甚好，但应当以自我约束为要，以自我修持为重，以自知自警为本。苟求于他人，有失之于严之嫌，毕竟人们在现实中生存，在名利中熬煎，一味地强调超逸耿介，难免有生存之虑处事之艰了；不似老夫，阅历丰沛，精神淡然，心灵超越，意蕴安闲，倒也有些狷介的孤傲，处事的乖离了。

三十七

媚态奴性太多，是心灵之中妄念秽欲太重所致，因为在现实中要求得一种思想的认同行为的契合，人们总是以乞求的名利和时髦的舆论为坐标，心之所想，行之所依，不免受世俗之浸润，时髦之陶冶，人格渐委顿，品性日浑浊。人们应该有明心见性的修持，淡泊超逸的境界，这是对世俗的一种承应，对自我的一种警示。但对于芸芸众生来言，毕竟生存的本能大于修养的要求，名利的取舍多于心灵的觉悟，不必苛求，只待自明也。但精神的引领，心灵的启迪是不能或缺的，教化的作用是潜移默化的滋润，历久弥新的积淀，超凡脱俗的净化，出淤泥而不染的培养。

三十八

辞旧迎新只是一种表面的意象，实际做到是非常难的，因为旧的积累沉重深厚，既有丰富的物象积淀，又有复杂的精神蕴含，可视可触，可思可忆，犹如连绵起伏的群山，蜿蜒曲折的江河，一粒沙一滴水，便是一部深邃的历史。辞旧不是简单的了断，不是粗暴的隔绝，而是砥砺后的精萃，继承中的发展，遗传里的变异，净化中的升华。辞旧迎新只是一种永续的链环，彰显着生命的无限循环，因为新的召唤幽幻而奥秘，既有眼前的眷顾，又有长远的展望，清晰而朦胧，迷茫而光亮，犹如碧透幽邃的天宇，苍茫辽阔的大地，日月星辰闪烁其间，芸芸万物繁盛其里，谱绘着永恒的画卷。在确定与不确定的交织中，人们只是时空经纬上的一个点，辞旧迎新不过是一种岁月的标尺，人生的计量，心灵的感悟，一种欲说还休的悠然。

三十九

心灵深处被一些想法所搅扰着，经常处于躁动之中，始终不能平静，说到底还是一些俗望欲念在作怪；它们从不同角度引诱着头脑，吸引着思想，漫无边际地滋生出繁枝杂叶，盘根错节地纠缠不休，遮蔽了精神的清明敞亮。人们总是不断地设置着人生的坐标，也不断用日新月异的价值评价衡量自我，太多的欲望和追求，太多的计较与攀比，使人们始终处于运动之中，无暇片刻的驻足，没有短暂的思考；欲望催促，攫取鞭赶，沉溺成败得失的泥淖，麻木荣辱褒贬的雾霾，精神疲惫，心灵混沌。应当适度停歇一会前进的脚步，让头脑有点深刻的思考时间，把回忆和现实有机地化合与分解，精萃出智慧的火花；应当合理把握一下运动的尺度，让心灵有些幽幻的梦想空间，把当下和未来融会与贯通，凝聚出思想的结晶。安然于孤独寂寞的平静淡泊，升华出缤纷灿烂的精神意蕴，有时的驻足停歇，却是持续的前行。

四十

说是努力奋斗，不过是苟且偷生，说是精心竭力，其实是随波逐流；浑然于岁月的流逝，寄生于时光的荏苒，安逸于既得蝇头小利的享有，满足于自我声誉膨胀的虚幻。谄媚势利，附会时髦，沉溺污泥浊水而不知，麻醉恶俗陋习而不惊，哪有点君子胸襟，志士情怀？孤高伟岸的人格，纯种质朴的品性，意蕴淡雅的精神，安然超逸的情怀，只是在心灵的一隅孤寂残守，偶尔闪烁一星半点的光泽。所有的事都挂上事业的冠冕堂皇，所有的业都披上业绩的五彩缤纷，一切丑陋盛装打扮，一切污秽芬芳遮掩，哪有点做人的品性？人生的迷失在于本性的堕落，生命的悲哀在于人格的沉沦，过眼烟云的虚幻中有一点清醒，成败得失的计较里有一丝冷静，时刻洗涤世俗的污泥浊水，不断净化妄念的雾霾烟尘，一份宁静的胸怀淡泊的意蕴，也好映照自己的面貌，看清自己的本性，保持一个做人的根本。

四十一

当拥有于平静时，思想反而会更为激越，当安然于淡泊时，精神反而会更为昂扬。因为平静中，人们可以以客观冷静的思考，解析历程中五花八门的诱惑，纷繁复杂的欲念，光怪陆离的行为，从天女散花乱石铺路的支离破碎中梳理出因果的脉络，有了历史的明鉴；因为淡泊里，人们可以以砥砺净化的觉悟，精萃心路中缤纷灿烂的向往，坎坷曲折的思绪，悲欢离合的感受，从成败得失荣辱褒贬的起伏跌宕里提炼智慧的结晶，有了现实的超越。人们沉溺于世俗的雾霾烟云，满足于名利的冠冕堂皇，视野狭窄，心胸晦暗，精神萎靡，境界低下，不仅是自我的人格丧失品性退化，也是整体的腐朽衰败苟延残喘。所以要时刻警醒，始终保持人性的纯真品格的良善心灵的美好，始终拥有平静的心态淡泊的意蕴超逸的情怀。平静的心灵绿洲，滋生万象更新的生机盎然，淡泊的精神家园，孕育气象万千的雄浑伟岸。

四十二

家风传承久远，通贯古今，横亘于世，蕴含于心，彰显于形；虽时代发展社会进步，人心跌宕世风日变，但清纯质朴淳厚廉正知书达理勤俭和润之家风不能丢失。其上承天启，下自地理，中和人义，融汇多少代人的心血，精萃多少代人的品性，凝聚多少代人的风骨，蕴含多少代人的情怀，从小里看是一个家庭家族的精神主干，往大里讲是一个民族国家的文明传承；虽然有些内容形式略显保守固执，有些风俗习惯残留僵化死板，但其源远流长的积淀，经磨历劫的精萃，始终闪烁着精神的灵光智慧的火焰，始终彰显着人性的纯真品质的净洁。遥想多少代人为其而生存因其而发展，试看多少代人秉持其精要坚守其经典，谱写出宏伟瑰丽波澜壮阔的历史篇章，描绘着春风夏雨秋霜冬雪的岁月画卷。无论身居庙堂还是寄附茅舍，无论声名显赫还是寂寞暗淡，无论成败得失的取舍，无论荣辱褒贬的评判，在家风的抚慰中化为宁静的意蕴，超逸的安然。山高水长，家风绵绵，启迪心灵，滋润情怀，千古不竭，万代流传。

四十三

道德为本，智慧为根，善良为质，美好为行；是谓君子，挺立天地之间，纵横四海之内，志吞寰宇，胸怀八荒，伟岸孤高，峻拔毅然，儒雅风骨，净洁情怀，卓然于人间也。虽苟命于世，然超凡脱俗不失其清流品性，虽勉栖于市，皆超逸淡泊不坠其高洁本分；松风梅雪，自是心胸的淡然，竹雨菊霜，定是意蕴的飘逸，君子风范心向往之行倾慕之。昏昏于尘世，不是不能清醒而是自甘愚昧；浑浑于俗间，不是不会超脱而是自愿庸俗；长期的沉溺，使精神萎靡，意志颓唐；日常的侵蚀，让思想麻痹，行为堕落。所以，要在这凡尘俗雨中砥砺警醒，滋养品性的纯真，锻造风骨的刚劲，视成败得失为浮云，睨荣辱褒贬为烟尘，宁静淡泊，始终涵蕴君子之道，安然超逸，始终保持君子之心。

四十四

静静地坐在桌前，室内的一切安然沉寂，注目窗外，天宇蒙着一层灰厚的云，孕育着一场即将飘洒的雪花；没有阳光的朗照，没有清风的抚慰，天地间仿佛失去了生气，万物好像没了活力。一种从未有过的惆怅在心中慢慢升起，茫然四顾中的无奈愈发浓重，前不见逝者后不见来人的悲怆笼罩心头，弥漫着地老天荒的寂寥，人世沧桑的幽幻。宁静中独守着心灵的孤独，淡泊中品味着精神的寂寞，短暂凝固的思想开始分解化合，净化中有了清新的源泉，精萃中有了晶莹的溪流，纯真质朴的低吟浅唱的在心头奏响。静静地坐在桌前，期待着漫天的飞雪把一切掩去，留下一个洁净的世界，安放一颗寂寥的心灵。

四十五

青年人是未来是希望，只有培养成千上万有理想有道德有智慧有能力的年轻人，事业才能发展，社会才能进步；要使青年人茁壮成长，离不开教育和培养，而其道德水准品性质量是至关重要的，所谓根正苗壮，如果人性中的真善美基因不强，品质中的仁义勇细胞弱化，在生存发展中又沾染不良的陋习，浸染污浊的尘俗，就会滋生堕落的情趣，催生颓废的精神，要想用一些技术性的方法技巧性的手段是无法纠正的。所以，正人先正德，育人先育性，从人性的根本上去培育打造，从品质的基础起砥砺精萃；同时，使其博学广识，增智提能，既有丰富的理论知识专业水平，又有精干的驾驭能力操作手段，在实践中经磨历劫，在创造里净化升华，厚重而博大，深邃而辽阔，从而弄潮时代，挺立社会，彰显自我，奉献人类。青年代表时代，青年决定未来。

四十六

当一个人谄媚势利苟且世俗时，精神也就开始堕落了，心灵也就开始枯萎了，因为任何名利的缤纷灿烂，只是装饰的虚幻，因为任何成败的冠冕堂皇，只是时髦的烟云，失去品性的本真，丢掉情趣的纯朴，一切只是随波逐流的茫然，一切只是泥沙俱下的依附。人生在世，生活在不同的社会空间和具体环境中，工作在不同的职业岗位和人际条件下，既成的历史是生存的基础，面对的现实是发展的阶梯，必须在适应中发展，在继承中创新，不断用新思想新知识新技术丰富自我，不断用新观念新生活新习惯充实人生。但这一切努力奋斗不断探索的背后，始终是人性真善美的传承，品性仁义勇的发扬，无论时代如何变化，社会怎样发展，生活如何多彩，人生如何复杂，它的根脉不能断绝，它的源流不能阻滞，因为它是人类区别于其他的根本，也是人类完善自己的使命。凡尘俗雨，名利雾霾，妄念炽热，偏执喧闹，人们更要保持人性的底线，坚守品质的风骨，才能超然于当下，清醒于未来。

四十七

又是一个新春佳节，人们在辞旧迎新中，回忆着过去，展望着未来，几多感慨，几多无奈，几多的欣悦，几多的忧叹；岁月不居时光如流的永不回归，风云变幻时势莫测的憧憬期待，化为钟声的悠远，爆竹的短脆，红烛的高照，香火的缥缈，笼罩天地，弥漫人间。人情世故在这个日子里有着淋漓尽致的表演，冷眼暖颜在这个时辰中有着浅薄深奥的演绎，传统的情愫日益稀少，厚重的乡谊日渐淡薄，交换的成分增加，利用的份额偏重，人们势利的计较中年味渐行渐远，人间冷暖的品味里情感斑驳杂乱。新春佳节愈来愈成为一种记忆的符号，蚀刻的界线，淡淡地扯着过去，默默地牵着未来，静静地待在一边。

四十八

春节是温度计，测量着人间的冷暖；春节是晴雨表，闪现着人性的阴晴；春节是一杯酒，甘甜或苦涩；春节是一首曲，低吟或高歌。春节是季节的符号，春节是岁月的标尺，春节是人情世故的浓缩，春节是时风流俗的映射。春节是浓妆艳抹的喜庆，春节是繁闹喧嚣的张扬，春节是九曲回肠的牵挂，春节是家园情怀的依恋。春节热烈地走来，荡起澎湃的欢歌笑语；春节安然地驻足，享受虔诚的顶礼膜拜。春节把历史的记忆撒开，捕捉阴晴圆缺的往事；春节用现实的利刃解析，挖掘悲欢离合的现在；春节孕育着生机盎然的种子，春节企盼着万紫千红的未来。经纬交织的思绪，璀璨夺目的憧憬，化为梳不清理还乱的梦幻；纵横交错的向往，花好月圆的企盼，汇成说不完写不尽的画卷。春节阅尽千古的沧桑，春节历览万代的变幻，给每一个人温馨的抚慰，给每一代人亲情的呼唤，春节秉持着人性永恒的光芒，春节彰显着人间无限的温暖。

四十九

亘古以来，人们用季节变换的自然尺度，计量着人世的延续，人们以节庆的社会习俗，维系着人间的冷暖。年年岁岁，以季节为标志，将人性用自然的方式启迪，注入源远流长的执着记忆；岁岁年年，以节庆为时辰，把人间以习俗的方式抚慰，融进海阔天空的追求梦幻。一切的跌宕起伏，都融汇于季节变换的崇光泛彩欢歌笑语中；一切的悲欢离合，都安然于魂牵梦绕的心灵故乡家园情怀里。随着时间的推移，空间的转换，时代的进步，社会的发展，季节变换的自然意蕴日趋淡漠；伴着人类的脚步，人世的纷繁，人际的缠绕，人心的纠结，节庆仪典的社会内涵逐渐萧疏。特别是在市场经济条件下，价值规律的作用中，名利的争夺模糊了季节的界线，权势的攫取消解了节庆的意蕴，一切都戴上季节变换的名头，一切都挂上节庆贺典的招牌。门庭若市，车水马龙，人烟熙攘，彰显着势利的喧嚣；门可罗雀，疏光淡影，清风枯叶，呈现着卑微的沉寂；灯红酒绿，推杯换盏，觥筹交错，多少势利交易的风云际会；浊酒残肴，柴薪粗粒，寒窗陋室，多少日常生存的孤独寂寞。季节没有变，世道远离了，节庆没有去，人心淡漠了。

五十

经常和人交流思想，其实达不到思想的层面，只是一些日常的谈话而已，真正的思想有多少人能知晓？对有些人来讲，思想只是一种装饰的符号，流行的时髦；言来语去，没有深刻的内涵，缺乏系统的逻辑，透着生活的苍白和无聊；诉去说来，没有精萃的哲理，缺少精神的底蕴，泛着人生的泡沫和庸俗。独立的人格，自由的精神，凛然的正气，孤傲的风骨，宽阔的胸襟，淡雅的境界，纯真的品性，乃是思想的魂魄，心灵的内核。没有艰难曲折的经历，缺少风雨雷电的砥砺；没有山重水复的生活，缺乏阴晴圆缺的感悟；没有深刻的自我反思，缺少尖锐的解析提炼；没有超越的心灵意蕴，缺乏升华的精神境界，就不会有思想的结晶，智慧的光泽。人们为了既得的利益，可以放大或缩小思想的范围；人们为了攫取的名誉，可以凝固或化解思想的内核；人们为了随波逐流，会让思想清浊不分；人们为了苟且偷安，会让思想是非不辨。人们为了掩饰自己的虚伪，总是让思想成为僵硬的说教；人们为了隐蔽自己的劣迹，总是让思想变成无聊的碎片。人们让思想披上宏伟壮丽的外衣，人们让思想带上缤纷灿烂的冠冕，人们沉醉于主观的狂妄中，人们麻木在臆断的任性里，哪里还有什么思想可谈？

五十一

小聪明固然不错，就某一具体事情来言，可谓春风得意，心想事成，但论整个全局或长远来讲，可能是视野狭窄，目光短浅。过分在意既得的利益和眼前的实惠，刻意聚焦人际的亲疏和关系的维系，能够暂时凝精聚力，动用资源，巧取妙夺，取得成果，但长于此道，会使人唯利是图圆滑短视，变得机会主义起来。小聪明要精萃出大智慧，小事情要升华出大胸怀，一星半点的闪烁是正常的，但绝不要把它当成恒星；小聪明要服从大智慧，小问题要提升成高境界，涓涓溪流的喧闹是平淡的，但绝不要把它视为江河。小聪明是人生的火花，只有在不断的砥砺中，才能燃烧起智慧的熊熊火焰；小聪明是生命的溪流，只有在持续的奔跑中，才能汇集成境界的江河湖海。不要轻视小聪明，毕竟是思想的灵动；不要沉溺小聪明，终究要升华出大智慧。

五十二

深山明月，松间朗照，幽谷清溪，潺湲流淌，一切都是那样空阔寂寥，唯有心灵的漫步，精神的游荡。人世间少有的意境，只是心里的憧憬，美好的向往；尘俗里难得的画面，只是思想的描绘，幽幻的梦想。现实生活中的繁杂喧闹搅得人头昏脑涨，心绪难以平静；名利权势里的明争暗斗搞得人身心疲惫，精神不能安详。“天下熙熙，皆为利来，天下攘攘，皆为利往”，谁还耐得住苍茫的孤独，冷清的寂寞；谁还倾心于自省的修持，心灵的净化？眼前繁花似锦的诱惑，脑中璀璨夺目的欲望，脚下急功近利的步伐，手上名利果实的厚重，一切融入泥沙俱下的混沌，一切沉醉随波逐流的依附。只能在心灵的家园唤醒人性的魂魄，只能在精神的故园净化生命的身心，只是静静地思考，默默地遐想，沉浸在天光云影的飘逸中，散漫于清风细雨的抚慰里。

五十三

历史不只是我们印象中的宏大叙事壮观场景，一路高歌猛进旋律悠扬，也不只是我们感觉里的九曲回肠徘徊悱恻，满目的阴晴圆缺郁结幽幻。特别是由后代当权者依据自己的权势和需要所组织撰写的鸿篇巨制宏张丽辞，掩盖了多少真实，曲解了多少真相，颠倒了多少黑白，混淆了多少是非；特别是由后代失意者依据自己的遭遇和情趣所编辑描绘的野闻稗史逸趣杂文，张扬了多少主观，任性了多少臆断，充斥了多少情绪，寄托了多少企盼。历史是客观的蚀刻，历史又是主观的描写；历史是真实的创造，历史又是虚饰的积淀；历史是自然的形成，历史又是人为的雕琢；历史是无言的见证，历史又是任意的解说。历史植根于亘古至今的岁月，每一个平常的事件每一个平淡的人生，都闪烁着深刻的道理；历史贯穿于天地万物的时空，每一次激越的变幻每一次跌宕的行程，都彰显着生命的真谛。太多的芸芸众生，安然于平静的生存，平凡的历程，一滴水一粒沙，融汇成浩瀚的江河湖海，铸就起巍峨的群山峻岭；太多的劳苦大众，辛勤在苍茫的乡野，嘈杂的城镇，倾其心尽其力，夯筑了生存的衣食住行，构建着发展的宏图伟业。历史永远是人民的创造，人民永远是历史的主体，无论记录的历史如何缤纷灿烂跌宕起伏，无论装饰的历史如何璀璨夺目冠冕堂皇，无论多少重大的风云事件伟大的典型人物，无论黄钟大吕的高歌怒吼琴瑟箫笛的低吟浅唱，透过朦胧的记忆，直面嗓闹的现实，憧憬幽幻的未来，人民是永恒的历史，历史是永恒的人们，要时刻记载心上。

五十四

春天迈着姗姗的步履，由远而近地走来，由近而远地散开。似幽如幻的绿色如朦胧的雾霭，弥漫在原野、山冈、林间；柔润清徐的微风似调皮的精灵，嬉戏于茅舍、篱笆、阡陌；温暖和煦的阳光抚慰着盎然的生机，澄澈碧透的宇空接纳着期盼的梦幻。郊外的小山坡上空阔而安谧，草芽探起好奇的脑袋，树枝膨胀着叶的芽蕾，不时有小鸟飞过，婉转呢喃的啼鸣，滑过寂静，飘向远方。年年岁岁，此时此刻，点燃祭奠的火花，烟云直上，沟通阴阳的问候；岁岁年年，此情此景，祈祷上苍的福祉，甘霖普降，滋润生命的蓊郁。家族的绵延，民族的传承，古老的仪典，崭新的内容，诉说着千古不了的情怀，彰显着万代相继的精神。踏着春天的步履，和着春天的韵律，呼吸着春天的气息，张扬着春天的活力；因为，岁月流逝光阴荏苒，灵魂永远贯通着过去现在和未来；因为，时代进步社会发展，灵魂永远昭示着神圣奥秘的意义。静静地注视着烟云的飘去，也把思念放飞，融入春天。

五十五

几十年了，岁月流逝时光荏苒，但生命却永远停留在那个刻骨铭心的日子里，泪水伴着祭奠的香火，心血融入祈祷的云烟；唯有撕心裂肺的伤痛，肠断肝裂的苦楚，唯有永远的哀悼，永恒的思念。烟云轻扬，直上九重，带着温馨的问候；香火缥缈，阴阳相对，诉说久别的思念。从追忆中启程的朝拜，加重着思念的浓烈，从梦幻里孕育的相望，凝聚成永恒的画面。心灵中始终护持着神圣的殿堂，安放慈祥的容颜；精神里始终坚守着圣洁的庙宇，沐浴谆谆的教诲。年年岁岁，芳草萋萋，依然是生机盎然的希望；岁岁年年，繁花郁郁，依然是万紫千红的灿烂。香火明烛的告慰，飨祭烟云的侍奉，家园甚好，子孙安然。

五十六

既难以面对，更无言可诉，满怀的思念此时显得苍白无力，只是静静的承应，只是默默的祈祷。一任香火缭绕烟云缥缈，升上奥秘的苍穹，开始灵魂的相融；一任芳草萋萋繁花簇拥，连接幽幻的阴阳，任凭心灵的倾诉。原野苍茫寂寥，山峦陡峭静谧，初春的塞外，缺乏雨纷纷的场景，少有杏花村的意蕴；简单中凝聚了祭奠礼仪的厚重，平静里浓缩了祈祷祝盼的晶莹。唯有思绪的放射，牵起记忆的长线贯穿古今；唯有精神的弥漫，滋润怀念的情怀温馨众生。生命的永恒在于生死相继的无限循环，人生的链条在于生生不已的持续延伸。深邃的天宇，镶嵌着日月星辰，辽阔的大地，涵蕴着万物众生，一切的安排自然而和谐，一切的运转平常而从容。只有把一切融入心里，才能感悟人生的真谛，领略生命的奥秘；清明时节，可有一颗清净明亮的心灵？

五十七

一种淡定的意蕴充满心灵，人世间的风云激荡或琐屑平常，都能客观地认识正确地解释，都能平静地看待正常地应对。大惊小怪的诧异，锱铢必较的算计，关系的权衡，名利的考量，变成云淡风轻的坦然，化为雨润雪飘的洒脱。纷繁复杂是时势的正常，跌宕起伏是行程的必然。宠辱不惊的心灵，从容淡雅的胸襟，纯真善良的品性，仁爱美好的情怀，是蜿蜒曲折经历后的精粹，是风云激荡征程中的结晶，是千锤百炼的陶冶，是修身养性的升华。人生很简单，是人们的思想复杂了，生命很平常，是人们的精神错乱了，失去心灵的平静淡然，丢弃灵魂的安和超逸，一切就会变得云缠雾绕扑朔迷离，一切都会迷茫颓唐沉沦堕落。

五十八

生命很短暂，只是岁月的一瞬间，时光的一闪念；人生很简单，只是过眼烟云，昙花一现。生命又很长久，生离死别，生死相继，生生不已，绵延无限；人生又很复杂，山重水复，阴晴圆缺，悲欢离合，纷繁杂乱。短暂与长久孕育着生命的神秘莫测缤纷璀璨，简单和复杂铸就出人生的蜿蜒曲折风云变幻。有时短暂会萌发思想的幼芽，有时长久会积淀理论的经典；有时简单会孕育深刻的哲理，有时复杂会梳理奥秘的神谕；有时长久的辉煌毁于短暂，有时复杂的建构葬送简单；有时短暂的创造取代了长久的积累，有时简单的突破赢得了长久的努力。人们活得有限，但品味的要久远，人们过得简单，但感悟的要深刻；人们可能长寿，但要活得精粹，人生可能丰富，但要过得简练。其实短暂与久远简单和复杂，构成生命的奥秘人生的魔幻，关键在于精神的意蕴，心灵的超越，境界的安然。

五十九

到了一定的年龄，把自己的行程简单梳理一下，感到空白寂寥，一阵茫然；以往觉得蜿蜒曲折的经历，跌宕起伏的感受，复杂深刻的内容，纷纭变幻的形式，犹如风花雪月过眼烟云，没有一点记忆的斑痕，恰似夜露晨霜雾霭岚气，难觅一点思考的残迹，更谈不上缤纷灿烂的豪情，硕果丰盈的得意。一条江河发源于雪岭冰峰，穿梭于崇山峻岭，蜿蜒于苍茫原野，只是时空的场景印证岁月；清泉潺湲，瀑布腾跃，溪流欢唱，小河高歌，波涛起伏，浪花飞溅，只是经历的项链萦绕时光。太多的无奈，化为逝者不可留的悲怆；太深的失意，变成来者不可追的凄楚；希望的收获，理想的结局，终成白茫茫大地真干净的空灵。其实，想得到的未必得到，也不值得，而回味中的意蕴，思索中的超越，却闪烁着人生的奥妙之光，诠释着生命的永恒意义，滋润着纯真善良美好的心灵家园。

六十

犹如碧静的深潭中突然被投入了一粒沙石，轻轻的涟漪泛起，又默默的恢复了平静，依然是天光云影的徘徊，山色树草的映照。久居尘世的历练，多难砥砺的陶冶，名利得失的远去，荣辱褒贬的黯淡，精神已隐匿于幽静的深谷，心灵已安然于碧透的幽潭。隔绝了风尘的侵扰，阻断了世俗的喧嚣，孤独地坚守，寂寞地享有，倾听自然的低吟浅唱，品味内心的呢喃独语，孕育寂寥的精神意蕴，升华苍凉的心灵境界。偶尔冷眼的回望，只是无意的反射，短暂思绪的驻足，只是淡然的休憩。沉静在深邃幽灵的碧潭中，物我相忘。

六十一

九十年的行程，在历史的大海中只是一朵浪花，短暂的瞬间；在人类的长河里又是漫长的岁月，丰厚的积淀。一个政党，从小到大由弱到强，不断走向成熟，其艰难曲折的历程，激荡风云的内容，开天辟地的壮举，辉煌宏伟的业绩，让人感慨不已；因为它的发展历程是中华民族历史中雄浑壮阔的篇章，它的辉煌成就是文明古国复兴里豪迈激越的旋律。每一次的磨砺，每一次的艰辛，每一次的精萃，每一次的升华，付出了巨大的心血，经受了严峻的挑战，锻造了坚强的队伍，熔铸了崇高的信念，带领全国各族人民，前赴后继，浴血奋斗，使我们的祖国自立于世界民族之林，昂扬于天地之间。难忘的岁月，难忘的征程，掩卷长思，治党之艰，治国之难，尤要精心砥砺，尽力陶冶，稍有不慎，亡党毁国也。

六十二

很长时间没有动笔了。是思想的贫乏，精神的颓废，还是理念的空洞，情趣的狭隘。是文字的粗疏，词意的窘迫，还是意念的枯寂，思绪的苍白。世俗之气的喧嚣，风尘雾霾的笼罩，名利取舍的抉择，荣辱得失的计较。沉溺于清浊浑然的随波逐流，迷失于同流合污的泥沙俱下，麻醉在灯红酒绿推杯换盏觥筹交错的庸俗中，颓废于纸醉金迷东拉西扯乌烟瘴气的苟且里。精神颓唐，心灵晦暗，不能思如泉涌，不会下笔有神；思想荒芜，情趣草莽，岂能文思张扬，意蕴豪兴。很长时间没有动笔了。只想把一切置于自然的荒山野岭，沟壑原野，江河湖海，求得一点苍茫的惆怅，寂寥的空阔；只想把一切融入心灵的清风明月，竹篱茅舍，青灯黄卷，寻觅一点孤独的幽幻，寂寞的梦境。无奈中孕育着生机盎然的勃发，无聊里蕴含着色彩斑斓的蓊郁，苍白中有了五彩缤纷的璀璨，空虚里飞扬着奥妙神秘的幻动。安然于精神的淡泊，心灵的宁静，笔下清泉涌出，溪流潺湲，深潭幽静，瀑布飞鸣。

六十三

要做到平静不易，因为外在的诱惑纷繁复杂，直接或间接的吸引着眼球，撞击着思想，缠绕着心灵；要做到淡泊不易，因为内在的欲望此起彼伏，赤裸或隐蔽地萦绕着灵魂，计较着得失，评判着荣辱。说到底，还是修炼不深，觉悟不够，境界不高，情趣低俗。人们常常把欲望杂念归结于物质的具象根源，而很少考虑情怀意蕴的精神内涵，其实，后者对人的影响更为残酷和深刻，作用更为强大和持久。一种思想定式的固化，精神习惯的束缚，会让人失去自我反思的能力，缺少自我净化的觉悟，陷入一种似是而非的混沌之中，导致思想的浅薄，精神的萎靡，心灵的浑浊。所以，要达到平静的心态，淡泊的情怀，是一个持久的修炼过程，必须有千锤百炼的精萃，脱胎换骨的净化，方能升华出纯真淡雅清明超逸的境界。

六十四

患得患失是思想不成熟的反映，心理不健康的表现；心胸不开阔，情趣很低俗，沉溺于琐屑的事务当下的权衡，满足于利益的攫取名誉的获得，从自我的需要和时俗的评判中，求得一些心理的安慰精神的愉悦。人生在世，有自己的理想和抱负，有自己的情趣和行动，但必须要立足现实，大胆实践，丰富认知，把握规律；以科学的见识，正确的思想，认识事物，解决问题；以宽阔的胸襟，博雅的情趣，品味世相，涵蕴万物。特别是要保持平静的心灵，淡泊的精神，平凡的底蕴，平常的心态，不要指望鸿篇巨制的陪衬，不要寄付权势威望的任性，不要依靠华丽辞藻的渲染，不要安享行为习惯的惯性。只有超凡脱俗的净化，浴火重生的精萃，才能拥有一颗宁静淡泊的心灵，才能保持精神的纯洁，灵魂的超逸，消解患得患失的顽症。

六十五

宽容不是一种外在的仪态，而是内心的品性；宽容不是一种扭捏的表演，而是精神的纯真。只有真正了解了自然，认识了社会，熟谙了人性，领略了人生，才能从心灵深处升华出一种情怀，孕育出一种精神，铸就宽容丰富的内涵，构成宽容灵动的外延。人类离不开地球，这是自然的宽容，人生离不开时代，这是社会的宽容。感恩是宽容的基石，报答是宽容的品性。抛开世俗的藩篱，打破名利的桎梏，消除社会的沟壑，弥合人间的裂缝；拥有天地的情怀，万物的本真，秉持人性的纯真，善美的温馨。像宇空深邃幽幻，容纳日月星辰，如海洋辽阔深沉，涵化清浊污净；宽容没有时间的限制空间的界定，只在于是非的分辨，思想的把握；宽容没有内容的限定形式的拘束，只在于心灵的高度，精神的境界。

六十六

去繁就简是一个净化的过程，精萃的结果。当人们从母腹中生下来，光临这个世界，就开始在前人的基因上遗传变异，在历代的基础上生存发展；时代赋予了丰富的内容和繁多的花样，生活有了新的场景和新的创造，人们不断地攫取，拼命地占有，欲望无尽，贪得无厌，积累了丰富的物质成果，积淀了诸多的精神结晶，彰显了时代的进步社会的发展，也证明了人类的文明人生的璀璨。但不可避免的也增加了身心的重负，被继承的积累和现实的丰厚束缚了向往的灵性，被传统的积淀和既得的享有禁锢了自由的探索，被僵硬的思维定式和行为习惯桎梏了精神的独立，被零碎的琐屑繁杂和庸俗寡陋蒙蔽了心灵的清明。特别是沉溺于物欲满足于既得，麻醉于眼前委顿于当下，人性渐失，情趣皆丧。所以，要驱散笼罩心灵的欲望杂念，消解腐蚀精神的萎靡颓废，从沉重的身心负担下解放出来，淡泊物质的名缰利锁，穿透精神的雾霾烟云，实现思想的自由，精神的独立，心灵的超逸，达到至简的境界。此心路历程程非常艰难，没有刻骨铭心的反思，凤凰涅槃的砥砺，脱胎换骨的净化，浴火重生的精萃，是难以达到的。由简入繁易，由繁入简难矣。

六十七

人们时刻都以拥有真理为自豪，其实不过是给自己无止境的贪婪和狂妄的欲念，寻找最漂亮的借口，披上最璀璨的装饰而已。经常把基本的常识丢弃一边，而杜撰一些所谓高超的理论深邃的哲理；时刻以既得的名利为说教的基础，而造作一些花哨的艳词丽句虚情假意；总是用庸俗的时髦为逻辑的起点，演绎趋时追利谄媚污秽的剧目；总是以崇高的冠冕为权威的棍棒，扼杀梅竹松菊兰花碧草的生机。人们时刻都以真理的持有者而得意，颓废的意志挂上耀眼的旗帜，萎靡的精神穿上斑斓的锦袍，苟且偷生有了逻辑的架构，浑噩糊涂有了理论的奠基。名利的巧取豪夺有了义正词严的解释，权势的钩心斗角有了光明正大的阐述，利益的锱铢必较有了价值衡量的光环，名誉的鸡鸣狗盗有了进取尺度的荣耀。真理的太阳默默的东升西落，年复一年，日复一日，真理的所谓拥有者，五彩缤纷的挤满深邃无垠的宇空，任意喧嚣；常识的月亮静静的阴晴圆缺，岁复一岁，夜复一夜，真理的所谓持有者，花好月圆的充斥幽幻灵动的碧霄，杂乱繁闹。真理无言，人间有太多的话语，真理无颜，人间有太多的色彩。真理孤独地坚守，真理寂寞地等待。

六十八

追求了一辈子的高大完美，其实是一种精神的向往和程式化的人生模式而已；因为，平凡从来都是事物和人生的根本。把自己的个人意志和主观欲望通过既得的名誉地位权势财富放大，自幻性的标榜自我的崇高伟大完美，都是一种自欺欺人的虚幻。人生在世，所有的努力都是生存与发展的正常安排，是事物和人生平凡性的不同表现。穿过欲望的雾霾，清除尘俗的积垢，洗涤名利的熏染，回归平凡的根本是比较难的，因为长期浸淫于纷繁复杂的世俗，安然于权势利益的享有，心灵的污垢太多太重，精神的萎靡太深太浓，让人们沉溺于僵化的思维定式和行为习惯中而不能自拔，偶尔的一点清醒和反思，也是蜻蜓点水，不及痛痒，犹如自己提着自己的头发离开地面一样。所以，人们只有真正的认识平凡的意蕴，把握平凡的内涵，掌握平凡的真谛，才能做到平静地看待世界，平常地处理事务，平淡地对待名利，无论事业再大，场景再阔，成就再多，也是平凡的过程和结果。高大完美的本质是平凡，不是虚幻的焰火，更不是自我炫耀的本钱。

六十九

生活是平常的，它不以人的意志为转移，在时间的流逝中，注入不同的时代内容，在空间的建构里，赋予不同的社会场景，人们在它的时空舞台上演绎着山重水复跌宕起伏的剧目，抒写着阴晴圆缺悲欢离合的篇章。有时人们潜入其中，会觉得神秘莫测变幻无穷；有时人们漂浮其上，又感到波涛汹涌蜿蜒曲折。从更深的内涵讲，沉稳浑厚，从更高的视野看，平静淡然；从较短的时段梳理，江河湖海，形态各异，气象万千，从长远的境界浏览，天地万物，物我相忘，苍茫幽幻。对于大自然来讲，岁月不居，时光如流，万物兴衰，平静而平常；对于人生来言，生死循环，成败得失，荣辱褒贬，平淡而平凡。大自然离开人类依然如故，人类离开大自然无法生存，还有什么值得计较而放不下的呢?

七十

卸掉装饰，褪去光环，抛开既得，让心灵回到最原始的基点，才能触到人性的内核，才能品味人生的真谛。平常的不用任缤纷璀璨去装饰，平静的不用任何繁闹喧嚣去陪衬，平淡的不用任何浓妆淡抹去打扮，平凡的不用任何艳词丽句去润色，只是本真的客观，质朴的实在，淡雅的情怀，超逸的心灵。种子在泥土的拥抱中，汲取着水分和营养，萌发稚嫩幼芽，升起疏枝繁叶，蓊郁葱茏，只是顺其自然的成长，无论芳草萋萋，繁花点点，五谷六穗，参天栋梁，都是生命的淡然，平静的生长，平常的表现。人们总是会被它们某一时刻的鲜嫩娇艳所吸引，人们总是会被它们每一阶段的丰盈伟岸所惊叹，但它们依然是拂煦着清风白云，沐浴着阳光雨露，不为任何赞誉毁言所干扰，不为任何得失成败所影响，挺立于原野之上天地之间。这就是生命的本真，是人生的意蕴，关键在于你的感悟和净化，是否能精萃出晶莹剔透的精神境界。

七十一

孤独是一种境界。人们往往把形只影单的物象形态看作是孤独，而没有理解它的深刻意蕴和丰富内涵。孤独是一种深层的心理现象，幽幻的精神活动，是一种去繁就简的精萃，去粗存精的净化，让心灵超越而清明安逸的意象。孤独从思想上割断了世俗的缠绕，行为上拒绝了人际的牵扯，隐匿于精神的一隅，安然于心灵的寂寞，宁静中清风拂煦，淡泊里明月朗照，孤单中用身心感悟自然，寂寥里用灵魂聆听生命。孤独卸掉了名缰利锁的桎梏，沉淀了凡尘俗雾的弥漫，置身于天地万物的自然，融汇于虚无缥缈的灵界，散漫中阳光洗涤，飘逸里晶莹剔透，纯净中领悟世界的深邃博大，恬淡里品味人生的淳厚意蕴。孤独是思想自由的翅膀，精神独立的基石。

七十二

以闹剧的形态实现了改朝换代的历史剧变，近代中国以诙谐诡异的革命呈现出错综复杂的面貌。辛亥巨变的内在规律不言而喻，但其表现形式则让人感到诧异，主流潜在的涌动，构成浑厚的趋势，而泡沫喧哗酿成波涌浪起的大潮，开辟新制，惊动寰宇；场景支离破碎，人物乱七八糟，剧目眼花缭乱，演绎淋漓尽致；一时江河奔涌，泥沙俱下，一会新旧交织，清浊合流；一边是旧制度的挽歌，一边是新时代的奏鸣，一面是历史遗传的绝唱，一面是现实变异的新曲。深厚的时代发展脉络，总是升满奇枝怪叶的荆棘，深刻的社会变革场景，总是充斥五颜六色的涂抹。所以，阅读辛亥革命的史籍，有一种奇妙的感觉，像是被激流搅动的旋涡，一切都呈现在现实的浑浊中，也像是被撕碎的书籍，一切都飘散在朦胧的混沌里；云山雾海，光怪陆离，庄重与诙谐相伴，伟大与卑微相溶，炽热与冷漠相并，光明与黑暗相交，时代的变化，世相的纷纭，让人有更多的思考，更深的感悟。乱世出怪像，也出真相。

七十三

一次美丽的蜕变，一次纯真的回归，一次深刻的洗礼，一次超越的升华，让心灵充满愉悦，让精神安然超逸。抛开世俗的缠绕名利的束缚，离开权势的羁绊时髦的诱惑，简单平静的思想，淡泊安谧的灵魂，一如深邃碧静的蓝天，日月星辰灿烂其中；一如苍茫辽阔的大地，万物众生欣然其里。这时才能还原一个真实的自己。人们总是渴望崇高伟大，追求辉煌杰出，这没有错，既是平常的自然心态，也是平凡的人生理想，只不过有时把它摆放得太高，堆砌得太大，渲染得太浓，炫耀得太强，陷入一种躁狂的追逐中，沉溺在虚幻的得失里，从而迷失了自我的本真善良美好，扭曲了心灵的光明磊落爽朗。把持人性的平凡，是涵蕴一切的温床。

七十四

独立人格坚守之难，莫过于当今；自由意志秉持之苦，莫过于时下。世风日俗，名利为本，趋炎附势，巧取豪夺，谄媚污秽，苟且偷安，一切以利益的多少来衡量，一切以权势的大小为标准；人们沉溺于随波逐流的顺从，安逸于泥沙俱下的惯性，思想颓唐，精神萎靡，人格庸俗，意志黯淡。人性的纯真质朴被污染得面目全非，人生的历程场景被涂抹得乌七八糟，生命的意义被肢解得支离破碎，独立的人格，自由的意志无从谈起，消融于滚滚的世俗洪流，淹没于涛涛的名利之海。静下心来，仔细思索，人生在世，何以度过？于是主动退出名利的争夺，淡然拒绝人际的缠绕，在孤独中深刻反思，在寂寞中锐意觉悟，以求得一点自我的真实，人性的纯朴，保持人格的风骨，意志的内核，即便有些不合时宜，即便有些乖张狷介。今日方知我是我。

七十五

只有采取断然的方法，才能脱离世俗的名利纠缠，拒绝庸俗的交际应酬，保持一份清静，拥有一点思考。失去一些既得的利益，暗淡一些耀眼的名誉，减少一些人脉的密度，独居一隅，与繁闹喧哗的名利场相忘，倾听心灵的独语，品味人性的纯真，感悟生命的真谛；寂寞陋室，与熙攘交错的人情世故隔绝，专心精神的砥砺，净化品性的洁净，升华人生的境界。主体语言的鸿篇巨制，只是冠冕堂皇的煊赫，价值导向的风向坐标，只是缤纷璀璨的诱惑，急功近利的目标，只是巧取豪夺的量化，红尘滚滚，世俗荡荡，天地朦胧，万物惆怅。回归心灵的家园，竹篱茅舍，青灯黄卷，意蕴散淡；安然精神的故乡，清风明月，梅兰竹菊，孤芳自赏。远处天籁地声，汇入幽幻的畅想。

第十九集　天光云影

DISHIJIUJI TIANGUANG YUNYING

一

似雪非雪，似雨非雨，冬季开始的第一个典礼，既是辞旧岁的依恋，又是迎新季的昭示。从浓重的云幕下清扬的飘逸，在寒洌的溯风中浪漫的挥洒，被秋天干燥了的原野笼罩在湿润的氤氲里，山川草木河流湖泊渐入了凝固的沉思，岁月人生成败得失沉浸在孤寂的苍凉，一切都有了命运注定的结果，一切又仿佛回到了遐思的原点。多彩的春夏秋被简洁的冬所盛纳，一任萧索的抚摸，一任单纯的净化。告别的雨珠不断地凝固成回忆的珠玑，诞生的雪花连绵地展延着梦幻的晶莹，少了点世俗气息的冬天，让人有些孤独寂寞，又多了些清爽和超逸。

二

伟大的高尚的都是平凡的平常的，犹如崇山峻岭终成为沙石的绵延，江河湖海终变为水流的呈现，偶尔的孤峰奇岭只令人一瞬间的仰视，偶尔的狂涛巨浪只让人一刹那的注目。一个民族绵延崎岖的发展历史，一个国家艰辛砥砺的锻造过程，总是被人们短短的记住却长长的忘记；特别是在一定的时段，人们满足于五颜六色的物质享受，沉溺于光怪陆离的精神麻醉，既得利益的获取和占有，贪婪欲念的滋生与泛滥，迷失了眼光，丧失了胸怀，丢掉了境界，颓唐了精神，萎靡了气节，虽然置身于崇山峻岭江河湖海而不知其脉流，虽然生活于风云时代变化社会而不谙其根基，妄自菲薄，虚无颓废。正如赋予我们生命温床的自然，培育我们生活环境的社会，因为其平凡的崇高伟大总是被我们漠视或践踏，正如承载我们发展的历史，接续我们进步的基础，因为其平常的深厚丰富总是被我们断裂或撕碎。太阳因为其宏伟被人们以神的祭祀供奉于精神的殿堂，也因为其平凡被人们以淡漠相忘于江湖；历史因为其绵长被人们以有形无形的蚀刻打造得冠冕堂皇，也因为其平常被人们以健忘弃之草莽。人们创造着也毁灭着，记忆着也遗忘着，积累着也丢弃着，精粹着也杂芜着，智慧着也愚蠢着。人啊人！

三

当一种宏大叙事线性思维的习惯和行为支离破碎后，怎样从客观的原点出发，从真理的基石落脚，从人性的本质定位，对于恍惚于历史，迷失于当下，朦胧于未来的人们来讲，是一种现状的真实描述，更是一个深奥的难题。刚刚解冻了传统思维的僵化，摆脱了扭曲逻辑的束缚，打碎了片面思想的桎梏，冲破了荒谬理论的藩篱，重新认识自然社会和自我，有太多的实践要进行，有太多的经验要总结，有太多的思想要精萃，有太多的理论要检验。新芽初长，还有待于时日，旧俗未了，还依然蔓缠；打碎不易，建树更难，要经历一个长期艰难困苦的过程，要有一个脱胎换骨的凤凰涅槃。知识积累越多越好，见识越广越深越好，智慧越秀越灵越好，境界越高越远越好，但这需要持之以恒的砥砺，刻骨铭心的精进，超凡脱俗的净化，更需要一种来自心灵真善美的从容淡定。

四

得到和失去是辩证统一的，得到有时是失去，失去有时是得到，就像种植一样，耕耘土地，播撒种子，或丰或歉，或继续成为种子，或逐渐成为食物，完成一个周期的果，开始一个周期的因，因果相应，循环往复。人们往往满足既得的享有，又希冀更多的获取，这没什么可以过分切责的，但要弄明白一些道理，保持一份清醒；生死相继，生生不已，是生命的永恒，得失变换，因果循环，是人生的规律；在生死中领略悲欢离合的真谛，在得失里感悟褒贬成败的至理。得失本是一回事，只不过在不同的生命时空中，在不同的人生阶段里，表现不同而已。得失不是锱铢必较的简单价值衡量，更不是宠辱成败的世俗标签，是一种心灵的感悟，精神的品味。

五

以浅薄对浅薄，很无奈，以浮躁对浮躁，很无聊，以淡漠对淡漠，很无趣，以粗俗对粗俗，很丑陋；一切的交往变成了随波逐流的颓唐，一切的会面变成了泥沙俱下的沉沦。花天酒地的吃喝，声嘶力竭的报告，喧哗的虚情假意，演绎的冠冕堂皇，缤纷璀璨的装饰，阴谋诡计的构造；酒场失去了滋润诗情画意的浪漫，会场办成了孕育狂妄不羁的泥淖，二者沆瀣一气，狼狈为奸，主宰着生存的咽喉，把持着生活的脉搏，阉割着气节的骨骼，蹂躏着情趣的贞洁，毁损着境界的美好，腐蚀着心灵的纯洁。大千世界，竟然无立足之地，朗朗乾坤，竟然无置身之所？悲夫。只好守护孤独的竹篱茅舍，把持寂寞的梅兰松菊，暗香浮动，月影徘徊，清泉碧潭，超然世外。

六

生活的本意是平常和简单的，但构成生活的内容又是复杂多样的，对一个同样的事物会有不同的见解和做法，对于一个人物也会有不同的臧否和评价；对于不同的事物反而有了共同的诠释，对于不同的人群却有了一致的褒贬。从规律的角度讲，生活是一条河流，无论是波涛汹涌还是风平浪静，始终贯穿始终；但从具体行程上看，则是蜿蜒曲折五光十色，变幻无穷的。生活的平常是博大深邃的意蕴，生活的简单是包罗万象的雄浑，是高度提炼后的晶莹，是精萃净化后的超逸；生活内容的丰富是孕育生命的内核，生活形式的繁杂是承载人生的实体。生于琐碎烦嚣而过得简单，活于名缰利锁而过得平常，便是生活的智慧，生活的超越。

七

灰蒙蒙的天宇仿佛遮蔽了想象的空间，阻滞了迅捷的时光，弥漫着单调枯燥的沉寂，散淡着欲说还休的迷茫，思绪被无奈和无聊凝固了，没有了一点灵动的张力，更谈不上黄钟大吕的高歌宏曲，晓风杨柳的低吟浅唱。蜗居陋室，孤寂一隅，打开书卷，让漫无边际的目光聚焦于文字诗词篇章图画构成的时空中，让黯淡的心灵有点鲜亮。一泓清泉在深山峻岭中蜿蜒飘逸，不时深潭幽碧，天光云影，不时飞瀑欢畅，扬珠溅玉；一根钓竿在江河湖海里尽情挥洒，不时粼闪霞光，甲烁星辉，不时清浊问答，是非酣醉。那份浓缩了的崇山峻岭江河湖海，精萃了的春花秋月夏雨冬雪；那份孤独的傲岸，寂寞的苍凉，淡雅的幽远，澄澈的深邃；那份义气的凛然，思想的张扬，灵魂的飘逸，心灵的安详；那份青灯烛泪的短行有太多的记忆，竹篱茅舍的长句有太深的遐想，凌霄不屈己的昂扬，得地本虚心的坚守；一切一切，沁入心脾，化为暗香如故的宁静。

八

记忆翻开源远流长的历史篇章，思绪凝注纷繁复杂的岁月折页，无论惊天动地的宏图伟业，还是碎屑繁复的家长里短，令人浮想联翩，总想得到最深刻的印象，最幽幻的情愫，最深沉的感悟，最灵动的遐想。往往是那些稚朴的碎片，凌乱的场景，平常的琐事，平淡的生活，总是萦绕心头；一些细小的情节平淡的事物紧紧抓住回忆的主线，那样的温馨和顺，很快地入怀入情，引起缠绵的思念深切的感怀；而一些宏大的场景辉煌的业绩却孤寂地矗立一隅，记忆的微风偶尔把它抚拭一下，触动久逝的画面，留点叩问的应答。最深远的记忆最平凡最平淡，但它离人们最贴身最入心，是一种淡淡的回归，浓浓的回味，融入血脉，沁入心脾，一种无法言说的感悟，无法表达的情怀。

九

孙女诞生，家中幸事，新辈绵延，宗室兴盛。人生久远，代际赓续，山高水长，吉祥安顺。娇娃纯真，灿如桃花，柔若春风；娇娃妍丽，朗照日月，颜雅芳芬。老夫喜不自禁，语言不足以表达喜悦之情，辞章不足以表述欢喜之心；老夫心旌摇曳，吟唱难以抒发激动之意，舞蹈难以挥洒幸福之尊。唯有千般的祝福，万般的纳祥，敬禀老父在天之灵，祈颂代代福祚连绵。是日，晴空万里，清亮碧透，丽日朗照，清风温馨，幸事临门，喜生家中，谨记以志，佳日永存。

十

我就是我，像东边的日出，没有什么呼唤，一样冉冉升起；像西边的月落，没有什么告别，一样悄悄隐去；像伟岸的山峰，承载着四季的风霜雨雪；像辽阔的海洋，容纳着八方的波涛激浪。我就是我，永远不会低下高贵的头颅，因为真理和智慧让它高尚；永远不会佝偻挺拔的脊梁，因为正直和坚韧让它刚强；永远不会被世俗的假恶丑腐蚀灵魂，因为博大精深的真善美守护着心房；永远不会为名利的成败得失所纠缠，因为宁静淡泊的境界是精神的家园心灵的故乡。我就是我，一沙一石，也有壁立千仞的陡峭；一点一滴，也有海纳百川的浑厚；一草一木，也有缤纷璀璨的蓊郁；一思一行，也有悲欢离合的华章。孤独中锻造着坚韧的风骨，寂寥里精萃着崇高的品格；污泥浊水中，挺拔正直的枝蔓，绽放纯洁的花朵，清香四溢；庸风俗浪里，昂扬慈爱的风帆，驾驭普度的航船，超越自我。我就是我，一个平凡的人，平凡中有伟大的基因，一个平常的人，平常中有杰出的细胞；鲜红的血液流淌着祖先们高贵的品质，挺拔的身躯承载着祖先们殷切的寄托，智慧的头颅精萃着时代的精华，宽阔的胸怀净化着社会的繁杂。兼济天下，会有卓越的作为，独善其身，会有超逸的境界，因为我就是我。

十一

岁月匆匆，告别过去，又接续着漫长的征程；人生如梦，送走晚霞，又迎来初升的朝阳；四季轮回蚀刻着春耕夏耘秋收冬藏的年轮，旧岁新年承载着周而复始继往开来的永恒。我们惊叹生命的博大精深，铸就天地万物的奥秘；我们感慨人生的山重水复，谱写悲欢离合的神韵。蜿蜒崎岖的山脉，一次次的攀爬，一次次的登顶，依然是峰峦连绵叠嶂峭壁的场景，演绎着欢畅与困顿的情节，书写着人生的剧目；源远流长的江河，一回回的高歌，一回回的低吟，依然是九曲回肠奔腾不息的旋律，点缀着激荡与委婉的音符，谱写着生命的华章。过去的依然清晰，牵起不尽的回忆，渐渐的远去；未来的依然朦胧，铺开无尽的遐想，慢慢地走来；现在的依然迷茫，站在新旧交替的地平线上张望，迎接第一道霞光。

十二

人们奋力拼搏执着追求，在得到了一定的物质精神享受后，并没有太多的心灵愉悦，而是更深的陷入到了一种空虚无聊之中，丰富的世俗内容充填不了灵魂的无奈，繁杂的世俗形式掩盖不去心灵的焦灼。物欲横流，清浊混淆，是非颠倒，世风萎靡，精神颓废，心灵荒芜，人们在名利的锱铢必较中丧失了人性的底线，在得失的疯狂衡量中丢掉了人生的真谛，沉溺于醉生梦死的灯红酒绿，沉沦于苟且偷生的浮光掠影。理想尽失，信念不存，生命的价值贬损，人生的意义庸俗；平常平凡的内涵离我们越来越远，宁静淡泊的意蕴和我们越来越疏，失去了心灵家园的呵护，遗弃了精神故园的滋润，人们将要走向何处？

十三

士，不能不弘毅。人生山重水复，崎岖坎坷，经磨历劫，悲欢离合，名利得失，荣辱褒贬，虽万象皆备，但高尚的品格纯粹的精神美好的情怀坚韧的气节绝不能丢失。高屋建瓴，意象的博大精深，见微知著，情趣的幽幻旖旎，承载的是贯通天地的正气，涵纳万物的胸怀，光照人间的磊落。修身养性，仁义礼智信的砥砺，家国天下，大同世界的抱负，精萃的是天人合一的境界，大道至公的向往，物我相忘的超逸。身居荒野，心忧天下，身在庙堂，心有黎庶，不是地位身份的变化，而是精神升华的始终如一。当下万物皆有所取，不谓物质不足精神不丰，但缺的就是驾驭一切的弘毅。

十四

论我们的文化素养，谈不上系统和专业，更遑论造诣和精辟了，大多是一些信息的碎片常识的拾掇经验的堆积，真理与谬误共存，文明与愚昧相混，用有限的人生经历把它简单的串起，用浅陋的思维逻辑把它粗糙的梳理，用时新的知识理论把它注释提炼，有点切身的感悟，有些深沉的思索，但与天地的深奥，万物的神秘，人类的奇幻而言，只是九牛一毛沧海一粟，不可骄傲自诩，以文化主人自居。但我们可以在持之以恒的实践中，在经历有限的积累里，在感悟粗浅的基础上，不断化合分解，不断净化精萃，升华一种贯通天地，融汇万物，明心见性的精神；它涵蕴历史，点津现在，孕育将来，它浸润有形，幻化无形，以达超越。正所谓时代发展，社会进步，生活变化，而文化的积淀精神的升华是永远不能缺失的永恒之本。

十五

如果不能用一种纯真善良美好的精神去孕育后代，而沉溺于随波逐流的人生谋略和投机取巧的教诲上，那培养的后代就不是完整意义的人；如果不能有一种光明正义理性的思想引导后代，而满足于名利得失的阴谋诡计和巧取豪夺的关注上，那造就的后代就不是时代需要的人。市场经济，世俗社会，把人们的全部精力凝聚于物质财富的占有和既得利益的维护上，把人们的所有精神倾注于感官刺激的麻醉灯红酒绿的萎靡中，锱铢必较的价值计较成了衡量人生意义的标准，巧取豪夺的名利权衡成了诠释生命真谛的坐标；人们不断地阉割历史，荼毒当下，迷失未来；人们不停地放纵欲望，刺激贪婪，沉沦眼前；人们忘却了后代的培养，因为自己失去了源远流长的历史记忆，人们淡漠了后代的教育，因为自己迷失了高远深邃的未来向往，人们因为既得利益的过分把持，给后代一个狭隘鄙陋的狗肚鸡肠，人们因为萎靡颓废的堕落，给后代一个污浊庸俗的醉生梦死。人们啊，应当警醒，人生的链条不能有太多的锈蚀，人类的延续不能有太大的损伤，给自己一个准确的定位，给自己一个正确的方向，给自己一个神圣的使命，给自己一个沉重的担当，因为后代是我们的希望。

十六

万金油的为人处世方法，许多人很熟悉也很熟练，什么场面都能应付得了；如果稍加雕琢，附之以洒脱的仪表，文化的冠冕，玲珑的语言，机巧的手段，就能在一定的环境中潇洒自如游刃有余。从适者生存的角度看也不必过分挑剔，从为人处世的方法论也无须横加苛责，但社会整体处于这样的氛围，人们长期沉溺这样的方法，就会导致思想的浅陋精神的颓唐。木石之珠链，以理想信仰开光，璀璨夺目，以纯真善良美好为润泽，化育众生；金玉之装饰，以名利得失权衡，趋炎附势，以虚假恶劣丑陋为时尚，荼毒天下。虽然柴米油盐酱醋茶的琐屑，生老病死悲欢离合的烦恼，也不失梅兰竹菊诗书画的情趣，修身养性心怀苍生的胸怀；虽然竹篱茅舍庙堂高厦的悬殊，名利得失荣辱褒贬的遭际，也不忘天生我才必有用的志向，修齐治平天人合一的境界。污泥浊水，要有出淤泥而不染的精神，乌烟瘴气，要有暗香如故的情怀，随波逐流，要有中流砥柱的意志，庸风俗雨，要有散淡超逸的境界。万金油不会不存在，但不能多有。

十七

孩子们的幸福就是父母的天堂，孩子们的痛苦就是父母的地狱；父母是孩子的心灵家园，父母是孩子的精神故乡。孩子是父母的未来，孩子是父母的希望；父母是孩子的渊薮，父母是孩子的基石。人们不忘源远流长的历史，人们正视繁杂喧闹的现在，人们更憧憬风云变幻的未来；像夕阳西下，燃烧最后的晚霞，轻轻地收拢行程，走向沉寂的夜色，化为星月的梦幻；像朝阳东升，启动浓郁的霞光，重重地迈开步履，腾跃深邃的宇空，挥洒璀璨的希望。孩子们总是在父母的期盼中成长，不管山高水长；父母总是在孩子的眷恋里衰退，无论地老天荒。孩子逐渐有了父母的牵肠挂肚，父母逐渐有了孩子的天真幻想，在时光飞逝中铸就峻岭峰峦，在岁月流淌里汇成江河湖海，一首永恒的歌永远在吟唱。

十八

凌寒冽之劲风而独立，驾飘逸之雪花而轻扬，身之伟岸，心之高洁，岂容随波逐流的恶俗，阿谀逢迎的丑态。寒风无意，白雪有情，竹篱茅舍，残灯短烛；青史黄卷，梵音典语，辞赋雅句，诗词华章。安然于孤独，恬淡于寂寞，置身于幽谷深涧，放心于清流飞瀑；梅兰幽静的暗香，松柏劲拔的气节，卓然于明争暗斗的烟火，超逸于趋炎附势的雾霾。不求闻达，远离名利的缠绕，何论荣辱，没有得失的计较；岁月的探访，春风夏雨秋霜冬雪，时光的蚀刻，思索净化精萃升华。寒冽的劲风，抚慰着宁静的精神家园，没有一丝枯枝萎叶，飘逸的雪花，笼罩着幽幻的心灵故乡，没有一点斑驳。

十九

父亲是一座高山，曾经巍峨耸立，撑起苍穹，连接大地，容纳时代的日月星辰，承载社会的风雨雷电；父亲是一片大海，曾经蜿蜒曲折，开源汇流，滋润万物，涵蕴生活的溪潭湖河，抚慰岁月的细浪狂涛。父亲的高山，被时光的刀剑雕琢得崎岖陡峭，伟岸挺拔里也有了少许的风化；父亲的大海，让岁月的洪流侵蚀得九曲回肠，博大深邃中也有了不少的浑浊。太大的责任，太重的使命，让山海相连，有坚强的依靠，有深厚的铺垫；太浓的情怀，太深的关爱，让山海相拥，有欢快的启程，有幸福的港湾。父亲崇高在后代的心里，父亲伟大在后代的身上，依然是横亘绵延的高山，依然是辽阔深沉的大海。

二十

人们总爱回忆过去，因为所有的质朴纯真都已过去，那里有美好的时光欢快的嬉戏，稚嫩的交往天真的认知，也有变幻的风云，莫测的雪雨，山重水复的艰辛与疑惑，柳暗花明的喜悦与觉悟；犹如发源冰峰雪岭的涓涓溪流，奔跑在崇山峻岭，跳跃于瀑布深潭，汇集于江河湖海，一幅浓墨淡彩的山水画，一曲悲欢离合的咏叹调。特别是有了丰富的经历，切身的感受后，再浸润一些值得品味的情趣，放大一些洋溢美好的故事，叙事的情节格外温润，逻辑的梳理非常清晰，而且时间越久远回忆越浪漫，夹杂一点主观好恶的取舍，褒扬贬隐的选择，于是多少有些客观的缺失，真实的漫漶。其实，人们回忆过去是对当下的一种评价，是对未来的一种憧憬，是对成就的一种回味，是对遗憾的一种补偿；在溯源疏流寻根探脉中，回归天真质朴幼稚纯洁，反思山重水复悲欢离合，检讨荣辱褒贬成败得失，有点浴火重生的净化，有点超凡脱俗的升华。人们总爱回忆过去，因为活在当下，精神需要滋润，心灵需要慰藉。

二十一

人到一定的年龄，经历丰富了，感触深刻了，泪水反而多了；凡听到世间悲的声音，凡看到世间哀的景象，凡遇到难过的事，凡碰上难受的人，都会情不自禁地流下泪来；即便是街头巷尾流浪的狗猫，残枝断垣盘桓的鸟雀，更遑论人世间的生老病死悲欢离合了。这是一种智慧的倒退，还是一种人性的回归？自己也说不清楚，因为人生的道路还有一段，生命的感悟还有一程，泪是崎岖蜿蜒岁月的凝结，泪是风云变幻时光的晶莹，泪是过去的回忆，泪是当下的惶恐，泪是未来的迷蒙，泪是欲说还休的寂寥，泪是山高水长的苍凉。年轻人更无法理解，因为他们人生的道路还很漫长，生命的经历还会更多，激越的年华，澎湃的胸怀，豪放的意气，诗情画意的浪漫，指点江山的豪迈，火辣辣的思想，急匆匆的行动，来不及驻足片刻的品味，来不及宁静瞬息的感悟，有点泪的叨扰轻挥就逝，有点泪的滋润即刻蓬勃，泪是青春的珠玑音符，泪是青春的悠扬旋律。泪总是会在一定的时空场景人事境况中自然的流，只是此时多了些许，不知是否正常？

二十二

人们一生追求的东西很多，但回归的时候，才感到唯有宁静安逸最为难得。一切缤纷璀璨的繁华总会被岁月的风吹雨打去，芳菲落尽疏枝残叶，一片萧瑟，满目苍凉；一切繁闹喧嚣总会在时光的水涤火焚中，灰飞烟灭云消雾散，千古绝唱，万籁俱寂。人们在疯狂地追名逐利，不会轻易停下巧取豪夺的步履；人们在奢侈的享受挥霍，无法马上制止纸醉金迷的贪婪。但人性的根脉依然不乏真善美的基因，人类的身躯依然遗传仁爱义的细胞，人们的精神家园总是在执着地召唤，人们的心灵故乡总是在温馨地引导；经风见雨的历练，争名夺利的煎熬，悲欢离合的洗礼，成败得失的砥砺，让人们从纷繁复杂中感受到孤独的峻拔，让人们在缤纷灿烂里享受寂寞的幽幻；一种返璞归真的淡泊，一种超凡脱俗的宁静，解剖精神的五脏六腑，洗涤心灵的污泥浊水，直面人生的意义，诠释生命的真谛。想得到的未必真正拥有，没得到的可能始终存在，只是人们往往追求中迷失了自己。

二十三

故乡的记忆，是朦胧的又是清晰的，是稚朴的又是深刻的。在那个是非颠倒黑白混淆的年代，唯有偏僻的小山村守护着本真的底色，蜿蜒曲折的清流，凸凹嶙峋的崖畔，一沟碧绿的庄稼，漫野起伏的沙丘，几处土窑泥屋，不时鸡鸣犬吠；农人荷锄载着朝阳晚霞，牧民扬鞭挥动星月炊烟，呢喃的是天时地利的季节，交流的是家长里短的岁月，期盼的是五谷丰登六畜兴旺，祈祷的是人寿年丰合家幸福。村外混乱的气息偶有飘荡，瞬间化为几声不解的感叹，世上变幻的喧嚣，刹那沦为几段幽默的嬉笑。那时，避乱下乡的生活，变成了田园诗般的安逸，辛苦清贫的劳作，幻化成桃花源般的浪漫；虽然时间短暂，但在头脑里刻下了难忘的画面，虽然年幼无知，但在心灵中留下了永恒的记忆；以至于工作多年，历经沧桑，无论什么时候，无论什么境况，总想在真实的故乡走走歇歇，总想在记忆的故乡进入梦境。

二十四

默默地前行，在了无尽头的莽原上执着地迈动着艰难的步履，看不到熹微的光明，也没有依稀的路径，在心灵之光的指引下，从绝望中开辟，从黑暗中探索，在没有路的脚下留下路的印记，在没有光的头颅有了光的晶莹。有时生活的处境就是这样黯淡无奈，有时人生的挑战就是这样迷茫懵懂；像群峰之间的幽谷，孤独的蜿蜒；像深藏不露的碧潭，寂寞的深沉；清泉石上的低吟浅唱，天光云影的徘徊顾怜，树木花草的有心陪伴，清风飞鸟的无意叩问。依然默默地前行，不再是步履的沉重，而是精神的轻扬，不再是思绪的重负，而是灵魂的超逸，路始终在脚下，光始终在心灵。

二十五

冷月孤独，寒星寂寥，在深邃幽幻的碧空，青辉弥漫，晶莹萦绕，抚慰着苍茫的原野，平熨着喧嚣的人世。人们总想把自己当成太阳，放射巨大的能量耀眼的光芒，吸纳众多的眼球和依附，建构以自我为中心的体系，享受那份独尊的荣华奢靡的富贵；但狂妄的欲念，贪婪的攫取，总是在奢靡的蒸腾中分崩离析，总是在焦灼的煎熬中灰飞烟灭。其实，太阳还是太阳，只是想模仿太阳的人太多。我注目晶莹的冷月，寄意幽幻的寒星，映射太阳的炽热化为温馨的柔和；我喜欢阴晴圆缺的梦幻，诗情的祈盼直达心扉；我倾慕疏光淡影的静谧，画意的超逸沁入灵魂。光芒四射的朗照，让人容易失去自我，炽热猛烈的烧烤，让人容易迷失发狂；一缕星光的温蕴，一片月辉的氤氲，胸怀冰清雪洁，意念晶莹剔透，便是人生的好时节。

二十六

热闹喧嚣中膨胀了自我，萎缩了世界，一切都显得渺小，唯有既得的利益显赫的地位，把握的权势虚幻的荣誉；人们在世俗的炽热中无限地放大着自我，泛起色彩缤纷的泡沫，涌动冠冕堂皇的光环。萧条冷静中缩小了自我，膨胀了社会，一切都变得博大，唯有艰辛的生活坎坷的行程，孤独的身影寂寞的心灵；人们在思索的冷静中有限的缩小着自我，呈现衣食住行的平常，生老病死的本真。人们总是在自我膨胀和缩小之间徘徊，或被取得的一些名利放大了狂妄的欲念贪婪的行为，或被失去的一点挫折缩小了意志的伟岸心胸的辽阔。其实，人生就是冷热循环的交替，冷热相融的焦灼，热让人们有了丰富的想象和多样的行动，冷给人们带来冷静的思考适度的步骤；不能简单地将它们割裂，更不能让它们尖锐地对立，热烈的向往冷静的思考，激情的行动适度的节奏，使人们不至于热得发昏冷得僵化，使人们能将冷与热精萃成思想的引领，锻造成行为的动力。

二十七

很多清澈明亮的眼睛，犹如深邃碧透天宇上的日月星辰，闪烁着纯净的光芒，直透我那布满俗尘的灵魂；很多纯真稚嫩的脸庞，犹如苍茫辽阔大地上的树木花草，沁润着蓊郁的温馨，直达我那枯萎干燥的心灵；孩子们让我重新回归到了生命的原点，又一次领略了人生的启程。叽叽喳喳的天真问候，似清泉的低吟浅唱，瀑布的高歌欢诵；来来去去的亲昵抚摸，像轻风的轻曼随意，雨露的温润芳馨。孩子们让我品味生命的真谛，山高水长的旋律，悲欢离合的音符，阴晴圆缺的演绎，生生不已的华章，那是造物的永恒，博大精深；孩子们让我感悟人生的意蕴，成败得失的计较。荣辱褒贬的衡量，清流污浊的同流，是非黑白的混淆，那是遗世的刹那，虚无缥缈。在孩子们面前泛起激动的泪花，那是忏悔的洗礼，赎罪的净化，精深的超越，心灵的升华。我幻化成了孩子在嬉笑玩耍。

二十八

虽然因各种原因，生活在孤儿院的孩子们少了来自血缘的亲情，有了家庭缺失的底色，多了生活坎坷的经历，但孩子天真的本性稚嫩的淳朴依然，喜怒哀乐的直率表达搜奇探巧的行为照旧，只是淡淡的忧伤不时挂在脸上，隐隐的哀怜偶尔闪烁眼中。对于经常探望他们的人喜欢中夹杂着羞涩，热情里有些生疏，交流时有点矜持，互动时有些紧张，但童真的天然，稚趣的淋漓，犹如山涧的溪流瀑布，好奇的目光，温顺的应答，就像林中的鸟语花香。我带着世俗的风尘，名利的雾霾，走进孤儿院，伫立孩子旁，在一株株孤独的幼芽上看到万紫千红的怒放，在一颗颗期盼的枝头上看到日月星辰的光芒，面对有点缺陷的纯真更能洗涤精神的污浊，面对有些曲折的成长更能消除心灵的隐晦。探望的是孤儿，拯救的是我们，因为孩子们很小，却天真淳朴地接纳整个世界，我们看似很大，却只贪婪奢靡地固守自我。

二十九

最简单的其实最深奥，无中生有道法自然的幽秘，最复杂的其实最简单，名缰利锁昙花一现的明了。当清除庸风俗尘，丢弃名缰利锁，一切繁华喧闹云消雾散，一切缤纷灿烂苍茫寂寥，唯有精神的故乡，春风夏雨秋霜冬雪的蕴润，唯有心灵的家园，宁静淡泊洒脱超逸的安然。实践的砥砺，思想的精萃，自我净化既要靠内心的主动，也离不开外在的辅助；生命的感悟，人生的觉醒，自我升华既有浴火重生的自焚，也有万物相通的互动。往往天真淳朴的童颜，稚嫩清纯的儿语，清澈洁净的眼神，直达灵魂的深处，让一切私心杂念无处藏身，让一切虚伪丑陋裸露败迹。每当沉溺名利的计较，迷茫得失的权衡时，脑海里马上又浮起贫瘠山村小女孩那双清澈透亮的大眼睛，纯净的目光，天真的凝视，像阳光一样涤荡我心灵的污泥浊水，像明月一般拂慰我精神的烦躁迷茫。久久地凝视不愿离开那圣洁的灵光。

三十

春天的绿是岁月的标示季节的使者，清风般的抚慰中，天地间弥漫着生机盎然的朝气，润雨似的孕育里，万物中氤氲着欣欣向荣的蓬勃。久居世俗的身躯布满了趋炎附势随波逐流的尘埃，在绿色的风里过滤飘散；沉溺时尚的心灵积攒了追名逐利贪婪奢靡的污垢，在绿色的浸润下涤荡清除。满目的青翠，是生命真谛的昭示，源远流长承前启后；满怀的碧透，是人生意蕴的彰显，喜怒哀乐悲欢离合。唯有绿的朦胧，才能鲜明地幻化岁月的帷幕，人间的剧目；唯有绿的漫动，才能明确地演绎时光的场景，人生的角色。沉浸在绿的温蕴中，轻轻地拂拭回忆的斑驳沧桑，勾起绿的脉络，串起绿的叶片，让绿再一次从头蔓延；飘逸于绿的弥漫里，静静地描绘向往的灵动幽幻，撑开绿的蓊郁，放飞绿的翅膀，让绿又一次浪漫。

三十一

春天无须谁召唤，自然的夹着清风挟着润雨，悄然而来，苍茫的原野弥漫着绿色的雾霭，苏醒的湖泊泛起碧透的涟漪，远山点翠近水温蕴，空气中飘逸着清新的气息，不知不觉中，岁月已轮换了季节的使命，时光已拉开了春天的帷幕。大自然以特有的方式表达自己博大精深的意蕴，让变化的时空呈现迥异的场景，奏响不同的旋律，演绎不同的曲目；人世间以熟谙的习惯抒发自己悲欢离合的感慨，让飞驰的岁月注入丰富的内容，谱写不同的情节，表现不同的角色。一切都从回忆的源泉映照溪流瀑布幽潭的天真稚趣，一切都在当下的江河湖海掀起清浊混淆的波峰浪谷，一切都以未来为召唤酝酿自己希望的境地。一切都从春天开始，悄然无声的走来，万紫千红的怒放，生机勃勃的前行，欣欣向荣的蓊郁；一切都以春天的名义，播下真善美的良种，也有假恶丑的瑕稗，既有茁壮成长的伟岸挺拔，也有阴暗畸形的猥琐卑鄙。春天无须召唤，始终在每个人的心里。

三十二

孤独不只是一种简单的生存状态，而是一种幽深的精神境界。大千世界，繁杂喧闹，追名逐利的天罗地网将人们捆绑；庸风俗语，清浊混淆，趋炎附势的荆棘藩篱把人们桎梏。人的自然属性社会本质，织就了经纬交错的联系，设下了盘根错节的纠缠，始终处于一种斩不断理还乱的状态。与此相对应，孤独既是一种物理角度的客观存在，又是心理层面的主观意象，既是被动的淘汰，更是主动的选择。只有远离世俗的侵扰，隔断名利的束缚，给心灵一个相对孤独的境地，给精神一个相对寂寞的场所，才能清晰地把握自己的来龙去脉，清醒地找准自己的优劣长短。人们离不开社会脱不了人群，柴米油盐酱醋茶，琴棋书画诗酒花；无论身居庙堂还是栖息荒野，无论功成名就还是渺小卑微，都会被社会的时尚所裹挟，都会被时代的风气所熏染，都会被世俗的标准所计较，都会被名利的价值所衡量，更会为心灵的雾霾所迷失。所以，孤独是一种必需的修持过程，只有经过深刻的反思，痛苦的解剖，才能精萃山重水复的人生意蕴，净化悲欢离合的生命奥义；孤独是一种必要的境界，只有达到自知之明的觉悟，通晓万物的豁达，才能得到超凡脱俗的升华，安然超逸的空灵。孤独中才能看清自己看懂一切。

三十三

当下一些纷繁复杂的会议仪式，看似冠冕堂皇缤纷璀璨，其实只是一种趋炎附势的时髦，随波逐流的虚无，人们沉湎其中越陷越深；表面上承续着源远流长的文化传统，印象中表达着波澜壮阔的时代特征，表象里呈现着丰富深刻的社会内容，而真实目的只不过是或大或小的造势，或深或浅的掩饰，或真或假的宣慰，以求得一种自欺欺人的双重效应。人性应当纯真质朴，社会也应真实清明，无须创造过多粉饰的形式，杜撰过分虚幻的内容。日月经天，江河行地，万物兴衰，天经地义的至理；时代发展，社会进步，人民幸福，光明磊落的大道；开拓进取，扎实工作，勤奋努力，求真务实的本质；任何事情只要符合规律适应社会，顺应发展造福众生，可以大张旗鼓但绝不要装腔作势，可以推波助澜但绝不要虚张声势。太多太杂的会议，泛滥成灾的仪式，败坏风气，枉费民力，奢靡精神，销蚀真气，不可不戒也。

三十四

文化的表现，并不只在于汗牛充栋的字画蚀刻，瀚海无涯的文章记述，断垣残壁鬼斧神工的物质承载，辉耀千古泽被万代的精神蕴润，而且更多的渗透于衣食住行的日常生活，为人处世的行为习惯，街头巷尾的家长里短，久俗成习的乡规民约。长期沉浸于传统文化的熏染中，人们的言谈举止，行为习惯，思维方式，接人待物，举手投足之间，自然地带着一种久远的回味，混淆在现代的气息中。特别是一些地方，文化已成为一种司空见惯的仪式，具有繁文缛节的程式，奇特夸张的表现，神奇诡异的气氛，必须严格遵守不能逾越，非此不足以彰显人们的虔诚，非此不足以表达人们的意趣。所以，每到一处，民风俗行，不可主观臆断，轻言是非，妄下结论，而应溯本清源，梳理脉络，适应环境，尊重人文，方能有客观的了解，全面的把握，深刻的体会。正所谓一方山水养一方人，十里不同风，百里不同俗也。

三十五

分分合合，聚聚散散，人生就是如此，一阵风云相聚，瞬息雨雾雪霾，刹那电闪雷鸣，一会风消云散，天朗气清，万里澄澈；唯有心中的思念跨越时空的山重水复，穿透岁月的阴晴圆缺，唯有心灵的寄托精萃人生的悲欢离合，净化生命的晶莹圣洁。晓风残月，那是情怀的伤感；阳关三叠，那是友谊的断肠；灞桥折柳，春风再渡的期盼；高山流水，知音难觅的绝响；大江东去，流不尽的生离死别；长亭短亭，留不住的夕月朝阳。有时近在身旁，却似咫尺天涯，有时远隔万里，犹如就在眼前；有的整天纠缠，情谊浮云淡雾，有的长久不见，思念山高水长；有的追名逐利，熙攘不绝，有的随缘附意，你来我往。竹篱茅舍不乏热闹，庙堂轩室也有凄凉；高朋满座一片荒芜，孤独寂寞暗香如故。人生在世，分合是常态，聚散是调剂，使人们纵向上有了源远流长的思念，横向上有了刻骨铭心的感悟；人生在世，分合循环，聚散更替，才会有丰富多彩的情感，幽幻奥妙的意趣。

三十六

世界上的水系，或从雪域冰峰发源或从高山莽原启程，一路溪流蜿蜒，潭湖点缀，一路泽纳百川，江河洪流；低吟浅唱的轻快，高歌怒吼的激荡，奔向辽阔的海洋，汇入无限的怀抱；这既是一个生命的历程，又是一个生命的归宿，更是一个生命的循环，因为在博大深邃的海洋中不断地分解净化，被炽热的阳光高温的气候蒸腾升华，弥漫水汽的氤氲，幻化云朵的飘逸，孕育雨露霜雪的润泽，驾驭春夏秋冬的长风，回归生命的起点，开始新的启程。水的循环是生命的意象，清澈碧透的起始，清浊混淆的涵纳，精萃砥砺的净化，晶莹超逸的升华，质本洁来质本去的永恒；水的循环是人生的映射，天真质朴的好奇，是非混杂的熟谙，高雅庸俗的历练，名利得失的品味，今日方知我是我的超越。有时水不如人，有时人不如水。

三十七

初升的朝阳，让人倍感兴奋，彤红的脸庞，炽烈的光泽，铺天盖地含蕴万物的壮观，将一切精萃为激情的洋溢神采的飞扬；中天的明月，使人格外安谧，晶莹的圆盘，温润的银辉，弥漫世界沁入心灵的温馨，将一切净化成宁静的安然淡泊的意蕴。早春的野草，让人特别欣喜，柔嫩的纯真，朦胧的绿意，笼罩苍茫飘逸山川的幽幻，将一切演绎成万紫千红的序曲；晚秋的红叶，使人分外超逸，斑驳的砥砺，沧桑的蚀刻，燃烧回忆升腾遐想的奥妙，将一切抒发为山高水长的旋律。

三十八

人生短暂，世事繁纭，很多的朋友，少有的知音，更多是孤独的心灵寂寥的精神。身居喧哗繁杂的闹市，心如竹篱茅舍的简陋，行在乌烟瘴气的名利场，思在山幽水碧的桃花源。大道既隐，凡尘俚俗，琐屑庸碌，得失计较，名利权衡，离不开变化莫测的社会度量，缺不了真假难辨的人际交往。清音浊语，黑白之珠帘，真情假意，迷离之帷幕；是非混淆，鱼龙混杂之有意，好坏难辨，随波逐流之无奈。有赤诚坦荡之言，无倾心聆听之耳，有醍醐灌顶之意，无超凡脱俗之悟。梅兰松菊只是意念的寄托，琴棋书画不过情趣的依附；清风明月，高山流水般的知音，只是刹那的辉映；鸿雁青鸟，悲欢离合的挚友，只是瞬间的萦绕。唯有青灯黄卷，叩问岁月的孤独；断章碎句，点缀人生的寂寞；唯有残茶浊酒，消遣历史的寂寥；低吟浅唱，抒发暗香如故的幽静。知音少，弦断有谁听？

三十九

零词碎字，残卷破篇，信手拈来，随意堆砌，荒芜草莽中有点萤光磷火；杂思乱绪，卑意微象，漫无边际，无意拾掇，孤独寂寞里有些碎玉残珠。清风抚慰，润雨蕴泽，天籁地声，万物灵韵，胸襟的一个通透；明月松涧，清泉碧潭，狭路蜿蜒，曲径通幽，心灵的一个恬淡。斗转星移，荒废了多少岁月，随波逐流的苟延，沧海桑田，变幻了多少时光，萎靡琐屑的残喘；沉溺功名利禄的攫取，满足荣辱得失的贪婪，思想昏聩，精神黯淡，情趣庸俗，心胸卑陋，时代的寄生，社会的痈患，多少人有点清醒的解剖，深刻的反思？多少人有些痛苦的净化，超越的觉悟？三更灯火五更鸡，把剑起舞的豪迈，清风明月独上楼，欲说还休的感慨；只是静坐山水，闲观野云，笔下的随意，心中的散淡。

四十

过去总爱探源溯流寻根问底，一篇文章一种观点，一个人物一样事件，反复阅读仔细查看，百般推敲万般思考，强制性的记忆条理化的梳理，深切的感悟得心的体会，才算是认真学习，深刻思索，提高认识，有所收获了；其实，得到的并不完全是客观全面的真相，也不完全是本质规律的内涵，更没有真正精萃成一种思想，遑论精神境界了。因为事实的真相深邃奥秘，自我的知识谫陋浅薄，只是一些皮毛的了解，浅层次的把握，上升不到理性的高度，达不到智慧的水平。很多看似真相明了的人物和事件，表述清楚的理论和观点，随着时间的推移，会暴露出更多更真实的内容，而自我的智慧也会在不断的历练中有所变化，专注于具体细节探究的能力逐渐被恬淡超逸的情怀所代替，一沙一石一世界，一花一草一乾坤，讲究的是一种超然于上的精神感悟心灵意象，从感性到理性，又从理性到感性，实现了一种精神的超越。空谷幽兰的孤独暗香如故的寂寞，闲云野鹤的飘逸星光月辉的散淡，此时才具有了欲说还休的觉悟，无声胜有声的菩提。

四十一

读书的目的很多，实用性的，功利性的，自娱性的，不一而论，说的高一点，通过读书学习，增加知识，增长才干，提高理论水平，提升思想境界，说的低一点，通过读书学习，熟悉门道，掌握技巧，求取功名利禄，获得世俗成果，其实二者相互融合，相互交替，你中有我，我中有你，只是分量不同比重差异而已。对于天命已过，耳顺即到的人来讲，读书却是性情所使趣味所引，信手拈来随意浏览，不拘篇章何论精粹，清浊混杂雅俗共赏，平淡寡味奇幻奥妙，情趣的本分，意蕴的自然；无须主观臆断的划分，无意喜怒哀乐的择取，无须是非曲直的雕琢，无意得失褒贬的评判，超凡脱俗的恬淡，安逸洒脱的超然。读书到平常自然的境地，只是行云流水的意会，招来挥去的散漫，少了思想的执着，多了心灵的浪漫。

四十二

信息越来越繁多，知识越来越广博，但离精神的故乡越来越遥远；思想越来越深刻，观念越来越奥妙，但离心灵的家园越来越生疏。得到的好像很多，留下的却很少，失去的不少，收获的却很多。说什么山重水复的经历，那只是云烟缥缈的刹那；谈什么悲欢离合的砥砺，那只是雾霭朦胧的瞬间。成熟有时就是腐烂，觉悟有时恰是堕落，太多的知识和经历，如不能精萃只会是一种记忆的堆积，太多的思考与探索，如不能净化只会是一团杂乱的经纬；人们常常被自己制造的既得名利限制了超越的能力，人们常常被自己铸就的思想桎梏僵化了丰富的想象；为学日增，不是简单的堆积，需要不断地追求与努力；为道日损，不是自然的升华，需要永恒的砥砺与精萃。大道至简是澄明万象的意蕴，物我相忘的和谐，天人合一的浑然；大道至纯是天地万物的根脉，源远流长的渊薮，超凡脱俗的境地。要用知识的丰富冶炼智慧的晶莹，要用智慧的灵光照耀精神的家园。

四十三

认识自我很难，年轻时因为阅历的有限，思想的肤浅，达到自知自明不容易，特别是上了年纪，有了比较丰富的生活经验，具备了复杂的社会阅历，达到一定的思想水平，形成一定的行为习惯后，沉淀在既得名利中的观念相对稳固，渗透于世俗价值里的判断比较执拗，思想变得谨慎僵化，行动变得拘泥保守，精神总是云遮雾绕，心灵始终朦胧幽幻，此时，要达到自知之明就会更难，非锥心挫骨的解剖不足以醍醐灌顶的觉悟，不浴火重生的洗礼不能够超凡脱俗的净化。所以，到了一定的年龄，只有经过深刻的反思，扫除思想上的风尘俗土，洗涤观念中的污泥浊垢，撕裂僵化心灵的藩篱，打破禁锢精神的桎梏，才能让人性的纯真善良美好脱颖而出，才能使人生正大光明磊落而显。自知之明需要反复地精萃，不断地净化，持久地陶冶，永远地求索。

四十四

很多往事慢慢的淡忘了，犹如溪流蜿蜒经过一片沙漠戈壁，突然干涸消失得无踪无影，寸草不生的荒野上，只有偶尔的风吹过，扬起沙尘，天地间弥漫着浑浊。无奈的遗忘和寂寥的苍凉使头脑一片空白，失去了追忆的细节和场景，淡漠了回味的人物与事情，只有松散沙粒般的堆积，波浪式的绵延，载起一星半点的痕迹，有些惆怅的张望。岁月不居时光如流，每个人的行程既是连续不断的，又呈现着斑驳的褶皱与断层，很多经历蚀刻在记忆里，也消失于淡忘中，是生理上的老化，还是精神上的衰退？是客观上的无奈，还是主观上的故意？往事如烟，飘散于朦胧的精神故乡，时浓时淡，有时幻化出清晰的画面，有时消退为寂寞的苍白，有时不该忘的却忘记了，有时该忘记的却挥之不去。

四十五

当一个社会过分沉溺于功利化的氛围时，锱铢必较的市场法则成为唯一的坐标，而蕴含在人性中真善美的基因就会衰减，假恶丑的分子就会强化，遗传下畸形的怪胎，变异成诡异的恶果。一切缤纷璀璨的辉煌，只是争名夺利的装饰，一切冠冕堂皇的说教，只是贪婪疯狂的托词；灯红酒绿的奢靡，声犬色马的沉沦，翻云覆雨的交往，趋炎附势的应酬，随波逐流的苟且，萎靡颓唐的堕落。真知灼见只是寒星闪烁，纯真善良只是冷月清辉，安详美好只是孤独的坚守，宁静淡泊只是寂寞的苍凉。生命的真谛谬误于世俗的烟熏火燎，人生的意义曲解于名利的大小多少，岁月承载了多少无聊的事件，时光流逝了多少空虚的人物。人类生存的根基在于平静平淡的生命本体，人类发展的动力在于平常平凡的人生意蕴，任何社会离开人的全面发展，都会走向极端的绝壁，坠入灭亡的深渊，任何人离开社会的和谐孕育，都会走入蜕变的歧途，沉入衰亡的泥淖。人们要创造一个什么样的社会，社会需要一个什么样的人类?

四十六

能把人生看得更清晰，了解得更清楚，既有疾风知劲草，烈火炼真金的关键时刻，也有幽草涧边生，野渡舟自横的孤寂境地；既有名利双拥春风得意的璀璨时分，也有穷困潦倒阻滞凄凉的落魄时节；但最适宜的却是在拥有宁静的心胸淡泊的意境之时。天高地远，心胸辽阔，万物静寂，思绪清澈，洗涤世俗的风尘，清除名利的污垢，冰峰雪岭的启程，山重水复的坎坷，悲欢离合的经历，荣辱得失的感慨，山水画般的展现。人生就如平常的一条溪流，江河湖海的微波巨澜，诠释着生命的意蕴；人生就像平静的一条道路，峰峦叠嶂的崎岖蜿蜒，演绎着生命的奥秘；人生犹如平淡的花草树木，沐浴春风夏雨秋霜冬雪的洗礼，承载着生命的岁月；人生就是平凡的衣食住行，浸透柴米油盐酱醋茶酒的润泽，绽放生命的花朵。人生就是生命的历程，在因果相继始终相续中奏响永恒的交响曲，无论哪一个音符哪一会节拍哪一段旋律，都有自己应有的意义。你就是人生，人生就是你。

四十七

要有远大的志向，虽然每个人的具体目标不同，取舍方法各异，但崇高的理想坚定的信念是引领思想驾驭行动的灵魂。由于受主客观条件的制约，人们会有不同的生活目标价值取向，会有不同的思维模式行为习惯，无论大小多少深浅薄厚，无论高低贵贱雅意俚俗，都应当具有与客观环境和自我素质相适应的追求与向往，身居草莽心忧天下，位居庙堂思在黎庶，不以身份地位而湮没情怀，不以名利得失而丧失境界。一位园林工，精心培育缤纷璀璨的万紫千红，把美丽芬芳带给世人；一位农民，精耕细作春夏秋冬的丰收硕果，把安康富裕给予众生；一位建筑工，搬砖弄瓦筑屋建房的辛劳勤奋，把合家的温暖注入人间；一位教师，阳光雨露呕心沥血的桃李天下，把深奥的智慧撒播人心；太多的琐屑具体不一而论，但平凡中的伟大，平常里的崇高，无论你是否感悟到，它都始终存在，一切具象的事物都蕴含着志向的内核，洋溢着理想的灵魂。无论从事什么样的工作，遇到什么样的环境，创造什么样的事业，取得什么样的成果，都应当始终坚持远大的志向美好的理想。

四十八

宏伟的事业高尚的人物，不是世俗目光中的既得利益，庸碌口吻里的时髦光环；不是锱铢必较的物质堆积，趋炎附势的精神猥琐；而是渗透于具象之中的意蕴，贯穿于因果始终的灵魂。它蕴含天地无处不在，泽润万物无处不生，但要能清晰的了解，真实的把握，必须经过丰富的实践艰辛的砥砺，穿透具象的辉煌堡垒，净化声誉的璀璨光泽，才能领略其平常的本真平凡的奥义，感悟其事业的内涵人生的真谛。岁月不居，时光如流，乾坤无限，人生有涯，人们以短暂的历程有限的精力，在具体的生活条件下，特定的社会环境中，从事具体的工作，创造不同的事业，取得宏伟或卑微的成果，其差异性可谓天地之间，但根本的是无论干什么都要把简单的事做精，把平常的事做好，在平凡中彰显伟大的精神，在崇高里体现平凡的根本。水流汇集江河湖海，沙石聚成峰峦叠嶂，具象的呈现意蕴的涵盖，是一种精神的感悟，心灵的升华。要品味宏伟事业高尚人物的情怀和精神，不是艳羡其成果和声誉。

四十九

智慧的宝藏非常丰富，但不能被有效开采，精萃提炼，就不会有实际的应用，这种看法似乎有些功利性的色彩，因为智慧是一种实践的精粹，精神的净化，在感性丰富积累和理性高度抽象的基础上，升华出的奥妙之境心灵之光。老子道德经五千言揭示了智慧的内涵，放大了智慧的外延，几千年来被世人辈辈挖掘，代代冶炼，诠释出浩如瀚海的鸿巨论，演绎出精微细致的繁词丽句，陪伴了多少江山社稷的兴亡更替，阅览了多少英雄豪杰的灰飞烟灭。时至今日，依然幽幻晶莹，曼妙玲珑，始终闪烁着智慧的灵光。智慧可以是具象的呈现，让人有醍醐灌顶刹那明了的印证，智慧可以是超逸的漫动，让人有超凡脱俗瞬间觉悟的观照。智慧来自天地万物，渗透世间百象，却只在精神中孕育，心灵里升华。智慧是什么？说不清道不明的无奈，智慧在哪？来无踪去无影的尴尬。

五十

生命的源头可以探寻，生命的归宿可以想象，生命的历程可以践行，生命的意义可以求索，但生命始终是一个永恒的奥秘；它悄悄地来静静地去，留给世界的只是生老病死的人生轨迹，兴亡更替的时代特征，纷繁复杂的社会万象，幽幻无尽的回忆向往；它不断开启岁月的序幕，呈现春夏秋冬的场景，变幻云诡波谲的灯光，推出生旦净末丑的角色，铺开柴米油盐茶的道具，演绎悲欢离合的剧目，拉上成败得失的谢幕，一次次的启程一次次的归宿，一次次的开启一次次的关闭，循环往复，生生不已。感悟生命是伴随一生的回忆，儿时天真稚嫩的清纯，溪流瀑布，随性畅意的嬉闹；少年茁壮成长的憧憬，蜿蜒曲折，奇思妙想的冲动；青年风华正茂的张扬，云飞涛卷，主宰沉浮的激情；中年山重水复的历练，江河湖海，悲欢离合的感喟；老年斑驳沧桑的净化，云淡风轻，孤寂寥廓的超逸。感悟生命是渗透一生的向往，春耕夏耘秋收冬藏，日月如梭编织着祈盼的理想；春风夏雨秋霜冬雪，时光飞度承载着幽幻的梦乡。一次次播下希望的种子，一次次收获或得或失的结果；一次次的衡量验证，一次次的孕育设想；总有神圣的召唤，灵光的引导，融入无限的地老天荒。

五十一

贵族精神不是一种简单的历史遗存，也不是杜撰的现代标示，而是一种溯源传统，接续未来，在现实中具有特殊内涵和外延的精神与风范，是一种长期的素养积淀，文化表现。它不是高高在上的仪态，也不是等级森严的壁垒，更不是执拗的造作僵化的规则，而是一种历久弥新的气度，平静淡泊的意蕴，宽厚澄明的情怀，超凡脱俗的精神。与此相对应的是奴才精神，它附着于世俗的风尘，以攫取名利为根本，以依托权势为基石，趋炎附势随波逐流；外在的谄媚奴颜，随机应变，内里的阴险毒辣，卑鄙龌龊；对权势阿谀逢迎，卑躬屈膝，待黎庶骄横狂虐，任意蹂躏；无历史的之传承，缺现实之陶冶，失未来之蕴含，浅薄鄙陋，荼毒有加，贻害无穷。而这两种精神在长期的历史发展中，不断遗传变异，在现实的熔炉里，不断分解化合，已成为一种超越具象的精神意蕴，不以地位身份为标记，不以得失成败为砝码；庙堂之人，可能有奴才精神，草莽之人，可能具贵族意蕴。时代发展，社会进步，人们需要不断的陶冶情怀，净化心灵，蕴润自我与众生的贵族精神。

五十二

安贫乐道已很难了，现在物质的富裕程度已基本能满足人们的衣食住行，实现了温饱并迈上小康之路，贫穷已远离，安贫也比较稀有了；但乐道却不容乐观，飞速发展的物质文明并没有直接印证精神文明的水平，反而衬托出后者的萎靡与滑坡，像是前不见古人，后不见来者的尴尬，处于一种褶皱与断层的状态。市场经济横扫千军，价值规律席卷万户，锱铢必较渗透于社会每一个细胞，得失权衡弥漫于时代的每一个角落，名光普照，利辉璀璨，安享既得，沉醉贪婪；思想的舞台祟光泛彩，演绎的剧目却乌七八糟，精神的殿堂圣洁奥雅，诠释的经典却庸俗龌龊。物质文明的发展和精神文明的进步，有着必然的联系但不会绝对的同步，有着相互的作用但不会自然的同等，人们必须要有清醒的认识，充分的警惕，主动的校正，自觉的修炼，以求得富裕安康中的思想进步，成就斐然里的精神超越。安贫是对心灵的净化，乐道是对境界的升华。

五十三

生命是无限的奥秘，从何而来向何而去，是无解的追问；生命是有限的过程，该来则来该去则去，是有解的回答。生命是山重水复生老病死的蜿蜒崎岖，生命是阴晴圆缺悲欢离合的江河湖海；生命是每一个细胞的膨胀裂变，长出自我的参天大树；生命是每一段历程的延续，汇成社会的万木葱茏。生命无须太多的描绘，每一代人的行程，精雕细琢的蚀刻；生命不用过深的诠释，每一时代的沧桑，风云万象的映射；生命在我们的身躯，承载不能推卸的责任，生命在我们的心里，担当无法拒绝的道义。不要因生命的博大而失去自我的辽阔，不要因生命的深邃而湮没自我的挺拔；生命的年年岁岁，春耕夏耘秋收冬藏，生命的日日夜夜，实践思索精萃升华。享有生命热爱生命珍视生命尊重生命，一滴水映照生命的赤橙黄绿青蓝紫，凝练人生最美的图画。

五十四

自然是繁茂的也是萧索的，社会是复杂的也是简单的，生命是神秘的也是平常的，人生是精彩的也是黯淡的，一切都是实相具体的呈现，一切都是虚幻抽象的表达。阴阳的辩证，五行的交织，八卦的演绎，逻辑严谨的梳理，概念精确的集萃，总想把天地万物说个清楚；真假的分辨，善恶的判断，美丑的把握，经验丰富的积聚，理性精萃的提炼，总想把人生百像道个明白。殊不知疯狂的探索中，清晰了又朦胧，清楚了又糊涂；谁想到贪婪的攫取里，得到了又失去，聚集了又消散。其实，高远恢弘的志向不需要冠冕堂皇的渲染，幸福美好的理想不需要精雕细琢的计较，求真务实的努力不需要添油加醋的搅拌，成败得失的业绩不需要锱铢必较的权衡；一切都是客观规律的必然，自然法则的遵守，物竞天择的演绎，适时顺势的把握，一切都是主观能动的努力，社会机制的运作，天人合一的情怀，万类和谐的境界。

五十五

精神从来都没有这样恬淡，心灵从来没有这样超逸，跨越了利益的羁绊，断绝了名禄的缠绕，隔绝了喧嚣的应酬，疏离了繁琐的交际，回归初始的源泉，清流潺湲，瀑布飞溅，清风明月，碧潭幽涧。精神从来都没有这么潇洒，心灵从来没有这么痛快，身在闹市的孤行独立，心在琐屑的寂寞安然，洗涤了山重水复的征尘，净化了柳暗花明的境地，鸟翔林鱼潜水，龙飞天虎啸山，物我相忘天人合一。时代要发展，人们要进步，但征服一切不是根本的目的，只有万物和谐才是完美的境界；逐步实现了物质上的丰裕后，能否让精神具有澄明清透的气象，既是现实的挑战，也是未来的取向。太多的人总是借助物质的力量，让精神既得而实用化，片面的突飞猛进，畸形的巧取豪夺，名利至上，占有为王，导致了精神的贪婪心灵的狂躁，从而失去了人生的本意生活的真谛。要达到物质精神的和谐，思想行动的顺畅，不为形役，就要有入世的进取，出世的淡泊，主动的拒绝，自觉的远离，始终保持一颗宁静超逸的心灵，融入天地万物之中。

五十六

生命的意义在于自然的本真，犹如雪山冰峰的融水，汇成溪流小河，浪花轻歌，瀑布曼舞，幽涧低吟，碧潭浅唱；恰似江河奔腾，雄浑豪放，浪飞涛卷，气象峥嵘，滋润原野，推舟送船，激情高歌，抒怀咏诵，汇入博大深邃的海洋。每一滴水珠都能映射太阳的七彩之光，每一朵浪花都有悲欢离合的闪烁，每一段行程都是蜿蜒崎岖的感受，每一次驻足都有泉潭湖泊的思索；或中流激荡或微波涟漪，或一泻千里或九曲回肠，或长或短的行程，或深或浅的阅历，都是生命的伟大生命的平凡，生命的崇高生命的平常。生命的意义不需任意的拔高，刻意的粉饰，只是自然的本真，在我们的心中在我们的身上。

五十七

薄雾淡霭，峰峦朦胧，林木蓊郁，碧草漫漶，幽兰独放，芬芳四溢；清风不识，浮云无暇，飞鸟不顾，走兽无闻，孤芳静谧，暗香自适；清溪潺湲，碧潭深奥，星幽月幻，松涧篁谷，情趣散淡，意蕴安然。是谓孤独于凡尘之中，寂寞于名利之外，不失情趣之雅洁，不坠气节之劲拔；是谓意象于琐屑之中，超然于烦躁之外，不失胸怀之伟岸，不拘心灵之超逸。不依不靠，无错综复杂之牵扯；自强自立，无攀缘附势之缠绕；成败得失云卷云舒，荣辱褒贬花开花落。守得住孤独，耐得住寂寞，心灵安逸，精神超越。

五十八

唐诗气势如虹，磅礴宏伟，高天流云，大地行风，万物入怀，盛世气象；宋诗蜿蜒曲折，精巧细微，引经据典，堆砌雕凿，小家意境；这与时代特征，社会面貌，民情国况，世风流俗有必然的关系，各呈风骚，独尽芳菲。每读唐诗，情由性发，意随心往，飞流直下，轻舟已过的酣畅淋漓，明月天山，苍茫辽阔的大气磅礴；每览宋诗，寻根溯源，思索探究，山重水复，阴晴圆缺的委婉意蕴，绿雾氤氲，万紫千红的旖旎。唐代的博大精深，涵蕴四面八方，容纳万国风情，思想解放，心胸开阔，情趣蓊郁，精神昂扬，诗中充溢的是浪漫豪爽；宋代的精巧细致，润泽三魂七魄，深入故园家乡，明心见性，思辨理释，意蕴幽曲，情怀逶迤，诗里倾诉的是九曲回肠。读唐诗意兴勃发，读宋诗情趣阑珊，各有千秋，不可画同，但终是随人而异，感悟不同了。

五十九

遇到好人，你也是好人，遇到坏人，你也是坏人，是一个平常的人；碰到好人，你是坏人，碰到坏人，你是好人，是一个超常的人；遇到好人坏人，你都是人，却是做人的根本。在世俗的生活中，人们以利益的交往关系的亲疏，衡量好坏的大小轻重，在心灵的体验里，人们以情趣品味精神的境界，评判好坏的性质界限。人字从字面上看，一撇一捺的简单站立，从架构上讲，一思一行的相互依偎，从意蕴上说。贯通天地的矗立，从哲理上谈，万物丛中的崛起。人既是长期物竞天择适者生存的自然过程，更是多代群居共生相互依从的社会体系；既有自然本性的遗传基因，又有社会属性的变异特点；既要格物致知提高能力，修身养性陶冶自身，又要群体交往和衷共济，齐家治国以臻大同。做一个人，既是自我的修炼，也是社会的锻造，做一个什么样的人，既是个人的追求，也是时代的选择，但无论如何，都应该做一个真正的人。

六十

人们从稚嫩清纯中启程，在洁净空白里描绘，一生都在打造所谓的有用，一生都在追求所谓的成就；功利性的实用技能，交易性的社会关系，锱铢必较的价值评判，巧取豪夺的观念权衡，日积月累，年来岁往，渗透于思想的细胞，贯穿于精神的脉络，沉淀于心灵的深处，导致了境界的浅薄低俗。很多有用的技能方法交际手段，为生存发展所必须，无可厚非，但过分强调刻意雕琢，沉湎于盘根错节的繁复，专注于云诡波谲的技巧，满足于唾手可得的实惠，麻醉于享受当下的刺激，就会使人陷入目光短浅，胸襟促狭，情趣庸俗，精神颓唐的境地。所以，有用之用，如不能合理使用就会降低人格，玷污心灵，销蚀纯真善良美好的基因，弱化正直诚实坦荡的品行；有用之用，必须有理想引领信念驾驭，胸怀含蕴情趣滋润，方能成为大用。

六十一

没有传统文化的浸润，没有现代文明的熏陶，没有理想信念的引领，没有法制精神的沐浴，失去道德自律和哲学思考的个人与社会民族与国家，是走不远行不稳立不住的。传统文化可以不断挖掘，现代文明可以不断创造，理想信念可以不断超越，法制精神可以不断精萃，但道德自律和哲学思考却需要长久的砥砺永恒的求索。人都有自我的星空，博大深邃，幽幻奥秘，容纳无限的梦幻，放飞丰富的想象；来自何方，去向何处，我思我在的精神闪烁，我在我思的灵光照耀。人都有自我的底线，蜿蜒曲折，山高水长，承接人性的根脉，孕育品性的茁壮；行当所行，止当所止，我行我止的自然意蕴，我止我行的人生真谛。市场经济风云变幻，价值规律涛飞浪卷，人生的舟船驶向未知的彼岸，需要星光的指点；得失成败锱铢必较，荣辱褒贬权衡测度，人生的境界如何真实地呈现，需要心灵的家园。道德的自律哲学的思考，一个人一个民族一个国家一个世界的根基和源泉。

六十二

深邃的天宇，幽幻的星辰，那是上帝神秘的眼睛，好奇地窥探着一切，闪烁着似隐似显的晶莹剔透，散漫着有意无意的青光冷辉。有时嵌入深潭，镶在湖中，映照着莫测高深的虚幻；有时浮在溪流，飘在江河，泛动着轻悠缥缈的梦境。与清风对话，涟漪阵阵的呢喃，和鱼儿接吻，波光粼粼的抚慰，幻化出畅想的音符，跳跃在心灵的家园，铺就成祈盼的旋律，演绎在精神的故乡。有限的沉思无限的遐想，抚慰着寂寥的心灵，陪伴着孤独的身影；有情的探望无意的蕴润，竹篱茅舍的青灯黄卷，梅兰竹菊的诗词华章。我默默地注视着天上水中的眼睛，想象奥妙无穷的远方，恬淡超逸温馨安详，在哪里能有刹那的驻足，瞬间的徘徊，洗涤世俗的风尘，清除名利的雾霾，澄澈碧透纯真洁净中，回归本真，安放星辰。

六十三

尘世的烟熏火燎让人面目全非，炽热的利益炙灼的声誉，促动着人们疯狂的攫取，刺激着人们贪婪的奢求，污泥浊水泥沙俱下，趋炎附势随波逐流；熙熙攘攘，你我同来，浑流滚滚，你我同往，千人一面，万象苟同，失去了个性的鲜活，混淆了品位的特色。潮来汐往，失去了大江东去的豪迈；峰峦叠嶂，没有了一览众山的气概；古道夕阳，少了近乡情更怯的游子情怀；云淡风轻，缺了梅兰松菊竹的暗香超逸；只是被动地裹挟，主动地混入，苟且地延喘，麻木地度日。游走莽原，漫步荒经，野草蓬勃，碧绿氤氲，清风雨露，阳光月辉，自是一番情趣的恬淡，自是一番意蕴的安谧；鸟雀腾跃，蛇虫匍匐，低吟浅唱，婉转呢喃，野花点缀，荆棘牵连，自是一番天籁地声的浸润，自是一番物我相忘的超然。凡尘俗世中的孤独坚守，名喧利嚣里的寂寞陪伴，凌霄不屈己的挺拔伟岸，得地本虚心的平常平凡。

六十四

人们想得到的东西非常繁多，欲望无止境贪婪不停歇，因为造物主赋予人类一个神秘的脑袋，向往攫取占有的多，反思自我品性的少，关切既得名利的多，注目精神境界的少；虽然在自然的母腹中孕育，却粗暴地掠夺自然，虽然在社会的怀抱里生活，却疯狂地撕裂社会。片面的发展导致了时代的山河破碎，畸形的前进湮灭了人生的身世浮沉，失去了理性的思考，人性的觉悟，淡漠长远的发展，沉溺既得的享有，注重名利的攫取，忘却心灵的陶冶。人们要生存发展，社会要进步繁荣，无可厚非不能妄议，但必须热爱自然，尊重规律，和谐社会，彰显人性；没有正确思想指导的行动是可怕的，没有纯高精神引领的品性是堕落的，没有适度节制的获取是毁灭的，没有经常净化的反思是悲哀的。人不能是欲望的奴隶，贪婪的帮凶，人不能是自然的葬送者，自我的掘墓人。

六十五

心灵的孤独是一件难受的好事，因为主动或被动的隔绝了风尘世俗的熏染，斩断了盘根错节的缠绕，孑孓耸立，看清了世态的峰峦叠嶂，自我的伟岸或渺小；心灵的寂寞是一件难遇的佳境，因为随意或自觉的洗涤了是非混淆的喧嚣，清除了黑白颠倒的聒噪，宁静空灵，听到了奥妙的天籁地声，自我的充溢或空阔。深邃的天宇，星光闪烁，孤独的清辉，无限的遐想，点缀生命的幽幻；苍茫的原野，山川逶迤，寂寞的蜿蜒，无尽的向往，孕育人生的梦想。晶莹剔透的水珠，总有浪花飞溅的呈现，雨露霜雪的变幻，个性的张扬；激荡奔腾的水流，总有幽潭深涧的隐逸，江河湖海的安然，心灵的独语。孤独中的存在，无论参天大树还是遍地幽草，都需更多严寒酷暑的砥砺，寂寞里的安放，无论曾经沧桑还是当下稚嫩，都要更多风霜雪雨的蕴润。孤独是自然的境遇，更是主动的选择，寂寞是社会的强迫，更是自觉的升华。

六十六

内心的平静不是强制压抑下的简单状态，而是长期自觉修炼后达到的精神境界。大千世界，万象纷纭，人们置身于世俗的江河湖海，随波逐流，迷失于名利的峰峦叠嶂，崎岖蜿蜒，心浮气躁，郁闷烦恼，迷蒙而不能自明，苟且而不能自立，正所谓不识庐山真面目，只缘身在此山中。要从功名利禄的盘根错节中有所解脱，要在欲念奢望的繁闹喧嚣中保持平静，必须持久的修炼，主动的反思，不断提高综合素质，秉持理想信念，陶冶情趣，开阔胸怀，净化心灵，超逸精神；透过世俗的雾霾，通达人生境界的澄明，穿过名利的烟云，知晓生命真谛的意蕴；明心见性，安和平静。虽身居闹市，心如深涧古潭，清幽澄明；虽行在凡尘，思犹天高地远，苍茫寂寥。不求闻达，但得自知自明，不求彰显，唯有自悟自觉。内心的平静是主动与自觉的晶莹，恬淡与超逸的瑰丽。

六十七

有时心灵安静不下来，不是不想安静，而是不知如何安静；寄托神灵过于空幻，凭借希望过于朦胧，赋予名利过于世俗，依附自然过于沧桑；宗教只是一种精神的安慰和引诱，理想只是一种祈盼的憧憬和召唤，名利只是一种暂时的刺激和满足，自然只是一种当下的麻醉和消遣。一味地在喧嚣繁闹中刻意求取，反而更加的烦乱，主动地在烟熏火燎中精雕细琢，反而更加的浮躁；世上能做的事很多，但心灵的安静难得，世上能说的事不少，但心灵的安静难言。一切外在的寄托内在的寻觅，都会激起浪花卷动波澜，一切场景的映照剧目的转换，都会雕琢崎岖蚀刻蜿蜒；只好将心灵孤独的隔离，寂寞的封闭，只能将心灵反复的精萃，持续的净化，凝结晶莹剔透的水珠，萌发纯真稚嫩的幼芽，初始的安静又一次的回归，又一次的升华。

六十八

生活中会遇到许多困难，付出很多艰辛，会有沮丧的失败，也会有兴奋的成功，这都是生活的有机构成，只不过在某一时段因为客观环境和主观原因，把其中的某一部分放大了或缩小了而已，心灵的感觉就会参差不齐，精神的品位就会高低不同；所以，历代的圣贤哲俊告诫人们，要不以物喜，不以己悲，物我相忘，天人合一，以一种自然的思想去对待，以一种平常的心态去化解。生活是山重水复柳暗花明的征程，生活是阴晴圆缺悲欢离合的心路，既要适应衣食住行生老病死的自然场景，也要应对纷繁复杂变幻喧闹的社会剧目，既要经历名利得失荣辱褒贬的世俗演绎，也要品味思想情趣精神意象的雅俗高低。生活的本真是自然平常的生存，生活的意蕴是诗意的栖居，生活的真谛是源远流长崎岖蜿蜒的平凡，生活的意境是花开花落云卷云舒的超逸。透过生活的缤纷万象要看到生活中的自己，通过生活中的自己要深切感悟生活的意义。

六十九

难道随着年龄的增长，阅历的丰厚，心灵就沉寂得像深涧幽谷中的古潭？难道随着名利的取舍，荣辱的沧桑，灵魂就沉重得如峰峦叠嶂的群山？难道寄居岁月的竹篱茅舍，沉溺时光的青史黄卷，把思绪嵌入历史的回忆？难道托付情趣的梅兰竹菊，注目意蕴的恬淡超逸，把精神放飞未来的幽幻？难道经历的沧桑只是繁杂凌乱的记忆碎片，难道觉悟的精萃只是缺棱少角的玲珑世故？难道壮怀激烈的凌云豪迈已烟消云散，难道琴棋书画的云淡风轻已缥缈黯淡？其实，思想的平静没有失去激情，只是天高地远的辽阔；性情的平和没有遮蔽潇洒，只是博大深邃的厚重；精神的平淡没有湮没挺拔的伟岸，只是孤独的沉思；心灵的平凡没有迷失超逸的境界，只是寂寞的升华。人在途中，途在心中，没有起始的归宿，没有归宿的起点。

七十

许多人物与事迹让人感动，无论多么崇高伟大光辉灿烂，无论多么卑微渺小萤光寸辉，都张扬了人性中真善美的基因，抑制了假恶丑的变异，给人以精神的激励，情趣的陶冶，心灵的净化，境界的提升。人就是在感动与被感动中不断启迪人性的灵光，修持人性的瑕疵，精萃人性的内涵，光大人性的外延；从他人的言谈举止可以看到自身的雅俗优劣，从他人的思想行为可以映照自己的高低贵贱。好人好事，给人以极大的心灵震撼精神观照，使我们能够在世俗生存的枯燥中名利纠缠的阴暗里，不时有人性雨露阳光的沐浴；好人好事，给人以深刻的警醒透彻的启迪，使我们能够在疯狂攫取的喧闹中贪婪奢靡的堕落里，不断有人性急风暴雨的洗涤。能感动人是人性自我升华的彰显，被人感动是人性自我净化的自觉。

七十一

赤子之情，在孙女身上得到最质朴的表现，在我的心里得到最深刻的印证；看到她清澈明亮的眼睛，柔嫩洁净的脸庞，天真轻盈的动作，吱呀呢喃的叫喊，犹如清泉碧流，浸润心灵，把几十年的浮尘俗垢，洗涤得干干净净，就像三昧真火，陶冶精神，把半辈子的名缰利锁，净化得清清爽爽。人生如乐，天籁地声的旋律，万物吟诵的音符，笑语啼声的率性随意，稚歌嫩曲的低吟浅唱，起始的纯真最沁人心脾；人生如梦，憧憬的海阔天空，变幻的山重水复，朦胧的阴晴圆缺，诗意的悲欢离合，萌芽的希望最令人心醉。孙女是我精神的支柱力量的源泉，激励我又一次的重新启程，牵起源远流长的回忆，又一次的重新萌发，孕育朝气蓬勃的蓊郁，又一次的重新绽放，抒发万紫千红的绚丽。

七十二

向生命原点回归的过程，是一个去繁就简，去虚求实的精萃，是一个超凡脱俗，返璞归真的净化；剥掉一切时尚的装饰，清除一切世俗的尘垢，断绝名利的盘根错节，摒弃欲念的繁闹喧嚣，呈现一个真实的身形，还原一个本真的心灵。虽然有了岁月蚀刻的痕迹，历史雕琢的烙印，虽然有了社会熔炉的陶冶，时代风雨的洗礼，太多的斑驳记忆，太多的沧桑回味，化作清风白云的飘逸，月光星辉的散淡，回归生命起始的天真质朴。回归人生超越的幽幻奥秘。犹如经历千难万险的过滤，杂质尽除，精神有了温馨的故乡；恰似经过千锤百炼的陶冶，精粹凝结，心灵有了安谧的家园。向生命的原点回归，不是倒退的梳理，而是净化的砥砺，不是回味的堆积，而是升华的超越；一切都呈现着平常平淡的意蕴，一切都彰显着平静平凡的奥义。放飞灵魂，享受回归。

七十三

在海洋般的胸怀里，能很快沉静下来，繁杂喧闹的往事蜿蜒崎岖的历程，汇集于博大深邃，注入于幽幻奥秘，只是一星半点的微澜碎浪，只是四处游弋的众虾群鱼；一切丰富的内容都是那样的平淡，一切复杂的形式都是那么平常，一切恢弘的气象都是那样平静，一切宏伟的建树都是那么平凡。争名逐利中的兴奋与沮丧，得失计较里的快慰与愁绪，化为碧波荡漾中的偶尔泡沫，瞬息消失得无痕无迹；阴晴圆缺里的短离长别，悲欢离合中的意淡情浓，融入万里无垠中的苍茫辽阔，刹那飘逸得无影无踪。具有海洋般的胸怀，不是自然的形成，也不是刻意的营造，而是复杂艰辛的砥砺，曲折磨难的历练，深思熟虑的精萃，超凡脱俗的净化；具有海洋般的胸怀，不是长短的比较，也不是深浅的衡量，而是感悟的真切，思索的深透，精神的自知，心灵的觉悟。一滴水，要有海洋般的胸怀。

七十四

月亮凝聚天地的精华，精萃万物的晶莹，温润的光芒，飘逸的清辉，抚慰生命的惆怅，陪伴人生的寂寥；或人或仙，或神或鬼，幻化为意蕴的散淡，精神的缥缈。一壶浊酒的酣畅，搅动四野的凄楚，几番醉意的淋漓，舞起八方的孤寂；人随月影，月随人形，不知是人月的分离，还是月人的相融？邀心入月，请月入心，不知是月的无意，还是心的有情？月润酒魄，酒浸月魂，不知是酒的轻狂，还是月的忘形？繁华褪尽的朴素，荣耀散去的本真，只是这月的映照；名利去除的恬淡，尘埃洗涤的清灵，只是这人的精神。醉意蒙眬的蹒跚，脚步凌乱的徘徊，光影迷离的舞台何人飘零？率性随意地挥洒，神飞思扬地遨游，清辉弥漫的旋律谁人演绎？月明中天酒正浓，不停杯，人在酒中月更明，不放盏，人月相醉不复醒。

七十五

时光把自己蚀刻成蜿蜒崎岖的山川，苍茫辽阔的原野，承载着岁月的春夏秋冬，映照着时代的风霜雪雨；时光把自己雕琢成残垣断壁的记忆，高楼大厦的张望，演绎着社会的沧桑变幻，衬托着人类的悲欢离合。时光如东升的朗日西落的弯月，南回的鸿雁北归的良骥；时光是稚嫩的嬉闹蓬勃的蓊郁，壮怀的豪迈沧桑的厚重；时光似一首演奏不完曲谱的旋律，无限地延续，时光是一出闭不上帷幕的戏剧，永恒地演绎。时光是一杯茶，浸润烦躁的思绪，时光是一壶酒，激荡抑郁的情趣，时光是一张纸，托起山重水复柳暗花明的浓墨重彩，时光是一本书，抒发生离死别得失荣辱的词韵诗意。时光在我的眼前流逝，没有急切地挽留，时光在我的心中漫过，没有刻意地蓄积；时光自然地蚀刻了生命的年轮，时光无意地熏染了人生的色彩；时光嵌入沧桑的皱纹，时光镶进斑白的鬓发。时光就是我，我就是时光，永远都在一起，谁也不分离。

第二十集　诗意家园

DIERSHIJI SHIYI JIAYUAN

一

天空深邃幽幻，像漫天的宝石，似晶莹透的翡翠，漫无边际地笼罩着大地，涵蕴着万物。真想变成一阵清风，幻化为一朵白云，融入它的怀抱，享受一种轻盈的飘逸；真愿变为一颗烁星，一束光尘，感悟一种神秘的幽灵；那会是一种什么样的质感呢？心灵平静淡泊，像深涧里的碧潭，似幽谷中的泉眼，孤独寂寞地沁润着岁月，净化着人生。真想变成一丛碧草，脱化为一枝孤竹，守候它的身旁，聆听一种灵动的音韵；真愿变为一粒雨滴，一朵雪花，享有一样别致的超逸；那会是一种什么样的境界呢？自由洒脱的散漫，超然卓立的安然，没有名利的崎岖，绝无得失的波澜；但平静中也会蕴化出无限的惆怅，安闲里也会滋生点无意的感叹；有一点风霜雨雪的问候，有一点天光云影的窥探，只留风韵的旋律，幽幻的演绎，只需低吟浅唱的涟漪，物我相忘的梦缘。

二

白云深处的人家。炊烟缭绕的故园，一树杏花掩映的竹篱茅舍，一溪清流环抱的柴门村落，勾起多少家的情怀，牵动多少家的思念。

科技的飞跃，时代的发展，使人们的地理空间近在咫尺，但心灵空间则分外遥远；家居可以随处选择，家园的情怀却无处立足。在极度的物欲弥漫中，精神的源泉日益枯涸，思想的河流逐渐污浊，看似一切都得到了多角度的探索，以为一切都达到了全方位的实现，但总有一种无奈与惆怅在心间；从何处来的缥缈，在何处立的茫然，向何处去的迷幻。田园诗般的家园情怀，变为一种伤感的祈祷，在回忆中断断续续的描述，在梦境里破破碎碎的缀连；晨炊暮霭，朝晖夕阳，残笛归牧，荷锄踏月，烛前灯下，俚歌俗语，只是永恒的怀念。

三

不再是豪言壮语的抒发，不再是丰功伟业的追索，不再是急功近利的刻意安排，不再是锱铢必较的执着权衡；没有缤纷璀璨的装饰，无须冠冕堂皇的衬托，远离繁闹的名利场，摒弃喧嚣的是非地。清风明月做伴，梅菊松竹为邻，回忆的泉流潺潺，思念的小溪淙淙，唤醒了被岁月荒芜已久的山重水复，洗涤了被时光尘封多时的柳暗花明；最简单平常的事，最朴拙直率的话，一举一动，一笑一颦，历历在目，滴滴在心，感慨万千，回味无穷。情感的容量无限的放大，任意地挥洒，春风夏雨秋霜冬雪；挚爱的界限无限的深邃，尽情地飘逸，嬉笑怒骂悲欢离合。泪眼婆娑，仿佛是溯源的回归；长吁短叹，犹如历程的重现。一切都融入孤寂，唯有心声。

四

小孙女带给我的生命真谛人生意蕴，比几十年的沧桑感悟深刻得多了；小孙女带给我的思想结晶精神境界，比我几十年的修炼净化奥妙得多了。在她那一笑一颦一举一动中，我感到了刻骨铭心的喜悦，在她那娇嫩稚拙天真纯洁里，我体会到了天伦之乐的温馨。犹如一缕清风拂扫了我几十年浸染的世俗风尘，恰似一股清泉洗涤了我几十年沉积的名利污垢；她像朝阳启迪了我精神的升华，她像明月净化了我灵魂的根本。生命的本真唤醒我，不再随波逐流的沉沦，生命的纯净警悟我，不再荣辱得失的麻醉；赤子之心，是人生的起点也是归宿，彰显着生命的永恒；赤子之情，是生命的释放也是结晶，演绎着人生的意蕴。小孙女是我的灵魂。

五

想干事时没有了干事的条件，想用功时没有了用功的环境，虽然积累了丰富的知识，有了沧桑的阅历，但却在成熟中无所事事，像挂在枝头的红苹果黄枫叶，只是一种装饰性的意象。没了风的轻抚，没了雨的问候，孤独地托起太阳，寂寞地送走星辰，在时空转换场景变更中，坚守着那份精神的孤傲；没了名的缠绕，没了利的权衡，平静地享有世界，淡泊地善待万物，在剧目变幻角色更迭里，保持着那份灵魂的自尊。不做天际的漫游，不做大地的行走，和小草说话，与浮云搭讪，聆听自然的音韵；无意世俗的喧闹，无意得失的纷争，和碧潭沉吟，与溪流浅唱，感悟自我的心声。

六

过去把信仰僵化的建构在空灵的寄托上，有一点虚无幽幻的憧憬，现在把理想强制地植入在世俗的物欲中，有一些粗鄙浅薄的实惠。原本心灵中最神圣的位置，精神里最圣洁的地方，随着世俗风尘的积淀，肮脏而荒芜；原本品性中最淳朴的内容，情趣里最优雅的方式，随着名缰利锁的缠绕，猥琐而低下。信仰在污泥浊水的侵蚀下失去了扎实深厚的根基，理想在随波逐流的苟且中褪去了昂扬激越的光彩，生命的真谛被阉割，人生的意义被肢解；人们沉溺于既得的享有，麻木于当下的感受，专心于名利得失的锱铢必较，执着于荣辱褒贬的权衡臧否。信仰是对人生的终极态度，理想是对人生的执着追求，它们是物质与精神的有机统一，是长远和近期的相互映照，更是一种精萃的情怀超越的境界；人们不能把信念理想束之于空中高阁，也不能把信念理想附之于鄙俗庸行，任何极端的做法都会导致人性的扭曲人生的畸形，时代的倒退社会的萎缩。

七

有些交谈因过多的语言而变得非常复杂，有些交往因过多的形式而变得异常繁复；其实，真正的沟通简单而平常，犹如清风拂过原野，雨露滋润大地，白云飘过蓝天，日月朗照世界，自然得让人无法刻意，和谐得让人不可模仿。心灵中的困惑，精神里的迷茫，思想中的纠结，行动里的阻滞，可以无言的沉默有语的倾诉，可以无形的相守有行的表达；即便自言自语自行自适，也会在孤独中品味，寂寞里感悟，面对空灵能有更多的畅想更多的挥洒。言语的交流不在于数量的多寡，行为的表达不在于形式的繁简，只要发自内心，来自真诚，便是人际的乐事，人间的佳话。

八

血脉中流淌的亲情是维系人类的根本，是社会发展的基石。中华民族源远流长绵延几千年的文明始终没有中断，最主要的原因就在于不同血缘交融的亲情凝结，不同亲情精萃下的伦理精神，它从点点滴滴的家庭源泉涌出，以涓涓细流的家族汇集，携滚滚洪流的种族交融，成气势雄浑的民族江河，扬博大深邃的中华文明，横亘古今，屹立世界。在现代社会的飞速发展中，人们很快从家庭中分离家族中出走，分布于世界各地，地域性的血缘层次族群结构已发生了巨大的变化，传统文化的伦理内涵表达形式也有了全新的特征，局域性的生存特点逐渐被全球性的生活方式所浸染，人们遨游世界走遍天下，以地球人自喻；但无论何时何处，田园诗般的家园情怀故乡依恋源远而流长，叶茂而根深，它始终谱写着亲情的音符，演绎着民族的旋律，攀系在眉间，萦绕在心头。

九

当人们觉得自己读懂社会感悟人生的时候，一切都变得平常而简单了，一切都变得平静而质朴了，仿佛雨过天晴万里澄澈的碧透，犹如雪漫原野万类晶莹的纯净。人生如旅，一路走来，承袭了太多的风尘俗雨，积淀了太多的名利污垢，既有山重水复的历练，也有悲欢离合的感悟，既有锱铢必较的权衡，也有荣辱褒贬的臧否；由幼稚走向成熟的历程中，既成就了自我的品性，也丧失了一些本真，由卑弱转为强势的陶冶里，既精萃了自我的风骨，也沉沦了一些精神。一些看得见摸得着用得上的实实在在，被赋予了太多的辞藻渲染太重的意义诠释，反而变得虚虚幻幻；一些雾里看花水中望月的朦朦胧胧，被注入了太多的利益成分太重的价值砝码，反而变得真真实实。人们在继承的过程中丢掉了太多的精神结晶，割裂了源远流长的历史脉络，人们在创新的变革里接纳了太多的思想垃圾，制造了喧嚣繁闹的现实泡沫。人类有从何处来向何处去的无限奥秘，每个人也有如何实现自我价值的有限拷问，当具有远离名利抛弃得失的胸怀时，当具备反思净化砥砺精萃的境界时，心灵平静淡泊了，精神洒脱超逸了，才是读懂社会感悟人生的最佳时节。

十

打扫庭院，整理书籍，收拾花草，虽然琐碎麻烦，毕竟轻松可为；梳理思路，厘清思想，净化心灵，虽然虚幻幽奥，却是沉重如山。几十年的生活，各种风尘俗雨，把思想侵蚀得千疮百孔，数十载的经历，各样名利得失，把精神熏染得乌七八糟。虽不至于同流合污，却也不少随波逐流，虽不至于沉沦堕落，却也不少苟且麻木；虽是自我的历练，更是社会的陶冶。在时代潮流的裹挟下，满脑子的宏大志向，满心思的建功立业，满心怀的豪言壮语，理想信念，主义原则，体系机制，观念行为诸多元素，盘根错节叠床架屋，占满了有限的心灵空间；在时俗风尚的影响中，满脑子的功名利禄，满心思的权衡臧否，满心怀的荣辱褒贬，趋炎附势，巧取豪夺，阴谋诡计，锱铢必较诸多伎俩，是非颠倒黑白混淆，充斥于狭窄的精神境界。既得的物欲享受，当下的名利实惠，饰之以成果业绩的冠冕；感官刺激的贪婪，攫取无度的狂妄，冠之以进取创造的光环；其实只是一种畸形的自欺，怪异的欺人混合而已。表面的光鲜掩盖不了内在的鄙陋，丰富的物质成果并不能填补精神的空虚，社会需要深刻的反思，每个人都要从自己开始，虽然很难但必须要做，可怕的是始终不自知。

十一

客观公正地看待社会生活和时代特征，实事求是地处理各种事物和臧否人物，是一件很难的事，但了解自我看清自己更难。由于受到自我意识的强烈保护，加之客观环境的深刻影响，特别是涉及所谓的名分声誉，人们更容易把自己不真实地包裹起来。从表面上也会有些自我反思的姿态，有点自我解剖的举止，有些自我认识的感悟，但内心深处却是盘根错节的维护，铜墙铁壁的坚守，不放出蛛丝马迹的纰漏。这种强烈的主观保护弱化了自我解剖的决心，消减了自我反思的能力，制约了自我认识的水准，淡化了自我升华的意义，也就达不到自知之明的境界了。人们可以时时处处原谅自己，找出无数自我解脱的借口，编织众多自我安慰的理由，但也就会作茧自缚，屏蔽了自我的真实面目，扭曲了自我的真实本性，掩盖了自我的真实思想；如能在作茧自缚的过程中，有一番孤独的净化，寂寞的反省，深刻的剖析，真切的感悟，就会化蛹为蝶，认识自我，超越自我，漫游于自明的精神境界，翱翔于自由的心灵天地。

十二

终点就是起点，经历了生命的岁月沧桑，领略了人生的春夏秋冬，品味了人间的悲欢离合，知晓了时代的山重水复，感受了世俗的千姿百态，了解了社会的万象纷纭；蜿蜒起伏中描绘出一幅生动丰富的人生画面，虚实变幻里编织出一枚精巧奥妙的立体团扇，起点连着终点，终点连着起点，只是意蕴的相逢，不是具象的回归，只是心灵的探望，不是往事的再版。时光荏苒，物异人非，只是追溯的场景，印象的剧目，虚幻的演绎，记忆的角色，缥缈的旋律，断断续续的重现，带着浓重的主观色彩，让回忆变成梦幻。然而恰恰是这灵动的回归，给人以清新的洗涤，爽透的沁润；一切成败得失，荣辱褒贬，在回忆中得到了净化；抚去风尘，洗去污垢，剥掉装饰，剔除杂芜，还原一个纯真质朴的起点，还你一个真正的自我。

十三

当人们像孩子一样，不管别人如何看待怎样评说，依然天真质朴率性随意时，便达到了一定的人生境界。因为经过了岁月的洗礼人生的历练，积累了丰富的社会经验，拥有了深刻的思想内涵，形成了超然的精神品位，回归赤子之心变成了永恒的主题。没有了过多的欲望，犹如九曲回肠的江河，融入浩瀚无垠的大海，坦荡安详；没有了过多的攀比，就像巍峨耸立的峰峦，筑成蜿蜒崎岖的山脉，平静淡泊；没有了锱铢必较的争名夺利，随心而来随意而去；没有了权衡臧否的钩心斗角，嬉笑怒骂皆成情趣。看到孩子就看到了自己的起始，更看到了自己的归宿，人是自然的永恒之子。

十四

淡雅的气质，洒脱的风度，不是刻意的精雕细琢，不是造作的装腔作势，说起来容易，做到了却难。只有历史的积淀不足以自然成形，只有现实的历练不足以强制成态，只有琴棋书画的滋润不足以涵蕴，只有躬身力行的修持不足以彰显，更需精神的超凡脱俗，心灵的淡泊安逸，情趣的纯真质朴，品行的自然恬淡。每个人都有自己的气质要求风度表现，但绝不是任何人都具有美好的气质优雅的风度；不管身居庙堂还是寄寓江湖，显宦豪达还是平民庶人；不管诗书簪缨还是瓦牖绳灶，专心精进还是自然感悟；只有来自心灵的纯真质朴，精神的纯净澄澈，人性的纯真善良美好，品行的端庄豁达明畅，无论大小多少轻重深浅，都会有自我应有的气质和风度。心灵是气质源泉，风度的根脉。

十五

秋雨淅淅沥沥地飘洒，原野沁润了清凉的意蕴，山川沉吟着萧瑟的诗情，天地间弥漫着欲说还休的朦胧；秋风清清凄凄的抚慰，树木梳理着杂乱的向往，花草呢喃着记忆的残梦。孤独地接纳秋风秋雨的探访，是回忆的开始还是向往的结束？寂寞的应答秋情秋意的叩问，是迎接的欣喜还是告别的忧伤？静静地伫立，品味着秋的佳酿，醉了风尘疲惫的身心；远远地眺望，感悟着秋的辽阔，飞起散漫洒脱的幻想。往事历历，在秋风中扯起漫无边际的画卷，在秋雨里演绎绵延曲折的旋律，只是岁月不居的感怀，人生如梦的惆怅。原野褪去了五彩缤纷的盛装，裸露出本真的底色，心灵净化了名利得失的熏染，呈现着质朴的安详，只是无语的沉默无心的遐想，一任秋雨的随意秋风的飘逸，人在秋中，心在何方？

十六

清爽的秋风，随意地涂抹着澄澈深邃的天宇，任性地撕扯着万象缤纷的大地，尽情地消解着炽热烦躁的思绪，潇洒地抚慰着喜怒哀乐的心灵。秋天是剥去装饰，退掉光环，清除虚幻，收获真实的时节，一切都要得到检验；于是，风也清了，雨也凉了，心也实在了，一切都呈现着理性的意蕴。秋天又是勾起往事，回忆历程，伤感幽幻，放飞憧憬的时节，一切都要重新孕育；于是，情也深了，意也浓了，心也虚幻了，一切都洋溢着浪漫的诗意。秋天是一个最有情趣韵意的时节，清醒与迷蒙，回忆与憧憬，忧伤与欣喜，描绘了人生璀璨的场景，演绎了人生奥妙的剧目，领略了人生丰富的内容，彰显了人生深刻的意蕴。人在秋风里，长亭短亭何处有归程?

十七

孤独是一种境界。尘世中的诱惑太多，心灵真正的独处一隅时，把所有的欲望和攫取拒之于外，留给自己一个平静的时空，享受一点淡泊的意蕴，敞露心扉，放飞灵魂；没有什么具象的追求，没有什么深刻的思考，只是坚守那份孤独，领略它的苍凉，感知它的寂寞，品味它的虚幻，觉悟它的真谛。人们长期浸泡在名利的江河湖海，沉溺于得失的山重水复，苟且于随波逐流的俯仰之间，麻醉于纸醉金迷的交际之中，逐渐弱化了个性的风骨，丧失了品性的诗意，淡漠了自我的情趣，荒芜了精神的家园，沉沦而不自知，堕落而不自觉。所以，需要孤独的净化，寂寞的陶冶，自我的对话，精神的解剖；但要达到孤独的境界，不是随意而成，任意而就的，需要一番超凡脱俗的历练，脱胎换骨的砥砺，刻骨铭心的精萃，浴火重生的涅槃。因为孤独是一种境界。

十八

世间有很多感人的事，雨露般的洗涤着世俗的心灵；世间有不少慈善的人，阳光似的温暖着僵硬的灵魂；看到或听到会让人泪流满面感慨不已，激活了纯真善良美好的基因，唤醒了刚毅坚韧豁达的品性。

人生有限，一路的山重水复，时俗风尚，有太多的云诡波谲，名利相争，身心疲惫；生命无限，一生的柳暗花明，阴晴圆缺，有太多的长吁短叹，悲欢离合，精神委顿。疯狂的攫取，贪婪的奢望，远离了本性的源泉，割裂了禀赋的根脉，黯淡了精神的光泽，猥琐了情趣的雅净；人们没有了精神家园的依托，人们丧失了诗意栖居的沁润；看不清楚了社会，弄不明白了自己，随波逐流的飘荡，醉生梦死的沉沦。正是这世间令人感动的事迹，令人敬佩的人物，不管宏大还是渺小，无论深远还是短暂，让我们有了映照的明镜，借鉴的楷模，让我们有了精神的净化，心灵的警醒。能被外在感动证明良知还在，品性依存，能被自我感动却是精神的回归，心灵的超越。

十九

心儿是柔软的，在恒定的律动中，涌动着生命的源泉，流淌着生命的溪流，滋润着生命的细胞，养育着生命的本体；心儿是坚韧的，在变幻的起伏里，承载着人生的山重水复，历练着人生的风霜雪雨，抚慰着人生的悲欢离合，净化着人生的荣辱褒贬。人们伟岸的身躯安放了柔弱的心儿，给了它天然的保护，殊不知柔弱的心儿支撑着精神的风骨，彰显着品性的气韵。无论山崩地裂海枯石烂的激变，还是云卷云舒花开花落的安逸，它从容地面对淡泊的相守；不管势焰嚣张嬉笑怒骂的狂妄，还是俯首低眉长吁短叹的伤怀，它孤独的矜持寂寞的超然。繁闹喧嚣时，总想看到心儿的无言，给自己一点超逸的情趣，夜深人静时，总想听到心儿的独语，给自己一些灵动的幽幻。

二十

一位老妇人坐在街边的石阶上，灰白的鬓发散佚而不凌乱，单薄的衣服陈旧但也干净，她专心细致地啃着一块饼，身前放着一个搪瓷小碗，里面散乱放着一点硬币和纸钞。她心无旁骛地吃着饼，平静安然，周围的繁闹喧嚣仿佛与她毫不相关，平静的只有一个自我，淡定的只有一个当下。我感到心里很难受，更觉沉重，不知什么原因让她老迈无助沿街乞讨；我也感到惊诧，她不喊一声，始终保持着那份平静和淡定，只有轻微的一笑应答路人的施舍，乞讨中有着难以言说的自尊。放了一点钱，施舍中掩饰了不敢面对的伤感，悄然离去不忍回顾。乞讨是人生的不幸，社会的伤痛，虽然真假混杂，原因诸多，但不能漠视，更不能不管，这是人性的本能社会的良心。

二十一

真的感觉有点老了，对繁闹喧嚣的社会世俗的人生有些厌倦，不愿在名利场上奔波，不想在应酬里沉溺，更不会有狂妄的欲念贪婪的攫取。因为生存的需要，依然忙碌着繁琐的事务，重复着僵硬的程序，但思想开始蜕变，逐渐剥去璀璨缤纷的虚幻装饰，丢掉宏章丽辞的冠冕堂皇，清除僵化造作的逻辑桎梏，有了清新的洒脱，随意的灵动，自由的漫步；因为生活的习惯，依然纠缠着名利的权衡，演绎着荣辱的臧否，但心灵已经醒悟，不断洗涤乌烟瘴气的世俗风尘，断绝趋炎附势的随波逐流，解构盘根错节的名缰利锁，多了平静的安然，淡泊的意蕴，超逸的境界。孤独地迎接天人合一的回归，从远处来向远处去的飘逸潇洒，寂寞地领悟物我相忘的超越，在无中生、在无中灭的生生不息。老开始变小，一种自觉的回归，净化的启程，超越的宣告。

二十二

小孙女唤醒了我麻木已久的思想，沉寂多时的精神，犹如清风拂面清泉入胸春潮涌动；纯真的神态，稚嫩的笑容，吱呀的语言，拙朴的动作，宣示着生命的奇幻奥妙，孕育着生命的博大精深。读过很多书，行过许多路，吃过很多苦，享过许多福，都是过眼云烟的缥缈；得到多少名，取过多少利，得失的权衡，荣辱的褒贬，不过云开雾散的虚幻；丰富的思想，美妙的语言，深刻的哲理，精灵的智慧，只是轻轻的风雨，淡淡的雾霭，转瞬即逝的空灵；多么悠长缠绵的历史记忆，多么精准绝妙的现实评判，多么辉煌激越的未来向往，只是水中月镜中花般的朦胧。唯有生命的启迪，唤醒迷途的沉沦，唯有生命的纯真，涤荡风尘的熏染，唯有生命的召唤，超凡脱俗的净化，唯有生命的引领，凤凰涅槃的超越。我可爱的孙女，你是爷爷心灵的至尊。

二十三

人要有尊严的活着，也要有尊严的离去，不要把生命的源泉流脉用各种世俗的渠道偏见的途径束缚起来，更不要把生命的江河湖海用各种刻意的规定任性地安排扭曲起来。一滴水有自己源泉的自然，行程的长短，形态的变幻，归宿的自由。无论溪流瀑布深涧幽潭，江河湖海，无论云雨霜雪露霭雾霾，冰峰雪崖，都是生命气象万千的呈现，意蕴淋漓的表达。赞美生命，是它永恒的自然，无须浓妆淡抹的装饰，精雕细琢的打扮，该来则来该去则去，来得潇洒去得安然；赞美生命，是它奥妙的恬淡，不用功名利禄的点缀，荣辱褒贬的评判，物我相忘天人合一，生生不已往复无限。透过人为的揣测，去除主观的杜撰，生命的本真就是平静平常平淡。

二十四

人们最诚挚的情感是自然的，它渗透于生活的方方面面，体现在人生的点点滴滴，虽然不乏文人墨客淋漓尽致的抒写，风流雅士精雕细琢的描绘，但它最本真的意蕴却是平常而自然。就像清纯的泉水，潺湲的溪流，蜿蜒曲折地流淌，滋润万物，承载舟楫，汇集成生活的江河湖海；犹如朗照的日月，璀璨的星辰，幽幻深邃的安谧，光芒万丈，清辉四溢，演绎着人生的春夏秋冬。无须精心的培育，刻意的追求，不用专门的经营，任性的规划。它只能发自内心，来自平常，出于品性，和于情趣；它只是随心率性，没有造作，绝不虚饰，直达心扉。诚挚的情感是人性的精粹，在世俗的风尘中始终晶莹剔透，诚挚的情感是品行的结晶，在名利的泥淖里永远灵光闪烁。

二十五

总想寻觅一处桃花源，憧憬中的山清水秀，鸟语花香，竹篱茅舍，鸡鸣犬吠，农歌牧曲，渔樵吟唱；总想沉醉一曲田园诗，梦幻里的云淡风轻，晨辉夕霞，琴棋书画，浊酒残茶，青灯黄卷，古今应答。长相思情不断，伤心处泪千行，这是现代人迷失自我后的一种祈盼，更是惆怅中心灵回归的一种幻想。名利的乌烟瘴气已把人性的纯真熏染得面目全非，权势的刀光剑影已让品性的善良肢解得支离破碎，庸俗的污泥浊水已把情趣的美好蚀刻得猥琐黯淡；缤纷灿烂掩饰不了精神的空虚，繁华喧闹遮蔽不去心灵的荒芜，身已倦心已碎，何处是故乡？于是在有限的时空中，营造一点自我的精神家园心灵故乡，即便是幽幻空灵的憧憬，也是自我净化的圣地，灵魂超逸的净土。每个人都应该拥有自己心中的桃花源，梦里的田园诗。

二十六

旭日东升，拉开了辉煌的序幕，在炽热的燃烧中光芒四射，照亮天地，继而平淡地收拢了令人欢呼雀跃的火红色彩，平静的光亮和温暖沐浴着万物。夕阳西下，漫天的光亮被收拢成瑰丽的晚霞，逐渐回归到浓重的燃烧原点，慢慢隐匿于崇山峻岭江河湖海。人们非常重视太阳的初升与夕落，从古至今，赋予了神圣的祭祀，虔诚的膜拜，奥妙的诠释，精美的描绘，因为它的起始和归宿，充满了庄严圣洁的意蕴，洋溢着神秘奥妙的幽幻；但我觉得更应该珍视太阳在天空中的运行，恬淡的平静，超然的淡泊，无论云来雾往，雨雪雾霭，不管晴空万里，澄澈碧透，只是平常的行进，平凡的面对，从不为自然的变幻而改变自己的执着，从不为人们的关注而影响自己的使命。伟大的平凡，伟烈的平静，辉煌的平常，崇高的平淡，更让人领略太阳的精神意象，灵魂境界。

二十七

生活的本质是平静，人们总是过多过大过高的渲染了它激越的一面，把风云变幻气象万千，涛飞浪涌奇诡妙谲当成了生活的内涵，其实，那只是生活万象中的一种形态，从本质上讲，生活是平静的。在漫长的生命进化中，既有遗传的持久，也有变异的突然，既有源远流长的演化，也有转瞬即逝的爆发，在数亿万年的过程中，总体的平稳是基本的状态。当人类出现并成为自然的强者社会的主体后，生活的内容丰富深刻，生活的形态复杂多样，漫长的进化曲线被加速度的起伏所掩盖，平静的本质为繁华喧闹的弥漫而深藏；人们沉溺于世俗的浮光掠影，麻木于名利的缤纷璀璨，满足于当下的灯红酒绿，沉醉于即刻的花好月圆；生活的内涵被过多的赋予了欲望的基因，生活的形式被过大的镶嵌了贪婪的细胞，生活的本质被过高的注入了虚幻的演绎，以致感官的刺激代替了理性的思考，表面的热闹湮没了本质的厚重，生活成了浮躁的泡沫。生活的本质是平静的，它自然地呈现，多样地表达，真实地行进，无须刻意地拔高，不用任意地渲染。

二十八

秋风涤荡的时节，碧空澄澈，原野苍茫，万物萧瑟，天地间也空阔了许多；人生的积淀如茂密的枝叶纷然而下，生活的繁闹像成熟的庄稼悄然收割，一切付出得到了结果，一切努力进行了验证，回忆着过去，又憧憬着未来。沧桑的大地，扯去璀璨缤纷的装饰，裸露胸怀，让苍凉的意蕴弥漫；深邃的天宇，拂去浓云淡雾的笼罩，清亮通透，让幽幻的向往飘逸。人生如梭，山重水复的经历中，积淀的风尘不少；

生活如麻，名缰利锁的缠绕里，熏染的污迹许多。收获的时刻，既有成功的喜悦，也有失败的沮丧；检验的过程，既有满足的欣慰，也有缺憾的惆怅。秋天，真实的裸露，敞亮的呈现，让思想来一次彻底的清扫，空白洁净，书写纯真善良美好的篇章；秋天，孤独的感悟，寂寞的思考，让心灵有一次深刻的净化，幽幻奥妙，描绘散淡安谧飘逸的画卷。秋天，安放灵魂的季节。

二十九

儿子在远方发展异国工作，一晃十几年了，心里总是有一根无形的思线，牵着外面的世界，扯着自己的眷恋；编织着担忧，缠绕着祈盼，渗透着祝福，沁润着关爱。电话视频中的问候，相隔已久的见面，异国他乡的风韵，故园旧地的情缘；伴着岁月的春夏秋冬，随着时光的阴晴圆缺，那份情深意切的嘱咐，那份语重心长的叮咛，历历在目，点点在心。每当听到儿子工作顺利事业有成，心里非常激动，每当看到儿子家庭温馨孙女欢快，心里非常高兴。源远流长的家族，一代代的延续，纯真质朴的家风，一代代的传承，思念和眷恋是永恒的主题，在每代人的心中奏响，在每代人的灵魂萦绕，永远在每代人的追求中。天地有感，父子情深，万物有灵，父子意浓。

三十

小孙女呀唔学语，从那稚嫩的声音中我聆听到了生命源泉的清纯，小孙女踉跄学步，从那蹒跚的步履中我感悟到了生命的本真，一切都因为她的到来充满了生命的朝气蓬勃，一切都因为她的成长洋溢着生命的欣欣向荣。久居尘世的麻木，被生命的真谛惊醒；沉溺名利的迷茫，被生命的意蕴指明；荒芜干涸的精神，被生命的雨露滋润；黯淡颓唐的灵魂，被生命的阳光普照。生命的彰显，胜过任何宏大深奥的理论说教，生命的奥妙，超越任何仁人智者的诠释阐明，只有她能唤起人性的纯真，品行的至诚，只有她能孕育情趣的俊雅，胸怀的空灵，只有她使人有了做人的基础立世的根本，只有她使人净化了心灵升华了精神。生命的意义在自然地呈现里，平常的表现中，关键是你是否有一颗感受生命的境界，感悟生命的心灵。

三十一

很纯真的往往很平凡，常常被人们所淡漠，犹如原野上的杂花绿草，年年岁岁的蓊郁，岁岁年年的枯萎，自然而平静，淡泊而平常；不管外在的顾盼欣赏，没有自我的炫耀张扬，春夏秋冬的抚慰，严寒酷暑的砥砺，只是芳草萋萋的生机盎然，只是杂花点点的率性随意，既不强求也不奢望，既不得意也不忧伤。现实中人们往往忽视了生活的本真，过分追求繁华喧闹的场景，在意璀璨缤纷的装饰，满足急功近利的获取，沉醉得失褒贬的权衡，放大了生活的虚幻表象，膨胀了生活的内在价值，因此，在制造迷失中迷失了自己，在追求理想中毁灭了理想。大自然有许多人们不愿理睬的场景，不去感悟的哲理，不能穷尽的奥秘，它始终在人们的眼前身边，关键能否入到你的心里。

三十二

有人说，过去的都是美好的，此话虽有偏颇，但也富含诗意。对于一个年过花甲的人来言，留给憧憬未来的岁月日益狭小短暂，而回忆往事的时光却无限的扩大延长；云诡波谲的时代大幕，奇妙瑰丽的社会场景，繁华喧闹的生活剧目，悲欢离合的人生演绎，往事历历在目，点点滴滴入心；清晰的行程注入了朦胧的追索，既往的人物渗透了浪漫的臧否，直观简单的事情掺杂了虚幻夸张的诠释，平常随意的行为赋予了深刻奥妙的解析，名利得失都有思潮的铺垫，荣辱褒贬不乏理论的衬托；率性随意的回忆是一种时光不再的精神弥补，虚实交融的回味是一种人生不再的心灵感喟，再简陋苍白的人生也会被描绘成云遮雾绕的山水画卷，再繁琐些微的生活也会被谱写出余音绕梁的优美旋律。回忆膨胀了想象的空间，延伸了幻觉的时间，以至有了诗意的氤氲，陪伴不可逆转的衰退。回忆既要有真实的追索，也要有诗意的温润，既要有尖锐的解剖，也要有浪漫的情趣。

三十三

回忆总是这样的缠绵多情，浏览淡笔浓墨涂抹的生活画卷，回味低吟浅唱谱写的人生旋律时，再枯燥的内容再简单的形式，也会充满温蕴的灵动，也会洋溢浪漫的诗意。一段段山重水复的历程，一件件云诡波谲的事件，一个个远近亲疏的人物，一点点悲欢离合的感受，既有客观真切的呈现，也有主观随意的夸张；再平常的经历也会注入丰富的内容，再平淡的人生也要赋予深刻的意义，因为那是逝去的岁月，告别的时光，有一种发自内心的眷恋，有一种精神寄托的回望。回忆不是简单的历史碎片的堆积，也不是复杂的现实概念的梳理，犹如来自冰峰雪岭的点点滴滴，蜿蜒曲折的涓涓流淌，汇入生活的江河湖海，只是自然地来，只是自然地往。回忆需要真实地反映直面的解析，但也有点意蕴的滋润诗意的情趣，因为回忆是寄托，回忆是向往。

三十四

沉浸于繁闹琐屑的日常生活之中，又超然于其外，沉溺于名利喧嚣的随波逐流之中，又淡泊于其内，这是一种人生的境界，还是一种人生的无奈？前者是一种直觉的应对，顺其自然，相遇而安，随机而适，平常而行；后者是一种理性的觉悟，清心寡欲，超凡脱俗，平静淡泊，安然超逸。人离不开衣食住行，也放不下精神追求，柴米油盐酱醋茶的日常，琴棋书画诗酒花的潇洒；既是社会中的芸芸众生，又是品性迥异的个体，既是生活里的凡夫俗子，又是情趣不同的自我。入世的风尘涤荡，名缰利锁的缠绕，荣辱得失的羁绊，盘根错节，割不断理还乱；出世的云淡风轻，潇洒淡泊的情趣，安谧飘逸的幽幻，出神入化，看得清悟得透；二者尖锐地对立，缠绵地交织，使人们处于矛盾之中，只是把握的尺寸，取舍的角度，感悟的层次，达到的境界不同罢了。

三十五

人们总是根据自己的好恶去看待生活臧否人物，按照自己的经验来评判社会诠释人生，人们总是凭借自己的思想梳理诠释生活的意蕴，依据自己的情趣感悟解析人生的奥秘。既有客观的真实，也有主观的臆断；既有理性的分析，也有感性的直观；既有正确的判断，也有错误的定义；既有陋习的影响，也有时尚的熏染。人们遵循生命的法则生老病死，人们依照人生的轨迹悲欢离合，谁也不能违背自然的规律社会的制约；但具体的个人经历参差不齐，个人的感受千差万别，对不同事物有不同的看法，对同一事物也会有不同的见解，对不同人物有不同的臧否，对同一人物也会有不同的评判。只有凌驾高低贵贱论成败的短视，才能有相对的客观全面；只有超越清浊雅俗谈荣辱的褊狭，才会有恰当的公平中正。远离世俗的风尘，疏离名利的熏染，可能会清明透彻一些，平静淡泊一点，议事论人也许好些吧。

三十六

人不可以看轻生死，也不能淡漠生活。生死一瞬间，欣喜的迎来悲痛的送去，生命的真谛呈现在生死相续生生不已的无限中，神圣而庄严；生活一辈子，琐屑的缠绕繁闹的羁绊，生活的意蕴展示在山重水复阴晴圆缺的有限里，奥妙而平凡。人们在生命的延伸中，拉开生活的大幕，演绎生活的剧目，诠释生活的情节，承担生活的角色；人们在生活的铺展里，追溯生命的渊源，汇集生命的长河，探究生命的意义，彰显生命的奥秘。没有生命意蕴的生活晦涩黯淡，没有生活情趣的生命枯燥乏味。生命是生活的内核，生活是生命的载体，生活是生命的体现，生命是生活的动力。既不看轻生死，也不淡漠生活，享有那份有限的意趣，领略那份无限的奥妙。

三十七

坚守自我的品性，把持自我的情趣，挺立自我的风骨，净化自我的境界。平静地观赏自然，淡泊地品察万物，孤独地感悟生活，寂寞地聆听心声。不见高楼大厦的璀璨缤纷，只有竹篱茅舍的梅兰松菊；莫谈冠冕堂皇的宏章丽辞，只有青灯黄卷的低吟浅唱；解脱名缰利锁的羁绊缠绕，只有浊酒残茶的诗情画意；远离世俗风尘的侵袭熏染，只有清风明月的暗香浮动。天宇深邃，原野苍茫，春耕夏耘，秋收冬藏，成败得失，何足以论，时光的使者；人世喧闹，生活混杂，争胜好强，荣辱褒贬，不堪回首，岁月的过客。只是这破帽遮颜过闹市的率性随意，漏船载酒泛中流的恣肆癫狂，只是这凌霄不屈己得地本虚心的恬淡，岁老根弥壮阳骄叶更荫的豪放，还你一个本真的自己。

三十八

所谓坏事或伤害，首先是指一种具体的行为或结果，其次是指对生活习俗社会风气的影响，再次是对自然法则社会规范的损害，最后是丧失理想信念；由具体到抽象的递进，由小到大的扩展，由浅入深的延伸。造成伤害或坏事的原因有很多，结果也不同，但从程度上讲，精神层面心灵境界的后果最为严重，这种伤害或坏事摧残人性，腐蚀社会，颠覆根本；使人们沉溺于巧取豪夺的狂妄，穷奢极欲的贪婪；使人们麻木于眼前的灯红酒绿，当下的醉生梦死；使人们精神颓废意志萎靡，情趣庸俗行为猥琐；使人们心灵黯淡境界虚无，本真凋零品性沉沦。坏事或伤害，对于小到一个个人大到整个民族，小到一个局部大到整个国家都不能轻视和淡漠，治标容易治本难，修身容易修心难，防微杜渐，从点滴做起，抑恶扬善，从自身开始。

三十九

养蕴浩然正气，必须守得住孤独，耐得住寂寞，经得住清贫，受得住富贵，超越世俗，淡泊名利。人生如旅，历世愈久，积垢甚多，经事愈广，陋习颇厚；成熟中不乏世俗的油滑，历练里总有世故的狡狯。人生如梦，春花秋月，夏雨冬雪，阴晴圆缺，悲欢离合；散淡中不乏率性的执拗，洒脱里总有随意的偏颇。经风见雨的自负，阅人历事的骄傲，总是恣意妄为的资本；山重水复的砥砺，云诡波谲的应对，总是自以为是的砝码。过来人有过来人的收获，也有沉重的历史包袱，过来人有过来人的觉悟，也有朦胧的现实迷茫；当以自警自省，有一番超凡脱俗的作为，当以革故鼎新，有一番浴火重生的精萃。孤独地品味，寂寞地感悟，恬淡地净化，洒脱地超逸，浩然正气贯通身心，暗香浮动缥缈无迹。

四十

人们可以看轻或看重自我，但不能看不到世界，人们可以看轻或看重世界，但不能没有自我。一点一滴一沙一石一枝一叶，卓然于世的自我；崇山峻岭江河湖海万物繁盛，涵蕴自我的世界。人生在世，都会生活在一定的时代条件下，置身于具体的社会环境中，沉浸在世俗的洪流里，熏染在时尚的风尘中，蚀刻下鲜明的历史印记，呈现着独特的生活特征。人生在世，都会有千差万别的个人行程，层次不同的个人感受，经历自我的山重水复，领略自我的悲欢离合，谱写着自我的人生旋律，演绎着自我的社会角色。自我因世界而特立独行，世界因自我而浑然天成，人们在世界的怀抱里成长，世界在人们的努力中变化，没有自我的世界是枯燥黯淡的，没有世界的自我是狭隘荒芜的。吾心就是世界，世界就是吾心，不只是哲理的浪漫，更是客观的现实，不只是心灵的呓语，更是本真的自然。

四十一

物理意义上的隔离，源远流长，从古至今，许多仁人雅士高僧大德，隐居崇山峻岭江河湖海，藏匿野乡僻壤穷途末路，以屏蔽世俗的风尘，隔绝名利的侵扰，令人倾心仰慕，艳羡追寻；而心理意义上的超脱，博大精深，更是意蕴精妙，沁润心脾，净化灵魂。无论高堂亮室的璀璨缤纷，还是竹篱茅舍的青灯残烛；无论车水马龙的繁闹喧嚣，还是门可罗雀的凋零萧条；无论富贵权势的冠冕堂皇，还是清贫卑微的苍巾布衫；无论黄钟大吕的风云激荡，还是低吟浅唱的乡曲俚语；都是心远地偏的恬淡，暗香浮动的雅逸，出淤泥而不染的温润晶莹，濯清涟而不妖的孤峭峻拔；都是一览众山的胸襟，清风明月的情趣，凌霄不屈己的劲节，得地本虚心的豁达。人不管处于什么样的境地，都应有高天的深邃大地的辽阔，远山的情怀近水的智慧，人不论碰到什么样的遭遇，都要有平静的心灵，淡泊的意蕴，优雅的情趣，超逸的精神，诗意的栖居。

四十二

云很淡，想把秋天的大地尽情地拥抱，多留一些崎岖蜿蜒中的山重水复，让岁月慢慢的冷却；风很轻，想把秋天的原野淋漓的抚慰，多留一点璀璨缤纷后的斑驳，让时光静静的眷恋；精神很忧郁，在云淡风轻中，回忆着人生的流水年华，感受着收获后的萧瑟寂寥；心灵很惆怅，在孤独寂寞里，品味着生命的奇诡奥妙，憧憬着未来的梦幻幽境。天地苍茫万物萧瑟中，阳光像个调皮的孩子，嬉戏在云间，奔跑在风中，跳跃在崇山峻岭，漫游在江河湖海，给人以生命的启迪，一切都是生死循环的自然，一切都是新旧更迭的平常。孤独的思索寂寞的感悟中，心灵犹如散漫的游子，沉浸在过去，畅想着未来，留下现实的脚印，放飞幻想的翅膀，给人以人生的警示，坚守纯真善良美好的品性，涵蕴宁静恬淡超逸的境界。融入云淡风轻中，身在何处心在何方？

四十三

民族的前途，国家的命运高于一切，这不是冠冕堂皇的说教，也不是主观臆断的杜撰，更不是强制的藩篱僵化的桎梏，而是人们生存发展的基石，彰显自我品性实现自我价值的依托。源远流长的历史传承，博大深邃的文化涵蕴，风云变幻的时代陶冶，艰难曲折的岁月精萃，造就了民族国家的身躯，铸就了民族国家的魂魄，每一个人都融汇其中，凝聚其里，不能丢弃不能割舍。只有拥有民族精神国家情怀，才能开阔视野，敞开胸怀，提升素质，完善自我；只有坚持民族精神国家情怀，才能勇于实践，敢于探索，勤奋扎实，努力拼搏。但民族精神国家情怀必须建立在纯真善良美好的人性之上，必须坚守民生民有民享的根本，必须凝聚公平正义的精神内涵，必须彰显自由平等的精髓，必须有道德的蕴润法制的保障，必须有国家的意志人民的心声。以民族前途国家命运为幌子阉割民心民意是社会的耻辱，以自我的生存个人的价值为理由淡漠民族国家的利益是人性的堕落；以民族国家的名义疯狂攫取私利是人民的败类，以个人的贪婪玷污民族国家的声誉是社会的渣滓。国以民为本，民以国为家。

四十四

心儿在感受岁月的风雨，清风抚慰下的波光粼粼，涟漪阵阵，细雨滋润中的朦朦胧胧，温温蕴蕴；心儿在感悟时光的变幻，山重水复中的崎岖陡峭，蜿蜒曲折，阴晴圆缺里的荣辱得失，悲欢离合。心儿在享受生命的欣欣向荣蒸蒸日上，心儿在品味生命的凄凄楚楚黯黯淡淡；心儿拴系着名缰利锁的桎梏，心儿承载着世俗风尘的侵染；心儿孕育着浪漫的情趣，心儿飘逸着灵动的梦幻。有时的放飞是为了落下，有时的落下是为了放飞；只是想起来的珍重，忘记时的淡漠，只是得到后的遗忘，丢失后的惦念。不知是心儿启迪着我，还是我感悟着心儿，不知是心儿刺激着我，还是我搅乱着心儿。有时分离的痛苦，有时相聚的欣喜，有时繁闹的沉醉，有时孤寂的清醒，身在何处，心在哪边？

四十五

信仰是基于人性发自内心，对美好向往幸福祈盼的灵魂指引，既有源远流长的历史脉络，又有根深叶茂的现实蓊郁，既有日积月累的当下情怀，又有浪漫超逸的未来憧憬。它不是强制的主观臆断，也不是刻意的目标行程，它不是璀璨缤纷的装饰，也不是冠冕堂皇的说教，它不是虚无缥缈的幽幻，也不是急功近利的权衡，它不是精神空虚的寄托，也不是心灵萎靡的借口。人们都有自己的信仰，但又欲说还休，无法讲清，仿佛朦胧中的星辰，永远在远方召唤；人们都追求自己的信仰，但又沉溺眼前，满足当下，犹如拿到手的实惠，停滞了前行的身心。清贫困顿时的刺激，艰难险阻中的激发，赋予了信仰的崇高坚定；富裕安康时的懒散，平庸世俗里的沉沦，销蚀了信仰的纯真洁净。是否还有信仰，什么样的信仰？是否还有信仰的执着，信仰的追寻？是对每一个人，每一个民族的永恒拷问。

四十六

人生的轨迹蜿蜒崎岖，人生的内容繁芜复杂，人生的形态千变万化，人生的法则幽幻奥秘；生物的延续有遗传变异的彼此制衡，社会的发展有物质精神的相互作用；人生的历程虽然有生命起点与归宿的必然规律，但经历却是由小到大的日月交替，幼稚到成熟的风雨兼程，内容形式的盘根错节，长短深浅的偶然纷呈；何况每个人的品性禀赋素质能力又千差万别，遇到的时代特征社会风貌生活场景五花八门，所以，呈现出千姿百态万象缤纷的面貌。每个人都践行着永恒的生命规律，彰显着自我的人生意蕴，必然的源远流长根深蒂固，偶然的阴晴圆缺柳暗花明；每个人都书写着自我的人生章节，充填着社会的鸿篇巨制，时代的风云变幻气象万千，个体的得失取舍荣辱褒贬。一滴水可以映射绚丽的赤橙黄绿青蓝紫，但离不开日月星辰的光芒；一个人可以演绎自我的琴棋书画诗酒花，但离不开衣食住行的社会。同样，领略江河湖海的广阔深邃，离不开涓涓细流的汇集；感受崇山峻岭的巍峨挺拔，离不开粒粒沙石的凝聚；了解历史把握现实展望未来，离不开芸芸众生的万象纷呈；认识社会品味生活感悟人生，离不开个体生命的特立独行。

四十七

人生之艰辛，在于很多的不确定性，自然规律客观的呈现不断的揭示，相对来讲易于被人们接受，而社会发展的规律总是弥漫着变化莫测的时代风云，笼罩着幽幻缥缈的生活雾霭，洋溢着主观描绘的浓墨重彩，呈现着刻意雕凿的璀璨装饰，让人有欲罢不能欲舍不忍的踟蹰，让人有雾里看花水中望月的朦胧。对于一个人来言，从生到死的起始与归宿是明确的，而从来到去的内容和形式却是复杂的；人生如梦，一刹那的过眼云烟，人生如旅，千百倍的繁复冗重；太明了的确定性，让人生惆怅茫然，太多的不确定性，让人生忧患艰辛。宗教安排了现实中的修行，以求得精神的赎罪，脱离尘世的沉重，享有即世或来世的极乐；哲学规划了思维里的精萃，以达到心灵的净化，超越世俗的羁绊，实现理想或梦幻的灵动。人生之艰辛来自于不确定性，而不确定性正是通过艰辛的跋涉彰显着人生的意蕴。

四十八

心潮起伏，剧烈的冲击让思想无法平静，心绪如麻，焦灼的祈盼使精神难以清明；历事繁多阅人无数，本已平静的心灵淡泊的情怀，却被孕育的新意萌发的向往而搅动，是修炼的不精，还是觉悟的不透？人生如旅，总会遇到山重水复的蜿蜒崎岖，风云变幻的柳暗花明；人生如梦，总会有幽幻奥妙的奇思怪想，云诡波谲的神秘探寻。有时一个祈盼的孕育。一个希望的萌芽；有时一个心灵的期待，一个精神的寄托；都会让孤独的泉眼变成源远流长的江河湖海，都会让寂寞的沙石变成连绵起伏的崇山峻岭。平静不是心灵的沉寂，淡泊不是精神的荒芜，空阔的胸襟总有激情的澎湃，深邃的境界总有豪放的吟唱。

四十九

有时不敢放飞想象的翅膀，怕它无法约束，自由浪漫的翱翔，掀动岁月的风云变幻，激荡心灵的海阔天空；有时不想放飞思想的翅膀，怕它无力张扬，孤独沉寂的守望，沉浸时光的似水流年，秉持精神的暗香如故。缺失了想象的人生，风尘浓郁，世俗厚重，名利缠绕，只是既得的享受，当下的刺激，心灵的晦暗，精神的萎靡；缺失了思想的生命，淡云萦绕，浓雾笼罩，似真似幻，只是无聊的漫游，随意的飘荡，情趣的枯涩，意蕴的黯淡。不敢是意志的退缩，还是情趣的退化？不想是思想的枯槁，还是精神的干涸？人生失去内在的激情，黯淡无光，人生失去外在的洋溢，贫乏无味；有灵动的内心也可有平静的外在，有张扬的外在也可有安谧的内心，无须强制的平衡，不要刻意的把握，一切来自心灵家园的温蕴，精神故乡的滋养。

五十

年届花甲，经风见雨，阅人历事，不言熟谙，已是练达，思想的丰厚，心理的成熟，精神的恬淡，情趣的豁达，已成定格；但情感的丰富，心灵的柔软，精神的敏锐却无与伦比。每当面临动心感人之事时，忍不住泪流满面，思绪万千，不能自持；每当触动悲欢离合之情时，把不住长吁短叹，锥心裂肺，不能自已。不知是理性的萎缩，还是感性的扩展？不知是觉悟的精进，还是本真的回归？犹如天真质朴的孩子，率性随意地挥洒，淋漓尽致地表达，无拘无束地抒发。岁月蚀刻的规矩，时光雕琢的讲究，时尚的风度，习俗的礼仪，变成云淡风轻的散漫洒脱；遣词造句的问候，恭谅谦让的应答，圆熟的交际，玲珑的相处，变成雨来雪去的温蕴飘逸。褪去繁华后的简单，远离喧嚣的平静，隔绝名利的淡泊，扫除荣辱后的安谧，回归生命的原点，重现赤子的心灵。此时此刻的我，不知是沧桑的老人，还是稚嫩的孩子？

五十一

理论联系实际，但不能实用主义化的理解和应用，因为理论是有层次的，具体的认识和解决某一领域专业性很强的理论，抽象的解析和诠释自然社会人类高度概括提炼的理论；直接解释具体事物的应用性理论，间接概括一般规律的基础性理论；等等。特别是对自然社会人类知识高度概括的哲学理论，关系心灵意蕴精神境界的层面，具有深刻的内涵深奥的意义，往往需要经过很多中间环节才能赋予实践，应用到具体的行动中，从这个意义上讲，理论联系实际不是立竿见影的映照，不是随心所欲的粗俗，不是任意妄为的卑陋。人们在丰富的实践基础上，高度总结和概括感性的认识，经过净化精萃，上升到理性的认识，还要放到实践中去检验；这既离不开大众的丰富实践感性经验，也需要专家学者的寻微探幽演绎诠释；离不开芸芸众生的个体感悟，也需要仁人志士的高度提炼。所以。理论联系实际不能功利化的理解，不要实用化的随意。

五十二

该让情感做主时，不要一味忍让于理性，情感是人性最本真的表达，品行最真实的流露，心灵最丰富的源泉，精神最直率的呈现。面对衣食住行的现实生活，既有柴米油盐酱醋茶的日常，也有琴棋书画诗酒花的品味；身居名来利往的社会环境，既有锱铢必较的得失权衡，也有悲欢离合的淋漓尽致。嬉笑怒骂率性随意人之常情，闲言碎语家长里短人之常态；如果经常秉持深邃奥秘的哲理，条分缕析的逻辑，温文尔雅的语言，恭良谦让的举止，生活就会刻板僵化，毫无生机活力；如果经常维系冠冕堂皇的说教，璀璨缤纷的装饰，拒人千里的自负，时髦风尚的虚荣，人生就会苍白无聊，一派萎靡晦暗。人性的渊源纯真善良美好清澈，品行的呈现溪流瀑布江河湖海，情趣的蕴含瑰丽奇妙洒脱浪漫，渗透在生活的方方面面，洋溢在人生的点点滴滴，平常的行云流水，平凡的地久天长。情感的丰富或枯涸，反映了精神的底蕴，情感的直率或晦涩，呈现心灵的境界。让情感驾上理性的翅膀，自由地翱翔，情不在，人何往？

五十三

孤独是一种生活的状态，更是心灵的意象。隐居山野藏匿荒芜，如果心灵浮躁，依然繁闹喧嚣；身居闹市面对尘俗，只要心灵平静，却是物我相忘。物理上的隔离，空间上的封闭，能起到一些远离世俗摆脱名利的效果；从古至今，人们总是寄意崇山峻岭江河湖海，倾心荒郊野外穷乡僻壤，以求得一点心灵的淡泊，精神的安谧；而现代社会，科技进步，网络发达，铺天盖地的世俗烟尘无孔不入，盘根错节的名缰利锁无不缠绕，自然的山水蒙上了时髦的绿锈，圣洁的庙堂弥漫着风尚的红尘，那还有块桃花源的安然，五柳村的恬淡？只能倚重心灵的原野，精神的荒漠，赋予一点孤独的意蕴，感悟沧桑，领略苍茫。能有孤独的向往是人性的坚守，能有孤独的追求是心灵的超越。

五十四

寂寞非常难得，只有在这样的空阔寂寥之境，才能灵魂放飞，自由翱翔，只有在这样的幽幻奥妙之处，才能心灵净化，超逸安详。寂寞中触摸到血脉的崎岖蜿蜒炽热激荡，聆听到心灵的黄钟大吕低吟浅唱；寂寞中历史的画卷历历在目，风云变幻的场景，悲欢离合的演绎，哪一幕不是心血的滋润，哪一场不是情怀的释放；寂寞中现实的旋律声声在耳，高亢激越的雄壮，深沉婉转的凄凉，哪一曲不是心灵的呼唤，哪一句不是精神的张扬；寂寞中未来的祈盼点点在心，源远流长的血脉，刻骨铭心的亲情，哪一点不是心灵的眷念，哪一点不是精神的寄托。寂寞中向先辈倾诉，和同辈论说，与后辈交代，只是无言的精神温蕴，寂寞中解剖思想，梳理品行，净化本性，只是不语的心灵超越。

五十五

是小孙女的童真唤醒了我，那尘封已久的心灵充满了好奇和天真，灰垢积淀的精神洋溢着清新与激动；一切都裸露于蓝天丽日之下，没有什么虚饰的内容，一切都呈现在苍茫原野之中，没有什么遮掩的行踪。小孙女清澈透亮的大眼睛，犹如日月星辰的光芒，净化了心灵；小孙女稚嫩温润的笑容，恰似春风雨露的滋润，温蕴着灵魂；小孙女呀唔叮咚的语言，仿佛清悦的天籁之声，启迪人生；小孙女蹒跚拙朴的行动，正如嬉闹的溪流瀑布，激越生命。还原了一个生命起始中的自己，找到了久违的质朴纯真；呈现了一段人生征途的自我，看到了远去的青涩懵懂；洗涤了尘俗厚重的情怀，清风飘逸白云缱绻；清除了名利缠绕的胸襟，辽阔的大地深邃的天空。浩繁的篇章，雍容的典籍，不及生命的启迪；堂皇的说教，繁琐的灌输，不如生命的孕育。

五十六

像一片秋叶，带着春的蓬勃夏的蓊郁秋的寂寥冬的梦幻，在萧瑟的风中悄然而落，回归大地的怀抱。经历了人生的山重水复，领略了生命的悲欢离合，解除了世俗的名缰利锁，洗涤了欲念的纠缠萦绕；孤独的感悟，轻轻地远离繁闹，寂寞的思考，静静地隔绝喧嚣，自然地走向生命的交接，自觉地完成人生的超越。像一片秋叶，带着春风夏雨秋霜斑驳的回忆，带着冰晶雪洁朦胧的祈盼，在沧桑中消解融化，奠基来年的沃壤。人生如梦，一刹那的过眼云烟，人生如旅，一瞬间的缤纷万象，人生如麻，盘根错节的纠缠，人生如歌，悲欢离合的吟唱。人生就是起点与终点的相聚，人生就是行程和行程的复合。不需太多的思考，就像一片秋叶的悄然飘去，不要太深的感悟，就像一片秋叶的沉寂坠落；平静地聆听大地的心声，恬淡地仰望天空的曼妙。像一片秋叶。

五十七

远离了宏大叙事的主题，告别了冠冕堂皇的说教，淡化了深奥的哲理意蕴，消除了雅致的艳词丽句，剥去了心灵的装饰，抹掉了灵魂的色调；风云激荡的场景苍凉寂寥，缤纷万象的剧目疏离萧条，繁杂喧闹的演绎简陋单调，奇诡幻觉的角色猥琐渺小。敞胸露怀的精神，真假交融；赤身裸体的灵魂，善恶缠绕；一丝不挂的心灵，美丑混淆；人性的清澈与浑浊，品行的磊落与龌龊，思想的深刻与浅薄，精神的超逸与堕落；置于光天化日之中，来一番尽情地嘲讽，随意的解剖；纳入众目睽睽之下，来一番淋漓的挑剔，尖锐的评判。自我的净化不是造作的遮掩，自我的升华不是虚荣的逍遥，直击心灵的叩问，直戳灵魂的拷打，才能有超凡脱俗的精萃，才能有浴火重生的飞跃。残荷挂露，晚菊蒙霜，秋风凌厉，万物萧瑟，平静的回忆，淡泊的张望，有涯的人生，无边的幻想，还一个真实的自我，不管是理想中的楷模，还是现实中的游子。

五十八

有人喜欢热闹，愿意接受诸多的事情，认识众多的人物；有人追求孤寂，总想脱离琐屑的事物，疏离喧闹的交际。有人想平淡的一生，入乡随俗，随波逐流，安于柴米油盐酱醋茶，琴棋书画诗酒花；有人期盼风光一世，名利充盈，时髦风尚，享有钟鸣鼎食的富贵，璀璨缤纷的繁华。有人来的平凡去的伟大，有人去的黯淡来的辉煌，起点和归宿环环相扣，行程与行程层层叠加；厚重的历史，繁闹的当下，飘逸的未来，有太多的相同代代承续，有太多的迥异辈辈变化。生命的源泉溪流江河湖海，涵蕴着每一滴水珠，激扬着每一朵浪花，升腾着每一片云霞；人生的崇山峻岭峰峦叠嶂，凝聚着每一粒沙石，雕琢着崎岖蜿蜒，矗立着巍峨挺拔。每个人都有自己的人生意义，无论大小长短高低贵贱，都是身心的付出血汗的挥洒；每个人都有自己的生命奥妙，无论得失褒贬悲欢离合，都有情趣的温蕴心灵的光照。不管想的再多干的再杂，不论丰收还是亏欠，只要贯穿真善美的灵魂，只要蕴含恬淡超逸的心灵，你就是你何论它？

五十九

人是群居性的社会动物，离不开彼此错综复杂的交往，脱不了盘根错节的关系；犹如一条江河，你中有我，我中有你，只是时段的不同，支干的差异，清浊的区分，既有泾渭分明，也有同流合污。人是个性极强的社会动物，日常交往的频次说明不了心灵熟谙的程度，表面应酬的浓淡代表不了气味相投的品性；一滴水珠可以映射赤橙黄绿青蓝紫的七彩之光，无数水珠就要演绎璀璨缤纷幽幻奥秘的万象峥嵘了。人们不能排除世俗交往的藩篱，也离不开风尚应酬的环境，名利与情趣混杂，得失与品性混淆；高山流水的知音，志趣相投的挚友，只能在杂芜中寻觅，只能在躁乱里辨识，有时可遇而不可求，有时则可求而不可遇。人们不能拒绝正常的交往，排斥合理的应酬，但不要造成交往的膨胀，应酬的泡沫；人们不能寄托交往来满足精神的需求，不要沉溺应酬麻醉心灵的渴望。知音少。弦断有谁听？不是知音少，是弦断时知音不再的惆怅，知音不再的思念。

六十

当人们沉浸于反思时，会把过去的一切重新解构，肢解分割，条分缕析，精萃陶冶，梳理编辑，具有了清新的见解，超越的感悟；但也不可避免地带有眼前的思想观念，附着当下的理论依据，掺杂时尚的风貌习俗；评价历史，臧否人物，演绎过程，诠释意义，在重新认识的过程中，多少有些主观臆断的膨胀或萎缩，多少有点情趣胸怀的张扬或抑郁；因为人们不能两次踏入同一条畅动的河流，这是哲理的概括，因为人们不能完全重复历史场景人物风貌，这是岁月的必然。反思历史，必须依据事实尊重规律，客观公正地呈现历史的本来面貌，得出实事求是的评判，求得真理性的认识；任何对历史的任意扭曲，只会妨碍对现实的正确判断，影响对未来趋势的把握。反思是社会文明人类进步的尺度，而把握反思的力度，却在于人们的思想观念理论水平，道德情操精神底蕴了。

六十一

张口欲说无言，提笔欲写无字，精神处于迷茫的状态，只是云遮雾绕的虚幻，散漫游离的朦胧。思想的内容支离破碎，犹如扯断了的珠链，一地滚落四处涣散；思维的线条断断续续，就像破碎的蛛网。七零八落凌乱不堪；语言无法倾诉，犹如干涸的源泉，不闻瀑布溪流的低吟浅唱，江河湖海的深沉激越；文字枯涩阻滞，就像荒芜的原野，不见峰峦叠嶂的崇山峻岭，盘桓曲折的幽谷深涧。孤独的放任思想的涣散，不做逻辑的梳理系统的编纂，游荡于深邃空阔的天宇，与日月星辰为邻；寂寞的随意思维的凌乱，没有感知的意兴哲理的推演，漫步于苍茫寂寥的原野，与春夏秋冬做伴。无言的是心灵无法表达的奇诡奥秘。无字的是精神不能彰显的超逸恬淡；无言本就是心灵的语言，只能意会，无字本就是精神的经典，只能品悟。

六十二

诗意之心，醉意之情，水中月镜中花般的朦胧，本无一物的附着，却是弥漫一切的温蕴；孤寂之意，恬淡之韵，无中有有中无的空灵，本有一念的牵挂，却是万物的消遁。大千世界，芸芸众生，名缰利锁，繁华喧闹，已是烟熏火燎的气焰，清浊混淆的迷蒙；寻觅宁静之处，不在天地，不在万物，而在自己的心中；我思故我在，我在故我思，是一种率性随心的直达，宇宙即吾心，吾心即宇宙，是一种曲径通幽的婉呈。一杯酒的淋漓尽致，醉了自我醉了生命，一首诗的幽幻灵动，晕了时代晕了人生。诗酒年华，是生活的有幸，还是无奈？是时光的飞扬，还是岁月的沉沦？

六十三

身居繁华闹市而不染一尘，心在名利疆场而不贪一分，是一种现实的秉持，还是理想的憧憬？人生在世，经历的场面不小，遇到的事情不少，人际的交往复杂，生活的应酬频繁，日积月累的沉淀，尘封了心灵的纯真，僵固了精神的灵动；人生在途，时代的风云变幻，社会的云诡波谲，风尚的烟熏火燎，世俗的浸润熏染，天长地久的汇集，阉割了思想的精华，玷污了灵魂的圣洁。自我向往的境界，云遮雾绕朦胧幽幻，自我修持的路径，荆棘丛生崎岖蜿蜒。很多趋炎附势的苟且，污染了品性的高洁；很多同流合污的浑噩，湮没了风骨的伟岸；

很多巧取豪夺的狂妄，撕裂了胸襟的豁达；很多阴谋诡计的卑鄙，侵蚀了精神的家园。人们迁就了时俗，丧失了品性，迎合了风尚，降低了人格；人们满足当下，萎靡了情怀，安于享受，迷失了自我。人啊人，那份自省自警的秉持是否还在？人啊人，那份自知之明的理想是否还存？

六十四

人可以经受很多磨难，也能享有很多欣喜，人可以担待很多卑贱，也能承载很多尊贵；无论器宇轩昂的英雄豪杰，风流倜傥的才子佳人，无论苍巾青衫的黎民百姓，卑微平常的凡夫俗子，人格的坚守气节的秉持却是立人行事的根本。人们离不开衣食住行的制约，为利的劳碌，为名的奔波，无可厚非；偶尔的随波逐流，短暂的苟且偷安，也无须过分的指责，但决不能丧失纯真善良美好的人格，不能丢掉深明大义挺拔伟岸的气节。不为五斗米折腰的狷介，安能摧眉折腰事权贵的飘离，独钓千江雪的坚守，暗香如故的超逸，留取丹心照汗青的伟烈，人格的高尚，气节的劲拔，横贯古今，磅礴天地。安然于当下日常的生活，沉浸于眼前既得的名利，要始终坚守人格的家园，要始终坚守气节的疆域。

六十五

大千世界，芸芸众生，秉性不同，情趣各异，经历繁杂，感悟不一，正所谓横看成岭侧成峰，远近高低各不同；但就其心性来言，无外乎真假善恶美丑，就其品行来看，无外乎雅俗正邪清浊。人们生活在一定的社会环境里，会受到时俗风尚的熏染，名缰利锁的缠绕；人们融汇于具体的人事关系中，会有盘根错节的牵扯，千丝万缕的纠葛。无论凡夫俗子还是高官达人，无论功成名就，还是平淡朴拙，关键在于是否保持了品性的本真，情趣的健康，胸襟的澄明，心灵的美好。

人们关注当下的得失计较，执意眼前的名利权衡，这也无可厚非，毕竟要生存发展；但熟谙于巧取豪夺阴谋诡计，沉溺在贪婪无边攫取无度时，就会导致思想的浅薄，品行的庸俗，精神的堕落，心灵的荒芜，也会丧失自我的警醒，导致自我的迷失，正所谓不识庐山真面目，只缘身在此山中了。所以，心性的陶冶，品行的修持，情趣的涵蕴，胸怀的净化，精神的升华，是为人处世的基石，更是自知之明的根本。

六十六

冬天挟着凛然的气韵寒冽的风度，漫步于崇山峻岭江河湖海，褪去装饰的原野苍茫萧瑟，裸露胸怀的大地空阔寂寥，璀璨缤纷的繁华凝结成沧桑的追思，人声鼎沸的喧闹转换为苍凉的回望。远山逶迤，近水凝滞，岁月仿佛要做点短暂的休憩，温润一下疲惫的身心，时光似乎要有些懒散的放松，舒缓一下急促的行程。自然的变幻，赋予了冬天的使命，收藏春风夏雨秋霜的时尚，净化为雪的本真，还生命一个晶莹剔透的圣洁；生活的磨砺，寄托着冬天的祈盼，品味春耕夏耘秋收的风情，升华成雪的飘逸，给人生一个恬淡轻扬的回归。凛冽寒冷中的思考是直达心扉的解析，冷静料峭里的感悟是沁入灵魂的启迪。默默地迎接冬天的到来，承受冷酷的洗礼，实现超逸的升华。

六十七

人生的经历越复杂，内心的感悟越丰富；无论是气势磅礴的宏大，还是卑微碎屑的渺小，无论是蜿蜒崎岖的坎坷，还是四通八达的平坦，无论是功成名就的煊赫，还是阻滞窘迫的黯淡，无论是意气风发的欣喜，还是晦涩抑郁的悲伤；都会蚀刻下鲜明的思想印记，都会雕琢出深刻的精神花纹。思维的空间越大，感知的东西越多，思想的时间越长，感受的程度越深，但并不能说明精神积淀的越多越好，心灵承载的越重越行；只有经过由繁复到精粹的陶冶，由蒙昧到澄明的净化，由品味到觉悟的升华，才能达到大道至简，万象归一的境界。内心的丰富说明了经历的繁多感悟的厚重，但并不代表精神的升华心灵的超越。

六十八

心静如幽谷深潭，意淡似清风明月，不是心无所思意无所想，而是所思所想远离了世俗风尘的侵扰，割断了名缰利锁的桎梏，回归平静安于淡泊。犹如陶潜散淡于五柳，竹篱茅舍，菊花南山，桃花源的梦幻；就似李白浪漫于五岳，诗酒年华，奇幻瑰丽，人世间的谪仙。舒展萎靡的意兴，放飞困顿的情趣，昏灯残烛的映照，青史黄卷的应答，浊酒粗茶的温蕴，清词丽句的吟诵；抛却心灵的枷锁，解除灵魂的羁绊，峰峦叠嶂的峻峭，江河湖海的委婉，物我相忘的恬淡，天人合一的浑然。安于孤独，给心灵一个澄澈的天地，享有寂寞，给灵魂一个温馨的家园。

六十九

时光流水般地逝去，自己只是静静地坐着，没有一丝急迫的冲动，没有一点伤感的情愫，思绪漫无边际的缥缈，四面八方的散佚，弥漫在幽幻空灵的苍穹。岁月匆忙地变幻，自己只是呆呆地看着，没有一点回忆的眷恋，没有一丝憧憬的张望，情趣分崩离析的飘洒，七零八碎的逃逸，消失在沧桑寂寥的虚空。人生如旅，自己无动于衷，没有山重水复中崎岖蜿蜒的激动，没有阴晴圆缺里悲欢离合的感叹，没有追名逐利中的狂妄贪婪，没有得失权衡里的锱铢必较。人生如梦，自己冷漠麻木，没有锥心刻骨的痛彻，没有兴高采烈的欣喜，没有醍醐灌顶的觉悟，没有浴火重生的精萃。有时就是这样的虚无，不知是净化的空灵，还是超越的梦幻？

七十

中国文字源远流长博大精深，瑰丽奇妙意蕴奥秘，几千年的延续，数万代的承继，溯源疏浚，承前启后，变幻形意，革故鼎新；有数不清的故事，道不完的情理，寻觅不尽的意蕴，探讨不止的规律。中国文字犹如苍穹里闪烁的日月星辰，光芒四射清辉温蕴；恰似原野中挺拔的峰峦叠嶂，崎岖蜿蜒峻峭委婉；就像苍茫里盘桓的江河湖海，高歌激越低吟浅唱；正是沧桑中精萃的岁月时光，春风夏雨秋霜冬雪；记述着历史，承载着当代，彰显着未来。太多的意义诠释，太多的形象演绎，太多的书籍沉淀，太多的典章堆积；人们俯首帖耳的膜拜，专心致志的研习，穿行其中，深谙其里，采集一点露珠，撷取一缕芳菲，描绘一幅画卷，谱写一段旋律。人是创造文字的主人，也是侍奉文字的仆人，因为文字不能用本身来说明，要用心灵去解读，用心灵去感悟。

七十一

社会大舞台，人生小把戏，无论多么宏大的场景，复杂的剧目，曲折的情节，都要有诸多的角色来出演；无论主角配角，台前台后，丝竹管弦，梆铃锣鼓，都是客观的安排主观的努力。从序幕的开启到落幕的掩去，人生的山重水复逐一的展开，生命的悲欢离合尽情地演绎，变幻着不同的场景，撰写着幽幻的剧目，创造着曲折的情节，谱写着雅俗的旋律；征程的坎坷，心路的崎岖，喜剧的欢快，悲剧的啜泣。神采飞扬的器宇轩昂，晦涩黯淡的猥琐卑陋，时俗风尚的趋炎附势，名利得失的锱铢必较，云诡波谲的身手，精雕细琢的伎俩，生旦净末丑，唱念做打形，得心应手，淋漓尽致。每个人都承担自己的人生角色，演出自己的生活内容，表现自己的身段技巧，呈现自己的精神风貌，但因社会太大，个人太小，再精彩的演出也似短暂的露珠，一霎的浪花，有点七彩的映射，有点激越的彰显，终为过眼云烟的缥缈，散淡空灵的飘洒。

七十二

平凡是社会的根本，生活的基石，人生的真谛，一切崇高伟大均来源于此，而崇高伟大是平凡的特殊彰显，偶然呈现，揭示着平凡深刻的内涵，表达着平凡丰富的外延，二者相辅相成，构成社会的缤纷灿烂，生活的丰富多彩，人生的奥妙幽幻。平凡因为平常平淡平静而不为人们看重，总是在时光飞度中，漠视它的存在，销蚀它的品性，淡化它的意蕴，遮蔽它的光彩；平凡因为衣食住行人情世故的琐屑而被人们忘却，总是在岁月的流逝里，孤独地伫立，执着地坚守，寂寞地担待，恬淡地应对。平凡俯下浑厚的身躯，托起崇高伟大的奇峰峻岭，平凡张开博大的胸怀，容纳崇高伟大的江河湖海；平凡是自然的温床，社会的摇篮，人生的精粹，平凡是人性的纯真，品行的善良，心灵的美好。不要用崇高伟大诠释平凡，不要用平凡稀释崇高伟大。

七十三

孩童因其幼小稚嫩，对于一切天真的对待，稚朴地发问，朦胧地应答，率性随心，无所顾忌，由此萌发了一系列的天问，简单而深奥，直接而幽幻；看似有些荒诞的扭曲，却是朴拙的纯真，听似有点怪异的懵懂，却是爽透的清澈。这就是人们常说的赤子之心吧。人们总是以生活的经历为基础，以社会的经验为背景，萌发很多想法形成许多观点，梳理出诸多的理论，提炼出诸多的精神；看似成熟了理性了，殊不知，风尘世俗的熏染，名缰利锁的缠绕，过分的圆滑世故，夸张的强词夺理，混淆了真假，颠倒了善恶，模糊了美丑，反而影响了对世界的客观认识，对人生的真切把握，陷入品性庸俗，情趣浅薄，思想狭隘，精神黯淡的泥淖。所谓的成熟变成了自欺欺人的装饰，所谓的成长变成了自我遮掩的说教，那还有什么真知灼见真情实意？孩童能净化心灵，就在于其人生的初起，纯净圣洁，天真质朴，天性清纯，心灵澄澈；我们寄托了孩童太多的期望，殊不知孩童给我们有太多的教诲？我们赋予了孩童太重的要求，殊不知孩童给我们有太多的解脱？

七十四

真诚离人们越来越远，真诚对人们越来越淡，因为实用主义的价值尺度，功利时尚的衡量坐标，强制的嵌入社会的机体，刻意的纳入生活的脉搏，营造起盘根错节的利益藩篱，编织出时髦虚荣的名誉桎梏。真诚的范围日益萎缩，真诚的数量急剧减少，真诚的程度逐渐坠落，真诚的质量不断下降。真诚只是一张交际的名片，空虚的只有名目繁多的称谓；真诚只是一桌应酬的酒宴，无聊的只有虚情假意的狂癫；真诚只是一次利益的交割，低级的只有锱铢必较的权衡；真诚只是一种名誉的互换，庸俗的只有尔虞我诈的欺瞒。真诚依然被装扮着璀璨缤纷的装饰，真诚依旧呈现着冠冕堂皇的光环，真诚驾驭起网络视频的翅膀翱翔，真诚拨动着僵硬冰冷的键盘呼唤。真想和真诚对话，它却哑口无言，真愿与真诚交际，它却无动于衷；只是孤独地品味真诚的本意，只是寂寞地感悟真诚的蕴含，真诚在心灵中忧伤的流淌，真诚在精神中悲切的祈盼。

七十五

人生一世，做过很多事，好坏混杂，对错难辨，善恶交融，美丑纠缠，但在回顾时，往往鲜花似锦，阳光灿烂，春风得意，硕果盈满，简直是一个功高盖世的英雄豪杰万古流芳的才子佳人。其实，从古至今，人们总是秉持抑恶扬善尊崇忌祟的思想，运用隐晦曲折的文笔，佶屈聱牙的词汇，闪烁其词的文章，卷帙浩繁的典籍，给历史事实精雕细琢的装饰，给众多人物涂脂抹粉的打扮；偶尔的鞭笞，少有的揭示，真切的解析，深刻的评判，也只是真知灼的稀少，凤毛麟角的难得。一部历史，虽然是客观的事实与过程，真实的原因和结果，但总是幻化成主观的膨胀与萎缩，朦胧的演绎和诠释。人们沉浸其中，长期熏染，久俗成习，已为规矩。此恶俗陋习不除，荼毒身心，贻害无穷。客观对待历史，才能直面当下，正确认识自我，才能警示后人。

七十六

现在的文章越写越好，通篇艳词丽句逻辑演绎几乎完美无缺，篇章结构标点符号都精致细到，题目更是冠冕堂皇炫耀夺目；但就是大话虚话鬼话黑话太多，缺少深刻的内涵，思想肤浅，情趣俗陋，精神朦胧，境界不高。往往重视当前，满足眼下，着力于风尘世俗的追捧，专注于名利得失的逢迎，沉溺于浮光掠影的喧闹，麻醉于感官刺激的时髦。文章缺失了思想的内核，理论的温蕴，精神的滋养，猥琐卑陋粗俗狭隘，猎奇寻幽虚无缥缈；文章没有了品性的源泉，情趣的溪流，心灵的江河，干瘪枯燥僵化晦涩，陈词滥调空洞说教。文章千古事，反映一个民族的综合素质，呈现一个社会的精神风貌，彰显一个人的品性情趣，思想理论水平，心灵境界，所以决不能熟视无睹，放任自流。上自庙堂下到荒野，大到国家小到个人，既要写文章，就要言从心出，字以情筑，文理相适，意境相投，且不能沉沦委顿随波逐流。

第二十一集　逝水流年

DIERSHIYIJI SHISHUI LIUNIAN

一

人生的艰辛，有着丰富的内容繁杂的形式，不管如何艰难坎坷云诡波谲，都是自然地呈现必然的历程，只是它以不同的原因迥异的结果体现在庞杂的人身上而已。人生的忧患，有着自然的遗传社会的变异，不管如何阴晴圆缺悲欢离合，都是生命的孕育时代的浸润，只是它以幽幻的内涵缤纷的色彩渗透在具体的人心中而已。人生是成长，一路风云涤荡的由小到大，由弱到强；人生是衰退，终归云淡风轻的由老返童由盛到衰。人生如旅，总是在生死相依的征程中品味艰辛领略欣慰，人生如梦，总是在生死交替的循环中回味忧患享受美好。因为艰辛，才能感知人生的真谛，因为忧患，才能觉悟生命的奥秘。

二

只有全面了解了人生的全貌，才能深入认识人生的本质，只有把握了人生的本质，才能正确认识人生的全貌；只有品味了生命的具体细节，才能高度概括生命的意蕴，只有领略了生命的意蕴，才能感知生命的具体细节。绕口的表述，诡异的辩证，总是说不清道不明的缠绕，割不断理还乱的纠葛，总是欲说还休的无奈，欲罢不能的牵扯。

只有心灵真正的沉静时，才会有点哲理性的思考，只有精神真正的恬淡时，才能有些超越性的感悟。长期熏染于世俗的风尘，浸润于名利的混流，既有思想的成熟精神的练达，也有成见的陋习僵化的恶俗；习惯激情式的说教，思辨式的演绎，先入为主的判断，主观臆断的定义；其实，只是自欺欺人的自我安慰，事理不明的自我膨胀而已。不要以为有些生活的丰富历练，就明白了人生的意义，不要觉得有点人生的感悟，就通晓了生活的璀璨缤纷；需要一点孤独的沧桑，寂寞的苍凉，需要一些平静的感悟，恬淡的思考。

三

我们喜欢灿烂的朝霞瑰丽的夕晖，殊不知那是水火的碰撞与交融，白昼的拥抱与告别，有多少激动和伤感？我们喜欢月光的抚慰星辰的闪烁，殊不知那是光影的纠缠与分解，夜晚的亲昵与疏远，有多少欣慰和凄楚？我们欣赏崇山峻岭的巍峨挺拔，峰峦叠嶂，崎岖连绵，殊不知那是山崩海啸的孕育，沙石的日积月累，光电水火的蚀刻，有多少惊心动魄？我们赞美江河湖海的蜿蜒辽阔，洪涛巨浪，博大深邃，殊不知那是冰雕雪凿的精萃，雨露雾霭的凝聚，涓涓细流的汇集，有多少刻骨铭心？我们总是遗忘自己源远流长的历史回味，满足于即得的名利享有；我们总是稀释自己波澜壮阔的现实使命，沉溺于当下的纸醉金迷；我们总是淡漠自己深远广阔的美好理想，麻木于眼前的精神萎靡。我们无限制的贪婪，无止境的攫取，摧残着世界，也毁灭着自己。我们还能有多少自我的警醒自我的反思，聆听自然的天籁地韵，涵蕴那块脆弱的心灵家园精神故乡？

四

就像一粒浮尘，在辽阔深邃的天宇飘逸，没有落脚的根基，没有依托的枝干，没有悠远的向往，没有明确的目的；随风任性的游荡，伴云随意的逶迤，在时光的映射中，有点历史的朦胧记忆，在岁月的沧桑里，有些现实的零碎感悟。有时在枯枝败叶中瞬间的歇脚，让匆匆忙忙的身体休憩；有时在荒野草莽中刹那的寄居，让莽莽撞撞的灵魂安谧；有时在残山剩水的画卷里徘徊，不知来自何方走向何处；有时在粗茶浊酒中酣睡，不知故乡何处他乡哪里。太多的情趣与憧憬，一粒尘的胸怀无法容纳；太多的思想与精神，一粒尘的心灵无法孕育；太多的时俗风尚，一粒尘的浅薄无法承受；太多的名缰利锁，一粒尘的脆弱无法担起。就像一粒尘，虚无缥缈地浪迹，散漫洒脱地游弋，轻轻地来，静静地去。

五

凛冽的寒风，涤荡着残山剩水的枯枝败叶，扯去原野最后一点残存的装饰，铺展开辽阔的苍茫；凛冽的寒风，清除着浓云淡雾的破絮褴褛，扫去天宇缠绵变幻的暧昧，舒展开深邃的寂寥。自然的轮回是天道地律的安排，万物的兴亡，既是生死的本分，也是新旧的使命；季节的交替是因果循环的彰显，万物的盛衰，既是生死的变换，更是生命的永恒。春风夏雨秋霜冬雪的奇诡奥妙，必然有春耕夏耘秋收冬藏的艰辛付出，也不乏春花秋月夏荫冬晶的悲欢离合。岁月蚀刻着间距不同的年轮，时光雕琢着幽幻斑驳的季节，每一次不同的相遇都有似曾相识的感受，每一次相同的会面都有欲说还休的感叹。此时的冬天是以往的回归，还是未来的召见？默默地伫立凛冽的寒风中，极目远望，苍茫萧瑟，精神空灵，思绪缥缈。

六

世界是简单的，它遵循客观的规律运行，不以物喜不以己悲，承载着缤纷万象的偶然性，执着而坚定；世界是复杂的，它依据内在的本质表现，繁华喧闹流光溢彩，彰显着始终如一的必然性，活泼而生动。世界的简单往往被人们淡漠甚至遗忘，因为人们只是沉浸在世俗风尘的繁花似锦中，品味当下的时尚，享受既得的名利，满足眼前的实惠；很少透过现象寻找本质，通过偶然把握规律。世界的复杂往往被人们轻视甚至不屑，因为人们太容易在浮光掠影中享受到感官的刺激，在随波逐流里得到安逸，在同流合污中获得名利，在浮躁狂热里麻醉思索；不再挖掘盘根错节中的规律，不再提炼繁杂凌乱里的本质。看似简单的道理，总是被人们忽视，看似复杂的表现，也会被人们淡化；日积月累，久俗成习，人们诗意的栖居枯槁干涸，哲理的思考荒芜寂寥。一个人一个民族缺乏丰富的生活，没有理性的思考，就会困顿退化；一个社会一个时代，缺失理性驾驭的生活，没有生活呈现的理性更会萎靡堕落。

七

夕阳晚照，霞光灿烂，与白昼做辉煌的告别；残阳夕晖，微光淡彩，与黑夜做平淡的交接；无论奇瑰艳丽的闭幕，还是暗淡寂寥的退场，总是那样执着坚定，平静安详。人生如旅，归宿的行程千姿百态，归宿的形式五花八门，归宿的色彩浓淡参差，归宿的目的都是唯一，生死交替，生生不已。不要因岁月流逝中的成败得失而烦恼，不要因时光飞度里的悲欢离合而缺憾，不全面是全面最真实的注解，不完美是完美最精致的诠释。人生似梦，起始的行程蜿蜒曲折，起始的经历山重水复，起始的表现万象缤纷，起始的意蕴奇诡奥秘，新旧相续，欣欣不已。不要因源远流长的江河湖海没有自己的浪花飞溅而悲伤，不要因崎岖蜿蜒的峰峦叠嶂没有自己的伟岸挺拔而颓丧，不完善是完善最真切的解读，不圆满是圆满最理想的演绎。不管起始如何，太阳终归要默默落下，不管归宿如何，太阳总是要冉冉升起。一滴水映射太阳的七彩光芒，虽然短暂有限，但彰显着生命的真谛人生的意义。

八

语言的表达，可以简单也可以复杂，可以深奥也可以浅薄，可以生动也可以枯燥，但最好言从心出，诚实真挚；文章的阐述，可以言简意赅也可以繁复重叠，可以明心见性也可以曲径通幽，可以阳春白雪也可以下里巴人，但最好意由心发，情理相融。中国的语言文字太丰富了，本身就字形繁多寓意深奥，词汇缤纷文体繁茂，以致有时迷恋其中不能自悟，沉溺其里不能自拔，湮没了要表达的思想观点，遮去了要彰显的理论学说，只见叶脉蓊郁，不见枝干挺拔，只闻涛声浪语，不闻中流浩荡。必要的遣词造句，情理推演，篇章结构，修饰渲染，无可厚非；但过度的冠冕堂皇，璀璨缤纷，喧声闹语，风情时尚，也属谬误。不能高得空洞无物，虚无缥缈，也不能低得急功近利，污泥浊水。还语言文字一个本真，既是社会进步的一种要求，也是心灵净化的一个过程。

九

空间的拓展，时间的延伸，给人生不断注入丰富的内容，赋予繁杂的表现，呈现曲折的历程。生命的线条相对的稳定，起始到归宿的行程，自然的安排，天意的锁定；而人生的路径绝对的变幻，起点到终点的诡异，社会的砥砺，时代的雕凿。有限的人生，因为遇到了不同的社会环境，不同的时代特点，不同的生活氛围，具有了或长或短的行程；经历较广，起伏较大，曲线就越多，无形中延伸了时间的长度，拓展了空间的范围；经历较少，波折不大，曲线就越少，只是按部就班的丈量时间的尺度，循规蹈矩的充盈空间的容积。一帆风顺的平安行进，蜿蜒崎岖的艰难跋涉，都是人生的历程，但领略的风景不同，心灵的感悟也就迥异了。

十

把心灵敲碎，化为清冷的星辰，闪烁诡秘的眼睛，点缀苍穹的幽幻；把精神溶解，化为朦胧的雾霭，变幻空灵的形意，温润原野的沧桑；把情趣蒸发，化为春风夏雨秋霜冬雪，抚慰溪流瀑布江河湖海；把胸襟陶冶，化为土壤厚重砂石嶙峋，托起崇山峻岭峰峦叠嶂。卸掉冠冕堂皇的铠甲，去除缤纷璀璨的装饰，远离世俗风尘的侵扰，摆脱名缰利锁的缠绕；只是一束星光的映射，一团云雾的缥缈，只是一滴水珠的沁润，一粒沙石的洒脱。与芳草萋萋倾诉，和波光粼粼应答，清泉石上的低吟浅唱，梅兰松菊的暗香浮动；与清风明月的饮酌，和青史黄卷的唱和，知音不再弦断谁听的孤独，挚友难觅仓皇四顾的寂寞。放飞灵魂，自由的飘逸，潇洒的畅想，人生不已，地老天荒。

十一

再复杂的阅历，再丰富的经验，再深奥的学问，再聪明的智慧，在生命的苍穹中只是一星半点的闪烁，在血脉的延续里只是五光十色的点缀；人们心灵深处血缘的源泉，亲情的根脉，血浓于水的厚重，总有些说不清道不明的迷惑，割不断理还乱的纠结。人可以沉溺享有一切的满足，也可以淡泊失去一切的遗憾，但血缘亲情的萦绕始终无法排除，即便因为各种原因继承或背叛延续或隔绝，只是心理上的作为，绝不可能生理上再造。有时一些理论说教在血缘亲情面前苍白无力，有时一些血缘亲情在信念理想面前黯淡无光，有时为了血缘亲情牺牲了道义，有时为了道义断绝了血缘亲情。人类历史源远流长，血缘亲情贯穿古今，如何在现代社会发扬光大，注入公平正义，承载理想信念，彰显生命的真谛，是谁也回避不了的现实叩问，也是永远追索的永恒奥秘。

十二

贫乏得只有一星半点的知识残渣，苍白得只有东鳞西爪的理论碎片，穷困得只剩点残垣断壁的经验回味，潦倒得只有些虚无缥缈的心灵感悟。没有什么宏大的理论体系，没有什么精致的逻辑推理，没有什么深奥的专业知识，没有什么瑰丽的文章典籍，没有什么超凡脱俗的智慧，没有什么得心应手的能力。只是时髦风尚的标语口号，趋炎附势的虚张声势，只是风尘世俗的闲言碎语，争名夺利的阴谋诡计，只是满足当下即得的苟且，沉溺眼前享受的萎靡，只是沉浸琐屑的家长里短，麻木庸俗的应酬交际。一副好皮囊，腹内却草莽，迷迷瞪瞪，浑浑噩噩，不知是造物的荒谬，还是社会的怪异，时代的变种，人生的畸形？细思量，太荒唐。

十三

阅读幽幻空灵之书籍，天女散花，缤纷灿烂，轻扬的飘逸；阅读急功近利之文章，精雕细琢，锱铢必较，沉重地坠落；道理深奥了，不愿刻苦钻研，知识浅显了，不屑一顾。弃书而坐，心无所思，意无所想，寂寞之中，只有心脏执着地跳动，血液潺湲地流淌；目光游移，情无所显，趣无所扬，孤独之中，只是思想喑哑的腔调，精神破碎的吟唱。人生乃时光的游子岁月的过客，既有衣食住行的柴米油盐酱醋茶，也有情趣品味的琴棋书画诗酒花；浏览文章阅读典籍，品味辞赋吟诵诗词，了解自然熟谙社会，知晓科学熟悉专业，既是提升素质的重要途径，也是涵蕴情怀的美好温床。浩繁卷帙，是非混杂，连篇累牍，优劣共存，奇文妙章，雅俗交融；阅读有书总是生活的福祉，开卷有益终是人生的品鉴。无用之书可能蕴含深远，只是需要山高水长的历练，超凡脱俗的精萃，凤凰涅槃的超越；有用之书可以直接实施，只是需要博闻强记的专注，寻章摘句的刻意，成败得失的权衡；无用之书可能是谓大用，有用之书可能只是小用，内容不同，意蕴也就参差了。读书时的品味，放下书后的感悟，相得益彰，自是奥妙无穷也。

十四

人生在世，争名夺利，千方百计，巧取豪夺，杂像丛生，盘根错节，只是身在其中，心入其里，迷蒙而不自知；稍有得失，偶获褒贬，喜怒哀乐，过后又觉心绪索然，无甚意趣；然又辟蹊径，开拓荒瘠，继续寻觅，以致连锁。既有重复循环，直插到底，不到黄河心不死的执着，也有看破红尘，急流勇退，不撞南墙就回头的顿悟。生命的起始终结是一样的，但人生的历程却是山重水复，精神的意蕴更是崎岖蜿蜒了。无论勇往直前至死不悔的前行，还是踟蹰徘徊半途而废的停滞，无论功成名就的气势煊赫，还是平淡卑陋的凄楚困顿，都是一种生活的境遇，都是人生的一种活法。不要完全以成败论英雄，主观条件客观环境的风云际会千差万别；不要完全以得失评高下，富丽堂皇穷乡僻壤的时俗风尚参差不齐。有时长久的执着可能就是短暂的顿悟，有时短暂的顿悟却是长久的执着。

十五

在艰难困苦的条件下，混乱危急的环境中，人们往往会迸发出纯高的精神，执着的信念，坚韧的意志，凛然的气节，惊天地泣鬼神，超出自我生理和心理承受的极限，达到一种心灵的升华精神的超越。大到气势磅礴的朝鲜战争，小到平凡日常的扶危救困，无不彰显着人性纯真善良美好的禀赋，无不洋溢着光明磊落炽热的激情，前者渊源于对民族的热爱祖国的忠诚，后者发自对生命的敬畏人生的尊重。不平凡的宏图伟业由无数平凡的生活熔铸，平凡的繁杂琐屑由不平凡的精神支撑。无论风云变幻的时代场景，气势磅礴的社会剧目，气壮山河的人生演绎，还是日常平淡的衣食住行，时俗风尚的生活情趣，悲欢离合的生命感动，只要触及人性的内核，只要牵扯祖国的命运，无论什么样的惊涛骇浪血雨腥风，无论什么样的崎岖坎坷艰难险阻，都阻挡不了平凡凝聚的众志成城，永远彰显着不平凡的人性真谛民族精神。艰难困苦，玉汝于成。

十六

我们必须要有远大的理想，坚定的信念，宏伟的事业，丰硕的成就，丰厚的物质基础，强大的精神力量，它彰显着民族的希望国家的命运，也是芸芸众生的立足之基福祉所在；我们必须珍视老百姓的衣食住行，尊重老百姓的意志情趣，一切从人民的立场出发，一切以人民的利益为重，民为邦本，国以民兴。源远流长的人类历史，总是被历代执政者强势的雕凿，冠冕堂皇的记述中，既有确切的人物事件，明晰的轨迹历程，独到的诠释品鉴，也包含着真假混杂，是非混淆，善恶不分，美丑颠倒的任意妄为；煌煌巨制的御用史籍，渗透着天命自负的傲慢，丰功伟业的炫耀，巧取豪夺的诡诈，晦涩隐匿的掩饰；同样一些史家论者文人墨客，既有客观的记述，公正的评价，正确的诠释，也不乏主观的好恶，臆断的随意，云诡波谲的晦涩，空灵幽幻的夸张。而芸芸众生的世相风尚，生活状况，品行情趣，精神面貌，却只有较少的记载，疏漏的描写。历史的主体是人民，承载着社会发展的根本，而为政者是否代表人民的利益，彰显人民的意志，顺应时代的进步，却至关重要，权为民所用，情为民所系，执政为民，就要熟谙历史，透过虚饰，把握实相，以史为鉴，创造国家的强盛民族的兴旺人民的幸福。

十七

历史似乎很简单，过眼云烟，虚无缥缈，在世人眼中，只不过是一些典籍的积累，口述的絮叨，遗迹的凭证，可以千般想象，万般猜测，千秋功罪，万代风貌，见仁见智，任君评说；历史又很复杂，云诡波谲，神秘奥妙，卷帙浩繁的典籍无法直接彰显当时的时代场景，记忆深刻的追述不能详细表达当时的人情世故，精雕细琢的遗迹不能生动呈现当时的生活风貌；就是刚刚过去不久的人物或事情，也会因为人们主观的描绘，臆断的臧否，有失真相的偏谬。人们气势煊赫地面对历史，因为历史已远行，人们朦胧迷惑地面对历史，因为历史在继续；人们创造着历史，历史警示着人们，人们尊重着历史，历史温蕴着人们。历史是一面明镜，凸凹不平中有太多奇诡的折射，璀璨缤纷让人眩晕；历史是一本书，清浊混淆里有太多风貌的蚀刻，眼花缭乱让人迷惑；历史是一杯茶，甘甜苦涩，情趣幽幻，浅尝辄止的心领神会；历史是一壶酒，浓烈醇厚，意蕴悠长，深入浅出的沉醉激扬。

十八

多角度全方位地看待历史，才能比较客观公正的澄清事实，厘清脉络，梳理繁闹复杂的现象，探寻内在的本质和发展的规律；特别是在历史某一时段特殊环境下，影响较大的人物与事件，比较集中地呈现了当时的社会风貌生活场景，比较真实地记述了具体的事件内容或人物表现，而且为社会不同阶层所关注，评价多样臧否不同，相对来讲，反映的就比较全面客观一些，只要全面了解多角度思考，就会有比较实事求是的认识。同时，对于要了解历史真相把握具体事实求得启示品鉴的主体而言，保持平静的心态，理性的思考，尽量排除时俗风尚的影响，减少成见陋习的熏染，也是必须具备的基本素养。历史的长河汇集了无数的水流，清浊混杂，泥沙俱下，是浪花飞溅，波涛汹涌，还是潺湲蜿蜒暗流涌动，每一滴水都有自己的表现和行程，都有自己的历史音符和旋律；了解历史也就是认识自己，认识自己也就是品味历史，相映成趣，相得益彰，何乐而不为？

十九

人一生遇到什么，得到什么并不重要，最关键的是要有人格的尊严情趣的诗意。试看，时俗风尚的熏染，名缰利锁的缠绕，荣辱褒贬的蚀刻，成败得失的雕凿；不知不觉中，销蚀了人格的挺拔伟岸，千疮百孔，缺棱少角；不自觉里，疏离了情趣的幽幻超逸，庸俗卑陋，黯淡晦涩。试想，冰晶雪洁中的梅花，深涧幽谷里的兰蕊，奇峰峻岭上的松柏，萧瑟苍凉下的敖菊，污浊淤泥中的青莲，疏风淡雨里的竹林，在孤独寂寞中依然暗香浮动，孤芳自赏，挺拔孤傲，恬淡超逸，自是品性的高洁，风骨的嶙峋，情趣的盎然，心灵的纯真。人一生固然要顺其时势，适应潮流，应对风尚，熟谙世俗，求得生存的安逸发展的通达，但绝不要丧失人格的尊严情趣的诗意，这是为人处世的根本，人生境界的真谛，刚柔相济，性情相融，自是顶天立地的伟岸挺拔，亦是悲欢离合的幽幻空灵。你缺什么呢？

二十

人生的事，既是心里的事，也是身外的事，既是自己的事，也是别人的事；在社会机体中，个人只是一个微小的细胞，在生活链条里，个人只是一个短暂的环节。认真走好自己的路，做好自己的事，取得自己的成绩；也会铺筑别人的路，成全他人的事，享受共同的发展。在生命的江河湖海中，个人只是一滴水珠，在生命的崇山峻岭里，个人只是一粒沙石；离开了群体无法彰显自我的禀赋，实现自我的价值，没有了个体无法构成群体的社会，实现群体的繁荣。从每个人来言，人生如旅，无论漫长或短暂，都是山重水复崎岖蜿蜒的历程，度日如年的煎熬，夜以继日的磨砺；人生如梦，无论简单或复杂，都是阴晴圆缺得失成败的场景，风云变幻的剧目，悲欢离合的演绎。从群体来讲，生命是无限的旋律，每个人只是不同的音符，转瞬即逝，缥缈无迹；生命是永恒的戏剧，每个人只是不同的角色，刹那而过，烟消云散。太看重自己，有点狂妄自大的膨胀，太看重群体，有点黯淡自卑的猥祟。其实做好自己也是成就群体，群体繁荣也是成全了自己。

二十一

浏览历史典籍，阅读人物传记，总会被那些奇诡奥秘的事件，惊心动魄的人物所震撼所感动。时代风云变幻之际，挽狂澜于既倒，扶大厦于将倾，救苍生于水火，承前启后，革故鼎新，建章定制，武功文略，开疆拓土，安民重生，创盛世之伟业，建不世之功勋，叫人拍案惊奇，钦佩不已；人生跌宕起伏之时，挺涛头而不惧，历险阻而不乱，处剧变而不惊，庙堂高屋，运筹天下，竹篱茅舍，散淡心胸，钟鸣鼎食，粗茶淡饭，挺拔伟岸的风骨，潇洒恬淡的心境，令人倾慕艳羡，感慨不已。一个人就是一部历史，璀璨缤纷，各领风骚，闪烁着自己的光彩，无论成败得失，都是生命历程的精粹，人生感受的凝结；一个人就是一段哲理，深邃悠远，意蕴委婉，呈现着自己的风貌，无论浅薄深厚，都是人生的净化，生命的升华。人们经常品鉴着历史，历史始终容纳着人们，能否看到自我，参透意蕴。领悟真谛？

二十二

有时在沉思中放飞一点胡思乱想的翅膀，在虚无缥缈里翱翔，有时在感悟里释放一些奇诡荒诞的射线，在幽幻空灵中穿梭；如果能将时空穿越，岁月再生，历史重现，那会是一种什么样的场景，什么样的画面，什么样的风貌？如果能将时代倒置，生命重启，人生再来，那会是一出什么样的剧目，什么样的角色，什么样的演绎？人们依据有限的记忆追溯源远流长的历史，充满太多的寻幽探奇；人们依照主观的揣测梳理经纬交错的记忆，充满太多的夸张抑郁；人们根据现实的需要不断诠释博大精深的历史，熏染着急功近利的实惠；人们凭借当下的实力不断雕凿残垣断壁的追记，渗透着时俗风尚的习气。远离历史的探索，历史却裹挟着你，投入历史的思考，历史却迷惑着你，每一步都成了历史的印迹，每一言都成了历史的气息，历史创造着你，还是你书写着历史？你在历史的怀抱，还是历史在你的心中？

二十三

轻轻地合上一页，又轻轻地掀开一页，岁月像流水般逝去，心灵中只是沧桑的空旷，萧瑟的寂寥；嶙峋的远山，清寒的近水，凋零的草木，裸露的原野，淡入天际的征鸿，漫迹四方的游子，长亭接短亭，何处是归程？征程连征程，哪里是故乡？孤独的遐想，只是风云激荡中的残垣断壁，依稀的残留着曾经的那点灿烂辉煌；寂寞的沉思，只是名缰利锁的分崩离析，破碎的遗存着当时的那些时俗风尚。记忆的萧疏，模糊了山重水复的崎岖蜿蜒，心灵的空白，掩去了柳暗花明的悲欢离合。轻轻地合上一页，放下了沉重的得失褒贬，烟消云散，碧透清澈；又轻轻地掀开一页，放飞轻扬的灵动幽幻，云淡风轻，飘逸散漫。

二十四

了解自然不易，认识社会更难，而要参透自我那就更是难上加难了。一方面是时俗风尚的坐标系太多太杂，参照物太泛太乱，而且瞬息万变，幽幻莫测，见仁见智，众说纷纭，莫衷一是；一方面是名缰利锁的缠绕盘根错节，得失荣辱的桎梏纵横交错，忘不了过去，放不下当今，看不清未来，痴迷妄念，贪嗔恋癖，情趣猥琐，精神萎靡；二者相互交融，彼此掣肘，把自我搞得颠三倒四，晕头转向，哪里还能看得清识得透。而且了解自然认识社会，还需看自我的综合素质状况，品性情趣胸襟，思想理论水平，精神风貌心灵境界；如果不能有一番去伪存真，去粗存精，由表到里，由此及彼的刻苦功夫，如果不能秉持砥砺坚韧，陶冶性情，锤炼意志，开拓胸襟，升华精神的长期修炼，何能参透自我，遑论了解自然认识社会了。人生之难，难在认识自我；自知者明，自知者强，既是一个境界的憧憬，更是一个努力的过程。

二十五

新年在冬天的怀抱中孕育，在寒冽的抚慰里开启，时光的安排如此的巧妙，岁月的交替如此的清晰，一切都回归到原点。一切又从原点启程。万物在去掉装饰，洗涤风尘，清除繁闹，冷却喧哗后，裸露胸怀，敞开心扉，承接冰晶雪洁的洗礼，还原本真的纯净安谧。一年中最冷静的时节，让生命清醒的思考，四季中最萧瑟的场景，让人生沧桑的感悟。繁华逝去后的孤独，没有名利枝蔓的攀附，愈显得巍峨挺拔；喧闹沉寂后的寂寥，没有荣辱声色的侵扰，愈显得深邃空阔。新年在此时启程，是自然神秘奥妙的意蕴，还是社会剧目变幻的隐喻？岁月在此处交替，是生命博大深邃的启示，还是人生变化无常的警告？

二十六

寒冷的西北风轻轻地拂过塞上平原，唤起睡眼惺忪的晨曦，彤红的旭日慢慢地升起，柔和的光芒弥漫天地，远山戴上了金色的冠冕，近水披上了斑驳的锦衣，云朵镶嵌着璀璨的裙边，鸟雀扑捉着光线的旋律；新的一年平静地拉开了序幕，呈现着变幻莫测的场景，酝酿着云诡波谲的剧目，迎接着精彩绝伦的演绎。时光依然迈着执着的步伐，岁岁如此；岁月仍旧轮回着变化的形态，年年如故；只是人们倾注了太多的祈盼，把过去的遗憾，现在的不满，凝聚成未来的憧憬；只是人们寄托了太多的希望，把名利的计较，得失的权衡，装扮成新颖的面貌。仪式的庄严神圣，心灵的虔诚祈祷，以时间的刻度为标志，以空间的转换为界限，赋予了承前启后的责任心，注入了革故鼎新的使命感。新的一年既是自然的法则，客观的规律，也是人们精神的标尺，心灵的刻度。

二十七

有许多自以为情真意切的感慨，有许多自认为刻骨铭心的激动，其实，只是一种自恋情绪的爆发，痴迷感受的张扬；依托具体的人物或事件，给压抑的精神一次猛烈的喷发，根据特定的场合或情节，为萧索的心灵一次淋漓的释放。人生在世，不断积淀风尘世俗，铸就名缰利锁，品性的本真被淡忘，情趣的雅净被熏染，胸襟的开阔被荒芜，精神的澄明被玷污，但纯真善良美好的基因依然根深蒂固，时刻唤醒着秉性，警示着人生；生活的磨砺，精神的煎熬，踟蹰徘徊，阻滞黯淡，有心无力的困顿，欲行不能的无奈，但美好的向往，光明的憧憬，梦幻的未来始终萦绕盘旋，不断促动着心灵，启迪着生命。不时的感慨，偶然的激动，是一种正常情况下的反常表达，具有洗涤风尘，自我反思，陶冶情趣，净化心灵的作用，只是不要变成啰唆的纠缠，絮叨的萦绕。

二十八

孤独是一种处境，更是一种心情，远离了世俗风尘的熏染，隔绝了名缰利锁的缠绕，解除了自我安慰的外在借口，抛弃了得失褒贬的内心纠结。蓝天丽日，深邃碧透，清风明月，温馨幽静，山河逶迤，原野苍茫，前无古人的沧桑，后无来者的惆怅，只在这嶙峋伟岸的峰巅，一览无余的寂寥；竹篱茅舍，青史黄卷，梅兰松菊，残茶浊酒，恬淡飘逸，暗香浮动，没有缤纷璀璨的当下，不见繁华喧闹的眼前，只在这荒芜偏僻的莽原，空灵幽幻的缥缈。长久失去的自我，有了清晰的心灵映照，迷蒙多时的身心，有了透彻的精神点拨；随波逐流的无奈，有了中流砥柱的依托，萎靡颓废的沉沦，有了振聋发聩的警觉。

孤独是一种修炼，更是一种境界，需要修身养性的长期陶冶，持之以恒的锤炼打造，需要潜移默化的温蕴，超凡脱俗的净化，精神中彰显，心灵里达到。

二十九

看到很多青年人承担重任，感到非常欣慰，青年兴则事业兴，青年强则国家强。把众多有道德有思想有才干有担待的年轻人放到各种各样的重要岗位，承前启后继往开来，实现自我彰显时代，生机勃勃，欣欣向荣，喜哉幸哉。但也不乏一些心灵晦暗道德低下，情趣庸俗心胸鄙陋的掌权者，出于一已之私利，满足一已之妄念，罔顾事实，破坏原则，拉帮结派，结党营私，任人唯亲，败坏风气；也有不少青年同流合污，随波逐流，丧失品性，丢掉气节，思想颓唐，精神污秽，趋炎附势，为达目的不顾廉耻，不择手段，为人不齿矣。政者，正也，权位，公器，来自人民大众，用之黎民百姓，没有正大光明之心，坦荡诚实之举，严肃谨慎之矩，何以选贤任能，德才兼备，安民济世，以壮社稷？青年人的培养选拔使用尤为关键，不可小觑也。

三十

所谓完人，不是白璧无瑕的偶像，完美无缺的圣灵，而是血肉相连的身躯，精神蓊郁的心灵；有柴米油盐酱醋茶的琐屑，名利得失的烦恼；有琴棋书画诗酒花的情趣，悲欢离合的感喟；有赤诚淳朴的稚嫩天真，熟谙风俗时尚的世故玲珑；有气冲牛斗的豪情壮志，委婉柔软的儿女常情；只是始终秉持纯真的品性，开阔的胸襟，伟岸的风骨，挺拔的劲节，只是始终坚守情趣的雅洁，思想的澄明，精神的恬淡，心灵的超逸。久居风尘世俗，不失行云流水般的散淡，浸润名利雾霾，不失清风明月的空灵；繁闹喧哗的时髦风尚，傲然人格之独立，缤纷万象的潮起涛落，坚守思想之自由。所谓完人，白璧微瑕的坦诚，晶莹有痕的敞亮，无须浓妆淡抹的掩饰，不用精雕细琢的装扮，来得轻松，立得端正，去得自然，像一颗幽幻的星辰，闪烁在生命的苍穹，漫游在人生的征程，镶嵌在岁月的心间。

三十一

池塘不大，污水不浅，水族繁杂，丑类猖狂，上蹿下跳，左右横行，污秽腥臭，龌龊肮脏；挺胸鼓肚，狂妄自大，张牙舞爪，气势轩昂，指点东西，挥斥南北，颠倒是非，混淆黑白；好一派惊天动地的伟业，璀璨缤纷的光芒，咦于唏，小人得志，咋的个风光。品性猥琐，情趣鄙陋，缺筋少骨，没有脊梁，思想浅陋，行为乖戾，精神堕落，心灵晦暗；趋炎附势，投机取巧，指鹿为马，为虎作伥，阴谋诡计，拉帮结派，争权夺利，贪婪愚氓；好一个出类拔萃的英雄，文韬武略的豪杰，呜呼哉，小人得势，咋的个张扬。戏中戏，演得淋漓尽致，曲中曲，唱得天花乱坠，只可惜一阵泡沫的极度膨胀，几朵浮云的尽情癫狂，终是个大江东去的洗涤，长风万里的扫荡，落得个跳梁小丑的印记，中山豺狼的下场。

三十二

实干应该是有理想信念驾驭的，有思想理论武装的实干；实干应当是有体制机制保障的，有科学方法指导的实干；实干应该是有宏伟蓝图指引的，有具体步骤途径的实干；实干应当是有承前启后联系的，有革故鼎新创造的实干。现实中，人们往往会出现不同的演绎，一种是口惠而实不至，冠冕堂皇，虚张声势，花里胡哨，虚无缥缈，没有丰富的内容实际的行动；一种是盲目而心不明，前拉后扯，东拼西凑，愚昧莽撞，任性随意，没有科学的谋划切实的方法。这些属于人们主观认识的偏差客观环境的制约，还情有可原，意有所谅；而有些借实干之名掩饰虚无苍白的思想贫乏颓废的精神，或打着实干的旗号攫取自己的私利实惠满足贪婪无度的欲念，就是品性的鄙陋，情趣的庸俗，思想的龌龊，境界的猥琐了。实干兴邦，空谈误国，既是历史经验的高度概括，也是现实社会实践的迫切需要，既关乎着宏伟事业的成败，也检验着芸芸众生的品行。

三十三

人们在具体的社会环境里，现实的日常生活中，受到各种主观的压抑和客观的约束；总是过分强调理性高度概括，严谨梳理，修辞造句，逻辑演绎的本能，呈现着庄重严肃冷峻刻板的意蕴；而让感性的率性随意，散漫自在，缤纷万象，淋漓尽致的表象，退化了阴晴圆缺悲欢离合的情趣。功利目标的价值诠释，实用主义的尺度权衡，工具手段的精细演绎，锱铢必较的实惠评判，让为人处世变成了表面喧哗热闹，内心冷漠黯淡的枯寂，让情真意切变成了外在萧疏冷硬，内心水火煎熬的狂躁；人格极度的扭曲，品行荒诞的畸形，思与行分崩离析，身与心背道而驰。其实，生活本身就是感性的丰盛，情趣的充盈，意由心出，情由心发；一切都是自然的流淌，平常的抒发，无须刻意的精雕细琢，不用涂脂粉抹的装饰；一切都是精神的洋溢，心灵的豁达，无须强制的藩篱束缚，不用僵化的桎梏羁绊。只有蓊郁葱茏繁花似锦的感性意象，才能彰显理性的深邃奥妙，只有山高水长蜿蜒曲折的感性表达，才能凝聚理性的晶莹之光。

三十四

中国历史中的盛唐气象，不是偶然的历史片段和孤立的社会现象，而是华夏文明源远流长蓬勃发展的必然结果，是中华民族根深叶茂生机盎然的具体呈现；凝聚中土辐射四野，礼仪天下宾服八方，承续历史之大统，容纳现实之番邦，古今一脉相承，中外水乳交融；开疆拓土，文明荟萃，众生云集，百族兴旺，财丰物阜，国泰民安，文韬武略，雅俗共赏。开放不论远近，只是兼容并蓄的海涵，交流不管短长，只是习俗风尚的张扬；壁立千仞的巍峨挺拔，海纳百川的深邃博大，魏然屹立于中华文明的崇山峻岭，磅礴激荡于民族精神的江河湖海。虽有夸张的描述，隐晦的曲笔，抑恶扬善的取舍，得失褒贬的权衡，但璀璨缤纷的风貌，博大精深的气象，令人回肠荡气，神采飞扬，感慨不已，回味无穷。特别是唐诗的奇诡奥妙，雄浑豪放，气势磅礴，意蕴雷霆，超现实的幽幻空灵，自由浪漫如梦随影；特别是唐诗的黎民百像，时俗风貌，风云变幻，感悟伤怀，真情实意，淋漓尽致刻骨铭心。好一个盛唐气象，既是历史璀璨的丰碑，也是当今振兴的辉映，让人魂牵梦绕，憧憬向往。

三十五

现实中，最感人的不是冠冕堂皇的思想观念阐释，引经据典的理论思潮说教，而是生活中最平常平凡的人物或事情，最诚实质朴的情怀与细节。当薪酬微薄责任深厚的乡村医生，从崎岖蜿蜒的荒经野路走进贫瘠的竹篱茅舍窑洞土房时；当生活艰辛工作繁重的乡村医生，在简陋零落的医疗诊所接待困顿的病弱妇孺父老乡亲时；当一声平常的家长里短的问候，平静的望闻问切的诊疗时；当一句千叮咛万嘱咐的交代，反反复复推心置腹的安抚时；敬重乡亲，珍爱生命，纯真善良美好的人性大爱自然地流露，率性随心地呈现，淋漓尽致地表达，情真意切地抒发，直达人的心灵，直戳人的灵魂。一个浅薄的感动哪能说得清道得明？一个苍白的激动哪能经得起担得动？没有什么冠冕堂皇的炫耀，经典巨著的庄重；没有什么艳词丽句的渲染，精雕细琢的装饰；没有什么逻辑思辨的演绎，醍醐灌顶的感悟；没有什么时俗风尚的熏染，急功近利的盘算；只是平常的生活平静的工作，只是时光的流淌岁月的更迭。被感动说明心灵还未荒芜，精神还未沉沦，被感动证实了品性依然淳朴，灵魂依然澄明。把时有的被感动化为永恒的感动，阳光雨露温蕴身心。

三十六

有的人忍受不了孤独，其实是无法适应一种匆忙经历后的短暂失忆，填补享有丰富后的一时空虚；有的人不会领略孤独，其实是长期沉溺名利缠绕中的惯性依赖，满足繁华喧闹充斥里的麻木沉沦。这种孤独既是物理时空的相对隔离，时俗风尚的感性淡化，也是精神领域的相对封闭，得失褒贬的理性拒绝。当融于自然的平凡，安于社会的平常，沉浸生活的平淡时，心灵的孤独便是挺拔的奇峰峻岭，一览众山的伟岸，器宇轩昂的劲节，领略无限的风光。有的人忍受不了寂寞，其实是无法适应远离名誉地位权势后的萧条疏落，割舍不去名缰利锁的前呼后拥；有的人领略不了寂寞，其实是风尘世俗烟熏火燎后的混沌迷蒙，时髦风尚浸润中的浮躁喧嚣。这种寂寞可能是外在的强制安排，环境的刻意打造，也可能是内心的有意经营，主动的精雕细琢。当回归品性的本源，生命的本真，人生的本意时，心灵的寂寞就如深邃辽阔的苍穹，日月星辰的闪烁，奇诡奥妙的幽幻，浪漫轻扬的飘逸。孤独中看清了万物众生，更看清了自己的身形，寂寞里聆听了天籁地声，更听到了自己的心语。

三十七

做一个什么样的人？既是一个神秘奥妙的永恒发问，又是一个变幻莫测的无解难题；固然有历史源远流长的陶冶砥砺，不乏现实条分缕析的精辟诠释，也有未来晶莹剔透的祈盼憧憬；固然有经史子集鸿篇巨制连篇累牍的精妙演绎，不乏时代潮流社会主题人生意蕴的精确定义，也有远大理想崇高信念美好向往的滋润哺育；但总觉得缤纷璀璨的玄幻，眼花缭乱的眩晕，说不清道不透的朦胧。时代的场景不同，社会的剧目迥异，生活的情节复杂，人生的演绎丰富；受主客观条件的制约，每个人的品性禀赋不同，品行情趣各异，心胸境界悬殊；无论经历如何坎坷崎岖，成败得失如何丰歉不一，但始终脱离不了做一个什么样的人这个神秘的魔咒，无论功高盖世器宇轩昂，平庸卑微平淡琐屑，都离不开历史的评判现实的臧否未来的验证。做一个什么样的人需要道德的尺度，素质的标杆，最根本的还是人性的度量人生的意义。

三十八

保持人格的独立不易，时俗风尚的熏染，名缰利锁的缠绕，使人久浸鲍鱼之肆不闻其臭，常居幽兰之室不闻其香，品行圆滑，情趣庸俗，胸襟狭陋，精神黯淡，争名夺利趋炎附势，为人处世八面玲珑，太多的随波逐流，少有的暗香如故，同流不合污已属不易，遑论人格独立风骨劲节了。清者自清，嶙峋崎岖的伟岸挺拔，江河湖海的胸怀气度，竹篱茅舍的恬淡安然，梅兰松菊的品性情趣；浊者自浊，锱铢必较的见风使舵，得失权衡的反复无常，娴熟油滑的人情世故，云诡波谲的阴谋诡计。清者自清，浊者自浊，清浊混杂，清浊难分，有时表面的清内里的浊，内里的清表面的浊，有时前面的清后面的浊，后面的清前面的浊；而人格的独立就是出淤泥而不染，濯清涟而不妖的情怀与境界了。人格的独立，既有先天的遗传承续，更有后天的进化变异，既有历史的根基底蕴，更需现实的陶冶精萃；人格独立，既是理想的追求，更是现实的打造，既是立世的根本，也是超世的升华。保持独立的人格不易。

三十九

势利是社会生活中的正常现象，无须惊诧质询，不用失措张皇，在权力主宰一切金钱管控万物的环境中，更是天经地义的冠冕堂皇，人情世故的道貌岸然。权位的高低金钱的多少，决定着势利的程度和范围，权位的更迭金钱的增减，意味着势利的浓淡和大小；只是变幻得太快，来不及改变势利的容颜，更换势利的装饰，搞得面目全非身形扭曲；只是变动得太大，跟不上势利的膨胀或萎缩，适应不了势利的质量和疆界，弄得晕头转向心烦意躁。人们向往势利，总想哪天成为势利的主人，位高权重，指点江山，财多福广，呼风唤雨；人们倾慕势利，总是依附势利的春风夏雨，滋润点花好月圆的实惠，攀援势利的秋收冬藏，攫取些硕果不菲的心满意足。人们对待势利，无须剑拔弩张的对持，任它自由随意的来往，人们认识势利，不要条分缕析的解剖，让它面目依旧的安然；人们生活在势利的环境中，有一份清醒的自知矜持的自警，人们沉浸在势利的风尚里，有一些超然的自立恬淡的自强。随它吧，势利。

四十

生活中往往最简单朴实的人物或事情，最平常琐屑的细节或情趣，虽然被人们熟视无睹淡漠轻慢，却最有生命力，意蕴深邃，境界宽广，最富幽幻性，曼妙轻盈，意趣无穷。衣食住行生老病死是生活的常态，既有柴米油盐酱醋茶的打点，也有琴棋书画诗酒花的情趣，既有嬉笑怒骂的率性随意，家长里短的闲言碎语，也有竹篱茅舍的低吟浅唱，梅兰松菊的浊酒粗茶。不经意间，岁月蚀刻下数不清的斑驳记忆，不知不觉中，时光漫漶着看不尽的恍惚场景；远去的平常，不时闪烁着星星点点的众多人物，音容笑貌，历历在目，举手投足，可亲可敬；远离的平淡，时常跳跃出断断续续的许多事物，前因后果，件件在心，场景细节，盘桓萦绕。日积月累，汇集成潺湲的溪流，始终在心里低吟浅唱；年与时驰，夯筑为蜿蜒的山路，始终在心中纵横交织。可能过去太多的风云激荡带走了太多的精力，太多的惊心动魄销蚀了太多的能量，思想枯萎，精神干涸，心灵晦暗，没有了深刻的记忆，缺失了反复的回味，倒是这平常的人事平淡的生活，始终涵蕴着品性的本真情趣的散淡，精神的澄明心灵的安然。

四十一

独辟蹊径，另开蛮荒，猎险探奇，寻幽觅幻，打通一条清新的人生路途，开拓一片澄明的生命境界，对于花甲之人，既是山重水复云遮雾绕的挑战，也是柳暗花明云淡风轻的机遇，关键是能否及时把住机遇敢于迎接挑战。风雨沧桑的历练，时俗风尚的砥砺，有了丰富的经验积累，深刻的思想品味，人情练达的世故，世事谙熟的精明；有了见微知著的洞察，高瞻远瞩的豁达，深思熟虑的谋划，精准细致的方法。好像天衣无缝万事俱备，其实需要弥补的欠缺不少，需要打造的能力更多；特别是被长期形成的思维定势行为习惯所束缚，沉湎于适应性的循规蹈矩按部就班，安然于已得名利的实惠短暂声誉的虚荣，陶醉于曾经有过的运筹帷幄能谋善断身体力行，满足于自我感觉的狷介矜持孤傲散淡不以为然，自觉或不自觉的影响着果敢决断的水平，有效实施的能力，吐故纳新的意蕴，澄明达观的智慧。所以，只有放下身段，回归心灵，从头做起，从心开始，才是理所当然。

四十二

飘洒了点毫无气势的雪花，掩映不了苍茫的山川原野，悬挂不住枯萎的残枝荒草，在世俗风尘的繁闹喧哗中很快融化了，一地阴湿泥泞的斑驳，追逐着车水马龙的匆忙，飘逸着人迹稀少的萧瑟。只是烦躁的心灵有了点蕴润的抚慰，焦灼的精神有了些散淡的晶莹。毕竟是久盼的初雪，虽然没有天花乱坠的浪漫，仍不失萧疏细腻的实在；毕竟是冬天的演绎，虽然只是轻妆淡抹的朴素，却也呈现轻扬净洁的清纯。雪是天地的使者，山水的精灵，造化的神韵，幽幻的音符，散散淡淡的飘洒，纷纷扬扬的曼舞，柔和的提示，浑然的覆盖，来一个质本洁来质本去的净化，还一个白茫茫大地真干净的回归，带一个心灵冰晶雪洁玲珑剔透的启程。冬天的第一场雪，悄然而落，不大，却很圣洁，不长，却很悠远。

四十三

有些看似短暂的却长久地留在心中，有些看似长久的却很快的烟消云散，有些以为平淡的始终在心头萦绕，有些认为深刻的却消失得无影无踪。大自然总是按照自己的规律出牌，把春风夏雨秋霜冬雪依次的呈现，无须刻意的安排强制的约束，只是平常的运行平淡的更迭，人们在太多的熟视无睹中，有一点新颖的张望惬意的浏览，片刻的欣赏刹那的感喟，又安然于时光的流逝，季节的循环；社会总是迈着执着的步履行进，把风云变幻繁闹喧哗混杂的彰显，要有时代的特色众生的表演，衣食住行的琐屑云诡波谲的斑斓，人们在太深的锱铢必较中，专注名来利往的逢迎，沉溺得失褒贬的权衡，满足于当下，麻木于眼前。自然的季节循环平常得被人们淡漠，殊不知那是地久天长的喻示，社会的时俗风尚炽热得被人们狂癫，殊不知那是过眼云烟的虚幻。人生收场时，才有了比较清醒的思考，知晓了长短的意蕴；生命回归时，才有了比较透彻的觉悟，领略了深浅的奥秘。

四十四

人类的苦难大多以物化具象的形态表达，有着山穷水尽荒僻苍凉，征程阻滞生离死别的繁复呈现，其实，更多的是思想磨折心灵煎熬，精神痛苦灵魂坠落的盘桓萦绕。时俗风尚的掉队，名利得失的落伍，挚友知音的断绝，血缘亲情的疏离；触及的是生命基因中的痛楚，人性根基里的伤口，人生如旅的砥砺，人生如梦的无奈；蚀刻的是思想源泉的干涸，精神意蕴的凋零，品性情趣的枯萎，心灵家园的荒芜。有时物化具象的表达还能稀释一些苦难的浓烈，有时过去的映照当下的直面未来的希冀也能化解一些苦难的郁结，有时远山近水树木花草风霜雨雪日月星辰也会消减一些苦难的沉重，有时竹篱茅舍青史黄卷浊酒粗茶梅兰松菊也能寄托一点苦难的沉重；但无法拒绝痛苦的孕育，无法阻止痛苦的萌发，无法防止痛苦的渗透，无法隔离痛苦的蔓延，因为，痛苦是人类与生俱来的禀赋，只能在痛苦的煎熬中升华，只能在痛苦的精萃中超越，只能在人生中反复的咀嚼，只能在心灵里永恒的品味。

四十五

虚荣是人类与生俱来的基因，源远流长的支系，根深蒂固的病灶，始终萦绕的顽疾，任何时候都能发酵，任何地方都能张扬；高堂大厦钟鸣鼎食，虚荣会声名显赫趾高气扬，竹篱茅舍粗茶淡饭，虚荣会蓬荜生辉褴褛有光；经史子集宏章巨论，虚荣会冠冕堂皇器宇轩昂，秽闻陋识风尘俚俗，虚荣会搔首弄姿低吟浅唱。虚荣无踪无影，看不到摸不着，虚荣盘根错节，扯不断撕不掉。虚荣披着璀璨缤纷的名利装饰，驾驭着趾高气扬的权势翅膀；虚荣朗读着道貌岸然的理论说教，吟诵着风花雪月的诗词华章；虚荣在别人的面前光辉灿烂，在自己心里孤芳自赏。有时虚荣给生命一丝生气勃勃的激动，有时虚荣给人生一点欣欣向荣的陶醉，有时虚荣成为前进的动力，有时虚荣变成倒退的羁绊，有时虚荣成为傲世的资本，有时虚荣变为自卑的护墙。有点虚荣没什么大惊小怪，人生有点夸张的点缀荒诞的意趣也挺正常，有点虚荣无须剑拔弩张，生命里有点品行的自满自我的陶醉也无大碍，只是云淡风轻的一笑，过眼云烟的淡忘。

四十六

把身心托付天地从来都是人们无法满足自我的痴心妄想，把灵魂寄附万物从来就是人们不能超越自我的推诿说辞，生就的身心，成就的命运。时代风云缤纷万象的雕凿，社会环境云诡波谲的蚀刻，生活经历时俗风尚的熏染，生命总是由生到死的蜿蜒曲折，由死到生的连绵循环，人生总是由始到终的匆忙奔波，由终到始的缓慢回归。天地无语，只是笼罩的涵蕴承载的温润，繁华喧闹中的沧桑寂寥，深邃广阔里的卑微渺小；万物无言，只是勃发的蓊郁回归的萧瑟，时光流逝中的春夏秋冬，岁月交替里的风霜雨雪。人们依靠自然的平常安抚烦躁的品行，人们祈求万物的平淡安谧癫狂的心灵；人们把有限的悲欢离合强制的嵌入天地的怀抱，人们把无限的追名逐利蛮横的注入万物的身心。天地悠然，人们只是说不清从何处来向何处去的懵懂游子，万物坦荡，人们只是不知如何立立什么的迷茫过客。不要太多的说辞，不要太深的理由，生就的身心，成就的命运，无牵挂的来，无留恋的走。

四十七

名誉是一阵风，来得轻缓或急促，去得缠绵或迅捷，涂红抹绿，摧枯拉朽；利益是一场雨，来得潺湲或骤烈，去得戛然或缓慢，滋润清爽，阴湿冷重；权势是一朵云，来得艰难或容易，去得有心或无意，璀璨缤纷，黯淡无光。唯有身还是那个身，只是时光飞度蚀刻下了斑驳的年轮，沧桑的褶皱；唯有心还是那颗心，只是岁月流逝雕凿的支离破碎，千疮百孔。人生是峰峦叠嶂的攀登，远近高低各不同，可以领略无限的风光，品味峰巅幽谷的奇妙，感悟成败得失的意蕴；人生是江河湖海的漫游，大小深浅不一样，可以浏览生活的场景，探寻细流巨浪的轨迹，知晓悲欢离合的奥秘。人生是拿得起时的执着任性，放得下时的恬淡平静，人生是懵懂中的清醒，清醒里的朦胧。一阵风，无论温煦还是寒冽，来无踪去无影，一场雨，不管温馨还是阴冷，无情谊有缘分，一朵云，不管厚重还是轻薄，来有形去无声。

四十八

思想总是沉静不下来，需要应酬的人情世故太多，纵横交错盘根错节，只是迎来送往的条件反射，逢场作戏的表面应对，思考的时间被侵蚀空间被占满；心灵总是安谧不下来，需要消解的时俗风尚太繁，璀璨缤纷五花八门，只是应接不暇的感官刺激，疲惫不堪的热胀冷缩，感悟的情趣被风干境界被荒芜。繁华喧闹占据了时代的舞台，云诡波谲变幻着社会的场景，名缰利锁束缚着生活的剧目，人们浮躁地装扮着自己的角色，焦灼地演绎着各自的情节；表面的应酬多了，内心的理解少了，频繁的交际多了，思想的交流少了，吃喝玩乐的多了，情趣相投的少了，咫尺天涯的多了，知心达意的少了，虚荣伪饰的多了，真情实意的少了，投机取巧的多了，勤奋诚实的少了，趋炎附势的多了，暗香如故的少了。思想不再具有思考的本能，心灵不再有净化的功效，人们是在丰功伟绩中的进步，还是名利缠绕里的衰退？人们是在蓬勃发展中的成熟，还是浮躁焦灼里的愚昧？人们是在自知自警中的超越，还是自恋自满里的堕落？让思想沉静一会儿吧，有点反思的自觉，让心灵安谧一阵儿吧，有些净化的升华。

四十九

不知不觉中，春天悄然的来临，没有一丝绿意的洇染，温煦的漫漶，没有一点生机的隐喻，欣荣的预告，只是在时光的流淌中又一次唤醒熟睡的生机盎然，只是在岁月的交替中又一次彰显斑斓的姹紫嫣红。时间的刻度上已记载着春天的启程，物候的场景里还看不到春天的身影，远山的残雪闪烁着斑驳的晶莹，近水的薄冰凝固着清冽的碧净，深邃的天宇飘逸着幽幻的想象，苍茫的原野弥漫着奥秘的萌动。春天轻轻地蹒跚，带着告别的依恋，春天静静的漫步，怀着憧憬的祈盼，融化着僵硬已久的陈规陋习，消解着顽固很重的思想观念，催动着生机勃勃的蓊郁，孕育着璀璨缤纷的烂漫。春天还未彰显自己的风貌，却已在精神的故乡心灵的家园。

五十

春天刚从时光的刻度上苏醒，太多的祈盼就催促着春天的生机勃勃欣欣向荣，虽然塞上还是寒风凛冽残雪碎冰，苍茫萧瑟空阔寂寥，但心中已是春风抚慰春潮滚滚了；春天刚从岁月的交替中启程，太多的向往就演绎起春天的芳草萋萋繁花似锦，虽然古城依旧孤峭冷峻棱角僵硬，厚重的装饰灰暗的容颜，但心里已是鹅黄柳绿姹紫嫣红了。春天不只是物候的呈现，更是精神的再生，沉淀的名利得失，凝固的陈规陋习，保守的思想观念，僵化的品行情趣，逐渐的在恋恋不舍中融化，汇集成清澈的溪流欢快的瀑布，奔腾在人生的崇山峻岭江河湖海；春天不只是季节的变换，更是心灵的超越，崎岖蜿蜒的纠结，世俗风尘的熏染，荣辱褒贬的缠绕，悲欢离合的煎熬，缓慢地在依依萦绕中消解，转化为深邃的苍穹辽阔的原野，呈现着生命的日月星辰万物丰盈。春天自然地弥漫一切，主动得沁入心里，天下谁人不识春?

五十一

淡出名利江湖，远离世俗风尘，身居车水马龙繁华喧嚣人烟熙攘的闹市，心在崇山峻岭江河湖海偏僻荒蛮的孤村，空其心苦其志，淡其情穷其意，不求闻达，只愿孤寂，不求显世，只要自知。人生在世，难得的是心灵的平静，精神的恬淡，情趣的雅净，品行的洒脱，这是美好的憧憬；人生在世，更难的是既能身体力行衣食住行的日常，家长里短的琐屑，名缰利锁的缠绕，时俗风尚的熏染，而又能出淤泥而不染，濯清涟而不妖的超逸自适，暗香如故的品性风骨。有时自觉地放下是一种主动的自我净化，有时不经意的丢弃也是一种难得的自我陶冶，前者需要持久的修炼，后者来自刹那的顿悟，二者相得益彰，却在于心灵的超逸精神的安和。

五十二

人生是美好的，既有山重水复的无限风光，也有悲欣交集的崎岖坎坷，既有名缰利锁的盘桓缠绕，也有情趣胸怀的云淡风轻；犹如源泉涌动，幽潭沉碧，溪流潺湲，瀑布飞跃，江河奔腾，湖海安和。无论是一泻千里的通达，还是蜿蜒曲折的迂回；无论是率性随心的酣畅淋漓，还是晦涩黯淡的阻滞停顿；黄钟大吕的豪迈，低吟浅唱的委婉，演绎着人生幽秘奥妙的旋律；成败得失的起伏，悲欢离合的交织，书写着人生扑朔迷离的画卷。人生是美好的，既有芳草萋萋繁花似锦的缤纷灿烂，也有枯枝萎叶荒芜凋零的寂寥晦暗，既有名盛利满气势煊赫的得意忘形，也有贫穷困顿卑微琐屑的孑孓身心；就像岩浆喷涌，沙石凝聚，深谷幽涧，峰峦叠嶂，嶙峋桀骜，逶迤连绵。无论是得心应手的畅快，还是晦涩棘手的麻烦，无论是指点江山的豪放，还是锱铢必较的盘算；真假的混杂，善恶的纠缠，美丑的变幻，呈现着人性的神秘莫测；品行的优劣，情趣的雅俗，胸襟的宽窄，闪烁着心灵的五光十色。人生是美好的，在于征程的砥砺，真切的陶冶，在于心灵的感悟，精神的超越。

五十三

稀里糊涂的来，傻了吧唧的去，像一朵散淡的云，自由的飘逸，浪荡的漫游，一会儿厚重轻薄，一会儿浓妆淡抹；如一阵随意的风，委婉的抚慰，狂烈的劲扫，一会儿黄钟大吕，一会儿低吟浅唱；唯有凝结的雨露雪花，随意地飘洒，留点斑驳的记忆，唯有抚慰的山川原野，尽情地嬉要，有点朦胧的回望。太多的执着，扭曲了人性的纯真，太多的说教，销蚀了品行的善良，太多的刻意，僵化了情趣的美好，太多的追求，绑架了精神的灵动，太多的要求，桎梏了心灵的超逸。

太多的太多，沉淀着陈旧厚重的秽行陋习，积聚着时髦轻薄的时俗风尚，太多的太多，追逐着名利攫取的狂妄贪婪，焦灼着得失褒贬的锱铢必较。太多的精明能干，刹那的烟消云散，太多的丰硕成果，瞬间的灰飞烟灭；人们有太多的回忆和憧憬，也就铸就了太多的恍惚与迷失。稀里糊涂的来，傻了吧唧的去，哪有那么多的太多？

五十四

人本来就是善良的，清水芙蓉般的纯洁，暗香浮动似的温馨，但在社会熔炉的千锤百炼中，具有了不同的质地与层次，在时代风云的烟熏火燎里，注入了不同的内容和表象。生活里的衡量尺度五花八门，人生中的评价标准千奇百怪，善良被时俗风尚销蚀的千疮百孔支离破碎，善良被名刀利剑雕凿的体无完肤面目全非，善良被趋炎附势随波逐流裹挟的身不由己，善良被急功近利沉溺当下湮没的不见踪迹。有时在自然的怀抱，有点善良的溯源；有时在孩童的身上，有些善良的回味；有时在芸芸众生的日常生活中，有点真切的感喟；有时在触目惊心的突出表现里，有些惊诧的感动。善良在平常的行进，平静的坚守，平凡的存在，善良植根于品性的深处，渗透在日常的生活，掩映于繁闹的社会，只是人们淡漠了它，远离了它，甚至丢失了它。没有善良的人生不堪回味，失去善良的社会不堪回首。

五十五

太阳孤傲地悬在碧空，没有一丝云絮的缠绵，天地间充盈着光的弥漫，一切都澄明透亮，没有丝毫的遮掩。沐浴着阳光淋漓尽致的抚慰，仿佛躯体融化，身心透明，幽幻的灵魂轻扬飘逸，穿越了时空的界限，游荡于悠远的过去；流光中映射出孩童的稚嫩淳朴，少儿时的天真顽劣，青涩年华的生机勃发。享受着阳光温馨和煦的催眠，犹如万物消解，自我净化，空灵的精神虚无缥缈，失去了岁月的定位，漫步于朦胧的未来；名刀利剑蚀刻的褶皱爬满沧桑的面庞，风尘世俗熏染的白发残落寂寥的头颅。起始和归宿在阳光的温蕴中糅合成人生的意蕴，慢慢地品味，静静地感悟；生死的轮回在阳光的晶莹里融汇为生命的真谛，轻轻地解开，缓缓地掩上。寄附在阳光里，哪怕是虚幻的一刹那，忘我的超越；溶解在阳光中，哪怕是幽奥的一瞬间，无我的升华。

五十六

善良是人性的基因，生活的细胞，时代的筋骨，社会的血脉；平静的渗透于纷繁琐屑的衣食住行，平淡的贯穿在为人处世的日常生活，平凡地呈现在名利交融的社会舞台。只是人们长久专注时代的风云变幻，社会的云诡波谲，沉溺争名夺利的巧取豪夺，随波逐流的精神委顿，膨胀了狂妄贪婪的欲念，萎缩了善良的胸襟，夸张了即得享受的刺激，淡漠了善良的情怀。殚精竭虑阐释善良的意义，说明对它久远的疏离，大张旗鼓宣扬善良的品行，表明对它过多的冷漠，浓妆淡抹渲染善良的呈现，说明人们精神的虚无，精雕细琢善良的情节，表明人们心灵的苍白。寻找善良，不是它的天然稀缺，是人们的遗忘，不是它的有意躲藏，是时代的遮蔽；寻找善良，是人性的觉醒，心灵的反思，精神的精萃，灵魂的回归。人类仍充满着希望。

五十七

春节是一个辞旧迎新的庄重日子，欢聚热闹的温馨时刻，春节是一个怀旧依恋的精神祭奠，期盼憧憬的心灵祈祷；车水马龙人潮涌动的东西交汇，异国他乡熙攘繁复的南来北往。春归故里，既是人身的依附，更是心灵的寄托，春回家乡，既是短暂的休憩，更是长久的奔忙。现代社会中的传统节日，一方面有了淡化消解的倾向，风韵尽失，情趣不再，只是时光的刻度岁月的符号；另一方面则注入了新的意象，回味无穷，意蕴深远，触及精神的内核直达心灵的深处。人生如旅，不能总是马不停蹄的奔波，头昏眼花的应对，不能总是急功近利的忙碌，得失褒贬的计较；平时的忙里偷闲好像小酌的微醺，瞬间的放松一下疲惫的身心，安抚一下浮躁的精神；只有源远流长的传承，岁月精萃的物候，精雕细琢的节日，才可酣畅淋漓的痛饮，一醉方休的放怀，有点寻根溯源的深沉，回归本真的厚重。游子思乡，不能总是信马由缰的浪荡，茫然四顾的迷茫，不能总是时俗风尚的痴恋，享受眼前的委顿；有时的反思顿悟犹如霜露的滴润，刹那的刺激一下萎靡的精神，熨平一些褶皱的向往；只有声势浩大的衬托，繁文缛节的礼俗，走乡串户的拜访，才能率性随心的挥洒，手舞足蹈的癫狂，有点精神家园的自在，心灵故乡的悠扬。春节，源远流长的时光尺度，意蕴深奥的岁月标记，既是一个璀璨缤纷的符号，更是一种刻骨铭心的情怀。春节好。

五十八

年年岁岁，辞旧迎新的锣鼓鞭炮，举家相聚的欢快喧闹，亲昵琐碎的絮叨，淋漓酣畅的醉意，洗去了过去一年的风尘，熨平了坎坷的褶皱，慰藉了焦躁的心绪，有了回归后的爽快和安逸；岁岁年年，盘算当下的祭祀拜访，祈盼来日的富贵安康，敬老爱幼的温馨，呼朋唤友的玩耍，寄托了未来一年的期望，春耕夏耘的勤劳，秋收冬藏的丰硕，有了启程中的激情和力量。无数次的重复，铭刻着源远流长的历史记忆，无数代的承续，映射着风云变幻的时代特色，无数次的回归，不管身心俱在还是身心的遥望，无数代的启程，不论家园故地还是异国他乡。人生如旅，不管在什么样的途中，故乡的春节始终是心中圣殿，人生如梦，不管在什么样的地方，家园的春节永远是自己的梦乡。

五十九

过年的韵味越来越淡，但对过年的期盼越来越浓，过年的风俗越来越轻，但对过年的意蕴越来越重。现代社会，急促的行进，繁重的压力，情趣的浮躁，精神的焦灼，身体疲惫，心灵空虚；人们想方设法寻找安慰的途径排遣的方法，挖空心思的创造一些身体疗养院心理抚慰所，千方百计的稀释于自然寄托于宗教，固然取得了一定的结果，但疗效甚微，作用不大；反而自然物候的节气，世俗传统的节日却具有了无可替代的作用无法估量的价值，春节更具有了举足轻重的分量；这个源远流长的物候表象习俗礼仪，既是悠久的历史传承，又是当下的时代记载，既是人性回归的心灵故乡，又是人性启程的精神家园。无论功成名就气势煊赫，还是平常琐屑平淡卑微，无论故国旧地城乡阡陌，还是天南地北异国他乡，无论是安土重迁的守望，还是漫迹四方的闯荡；只有春节的怀抱，才能容纳芸芸众生的乡愁，融化抑郁惆怅的心结，释放萎靡困顿的精神；只有春节的抚慰，才能安稳千家万户的梦境，消解焦躁委屈的烦闷，舒展淋漓尽致的畅想。过年既是一次次率性随心的直面相聚，更是一次次情真意切的心灵净化，既是一次次大包小包的牵肠挂肚，更是一次次刻骨铭心的精神回望。

六十

知识性的读书是汲取，了解自然社会和人类，知晓科学技术和各样的常识，熟谙表象，演绎逻辑，探究本质，把握规律，增长见识，提高能力，奠定建功立业的基本功底，具有较多实用功利的色彩；欣赏性的读书是品味，浏览山重水复的人生轨迹，领略悲欢离合的生命意蕴，陶冶品性，涵蕴情趣，孕育开阔坦荡的胸襟，伟岸劲拔的风骨，纯真澄明的精神，精萃为人处世的底蕴，具有较多虚幻幽奥的意味。孩童时天真好奇，稚嫩淳朴，懵懂中感知着一切，直观而幽幻，清澈而朦胧；年轻时求知强烈，涉猎急迫，寻幽探奇无所不看，寻章摘句无所不取，急功近利的应用，唾手可得的获取，求生存谋发展的味道浓重；中年后倾向于理解中的回味，联想里的感悟，沉溺于曲径通幽的委婉，深奥沉静的练达，谈情趣论品味的色彩深厚；老年时沧桑的回忆，当下的反思，未来的隐喻逐渐占据心灵的空间精神的高地，孤寂的净化，苍凉的精萃，回归的意蕴，超越的境界，已是生命的主题。无论知识性的汲取欣赏性的品味，在人生的不同阶段有着不同的比例，发挥着不同的作用，产生着不同的效果，但相辅相成，相得益彰，是不可或缺的知音，无法割舍的挚友，始终在身边，始终在心里。

六十一

人很难看清自己。从生理而言，长期只是借助自然的映照万物的启迪，才有了容貌身躯的定位，随着科学技术的不断进步，才有了内在机理运作的描述，几百万年的遗传变异，依然在进化的漫长旅途，还有无数揭示不清的奥秘；从心理来看，再深奥经典的理论，时髦风尚的学说，严谨周详的技术，精密细致的器械，也无法阐释其生成的诡秘，解开真实的面貌。人们从何处来还未搞清楚，向何处去还未弄明白，当下更是稀里糊涂晕头转向，何况世俗风尘的烟熏火燎，名缰利锁的盘根错节，把个精神搅得七上八下五迷三道，把个心灵弄得烦躁焦灼抑郁晦涩。寄付山水，信仰宗教，遵循主义，膜拜偶像，潜心修行，切磋磨合，只是抽刀断水水更流的惶恐，举杯消愁愁更愁的无奈。咦于唏，好一个癫狂痴迷的自我，好一个自我的云诡波谲，你是谁，想干什么？

六十二

夜幕轻轻地掩上，一切缓缓地沉寂。天空挥洒着幽幻的寂寥，放松着奥妙的深邃，弯月轻扬的飘逸，清风散漫的游荡，星星闪烁着诡秘的眼睛，云朵扭动着纤柔的身影；原野拥抱着酣睡的辛劳，抚慰着梦乡的烦躁，远山孤独的延伸，近水寂寞的萦绕，万物收拢了放飞的心灵，人间沁润着安谧的温馨。想象中的竹篱茅舍依然残灯断烛，青史黄卷的浏览，诗词华章的吟哦；理想中的桃花源处依然恬淡安和，梅兰松菊的酬唱，渔樵啜饮的应答。繁闹喧嚣的白昼，忙碌的工作，频繁的应酬，无法专心的思考，深切的感悟，心灵反而平静；沉默寂寥的夜晚，放松的身心，散淡的情趣，凝聚专注的思绪，深刻的剖析，精神反而活跃；动中有静，静中有动，跳动着人生的音符，演绎着生命的旋律。有时厌倦白昼的喧闹，依恋夜晚的安静，有时不忍夜晚的幽静，接受白昼的叨扰；因为敬畏心灵的纯净，不敢直接的通达，只能浮光掠影的稀释，因为蔑视风尘的世俗，不愿尽情地投入，只好超凡脱俗地净化。夜晚是幽幻的人生隐喻。

六十三

时光温蕴着春风夏雨秋霜冬雪，将自己缤纷璀璨地变幻，映射在人们的感受里；岁月催促着春耕夏耘秋收冬藏，把自己辛苦勤奋的履历，蚀刻在人们的身心中；无形的都有神奇奥妙的呈现，有形的都有云诡波谲的隐匿，唯有永恒的时光荏苒岁月流逝，唯有无穷的心灵漫动精神飘逸。欣喜第一缕阳光的朗照，依恋最后一抹晚霞的抚慰，跟不上阴晴圆缺的明月，数不清诡异梦幻的星辰；幽谷深涧的源泉溪流，委婉的低吟浅唱，奇峰峻岭的松林柏树，劲拔的乱云飞渡；安静得没有了时光的叨扰，恬淡得失去了岁月的关注。孤独的涣散，弥漫深邃无垠的苍穹，不留一点踪影；寂寞的消失，附着苍茫辽阔的原野，不带一点痕迹。不受羁绊的心灵此时在何处游荡，不受束缚的灵魂此时在何处飘逸？

六十四

崎岖峻拔的峰峦叠嶂，蜿蜒辽阔的江河湖海，是自然的神奇奥妙，也是人生的达观映照，山水给人生幽幻的隐喻，人生给山水丰富的寄托，山水是人生意蕴的自然表达，人生是山水精髓的主动呈现。山水有太多的诗情画意，人生有太多的欣赏品味；人生有太多的悲欢离合，山水有太多的坎坷曲折；山水描绘着人生的漫长画卷，人生演绎着山水的悠远旋律。山水中人们领略了人生，人生里人们浏览了山水，没有山水的人生荒芜干涸枯萎僵硬，没有人生的山水孤独寂寞抑郁苍凉。有时身在山水心却迷失，有时心在山水身却疏离，有时隔绝了山水人生的纽带，有时混淆了人生山水的界限。山水是人生的自然怀抱，人生是山水的特殊孕育，人生在山水中无限地延伸，山水在人生里永恒地承续。

六十五

江南春到，清风润雨，芳草萋萋，繁花似锦，莺啼燕舞，鱼游鸢翔，生机盎然，清秀俊丽；塞上春来，劲风怒号，飞沙蔽空，近水失色，远山蒙尘，原野苍茫，万物萧瑟，粗犷雄浑。时光安排了既定的尺度，岁月遵循着交替的坐标，但春天孕育的环境不同，试想江南的冬季，无非是气候的阴湿，草木的萧疏，依然的温蕴，原野只是安谧的小憩；而塞上的冬天，则寒冽干燥，苍凉萧瑟，冰天雪地，剧烈的凝固，大地只是深沉的酣睡；因而春天的启程也就不同了，春到江南，何等的轻扬妙幻，妩媚婉转，浓妆淡抹；春回塞上，何等的癫狂暴烈，横冲直撞，大刀阔斧；一个是轻曼的唤醒，一个是粗暴的催起。春天蹒跚着不同的舞步，演绎着不同的旋律，从江南到北国的弥漫，逐一掀开生机勃勃欣欣向荣的画卷，鹅黄柳绿，姹紫嫣红，春光灿烂。

六十六

慈悲之心人人皆有，怜悯之意人人皆存，无论是出手阔绰的丰厚捐赠，还是囊中羞涩的点滴滋润，都让人感激不尽，前者的豪举使人震动，后者的卑微让人生情。特别是生活在社会边缘，以拾荒为生的老人，几十年哺育孤残孩童的善良，以板车为业的耄耋，几十年资助贫困学子的义举，让人刻骨铭心；平常的付出平淡的担待平静的坚持，不曾有丝毫的懈怠，艰辛的劳作琐屑的呵护慈爱的教诲，不曾有半点的疏忽，面对人们的探望社会的关注，依然是粲然的微笑，忙碌的身心。平凡中的伟大，卑微里的纯高，直戳人性的本真，拷问社会的良心，追求共同富裕不能淡漠贫富差异的扩大，探讨公平正义不能忽视阶层鸿沟的加深，谋求自我价值的实现不能忘却神圣的社会责任，沉溺时俗风尚的攀比不能湮没繁重的时代使命。太多的慈悲怜悯，渗透在平常的日子里，融汇在平淡的生活中，安然于平静的心灵处，无须造势的渲染，不要刻意的雕凿，更不能变为政绩的装饰，虚伪的说教。有一个心灵滴血的伤痛，有一个灵魂浴火的煎熬，有一个坚定的理想信念，有一个执着的努力奋斗。

六十七

生活愈简单愈好，虽说科技不断增加它的数量提高它的质量，时代不断变换它的尺度提高它的标准，社会不停注入丰富的内容繁杂的形式，人们不断地解构抛弃又不停的创新建造，衣食住行只要适应人们合理的需求，满足人们适度的享受，提升人们健康的情趣，孕育人们美好的精神即可。一床之宽窄，能有众生酣睡之情趣；一室之大小，能有天下庇护之胸襟；一食之粗细，能有养育苍生之境界；一行之捷缓，能有人物通达之顺畅；一衣之装饰，能有彰显黎庶之缤纷，便是生活最好的演绎，最美的诠释。生活简单而人生的意蕴深奥，因为有太多的时间去思考，生活繁闹而人生的感悟浅薄，因为有太多的时间在烦恼；生活的简单不是安于贫困的抱缺守残，孤陋寡闻苟延残喘的借口，而是奋发有为的勤劳拼搏，呕心沥血刻苦探求的努力；生活简单不是富裕安康后的矫揉造作，名利享有中的虚情假意，而是深思熟虑后的心灵超越，超凡脱俗中的精神精粹。生活愈简单愈好。

六十八

过度的欲望是贪婪的黑洞，无情地吞噬一切，而人们还自以为是执着地追求；狂妄地攫取是诡秘的暗河，有意地销蚀一切，而人们还自以为是到手的硕果。人们追索得太急，停不下匆忙的步伐；人们希望的太多，放不稳焦灼的灵魂。漫长的人类进化，悠远的社会发展，铸就了源远流长的历史，飞跃的科技进步，迅捷的时代变化，加速了急功近利的当下；人们过度的使用自己的聪明智慧，尽力地耗竭自然的无偿馈赠，人们急切地提前享有神秘的未来，违背自然的规律扭曲社会的进程，人们放纵感官的刺激眼前的享受，沉溺理性的颓废精神的麻醉，人们傲慢的自以为是自然的主人社会的主宰，忘却依然是时光的过客岁月的游子。心灵的故乡遥远淡漠，精神的家园荒芜寂寥，人们在强制与随意中萎缩了品性的真善美，人们在任性与散漫中膨胀了情怀的假恶丑。过度的欲望狂妄的攫取是毁灭自然败坏社会的利器，更是自我分解人类消亡的魔咒。

六十九

能激起心灵里纯真善良美好的品性，能燃起精神中恬淡澄明豁达的意蕴，各种途径方法都能起到一定的作用，但还是自然的苍茫奥妙孩童的稚嫩淳朴直达心扉触及灵魂。没有世俗风尘的烟熏火燎，人情世故的盘根错节，没有趋炎附势的看风使舵，八面玲珑的油滑世故，没有主观臆断的强制扭曲，任意妄为的胡编乱造，没有急功近利的巧取豪夺，不择手段的阴谋诡计。峰峦叠嶂嶙峋劲拔，不管峰巅还是深谷，江河湖海蜿蜒辽阔，不论缓流还是激浪，莽然的包容沧桑的涵蕴，在自然的怀抱，人生的成败荣辱只是过眼云烟的一刹那，有什么值得的炫耀显赫低声叹气？三翻六坐九爬，蹒跚踉跄步履，吱呀呢喃的问答，嬉笑哭闹的任意，柔润的本真清纯的心地，在孩童的面前，人生的悲欢离合只是云诡波谲的一瞬间，有什么在意的回肠荡气百感交集？自然对人们的洗涤，孩童对人们的净化，胜过鸿篇巨制的解析，繁辞丽句的演绎，苦口婆心的说教，闭门坐禅的感悟。只是人们熟视无睹中的淡漠，关照亲昵后的忘记。

七十

时间冷酷无情，不知不觉中从身边悄然而逝，刹那间稚嫩童真的清纯质朴被熏染成苍头白发的人生如旅，让人不敢直面它的执着坚韧；时间热情温馨，不经意间在心灵中飘然而过，转瞬间山高水长的崎岖蜿蜒被雕凿为云诡波谲的人生如梦，让人沉溺它的神奇幽妙。时间在生命的画卷里描绘着神形兼备的人物和场景，时间在人生的旋律中演绎着高低起伏的独唱与和声。回眸一望，已是源远流长的历史，不忍回味的依恋，清晰的记忆朦胧的感觉，破碎的细节凌乱的内容，融汇成悲欣交集的浓重深沉；举目四顾，却在风尘世俗的当下，随波逐流的延喘，贪婪的欲念疯狂的攫取，得失的计较荣辱的权衡，编织着名缰利锁的肤浅轻薄；抬头远望，只是虚幻缥缈的未来，不敢奢想的迷蒙，深邃的苍穹辽阔的原野，是否有一粒星尘稍纵即逝的闪烁？是否有一棵寸草野火春风的蓊郁？生命是时间的标尺，人生是时间的刻度，一切都在时间的永恒之中。

七十一

孤独中才能真切地感悟人生，隔绝时俗风尚的熏染，远离名缰利锁的缠绕，摆脱人际交往的繁琐，有点闭门思过的意趣，一览众山的胸襟，冷静地看待世界，客观地认识自我；寂寞里才能深刻地净化心灵，没有风行时髦的舆论侵袭，不受急功近利的价值评判，没有人云亦云的云诡波谲，只是直达心扉的解析，透彻灵魂的精萃，品味生命的真谛，领略人生的意义。孤独既是自然的隔离，更是自觉的营造，既有客观的条件，更是主观的选择；寂寞既是物象的寻常，更是精神的有意，既是被动的遮蔽，更是主动的隐匿。孤独是一种心灵的境界，不能自然的实现，寂寞是一种精神的高地，不会平缓地到达。得到孤独不易，享受孤独更难，获取寂寞不易，品悟寂寞更难。

七十二

不是偏执的愤世嫉俗，不是刻意的叱责鞭笞，而是看到的人物太猥琐庸俗，遇到的事物肮脏污秽；趋炎附势的谄媚艳羡，丧失人格的奴颜婢膝，明目张胆的弄虚作假，淋漓尽致的溜须拍马；不分场合的鄙陋低俗，不管礼数的胡作非为，冠冕堂皇的假公济私，龌龊晦暗的争权夺利。特别是一些年龄已长，涉世较深，阅历丰富的人，品性浅薄，情趣庸俗，油滑世故，心灵龌龊，自己表现也就罢了，却引诱后辈，腐蚀青年，败坏风气，污染习俗，葬送人格，荼毒精神，还自以为得计，是可忍孰不可忍，拍案而起，怒叱严责，言辞激烈，气势凌厉，也是率性随心的专指，振聋发聩的警示。世风日下，人人有力挽狂澜于既倒之责，挽颓废于眼前之心，才是应有的本分，熟视无睹，无所作为，看似孤芳自赏，怕也是品性的退化，精神的堕落了。

七十三

上善若水，无论是溪流潺湲，瀑布飞溅，深谷幽涧，翠潭碧湖，江河蜿蜒，瀚海浩渺，都是柔和的浸润，浪漫的嬉闹，静谧的凝练，浑然的奔腾，无限的容纳；不管是冰峰雪岭，峰峦叠嶂，平原丘陵，沙崖土畔，山川交融，原野苍茫，都会蜿蜒前行，曲折盘桓，平缓逶迤，激流浩荡，一泻千里，永恒的召唤。上善若水，雨雪的飘逸，冰霜的凝结，云雾的笼罩，露霭的萦绕；形态的奇诡妙幻，变化万千；意蕴的神秘奥妙，温馨恬淡；品性的劲拔坚韧，情趣的缤纷璀璨。上善若水，也有清浊的混淆，真假的纠缠，善恶的模糊，美丑的颠倒，需要经常的洗涤，不断的净化，持久的陶冶，反复的精萃，才能有本质晶莹剔透的表达，才能有真谛圣洁清纯的彰显。一滴水应该具有上善的境界，这是心灵的祈盼，一滴水能否达到上善的境界，需要永远的历练。

七十四

心灵中的散淡精神里的超逸，需要客观环境的温蕴，主要还在于自我的修炼。人们祈盼桃花源中的淳朴安和，向往田园诗般的恬淡澄明，崇山峻岭江河湖海，竹篱茅舍梅兰松菊；春耕夏耘秋收冬藏的辛勤劳作，荷锄而出戴月而归，五谷丰登六畜兴旺；经史子集典籍至章的品味研习，残灯幽明短烛映照，明理释道雅俗共赏；粗茶淡饭菜根谭，琴棋书画诗酒花，高堂康健稚童茁壮，青壮醇厚合家温馨；这只是当代社会现实生活中人们一种心灵的回望，一点精神的寄托。时俗风尚的熏染，名缰利锁的缠绕，节奏急促的身影，焦灼浮躁的精神；只是过去的淡漠，当下的煎熬，未来的迷茫；只是品性的黯淡，情趣的萎缩，心胸的狭小。人们需要心灵的抚慰精神的滋润，需要自然的浏览自我的观照；寄意憧憬毕竟漫漶，无法聚焦，依托回忆源远流长，可以梳理；这就有了现代环境中人们向往的精神家园心灵故乡。这是回归中的升华，向往里的超越，这是思想的精萃，灵魂的安逸，只在心中描绘，心里歌唱。

七十五

人是大自然之子，在它的怀抱里孕育成长，在它的怀抱里繁盛衰亡，在它的怀抱里蹒跚地启程，在它的怀抱里寂寥地回归；现代社会环境中人们的一些无奈与烦恼，当下生活里人们的一些郁闷与焦躁，时常在自然的怀抱中寻求一些稀释，希望一些化解，这是自然之子的本真，但这只是短暂的慰藉片刻的解脱，始终处于抽刀断水水更流的往复循环，举杯消愁愁更愁的叠加积淀。所以，不能只是依赖自然陶冶的被动适应，更需超越自然映照的主动营造；身居世俗风尘，平静恬淡，山水之意象；心有名利侵扰，澄明超逸，天地之情怀。既是自然的启迪，更是自我的觉悟，既是客观的映射，更是主观的凝练；自然景致与自然情怀的交融，精神品味与精神升华的渗透，才能感知人生的真谛自然的奥妙。

七十六

孤室陋房，门可罗雀，繁草野花，蜂蝶不往；浊酒一杯，邀星揽月，粗茶半盏，呼风唤雨；青史黄卷，气韵千古，诗词华章，万代流芳；清浊自辩，雅俗共赏，精雕细琢，混沌粗犷；率性随意，淋漓尽致，徘徊踟蹰，曲径通幽；五柳遥远，谪仙飘逸，右军形疏，道子影遁；神鬼幽默，人仙诙谐，家长里短，时俗风尚；两鬓白发，一脸褶皱，三心二意，七上八下；东鳞西爪，南来北往，不求闻达，只要散荡；寻章摘句，遣词赋意，孤独自乐，寂寞瞎忙；好一个痴迷癫狂，好一个神采飞扬，老顽童，不思量。

第二十二集　心领神会

DIERSHIERJI XINLING SHENHUI

一

微风拂煦，细雨润泽，远山拢翠，近水凝碧，好一个春回大地；朦胧的萦绕，温蕴的浸润，生机盎然的萌动，万象更新的欣喜，好一个春到心里。信步河岸湖畔，徜徉荒径野路，草芽似绿非绿的漫漶，柳叶似有非有的点缀，原野笼罩着飘逸的春意；踟蹰园深处，徘徊亭榭之间，花蕾似露非露的孕育，叶脉欲出非出的幻动，心灵弥漫着奥妙的春趣。年年岁岁，万物在春的呼唤中注入新的动力，岁岁年年，人们在春的温馨里涵蕴新的祈盼；每一次的迎春都是精神的洗礼，每一次感春都是心灵的精萃，每一次都有相同的重复，每一次都有不同的感喟，每一次耕耘博大深厚的历史，撒播灵动美好的未来，每一次仰望深邃辽阔的苍穹，放飞希望，每一次俯瞰苍茫浑厚的原野，勤奋努力。春回大地，春到心里。

二

很多丰富多彩的形式，粗看没什么实际的用处，细究起来却发现奥妙无穷；人们在云诡波谲的时代变幻中，在繁华喧闹的社会生活里，思想需要不断梳理，精神需要经常抚慰，率性随意的宣泄是一种散乱的无意表达，那繁文缛节的排遣就是一种条理的有心安排了。意蕴的彰显，情趣的宣示，必须有具体的形式承载，精神的灵动，心灵的幽幻，必须有丰富的形象映照。人类从远古混沌迷蒙中启程时，认识自然社会自身的智慧有限，改变自然社会自身的能力不够，面对无法解释的繁杂现象，回味无法明白的心灵疑惑，孕育了万物有灵的精神意象，创造了自然崇拜祖先崇拜神灵崇拜的各种宗教，庄重的建筑，严苛的仪程，神圣的典籍，以具象的复杂印证灵魂的奥秘。当代社会，科技飞跃，时代进步，生活丰富，人们认识改造客观世界的能力非常强大，解析感悟主观意蕴的智慧日益精辟，但在急促的发展节奏繁杂的生活场景中，在时俗风尚的熏染名缰利锁的缠绕里，也是精神浮躁心灵焦灼，需要更多的方式疏导或排解。因此，无论是寄情山水放眼风光，还是依附宗教修持觉悟，无论心灵理疗精神按摩，还是理想蕴润信念引导，具象的形式本身就涵蕴了深邃的内容，繁杂的途径也就具备了陶冶的意蕴。当然，需要形式但不能形式主义，需要形式但不能随意滥觞。

三

苍茫的原野，萧瑟的山水，劲风呼啸，沙尘弥漫，天地混沌笼罩，城乡蓬头垢面；年年岁岁经受着强烈的催促激荡的唤醒，领略北国初春的粗犷，岁岁年年接纳着严酷的洗礼暴烈的精萃，感悟塞上迎春的豪放。人们诅咒似的吐出漂游的沙粒拂去满面的粉尘，人们祈祷般的游走逐渐温润的河岸湖畔漫步开始萌动的草地林间；近观星星点点的幼芽，远望的朦朦胧胧绿雾，浏览鹅黄柳绿的枝条，寻觅膨胀欲出的花蕾，不经意间，春天裹挟着劲风的高歌，浸润北国，蓦然回首，春天驾驭着沙尘的曼舞，染绿塞上。迎春是一个漫长的祈盼，更是瞬间的惊喜，感春是一个悠长的品味，更是刹那的菩提；固执的观念开始解冻，僵硬的思想逐渐融化，枯萎的情趣生机盎然，萎靡的精神意气风发。春回北国塞上，春在心灵故乡。

四

大自然是人类孕育成长的摇篮，却被人们挖掘得千疮百孔，污染得面目全非；大自然是人类生存发展的温床，却被人们侵蚀得支离破碎，熏染得乌烟瘴气。源远流长的自然演化过程，改变了既有的步履，在近现代加速度发展的驱动中，有了日新月异的突飞猛进；山高水长的自然形态场景，消减着原来的风貌，在科学技术急功近利的催化里，呈现天翻地覆的巨大改观。推动时代发展社会进步，追求生活安康人类幸福无可非议，但以疯狂的攫取贪婪的掠夺，过度的开发任意的乱采引以为豪，以眼前的占有当下的享受，尽情地挥霍痴迷的奢侈引以自荣，便是人类的狭隘短视，鄙陋浅薄了。每当亲眼所见自然面貌破坏，自然风景消失的场面，每当亲耳聆听自然状况恶化，自然环境污染的噩耗，情趣愤懑胸襟郁闷，思想悲戚精神苦痛。以毁灭大自然的代价换取人类的发展，必将导致人类自身的灭亡，迄今为止，我们依然只拥有这个唯一可以涵养人类的星球。

五

生命的绿洲在萎缩，心灵的绿洲还能扩展吗？社会的绿洲在减少，人生的绿洲还能丰富吗？贪婪的欲望沙尘弥漫，狂妄的攫取冽风粗暴，名缰利锁的盘根错节，巧取豪夺的膨胀蔓延，物质的占有感官的刺激，眼前的沉醉当下的享受；情趣如贫瘠的荒漠，胸襟似荒凉的戈壁，思想如干涸的源泉溪流，精神像枯萎的江河湖海。浮躁横行焦灼霸道，癫狂逞威抑郁施恶，名利面前寸土不让，得失之中锱铢必较，声色犬马空虚无聊，头重脚轻神魂颠倒。久俗成习的凝固，日积月累的僵化，陈词滥调的说教，庸俗浅薄的时髦。没有了阳光的沐浴雨露的滋润，缺失了清风的拂煦白云的缭绕，人生的绿洲沧桑凋零，心灵的绿洲晦暗渺小。受时代背景社会条件的制约，被生活环境人生境遇的影响，自我改变大环境的能力有限，但不妨碍小流域的治理，开创大局面的智慧不多，但不影响小绿洲的营造。保持心灵绿洲的生机勃勃欣欣向荣，涵蕴心灵绿洲的安和恬淡温馨超逸，是每个人能做到的，关键是做不做。

六

塞上的春风，携带着孕育很久的期盼，裹挟着聚积浓重的激情，从僵硬的桎梏中奋然而起，凛冽地劲吹，粗犷地呼号，沙尘蔽空，灰霾罩地，远山朦胧，近水失色，模糊了时光流逝的尺度，混沌了岁月交替的界限。塞上的春风，没有什么柔情暖意的拂煦，别谈什么温馨细腻的滋润，粗暴地敲打，疯狂地鞭笞，率性随意地叩问，淋漓尽致地应答，将裸露的原野再一次彻底的清扫，把萧瑟的山川再一遍激烈地洗涤。极目远望，淡淡的绿雾在天地间萦绕，低头细看，点点的幼芽在原野里萌发，劲风中的枝条摇曳着柔嫩的鹅黄柳绿，沙尘里的蓓蕾孕育着斑驳的姹紫嫣红。塞上的春风，以特殊的方式告别过去，掀开季节交替的大幕，以极端的形态迎接未来，演绎岁月变幻的旋律。

七

水无定势，在源远流长的流动中，在崎岖蜿蜒的盘桓里，遇到什么样的环境就有什么样的形态；崇山峻岭的溪流瀑布，古潭幽涧；原野苍茫的江河湖海，沟洫渠道；冰晶雪洁的晶莹剔透，云雾霜霭的朦胧漫漶；只是随遇而安的淡定，据实变幻的安然。水有品性，无论一泻千里的通达，还是九曲回肠的曲折；无论蕴润草木浇灌稼禾，还是载舟承船蓄洪发电；无论洪涛巨浪的气势磅礴，还是委婉柔和的低吟浅唱；无论回归的义无反顾，还是启程的蒸腾升华；只是执着地流淌，坚韧地向前。水有境界，无论清流澄澈的洁净，还是泥沙俱下的污浊；

无论大江东去的伟岸挺拔，还是趋炎附势的随波逐流；无论光明正大的坦荡磊落，还是云诡波谲的隐晦黯淡；无论惊天动地的宏伟事业，还是锱铢必较的私心杂念；都要在征程的砥砺中陶冶检验，都要在回归的海洋里精萃净化，还一个本真的心灵稚朴的容颜。上善若水，物象的隐喻，精神的彰显，历史的精粹，现实的锤炼，不管见仁见智的诠释多复杂，不管臧否评判的坐标有多少，身体力行，用心感悟吧。

八

生命的意蕴神秘奥妙，有太多的鸿篇巨制博大精深的诠释，有太多的文词诗句精雕细琢的演绎，有太多的生老病死的直观映照，有太多的悲欢离合的幽幻表达；源远流长的起始依然扑朔迷离，来日方长的延续神秘莫测，现实的感受众说纷纭，当下的品悟云诡波谲；其实简单的概括，平常的表述，就是生死相继，生生不已。每个人生都是命机体中的一个细胞，生命链条中的一个环节，在有限的人生中，以自己独特的内容和行程，承载着无限的生命本体，彰显着永恒的生命意蕴。无论行程的坎坷或平坦，不管得失的大小与多少，无论荣辱的显赫或卑微，不管精神的欣喜与忧伤，都是践行生命的使命，完成生命的重任。珍爱生命，不管其长短的尺度，过好每一个时辰，敬重生命，不论其深浅的容量，充盈每一隅空间；一枝一叶的生机勃勃，生命之树缤纷璀璨万古长青，一点一滴的涓涓细流，生命之海深邃辽阔圣洁永恒。生命的意蕴在每一个人的身心。

九

太阳总是静静地抚慰，轻轻地普照，炽热地陶冶，温润地沐浴，给云朵披上璀璨缤纷的盛装，为群山镶嵌蜿蜒瑰丽的花边，给原野沐浴温馨和煦的抚慰，为碧水涂抹光怪陆离的画面；自己却始终秉持着本真的素朴，至纯的简单，平静地从东方升起，平常地从天宇滑过，平淡地从西边隐落。无论天朗气清碧空澄澈的朗照，还是乌云密布浓雾弥漫的遮蔽；无论是顶礼膜拜祈祷祭祀的尊崇，还是熟视无睹无动于衷的淡漠；执着地迈着坚定的步伐，忠实地履行着神圣的职责。不事张扬，无须炫耀，昭示着岁月交替的时辰，呈现着季节变换的物象；不用臧否，无须评判，涵纳万物的丰盈与枯寂，温蕴人们的欣喜与悲伤。太阳是人生的一面明镜，直达心扉的光明映照，直入灵魂的澄明透亮，猥琐鄙陋的庸俗无法掩饰，坦荡豁达的高雅不用夸张。太阳高悬苍穹，可曾在你心上？

十

人们总是说，前途光明未来美好，这符合社会发展时代进步的规律，预示生活丰富人类文明的趋势，但从未来的角度去思考，还有许多期望中的迷茫，憧憬里的疑惑，毕竟人类始终面临着向何处去的永恒考问。人们总是讲，回忆生动过去难忘，这符合生命遗传变异的进化规则，揭示人生稚嫩到成熟的成长历程，但从历史的场景去回味，还有许多经历后的缺失，得到中的遗憾，毕竟人类始终没有明白从何处来的奥秘。人们立足现实，承接着过去连续着未来，总是依赖历史的记忆未来的向往，给现实的生存发展提供源源不断的动力和经验，注入生机勃勃的信心与理想。往往回忆的感觉非常温馨，因为那逝去的时光，如峰峦叠嶂连绵起伏，一路的崎岖坎坷刻骨铭心；因为那远去的岁月，似江河湖海蜿蜒辽阔，一路的悲欢离合情真意切。岁月的精萃砥砺，把醇厚质朴的品性，天真好奇的情趣，开阔洒脱的胸襟，意气风发的精神率性随心的聚焦；把风云变幻的场景，璀璨缤纷的剧目，云诡波谲的情节，生旦净末丑的演绎主观任意的夸张。时光的砥砺，把真假难辨的懵懂，善恶不分的迷茫，美丑非混淆的谬失，是非混淆的糊涂精雕细琢的择除；把争名夺利的欲念，锱铢必较的贪婪，趋炎附势的猥琐，随波逐流的颓唐冠冕堂皇的掩饰。回忆成了桃花源般的图画，田园诗似的旋律，沉浸其中不能自拔，以补偿人生的缺失，充溢心灵的隙陋。其实回忆是物象的追索，更是精神的回望，全面客观的呈现，淋漓尽致的解剖，直面得失成败的因果，探究荣辱褒贬的缘由，才能真正从历史中汲取丰富营养，注入不竭的动力，领略超逸的智慧，达到更高的境界。

十一

走过人生的大半历程，经历了时代潮流的涤荡，社会熔炉的陶冶，时俗风尚的熏染，名利得失的砥砺，积累了一定的经验和见识，也沉淀了一些教训与谬见；对人生有了比较深刻的认识，对社会有了比较全面的了解，对生活有了比较真切的感喟，对自我有了比较透彻的觉悟；可以说经历丰富，思想成熟，心理稳健，心情恬淡了，但有时却感到情趣的荒芜意蕴的枯涸，精神的空虚心灵的苍白；是反思的不到位，还是净化的不彻底？是修持的不坚定，还是觉悟的不超逸？似乎也不像，仿佛是洗涤后的清透，去除后的空灵，为回味过去提供了深邃辽阔的场景，为回归本真创造着幽幻神秘的剧目，一点点的描绘，一点点的演绎，步入心灵的另一种境界，攀登精神的又一座高峰。

十二

知识是客观存在的，无论人们学习与实践，把握或淡漠，它只是平常平静的；真理是客观存在的，无论人们认识与掌握，遵循或违背，它只是平淡平凡的；智慧是经过主观精萃后的客观意蕴，无论大小多少，深厚薄浅，它是恬淡灵动的；境界是通过客观陶冶后的主观升华，无论高低贵贱，雅俗清浊，它是朦胧幽幻的。知识的多少并不能直接证明智慧的大小，真理的多少并不能马上说明境界的高低，既要有由实到虚的凝练，也要有由虚到实的温蕴；既要有平常平静的勤奋耕耘，平淡平凡的深刻探究，也要有历练精萃后的灵动，砥砺净化后的超逸。

十三

人生中有很多可以追求的物质精神财富，会遇到很多的发展机遇和严峻挑战，可以主动的选择或放弃，可以被动的顺从或疏离，可以积极的直面应对，可以消极的蜿蜒回避；仔细琢磨却发现在当时的具体环境中，主客观条件的匹配下，许多看似目标明确方法适当的抉择，只不过是一种时俗风尚的随波逐流，追名逐利的趋炎附势，缺失思想自由精神独立的风骨，人格伟岸意志坚韧的劲节，值得回味的情趣不多，留下感悟的意蕴很少，只是一种曾经的简单回复有过的苍白映照而已。人生如旅，太多的选择其实不是选择，太多的不选择其实就是选择，山重水复柳暗花明；人生如梦，太多的主观决断其实是客观的强制，太多的客观顺从其实是主观的随意，阴晴圆缺悲欢离合；什么是真正的选择？人生有多少真正的选择呢？

十四

春花的璀璨缤纷，秋月的清明澄澈，夏荫的蓊郁繁盈，冬雪的晶莹飘逸，无论赋予它们多少浓彩淡墨的描绘，情真意切的吟哦，不管向往它们轻盈妙幻的意蕴，刻骨铭心的奥妙；无论沉溺其中的情景交融，漫漶其表的虚无缥缈，还是醍醐灌顶的菩提，物我相忘的空灵；都是时光的变幻，岁月的映照，平常的呈现，自然的表达，默默地承载着季节的轮回，物象的交替，静静地诠释着天道地理的圣典，演绎着万物兴衰的旋律。所有仰慕和艳羡，繁多的寄意和隐喻，只是人们自我心灵的物象观照，自我情趣的曲折映射，给它们注入了太多的意蕴，浸润了太多的想象，给予了太多的功能，因而自然的物候场景变成了精神的图腾，始终在心灵中萦绕。

十五

当一个社会的所有生活内容都以单一的尺度衡量时，当一个时代所有的品行都以物化的价值权衡时，虽然表面上璀璨缤纷繁华喧闹，但骨子里却是干涸荒芜的，虽然现象上冠冕堂皇生机盎然，但灵魂中却是枯萎沉寂的。直观的物象蚀刻着人类进步的程度，呈现着社会发展的水平，但并不能成为代表人类成熟的唯一标准，证明社会完善的不二尺度。巧取豪夺的贪婪，急功近利的攫取，追名逐利的痴迷，猥琐奢靡的沉沦，沉溺眼前的短视，满足当下的狭隘，虽然有一时物象丰富的衬托，生活丰盈的装饰，但终会销蚀人类的品性，污染情趣，腐蚀人类的灵魂，消磨意志，导致人类的退化与堕落，社会的停滞和倒退。人们不乏创造物质财富的欲望和动力，也不应丧失凝聚精神财富的心灵与境界，缺失思想滋润没有灵魂指引的人类是无法实现自我成熟的，没有精神温蕴心灵境界的社会是无法自我完善的。主观客观可以有差距，但不能被割裂，物质与精神可能不同步，但不能相背离。

十六

每个人都有真善美的基因，当其弘扬光大时，情真意切的感怀万物，慈爱温煦的关怀众生，诗情画意的承载世界，品性的清纯，情趣的高雅，胸襟的开阔，精神的昂扬；每个人都有假恶丑的细菌，当其占据主流时，虚情假意的敷衍应对，阴谋诡计的残虐施暴，庸风俗雨的玷污生活，品性的猥琐，情趣的鄙陋，胸襟的狭隘，精神的晦涩。每个人都是真假善恶美丑的混合体，始终不乏尖锐的争斗，始终都有激烈的厮杀；每个人都是真假善恶美丑的主宰者，始终权衡利弊的取舍，始终锱铢必较的博弈；走向对立的不少，对等参半的不乏，彼此悬殊的常在，时长时短的交杂。人生无论崎岖坎坷或平坦顺畅，不只是经历的蚀刻，更是品性情趣的陶冶；人生无论名利双收或身败名裂，不只是荣辱的印记，更是思想精神的精萃。人生应该是真善美基因的不断进化，茁壮丰盈，生机勃勃欣欣向荣，人生应该是假恶丑细菌的逐渐萎缩，干涸枯竭，淡淡地消减默默地风化。

十七

真正的自我应该是坦荡真诚质朴淳厚的，不带虚情假意的伪饰，没有涂脂抹粉的伪装，更不要冠冕堂皇的炫耀，气势轩昂的衬托，有真有假，真多假少，有善有恶，善多恶少，有美有丑，美多丑少，便是实实在在的自我。尘世久居，时俗熏染，名利侵蚀，风尚引导，人们往往被社会的评价所迷惑，被自我的保护所遮蔽，既不能客观看待社会，又不能正确认识自己，表面上中流砥柱品行里随波逐流，意象上伟岸挺拔情趣里庸俗卑陋，文过饰非的自我膨胀，曲径通幽的自我隐晦，名利双收的自我得意，风光无限的自我陶醉，别人看不明白自己，自己也弄不清楚自己，哪还有一个真实的自我呢。修身养性，就是要在持久的陶冶中，不断去除幻象涵蕴本真，净化心灵升华境界，始终具有澄明通透的自知，保持纯真质朴的自我。

十八

内心的修持非常不易，久居尘世，积弊甚多，真假善恶美丑混杂交融，名利世俗风尚浸润熏染，日积月累，久俗成习，桎梏僵硬，包袱沉重，精神萎靡，心灵迷蒙，自以为是的拒绝自省，偏执僵化的封闭自我。所以，需要经常的洗涤不断地净化，尖锐的解剖深刻的反思，才能打破僵壳，扫除藩篱，回归本真的怀抱，催生清纯的幼芽，涵蕴生机勃勃欣欣向荣的精神家园。人们往往沉溺于经历繁多后的矜持，满足于经验丰富时的骄傲，把一切是与非好与坏对与错一股脑累积在心灵中，沉淀在精神里，没有去伪存真去粗存精的化合与分解，没有由表到里由此及彼的梳理与演绎，没有千锤百炼的精萃，没有超凡脱俗的升华，造成了有经历无情趣，有积累无意蕴的荒谬，形成了有生命缺精神，有人生无灵魂的尴尬。内心的修持不易，没有浴火重生，哪有凤凰涅槃?

十九

去除浓妆淡抹的装饰，洗去时俗风尚的熏染，摆脱名缰利锁的纠缠，丢掉荣辱得失的萦绕，还你一个真实的自我。只是一粒渺小的沙石，只是一滴卑微的水珠，只是一棵无名的小草，只是一缕飘逸的星尘，没有什么璀璨缤纷的张扬，冠冕堂皇的炫耀，没有什么宏图伟业的显赫，器宇轩昂的自豪，只是一个本真的自我。所有的存在融入崇山峻岭江河湖海苍茫原野深邃苍穹，所有的行程都是坎坷崎岖蜿蜒曲折野火春风寂寥空阔，无论刹那的自然呈现，还是瞬间的有意表达，无论稍纵即逝的身影，还是平静恬淡的心灵，映射着生命的永恒之光芒，彰显着人生的幽奥之意蕴，只是一个质朴的自我。不会为无限的源远流长辽阔深邃而迷茫虚无，不会为有限的荣辱得失悲欢离合而庸俗琐屑，一粒沙石的品性，一朵浪花的情趣，一棵小草的风骨，一缕星尘的胸怀，大中有小，小中见大，天人合一的超逸，物我相忘的潇洒，只是一个平凡的自我。一个凡夫俗子的平常，一个孤独寂寞的平静，一个轻轻地来悄悄地去的自我，你还想要什么？

二十

心灵美好，人性才能有温馨的孕育，心灵善良，品行才能有慈惠的沐浴，心灵纯真，精神才能有光明的拂煦。信念的执着，理想的坚定，意志的坚韧，行动的稳健，情趣的高雅，风骨的劲拔；不是冠冕堂皇的说教，璀璨缤纷的渲染，不是矫揉造作的表演，虚张声势的作秀，而是心灵中真善美的生机盎然，假恶丑的枯萎干涸。追求人生的完美，既有自然的水到渠成，也有刻意的精雕细琢，既要平静恬淡的率性随心，也要千锤百炼的陶冶精萃；过分的散淡，会放任思想的聚焦，漫无边际的游荡，虚无缥缈的寂寥；偏执的苛求，会桎梏精神的空灵，寻章摘句的攀附，名缰利锁的缠绕。实现人生的完美，是白璧微瑕的真实，晶莹微疵的坦荡，坎坷崎岖的玲珑剔透，蜿蜒曲折的一泻千里；是东鳞西爪的隐逸，残垣断壁的映照，缺陷隙陋中的比例般配，荣辱得失里的交融和谐。不完美是完美的根深蒂固，完美是不完美的枝叶繁茂。涵蕴精神净化心灵，品悟时时处处的完美吧。

二十一

好像还有许多事情要做，心里却总有一丝淡淡的忧虑，生怕刚刚平静下来的心灵，又会风云变幻波涛起伏，失去那份难得的恬淡安谧，犹如溪流瀑布潺湲腾跃，长江大河飞涛激浪，蜿蜒连绵盘桓曲折，汇入深邃辽阔的大海，享有那浑厚的安和澄明的幽幻，不愿再急促的浮躁，繁杂的喧闹。好像还有许多事情想去做，心里始终有一些默默地拒绝，生怕刚刚过滤的精神，又会时俗风尚名利熏染，失去那点久违的清纯澄澈，就像人烟熙攘车水马龙，东西交汇南来北往，荣辱得失悲欢离合，化为碧透幽奥的苍穹，拥有那份孤独的超逸寂寥的自在，不想再殚精竭虑的思索，精雕细琢的营造。远离诱惑，减少应酬，放缓步履，自由思考，不让心灵承载的太多，不要精神背负的太重，守住那份平静恬淡，保持那份洒脱超逸，品味人生的意蕴，感悟生命的真谛。此时此处正好。

二十二

获得心灵的平静不易，因为这不只是自然的水到渠成，而更是修持的炉火纯青；没有繁华喧闹的熏蒸，没有崎岖坎坷的砥砺，品味不了平静的意蕴；没有风云沧桑的涤荡，没有荣辱褒贬的蚀刻，感悟不了平静的境界。人生虽有限，追求却不少，追名逐利脚步匆忙，趋炎附势心浮气躁，身体疲惫不堪，精神焦灼煎熬，满脑子的得失权衡，不停手的锱铢必较，沉溺风俗时尚的熏染，满足急功近利的浸泡，哪有时间涵蕴平静的心灵，哪有机会孕育平静的精神。一路峰峦叠嶂领略无限风光后的萧瑟，一路江河湖海知晓风云激荡后的寂寥，呈现着本真的那份平和，闪烁着幽奥的那份安静；千锤百炼的精萃，浴火重生的陶冶，品性纯净，情趣恬淡，胸襟散逸，风骨俊朗，心灵澄澈，精神安谧，那才是真正的平静。

二十三

纯真质朴既是人生的起点，也应该是人生的归宿，犹如深邃辽阔的海洋，蒸腾后的水汽升华为云霓的启程，雨雾霜雪的飘逸，崇山峻岭的凝聚，溪流潺湲瀑布飞跃，幽谷深潭低吟浅唱；崎岖蜿蜒的盘桓，江河湖海的呈现，滋润稼禾承载舟楫，温蕴原野哺育众生，浑厚苍茫万流入海的归来。纯真质朴是人生的起点和归宿，但绝不是简单的循环，枯燥的往复；起点是自然孕育的昭示，归宿却是砥砺精萃后的呈现；起点是率性随心的生机盎然欣欣向荣；归宿却是超凡脱俗的浴火重生云淡风轻；起点是日积月累的多多益善，归宿是日损月耗的少少益精；起点是逐渐彰显真假善恶美丑的开始，归宿是逐步分离清浊辨明是非梳理好坏的回望。起点的纯真质朴是人性的启蒙，归宿的纯真质朴是人生的超越，起点是归宿的坐标，归宿是起点的映照。

二十四

睹物思人，见人想事，触景生情，遇人感怀；一个身影的回复，一段心路的溯源，一篇文章的阅读，一幅画作的观赏，一张文字的浏览，一曲旋律的聆听；一壶残茶的情趣，一杯浊酒的诗意，一朵浮云的飘逸，一阵清风的抚慰，一轮明月的朗照，一天繁星的诡异；一回有心的款待，一次无意的应酬，一点名利的窃喜，一点得失的忧虑，一次激情的放荡，一时悲伤的淋漓；一抹初春的嫩绿，一叶深秋的残红，一滴雨露的沁润，一片雪花的精萃，一次时光的依恋，一会岁月的别离；一处孤独的相守，一种寂寞的思虑，一滴清泉的低吟，一缕暗香的浮动，一点萧瑟的劲拔，一丝苍凉的胸臆；一幕场景的变幻，一出剧目的演绎，一次角色的装扮，一些情节的迷离，一次精彩的呈现，一次晦暗的隐匿；回望历史，欲说无语，面向未来，无从谈起，只是这一的品味一的思索，一的开始一的离去，物我相忘天人合一。善哉。

二十五

灵魂无形但根深蒂固，植入人们的心灵里，灵魂缥缈但枝叶繁茂，蓊郁人们的品行中；灵魂源远流长的浸润历史，让它玲珑活现；灵魂迷幻朦胧的昭示未来，让它扑朔迷离；灵魂精雕细琢的涵蕴当下，让它云诡波谲神奇奥妙。大千世界，万象纷纭，只要有灵魂的抚慰，定是生机勃勃的蓊郁，天意深邃地趣丰盈；凡尘俗世，芸芸众生，只要有灵魂的滋润，便会欣欣向荣的璀璨，山有画卷水有歌声。自然的灵魂要有生物的映射，生物的灵魂要有自然的承影；有时自然的灵魂无人企及，只是地老天荒的寂寥，有时人类的灵魂无物观照，只是枯燥僵化的焦灼；自然是灵魂的温床，人类是灵魂的母体，不能简单的区别，不要粗暴的隔离，也不要过分的依恋自然的启迪，也不要极端的强调人类的作用，更不能推卸人类的使命和责任。

二十六

任何事情都有它的来龙去脉因果联系，都有它的具体内容表现形式，看起来非常简单，但要客观对待正确认识，却在于人们的主观能力和水平了。纷繁复杂的表象，扑朔迷离的联系，虽然客观的存在着，但人们的视觉不同角度各异，出发点和落脚点千差万别，思想水平认识能力参差不齐，直接的感受就会众说纷纭，间接的感悟更是万象纷呈了。所以，人们在看待任何事情时，都要秉持纯真的感性，切实的感受感觉感知，以求得客观全面的了解，必须坚持纯净的理性，精确的逻辑梳理精准的推理演绎，已达到本质规律的把握。感性的丰富不只是表象的堆积，也有理性引导下的诠释，理性的深刻不仅是内核的雕凿，也有感性浸润中的演绎。

二十七

清贫中的恬淡，孤寂里的安谧，看似简单实则不易；时俗风尚的烟熏火燎，名缰利锁的盘根错节，停不住的疯狂攫取，挡不下的贪婪欲望，漫漶时代发展的全过程，渗透社会生活的细节里。能有点超凡脱俗的劲拔，孤芳自赏的胸襟；能有点中流砥柱的伟岸，激浊扬清的意蕴；能有点人格独立的巍峨，思想自由的辽阔；能有点情趣儒雅的胸臆，心灵澄澈的境界；踏破铁鞋芳馨难寻，千锤百炼精粹难得，没有一番崎岖坎坷的砥砺，悲欢离合的磨炼，没有一番刻骨铭心的陶冶，浴火重生的净化，是难以达到的精神高地。清贫不是物质大小多少的表象，而是人生的一种意境，孤寂不是交往繁简深浅的衡量，而是生命的一种情怀。富裕中的清贫，繁荣里的孤寂，是人性的自知社会的自省，更具有眼前的紧迫，当下的警惕。

二十八

一遇传统文化好像就是鸿篇巨制的经史子集，博大精深的鸿篇高论，历史遗迹的辉煌映照，残垣断壁的寻奇探幽；一讲传统文化好像就要专家学者引经据典的精确诠释，高僧大德旁征博引的精妙演绎，仁人志士刻骨悬梁的辛勤研习，凡夫俗子俯首帖耳的尊崇膜拜。其实源远流长的传统文化，犹如溪流瀑布江河湖海，蜿蜒曲折的涵蕴过不同时代的风云，孕育过不同社会的风情，滋润过不同众生的生活；就像峰峦叠嶂沟壑原野，坎坷崎岖的蚀刻着不同时代的场景，呈现着不同社会的剧目，印记着不同民族的容貌。千锤百炼精萃的物质文明，炉火纯青陶冶的精神文明，横贯古今，纵横中外，涵蕴九州，化育众生，始终在一脉相承的延续，革故鼎新的发展，始终在人们的血脉中流淌，心灵里积淀；只是创造当下的执着忘记了追根溯源的回望，期盼未来的痴迷淡漠了根深蒂固的基础。每个人都在历史中继续创造着历史，继承传统文化中书写着传统文化，面对未来，人们都是历史的，文化都是传统的，怎么能把传统现代截然的割裂，甚至对立起来？

二十九

宗教以至高无上的神圣与权威，诠释着奥秘的生命，哲学以凌驾一切的抽象与概括，演绎着幽幻的人生，两种截然不同的表达方式，沁润着精神领域的芳草萋萋，涵蕴着心灵家园的姹紫嫣红。无论幽幻神奇的尊崇膜拜，还是超凡脱俗的潜心修行；无论追根溯源的逻辑推理，还是提纲挈领的精粹结晶；始终蕴含着对自然万物的亲切，对芸芸众生的关心；始终秉持源远流长的溯源，执着神秘莫测的追寻；抚慰眼前的浮躁，平静当下的焦灼，点拨从何处来的迷茫，开示向何处去的混沌。不要过分沉溺宗教的虚像幻影，感悟它直达心灵的澄明；不要太多烦腻哲学的条分缕析，通晓它净化精神的清纯；不要主观臆断的臧否，不要率性随心的评判，毕竟是人类的心路历程，毕竟是人性的精神结晶。有点神灵的召唤有点理性的启蒙，有点虔诚的祈祷有点真切的用心。

三十

人生以天真好奇开始，以憧憬祈盼启蒙，不断承载时代的洗礼，经受社会的陶冶，接纳生活的砥砺，不断由小到大的成长，由浅到深的历练，由身到心的成熟。无论山重水复的攀登跋涉，柳暗花明的温馨安和；无论阴晴圆缺的幽幻莫测，悲欢离合的欣喜忧伤；无论功成名就的意满志得，生活平常的卑微琐屑；无论鸿篇巨制的冠冕堂皇，低吟浅唱的暗香浮动；既是人生云诡波谲的画卷，也是心灵精彩绝伦的旋律，既是斑驳缤纷的有形蚀刻，也是奥妙神奇的无形映照。人生以回味感悟返程，以沧桑寂寥归宿，不断剥去华丽绚烂的装饰，洗涤浓墨淡彩的容颜，扫除时俗风尚的熏染，割舍名缰利锁的缠绕，丢弃荣辱得失的权衡，消解精神家园的繁闹。孤独的回望，一览无余的沧桑，山高水长；寂寞的思考，深邃辽阔的苍茫，地老天荒。

三十一

最繁闹的时候可能最平静，最平静的时候可能最繁闹。繁闹中急促忙碌的交际，没有时间进行深刻的思考，只是兵来将挡水来土掩的应对，心灵反而平静安和；平静里悠闲散逸的孤寂，没有空间容纳繁琐的事务，只是寻根溯源猎奇探幽的思索，精神反而萌动激越。繁闹中人们浮光掠影的观览，急功近利的攫取，锱铢必较的权衡，时俗风尚的应酬，享有当下的实惠，沉溺眼前的满足，无须深刻的思想幽深的理论，儒雅的情趣散淡的心胸，只是随波逐流的沉沦，醉生梦死的麻木；平静里人们源远流长的追溯，寻根探底的回味，精雕细琢的梳理，情真意切的演绎，炉火纯青的陶冶，千锤百炼的精萃，无须功名利禄的衬托，荣辱得失的映照，只是超凡脱俗的精神净化，凤凰涅槃的心灵超逸。繁闹中不乏平静，平静里也有繁闹，人生的辩证就是如此云诡波谲，不要因繁闹失去平静，不要平静隔绝繁闹，人生的意蕴就是相当的神奇奥妙。

三十二

物质富裕了，精神贫乏了；身体丰满了，心灵枯萎了；行动自由了，灵魂窒息了；交际增多了，知音减少了；应酬广泛了，情趣没有了；吃喝丰盛了，胸襟狭小了；装饰璀璨了，思想黯淡了；座驾迅捷了，行动迟缓了；住宅豪华了，人格猥琐了；权势高大了，做人卑陋了；烟火旺盛了，神灵隐匿了；网络发达了，距离疏远了；书籍繁杂了，理论萧条了；当下热闹了，历史孤寂了；眼前痴迷了，未来糊涂了；自然破坏了，刺激得到了；欲望实现了，品性丢掉了；贪婪霸道了，理性逃跑了。不看不知晓，一看吓一跳；不思不明了，一思睡不着，时时要自省，刻刻要警惕，谨记不了曲，也算不了意，愿君不了了，不了也得了。

三十三

有时很难把一些看起来简单平常的小事或人物，和时代变迁社会发展紧密地联系在一起，总有些捕风捉影小题大做之嫌，但仔细琢磨用心品味，恰恰看似琐屑貌似渺小的事情或人物，昭示了自然社会人类纷繁复杂云诡波谲的表象，揭示了本质的深刻内涵，掀开了规律神秘的一角，点燃了思想的火焰，引发了精神的光照，只是不为当时人们的认识水平与社会发展的程度所认可和接受而已；随着时间的推移时代的进步，这些具有开创性的发现颠覆性的发明，不断普及蔓延硕果累累，才被人们重视和享受，回忆中有了重新的认识和正确的评价，感慨中有了迟到的赞誉和尊崇。所以，对一些所谓的小人物小事情，不要轻视淡漠，给予应有的关心与重视，给予适当的扶持与帮助；要善于发现希望的种子，理想的幼芽，敢于大胆的培养，放心的使用，精心的哺育，尽力的呵护，造就栋梁之才，成就宏伟之业。

三十四

社会的大问题其实都是生活的小事情，衣食住行再平常不过了，却关乎时代的发展社会的进步人们的生存；源远流长的人类历史其实就是一部柴米油盐酱醋茶的烟熏火燎，麻丝绸缎锦帛棉的璀璨缤纷，竹篱茅舍土屋窑洞高楼大厦的鳞次栉比，走马驮牛车船飞机卫星游梭的前赴后继，既有水到渠成的自然演变，也有精雕细琢的社会蚀刻，既有繁复琐屑的日积月累，也有云诡波谲的惊天动地；围绕这些小事情，不知耗费了多少时代的能量，不知使用了多少社会的资源，不知倾注了多少辈的身心，至今依然是人类的大问题，只有无限的发问，没有永恒的解答，只有不息的探索，没有确切的止境。生活的小事情依托自然关乎众生，涉及物质精神制度，牵扯民族国家世界；可以云淡风轻，安康温馨；可以电闪雷鸣，颠沛贫瘠；可以国强民富，家旺人兴；可以族灭种亡，萧瑟凋零。社会的大问题要秉持众生的根本利益，依据生活的些小事情，高瞻远瞩，见微知著，科学谋划，长久统筹，适度推进，切实可行；切不可主观臆断，恣意妄为，以偏概全，促狭短视，脱离民心，违背规律。处理小事情要有大境界，解决大问题要从小事起。

三十五

从博大精深的经典寻找解决现实问题的具体答案，从冠冕堂皇的说教求得处理当代事务的详细方法，表面上很有一番气势磅礴天花乱坠的煊赫，内心里终是虚张声势色厉内荏的虚弱。源远流长的人类历史证明，人类作为自然之物，既有漫长的生命进化，也有复杂的生理演变，既有物竞天择的筛选，也有适者生存的努力；人类作为社会主体，由小到大的发展过程，由浅到深的成熟经历，既是对自然的适应，也是对自我的改造；特别是具有高度的概括逻辑的抽象，凝聚了丰富的思想学说，庞大的理论体系，精萃了深奥的自然本质，幽幻的社会规律；但也放大了主观臆断的尺度，膨胀了率性随心的范围，沉溺于既得经验的习惯，僵化于已有理论的束缚，不愿砥砺奋进革故鼎新，总想安于现状固步自封，面对现实一味寻找一些典籍中的依据理论里的答案，殊不知实践是检验真理的唯一标准。思想的解放任重道远，理论的创新始终不停，这是时代赋予的责任，也是人类自身的使命。

三十六

科学发展技术进步，人类认识和改造自然，了解和把握自己，有了越来越多的思想理论越来越好的方法手段，就暗物质这一领域来讲，令人惊诧不已激情难耐。人类依据各种理论演绎科学推理，运用各种技术手段尖端方法，对深邃辽阔的宏观世界有了初步的了解，对神秘奥妙的微观世界有了起码的认识，不管其范围有多大程度有多深，总是不断地探索持续的研究，取得了丰硕的成果，无限遥远的苍穹星系，精细微妙的波光粒子均已进入了视野，纳入了基本的认知；但暗物质的揭示，只是掀开了神秘的一角，隐藏在背后的内容更多范围更大，云诡波谲神妙莫测，其深刻的内涵丰富的外延，超乎对物质现存的概括和定义，突破对物质已有的诠释和演绎，具有振聋发聩的思想启迪，惊心动魄的精神超越。暗物质的发现是对人类一次重大的挑战，也是一次难得的机遇，为揭示从何处来到何处去有了丰厚的基础，为眼前的生存当下的发展指明了方向。

三十七

人们总是在率性随心的自以为是中过分的膨胀自己，人们总是在主观臆断的恣意妄为中极端的放大自我；人性中狂妄的野心贪婪的欲念，不断被时俗风尚刺激的繁闹喧嚣；人生里追名逐利的痴迷锱铢必较的偏执，经常被得失褒贬催化的乌烟瘴气。人们在自然的怀抱中孕育成长，同时也开始了对自然的攫取，人们在征服其他物种的过程中，同时也开始了彼此的征服；人们在改造客观世界的同时，也在改变自己的主观世界，人们在挖空心思的制造占有一切的理由，也在殚精竭虑的寻求安慰自己的菩提。人们都把自己当成公平正义的化身，光辉灿烂的火炬；人们都想成为时代的中流砥柱，社会的英雄豪杰；人们都愿书写人生辉煌的主题，演绎生命璀璨的旋律；人们都要流芳百世的英名，万古长青的圣迹。人们主动或被动的前行，自觉或不自觉的思虑，最根本的是要明白从何处来的意蕴向何处去的意义，最要紧的是弄清身立当下心在哪里的真谛。

三十八

任何事物无论其大小多少深浅轻重，不管其是非对错善恶好坏，都有特殊的内涵迥异的表象，都是客观的存在平常的呈现；要以平凡的心态来对待，无须大惊小怪，要以平静的思想去认识，不要主观臆断，要以平常的方式去处理，不用奇技淫巧。因为任何起伏跌宕的情绪，都会影响客观公正的思考，任何浮躁焦灼的心态，都会干扰条分缕析的分析，任何先入为主的鲁莽粗糙，都会搅乱去假存真去粗存精的升华，任何淡漠懒散的拖延推诿，都会迟滞精思熟虑当机立断的决策。人生就是为人处世的漫长过程，也是殚精竭虑的有限时光，遇到的都是客观的呈现，存在的合理。需要的都是主观的映射，正确的把握。保持平凡的意蕴，平静的心态，平常的情趣，也就熟谙了科学认识正确处理事物的基本思路与方法。

三十九

野草杂花是大自然最纯真质朴的植物，只要有孕育的泥土，无论肥沃或贫瘠；只要有合适的温度，不管严寒或酷暑；只要有阳光雨露，无论峰峦叠嶂深涧幽谷；只要有风云抚慰，不管河岸湖畔江边海旁；只是率性随心的萌发，柔韧执着的坚守。从不关注人们的喜好和鄙夷，从不计较人们的垂青与淡漠，染绿时光，蓊郁岁月，给人以视觉上的生机勃勃，精神里的欣欣向荣。人们往往注目名花芳草的风姿绰约，观赏奇枝怪叶的奇诡曼妙，沉醉芳草萋萋的清新扑面，留恋姹紫嫣红的缤纷璀璨，似乎占据了品位的精神高地，拥有了情趣的心灵空间，殊不知，荒经野路的一抹嫩绿，崖畔沟边的几丛小花，给人瞬间的惊喜，刹那的感动，是那样的沁人心脾，温蕴灵魂。有时刻意的寻觅，不及偶然的相遇，有时专注的欣赏，不如随意的浏览；精雕细琢的装饰，不及朴拙浑厚的自然，繁花似锦的绚烂，不及野草杂花的清新。

四十

故乡只是现代人们心灵的一种寄托，家园只是当代人们精神的一种向往。竹篱茅舍的青灯黄卷，小桥流水的低吟浅唱，耕读诗书的安谧，游牧画章的激放，早已化为缥缈的苍茫；柴米油盐酱醋茶的凡俗，琴棋书画诗酒花的雅兴，合家欢乐的天伦之乐，家长里短的乡邻街坊，早已变成萧瑟的沧桑。没有了炊烟暮霭的召唤，寂寞了鸡鸣犬吠的喧嚷，缺失了细碎唠叨的苍老问候，远离了童声稚气的嬉闹应答，只是回味无穷的依恋；没有了清风明月的品性，黯淡了天经地义的胸怀，缺失了暗香如故的风韵，断绝了高山流水的情谊，只是魂牵梦绕的回忆。一缕清风带来的场景，一朵白云变幻的剧目，一粒沙石的诠释，一滴水珠的演绎，洗涤游子风尘世俗的心灵，抚慰征客坎坷疲惫的灵魂，注入源源不断的精神动力，凝练生生不已的生命真谛。心灵故乡，精神家园，不论天南地北异国他乡，不论时代变幻社会发展，不论高低贵贱男女老少，始终在心里。

四十一

人们追求繁华昌盛的劲头越来越大，动力越来越足，行动越来越快，思想越来越急，取得的物质财富越来越多，享有的精神产品越来越好，充分证明了时代的发展社会的进步民生的改善；同时在这繁荣昌盛的笼罩下，失去的东西也不少，天真淳朴的品性有所玷污，淡雅浑厚的情趣有些鄙俗，爽朗豁达的胸襟有所狭隘，澄明恬逸的精神有些迷躁；乡邻街坊的家长里短失去了关照的情真意切，合家欢乐的天伦之乐没有了温馨的几代同堂，急促的行动不会关注身边的贫瘠弱势，焦灼的思想不愿追索人间的公平正义；急功近利的贪婪，巧取豪夺的疯狂，浮光掠影的交际，虚情假意的应酬；人们没有时间仰望璀璨的星空，人们缺少机会感悟自己的心灵，人们不能看清当下的云诡波谲，人们不能领略眼前的万象缤纷。富裕的沉重取代了清贫的轻淡，社会的繁华掩去了生活的简单，雾里看花，水中望月，只是很少感到精神的清明心灵的纯真。人们得到的确实多了，流失的也不算少，关键的是要有清醒的认识，深刻的反思，自觉的净化，持久的精萃，面对繁华昌盛，始终有一种澄明安逸的精神，有一颗纯真朴实的心灵。多乎哉，不多也，少乎哉，不少也。

四十二

艰难困苦危急关头，精神的作用非常强大，和平时期富裕年代，精神的地位不容忽视；没有坚定的理想信念，没有坚韧的意志情怀，不可能克艰攻难砥砺奋进，前赴后继浴血奋战，取得建国兴邦的胜利；没有崇高的信仰引领，没有执着的精神追求，不可能承前启后继往开来，披荆斩棘改革创新，铸就民族复兴的辉煌。崎岖坎坷的征程，陶冶灵魂，净化境界，高度的理想聚焦，纯粹的信仰光照，精神的旗帜始终在心中飘扬；苦难危险的境地，精萃品性，锤炼意志，光明磊落的信念，伟岸挺拔的意志，精神的旋律始终在心灵激荡。时代飞速发展的当下，社会急切进步的眼前，既有物质产品精神财富的日积月累，国家强大民族兴旺人民幸福举世瞩目的丰功伟绩，也有贫富悬殊精神萎靡的瑕疵纰漏，家国情怀的淡漠名利欲望的浓重心灵境界的鄙陋猥琐。一些人理想尽失信仰不再，品性污浊情趣庸俗，一些人意志薄弱精神颓废，随波逐流醉生梦死；争名夺利弄权要势，假公济私祸国殃民，腐朽堕落败坏风气，乌烟瘴气荼毒社会。哪还有什么理想信念？哪还有什么信仰意志？所以，当代社会必须是全面发展的社会，不能偏执一端畸形怪胎，现实的生活必须是文明和谐的生活，不能沉溺享受满足刺激，现代的人们必须是身心健康的人们，不能精神萎靡心灵晦暗。

四十三

正念来自于正行，正行来自于平常的举止，生活中的琐屑，日常里的繁复，看似卑微简陋，实则蕴含深远；一人一事的相处，一言一行的交往，一举一动的意蕴，一点一滴的映照，既是自然的表现，也是自觉的修持，既是随意的散漫，也是有心的陶冶。只有对平淡生活的热爱，对平常事物的热心，对平凡人物的热情，才能在日常的生活中精萃真善美的品性，沁润精气神的风韵，涵养坦荡磊落的胸怀，彰显为人处世的真诚。人们只是希望急风暴雨的历练，愿意云诡波谲的砥砺，总想具有挽狂澜于既倒，拯危亡于眼前的英雄情怀豪杰作为，殊不知繁复琐屑的生活，纷来沓止的众人，应接不暇的事务，时俗风尚的应对，更是萦绕思想的磨砺，直达心扉的锤炼，孕育理想的挺拔，铸就意志的坚韧。正念来自于正行，正行就在人们的日常的生活，就在人们的心灵深处。

四十四

繁杂缤纷的学说思想，博大精深的理论体系必须要学习钻研，它既是人类历史源远流长的智慧结晶，也是当代社会扑朔迷离的精神凝聚，既包含深刻的内容和丰富的方法，也蕴含着憧憬的目标和不同的路径；它既是世界观的高度概括，也是方法论的具体阐述，既是实践的精粹抽象，也是精神的有形表达。从什么样的角度出发，用什么样的视野观览，以什么样的思想为基础，用什么样的方法去实施，以什么样的精神为指导，用什么样的境界来驾驭；不只是知识的积累，还有思想上的交锋，不只是实践的探索，还有智慧的启迪。任何学说思想理论体系，都有其客观存在的理由，主观意蕴的昭示，都有其真假掺杂的内容，对错交织的形式；学习既是一种全面的了解，也是一种重点的把握，既是一种客观的诠释，也是一种精萃的取舍，既是知识的获取，更是思想的升华，既是智慧的闪耀，更是心灵的净化。学习是人们认识和改造世界的终生任务，也是认识自己升华自我的永恒使命。

四十五

有用或无用，这是人类古今中外始终挥之不去的奥秘，这是时代发展始终盘桓萦绕的课题，这是社会生活始终面对的叩问，这是人们心灵始终计较的盘算；仁者见仁智者见智，众说纷纭莫衷一是，没有精确的答案，没有透彻的解释。有用或无用，神秘莫测幽幻无常，随着时间地点的变化而不同，因为条件环境的差异而变化，此时的有用彼时的无用，此处的无用彼处的有用；有用或无用，盘根错节相互交融，有用中夹杂着许多无用，无用中包含着许多有用，有时有用多无用少，有时无用多有用少；相对不同的人物事情，有用无用的范围效果迥异，相对同一的人物事情，有用无用的诠释演绎不同，无用有时为大用，有用有时为小用；面对不同的生活，有用或无用发挥着直接或间接的作用，针对不同的社会，有用或无用呈现着深厚或浅薄的意蕴，人生就是有用无用的有机统一，生命就是无用有用的辩证合成。有用无用是天道地理的凝聚，有用无用是人间智慧的精灵。

四十六

完美是自然缤纷万象的呈现，一次山崩海裂的地壳隆起或塌陷，熔铸的奇峰峻岭丘陵原野，蚀刻的溪流幽潭江河湖海，一次开天辟地的生命孕育或诞生，催发的生机盎然万物峥嵘，温蕴的根深叶茂欣欣向荣。完美是心灵璀璨晶莹的映照，风云变幻的时代激荡，云诡波谲的社会砥砺，繁杂喧闹的生活熏陶，崎岖蜿蜒的人生历练，得失褒贬的品味，悲欢离合的感悟。自然的完美是千差万别的凝聚荟萃，天工地力的精雕细琢，心灵的完美是清浊混淆中的净化提炼，雅俗渗透里的精萃升华；自然的完美直观的呈现奇诡的表达，有意的观赏无意的浏览，心灵的完美委婉的彰显幽幻的隐喻，自觉的修行散淡的孕育。自然的完美要有心灵的映照，不然只是寂寥的苍茫，心灵的完美要有自然的呼应，不然只是萧瑟的沧桑；自然的完美没有自我的衡量，心灵的完美离不开自我的诠释，自然的完美无须感受情感的点评，心灵的完美却要接纳精神的诠释。

四十七

平静下来真切地思考一下，自己什么都不行什么都不是，不是故弄玄虚的矫揉造作，不是自暴自弃的虚无萎靡，只是一点实在的陈述与反思，只是一点有限的觉悟与自知。经历不多，有点山村耕田放牧的尝试，有点边疆站岗放哨的体验，有点车钳铣刨的操作，有点机关干部的矜持，有点大学深造的浅尝，有点专业修炼的辄止，有点银行金融的了解，有点领导权势的霸气；文化不高，依靠自学有了点知识的积累，凭借专修有了点逻辑的演绎，依托深造有了点理论的把握，坚持研习有了点精神的底气，生吞活剥囫囵吞枣，庞杂凌乱不求精细，经史子集断章取义，鸿篇巨制不求甚解，琴棋书画附庸风雅，诗词乐赋支离破碎；本事不大，有些艰难困苦的磨折，有些风口浪尖的砥砺，有些趾高气扬的得意，有些晦暗困顿的萎靡，有些随波逐流的放任，有些伟岸劲拔的坚持，有些得失褒贬的计较，有些潇洒恬淡的超逸，有些急功近利的方法，有些净化思想的妙义，有些情趣的优雅与鄙俗，有些胸襟的开阔与促狭，有些精神的焦躁与静谧，有些心灵的惆怅与豁然。好在有点清醒的自知，好在有些超越的菩提，不管别人咋样臧否评说，你终究是你。

四十八

生命是崇高的也是平凡的，生命是美好的也是平常的，珍视生命是大自然赋予的本能，热爱生命是人世间神圣的使命。生命的崇高在于亿万年的孕育，亘古至今的绵延，遗传与变异不断的进化，内涵与外延不断的精萃；生命的平凡在于生机盎然的万物，风云变幻的季节，缤纷璀璨的社会，繁复琐屑的生活。生命的美好在于自然的神奇奥妙，社会的云诡波谲，物象的丰富绚丽，精神的幽幻超逸；生命的平常在于岁月的春夏秋冬，时光的悲欢离合，自然的生灭轮回，人间的新旧交替。珍视生命，从何处来在何处立向何处行的永恒奥秘，始终萦绕着每一个生物的灵魂，追根溯源的回望，探索思考的定位，祈盼向往的憧憬，铸就着人生的意义；热爱生命，无论形态的宏大精美卑微粗陋，不管内容的高低贵贱雅俗清浊，无论璀璨缤纷的万紫千红，不管凋零萧瑟的苍茫寂寥，都是万物的生命彰显，都是众生的生命映照。

四十九

人的自然属性是基础，平常而又很奇特，性的对立与交融，呈现着辩证的奥妙，闪烁着哲理的幽幻；古典神话中，因为阴阳同体强大无比的人类让造物主感到恐惧，于是把其一分为二，男女有别阴阳相离，造成生理的差异心理的距离，同时又让二者不断的纠缠磨合，利用狭义上的耦合，达到广义上的统一。哲学中高度凝聚了自然社会人类诸多科学的精华，详细梳理了人类孕育发展的特点和流程，精确演绎了阴阳的深刻内涵和丰富外延，科学诠释了阴阳对立统一的辩证关系。神话的幽幻缥缈，让人有很多奇思妙想的朦胧，哲学的条分缕析，让人有不少望文生义的枯燥；生活中的场景纷纭复杂，现实里的剧目云诡波谲，具体的情节稀奇古怪，个人的演绎五花八门，既有正常的男女媾和阴阳相配，也有异类的同质吸纳彼此相偎，既有众多繁文缛节的婚姻礼仪，也有不少特立独行的孤芳自赏。所以，人类自然属性的时代特点社会印记，思想认识理论概括，不只停留在已有的解释，还要继续的探索，这是人类社会性的课题。

五十

人生如旅，人们总要给自己焦躁的精神找一些平静的温蕴，给疲惫的心灵有一些恬淡的抚慰。无论是自然里的缓释，峰峦叠嶂江河湖海的观览，花前月下浊酒粗茶的淋漓，清风润雨冰清雪洁寄意，云雾露霭朝霞晚辉展望；无论是社会中的消遣，竹篱茅舍高屋大厦的穿梭，达官贵人凡夫俗子交际，宏图伟业琐屑生计的打拼，衣食住行时俗风尚的附着；无论是知音的倾诉，高山流水的心绪，梅花三弄的情趣，大江东去的胸襟，夕阳箫鼓的妙幻；无论是自我的净化，青史黄卷的解析，诗词画卷的释读，黄钟大吕的高歌，孤萧残笛的低吟；都是客观的现实，主观的选择，率性随心的坦然，任情使意的平常，无须精雕细琢的考量，不要锱铢必较的权衡，立的正行的稳，拿得起放得下，看得清识的透，有点自我的精神高地心灵绿洲。

五十一

取得圆满是一种精神的追求，一种努力的方向，一种相对的目标，一种辩证的结局；犹如山有峰峦叠嶂，水有江河湖海，人有悲欢离合，月有阴晴圆缺，千差万别是自然的本真，参差不齐是社会的正常。追求圆满是一种理想的召唤，一种执着的探索，一种内在的动力，一种外向的表现；就像风云变幻的苍穹，璀璨斑驳的原野，繁杂喧闹的生活，得失褒贬的人生，云诡波谲是时代的场景，兴衰交替是社会的剧目。圆满是缺陷差异直接呈现合理构造的表达，圆满是瑕疵隙陋间接彰显和谐匹配的映照，圆满是艰难曲折中的相对平缓，圆满是砥砺激荡里的有限平静，圆满是磨砺煎熬后的晶莹剔透，圆满是焦灼躁动中的温润柔和，圆满是人生目标的相对达到，圆满是生命历程的有限记载。圆满承载成功与失败，包容满足与缺失，圆满含蕴完美和遗憾，融化激扬和黯淡。因为有了圆满的心灵，把不圆满过得圆满，因为有了圆满的精神，把不圆满精萃的圆满。

五十二

心灵的平静不是死水微澜的萎靡，而是面对繁杂喧闹的温蕴恬淡，猝然风云变幻的气定神闲，刹那惊涛骇浪的坦然淡定，瞬间云诡波谲的潇洒安然；心灵的平静不是深谷幽涧的沉寂，而是云来云去的浏览，花开花落的观瞻，得失不顾的情韵，宠辱不惊的风范。心灵的平静不是名利不入的藩篱，而是芳草萋萋杂花生树的璀璨，春耕夏耘秋收冬藏的勤勉，朝霞夕晖晨钟暮鼓的影随，清风明月青史黄卷的相伴；心灵的平静不是风尘不染的矜持，而是时俗风尚的率性随心，左杯右盏的任情使意，南来北往的习俗应酬，东西交汇的风情交际。心灵的平静既是暗香浮动的孤芳自赏，也是蓊郁蓬勃的万紫千红，心灵的平静既是孤独的劲拔寂寞的伟岸，也是中流的砥柱繁华的基石。心灵的平静深邃悠远，苍茫辽阔，心灵的平静曲径通幽，温馨安谧。

五十三

要有全球的境界，天地的胸怀，万物的含蕴，众生的关切。泱泱中华民族，煌煌世纪巨擘，要有吞吐天地之志，包藏宇宙之机，要有高瞻远瞩的视野，见微知著的精明，要有把握发展规律的战略统筹，驾驭趋势方向的正确决断，要有审时度势的具体布局，求真务实的有效推进，要有迎接挑战的坚忍不拔，抓住机遇的当机立断，要有执政先锋的模范带头，万众一心的众志成城。历史赋予了神圣的使命，如何殚精竭虑的承载？时代给予了繁重的责任，如何身体力行的担待？这是每一个人都无法回避的历史叩问，无法躲闪的现实应答，这是每一个人都不能漠视的时代课题，不能回避的人生挑战。而执政先锋的自身建设更为突出更为紧迫，崇高的信仰理想，坚定的信念意志，科学的思想理论体系，正确的路线方针政策，合理有效的治理机制，德才兼备的骨干队伍，身先士卒的带头骨干桥梁作用，清正廉洁的执政为民用权于公，艰苦奋斗的砥砺攀登，鞠躬尽瘁的克艰攻难，哪一样也要精心的打造，哪一样也得刻苦的精萃。现在，一些部门一些地方，一些党员一些领导，精神萎靡意志脆弱，思想鄙陋情趣庸俗，心胸狭窄人格低下，骄淫奢侈贪污腐化，假公济私贪婪狂妄，追名逐利巧取豪夺，败坏党风政风，污染社会人心，已达到了登峰造极的地步，如不及时纠正，严厉打击，会祸国殃民，贻害无穷。所以，熔铸中华民族的复兴大业，实现强国富民的美好理想，必须严党厉政，依法合规，整风肃纪，绝不能熟视无睹，放任自流，自甘堕落。没有霹雳手段，哪能挽狂澜于既倒，没有精忠报国，哪能解危急于当下。

五十四

体会平常，感悟平淡，安于平静，是平凡人生的根本，是承载不平凡人生的基础；犹如自然的万象缤纷，无论苍穹深邃日月星辰，原野苍茫山川共济，春夏秋冬四季轮回，草木蓊郁生物繁盛，都是平常的呈现，平淡的表达，平静的相守，不管人们有多少惊诧艳羡的目光，奇幻瑰丽的描述，情真意切的感怀，始终平凡的存在；就像人世的云诡波谲，无论风云变幻的时代场景，繁华喧闹的社会剧目，时俗风尚的生活情节，悲欢离合的人生演绎，都是历史的延续，现实的创造，未来的奠基，不管人们有多少经史子集的记载，追根溯源的探究，刻骨铭心的觉悟，始终客观的彰显。人们在追名逐利的巧取豪夺中，放大了欲望的范围，增加了异常的变数，遮蔽了平常的面目；人们在钩心斗角的阴谋诡计里，膨胀了贪婪的尺度，添加了起伏的频次，湮灭了平淡的意蕴；人们在满足既得的急功近利中，加重了攫取的力度，制造了喧嚣的噪音，搅扰了平静的境界。平凡是自然社会人生的根本，不平凡只是它特殊的表现，平凡孕育着不平凡，不平凡彰显着平凡。平常平淡平静一点吧，聆听平凡的天籁地音，感悟平凡的奥妙幽幻。

五十五

强调实事求是，是因为长久漠视后振聋发聩的一种警醒，极度缺乏后痛心疾首的一种回归；强调实事求是，是因为是非混淆中摧枯拉朽的一次涤荡，扭曲偏颇中拨乱反正的一次洗礼。沉溺于书本的定义，僵化于理论的诠释，俯首于领袖的说教，寻章摘句的刻板，按图索骥的教条，冠冕堂皇的空洞，虚张声势的缥缈，漠视时代的挑战，拒绝发展的机遇，泯灭民心的向往，忽视民族的复兴，何以成就强国富民的宏图伟业？强调实事求是，是因为偏执急功近利中醍醐灌顶的一种警示，沉溺眼前既得满足当下享受的一种棒喝；强调实事求是，是因为痴迷畸形发展中锥心刻骨的一种教诲，思想浑浊迷离精神萎靡困顿的一种启迪。时俗风尚的熏染，名缰利锁的缠绕，巧取豪夺的狂妄，锱铢必较的贪婪，趋炎附势的苟且，纸醉金迷的奢侈，鄙陋庸俗的情趣，促狭偏执的胸襟，支离破碎的思想，晦暗堕落的精神，污浊迷蒙的心灵，何以实现中华民族的伟大复兴？实事求是，既是实践的永恒课题，也是思想的无限发问，触及每一个人的灵魂。

五十六

人生在世，万象纷呈，为人处世，关键在于怎样做人。儒家强调要有格物致知明心正意的修身养性，达到内圣的境界，才能有齐家治国平天下的宏图伟业，实现外王的理想；道家要求平静恬淡的率性随心，天真淳朴的散淡自然，绝圣寡贤的弃聪守拙，无为而治的淡泊清净；释家教诲回头是岸的醒悟，六根清净的菩提，超凡脱俗的印证，浴火重生的涅槃；文学家有凌霄不屈己的伟岸，得地本虚心的温蕴，出淤泥而不染的劲节，濯清涟而不妖的风骨，竹篱茅舍的孤寂傲然，梅兰松菊的暗香如故。纯真的品性，雅洁的情趣，劲拔的风骨，宽阔的胸襟，精明的智慧，丰沛的能力，高尚的精神，安逸的心灵，只是人们理想的目标，祈盼的境界；只有在真假善恶美丑的交融中，不断地砥砺修持；只有在清浊黑白是非的混杂中，不断地净化精萃；才能去伪存真去粗存精，褒真贬假扬善抑恶崇美弃丑，才能坦然的应世磊落的做人，公正的处事善待众生。做人的境界要高，做人的本分要实，一言一行的历练，一举一动的打造，一点一滴的精萃，日积月累，终成正果。

五十七

说的太多，上至天文下到地理，幽幻缥缈虚张声势，以致不知道说了些什么事情；言的太重，大到时代小至生活，云诡波谲繁复琐屑，以致不明白讲了些什么道理；一味的倾诉，反复的唠叨，把事情弄得雾中看花水中望月；一味的宣泄，不停的缠绕，把道理搅得支离破碎混沌朦胧。没有了碧泉幽潭的平静，失去了溪流小河的潺湲，听不到瀑布飞流的欢畅，看不到江河湖海的浑厚。太多的言说，挤占了思考的空间，侵蚀了精神的领地，只是浮光掠影的烦躁；太多的絮叨，搅扰了心灵的安静，破坏了境界的平和，只是繁闹喧嚣的焦灼。有声的表达固然直截了当，无言的隐喻一样直入心扉，有声的喧哗看似热闹，无言的沉思才有分量。说，当说时，言，必言处，不是表象的呈现，而是心灵的意蕴；说，不说时，言，不言处，不是简单的隐匿，而是精神的奥妙。

五十八

平静的心灵，恬淡的精神，拉长了认识的时间，拓展了思考的范围，深化了感悟的程度；人生如旅，总是在急促的行进中，艰难的攀登里，一路的峰峦叠嶂崎岖坎坷，江河湖海蜿蜒曲折，疾风骤雨云诡波谲，只是脚步与脚步的相续，目标与目标的承接；而一路的春花秋叶冰晶雪洁，朝霞夕晖疏星淡月，奇峰峻岭碧波翠浪，只是随意的经过任性的淡漠，可曾有细致的观赏深切的感悟？太多的欲望搅扰了心灵的平静，太多的贪婪遮蔽了精神的恬淡，追名逐利的巧取豪夺，趋炎附势的随波逐流，止不住的狂妄，停不下的攫取，放不下的享受，松不开的占有，沉溺灯红酒绿的喧闹，满足时俗风尚的繁华，哪会有深刻的反思自觉的净化？人们失去了领略无限风光的情趣，退化了品味生活意蕴的思想，人们萎缩了深邃辽阔的胸襟，黯淡了澄明高雅的境界。寻求点孤独，抚慰烦躁的心灵，营造些寂寞，涵蕴焦灼的精神，有时的驻足是特殊的前行，有时的等待是正常的启程。平静的心灵，那是人生的本真，恬淡的精神，那是生命的意蕴。

五十九

在心灵的平静中，一切都呈现出意想不到的风情，不经意的繁闹琐屑有了生机盎然的意蕴，不入眼的时俗风尚有了缤纷璀璨的情景，不待见的人物事情有了鲜活生动的面貌，不喜欢的家长里短有了柔和温馨的趣味；一个简单的动作，一句平常的话语，让人感到一种诗情的洋溢；一个相见的问候，一个离别的再见，让人感到画意的斑斓。在精神的恬淡里，一切都凝聚着回味无穷的感悟，风云激荡的时代有了闲庭信步的洒脱，浮躁焦灼的社会有了云淡风轻的平和，烟熏火燎的生活有了和谐灵动的梦幻，急功近利的人生有了超凡脱俗的飘逸；一次成功的分享，一次失败的抚慰，让人感到人情的浓郁；一点欣喜的感染，一点忧伤的涟漪，让人感到世故的精粹。因为心灵的平静，一切净化后本真的表达，晶莹剔透；因为精神的恬淡，一切陶冶后纯净的展现，轻盈超逸。

六十

一些当时所谓的小人物，却做出了大贡献，就像孔子办学助教鞠躬尽瘁，成就了有教无类涵蕴众生博大精深的中华儒学文化，犹如盖茨潜心研发探索，开创了互联网蓬勃发展的时代；一些眼前所谓的小事情，却产生了大影响，就像山村医生走乡串户的出诊，海岛教师长年累月的坚守，呵护的是人们纯真善良的品性，就像异国他乡贫瘠里的救助，五湖四海危难时的帮忙，彰显的是人类平等博爱的情怀。做好一件事，哪怕微不足道，只要有自己品行的滋润情怀的涵蕴，也能铸就事业的辉煌；做一个好人，哪怕卑微渺小，只要有自己心灵的追求精神的向往，也能映射人性的光芒。无论庙堂大厦达官权势，还是竹篱茅舍平民百姓，无论高僧大德文人雅士，还是贩夫走卒芸芸众生；没有品性的源泉，情趣的溪流；缺失奇峰峻岭的风骨，江河湖海的胸襟；丢掉纯真善良美好的心灵，放弃公平正义澄明的精神；即便有刹那的成就也是瞬间的烟消云散，即便有当下的收获也会永远的灰飞烟灭。有些小人物小事情给人们留下很多的思索很多的联想，回味无穷，盘桓萦绕，时刻警示，不要淡忘。

六十一

欲念是无法根除的，它是人性的有机构成，只能合理的控制有效的把握而已。高僧大德超凡脱俗的修炼，净化超逸的菩提，浴火重生的涅槃，也是求得圆满的祈盼；凡夫俗子追名逐利的痴迷，依贵攀富的贪婪，巧取豪夺的掠夺，也是获取幸福的向往；寄情山野散淡江湖，梅兰松菊疏星淡月，浊酒粗茶琴棋书画，也是恬淡精神的意象；身居庙堂心在天下，运权弄势建功立业，光明正大阴谋诡计，志得意满荣辱得失，也是时俗风尚的追寻。欲念健康合理有度，就是人生的动力，激发人们的智慧和能力，在力所能及的范围内，实现自我，奉献社会，服务众生；欲念鄙陋贪婪无度，就是人生的阻力，玷污人们的品性和情趣，在无所不及的狂妄中，堕落自己，败坏社会，荼毒众生。欲念是一种精神的意念，始终盘桓萦绕；欲念是一种物质的具象，始终锱铢必较；欲念有真善美的驾驭，欲念有假恶丑的怂恿，欲念是精神高地的标尺，欲念是心灵境界的衡量。不要随意给欲念冠之以众多的名目，赋之以主观的臧否；不要任性给欲念注入繁杂的内容，释之以客观的理由；欲念是人性的有机构成，关键在于自我的理解和把控了。

六十二

人世间繁华喧闹，弥漫着变化无常的浮躁，红尘滚滚，俗浪阵阵；生活中烟熏火燎，充斥着急功近利的焦灼，时髦熙熙，风尚攘攘；人们沉浸其中乐此不疲，麻木其里醉不复醒。很难找到清净蓊郁之地，恬淡和谧之乡，很难有点孤独的情趣，寂寞的心怀。钟鸣鼎食的欲望，烈火烹油的贪婪，巧取豪夺的疯狂，腐化奢靡的享受，思想充满了阴谋诡计的戾气，行动散发着巧取豪夺的诡异；沉溺眼前的名利得失，不管往昔的尺短寸长，满足当下的荣辱褒贬，不管来日的地久天长。品行情趣日渐鄙俗，文化内涵日益枯萎，思想水平不断下降，精神境界逐步荒芜，只是浮躁的盲动焦灼的煎熬。要警醒，要自觉，一个社会没有正确的价值取向良好的时俗风尚，是难以持久进步的，一个人没有健康的心理素质澄明的精神境界，是难以全面发展的。

六十三

不要苛求生命自然的孕育，不要强制生命正常的成长；不要赋予它太多的奥秘，自然而然的从何处来向何处去；不要注入它太深的意义，安分守己的承前启后继往开来。简单的由生到死由死到生，生生不已；复杂的阴晴圆缺悲欢离合，缘缘相继；崎岖坎坷的峰峦叠嶂，有每一粒沙石的劲拔，蜿蜒曲折的江河湖海，有每一滴水珠的温润；

深邃幽幻的苍穹，有每一颗星辰的闪烁，苍茫辽阔的原野，有每一束草木的蓊郁。客观的生存有许多主观的抚慰，具象的表现有许多抽象的映照，率性随心的品性有深刻内涵的约束，任意洒脱的品行有客观规律的制衡；时光飞度，蚀刻下时代风云变幻的沧桑，岁月流逝，雕凿出社会时俗风尚的印迹。功成名就，转眼的烟消云散，卑微琐屑，瞬间的虚无缥缈；就像劲风涤荡后的莽原，依然承载春夏秋冬的轮回，犹如浮云擦洗后的天宇，照常含蕴日月星辰的遨游。生命无须璀璨缤纷的装饰，不用虚张声势的宣示，生命无须得失荣辱的诠释，不用追根溯源的演绎，轻轻地来了，静静地去了。

六十四

心灵越纯净，精神越简单，追求的道理才清晰明亮晶莹透彻；知识越丰富，学识越渊博，得到的思想才根深叶茂源远流长。大道至简，天下只有唯一的本真，去除纷繁复杂的幻象，才能彰显它的奥义，领略它的精髓；为学要繁，世界到处繁华喧闹的世相，熟谙云诡波谲的脉络，才能陶冶它的精粹，把握它的实质。为学日增，没有博大精深的知识积累，深思熟虑的理论概括，缺乏条分缕析的逻辑演绎，矛盾统一的辩证诠释，就不可能达到去粗存精去伪存真的净化提炼，就不可能实现文化的提升思想的飞跃，何以有感悟大道的禀赋？为道日减，没有超凡脱俗的砥砺，修身养性的历练，缺乏浴火重生的菩提，凤凰涅槃的超越，就无法达到品性纯真情趣高雅风骨劲拔胸襟开阔的境界，就无法实现心灵的纯净精神的安然，哪里谈超越万象的升华？为学日增，为道日减，相互交融，彼此渗透，不可偏颇，不能极端，珠联璧合，相得益彰也。

六十五

命运说起来神秘奥妙莫衷一是，看起来云诡波谲变幻莫测，其实就是一种客观主观的偶然结合，天人合一的必然呈现。在时代发展的某一个阶段，风云际会群星璀璨，有一幕天造地设的场景，人际事物的交集，演出了声色俱佳的剧目，留下不同角色的身影；在社会生活的某一处环境，时俗风尚芸芸众生，有一块衣食住行的舞台，名缰利锁的缠绕，诠释了烟熏火燎的情节，演绎了家长里短的故事。命运只是当时的境况，眼前的迷蒙，有意无意的接受，主动被动的应对；命运只是回忆中的诠释，追索中的评判，成败得失的感悟，悲欢离合的体会。命运是人们有所成就时的欣喜，客观现实主观努力的相得益彰；命运是人们有些遗憾时的忧伤，环境不佳精力欠缺的顾此失彼。命运是人们不断迎接时代挑战奋勇拼搏的精神动力，命运也是人们满足眼前既得贪图安逸的理由；命运是人们不断把握社会机遇砥砺前行的心灵激励，命运也是人们沉溺当下困顿萎靡颓废的借口。命运是刹那即逝的岁月，来去急急匆匆，命运是瞬间即变的时光，表现闪闪烁烁；只是人生一段山重水复的轨迹，只是生命的一段荣辱得失的旋律。

六十六

有些小事看似简单平常，其实蕴含着深刻的道理，有些现象看似卑微渺小，其实隐匿着丰富的内涵；人们总是注目波澜壮阔的雄图大略，倾心力挽狂澜的盖世英名，人们总是聚焦风云激荡的建功立业，满足志得意满的不朽盛誉。人们以崇山峻岭寄托自己的志向，伟岸劲拔；人们以江河湖海附会自己的情怀，深邃辽阔。殊不知，岁月中太多的崎岖坎坷无垠的延伸，化为一条简单的地平线，呈现着人生的平常；殊不知，时光里太多的波峰浪谷无限地扩展，化为一片平静的海平面，映照着人生的平凡。一粒沙石的安然本分，日积月累，成就着事业的峰巅；一滴水珠的韧性温蕴，时来岁往，汇集着生活的波澜；承载时代的主体是芸芸众生，支撑社会的基础是莘莘百姓。波澜壮阔的时代是无数小事的凝聚雕凿，纷繁复杂的社会是众多小事的汇集蚀刻，惊天动地壮举离不开平淡平常的能量聚集，光彩夺目的辉煌离不开平静平凡的智慧精粹。

六十七

来自心灵的呼唤，不再是雄图大略的建功立业，追名逐利的具体目标，得失权衡的锱铢必较，而是一种平静的追根溯源，恬淡的回味感悟；来自精神的向往，不再是时俗风尚的随波逐流，巧取豪夺的泥沙俱下，云诡波谲的交际应酬，而是一种回归的洗涤净化，升华的精萃超越。逐渐去除风尘俗垢遮蔽后的真善美有了晶莹剔透的彰显，缓慢褪掉涂脂抹粉装饰后的假恶丑有了原形毕露的萎缩，烟熏火燎的品性有了纯净稚朴的本真，庸风俗雨的情趣有了暗香浮动的雅兴，偏执促狭的胸襟有了开阔澄明的意象，扭曲畸形的风骨有了伟岸劲拔的气蕴；心止如水，既无涟漪更无波澜，意似幽潭，浏览风云观照日月，情趣俊逸，率性随心的散淡，意蕴缥缈，无拘无束的浪漫。品味历程是人生的一件幸事，沁润精神的家园；感悟回归是生命的一次重生，涵蕴心灵的故乡。

六十八

没有清风的抚慰，暂无春雨的沁润，浮动的云团争先恐后的簇拥，铺展着朦胧的天幕，布置着浓郁的场景；空气中弥漫着清凉的湿润，草木上晕染着飘逸的嫩绿，原野丛林鸟雀清脆婉转的啼鸣，城市乡村人车纷纭熙攘的喧闹。只是思恋中的期待，久别后的重逢，迎接初春第一场春雨的来临；只是感受自然清新的呼唤，领悟季节交替的意蕴，谱写心灵中委婉悠扬的旋律；只是播下希望的种子，憧憬未来的蓊郁，描绘精神里璀璨缤纷的画卷。浮躁的社会需要自然清风细雨的启迪，更离不开温馨和睦的涵蕴，焦灼的人生需要衣食住行的生活，更离不开恬淡雅致的安静；急功近利的贪婪会焚毁人性的纯真善良美好，巧取豪夺的疯狂会葬送社会的公平正义和谐，锱铢必较的蛮横会搅乱生活的平常平淡平静，庸风俗雨的弥漫会玷污精神的光明澄澈晶莹。一阵阵清风的光顾，一丝丝春雨的来临，滋润原野，沁入心灵，好一个神清气爽的早晨。

六十九

人的欲望没有止境但要有分寸，人的欲望没法详细设定但可以有效驾驭；欲望既是人生发展的源泉社会进步的动力，也是人生毁灭的深渊社会颓败的恶疾。欲望要有灵魂的指引，理性的约束，制度的规范，行为的准则；欲望要有品性的把持，情趣的涵蕴，胸襟的熔铸，心灵的境界。欲望可以率性随心，但不能自由散漫，欲望可以任情使意，但不能撒泼耍横；欲望可以胡思乱想，但不能弄假成真，欲望可以急功近利，但不能猥琐卑鄙；欲望可以雄才大略，但不能狂妄自尊，欲望可以海阔天空，但不能虚无缥缈。欲望是源远流长的人性基因，可以洪水猛兽的吞噬一切，可以阳光雨露的温蕴万物；欲望是云诡波谲的生活幽灵，可以兴风作浪的涤荡一切，可以安和温馨的哺育众生；没有欲望的心死充满欲望的心狂，都是人生的不幸，无论世俗的纠缠精神的超脱，都是欲望的正常。无须为欲望众说纷纭，不要为欲望梳理证明，只是精神的测度，心灵的评定。

七十

无论伫立原野还是攀上高峰，人们都不要狂妄自尊，原野的苍茫辽阔让心灵震撼，峰巅的嶙峋挺拔让精神超越，人们知晓了自身的卑微渺小；无论畅游江河还是徜徉海洋，人们都不要得意忘形，江河的蜿蜒曲折波峰浪谷让人生战栗，海洋的博大精深澄明安和让生命温蕴，人们感悟了自己的促狭鄙陋；在气势磅礴意蕴万古的自然面前，人类始终要有虔诚的尊崇。无论取得功成名就的宏图伟业，人们都不要得意忘形，时代的场景社会的舞台生活的剧目，只是一段唱念做打的演绎，只是一个浓妆重彩的角色；无论沉浸卑微琐屑的养家糊口，人们都不要晦涩黯淡，衣食住行的根本生活平凡的意蕴，只是阴晴圆缺的应对，只是悲欢离合的承载；在风云激荡云诡波谲的社会怀抱，人们始终要有自我的情怀。人类整体性的行进，人生单个性的表现，二者浑然一体，彰显着生命的真谛。

七十一

沉静不是沉寂，一颗善于思考勇于解析的心灵在沉静中不断的净化超越，而不是在沉寂中黯淡与落寞；恬淡不是冷漠，一种敢于正视深刻反思的精神在恬淡里不断的陶冶升华，而不是在冷漠里萎靡和颓唐。心如止水，思犹深潭，一切时俗风尚烟消云散，露出生活的本真，一切名缰利锁分崩离析，呈现人生的意蕴，一切得失褒贬灰飞烟灭，凝聚精神的晶莹，一切悲欢离合云淡风轻，飘逸心灵的奥妙。沉静如山，恬淡似海，一切峰峦叠嶂崎岖坎坷，孤傲的伟岸嶙峋的劲拔，一切江河湖海蜿蜒曲折，坚韧的前行无限的涵纳，一切无欲则刚的情趣，不用繁闹喧哗的张扬，一切有容乃大的胸襟，无须璀璨缤纷的刻画。沉静中聚焦了自我与时代，晶莹剔透的映照，恬淡里精萃了人生与社会，醍醐灌顶的通透。只是沉静不多，恬淡难觅，始终在现实中徘徊，在心灵中萦绕。

七十二

人们承续生死交替生生不已的使命，人们延展衣食住行追名逐利的责任，人们追求生机盎然的幸福生活，人们向往璀璨缤纷的社会繁荣；人们有时贪求巧取豪夺急功近利的攫取，满足眼前既得当下享受的品味；人们经常萎缩远大的理想膨胀短小的目标，淡漠宏伟的事业聚焦卑微的蝇利；人们随意束缚心胸的开阔，任性放纵情怀的促狭；

人们麻木精神的萎靡颓唐虚无缥缈，沉溺心灵的干涸枯萎沉寂荒芜。人们在创造繁荣昌盛中也制造了不小的荒凉贫瘠，人们在收获丰硕的物质成果时也遗失了不少的精神结晶，人们在自身的健康茁壮成长中也丢失了不少纯真善良美好的品性，人们在推动社会的飞速稳健发展里也催发了不少虚假恶劣丑陋的基因。不能因为人们的崇高伟大忽视其浅陋渺小，不能因为人们的丰功伟绩淡漠其恶俗败行，不能因为人们的文明进步忘记其野蛮荒谬的倒退，不能因为人们的神飞色舞隐匿其猥琐晦暗的阴影。时刻警醒啊，芸芸众生。

七十三

成熟到圆滑世故八面玲珑，说明不了智慧的高度，只是随波逐流得心应手的交际，时俗风尚左右逢源的应酬；老练到察言观色见风使舵，证明不了思想的敏锐，只是趋炎附势清浊浑然的依附，是非混淆泥沙俱下的苟且。以品性猥琐情趣庸俗人格鄙陋为代价的所谓成熟是人性的悲哀，以思想浅薄精神晦暗心灵诡异为基础的所谓老练是人生的耻辱。由小到老，既是由简单到复杂由稚嫩到成熟的积累过程，也是去粗存精去伪存真的扬弃经历；由弱变强，既是时俗风尚的熏染名缰利锁的缠绕，时代风云的涤荡社会生活砥砺，也是修身养性的陶冶超凡脱俗的菩提，浴火重生的净化恬淡超逸的升华。鹤发童颜是生理层面的意象表达，赤子之心则是心灵境界的辉煌映照，慈眉善目是生命的温润安然，温馨柔和则是精神高地的璀璨晶莹。返老还童是心灵的回归精神的净化，绝不是人生的圆滑世故。

七十四

最喜欢孩子们的笑容，犹如初升的朝日中天的明月，初放的蓓蕾盛开的花朵,纯洁温馨天真妩媚；最喜欢孩子们的嬉闹，恰似清风的抚慰柔雨的沁润，白云的飘逸冰雪的晶莹，率性随心爽朗畅快；最喜欢孩子们的咿呀学语，就像清泉涌动溪流呢喃，瀑布飞流幽潭碧透，天籁地韵的音符旋律；最喜欢孩子们的稚嫩动作，好似蹒跚的小鸭跳跃的小兔，机敏的猫咪威猛的小虎，轻盈灵动的自由曼舞。在孩子们面前，世界裸露坦然的本真，社会呈现质朴的风韵，生活充满温润的情趣；在孩子们面前，时俗风尚烟消云散，名利缠绕分崩离析，荣辱得失虚无缥缈；在孩子们面前，品性再一次精萃，情趣再一次净化，人格再一次锤炼，心胸再一次陶冶；在孩子们面前，心灵不断地超越，精神不断地升华，返老还童的回归，凤凰涅槃的重生。人生易老，天地永存，生命无限，继往开来，鹤发童颜，赤子之心。

七十五

一个精神原野的过客，一个灵魂苍穹的游子，孤独中的执着行进，寂寞里的自由畅想；仰望深邃无垠的苍穹，日月星辰的璀璨缤纷幽幻诡异，朗照和闪烁的交相辉映，神秘的引诱，奥妙的召唤；俯瞰苍茫辽阔的原野，山重水复的崎岖蜿蜒坎坷曲折，劲拔与委婉相得益彰，韧性的攀登，随意的漫游。时俗风尚的熏染，名利得失的积淀，荣辱褒贬的计较，在孤独中分崩离析，只有嶙峋的苍凉萧瑟；繁华喧闹的场景，云诡波谲的情节，唱念做打的演绎，在寂寞里了无声息，只是沉静的沧桑安谧。人生如旅，无论重复行走的旧路，还是践履开辟的新径；无论平坦顺畅的四通八达，还是荆棘的荒野莽原；无论风景如画的璀璨缤纷，还是变化莫测的云诡波谲；无论花好月圆的轻歌曼舞，还是风狂雨骤的激浪险滩；一步步的砥砺磨折，一次次的陶冶锤炼。人生如梦，无论回首往事的溯本清源，还是憧憬未来的向往祈盼；无论沉溺眼前的知识积累，还是麻木当下的思想紊乱；无论阴晴圆缺的回味无穷，悲欢离合的感慨万千；无论精神的澄明或晦暗，还是心灵的浓郁或恬淡；一点点的凝练净化，一次次的精萃升华。无人生如旅的人生如梦虚无缥缈，无人生如梦的人生如旅干涸枯燥。孤独的漫游，寂寞的感悟，依然的前行，不竭的思考。

七十六

沉浸在回忆的长河，感喟的都是温馨美好，坎坷的经历，困难的境地，琐屑的生活，平淡的事情，平常的人物，涌动着纯真的溪流，激起善良的浪花，泛动美好的涟漪；一幕幕风景如画的场景，一场场精彩绝伦的剧目，一出出瑰丽奇妙的情节，一个个浓妆淡抹演绎；回味中没有了剑拔弩张的对持，阴谋诡计的较量，争名夺利的纠缠，得失权衡的焦躁；只是清风白云般的恬淡，疏星淡月似的安逸。沉浸在回忆的山川，品味的都是真情实意，春耕的辛苦，夏耘的劳作，秋收的忙碌，冬藏的急促，飞驰的时光，变幻的岁月，铸就峰峦叠嶂的胸襟，幽涧深谷的情趣，崎岖蜿蜒的品行；一次次艰难的攀登，一回回快速的坠落，一次次峰巅的尽览，一回回深渊的仰望；感怀中没有了风云变幻的预测，电闪雷鸣的应对，风霜雨雪的承接，严寒酷暑的历练；只是朝霞夕晖般的璀璨，春花秋叶似的绚烂。回忆中放大了不经意的场景，膨胀了不起眼的事情，亲近了不熟悉的人物，涂抹上温润的光彩；回忆中洗涤了不洁净的品性，清除了不高雅的情趣，开拓了不宽阔的胸襟，呈现出碧透的晶莹。回忆是人生一次涂脂抹粉的装扮，率性随心的描绘，任情使意的雕凿；回忆是人生一次刻骨铭心的锤炼，超凡脱俗的净化，凤凰涅槃的重生；二者并不矛盾，前者是一次情感的释放，后者是一次精神的再造；二者相得益彰，前者是感性的激情四溢，后者是理性的心灵映照。

第二十三集　醍醐灌顶

DIERSHISANJI　TIHU GUANDING

一

只有心静，才能感悟天地之道万物之理；只有心正，才能体会众生之情自然之意；只有心明，才能明心见性通晓生命。一个人只有不断的历练，经常的反思，呵护品性的本真，涵蕴情趣的淡雅，砥砺风骨的劲拔，拓展心胸的开阔，把自我的真善美不断地凝聚，把个人的假恶丑不断地清除，才能达到心灵的平静澄明；一个人只有持久的陶冶，不断地净化，清除世俗风尘的积淀，摆脱名缰利锁的缠绕，淡化得失褒贬的权衡，丢弃锱铢必较的偏执，把人生的意义不断地精萃，把生命的真谛不断地彰显，才能实现精神的安然超逸。一个人既有从简单到复杂的积累，由稚嫩到老练的成长，由生涩到成熟的飞跃；也有从复杂经历到简单概括的提炼，由圆滑世故到纯真质朴的回归，由精神芜杂到晶莹剔透的升华。繁闹喧哗里的心静，是非混淆中的心正，精神迷离中的心明，既是美好的理想憧憬，更是现实的修身养性，既是涵蕴万物的情怀，更是天人合一的根本。

二

有一点孤傲没什么不好，人生在世，立其所立，行其所行，要有劲拔的风骨伟岸的人格；有一点清高没什么过错，人生在世，思其所思，显其所显，要有本真的品性高雅的情趣。凡尘世俗的生存，追名逐利的奔波，趋炎附势的谄媚，随波逐流的苟且，久俗成习，积垢成弊，猥琐鄙陋，萎靡晦暗，俯仰之间人格尽失，得失之中风骨无存；庸风俗雨的熏染，势利相交的雕凿，是非混淆的侵蚀，云诡波谲的变幻，日积月累，铄金毁骨，精神堕落，心灵荒芜，褒贬之中品性粗劣，交往之间情趣庸俗。人们有了为人处世的圆滑世故八面玲珑，缺失了特立独行的孤傲；人们具备了争名夺利的清浊同流鱼龙混杂，丢弃了超凡脱俗的清高；人们有意磨去了个性所有的棱角，阉割了自我应有的勃兴；人们任性修剪了生活的根深叶茂，随意嫁接了人生的万紫千红。孤傲中观览风云变幻的时代，领略繁华喧闹的社会，体会时俗风尚的生活，有自己一份精神独到的见解；清高中品味万象纷纭的意蕴，感悟人生悲欢离合的曼妙，探究天人合一的至道，有自我一番心灵烛照的澄明。

三

偶然之生，必然之死，这是自然的法则人类的宿命；生的偶然，万象纷纭丰富多彩，每一个人生都是一部波澜壮阔的史诗，具有特殊的原因迥异的结果，具有深刻的内容驳杂的表现；死的必然，幽幻诡异殊途同归，每一个生命都是风平浪静的安息，具有无法逆转的趋势不可停顿的强制，具有简单的标准统一的答案。生死尖锐的对峙，给人以惊心动魄的警示，生死相互的交融，给人以刻骨铭心的眷恋；生死的告别孕育了生生不已的永恒，生死的交替彰显了生死相继的无限。偶然之生，就是必然之死的告慰，必然之死，就是偶然之生的宣示；生如春花之璀璨，死如秋叶之静美，生的生机勃勃欣欣向荣，死的平静恬淡超逸安然。掀开生的序幕，演绎人生的山重水复柳暗花明，关闭死的尾幕，感悟生命的阴晴圆缺悲欢离合；无限的开合，永恒的演绎，代代相传，辈辈永续。

四

要有远大正确的理想，不要主观臆断的妄想。理想是一种对未来美好前景的期盼和追求，是一种崇高的信仰坚韧的意志，是一种精神的动力行动的指南；妄想是一种对未来发展前途的谬误和扭曲，是一种偏执的狂热任性的焦躁，是一种思想的荒诞行为的畸形。理想会被风尘世俗短暂的遮蔽，会为名缰利锁瞬间的桎梏，会被得失荣辱刹那的涂抹，会为思想混乱一时的笼罩，但始终在心灵中巍然的矗立，不畏浮云浓雾，不惧艰难险阻，一览众山的伟岸劲拔，江河万古的气势磅礴；妄想会在时俗风尚中招摇过市，会在巧取豪夺中狰狞咆哮，会在追名逐利中志得意满，会在奢侈糜乱中乌烟瘴气，但始终是片刻的过眼云烟，当下的烟熏火燎，总是折戟沉沙的消遁，身败名裂的缥缈。理想在现实生活中孕育，在时代风云中陶冶，在社会发展中精萃，在人类进步中彰显，浸润品性，涵蕴情趣，开拓胸襟，坚定意志；妄想在现实生活里延喘，在时代风云里夹杂，在社会发展中寄生，在人类进步中依附，销蚀品性，焦灼情趣，焚毁理性，扭曲心灵。生活的理想如何，决定着生活的品质，理想的生活如何，映照着理想的境界。

五

从事任何工作，都应该尽其心用其力促其成，不要太多的奢求欲望，太多的功利色彩，更不要锱铢必较的权衡，得失褒贬的计较。从事任何工作，都是现实生活的有机构成，身心投入，得其薪俸，自己享用，养家糊口，纳税国家，振兴民族。贫穷困顿勤奋努力，富裕安康尤须进取，小则安身立命，大则家国情怀。无论时代发展社会繁荣人类进步如何，衣食住行生老病死永远是生活的根本；无论物质形态千变万化精神意蕴璀璨缤纷，辛勤劳动分工合作永远是人生的使命。

人们可以有雄才大略的宏图伟业，彪炳千秋的历史功勋，人们可以有卑微琐屑的忙碌劳作，日积月累的生计奔波，人们可以有付出不同的春耕夏耘，收获迥异的秋收冬藏，人们可以有效果不同的功名利禄，结局参差的荣辱褒贬；但哪一样不是具体的工作？哪一样不是平常的生活？无须意义的任性放大，不要理论的随意夸张，做好每一项工作，是人生的本分，生活的平常。

六

寻得一点清静，涵蕴焦灼的精神；求得一点寂寞，抚慰浮躁的心灵；品味一点孤独，超脱繁闹的世俗；感悟一点恬淡，隔绝喧哗的风尚。一点的沁润，拨云去雾的敞亮；一点的凝聚，晶莹剔透的澄明；一点的觉醒，醍醐灌顶的透彻；一点的超越，凤凰涅槃的重生。人们指手画脚的描绘时代，声嘶力竭的渲染社会，人们急功近利的规划生活，焦灼浮躁的安排人生；人们不愿短暂停一下匆忙的脚步，人们不愿耐心等待一会滞后的灵魂，人们不想聆听自然的天籁地音，人们不能品味心灵的质朴纯真。一切都任性随意的夸大拔高，海阔天空的虚张声势，一切都谨小慎微的萎缩压抑，眼前当下的琐屑杂碎；上下颠簸，两极徘徊，前后牵扯，左右缠绕，思想混乱，精神迷蒙。需要自我的警醒，哪怕有一点晶莹的温蕴，需要时刻的反思，哪怕有一点灵光的映照。不奢求丰盈，一点点足矣。

七

吾辈甚缺温良谦恭忠厚澄明的君子之风，究其原因，一是家教的渊源不是根深蒂固，历史中屡有断裂褶皱，诗书耕读虽有延续，终是流风余脉，不及浸润；时代纷纭变幻，由乡村到城市遽尔以成，虽入学承教，亦是几经波折，无奈东鳞西爪，不能系统；社会飞速发展，古今中外理论碰撞思潮交融，虽有知晓，亦是支离破碎，浅尝辄止，不能洞明；缺乏源远流长的熏陶，没有持久恒定的修炼，出处卑陋根基浅薄也。二是世教的承续始终跌宕起伏，云诡波谲的时代变化，既有革故鼎新开创新局的宏图伟业，也有割裂历史脉络扭曲传统文明的纰漏瑕疵，既有承前启后追根溯源的文化回味，也有任性使意断章取义的文化阉割，既有中外交流东西合璧的璀璨缤纷，也有中外对立东西交恶的分崩离析；思想偏执化，理论口号化，学说世俗化，思潮庸俗化，终是趋炎附势的应付，浮光掠影的领略，难以达到修身养性涵蕴精神的境界。所以，缺乏历史的涵养，缺少现实的教诲，没有未来的引导，浮躁焦灼，急功近利，巧取豪夺，锱铢必较，哪来的君子之风？没有传统文化的温蕴，没有当代文明的沁润，没有理想境界的召唤，品性猥琐，情趣低劣，心胸狭隘，精神晦涩，哪来的君子之行？

八

兴趣是入学悟道的前提，也是成就事业的基因，但完全凭兴趣来应对生活自立社会，也是不大可能的，只有在一定的环境中，具体的条件下，适当的范围里，把兴趣应用到自己的学习工作探索研究中，才能有得心应手的成绩，惊世骇俗的硕果。关注人们的兴趣，是一种品性的呵护，情趣的培养，意念的温蕴，属于精神的引导；重视人们的兴趣，是一种眼界的开阔，胸襟的博大，意志的坚韧，属于心灵的映照；强调人们的兴趣，是要创造良好的社会环境，营造自由的思想氛围，尊重独立的人格意志，激发每一个人的聪明才智，实现人的全面发展；培养人们的兴趣，是要遵循自然的规律社会的法则，坚持公平正义的权威，完善制度规范的建设，注重科学方法应用，适应每一个人的禀赋。兴趣既是简单的个人现象，也是社会发展的有机构成，兴趣既是个体全面发展独特呈现的标志，也是时代发展文明程度的检验。从这个意义上讲，兴趣只有植入社会的肥土沃壤，才能根深叶茂硕果累累，兴趣只有沐浴时代的阳光雨露，才能生机盎然欣欣向荣。

九

实现社会的繁荣人民的幸福，既有物质的呈现也有精神的彰显，既能看得见摸得着用得到也要思得广想得深悟得明；只有全面的发展，整体的幸福，才能证明道路的正确，制度的科学，思想的先进，文化的优秀。单一的关注物质层面或偏执的强调精神层面，都会导致社会发展的畸形，人民幸福的扭曲。沉溺于时俗风尚的熏染，专注于急功近利的攫取，执着于眼前的锱铢必较，满足于当下的奢靡挥霍，品行猥琐情趣庸俗，心胸促狭意志颓废，醉生梦死腐化奢侈，阶层差异贫富悬殊，这不是幸福；沉浸于冠冕堂皇的说教，热衷于空洞僵化的理论，沉醉于随波逐流的思潮，熟谙于云诡波谲的观念，虚无原则实用主义，公平不再正义全无，观念暧昧思想混乱，精神萎靡心灵黯淡，这不是繁荣。没有物质基础的精神是虚幻缥缈的，没有精神引领的物质是卑微琐屑的，物质精神的相互交融共同作用，才是推动社会发展的动力，实现人民幸福的保证。不能把某一时段的具体任务当成长远的战略目标，不能用某一范围的具体安排代替全局的宏伟蓝图，同样不能因战略目标的长远而放松具体的突破，不能以宏伟蓝图的美好而停滞现实的努力。

十

生命的珍贵，不仅在于自身的神秘奥妙，更在于对待生命的态度和行为；生命的伟大，不仅在于自身的生机盎然，更在于彰显生命的思想和方法。自然中，生命源远流长夜以继日，冰晶雪滴溪流瀑布江河湖海的蜿蜒连绵；人生里，生命精雕细琢磨砺侵蚀，深谷幽涧平原丘陵峰峦叠嶂的巍峨崎岖。生命博大精深，数十亿万年遗传变异的进化，物竞天择的精萃，人类虽为最耀眼的代表，至今依然萦绕从何处来的神奇，向何处去的梦幻；生命幽幻瑰丽，生机勃勃的演进欣欣向荣的循环，生生不已的延续，人生最为珍贵的结晶，至今依然经受着眼前的历练，当下的陶冶。生命平凡，无论高低贵贱的区别对待，得失褒贬的臧否评价，无论名利权势的任性雕凿，时俗风尚的随意装饰，只是自然本真的呈现，该来时来该去时去；生命平常，柴米油盐酱醋茶的品味，琴棋书画诗酒花的情趣，家长里短的悲欢离合，风情世故的天伦之乐，只是淳朴浑厚的表达，来的欣喜去的忧伤。热爱生命，不要痴迷浮光掠影的虚荣，始终纯真质朴诚实坦荡；不要沉溺追名逐利的贪婪，始终品性恬淡情趣优雅；不要锱铢必较的权衡得失，始终心胸开阔意蕴深远；不要趋炎附势的随波逐流，始终人格伟岸风骨劲拔；不要思绪紊乱意念猥琐，始终意气风发精神昂扬。热爱生命，过好每一天，便是人生的精彩绝伦，过好一辈子，便是人生的地久天长。

十一

品性的奥秘很难详细释清，无法精确定义，有多少先天的遗传，有多少后天的变异？有多少人性兽性的纠缠，有多少自然社会的交融？有多少率性随意的散漫，有多少精雕细琢的约束？有多少真善美的精粹，有多少假恶丑的瑕疵？品性的内涵深刻外延复杂，可以条分缕析的逻辑梳理，寻根溯源的因果演绎，可以唯物辩证的客观诠释，唯心诡异的主观解析，终是见仁见智的众说纷纭，莫衷一是的天花乱坠。品性的中性化特点寄托了太多的幻想和追寻，赋予了太多的借口和事例，既是评价事件臧否人物的利器，也是扯皮推诿洗刷错误的工具；既是歌功颂德光明正大的装饰，也是钩心斗角阴谋诡计的道具；既是趋炎附势追名逐利的理由，也是恬淡超逸暗香如故的凭据；既是人们自我张扬的冠冕堂皇，也是人们自我隐匿的曲径通幽。品性有出神入化的意蕴，诡异奇绝的奥妙，品性在心灵中孤独的感悟，精神里寂寞的升华。

十二

活着，怎样活着，为什么活着，是人生经历的不断展示，人生意义的不断深化。活着，是一种自然地呈现平常的状态，怎样活着，是一种生活的选择社会的安排，为什么活着，是一种精神的探索心灵的境界。活着，承续着源远流长的历史，镶嵌于时代的某一阶段，寄托于社会的某一境地，贯穿于生活的某一环节；衣食住行的日常琐屑，悲欢离合的交替循环，家长里短的风情俚俗，人情世故的浓淡厚薄。怎样活着，映射着纷繁复杂的现实，时俗风尚的熏染，名缰利锁的缠绕，荣辱得失的计较；功成名就的志得意满，养家糊口的平庸卑微，宏图伟业的鬼斧神工，平常生计的精雕细琢。为什么活着，凝聚着反思孕育着向往，纯真善良美好的精粹，虚假恶劣丑陋的杂芜，始终尖锐的对立模糊的交织，始终思想中纠缠精神里萦绕；有多少黄钟大吕的气势雄浑，瑶琴竹笛的低吟浅唱，有多少荒诞怪异的虚张声势，云诡波谲的声嘶力竭，有多少平静恬淡的暗香四溢，孤独寂寥的劲拔清高，有多少浮躁繁闹的急功近利，焦灼贪婪的锱铢必较。只是为什么活着的现象纷呈，有限的品行拷问情趣盘查，只是为什么活着的意义探寻，无限的心灵净化精神超越。只有暂时的诠释，没有永恒的解答。

十三

时俗风尚的影响不容小觑，日积月累的熏染，年来岁往的沉淀，久俗成习的雕凿，见多识广的蚀刻，在思想中凝聚了痴迷的狭隘短视，在行为上呈现着偏执的贪婪浮躁。由于各种原因失去了些传统文化源远流长的滋润，缺少了点现代文明博大精深的涵蕴，断章取义的截取，支离破碎的拼凑，急功近利的诠释，实用主义的演绎；导致人们品性的猥琐，情趣的庸俗，心胸的促狭，精神的萎靡，致使社会风尚乌烟瘴气，生活追求腐化奢靡，思想观念趋炎附势，心灵境界晦暗荒芜。

时俗风尚的好坏，既是社会环境的现实映照，也是人们精神状态的直接表现，既是生活氛围的客观尺度，也是人们思想取向的主观取舍；决不能熟视无睹，淡漠放任，更不能好坏不分，随波逐流。

十四

有时周游列国漫步他乡，涉险猎奇见多识广，反而觉得思想促狭了；有时陋室空堂残灯短烛，青史黄卷诗词典籍，反而精神开阔了；有时专注一点刻苦攻读倾心研习，反而心灵烛照思想顿开；有时博览繁阅旁征博引梳理诠释，反而精神恍惚境界迷蒙；正所谓境由心造，意由人为，达到一定精神高度心灵境界时，客观的把握主观的驾驭有所增强，才有吾思故吾在的潇洒，吾心即世界世界即吾心的自信。当今世界，科技发达信息爆炸，知识云集思潮汹涌，奇诡妙幻应接不暇；信息可以尽情地浏览，知识可以随时的查阅，思潮可以细致的梳理，但筛选的精力，驾驭的能力，辩证的水平却显得格外重要；能否去粗存精去伪存真，转化为智慧，精萃成境界，没有一番持之以恒的刻苦修炼，精雕细琢的砥砺净化，超凡脱俗的超越升华，怕是很难达到。所以，博采与精专的匹配，思想于行动的结合，游历与静修的交融，方能有明心见性的觉悟，通达万物的智慧，恬淡安谧的心灵，超凡脱俗的境界。

十五

人们认识容易，因为各种的原因不同的机遇，偶然的相逢有意的交际，短暂的应酬长久的来往，回顾人生有多少见过的面说过的话，行过的路做过的事，人际茫茫，无法梳理得清楚；人们相知最难，品性不同情趣各异，思想斑驳境界参差，如胶似漆却心如隔膜，生疏淡漠却熟稔挂念，近在咫尺的天涯海角，远在万里的身边眼前，情投意合的义气浓郁，貌合神离的风轻云淡，人生有多少交过的心会过的意，同过的行离过的道，知音挚友，无法看的透彻。人们簇拥着社会的大家庭，维系着自己的小圈子，注目着时代的大舞台，演绎着自己的小角色，谋划着事业的大手笔，营造着自己的小生活，期盼着成果的大丰收，盘算着自己的小收获；相识与相知各显神通，彼此交融，相知与相识定位各异，相得益彰，只要秉持坦荡诚实的品行，光明磊落的胸怀，短暂的相遇也能凝聚情真意切的共识，长久的交往更会精萃地久天长的友谊。

十六

当今世界，网络发达交通便捷，信息纷纭交往频繁，人们联系的时间不断地加速，活动的空间不断地拓展；天涯咫尺海角眼前，异国他乡马上可闻，音容笑貌即刻相见，天下大事社会焦点，时俗风尚家长里短，一网打尽随时褒贬；偶尔的相逢片刻的应酬，呼朋唤友推杯换盏，持续的交往长期的关照，尽力倾注精心呵护；但总觉得物理的距离非常的近，心理的距离却有些远，阅人无数，挚友不多，涉世很长，品味干涩，表象的繁闹喧哗烟熏火燎，内在的孤独寂寞风轻云淡。精神中那点还未被时俗风尚熏染的角落，总想有些暗香浮动的清芬，心灵中那点还未被急功近利缠绕的绿地，总想有些生机盎然的蓊郁。竹篱茅舍的浊酒残茶，青史黄卷的斟辞酌句，渔樵问答的恬淡超逸，高山流水的情真意切，始终在精神里恍惚心灵中徘徊，是远去了的诗情画意的寄托，还是当下里的魂牵梦绕的期盼？

十七

生活再枯燥，也是繁闹琐屑的；衣食住行的经营，为人处世的打造，追名逐利的奔波，成败得失的计较，日积月累的重复，前后左右的萦绕，起伏跌宕的循环，承前启后的交替。精神再空虚，也是云遮雾绕的；时俗风尚的熏染，人情世故的缠绕，山重水复的品味，悲欢离合的感喟，瞻前顾后的徘徊，东拉西扯的纠葛，神魂颠倒的痴迷，惊心动魄的妄念。社会再复杂，也是简单明了的；风云变幻的场景，兴衰更迭的剧目，奇诡奥妙的情节，波澜起伏的演绎，雄才大略的宏图伟业，卑微繁琐的日常作息，生旦净末丑的精彩绝伦，唱念做打舞的淋漓尽致。人生再平常，也是崎岖蜿蜒的；深谷幽涧峰峦叠嶂，原野苍茫群山起伏，源泉雨雪溪流瀑布，江河湖海深邃辽阔，一粒粒的凝聚，一滴滴的汇集，一次次经磨历劫的砥砺，一次次千锤百炼的精萃。热爱生活，就是平常里的率性随心，通情达意，柴米油盐酱醋茶的温馨，琴棋书画诗酒花的情趣；充盈精神，就是平静中的坦荡澄明，恬淡超逸，沁润纯真善良美好的品性，涵蕴博大精深悠远的胸襟；融入社会，就是坚定理想信念，求真务实，追寻中华复兴的梦想，探索强国富民的途径；珍视人生，就是修身养性的陶冶，升华精神，穷则独善其身达则兼济天下境界，海纳百川壁立千仞的心胸。

十八

身在时俗风尚的变幻中，心却格外的平静；身在追名逐利的繁闹里，心却始终的恬淡；身在随波逐流的漫游，清浊混淆的沉浸，心在高瞻远瞩的驾驭，精致细微的分解；身在浮光掠影的拈花惹草中快乐风流，推杯换盏的纸醉金迷里恣肆狂妄，心在超凡脱俗的浴火重生中净化，凤凰涅槃的超越里升华。身心交融时率性随意的通达畅快，身心分离时浮躁焦灼的阻塞压抑，身承载着心的神飞思扬欢乐忧伤，心映射着身的山重水复崎岖蜿蜒。有时身的繁华喧闹代替不了心的孤独寂寞，有时心的璀璨缤纷遮蔽不住身的黯淡凄凉，有时放任一下身的自由散漫，有时随意一点心的胡思乱想。身心有时尖锐的对立，剑拔弩张；身心有时柔和的相融，琴瑟和鸣；有时身已经行动心还在彷徨，有时心已经决断身却在徘徊。自然赋予了人们神形兼备的身心，但人们总是弄不明白身心的神奇奥妙。

十九

谎言多了，什么都成为真理了，谎言却没了；真理多了，什么都成为谎言了，真理不见了。人们热衷谎言，因为谎言中有人类异想天开的品性；追根溯源的回望中总有点神秘莫测的好奇，附着些胡编乱造的诡异；风云变幻的现实中总有点云诡波谲的迷离，掺杂些道听途说的稀奇；遥远漫长的未来总有些神魂颠倒的梦幻，寄托点璀璨缤纷的随意；谎言理直气壮的成了生活的调味品，冠冕堂皇的变成社会的润滑剂，理所当然的成了人们精神的麻醉品；没有谎言的生活枯燥无味，没有谎言的社会干涩僵硬，没有谎言的人们六神无主；谎言终于成为了真理。人们追求真理，因为真理中有人们通晓一切的基因；探索天地形成生命孕育万物萌发的过程，需要追根溯源的因果揭示；把握时代变化社会发展生活进步的经历，需要客观正确的规律印证；熟谙人类精神演进心灵变化的奥秘，需要精准深刻的本质诠释；真理要去伪存真，呈现抽象的单纯，真理需去粗存精，凝聚概念的简明，真理要条分缕析的逻辑演绎，来龙去脉的梳理，真理需深思熟虑的辩证推理，旁征博引的证明；有了真理的生活人们嫌束缚太多，有了真理的社会人们怨规矩太杂，有了真理的意蕴人们烦精神太淡；真理终于销声匿迹。

二十

人们总愿沉溺于自我构造的幻觉，陶醉于自我编织的想象，有时宁愿享有一点虚无，也不愿面对一点现实；虚无给想象留下了深邃辽阔的空间，放飞无拘无束的翅膀，自由散漫的飘逸，任情使意的游荡，没有什么实际的目标，只是一种短暂的心理轻松，刹那的精神放纵；现实则要人们直接的面对，当下的环境眼前的情况，准确的分析及时的判断，得失的权衡取舍的抉择，科学的决策有效的应对，容不得精力不集中思想不聚焦。其实，短暂的虚无是现实的一点映照，让精神有些空灵幽幻的沁润，但不能变为目空一切的痴心妄想；长久的现实是虚无的一种承载，让思想始终根深叶茂的蓊郁，也不要变成束缚精神的盘根错节。现实的基础上有点虚无的空灵不错，虚无的幽幻中映射现实的生存也好。

二十一

享受物质生活，说起来轻松简单，做起来沉重复杂。不知是品性中的吝啬基因太强，还是世教家传的俭约禀赋太深；不知是艰难困苦磨炼得太早，还是修身养性陶冶得太长；不知是感怀陈年旧物的顽固，还是追寻时俗风尚的脆弱；不知是思想保守的敝帚自珍，还是精神散淡的爱屋及乌；有点率性随心的不拘小节，任情使意的不修边幅，越简单越舒服，越老陈越自在；居之简陋，衣之朴素，食之粗淡，行之安步；鞠躬尽瘁，挣点俸禄，日积月累，赞襄子孙；偶有施舍，零星捐寄，怜老悯弱，扶贫济困。自己多花一点，几天心绪不宁，自己多享一分，始终思想不静。所以，安于平常，行于平淡，思于平静，乐于平凡，已是生活的至尊；自由散漫，放浪形骸，物我相忘，天人合一，已是享受的根本。只是有点浊酒粗茶的恬淡，梅兰松菊的雅兴，青史黄卷的辨析，诗词章赋的吟诵，亲朋好友的相会，含饴弄孙的温馨，便是人生的佳境。

二十二

物质财富日益丰盛，生活条件不断改善，印证了时代的发展社会的进步，心里感到格外的欣喜，但过度的消费，繁复的奢侈，又让人有些不适应。房屋再宽敞一张床的安歇，衣服再繁多一身躯的装饰，食物再丰盛一肠胃的容量，出行再迅捷一时间的达到；数量可以不断地增加，质量可以不断地提高，但不能攫取成性贪婪无度。特别是贫富差距悬殊，阶层差异加大，公平正义缺失，时俗风尚鄙陋的环境中，既要涵养朴实勤俭的个人品性，也要营造清廉简约的社会风气，既要追求个人的全面发展，也要实现社会的健康和谐。社会无论如何发展，形式内容千变万化，终究离不开衣食住行物质文明的根深蒂固；时代无论怎样进步，表象内涵璀璨缤纷，终究脱不了心灵品位精神文明的枝繁叶茂。单一的取舍，畸形的发展，疯狂的攫取，过度的消费，会导致品行的鄙俗，胸襟的促狭，思想的浅薄，精神的焦躁。耕耘中的勤劳，享有里的俭约，发展中的清醒，进步里的反思，无须鸿章巨论的阐述，引经据典的诠释，只在人们生活的每一细节里呈现，只在人们心灵的每一时刻映照，便是人生的大幸社会的大福。

二十三

心儿在这里刚刚平静，在那里又缓缓飘动；心儿在这里还未驻足，在那里又开始憧憬；心儿牵挂着过去不忍离去，惦念着未来又要启程；心儿撕扯着眼前盘根错节，梳理着当下云诡波谲；心儿驾驭着身躯跋山涉水，脱开了身躯自由散漫；心儿劲拔的孤独张望，恬淡的寂寞思索；心儿天真的幽幻奥妙，世故的急功近利；心儿雅致的梅兰松菊，世俗的得失荣辱；心儿温馨的柔情似水，冷酷的冰天雪地；心儿安谧的躺在自己胸中，激动的揣在别人怀里；心儿张扬的天花乱坠，收敛的暗香如故；心儿骄傲的任性使意，谦虚的循规蹈矩；心儿潇洒的率性随心，拘束的谨小慎微；心儿丰盈的生机盎然，贫瘠的荒芜萧瑟；心儿执着的研习经史子集，散淡的应酬风花雪月；心儿痴迷知音的高山流水，疏离交际的推杯换盏；心儿欣喜阖家的天伦之乐，忧患天下的悲欢离合；心儿映照着天地万物，彰显着自我境界。

二十四

时间漫长遥远，空间深邃辽阔，宇宙神秘莫测，万物奇诡妙幻，心灵可以自由的翱翔，精神可以肆意的漫游。牵起源远流长的历史，回顾崎岖坎坷的征程，浏览风云变幻的旧戏，一幕幕精彩绝伦的演绎，一出出云诡波谲的情节，一个个淋漓尽致的角色，仿佛就在眼前，任由记忆率性随心的裁剪，虚实相交，情景斑驳，因果迷离。扯动繁闹喧哗的现实，品味急功近利的当下，感喟得失权衡的眼前，一次次春耕夏耘秋收冬藏的辛勤劳作，一场场春风夏雨秋霜冬雪的激荡砥砺，一件件山重水复悲欢离合的历练陶冶，始终不能离去，全凭感悟任情使意的编辑，真假交杂，善恶纠缠，美丑混淆。展望玄幻朦胧的未来，祈盼国强民富的蓬勃，憧憬公平正义的蓊郁，一幅幅青山绿水的画卷，一曲曲温馨和谐的旋律，一个个神采飞扬的众生，总在心中萦绕，凭借想象汪洋恣肆的抒发，清净温润，澄明豁然，恬淡安逸。不要因时间的遥远而停滞前进的脚步，不要因空间的深邃而放松翱翔的翅膀，心灵不断的净化，精神始终在升华，人生就是有限的经历无限的思索。

二十五

始终保持平静的心态恬淡的情趣，不要被时俗风尚随意的熏染，急功近利任性的侵蚀；始终坚守孤独的心灵寂寞的精神，不要让贪婪的欲念缠绕，疯狂的攫取搅扰。繁华喧闹中有点门可罗雀的萧瑟，璀璨缤纷里有点残菊断荷的凋零，烟熏火燎中有点暗香如故的清芬，随波逐流里有点不识时务的狷介。一份清风明月的潇洒，几杯浊酒粗茶的酣畅，一点诗情画意的抒怀，几段意兴阑珊的吟唱，一篇奇文的疑义相析，几位知音的琴瑟和鸣，一次触景生情的刻骨铭心，几多人情世故的淡漠疏离。不要为巧取豪夺编造依据，不要为阴谋诡计杜撰根由，不要为沉溺眼前的享受找借口，不要为满足当下的名利寻理由；有点功成名就切勿志得意满，有点失误挫折切勿心灰意冷，有点客观的便利切勿投机取巧，有点主观的成绩切勿粗心大意。人生有限，修行无边，不断地精萃，经常的净化，始终拥有心灵的平静恬淡；生命有定，觉悟无限，不断的陶冶，经常的锤炼，始终保持精神的超逸安然。

二十六

顺其自然，因为这里谈的自然既是宇宙万物的表现，也是其深刻的本质丰富的内涵；既是客观规律的必然要求，也是主观意志的合理选择。顺其自然，既是勤于实践，广泛接触，全面了解，真切感受的具象适应；也是敢于思索，去粗存精，去伪存真，深刻把握的抽象提炼。顺其自然，既是峰峦叠嶂的攀登，江河湖海的跋涉，万里长征的砥砺，无限风光的观览；也是衣食住行的平常，时俗风尚的变幻，阴晴圆缺的交替，悲欢离合的循环。顺其自然，追名逐利中的潇洒，建功立业里的散淡，浮躁焦灼中的轻松，得失荣辱里的安然；顺其自然，繁华喧闹中的寂寞，盘根错节里的孤独，熙攘往来中的隐匿，璀璨缤纷里的萧瑟。顺其自然，不是随波逐流的苟且，同流合污的堕落，而是品性的超然卓立，风骨的劲拔伟岸；顺其自然，不是急功近利的狂妄，锱铢必较的贪婪，而是情趣的恬淡净雅，心胸的晶莹剔透。顺其自然，不是畏葸退缩的理由，推诿搪塞的借口；而是攻坚克难的担当，革故鼎新的稳健。顺其自然，不是思想贫乏的遮掩，意志消沉的凭据，而是心灵蓊郁的故乡，精神超逸的家园。顺其自然，说来容易做到很难。

二十七

轻轻地来默默地去，犹如一缕清风拂过树木花草，悄然于苍茫的原野，就像一股清泉逶迤深谷幽涧，凝聚于碧透的湖泊。人们热衷于冠冕堂皇的出彩，众口交赞的荣誉，人们喜欢璀璨缤纷的装饰，人声鼎沸的捧场；人们醉心当下的志得意满，沉溺眼前的功成名就，人们安享灯红酒绿的过度奢侈，麻木庸风流俗的精神萎靡。殊不知，这只是时代剧目中的一段场景，人生角色里的一段演绎；这只是社会旋律中的一段插曲，人生历程中的一些音符；殊不知，精彩绝伦的生旦净末丑，只是历史舞台的游子过客，淋漓尽致的唱念做打舞，只是现实生活的正常映照。人们始终萦绕着从何处来的奥秘，迷蒙着向何处去的幽幻，人们始终纠缠着当下的阴晴圆缺，沉浸眼前的悲欢离合。人生是无数人生环节的紧密相连，人生是无限生命循环的有限呈现，无须任性的膨胀，不要随意的萎缩；轻轻地来静静地去，一缕清风的抚慰一股清泉的浸润，一颗心灵的晶莹，一种精神的映射。

二十八

历事繁多阅人无数，真正的对手却是自己。人生中把各种困难和人物当成对手，一路的山重水复崎岖坎坷，一路的亲疏远近是非交融，克艰攻难交际臧否，目标明确指向具体；一次次征服后的愉悦成功中的欣喜，一次次屈服中的懊丧失误里的忧愁，一次次情真意切的推心置腹，一次次话不投机的敷衍了事。岁月不居，回望过去，峰峦叠嶂的征程只是连绵起伏的曲线，江河湖海的跋涉只是蜿蜒盘桓的平面；时光如流，感悟以往，繁闹喧哗的事务只是过眼云烟的缥缈，来往熙攘的人物只是浮光掠影的模糊。一切所谓的对手，只不过是在具体时俗风尚中膨胀了的正常生活，在特定价值取向里熏染的社会环境，被急功近利放大了的客观现实，被得失取舍绑架了的主观抉择；事就是那些事，人还是那些人，只是自我任性使意的思想观念，率性随心的行为习俗，雕凿了太多的印迹，蚀刻了太乱的花纹，只是自我建功立业的宏伟志向，彰显成就的精进猛行，遮蔽了恬淡的心灵，朦胧了澄明的精神。真正的对手其实就是自己，自知者明，自明者强，自强者物我相忘天人合一。

二十九

走过风云变幻的时代，沐浴了阳光雨露，经受了严寒酷暑；走过云诡波谲的社会，领略了贫瘠困顿，享有了富裕安康；走过繁闹喧哗的生活，品味了甜酸苦辣，感悟了悲欢离合；走过奇诡奥妙的人生，经历了山重水复，鉴赏了荣辱得失。远离了时俗风尚的熏染，卸掉了璀璨缤纷的装饰，解除了名缰利锁的缠绕，辞别了建功立业的鞭策；一切都在反思中不断地陶冶，一切都在觉悟中不断地净化，一切都呈现出简单平常的精粹，一切都映射着纯真平凡的晶莹。被自我奋斗膨胀了的意念逐渐的淡泊，为时代潮流激荡的思想逐渐地平静，被庸风俗雨浸润的情怀不断地洗涤，为锱铢必较束缚的心胸不断地解脱。人们由简单到繁盛的积累，也是风尘俗霾的不断积淀，人们由幼稚到成熟的发展，也是世故圆滑的不断凝聚，人们由生疏到老练的进步，也是失误挫折的蚀刻，人们由懵懂到精明的升华，也是迷离困顿的陪伴。走过了的历程可以不断地重复，在心灵中升华，在精神里超越。

三十

不要从已有的经验出发，不要以熟谙的习惯做起，不要局限既成的事实，不要满足精明的思绪；人类永远是自然之子，面对无限的奥秘只是有限的探索，犹如璀璨的星辰，镶嵌苍穹滑过天际，只是星光的闪烁流程的辉迹；人类始终是社会之子，面对风云变幻的时代繁闹喧哗的生活，就像舞台上的剧目，生旦净末丑唱念做打舞，只是昙花一现的演出。不要被时俗风尚裹挟，沉溺眼前的见识当下的品味，不要被功成名就遮蔽，满足已有的收获既得的享受，不要被世故圆滑侵蚀，随波逐流的八面玲珑，不要被精神浮躁熏染，膨胀自我放大成绩；人们只是承前启后的担当自己的历史责任，革故鼎新的承载自己的时代使命，人们只是书写自己的生活画卷，演绎自己的人生旋律，人们只是崇山峻岭中的一粒沙石，江河湖海里的一滴水珠，人们呈现着自己万象缤纷的风貌，彰显着参差迥异的意趣。放下率性随心的主观臆断，丢掉自以为是的经验积累，去除得心应手的行为习惯，隔断盘根错节的名缰利锁，还一个本真的平凡，质朴的平常，有一个心灵的平静，精神的平淡。

三十一

人生如戏，年轻时不断地上妆，脂粉愈涂愈厚，色彩愈描愈浓，装饰愈来愈多，入戏愈来愈深，角色愈演愈精，压力也愈来愈重；时代的要求生活的需要，社会的熏陶自我的选择，前代的寄托后辈的期望，同仁的臧否观众的评判，取舍的度量得失的权衡，真是个妆不完的生旦净末丑，演不尽的唱念做打舞，身体疲惫精神焦灼，情趣晦涩心灵浮躁。人们只是观赏年轻时的青春焕发，生机盎然朝气蓬勃，任性使意率性随心，计较其生涩荒诞喜怒无常，却不感悟其云诡波谲的时代挑战，变化莫测的社会发展，繁忙的生活奔波，沉重的精神压力，年轻不易。人生如戏，年老时不断地卸妆，脂粉凋零色彩斑驳，装饰剥离本色沧桑，剧情平缓旋律低沉，角色衰微演绎黯淡，心里愈来愈虚无；时俗风尚熏染后的云淡风轻，名缰利锁解脱后的恬淡洒脱，荣辱得失褪去后的心旷神怡，交际应酬减少后的孤独寂寞，终是个喧闹过后的寂寥，繁华过后的萧瑟，身老色衰头晕眼花，心灵干涸精神枯萎。人们只是羡慕年老时的鹤发童颜，清静无为自由散漫，无拘无束平静恬淡，腻烦其絮叨啰嗦偏执刻板，殊不知其有心无力的困窘，欲罢无奈的煎熬，牵肠挂肚的惦念，梦回故园的萦绕，年老不易。人生如戏，拉开大幕，该怎么演就怎么演，闭上大幕，该怎么去就怎么去。

三十二

生活中惊天动地的大事不多，即便遇到只要聚精会神凝情聚力，克艰攻难砥砺奋进，众志成城全力以赴，终会得到妥善的解决，能有一个具体的答案或阶段性的结果；而生活中卑微琐屑的小事不少，亲朋好友鸡零狗碎，街坊邻居家长里短，工作同行亲疏远近，事业伙伴知音对手，时俗风尚随波逐流，追名逐利锱铢必较，得失取舍费尽心思，荣辱褒贬绞尽脑汁，过去和将来缠绕，眼前和当下纠葛，数不清理还乱，耗损精力腐蚀韧性，阉割思想折磨精神，久俗成习，搞得灰头土脸，心情晦暗。生活犹如江河，蜿蜒曲折的流淌中，既有狂涛巨浪一泻千里，也有潺湲温顺逶迤盘桓，既有风姿绰约的天光云影，也有深沉浑厚的潜涌中流；生活就像山脉，连绵起伏的屹立中，既有峰峦叠嶂的伟岸劲拔，也有深谷幽涧的婉转曲回，既有万象缤纷的无限风光，也有孤独寂寞的冷峻沧桑。平凡是生活的根本，平常是生活的真谛。大事往往是无数小事日积月累的凝聚，瞬间的爆发，刹那的涤荡；小事往往是大事的蔓延渗透，持久的承载，永远的延续；没有经过小事的历练哪有驾驭大事的能力，没有经过大事的陶冶哪能有容纳小事的胸襟，小事的长久砥砺就是大事的情怀，大事的突飞猛进就是小事的境界。从某种意义上讲大事很要紧小事不容易。

三十三

保持冷静，不要让愤怒的火星燃起焦灼的烈焰，把蓊郁的精神家园焚毁；保持克制，不要被狂躁的暴雨汇集盲动的浊流，把温馨的心灵故园湮没。每个人都有自己迥异的品行，不同的情趣；每个人都有自己特殊的经历，不同的见识。人们对不同的人或事有不同的看法或相同的评价，人们对同一的人或事也有不同的臧否或一致的诠释。人们都是自己思想的主人，膨胀或萎缩任情使意的范围；人们都是自己精神的奴仆，拔高或贬低率性随心的尺度；人们都用自己的胸怀容纳一切，自以为是的指点江山；人们都以自己的境界衡量万物，狂妄自大的唯我独尊。人们有时秉持真善美的品性，光明正大公平正义；人们有时痴迷假恶丑的情怀，阴暗扭曲促狭卑鄙；人们更多的是真假混杂善恶交集美丑融汇，只是数量的不同质量的差异。尊重每个人的思想与行为的权利，但绝不放弃真知灼见的真理，趋炎附势的苟且，随波逐流的附会；理解每个人的见解与做法，但绝不扭曲常识违背规律，支离破碎的取舍，断章取义的阉割。保持平静，理性地面对，保持克制，韧性的坚守。

三十四

要营造一种和而不同的精神氛围，求得和谐相处共同发展的效果；无论自然和社会，还是生活与人生，千差万别参差不齐，万象缤纷表现迥异，不可能整齐划一；承认差异，化解对立，尊重禀赋，消除隔膜，达到和而不同的境界，实现和和与共的福地。现实中很多事情和人物，有时看似简单实则复杂，貌似平和实则诡异，有时表象繁复内在简练，行为乖离心里平淡，既不能随波逐流的敷衍，也不能强拉硬扯的苛求，只有区别对待的细致，一视同仁的大度；特别是亲朋好友之间，讲道理作用不小，论感情效果更大，谈思想协调不错，论情趣沟通更好；冠冕堂皇的理论诠释，旁征博引的思想说教，条分缕析的逻辑推理，提纲挈领的辩证演绎，在家长里短的闲言碎语中，在嬉笑怒骂的汪洋恣肆里，在任性使意的纠缠中，在率性随心的盘桓里，显得枯燥乏味苍白无力。所以，要有春风雨露温馨柔和的细腻，冰晶雪洁清凉寒洌的刺激，要有飞流直下的酣畅，曲径通幽的委婉，要有直达心扉的棒喝，旁敲侧击的提示，要有回肠荡气的感化，推心置腹的启迪。和而不同既是现实的状态，更是理想的境界，既是具体的行动，更是精神的映照。

三十五

为人处世，公平正义为本，光明磊落为基；就是要全面客观的认识世界，求真务实的对待万物，切不可率性随心的主观臆断，歪门邪道的是非混淆；就是要品性纯净的映照天地，胸怀坦荡的涵蕴众生，切不能阴鸷晦暗的诡异陋鄙，促狭偏执的猥琐晦涩。为人处世，品性风骨为本，心胸境界为要；就是要秉持纯真善良美好，锤炼伟岸劲拔坚韧，且不可趋炎附势泥沙俱下，苟且偷生随波逐流；就是要高瞻远瞩精微致细，平静恬淡安然超逸，且不能鼠目寸光急功近利，焦灼浮躁贪婪狂妄。为人处世，日积月累的历练，千锤百炼的陶冶，不断地由幼稚到成熟，由生疏到老练，是心灵的不断净化，精神的不断超越，切不可圆滑世故八面玲珑；为人处世，格物致知的勤奋，修身养性的涵蕴，壁立千仞无欲则刚的意蕴，海纳百川有容则大的情怀，穷则独善其身，达则兼济天下，切不能虚无缥缈怪异荒诞。

三十六

人们总想获取丰硕的物质财富，享受充实的精神生活，但衡量的标准是什么呢？人们总是巧取豪夺的疯狂攫取，殚精竭虑的锱铢必较，但评价的尺度是什么呢？这不是一个可以精准的恒定提问，也不是一个可以明确的终极答案；不同的时代条件有千差万别的解释，不同的社会阶段有五花八门的界定，不同的生活环境有纷繁复杂的演绎，不同的人生意蕴有截然相反的诠释。物质决定精神，精神反映物质，二者交相辉映的呈现着时代发展的程度社会进步的水平，日常生活的质量人生奋斗的价值；存在孕育意识，意识反哺存在，二者相得益彰的阐述着客观世界的万象纷纭璀璨夺目，彰显着主观世界的幽幻奇妙云诡波谲。但物质与精神有时隔绝，存在和意识有时背离，物质贫瘠匮乏却诞生了崇高伟大的精神，存在艰难曲折却锻造了生机蓬勃的意识，物质的丰盈富裕却侵蚀了精神的挺拔伟岸，存在的慵懒安逸却麻醉了意识的清醒敏锐。其实衡量的标准评价的尺度，既是身体力行的感受，更是深思熟虑的感悟，既是具象的客观表现，更是抽象的主观映照，关键是能否具有合理适度的自觉，恬淡愉悦的超逸。它在人们的心里。

三十七

人们思想上总是放不下，行动上就始终抓得紧，有限的人生无限的向往，催赶急促的步伐，鞭策焦灼的精神；勤奋努力的春耕夏耘，倾心尽力的秋收冬藏，尺短寸长的锱铢必较，急功近利的分秒必争；总想早一点的实现，多一些的得到，赢得价值衡量可观的尺度，取得社会评价优势的坐标，领受那份功成名就的荣誉，享有那份志得意满的自尊。夜以继日，风尘仆仆，日积月累，世俗沉沉，身体疲惫，思想浮躁，情趣萧索，心灵纠葛。丰富的物质生活和充盈的精神享受既是人们的理想追求，也是彰显时代进步社会发展生活水平的现实状态；既是人们迎接挑战把握机遇加快发展的客观动力，也是人们审时度势稳健和谐全面进步的主观抉择；既不要慵懒的无所作为，消极的随波逐流，也不能狂热的揠苗助长，盲目的突飞猛进；既不要促狭偏执的故步自封，虚荣伪饰的装扮自我，也不能急功近利的巧取豪夺，贪婪狂妄的目空一切。有时暂时的驻足可能是最好的前行，有时刹那的反思可能是最佳的觉悟，要拿得起放得下，行得急站得稳。

三十八

家长里短之事，闲言碎语，七嘴八舌，尺有所短，寸有所长，是非交杂，黑白混淆，众说纷纭，莫衷一是，日积月累，繁复琐屑，貌似渺小实则重大，视之浅薄实则深厚，处理起来荆棘丛中无处藏身，老虎吃天无处下爪，正所谓巧妇难为无米炊，清官难断家务事也。家庭是社会的细胞，人生的温床，古代圣贤把齐家当成修身养性的衡量标准，作为治国平天下的基础，是有深刻道理的；当代社会把成家立业作为人生的责任，当成人生圆满的标志，也不乏充分的依据。但要处理好家庭之事，是否要把握好几个尺度：一则情胜于理，在家中少讲道理多讲情，以情驭理，再好的道理也要用情去滋润，用情去沐浴，用情去诠释，用情去演绎，柔中有刚，情中有理；切不可只讲道理没有情，何况婆说婆有理，公说公有理，说不清理还乱，即便是一时得势也终生嫌隙。二则求同存异，虽为一家，既有源远流长的遗传变异，龙生九子禀赋不同，也有枝繁叶茂的盘根错节，家有众口品行迥异；男女老少品性悬殊，甜酸苦辣众口难调，情趣不同心胸参差，境界斑驳精神高低，不要任性使意的强制融合，率性随心的刻意要求；而要尊重上下左右的差异，寻求家和事兴的真谛，描绘一幅峰峦叠嶂伟岸劲拔，江河湖海蜿蜒逶迤的山水长卷，谱写一曲黄钟大吕激扬豪放，竹笛瑶琴低吟浅唱的优美旋律。三则注重细节，讲究方法，既有飞流直下的坦荡爽朗，也有曲径通幽的委婉温蕴，既有明心见性的直达，也有暗度陈仓的迂回，既有身体力行的表率，也有情真意切的教诲，既有衣食住行的关照，也有情感精神的抚慰。切不要先入为主，以偏概全，主观臆断，管蠡窥豹，随意臧否，妄下结论。家庭之事，三昧真火，九分奥秘，何能说清？个中滋味，心灵感受，怎能明白？只是一点顺其自然的想象，自得其乐的安慰。妙哉。

三十九

人们总是强调要客观公正地看待自然，也会用带有自己主观色彩的观念判别事物，人们总是要求全面科学的认识社会，也会带有自己喜怒哀乐的情感诠释人生；感性的万象缤纷丰富多彩。理性的晶莹剔透精练简约，二者既有各自的功能与范围，也有相互的交叉和融合，二者既有各领风骚的独奏，也有琴瑟和鸣的和声。有时为了主观的表达真切的阐释，调动了嬉笑怒骂皆成文章的意趣，挥发了荡气回肠惊心动魄的感情，消减了理性的精粹；有时客观的呈现深刻的揭示，运用了条分缕析化合分解的演绎，旁征博引繁琐辩证的诠释，疏离了感性的蓊郁。感性的根深蒂固枝繁叶茂姹紫嫣红，理性的源远流长江河湖海蜿蜒曲折；感性的璀璨缤纷生机勃勃欣欣向荣，理性的崇山峻岭峰峦叠嶂伟岸劲拔。没有感性的理性犹如无源之水无本之木，没有理性的感性就像杂草漫漶荆棘丛生；没有感性沁润的理性萧瑟枯萎，没有理性抚慰的感性枯燥焦灼。感性与理性，天然的在人们身心孕育，但不会自然的相互和谐，平常的在人们身心涵养，但不会简单的融汇；感性与理性，需要人们精心的培育，尽力的呵护，不断地陶冶，持久地净化，才能相得益彰，交相辉映。

四十

有时感觉身在闹市，心在荒野，行在名利场，思在云天外；不知是时俗风尚中的厌倦，还是追名逐利中的疲惫，不知是自知之明的觉悟，还是自我沉沦的无奈。自然的神奇奥秘无法穷尽，社会的云诡波谲难以梳理；自然的探索中，崇山峻岭可以坚忍不拔的攀登，江河湖海可以倾心尽力的跋涉，寻奇探幽，观览无限风光，经难历险，感悟造化真谛；社会的生活里，风云变幻可以不断地适应，扑朔迷离可以不断地解析，攻坚克难，品味得失的意蕴，开拓进取，领略荣辱的境地。自然中人是自然之子，却旗帜鲜明的是自己，社会中人是社会主体，却懵懂糊涂的没了自己。各种价值坐标盘根错节，诸多成败参照标新立异，各种思潮观点众说纷纭，繁杂风俗时尚川流不息，只在时间刻度上有点身影的闪动，只在的空间的藩篱中有点精神的点缀，只在时光的流逝里急促的奔波，只在岁月的交替中茫然的寻觅。从何处来未弄清楚向何处去没搞明白，眼前的朦胧当下的迷惑更是纠缠不已。心在苍茫原野，虽然孤独却有了自己的思索，心在深邃苍穹，虽然寂寞却有了自己的境地。今日方知我是我。

四十一

风霜雪雨，刀光剑影，赴汤蹈火，开疆拓土，建功立业，却不恋名利，淡泊荣誉，心念苍生，身归故里；朝霞夕晖，淡月疏星，辛勤劳作，粗茶淡饭，诗书耕读，却胸怀天下，心系国家，捐困济贫，哺育后代。老红军甘祖昌和妻子犹如春风普度，抚慰着时俗风尚的浮躁，就像细雨温蕴，沁润着急功近利的焦灼；平凡的回归彰显着品性的纯真善良美好，平常的举止映射着心灵的恬淡澄明质朴，平静的从缤纷璀璨的星空悄然滑过，平常的在晨炊暮霭的乡村安然生活。惊天动地的丰功伟业让人敬仰，朴素执着的功成身退让人倾慕，为国家之用生命相许，为家乡之用亲情倾注。他们的事迹警示我们，追名逐利的贪婪能否有点收敛，巧取豪夺的疯狂能否有点克制？锱铢必较的攫取能否有点舒缓，萎靡奢侈的享受能否有点减退？需要扪心自问的警醒，醍醐灌顶的觉悟，需要反思净化的精神，当机立断的行动。清风拂煦，夕阳西下，一对老人盘桓在田间地头的小路上，蹒跚归来，披着温煦的余晖，携着归鸟的喧哗，伴着乡邻的问候孩子们的嬉闹，走在人们的心里。

四十二

生活的品位可以由一些看得见摸得着用得上的具象形态来表现，可以由时俗风尚的标记众口铄金的鉴赏所诠释，但毕竟是一种外在的评判，关键还要有品性的孕育，情趣的温蕴，知识的滋润，思想的精萃，精神的抚慰，需要一种内涵的映照。高楼大厦宝马香车，钟鸣鼎食锦衣绣服，竹篱茅舍安步当车，粗茶淡饭褐衣青衫，千差万别的表象；品性的纯真善良或虚假恶劣，情趣的优雅美好或庸俗丑陋，心胸的坦荡开阔或促狭猥琐，精神的澄明俊逸或阴暗晦涩，参差迥异的内涵。有时璀璨缤纷的表象掩盖不住苍凉萧瑟的内涵，有时神采飞扬的内涵影响不了灰头土脸的表象，有时彼此尖锐对立剑拔弩张，有时相互交融相得益彰。很多人把生活的品位镶嵌在豪华奢侈的铺张上，定格在感官愉悦的刺激中，借助繁华喧闹的排场灿烂夺目的装饰，彰显自己品位的尊贵，但掩盖不了思想的贫乏精神的萎靡。很多人虽然陋室空巷的徘徊，粗茶浊酒的饮啜，清风明月的恬淡，率性随心的散漫，孤独的思考，寂寞的感悟，简单的生活，平常的交往，却呈现着超逸的情趣灵动的境界。品位是心灵的自觉。

四十三

人格是综合素养的重要体现，品性的优劣，情趣的雅俗，心胸的宽窄，思想的深浅，精神的清浊，境界的高低，决定着人格的品质和韧性，影响着人格的风貌和表现。现实生活中，受时俗风尚的裹挟，追名逐利的驱使，人们盘算于眼前的取舍，计较于当下的得失；有时会趋炎附势阿谀谄媚，有时会随波逐流苟且偷安，有时会同流合污油滑世故，有时会翻云覆雨阴损刁钻；日积月累，久俗成习，品行必然会被侵蚀，情趣肯定会被污染，人格也就会猥琐鄙陋龌龊不堪了。秉持人格的自尊，有时会遭受庸风流俗的嘲讽，坚守人格的清明，有时会遇到污泥浊水的诋毁，人格成了茫然四顾的孤独，人格成了暗香自度的寂寞。人生以丧失人格为代价的生存是悲哀的，无异于行尸走肉的延喘；社会以埋没人格为成本的发展是畸形的，无异于弱肉强食的丛林。人格是测度人们全面发展的衡器，人格是检验社会文明进步的坐标，人格需要社会的涵蕴呵护，人格需要个人的修炼精萃。

四十四

现实中，有点自由的品性浪漫的情怀非常不易，生活中，有点恬淡的精神平静的心灵也很难得；激扬的思绪还未放开驰骋的脚步，就陷入了名缰利锁的羁绊，灵动的向往还未挥动翱翔的翅膀，就坠入世俗风尘的雾霾。急功近利的鞭策，岁月在锱铢必较中流逝；贪婪奢求的催促，时光在巧取豪夺中飞度；眼前的盘根错节还未梳理，当下的错综复杂还未解析；容不得一星半点的自由浪漫，来不得一时半会的平静恬淡；只是分秒必争的得失盘算，夜以继日的荣辱权衡，只是欲望任性随心的膨胀，攫取肆无忌惮的扩张。一点蝇头微利能让脆弱不堪的心灵支离破碎，一点流言蜚语能让浮躁焦灼的精神土崩瓦解，一点风吹草动能掀起时局的崇山峻岭，一点风云变幻能搅动社会的万丈波澜。人们编织了主观臆断的自我藩篱，人们放大了短视促狭的自我感觉，人们过分抑制了自由的品性浪漫的情怀，人们严重挤占了平静的心灵恬淡的精神。人啊人，到底需要什么？人啊人，应该怎样去做？

四十五

总想有广泛的接触众多的了解，增长阅历提高见识，启发灵感丰富思想，殊不知，大凡与眼前利益当下得失相关的话题，激情四射喋喋不休，而与长远打算未来考量的内容，敷衍了事少有问津；殊不知，大凡与具象财富为主的交流，热闹非凡众说纷纭，而与抽象精神为主的探讨，缄口结舌不感兴趣。虽然阅人不少历事繁多，交际广泛应酬频繁，但总感到春风满面的朋友多，倾心会意的知音少，浮光掠影的应付多，精雕细琢的切磋少，追名逐利的经验多，平静恬淡的情趣少，时俗风尚的品味多，精神家园的感悟少。繁华喧闹中，总有一种心灵的孤独，人烟熙攘里，总有一种精神的寂寞。青史黄卷，没有点疑义相与析的辩论，缺少意趣；粗茶浊酒，没有点文章千古事的对啜，有失情韵；梅兰松菊，没有点清风明月的抚慰，只是暗香如故的秉持；竹笛瑶琴，没有点高山流水的逶迤，只是余音绕梁的独奏。

四十六

人生在世，会有诸多不满意的事情不圆满的结果，不理想的环境不完美的状态，在遗憾与缺失中，总是把期望不断地向未来延伸，以求得精神上的自慰心灵中的寄托，因而赋予后代的理想格外的浓郁，祈盼后代的成就格外的繁重，既增加了自己的精神负担，也加重了后代的思想压力。说的好点这是社会发展人类进步的动力，说的差点这是时代的局限人们自私的顽疾。人们既有源远流长的历史承续，也有革故鼎新的现实创造；既有当今时代的开拓进取，也有未来理想的憧憬期望。但每一代人都要面对特定的时代背景具体的社会环境，承担自己的历史使命与现实责任；都有自己的人生历程生活内容，都有自己的春耕夏耘秋收冬藏，都有自己山重水复柳暗花明的砥砺陶冶，都有自己阴晴圆缺悲欢离合的品味感悟，都有自己功成名就的那份欣喜，都有自己困顿阻塞的那份忧愁。不要给予太多的精神压力，一切顺其自然的承应，不要寄托太重的具体目标，一切水到渠成的延伸，让他们创造自己的事业，赢得自己的成就，凝聚自己的智慧，活出自己的光彩。只有永远的祈祷，美好的祝福。

四十七

淳朴天真，既是人们魂牵梦绕的心灵向往，也是人们呕心沥血的精神追求，既是生命启程的温润晶莹，也是人生归宿的清逸澄明。无论博大精深的鸿篇巨制，旁征博引的庄重说教，还是条分缕析的详细演绎，精辟独到的逻辑辩证；无论瑰丽妙幻的诗情画意，轻歌曼舞的优美旋律，还是率性随心的汪洋恣肆，循规蹈矩的鞭辟入里；都不能真切的表达它的意蕴，都不能精准诠释它的真谛，更别说所谓的人情世故，经验感喟了。一切世俗风尘在它面前烟消云散，一切功成名就在它眼中平常如故，一切璀璨缤纷的装饰在它身上黯然失色，一切冠冕堂皇的教谕在它心里枯燥乏味。淳朴天真，有着根深蒂固的纯朴基因，源远流长的典雅血脉，有着伟岸劲拔的高风亮节，光明磊落的精神境界；有时贯穿在孩子们率性随心的成长中，有时呈现在老人们斑驳沧桑的衰退里，有时闪烁在家长里短的言谈举止中，有时表现在人烟熙攘的音容笑貌里，有时融化在繁杂琐屑的日常生活中，有时洋溢在建功立业的勤奋拼搏里，有时一个不经意的关心问候，有时一个没在乎的帮忙助力，有时牵肠挂肚的惦念，有时推心置腹的安慰。淳朴天真无处不在，却又经常被人们淡漠，淳朴天真无处不有，却又随时被人们忘记。

四十八

年轻时认真的学习努力的工作，辛勤的劳作奋勇的拼搏，总想尽快取得功成名就的业绩，占有社会的一席之地，拥有富裕的物质条件，享有充实的精神生活，实现自我价值赢得人们的认可。崎岖坎坷的经历停不住艰难的攀登，蜿蜒曲折的征程止不住急促的跋涉，世俗风尘的熏染逐渐浓重，追名逐利的侵蚀日益深刻，成家立业养老哺幼的压力愈来愈重，应酬交际瞻前顾后的频率愈来愈多，身体疲惫，思想焦灼，精神暮霭，心灵沧桑。而到了年老时，回首往事过眼云烟，繁华经过后的萧瑟，喧闹消退后的孤寂，璀璨缤纷的装饰剥离后的简单质朴，名缰利锁解脱后的恬淡俭约；感悟当下云淡风轻，啰嗦唠叨中的率性随心，刻板僵化里的任情使意，执拗痴迷中的好奇天真，余蛮霸道里的幼稚淳朴；身体衰弱，思想平静，精神散淡，心灵安逸。所以，年轻有年轻的欢乐与痛苦，年老有年老的欣喜与忧愁，不要轻易地责怪，不要刻意的规定，顺其自然，各有其韻。

四十九

人们权衡自己的取舍计较自己的得失并没有错，只是不要完全站在自我的角度，过度专注眼前的名利，过分沉溺当下的收获，不要忘记人生的根本意义，失去人生的终极目标。理想似乎虚无缥缈，但它是人们灵魂的精髓，信念好像可有可无，但它是人们精神的引导，没有理想的人生晕头转向，没有信念的人生随风飘摇。有时受时俗风尚的熏染，把趋炎附势的追随当成时髦；有时被急功近利的催促，把巧取豪夺的贪婪当成目标；有时为狂妄的欲念驾驭，无度的攫取肆意的掠夺；有时被奢靡的享受麻醉，情趣的猥琐精神的沉沦。人生如旅，或长或短时高时低的攀登在崎岖坎坷的峰峦叠嶂，跋涉在蜿蜒曲折的江河湖海，经历艰难险阻，领略无限风光；人生如梦，或虚或实或深或浅的诠释着云诡波谲的时代剧目，演绎着奇诡奥妙的生活情节，品味得失成败，感悟悲欢离合。人生既是过程的历练，也是过程的享受，人生既是不断地积累，也是不断地超越，人生应该有具体的目标，也应有灵动的理想，人生应该有踏实的行动，也应有崇高的信念。

五十

好心办坏事，可能好心针对的对象有问题，可能好心本身的质量有瑕疵，可能好心释放的时空不合适，可能好心实施的方法不得当。好心是品性纯真善良美好的呈现，感性热烈理性冷峻的凝聚；好心是胸怀光明磊落坦荡的抒发，解疑释惑育人做事的成全；人们赋予了好心最完美的诠释，给予了好心最真挚的理由，但是否关注了好心的视野和角度，分析了好心的内涵和外延，是否测度了好心的通情与达理，把握了好心的尖锐与柔软？人们为好心谱写了理直气壮的旋律，描绘了天经地义的华章，殊不知缺失合理的方法妥善的措施，没有合适的环境恰当的时机，也会导致揠苗助长的捧杀，任性使意的抑制，也会造成南辕北辙的荒诞，是非颠倒的谬误。好心办坏事，比坏人办坏事更令人猝不及防触目惊心，好心办坏事，比坏人办坏事更令人只找借口不思根由。

五十一

总想有一隅安静的时空，安纳恬淡的心灵，放松飘逸的精神；总想有一处寂寥的天地，原野沉默，苍穹无声；世俗风尘人烟熙攘中有点心灵的孤独非常不易，追名逐利繁华喧闹里有点精神的寂寥实在难寻。有时刚想有点平静却风声四起，有时还未短暂安稳又波澜汹涌；有时刚要孤独的远眺，领略崎岖巍峨的峰峦叠嶂却云遮雾绕的朦胧，有时还未淡定的沉思，感悟蜿蜒曲折的江河湖海又纵横交错的缠绕。人生如网，牵一发而动全身；扯动着记忆的丝线，编织着现实的锦缎，闪烁着未来的光泽；触动着名利的琴弦，拨弄着取舍的音符，演绎着得失的曲目。没有完全闲置的角落，没有彻底隔绝的荒原，青灯黄卷依然不乏解疑释惑的繁复，超凡脱俗依然洋溢经世致用的祈盼。有点心远地自偏的桃花梦境，有点一览众山小的劲拔伟岸，有点飞流直下的洒脱飘逸，有点暗香如故的轻盈灵幻。平静在自己的心灵中，恬淡在自己的境界里。

五十二

爱，品性的内核，情趣的精粹，意志的风骨，胸怀的境界；爱，品行的凝聚，思想的晶莹，心灵的故乡，精神的家园；磅礴于天地彰显于万物，贯穿于古今纵横于世界。一切艰难困苦在它面前都会被征服，一切荣华富贵在它脚下只能是匍匐，一切冠冕堂皇的说教在它面前缄口结舌，一切璀璨缤纷的装饰在它那里黯然失色。只有爱才能将个人民族家庭社会，国家世界有机的联系在一起；只有爱才能将纯真善良美好发扬光大，把虚假恶劣丑陋抑制剥离；只有爱才能融化风尘世俗的偏见，消解思想观念的藩篱，打破行为习惯的桎梏；只有爱才能唤醒麻木的心灵，蓊郁荒芜的精神，充盈苍白的灵魂。爱，不会因为纯真圣洁而高高在上，变成人们尊奉的神谕；爱，不会因为瑰丽幽幻而神秘莫测，成为人们迷失的渊薮；爱，呈现在日常生活的繁复琐屑中，彰显于社会发展的风云变幻里，爱，渗透在人生的悲欢离合中，贯穿在时代进步的云诡波谲里。人们可以给爱注入各自的见解，社会可以给爱发表不同的诠释，众说纷纭莫衷一是，但无法否定爱的源远流长，动摇爱的根深蒂固，无法肢解爱的枝繁叶茂，抹杀爱的姹紫嫣红。没有爱的心灵是枯寂的，没有爱的世界是荒芜的。

五十三

领导的综合素质和驾驭能力，组织的合理架构与有效运作，对于一个单位部门至关重要；缺乏科学正确的引领，没有高效和谐的保障，是一些单位部门存在的两大弊端。有些领导长期倚仗于既得的权势，安享于已有的位置，既不认真学习，也不深入实践，既不总结经验，也不解放思想，既不深刻反思，也不警醒觉悟，始终屁股决定脑袋，职位指挥思想，没有精神引领，缺失战略导向，具体方法疏漏，实施措施粗糙，胸中无全局，临阵瞎指挥，主观臆断盲目决策，任性使意拆东补西，有时还冠之以大干快上的幌子，披上实干兴业的装饰，荼毒不浅贻害无穷矣。有些单位部门，机构设置叠床架屋，职责范围混乱不清，岗位功能盘根错节，人员选择任人唯亲，资源配置支离破碎，规章制度空虚模糊，运作机制阻滞纠葛，工作效率迟缓低下，有时还涂抹上改革创新的色彩，演奏出生动活泼的旋律，谬种蔓延祸害不轻。这两种弊端相互交织，不仅会造成事业的损失，还会导致人心的涣散，不仅会阻塞时代的发展，还会败坏社会的风气。小到一个单位部门，大到一个民族国家，不可不警也。

五十四

贪图权势迷恋职位是可悲的，因为占有了一定的位置，享有了一定的权力，拥有了一定的势利，把控了一定的资源；如果不能警醒自知，放松约束，不去认真的学习，深入的钻研，熟悉现象把握规律，全面统筹科学规划，正确决策合理实施，及时调整有效推进，就会凭借权势任性使意，依靠职位独断专行，屁股决定脑袋，终会导致知识疏漏，思想贫乏，能力衰退，心胸促狭，精神浮躁，境界低下。贪图权势迷恋职位是可怕的，因为有了得心应手的工具，有了前呼后拥的排场，有了冠冕堂皇的招牌，有了名正言顺的分量，如果不能秉公用权，为民尽职，不去时刻的警惕，自觉的反思，珍惜组织的信任，尊重人民的重托，公平正义的用权，光明磊落的尽责，就会利用权势中饱私囊，依仗职位胡作非为，名利驱使精神，终会导致品性污浊，情趣猥琐，意志萎靡，人格丧失，精神晦涩，心灵龌龊。权力的腐败是最大的腐败，亘古至今的顽疾，弥漫当下的病毒，败坏风气，荼毒民心，治国理政的头号杀手，强国富民的最大敌人。

五十五

餐厅里弥漫着慵懒的气息，酒桌上飘逸着萎靡的味道，珍馐佳肴汇集着南来北往的游子，推杯换盏凝聚着东奔西跑的过客；一道菜品尝中的褒贬，一杯酒饮啜里的臧否，一句任性使意的装腔作势，一点率性随心的胡言乱语。有时酒不醉人人自醉，真情实意的倾诉；有时人不醉酒酒却醉，云诡波谲的挥洒；有时酒逢知己千杯少的淋漓酣畅，有时话不投机半句多的阻滞隔阂；有时借助酒意的浇漓，释放点生活的牢骚；有时依靠酒兴的刺激，抒发些人生的感想；有时剑拔弩张激情四射的猜拳行令，有时和风细雨曲径通幽的轻饮浅啜。功成名就被酒烧灼的崇光泛彩，卑微琐屑被酒湮没的黯淡无光，品行在酒的浸泡中原形毕露，情趣在酒的滋润里雅俗纷呈；酒膨胀了人们的感性欲望，激活了人们的生理机能，酒销蚀了人们的理性思考，麻木了人们的精神向往；酒也会净化人们的纯真善良美好的品性，酒也能凸显虚假恶劣丑陋的瑕疵，酒也会引领人们原野漫迹苍穹翱翔，酒也能拖累人们孤独蹒跚寂寞怅惘。餐厅里的人烟熙攘川流不息，酒桌上东倒西歪杯盘狼藉，只是沉浸在着酒中，有点醉意的胡思乱想。

五十六

四面八方的诱惑让人心浮气躁，五颜六色的刺激让人手忙脚乱，追名逐利的攫取让人应接不暇，锱铢必较的取舍让人身心疲惫；实用主义的盛行，功利色彩的浓重，当下的占有，眼前的享受，频繁的交往，琐屑的应酬，很少有孤独的思考寂寞的感悟，更遑论心灵的净化精神的超越。只是春风夏雨秋霜冬雪的日月交替，只是春耕夏耘秋收冬藏的年来岁往；征程连征程的跋涉，长亭接短亭的漫漶；前途连前途的攀登，海角接天涯的怅惘。心灵苍白，没有一幅风光无限的山水画卷；精神萎靡，没有一曲委婉激越的优美旋律；只是一点暗香如故的清高，伟岸劲拔的矜持，只是一些苍茫萧瑟的安然，沧桑寂寥的恬淡。一缕清风的抚慰，几阵细雨的滋润，一轮淡月的温蕴，诸多疏星的映照，孤独的感怀，寂寞的畅想。也好。

五十七

初夏的细雨淅淅沥沥，时断时续的飘洒，抚慰了原野，温蕴了山川，芳草萋萋林木蓊郁，稼禾婷婷杂花瑰丽；空气中弥漫着氤氲的水汽，清新肺腑沁润心脾，远眺天地朦胧，飘逸着幽幻的灵动，近观窗外景致，散发着浓郁的生机。静静地坐在桌前，一杯清茶的恬淡，一本旧书的安逸，一点孤独的意蕴，一点寂寞的品味；不想有任何的书写，纸笔温顺的匍匐在桌上，不想有任何的举动，画卷安谧的观览着屋里；一切都仿佛静止了凝固了，只有窗外的细雨淅淅沥沥，偶尔几只麻雀欢快的嬉闹，又飞向朦胧的远处，了无踪迹。

五十八

生命的意义庄重而神圣，奥妙而幽幻，人们追根溯源的探寻，倾心尽力的追索，历程崎岖坎坷，心路纵横交错，演绎璀璨缤纷，答案千差万别，都想有一个带有自我色彩的诠释，打上一个彰显自我精神的标记。生命从何处来向何处去，亘古至今无法说清，只有历史的回望未来的憧憬；生命向哪里行在何处立，云诡波谲无法道明，只有眼前的身躯当下的心灵。其实，生命的意义就是生死交替生生不已，生命的本质就是有限的呈现无限的延续，犹如一滴水珠，溪流瀑布江河湖海的蜿蜒盘桓，雨雪雾霭云霜露霾的弥漫飘逸，就像一粒沙石，平原盆地沙漠荒原的斑驳陆离，崇山峻岭峰峦叠嶂的坎坷崎岖。生命的奥秘让人殚精竭虑，生命的珍贵让人膜拜顶礼，生命的平凡让人熟视无睹，生命的平常让人任性消费，给予生命的精神意蕴就是个人生命的意义，给予生命的心灵境界就是个人生命的真谛。

五十九

放下所谓渊博的知识，深刻的思想，去掉所谓充沛的精力，聪颖的智慧，留下一点苍茫寂寥的恬淡，留下一点云淡风轻的飘逸；没有博大精深的鸿篇巨制，没有旁征博引的理论说教，没有条分缕析的逻辑演绎，没有风尚时髦的观念思潮，只是自由散漫的游弋，只是虚无缥缈的翱翔。掩去蜿蜒崎岖的历程，山重水复的砥砺，去除阴晴圆缺的思绪，悲欢离合的感喟，留下一点嶙峋劲拔的孤独，留下一点沧桑深邃的空灵；没有世俗风尘的熏染，没有名缰利锁的缠绕，没有得失取舍的权衡，没有荣辱褒贬的计较，只是桃花源里的落英缤纷，只是心灵中的暗香如故。收获的成果很多，积淀的失误不少，阅人历事无数，挚友知音有限；品性真假掺杂，情趣雅俗缠绕，心胸善恶交融，精神美丑混淆；说不清理还乱的无奈，分不清辨不明的烦恼。还是快刀斩乱麻的割舍，当机立断的决绝，还是浴火重生的菩提，凤凰涅槃的升华，只是一颗心灵的安谧，一种精神的逍遥。

六十

剥掉外在璀璨缤纷的装饰很容易，去除心灵根深蒂固的痴念则艰难。人们在追名逐利的辛劳中创造了丰盛的物质财富充盈的精神产品，人们在得失取舍的权衡里编织了纵横交错的见识经纬缠绕的思想；人们在具象的呈现中繁花似锦生机盎然，人们在抽象的表达中云诡波谲神秘幽幻；人们留下了山重水复的印迹，承载了悲欢离合的映照，人们延续着自己的生命之路，织就着自己的人生之茧。愿意彰显功成名就的表面辉煌，不愿暴露锱铢必较的内心盘算，愿意展示冠冕堂皇的豁达磊落，不愿泄露猥琐鄙陋的促狭刁钻，愿意接受谄媚逢迎的虚情假意，不愿直戳心扉的逆耳忠言，愿意坚守倾心尽力编织的茧，不愿转化浴火重生的蝶。凝聚一个硕大的茧不易，放飞一只美丽的蝶更难。

六十一

执政党的信誉来自治国理政的成绩，来自人民的认可，失去这个根本，一切无从谈起。只有始终坚持一切以人民的利益为出发点和归宿，才能取得卓越的成就，得到人民的拥护。失职于己失信于民，必将导致政息人亡的败局，特别是有时短暂的局部的失信看似无足轻重，实则后果严重，灾难远大于经济上取得的辉煌成绩政治上的暂时安稳。因为只要有人民的信任，就能众志成城所向披靡，任何艰难困苦都会被克服，任何敌对势利都将被战胜；一旦失去民心，就会四分五裂一盘散沙，任何风吹草动都会产生羊群效应，任何云诡波谲都会导致分崩离析。信誉是衡量执政能力的坐标，检验执政效果的砝码；信誉是民族精神的彰显，国家意志的凝聚；信誉是时代发展的不竭动力，社会进步的根本保障；信誉是个体素质的零打碎敲，整体风貌的集中体现；信誉是经济的内核，政治的精粹。执政党的信誉至关重要，切不可有丝毫的轻视淡漠，且不能有一点的放任自流，否则祸国殃民，贻害无穷也。

六十二

人们要平静但不能晦暗，人们要平淡但不能消极，人们要平凡但不能猥琐，人们要平常但不能庸俗。追名逐利的时俗风尚中要有劲拔的风骨，趋炎附势的随波逐流中要有伟岸的人格，奢侈萎靡的浸泡中要有清纯雅致的情趣，人烟熙攘的交际里要有特立独行的品行，同流合污的苟且中要有泾渭分明的精神，醉生梦死的延喘中要有暗香如故的境界。人生有不同的具体目标和祈盼的理想，不同的追求方式和实现的路径，人生有不同的价值衡量尺度，不同的成败评价坐标；无论志得意满的功成名就，还是艰难困苦的困顿窘迫，无论一帆风顺的海阔天空，还是崎岖蜿蜒的山高水长，都是春风夏雨秋霜冬雪的人生场景，都是春耕夏耘秋收冬藏的人生剧目；高低贵贱转瞬即逝，得失荣辱刹那影遁，一粒沙石融入峰峦叠嶂，一滴水珠汇入江河湖海，一缕清风拂过苍茫原野，一际星辰滑过深邃苍穹，以自己有限的身心彰显生命的无限，以自己短暂的人生映射世界的永恒。平静里的觉悟，平淡中的精萃，平凡里的升华，平常中的超越，始终在精神中盘桓，始终在心灵里萦绕。

六十三

人生在世，一番时代潮流的精雕细琢，社会熔炉的千锤百炼；一番山重水复的攀登跋涉，阴晴圆缺的品味感叹；一番公平正义光明磊落的熏陶，促狭偏执阴暗晦涩的侵蚀；一番纯真善良美好的孕育，虚假恶劣丑陋的污染；已是面目全非的五光十色，身心迥异的奇诡妙幻；已是时光流逝中的痴迷游子，岁月交替里的莽撞过客。熏染了太多的时俗风尚，缠绕了繁乱的名缰利锁，积淀了浓厚的历史包袱，承载了繁重的现实责任；既是披坚执锐开拓进取的仁人志士，也是趋炎附势同流合污的泼皮无赖；既是伟岸劲拔意气风发的中流砥柱。也是圆滑世故苟且偷生的同流合污。有时看不清楚社会，弄不明白自己，有时漫漶了精神，迷蒙了境界。人生在世，总是追根溯源的回望过去，那里有清澈的源泉，潺湲的溪流，欢跃的瀑布，那里有漫野的芳草，蓊郁的林木，璀璨的花朵，起始的纯真洁净令人心思神往；人生在世，总是牵肠挂肚的向往未来，那里有温馨的阳光，晶莹的雨露，柔润的清风，归宿的轻扬安逸让人魂飞魄散。只有起点和归宿彰显着生命的永恒，人生只是无限循环的线段。

六十四

有时已经拥有的再珍贵也感觉不到，占有已稀释了获取过程倾心尽力的情真意切；有时没有得到的反而感觉珍贵无比，欲望已浓缩了期盼目标朝思暮想的急不可待。人们一方面疯狂的获取，贪婪的扩张，尽情地占有，恨不能尽万物之利以饱私囊；一方面随意的消费，任性的挥霍，奢侈的享受，恨不能穷天下所有为己而用。人们一方面在急功近利的追逐中，锱铢必较的追寻着纷至沓来的目标；一方面在日积月累的积淀中，率性随心的丢弃着已经拥有的成果。索取时的执着，得到后的淡漠；祈盼时的惦念，实现后的遗忘。人们建造着珍贵的高楼大厦也让其残垣断壁，人们精萃着珍贵的晶莹剔透也让其污泥浊水，人们因为没有珍贵而寝食不安心烦意燥，人们因为获得珍贵而熟视无睹弃如敝屣。有时该铭记的没有蚀刻，该遗忘的没有清除，有时珍贵的没有荣耀，鄙贱的反而生辉。当人生步入自我的尽头时，云淡风轻的回望中，无数的珍珠璀璨晶莹，连缀起缤纷灿烂的项链，始终在世间贯穿，始终在心灵中萦绕。追寻中得到时失去后的深刻品味，才能真正领悟珍贵的真谛和奥妙。

六十五

远离尘嚣，隔绝俗扰，一杯清茶的恬淡，几本闲书的逍遥。没有名缰利锁的缠绕，绝无得失荣辱的打搅；不需鸿篇巨制的寻章摘句，不用旁征博引的辩证诠释；不要条分缕析的逻辑演绎，无须花言巧语的余音绕梁；不要遣词造句的精雕细琢，不用曲径通幽的揣摩猜测。思想自由散漫，情趣悠然闲适，心灵清逸安谧，精神幽幻空灵。静中有动，天籁地音的吟诵，动中有静，万物相和的聆听；孤独中原野苍茫，漫无边际的游荡，寂寞里苍穹深邃，轻扬直上的翱翔。身居陋室，心在天外，一点率性随意的自在，一点虚无缥缈的畅想。

六十六

理想信念任何时候都不能丢失，这不是冠冕堂皇的说教，也不是老生常谈的絮叨，这不是虚无缥缈的空谈，也不是急功近利的引导，而是为人处世的基石，强国富民的根本。有时过度的诠释夸张了真实的内涵，膨胀了适度的外延，割裂了与实际的紧密联系，变成了空洞乏味的教条；有时极度的淡漠抑制了崇高的真谛，萎缩了蓬勃的意蕴，湮没了对生活的正确引领，变成了轻描淡写的依附；但理想信念始终是人们的灵魂，时代的旗帜，精神的动力，力量的源泉，暂时的扭曲刹那的湮没，不能销蚀它纯粹的境界遮蔽它永恒的光芒。过去艰难困苦的岁月，人们坚定理想信念，前赴后继浴血奋战，取得了民族解放国家独立的丰功伟业；当今繁荣发展的时代，更需要秉持崇高的理想坚定的信念，开拓创新努力奋斗，实现国家强大人民幸福的中华复兴。眼下物质财富日益丰盛，精神享有不断增加，但沉溺既得利益，满足感官刺激，品行猥琐鄙陋，心胸促狭偏执，精神萎靡奢侈，心灵晦暗空虚；理想不再信念全失，民心涣散世风庸俗，既是比较普遍的客观溃烂，也是令人切齿的主观恶疾，此病不除贻害无穷，荼毒当下延误后人。持之以恒的进步，稳健和谐的发展，自立于世界民族之林，昂扬于海阔天空之中，理想信念始终鞭策永远引领。

六十七

在源远流长的历史长河里，我们的事业只是一朵浪花，在绵延横亘的时代山脉中，我们的成就只是一粒沙石，和以往中兴的朝代盛世的岁月相比，我们也并不是太漫长，和当今发展的民族强大的国家相论，我们还需更加的努力。但我们在很短的时间攀登了崎岖坎坷的峰峦叠嶂，经历了血雨腥风的砥砺，开创了惊天动地的丰功伟业，屹立于世界东方；我们以迅捷的速度跋涉了蜿蜒曲折的江河湖海，跨越了风云变幻的征程，创造了举世瞩目的灿烂辉煌，昂扬于万国众邦。我们承续着历史，肩负着当代，铸就着未来，我们心系寰宇胸怀世界，强国富民振兴中华。我们得到的很多失去的也不少，功绩卓著失误掺杂，我们铭记的很深遗忘的也不浅，求真务实虚假搅扰，我们需要不断地惕厉警醒，不忘初衷的理想信念，我们需要不断地净化超越，持之以恒的追求探索。

六十八

人的品性，既有生理的遗传变异，也有心理的孕育涵化，既有先天的延续承继，也有后天的锤炼雕凿；有的白玉微瑕，有的粗细混搭，有的温润柔和，有的顽劣焦躁；有的先天不足后天有成，有的先天纯真后天芜杂，有的交相辉映相得益彰，有的劣根缠绕恶习有加。时代进步社会发展，舞台博大剧目繁多，每个人都有自己生旦净末丑的角色，都有自己唱念做打舞的演绎；品性无论怎样梳妆打扮，都要千姿百态的表现，品性无论怎样的精雕细琢，总会东鳞西爪的暴露；小到言谈举止，大到为人处世，小到生活琐屑，大到社会风尚，小到个人名利的态度与取舍，大到国家命运的责任与担当，品性贯穿全过程，渗透细节中，有心表现里，无意散漫处。品性之诠释，众说纷纭，莫衷一是，因为其本身就神秘奥妙意蕴诡异，品性之品鉴，见仁见智，臧否迥异，因为其历来真假善恶美丑交杂。但有一句老话，路遥知马力，日久见人心，疾风知劲草，烈火炼真金，也是平常的真知灼见，倒也有几分的透彻。

六十九

受不良时俗风尚的熏染，不佳社会环境的影响，一些圆滑世故之辈，有了得心应手施展拳脚的机会，看准了趋炎附势的路径，找到了同流合污的脉络，迎合了权势者的心机，利用了不规范的隙陋；打着冠冕堂皇的旗号，披着名正言顺的外衣，追名逐利巧取豪夺，贪婪狂妄气焰熏天，拉帮结派营私舞弊，巧言令色阴谋诡计，干着人世间最卑鄙的勾当，做着社会中最肮脏的交易。明火执仗的强盗，还有几分野蛮的坦荡，盗亦有道的窃者，也有不少的义气，而以公平正义之名行贪赃枉法之实，以建功立业为名行假公济私之利，令人可恨至极，因为其伪装的伎俩，遮掩的手段，更容易造成社会风气的浑浊，思想领域的紊乱，民心的丧失，时代的衰退，精神的迷乱，心灵的污秽。

七十

有人讲同流不合污是一种生存的方式，为人处世的底线，其实也是一种随波逐流中的自我警惕，苟且延喘里的精神无奈。大千世界，万象纷纭，红尘扑面，俗浪汹涌，三教九流，七门八派，要立得起行得正，拿得起放得下，就必须秉持纯真质朴的品性，健康雅致的情趣，伟岸劲拔的风骨，坚忍不拔的意志；就必须坚守正直善良的人格，光明磊落的心胸，意气风发的精神，恬淡净洁的心灵。同流是客观现实，但要有是什么流的判断，向何处流的思考；不合污是主观的选择，也要有是非分明的见识，特立独行的理由。不能把同流不合污当成一种自我安慰的说辞，一种自我麻痹的借口；更不能作为一种不思进取的依据，一种不去觉悟的凭证。

七十一

时代在飞速发展，社会在不断进步，波澜壮阔的画卷，激扬蓬勃的旋律，令人心情舒畅精神振奋；但有时也感到物质财富日益丰盛，精神领域萎靡苍白；丰功伟业举世瞩目，公平正义有所薄弱；急功近利倾心尽力，风清气正浮光掠影；全球视野海阔天空，当下情怀促狭偏执。虽然是全面发展中的局部畸形，共同进步里的有限瑕疵，日积月累，久俗成习，也会导致难以估量的灾难，无法预计的后果，必须引起深刻的警醒高度的重视，必须理直气壮的引导霹雳手段的纠正。没有攻坚克难的开拓进取，无法取得振兴中华的宏图伟业，没有防微杜渐的有效功能，无法保证国强民富的长治久安，这在于是否具有高瞻远瞩见微知著的精神引领，是否具有光明磊落勇于担当的心灵境界。

七十二

守住那份孤独，不要被尘俗侵扰；耐得住那份寂寞，不要被喧嚣打搅。时代的舞台云诡波谲，社会的剧目神奇奥妙；生旦净末丑的精彩绝伦，演绎着人生的悲欢离合，唱念做打舞的淋漓尽致，呈现着生活的阴晴圆缺；瞬时的物是人非，刹那的时过境迁，此处的原野苍茫万物萧瑟，彼处的苍穹深邃星辰寂寥。远离了时俗风尚的熏染，去除了名缰利锁的缠绕，脱下了璀璨缤纷的装饰，卸去了涂脂抹粉的脸谱；小桥流水的盘桓萦绕，竹篱茅舍的晨炊暮霭，残灯短烛的青史黄卷，粗茶浊酒的诗情画意，一缕精神自由散漫的畅想，一丝心灵恬淡飘逸的梦幻。天涯何处无芳草，人生无处不境界，只在这孤芳自赏的品味中，只在这暗香如故的感悟里。孤独的成了一座雕塑，寂寞的变为一幅画卷，轻轻地观赏，静静地浏览。

七十三

行可行之道，无论崎岖坎坷，还是平坦顺畅，无论曲径通幽，还是四通八达；做可做之事，无论丰功伟业，还是繁复琐屑，无论功成名就，还是平淡日常；一粒沙石的卑微，一滴水珠的渺小，崇山峻岭的意蕴，江河湖海的胸襟；一缕清风的拂煦，一颗孤星的映照，恬淡温润的情趣，澄明幽幻的心境；无须时俗风尚的品鉴，不用众说纷纭的臧否，无须旁征博引的诠释，不用精雕细琢的装扮；沐浴春风夏雨秋霜冬雪的洗礼，承载春耕夏耘秋收冬藏的锤炼，该行的行，该做的做。有点伟岸的清高，劲拔的孤傲；有点嶙峋的矜持，痴狂的狷介；

苍穹征鸿的南来北往，原野骏骥的东驰西骋。人生如旅，既要不断地攀登跋涉，克艰攻难，也应领略无限风光，人生如梦，既要不断地品味感悟，精萃净化，也要充满空灵幽幻。

七十四

人们在回忆过去时，对于不同时间不同地点不同领域不同岗位的具体印象相对准确一些，但对于不同人物不同事务不同因果不同感受的抽象思考相对模糊一些，离开了当时的环境，缺少了特殊的氛围，没有了直观的场面，失去了生动的呈现，只好用眼前的思绪去追索，当下的想象去填补，现在的思路去梳理，既有的精神去把握，难免会有主观臆断的放大与缩小，任性使意的褒奖与贬斥；特别是对于自己的过失与错误，更容易留下稀释的理由，遮掩的借口，对于自己的成就与荣誉，更容易看到淋漓尽致的渲染，精雕细琢的粉饰。回忆不只是过程和内容的回放，感受与情感的倾诉，而是经验和教训的品味，反思与觉悟的升华；回忆不只是简单的倒推，平常的复制，而是心灵的回归，精神的超越。回忆的返程容易，心路的重启很难。

七十五

儿时的记忆最遥远，但令人回味无穷妙趣横生，纯真幼稚的异想天开，任情使意的玩耍嬉闹，率性随心的好奇倒腾，莫名其妙的沉默兴奋；在那里没有时俗风尚的熏染，没有名缰利锁的缠绕，没有风云变幻的人生百态，没有云诡波谲的人情世故。儿时的回味最单纯，但令人魂牵梦绕神追思往，晶莹剔透的品性，拙朴稚嫩的情趣，爽朗澄明的心胸，洒脱清逸的精神；在那里茂林修竹的蓊郁，芳草杂花的繁盛，清泉溪流的潺湲，莺飞燕舞的欢欣。人们在现实中积淀了太多的思想风尘，积聚了太多的精神灰垢，人们在生活里编织了经纬交错的藩篱，熔铸了密不透风的桎梏，人们在实现自我价值中也遮蔽了自己，人们在推动社会发展中也迷失了本我。有时深刻的反思也觉得浅薄，有时尖锐的剖析也觉得迟钝；一旦追溯儿时的岁月，云淡风轻，花好月圆；一旦沉浸儿时的时光，天人合一，物我相忘；儿时的记忆是一种精神的返璞归真，儿时的回味是一种心灵的超凡脱俗。

七十六

生命辈辈相续，每一辈都有自己的使命，人生代代承继，每一代都有自己的责任；犹如璀璨缤纷的珍珠，彰显着千姿百态的风貌，闪烁着奇诡妙幻的光泽。生命源远流长，每一辈都是承前启后的枢纽，人生连绵无穷，每一代都是继往开来的中坚；就像崇光泛彩的项链，贯穿生命的无限过程，环绕人生的永恒延展。每粒珍珠，都有自己人生的历程，是艰难困苦的砥砺，千锤百炼的陶冶，是血汗泪水的凝结，身心煎熬的精萃；无论形体大小，色泽亮暗，都是阴晴圆缺的映射，悲欢离合的结晶。一条项链，无数珍珠的融会贯穿，是崎岖坎坷的峰峦叠嶂，蜿蜒曲折的江河湖海，是时代发展风云变幻的印记，社会生活繁华喧闹的铭刻；无论辉煌黯淡，宏大卑微，都是生命精彩绝伦的诠释，人生云诡波谲的演绎。不要忘记责任，一粒珍珠的点缀，不要丢失使命，一条项链的贯通，要有成为珍珠的精神，要有融入项链的境界。

七十七

宁愿萧瑟苍凉的伫立，不要趋炎附势的匍匐，宁愿孤独寂寞的相守，不要随波逐流的依附，宁愿暗香如故的恬淡，不要追名逐利的浓烈，宁愿云淡风轻的散漫，不要志得意满的自负。拥有自我的前提就是认识自我，把握自我的途径就是净化自我；从时俗风尚中悄然的离开，与功名利禄无声的道别，卸掉璀璨缤纷的装饰，褪去涂脂抹粉的面具，打碎久俗成习的桎梏，割除教条僵化的藩篱，还一个真实的自己。在平常中接受每一个平常的问候，在平淡中品味每一次平淡的接触，在平静中感悟每一阵平静的沉默，在平凡中思索每一种平凡的意蕴。原野苍茫辽阔，心灵可以自由的驰骋；苍穹幽幻深邃，灵魂可以轻扬的翱翔。回味中的山重水复，长亭短亭；向往里的朦胧幽幻，地久天长；当下的淡茶薄酒，高歌激越，低吟浅唱；眼前的梅兰松菊，青史黄卷，意蕴深长。还一个超越了的自己。

第二十四集　明心见性

DIERSHISIJI MINGXIN JIANXING

一

当代社会中，一些人身体似乎是站立着，但心里始终是匍匐的，形体冠冕堂皇，伟岸挺拔，心灵萎靡暗淡，猥琐鄙陋；为了各种贪婪的欲望和疯狂的攫取，品行的纯真污秽不堪，思想的敏锐荡然无存，陷入追名逐利的趋炎附势，强取豪夺的锱铢必较，满足眼前的占有当下的享受，物质的奢侈精神的麻醉；失去了自由的思想独立的精神，阉割了嶙峋的风骨坚韧的意志，没有了和谐严谨的道德自律，缺失了神妙幽幻的理想梦境；只是随波逐流的苟且，仰人鼻息的媚俗，只是名来利往的云诡波谲，得失褒贬的盘根错节。人生在世，无论功成名就的辉煌，还是渺小卑微的平淡，无论众星捧月的喧闹，还是门可罗雀的孤寂，都不能失去应有的自我精神，特立独行的自我品行，都不要丧失美好的理想追求，超逸的心灵境界。过分膨胀自我是人生的不幸，过分萎缩自我也是人生的失败，当今社会，只见人流熙攘，璀璨缤纷的身影，少有棱角分明，暗香如故的心灵，应当引起人们的自警，有一点清醒的自知。

二

耳顺之年，依然享有高堂春风拂煦般的抚慰，雨露滋润似的温蕴，阳光沐浴般的温暖，实在是人生之大幸。简单而重复的问候，絮叨而啰嗦的叮咛，事无巨细的关切，刨根问底的追问，仿佛回到了童稚时的岁月，天籁地声的任性随意，犹如置身于懵懂的时光，纯真质朴的率性随心；饱经世俗风尘熏染的心灵被清泉般的洗涤，碧透澄澈，名缰利锁缠绕的精神被羽化似的超逸，幽幻灵动；一切都在母爱中净化的恬淡温馨，一切都在亲情里精粹的玲珑晶莹。人们可以在自然中抒发自己的情趣，在交流中倾诉自己的想法，人们可以在琴棋书画中寄托心意，在淡茶浓酒里消磨郁闷；人们可以在黄钟大吕中神飞思扬淋漓尽致，在低吟浅唱里曲径通幽暗香浮动，人们可以在繁华喧闹中湮没自我，在孤独寂寞里彰显本真；而面对高堂的一举一动，一颦一笑，却是清风明月的安逸，醍醐灌顶的透彻，面对亲情的一问一答，一来一往，却是生机盎然的蓊郁，情真意切的涵化。幸福就是平常的家长里短，平淡的几辈同堂，幸福就是平静的能去有情的品味，平凡的用心去领略。

三

新生的幼儿，稚嫩的孩童，彰显着生命的纯洁之品性，纯真之情趣，纯粹之精神，纯明之心灵，给人以返璞归真的精粹，超凡脱俗的净化；在他们面前，久经历练的圆滑世故荡然无存，功成名就的志得意满烟消云散，博大精深的理论体系黯然失色，旁征博引的逻辑演绎萧索简陋，自我膨胀或萎缩的得失判断了无踪迹，世俗褒奖或贬斥的评价毫无作用；在他们面前，一切都呈现着平凡的本真，一切都映射着平静的意蕴，无须璀璨缤纷的装饰涂脂抹粉的打扮，不用矫揉造作的演绎虚张声势的渲染；一切都如阳光灿烂般的晶莹剔透，一切都似雨露滋润后的生机蓊郁，无须冠冕堂皇的说教，不用煞费苦心的雕凿；一种人生回味里的感悟，生命回归中的启迪，一种精神家园的安谧，心灵故乡的温馨。向何处去的探索中，永远萦绕着从何出来的奥秘，既是无限的起点，更是永恒的归宿。

四

真理崇高而神秘，但又平凡而平常，它贯穿自然社会，渗透人生万物，表象璀璨缤纷，本质练达精粹，是不为任何意志而扭转的客观存在，也为任何不同意识而映射的主观意象。现实中人们往往片面的把一些表面现象当成本质，以偏概全，得出了荒谬的结论，也经常刻意的把一些主观臆断当成规律，自以为是，收获了畸形的果实；特别是有时给错误披上正确的外衣，让虚假蒙上真理的面纱，无论是有意的卑鄙，还是无意的疏漏，都使人陷入思想的混乱精神的疏离，造成自欺欺人的恶果。现实中，人们喜欢看得见摸得着用得上的具体物象和实际利益，满足于眼前的占有和当下的享受，对真理的探求只是过多的停留在实用性了解的层面，而不愿做一番由表到里由此及彼的演绎，去粗存精去伪存真的诠释，或囫囵吞枣，生搬硬套，或浅尝辄止，浮光掠影，降低了人们理性思维的高度，影响了人们感性品味的敏锐。一个时代一个人生缺乏追求真理的执着精神和科学方法是不能持续进步长久发展的，没有探索真理的坚忍不拔和呕心沥血也是不能高屋建瓴见微知著的。

五

世上最美好的事物总是非常自然和谐的，犹如峰峦叠嶂的山脉，崎岖嶙峋，就像江河湖海的水流，蜿蜒曲折；春风夏雨秋霜冬雪，年来岁往，万物纷纭日月星辰，苍穹原野；不管人们的大惊小怪好恶选择，无须人们的抒情达意感慨联想，只是巍峨的耸立，绵延的盘桓，只是时光的流逝，生死的循环。有时需要借助自然的无限风光抒发生命的感悟，有时需要社会的云诡波谲诠释人生的思索，有时需要千姿百态的事物呈现生活的繁杂琐屑，有时需要阴晴圆缺的经历品味心灵的悲欢离合。历事繁多，阅人无数，久俗成习，循规蹈矩，形成了一番为人处世的方法，总不免沾染圆滑世故的俗气；学习知识，掌握理论，强制灌输，自觉思索，具有了一定判别臧否的见识，总不免缠绕偏执教条的陋习；过度的完美主义搞得精神疲惫，浓烈的理想色彩使得心灵浮躁焦灼，眼前的锱铢必较造成了促狭与短视，当下的急功近利影响了开阔与长远。殊不知，自然地呈现，和谐地相处，差别地包容，粗精地混杂，才是世界的本真，生命的真谛。

六

青烟飘逸，经幡漫摇，吟诵起伏，梵音萦绕，平静的容颜，虔诚的心灵，藏传佛教信徒们沉溺在精神幽幻奥妙的境界，感受着灵魂轻扬空灵的福报。不管崇山峻岭的攀登，江河湖海的跋涉，风餐露宿夜以继日的朝圣之旅；不管青灯黄卷的昭示，煨桑燃柏的仪轨，长叩短拜五体投地的庙堂祈祷；只是身体的全力以赴，心灵的彻底相许，只是人生超凡脱俗的不断净化，生命凤凰涅槃的永恒超越。无须冠冕堂皇的理由，不用旁征博引的说教，无须道貌岸然的刻意，不用理直气壮的铺垫；清风拂煦，细雨润泽，醍醐灌顶，阳光普照。现实中，人们总是喜欢使用精彩绝伦的语言，璀璨缤纷的形式，博大精深的理论，强制硬性的规定，以实现对时代的引领，众生的教化，殊不知，繁华喧闹反而搅扰了内心的宁静，导致了社会的浮躁，造成了背道而驰的荒谬。宗教是人类精神的一种结晶，具有一些特殊的内容与具体的方法，值得现代教育借鉴；启迪心灵的愉悦，彰显精神的通达，涵蕴品性的纯真善良美好，孕育情怀的恬淡温馨安逸，既要水到渠成顺其自然，也要指点迷津精神引领。

七

对于博大精深的自然，人们只是无数的沙粒，即使能凝结成础，峰峦叠嶂，巍峨挺拔，依然卑微渺小，切不可狂妄自大，不可一世；对于神秘奥幻的生命，人们只是无数的水滴，即便能汇集成流，江河湖海，绵延辽阔，依然短暂有限，且不能一叶障目，不见天地。感怀自然，一切造化的母亲，感知万物，一切生命的载体；有比人类更源远流长的历史，更璀璨缤纷的经历，有和人类共同生活的基础，共同发展的权利。有时人们因为自然的平凡而有所淡漠，因为生命的平常而有所忽视，有时人们因为自然的平静而有所忘记，因为生命的平淡而有所忽略，但永远离不开它的怀抱，缺失不了它的相伴，人要有吞吐天地的心胸，包容万物的情怀，人要有感恩自然的虔诚，尊重万物的敬意。

八

塞上的夏雨，总是急急匆匆的来临，慌慌张张的离去；迅速的扯起漫天的浓云，裹挟肆虐的狂风，电闪雷鸣，瞬间铺天盖地的浇淋，马上又卷起半空的残絮，驾着轻扬的微风，悄然飘逸，刹那蓝天丽日的透彻；犹如北方汉子的暴烈脾性，千钧一发，无法阻挡，就像北方女子的干脆麻利，快刀乱麻，一挥而就。今年的夏雨却有些不同，昨日的瓢泼倾盆淋漓尽致，今晨的纤细滴沥柔润旖旎，犹如江南三月的景致，远山云雾缭绕，进水雾霭逶迤，林木蓊郁芳草萋萋，果蔬缀珠稼禾披翠。漫天的灰云将苍穹笼罩的严丝合缝，仿佛要掩饰一个幽幻的奥秘，温润的细雨把原野涂抹的斑驳碧绿，好像要捕捉一个神秘的梦呓；不知天地之间有什么样的约定，要在此时缠绵的倾诉，不知雨丝承担着什么样的默契，要在此处依恋的眷顾。远方传来几声清脆的鹊啼，有一种清新的呼唤，近处几只嬉闹的麻雀，有一丝温馨的思绪，一张纸还是那样洁白，没有一个字画的搅扰，一支笔还是那样的停滞，没有一点挥动的意趣，只是在这淅淅沥沥的夏雨里。

九

远山逶迤，在灰淡的云遮雾绕中似隐似显，偶尔露出崎岖的山脊，延伸着起伏的曲线，向天际飘去，在变幻的微弱光线里，一会儿凸显着青黛的嶙峋，一会儿藏匿着幽深的褶皱，犹如活泛的水墨画卷；原野被细雨的滋润涂抹得斑驳蓊郁，草木繁盛，披翠挂碧，在微风中不时抖动着晶莹的雨露，杂花交错，点红缀紫，像是洒落的星辰闪烁着奥秘的媚眼；身披长短不一雨衣或手擎五颜六色雨伞的行人，像是游荡的竹笋飘动的蘑菇，穿梭在大街小巷地头田间。几处蛙鸣搅动了一杯清茶的幽思，一阵蝉躁映衬了几杯浊酒的孤寂，清风穿堂过室，悄悄掀开几页书画，又轻轻的掩合，飘然而去，细雨敲窗叩门，是无意的拜访，还是有意的打扰？不知身在何处，不知心在哪里？

十

一场夏雨在惬意的淋漓后悄然地收起千丝万缕的抚慰，成群的云朵在清风的拂煦中散漫的向远方飘去，苍穹被雨水洗涤的碧蓝透彻，被云絮拂拭的晶莹剔透；空气中弥漫着温润的清新，融汇着树木花草的芬芳馥郁，阳光欢快地在原野山川跳跃着，涂抹着明亮或深暗的斑驳，演绎着幽幻奥妙的意趣。微风鼓荡起生机勃勃的喧哗，搅动欣欣向荣的涟漪，小麦青黄相交，加速了走向成熟的蜕变，水稻翠绿碧透，依然挺立着茁壮成长的叶穗，瓜果尽情地沐浴着阳光雨露，凝聚着神采兼备的甜蜜，蔬菜随心的汲取着水肥养分，呈现着色彩斑斓的富足；呢喃的燕群不时划过天宇，直上的翱翔，急速的俯冲，委婉的旋转，整齐的歇息，聒噪的麻雀不时的登房过巷，聚集于枝头，盘桓于田间，喧闹的嬉戏，悄然的隐匿。没有一丝书写的意兴，没有一点谈吐的情趣，只是在这自然的怀抱中，有些桃花源的梦呓。

十一

有时远离凡尘俗世，解除名缰利锁，心灵平静精神恬淡，思想反而非常活跃，回忆的源泉汩汩作响，追索的幽潭涟漪阵阵，儿时的场景历历在目，稚拙的情趣件件在心。陕北的青河沟，偏僻的小山村，毛乌素沙漠环绕，古长城边墙屹立，黄土丘陵起伏，红砂石壁耸立；一条清澈的溪流蜿蜒东去，孕育了蓊郁葱茏的草木，滋润了五谷丰盈的庄稼，雕凿了窑洞土房的村社；两畔土崖沟壑崎岖延伸，镶嵌着促狭的草洼，点缀着零散的荒漠植物，承载着繁多的牛羊驴骡；晨雾暮霭与炊烟萦绕，朝霞夕晖与生活映照，春耕夏耘秋收冬藏的辛勤劳作，春风夏雨秋霜冬雪的恬淡平常；日出而作，日入而息，荷锄踏月，挥鞭牧归；粗茶淡饭，闲言碎语，鸡犬相闻，家长里短；走亲串邻，婚丧嫁娶，逢年的社火，定时的赶集。从来没有感到无趣，更无什么失意。每天晨起，吃点杂粮早餐，干完一些零活，背上黄米饭或窝头，携一壶凉水，扛起牧羊铲，挥动揽羊鞭，和羊群向沟里走去，向沙漠漫开，无论刮风下雨，还是天朗气清，无论骄阳似火，还是冰天雪地，只是引着羊群去觅食，随着羊群赶回家，心无旁骛，安逸坦然。虽然很苦很累，但从未感觉烦恼，虽然半饥半饱，却从未产生忧愁。每次回味，都是一种发自内心的温馨，来自精神的愉悦，都是一次人生的洗礼，生命的净化。

十二

青春璀璨缤纷生机盎然，每当看到年轻人朝气蓬勃的学习工作，勤奋激情的追求探索，在时俗风尚的大潮中张扬着鲜明的个性，在建功立业的拼搏里呈现着充实的自我，令人触景生情，感慨不已；青春机遇不少挑战繁多，每当看到年轻人肩负承前启后的责任，担负开拓创新的使命，承载养家糊口的重负，秉持抚老育幼的天伦，让人心怀感激，充满温馨。他们的成就让人激动，挫折令人揪心，他们的欢乐让人愉悦，忧伤令人沉痛；他们棱角分明的个性，让人在惊诧不已中，有理解也有疑惑，他们特立独行的自我，令人在瞠目结舌里，有赞许也有异论。江山代有才人出，各领风骚数百年。无须用传统的眼光审视，不要以陈旧的习俗苛责，要让青春闪烁不同时代的光芒；无须用冠冕堂皇的说教桎梏，不要以时俗风尚的标准权衡，要让青春凝聚每个社会的晶莹。创造青春勃发的环境，营造青春蓊郁的氛围，不只是为了年轻人的茁壮成长全面发展，也是为了整个人类的根深叶茂繁花似锦。

十三

快乐时时有，愉悦处处生，就在眼前的不经意间，就在当下的没回味时；惬意随时在，幸福即可享，就在繁复琐屑的人情世故里，就在家长里短的交往中。晨光微曦，清风抚慰，花草点头，树木摇曳，人流熙攘，车水马龙；行色匆匆的上班族，急切的招呼，悠闲散淡的锻炼群，随意的问候，一群小朋友欢闹嬉笑的走向幼儿园或学校，几位买菜的邻居交流絮叨着早市的行情。麻雀在碧绿的草地欢快地跳跃，喜鹊在密集的楼群灵巧的穿梭，一只小狗张皇四顾地寻找着自己的遗味，一群白鸽轻巧灵动的在天空演绎着妙幻的芭蕾；远山在云霭的萦绕中逶迤缥缈，近水在阳光的照射下粼光闪烁，好一个良辰美景的开启，好一个满心愉悦的感受。平常而自然是生活的本真，平淡而安和是生活的意蕴，只要细心的观赏，有情的品味，就会有无穷的妙义。

十四

当心灵真正平静下来时，一切都恢复了本来的面貌，呈现出原有的内涵，才能比较全面客观的看待过去和未来，正确的权衡眼前科学的判断当下。心灵的平静不是表象的形态，而是精神的境界，无论面对风云变幻的关键时刻，剑拔弩张的巅峰对决，还是云淡风轻的平淡安和，繁复琐屑的日常生活，都具有高瞻远瞩一览众山的胸怀，见微知著克坚攻难的韧性，都具有暗香如故的品性，伟岸劲拔的风骨；心灵的平静不是僵硬的强制，而是智慧的彰显，无论峰峦叠嶂的崎岖坎坷，江河湖海的曲折盘桓，还是平坦顺畅的通途，曲径通幽的荒径，都是光明磊落的映照，公平正义的秉持，都是豁达坦然的应对，虚怀若谷的蕴含。心灵的平静不会自然的实现，需要持之以恒的修炼，精雕细琢的磨砺，社会熔炉的陶冶，心灵的平静不能轻易地获得，需要聚精会神的精萃，超凡脱俗的净化，自我反思的超越；心灵平静既是理想的追寻，也是现实的打造，既是境界的标的，也是过程的检验。

十五

面对时俗风尚的熏染，名缰利锁的缠绕，要时刻保持头脑的清醒，要始终坚守品行的自重；无论峰峦叠嶂的崎岖巍峨，江河湖海的蜿蜒曲折，日月星辰的神奇奥妙，众生万物的千姿百态，都是自然规律的正常表达；无论璀璨缤纷的时代舞台，繁华喧闹的社会场景，云诡波谲的生活剧目，丰富多彩的人生演绎，都是社会法则的具体呈现。规律自然的存在，不以人们的意志为转移，虽然其表象璀璨缤纷千姿百态；法则客观的运行，不为社会的变迁而丧失，虽然其形态云诡波谲繁复喧闹。人们不能一味的沉溺于倾慕时髦追求风尚的随波逐流，也不要过度的痴迷于狂妄的攫取贪婪的欲念；人们不能偏执于物质享受的感官丰盈，也不要满足于精神刺激的惊诧诡异；而应透过现象认识本质，超越存在把握规律，切不可心胸促狭情趣庸俗，思想浑浊精神萎靡，绝不要趋炎附势同流合污，品行猥琐人格堕落。要有恬淡澄明的心灵，要有伟岸劲拔的风骨。

十六

当平淡之人，做平常之事，持平凡之心，有平静之意。不论承担什么样的社会角色，演绎什么样的时代剧目，不论志得意满的功成名就，繁复琐屑的日常生活；都应秉持纯真质朴的品性，坦荡豁达的胸怀，都应拥有恬淡安和的心灵，澄明清逸的境界。不要因既得的地位权势财富而丧失为人处世的根本，不要以当下的时髦风尚舆论而湮没自知之明的警觉；人们往往在自我膨胀中把自己当成不可一世的主人，其实不过是时代的过客自我的仆人，生旦净末丑的千姿百态，唱念做打舞的淋漓尽致，回头一看，山重水复崎岖蜿蜒的人生如旅，回味一想，阴晴圆缺悲欢离合的人生如梦。苍穹深邃，群星闪烁，原野苍茫，万物萌生，平凡中孕育着伟大，平淡里彰显着神妙，平常中包含着真谛，平静里涵蕴着境界，做一个普普通通的人。

十七

自觉是一种品行千锤百炼的陶冶，思想精雕细琢的修炼，精神超凡脱俗的净化，心灵浴火重生的升华；自觉是源远流长的遗传，云诡波谲的进化，贯穿于人生的全过程，渗透于生活的细节里。有时一个有意或随便的举止，有时一句有心或无意的言谈，有时殚精竭虑克坚攻难丰功伟业的彰显，有时繁复琐屑家长里短日常生活的呈现，都有自觉的雨露滋润，都有自觉的阳光灿烂。自觉既是一种潜移默化的养成，更是一种精心培育的教化，既是一种客观的存在，更是一种主观的取向；只有真切的感知纷繁复杂的现象，深刻的认识意蕴深邃的本质，尊重客观规律，适应发展趋势，才能具有自觉的品性和理念，才能塑造自觉的行为和习惯。不需过度的雕凿，只要持之以恒的养成，不要随意的淡漠，只是自省自知的觉悟。千万不要忽视自觉的幼芽，漫不经心的践踏，千万不要放弃自觉的修持，荆棘丛生的缠绕，个人的全面发展，社会的整体进步，时刻有自觉得促动，始终有自觉的检验。

十八

形式是内容的外在反映，现象是本质的具象表达，但人们往往过度纠缠现象，刻意追求形式，养成了浮光掠影浅尝辄止的浮躁焦灼，形成了繁复臃肿死板教条的形式主义；热衷于璀璨缤纷的场景，营造声势浩大的气势，醉心于冠冕堂皇的说教，满足旁征博引的喧哗，专注于叠床架屋的繁琐，讲究繁文缛节的仪轨，言谈举止整齐划一，思想观念空洞萧疏；文章满天飞，口号震天响，活动无止境，节奏不间断，严重脱离现实，违背规律，阉割内容，淡漠本质，导致实践与理想的断裂，行动与思想的背离，社会风气的浮华虚荣，民心士气的表里不一。现象必须要广泛关注，形式必须要适度考量，但绝不要脱离内容扭曲本质，更不能喧宾夺主本末倒置。形式不能离弃，但不能形式主义，形式需要丰富多彩，但不能繁琐僵化。

十九

不是愿意孤独，而是现实的一种主动抉择，不是喜欢孤独，而是心灵的一种有意超脱；时俗风尚的随波逐流，巧取豪夺的同流合污，圆滑世故的和光同尘，追名逐利的锱铢必较，让人品行猥琐，情趣庸俗，心胸促狭，精神浮躁；和暴发户式的所谓功成名就者谈理想，与苟且偷生的所谓八面玲珑者论境界，无疑是焚琴煮鹤，南辕北辙，不是一个品味，不是一样意趣。有时只想暂时的逃避，远离繁华喧闹的名利场，享有点门可罗雀的冷落；有时只愿长久的藏匿，隔绝云诡波谲的是非地，拥有些暗香如故的矜持。沉浸青史黄卷，沁入诗词文章，一点源远流长的历史感慨，一点情景交融的万象纷纭，一滴水珠的七彩映射，一粒沙石的奇思妙想，也是心灵的桃花源，精神的乌托邦。孤独不仅是一种状况的呈现，更是一种氛围的涵蕴，孤独不仅是一种消极的适应，更是一种积极的追寻。

二十

把很多事情看明白了，弄清楚了，会有一种把握后的愉悦，领略中的忧虑；大千世界，万象纷纭，幽幻奥妙，神秘莫测；有些看似复杂繁琐的事物，其实原因结果非常简单明了，穷尽毕生精力，换来一声云淡风轻的感慨；有些貌似琐屑平常的事物，其实表象内涵非常深奥隐晦，顺其自然之中，得到一种振聋发聩的警醒。人生如旅，从起始到归宿，一条或长或短的轨迹，或平坦或崎岖的征程，串起多少山重水复的攀登跋涉，成败得失的辉煌与黯淡；人生如梦，从孕育到终结，一段或喜或忧的经历，或丰盈或萧索的收获，映照多少阴晴圆缺的场景，演绎多少悲欢离合的剧目。好像一眼望穿的人生，似乎有太多的朦胧，令人回味无穷，始终陷入为什么的发问；好像繁复琐屑的人生，似乎有清澈澄明的通透，令人思绪万千，始终纠缠咋这样的疑惑；没有清晰的答案，准确的解释，只是时光飞度中的无限延伸，岁月轮回里的永恒赓续，只是精神家园的追寻，心灵故乡的萦绕。

二十一

生活的本质是自然而平常的。人们往往把精力倾注到建功立业的远大抱负和拼搏中，喜欢博大精深的时代主题和璀璨缤纷的社会生活，醉心于轰轰烈烈，不屑于平平常常，以崇高伟大而自尊，以渺小琐屑而自卑，殊不知，一切伟大都建立在平凡的基础之上，一切崇高都凝聚着平淡的日积月累。无论时代怎样发展，社会如何进步，物质生活如何丰盈，精神享受如何充实，都离不开衣食住行的基本要求，都少不了思想情趣的温润涵蕴；无论丰功伟业的辉煌建树，日常生活的繁杂重复，都是人生意义千姿百态的呈现，都是生命真谛晶莹剔透的映照。穷则独善其身，达则兼济天下，不以生活的困顿而湮没品行的纯真质朴，不以生活的安逸而销蚀情怀的伟岸劲拔，不以功成名就而志得意满，不以运蹇道涩而灰心丧气。

二十二

无须多言，蜿蜒崎岖的经历已是山重水复的人生画卷，不用多讲，阴晴圆缺的感悟已是悲欢离合的生命旋律；走过风雨，只是无数次的洗礼，走过阳光，只是无数次的精萃；一次次接受艰难困苦的砥砺，义无反顾的肩负着社会的责任，一次次迎接千锤百炼的陶冶，身体力行的承担着生活的重担。回味中没有什么值得璀璨缤纷的炫耀，没有什么值得云遮雾绕的隐瞒；感悟里没有什么博大精深的思想见识，没有什么旁征博引的理论观念；只是经历时俗风尚烟熏火燎后的云淡风轻，隔绝名缰利锁后的超逸恬淡；只是远离繁华喧闹后的孤独寂寞，疏离交际应酬后的萧瑟苍凉；只是一杯粗茶的温蕴，几杯浊酒的酣畅；只是一轮明月的朗照，几颗疏星的探访；此时无声胜有声，笼罩天地的沉默。

二十三

古塔巍峨，林木蓊郁，庙宇肃穆，亭台静默，不知是观赏的游客，探访的学者，还是凭吊的信徒，小憩的行人，悄然的环伺，悠然的漫步，偶尔的仰望，随意的搜寻。清风不时抚慰，枝叶晃动，花草摇曳，环绕塔身的角铃叮咚作响，伴着梵音青烟的缭绕，有点天籁之音的缥缈，不时夹杂着燕雀的呢喃，又现几分自然之声的清逸；阳光尽情地铺洒，透过虬枝繁叶，涂抹下小径的斑驳与幽动，变幻着草坪的青碧与浓绿，映照着古塔的沧桑与安逸，温蕴着心灵的恬淡与平静。和小孙女盘桓在曲径通幽的回廊，漫游于雕梁画栋的亭阁，苍老与稚嫩相伴，清纯和浑厚交融，领略源远流长的历史，憧憬神奇奥妙的未来，品味当下的天伦之乐，感受眼前的温馨柔和。一问一答的欢快，一蹦一跳的嬉闹，人生之愉悦生命之超逸，莫过于此时此刻。

二十四

生活中有很多必需的坚持，是出于道德的自律，还是规矩的约束？是来自内心的自觉，还是公理的制衡？众说纷纭，见仁见智，答案繁多，莫衷一是，但最关键的是要坚持什么。为了生存和发展，衣食住行的获取，追名逐利的劳作，社会交往的编织，建功立业的拼搏，丰盈的物质享受，适意的精神生活，太多的目标和选择，太多的诱惑与取舍，令人眼花缭乱，有时难以捉摸；抛开复杂繁乱的具体表象，探究条分缕析的抽象概括，无非是良心的秉持真理的追求，还是名利的偏执欲念的放纵，无非是道德的自律法则的遵守，还是任性的妄为随意的践踏。时俗风尚中秉持品性的纯真善良美好，追名逐利中呵护情趣的恬淡健康优雅，随波逐流中呈现人格的伟岸劲拔，荣辱得失中彰显精神的光明磊落，有点孤独的嶙峋，有些寂寞的苍茫，有点扪心自问的反思，有些刻骨铭心的净化。这种坚持非常不易，但必须始终相守永远铭记，人们不能荒芜自己的精神家园，遗忘自己的心灵故乡。

二十五

平凡是世界的本真，但要深刻领略平凡的意蕴，真正安于平凡的境界，却又非常不易。平凡自然地呈现简单地概括，平常地表达平静地映照，人们熟视无睹，淡漠疏落，而对于附着在平凡身上璀璨缤纷的装饰，冠冕堂皇的诠释，花里胡哨的演绎，却神追思往，津津乐道，癫狂痴迷，身体力行。追求伟大的本意是彰显平凡的真谛，实现崇高的理想是通达平凡的境界。无论峰峦叠嶂的丰功伟绩，江河湖海的宏图大业，还是一粒沙石的卑微渺小，一滴水珠的转瞬即逝，都是平凡千锤百炼的精萃；无论崎岖坎坷的奋勇攀登，蜿蜒曲折的艰难跋涉，还是四平八稳的通衢大道，一帆风顺的顺畅到达，都是平凡晶莹剔透的净化。要有平凡的情怀，包容成败得失，要有平凡的境界，温蕴悲欢离合，平凡是人生的根本，平凡是生命的永恒。

二十六

犀利尖锐的自我解剖，深刻透彻的自我反思，才能达到自知之明的觉悟，光明磊落的境界。客观地看待人生的成败得失，全面的诠释生命的悲欢离合，远离时俗风尚的熏染，解除名缰利锁的缠绕，卸掉五光十色的面具，抛去精雕细琢的技巧；让品行裸露于光天化日之下，有尘垢就去洗涤，有肮脏就去清扫；让情趣呈现于大庭广众之中，有陋俗就去剔除，有恶习就去割掉；让思想解除教条僵化枯燥乏味，繁文缛节生搬硬套；让心灵摆脱萎靡晦暗诡异猥琐，云诡波谲焦灼浮躁。不需要虚伪的自我掩饰，遮盖知识的浅薄，思想的疏漏；不需要隐晦的自我点缀，充填能力的缺陷，智慧的苍白；不需要夸大的自我张扬，弥补意志的脆弱，风骨的晦涩；不需要缩小的自我隐匿，涂抹精神的荒芜，心灵的干涸。还一个真实的自我。

二十七

保持那份宁静，古潭幽影，拥有那份自尊，暗香如故，坚守那份孤独，深涧松石，享有那份寂寞，清风明月。孤寂中远离了风俗时尚的熏染，恬淡里隔绝了名缰利锁的缠绕；摘一片洁白的云朵，轻柔地拂拭心灵的苍穹，承纳日月星辰的光辉灿烂；牵一缕柔润的清风，温煦地抚慰精神的原野，涵蕴春夏秋冬的耕耘收藏。身居繁华喧闹的名利场，心在落英缤纷的桃花源；行在云诡波谲的是非处，思在山高水长的漫游中。有时亲热的相逢只是远离的序曲，短暂的告别只是长久思念的旋律；有时精心的倾注只是疏离的音符，尽力的投入只是余音绕梁的谢幕；有时净化了的自我海阔天空，心灵轻扬飘逸；有时升华了的自我原野苍茫，精神散漫游荡。无须有心的安排，不要刻意的布局，无须专注的雕凿，不要任性的营造，只是呆若木鸡的静坐，虚无缥缈的遐想。

二十八

皇帝的新衣这个童话，不知有多少人的阅读浏览，不知有多少代的回味感悟，像一个神秘的魔咒始终萦绕着风云变幻的时代更迭，牵动着错综复杂的社会生活；不断地重复中，总是翻来覆去的呈现，不断地警示中，总是稍纵即逝的忘记。一个最浅显直白的描绘，一个最深刻精辟的阐述，一个天真稚嫩的发问，一个意蕴深远的课题。人们在客观现实中，总想有些主观臆断的夸大或缩小，任性随意的褒扬或贬斥；人们在社会生活里，总想披上璀璨缤纷的光环，装腔作势的外衣；遮掩自己的浅薄鄙陋，藏匿自己的晦暗龌龊。尽管具有冠冕堂皇的说教，旁征博引的诠释，花言巧语的渲染，诡异狡辩的演绎，终究是思想荒谬的粉饰，精神鄙陋的遮掩，邪恶阴险的包装，巧取豪夺的借口。自欺欺人的泡沫总要被真理的利剑刺破，皇帝的新衣总会被纯真的稚嫩撕去。人们自欺太多，欺人更甚，关键是愿意披上这样的新衣，愿意编织这样的新衣，这个童话也就永远不会消失。

二十九

人们淡漠的不认识别人，甚至虚伪的不认识自己，追名逐利的时俗，实用功利的风气，造成了人们促狭的心胸，短视的眼界，庸俗的情趣，浑浊的思想；对于一些看得见摸得着，认得清识得透的人事，不是客观公正的评判，实事求是的臧否，而是根据自己亲疏远近的好恶，得失大小的取舍，给予荒谬的诠释扭曲的结论；久而久之，造成了趋炎附势的不良社会风气，久俗称习，养成了投机取巧的庸俗个人心理；导致认识能力的衰退，思想水平的降低，不能全面客观地对待别人，也不会自知之明地看待自己。这种虚伪之风气，陋俗之恶习，浓烈的凝聚，迅速的蔓延，会伤害人们的心灵纯真，销蚀社会的精神正义，造成个人的钳口结舌，时代的整体失语。

三十

无用之用，实为大用，关乎品性，涉及情趣，彰显胸怀，涵蕴心灵；无用之用，实为大用，能力如何，智慧咋样，精神优劣，境界高低；无用之用，实为大用，去伪存真，去粗存精，高度概括，抽象辩证；无用之用，实为大用，条分缕析，删繁就简，提纲挈领，引导全局。人们往往关注眼前的名利，看重当下的得失，倾心锱铢必较的缜密，尽力随机应变的圆熟，养成了急功近利的浮躁焦灼，唾手可得的促狭偏执，造成了本末倒置的价值取向，猥琐平庸的精神引领。贪婪无度，掠夺疯狂，穷其天下为我所有，尽其万物为我所用；沉溺刺激，满足享受，纸醉金迷的奢侈，灯红酒绿的萎靡；数典忘祖，贻害子孙，不惜源远流长的赓续，根深叶茂的持久；有些畸形的成长被捧为成功的典范，有些盲目的发展被塑造成优秀的楷模，导致了民心的不和谐，社会的不稳定，进步的阻力大，发展的难持续。所以，要高度重视思想建设，注重理论提升，保持精神高地，涵蕴心灵境界；品性之说，情趣之论，心胸之议，境界之品，看似虚无缥缈，却是人文历史的凝聚，看似远离生活，却是时代精神的结晶。无用之用，实为大用，无用之用，不可不用。

三十一

心态如何，说到底是一个思想水平的呈现，精神修养的映射。大千世界，万物纷呈，用什么样的胸怀去含纳，繁杂社会，芸芸众生，以什么样的境界去包容；既有自然的启迪，也有社会的锤炼，既有时代的陶冶，也有自我的修持。有什么样的精神就有什么样的心态，有什么样的心灵就有什么样的境界，认识自然，感知社会，把握时代，深入生活，尊重规律，敬畏法则，光明磊落，通情达理，这是健康心态的基本要求；有特立独行的人格，兼收并蓄的心胸，有暗香如故的品性，和衷共济的情怀，不以物喜不以己悲，物我相忘天人合一，这是良好心态的精神内核。千差万别是自然社会人类的复杂表象，和而不同是相互依存共生的深刻内涵，要有苍穹般的深邃，容纳日月星辰，也有自己生命的闪烁，要有原野般的苍茫，涵蕴万物众生，也有自己人生的轨迹。

三十二

在日常生活里社会交往中，人们喜欢斟词酌句的语言，委婉动听的口吻，爱好符合自我的倾诉，投其所好的交流，至于内容的真假，事实的对错，有时反而不是很在意。究其原因，却是人们心里的那份虚荣在作怪，来自别人的承纳和迎合，面对别人的认可与捧场，有一些知己相逢的欣悦，知音相遇的寄托，有一点自我情绪的宣泄，自我意蕴的呈现。谈话变成了感情色彩浓郁的交融，黯淡了理性辨析的碰撞，交流变成了情绪的家长里短，缺少了思想的山高水长，形式大于内容，情趣高于精神。言从心声，意由语达，本是天经地义的常识，顺理成章的方法，在不良社会风气的熏染下，却变得不可思议，或浮光掠影浅尝辄止，或言不由衷口是心非，如果再掺杂点名利的权衡，得失的取舍，更是隔山打牛，空掌击波，诡异乖离，神秘奥幻，花言巧语天衣无缝，曲径通幽心机叵测。所以，现在很少有真正意义上的谈话，只是语音的缭绕修辞的雕凿，缺少思想的火花精神的碰撞。真言寂寥，且听碎语聒噪吧。

三十三

讷于言而敏于行，既是人们品行修养的理论概括，也是人们精神境界的实际检验。一言九鼎，承载天道，接纳地理，彰显万物，蕴含人意，不可轻慢，不能亵渎；一言既出，驷马难追，指点江山，臧否人物，辨析事理，不可轻若，不能随意。要言之有物，言之有理，言之有据，言之有力，重言警世，微言大义，客观公正，实事求是；切勿率性随心信口雌黄，任情使意胡说八道，不要趋炎附势混淆黑白，指鹿为马颠倒是非。敏于行则峰峦叠嶂敢于攀登，江河湖海勇于跋涉，脚踏实地，求真务实，勤快迅速，敏捷灵活；行之有度，行之有节，行之有效，行之有利。既要有高瞻远瞩的战略，又要有正确合理的方法；既要有切实可行的措施，又要有倾心尽力的作为；切勿急功近利盲目冒进，贪图眼前满足当下，不要畏首畏尾拖沓推诿，优柔寡断不思进取。讷于言敏于行相互依存，相互涵蕴，为人处世的根本，建功立业的印鉴，既是要追求的理想境界，也是要坚持的实际行动。

三十四

潮之所来，流之所去，沉浸其中，漫游其里，或勇立涛头或随波逐流，或泾渭分明或同流合污，既是心胸境界的表达，精神意蕴的彰显，也是身体力行的担当，品行作为的呈现；取舍之中，选择之时，乃是思想的检验，心灵的映照。合乎规律顺应发展，符合趋势代表民心之潮流，顺之者昌逆之者亡，需义无反顾，奋勇拼搏，推波助澜，以成其磅礴天地蕴含万物之势；而篡逆历史扭曲现实，阻塞未来荼毒众生之潮流，祸国殃民贻害无穷，需中流砥柱，激浊扬清，分离净化，以绝其恣肆漫漶腐蚀侵袭之弊。现实中不可能绝对的清浊分明，总是真假缠绕，善恶交融，美丑混杂；生活里不可能完全的是非明辨，总是雅俗共融，优劣并存，好坏交替；人们必须分清主流与泡沫，识别主干与枝节，秉持出淤泥而不染的品性，濯清涟而不妖的风骨，坚守冰清玉洁的情趣，暗香如故的精神，不为潮流的表面现象所迷惑，不为潮流的喧嚣声势所眩晕，高瞻远瞩，见微知著，明辨是非，择善而从，奉献社会，彰显自我。

三十五

孤寂中总会有一些遥远的故事被回忆悄然的牵出，有一种久违的亲切，重温的愉悦；没有了凡尘俗雾的缠绕，名缰利锁的桎梏，没有了繁闹喧哗的搅扰，焦灼浮躁的纠葛，往事历历在目，清新而温煦，敞亮而安逸；犹如清风白云拂拭过的苍穹，碧透深邃，幽幻奥秘，飘逸了灵动的遐想，漫无边际的翱翔；就像阳光雨露沐浴后的原野，生机盎然，蓊郁苍茫，放纵了散漫的思绪，四面八方的漫游。很多场景已朦胧漫漶，很多情节已斑驳凋零，很多因果已无法说清，很多音容已不能重生；回忆却放大了感喟的尺度，跨越式的丈量，没有了时空的限制；回味拓展了依恋的范围，扩张般的容纳，没有了具体的界定。此时的率性随心无法言说，此刻的任情使意无法表达，只是精神的自由散漫，只是心里的恬淡安逸。喜欢孤寂，更喜欢孤寂中的回忆。

三十六

不要苛求于人，无须计较回应，光明磊落的相处，持之以恒的担待；天下熙熙皆为利来，天下攘攘皆为利往，对于大多数人而言，皆因有利而聚有用而交，一旦失去相互利用的价值，也就是烟消云散的时节；天下纷纭求其同声，天下繁闹寻其知音，对于一小部分来说，却是义气的相投情趣的交融，思想的共鸣精神的相通，一旦建立知情达意的友情，也就是地久天长的契合。建立在名利基础上的应酬，总是随着时俗风尚的变幻，价值取向的转化，得失褒贬的交替，或深或浅，或长或短；熔铸于精神内涵中的交往，总是经风见雨的砥砺，千锤百炼的陶冶，日积月累的精萃，地久天长，刻骨铭心。所以，为人处世，要有兼容并蓄的宽容海涵，任其来往的随心适意，无须刻意的要求；建功立业，要有坦荡豁达的胸怀境界，任其交汇的情来意往，无须严苛的评判。善待众生，下里巴人的琴瑟和鸣，敬重知音，阳春白雪的石破天惊。

三十七

再好喝的白酒，打开之际，芬芳扑鼻，入口之时，都是辛辣的刺激，断续的饮酌中，慢慢有一种甜润甘冽的回味；酒精含量越高，气味越馥郁，刺激越浓重，回味越悠长；仿佛提示人们，要想品味极品的白酒，必须经历一个由刺激到享受的适应，要想感受甘冽的滋味，必须完成一个由辛辣到绵甜的经历；喝酒不只是一种行为和情趣，也是一种过程和意兴。人生亦如此，没有艰难困苦的砥砺，千锤百炼的陶冶，甜酸苦辣的品味，悲欢离合的感怀，也就无法真切地领略人生的意蕴，深刻地感悟生命的真谛；经历越长，起伏越大，磨难越多，感受越深，回味也就更为绵长，感喟也就更显精粹。酒不醉人人自醉，好友毕集群贤荟萃时，觥筹交错，神飞思扬，酣畅淋漓，不知是有心的回放过去，还是无意的豪放眼前；孤独寂寞苍凉萧瑟时，意兴阑珊，邀星揽月，呼梅唤菊，微醺幽幻，不知是情趣的抒发，还是欣慰的散漫。

三十八

生活的繁闹琐屑，人生的神秘幽幻，既是物质形态的千变万化，更是精神领域的云诡波谲；疯狂的攫取贪婪的占有，反而有一种荒芜的疑惑，繁复的思索深刻的感悟，反而有一种迷茫的困顿。衣食住行的根深蒂固，被时代的发展社会的进步培育的枝繁叶茂，蓊郁璀璨，看不到了简单的内核；生命真谛的幽幻奥妙，被生活的五光十色人生的悲欢离合浸润的缤纷灿烂，领略不了深刻的意蕴。有时想让思想处于一种混沌的状态，漫漶迷离没有一点思绪的编织，自由散漫；有时想让精神处于一种沉寂的境地，虚无缥缈没有一丝想象的幽动，轻扬灵动；但这种念头刚起，又会牵起千丝万缕的思索，无限度的缠绕，无止境的攀援。宗教的奥秘在于让人们在现实中彻底的绝望，把精神寄托完全注入于未来，以实现生存的忍受，苦难的煎熬，得失的忘却，荣辱的淡漠，奠基轮回的福祉，创造超越的极乐。有点宗教的情怀，平息焦灼的精神，安抚烦躁的心灵，多点人生的温润，生命的柔和。

三十九

心儿慢慢的沉静，销蚀了嶙峋的棱角，湮没了劲拔的风骨，磨钝了锐利的意志，黯淡了炽热的情怀；没有了刀光剑影的召唤，远离了倾心尽力的拼搏，孤独中布满了厚重的尘垢，寂寞中蚀刻了斑驳的锈迹。没有了胜利时的尊荣，失败时的落魄，没有名利的权衡，得失的搅扰；让自己疏离了世界，让世界遗弃了自己，有了一块清静无为的逍遥地，有了一处虚无缥缈的散漫天。沉静中，感觉了心儿的跳动，不只是提供动力输送血液催促机体的膨胀与收缩，更是浑厚深沉的稳重，恬淡安和的温馨；沉静中，知晓了头脑的韵律，不只是条分缕析探究思索辩证感悟的精萃与升华，更是散淡清逸的缭绕，晶莹剔透的闪烁。

四十

悲情色彩浓厚，所有的表象都通过忧虑的发酵，苦楚的酝酿，伤感的过滤，融汇成幽幻的清泉碧潭，幻化为诡异的深谷幽涧；一缕清风的逶迤缠绵，一朵云絮的萦绕盘桓，嶙峋劲拔披上了似隐似显的朦胧，坎坷崎岖笼罩了扑朔迷离的混沌。就像月亮销蚀了太阳的炽热，化解了阳光的通透，晶莹的朗照，清冽的映射，漫天的委婉旖旎，自然的安和恬淡；犹如雾霭扯起了轻扬的飘逸，灵动了山川的绵延，画卷般的延展，旋律似的萦绕，铺地的蓊郁氤氲，万物的灵动曼妙。悲情意蕴浓重，所有的内涵都经历麻辣的品试，苦涩的回味，酸辛的感悟，总有一种寂寞南墙下孤独绽放的暗香如故，总有一种驿外断桥边寂寞飘逸的晓风残月；总是欲说还休的无奈，总是始聚终散的悲愁。

就像青史黄卷的吟诵，千古兴亡，难以评说，只是大江东去的风云变幻；犹如粗茶浊酒的斟酌，万代更迭，谁与臧否，只是一江春水的涛声依旧。悲情色彩是生命真谛的幽幻折射，人生奥秘的灵动表达。

四十一

在蓝天白云的映衬下，古塔显得愈加巍峨挺拔，清隽灵秀，沧桑伟岸，孤傲嶙峋；每层塔身的角铃在清风的拂拭中，叮咚作响，与不时盘旋的群燕呢喃的脆鸣相互萦绕，格外的悦耳。古塔周遭青松翠柏，苍榆嫩柳，芳草萋萋，杂花朵朵，阳光透过繁叶虬枝，洒下一地的斑驳陆离，变幻满园的浓妆淡抹；亭台寂寞的遐想，庙宇恬淡的沉思，画梁雕栋凝固的张望，黄瓦红墙安然的休憩。我和小孙女漫步在蜿蜒盘桓的青石小径，徜徉在曲径通幽的回廊，一个稚嫩的发问，一个苍老的回答，一句天真质朴的奇思妙想，一段深沉浑厚的山高水长；寂静的塔院，不时飞出清亮厚重交融的嬉笑，高耸的塔边，不时回荡欢快委婉的吟哦。平常的一游，瞬间胜过行万里路的砥砺，偶尔的一悟，刹那超越读万卷书的感喟，人生的意蕴不就是启程的生机盎然，归宿的桑榆暮霭，生命的真谛不就是生死交替的无限，生生不已的永恒吗？

四十二

外表强大未必内心坚韧，内心充实未必外表骄赫，外表温和未必内心柔弱，内心晦暗未必外表猥琐。冠冕堂皇中不乏苟且龌龊，璀璨缤纷里不少肮脏污浊；惊天动地的丰功伟业中，也会夹杂鸡鸣狗盗的雕虫小技；日常平淡的生活里，也会闪烁晶莹剔透的聪明智慧。表面的纷繁复杂是内在意蕴奥幻的折射，有时光明磊落的朗照直达，有时曲径通幽的委婉隐喻，有时公平正义的尽情宣示，有时私心杂念的有意掩饰；表里不一是一种客观的存在，无须大惊小怪的惊诧，不用张皇失措的应对，只是要去伪存真的辨识，去粗存精的净化，真善美的秉持，假恶丑的消除；表里如一是一种主观的追求，无须少见多怪的叹息，不用痛心疾首的感喟，只是要明心见性的修持，养情孕意的呵护，持之以恒的反思，浴火重生的觉悟。不要被别人外在纷繁复杂的表象所迷惑，更不要被自己内心懵懂偏执的愚昧所湮没，不要被别人的内在本质所束缚，更不要被自己外在的表现所误导；始终保持清醒的自知之明，始终拥有公正的知人之智，思行相符，表里如一。

四十三

有时处于一种非常尴尬的境地，想去做一些需要做的事，总感到心有余而力不足，面对诸多不愿做的事，却放不下心思，停不下手脚；特别是涉及社会交往职场应酬之事，倍感厌恶，不由自主地从心里拒绝排斥，但又无可奈何的附和随应。众声喧哗中只是逢场作戏的演绎，觥筹交错中只是言不由衷的排遣，呼朋唤友的夸张，推心置腹的虚伪，名缰利锁的萦绕，得失取舍的隐晦；酒不醉人人自醉，不知是真醉还是假醉，杯来盏往话不断，不知是真情还是假意。一番天花乱坠的铺垫，遣词造句的修饰，一番淋漓尽致的倾诉，神形兼备的应对，达到了某种效果，实现了某些目的，便是烟消云散的人走茶凉事成酒去，没有一丝值得回味的情趣，一点值得感悟的意蕴。

四十四

价值判断非常必要，关键是要看它建立在什么样的基础之上，以什么样的世界观人生观为内核。当今社会，物欲横流，名利至上，人们沉溺于眼前的占有，满足于当下的享受，计较于看得见摸得着的取舍，醉心于使得到用得上的权衡，时俗风尚以模仿追随为重，功成名就以获取拥有为最，价值判断充满实用功利的色彩，衡量标准浸透趋炎附势的成分；而对于品性的好坏，情趣的雅俗，心胸的宽窄，精神的清浊，境界的高低，缺乏必要的呵护精心的培育，导致人们目光短浅，心胸促狭，唯利是图，锱铢必较；不再回望历史，领略源远流长的厚重，不愿向往未来，憧憬神秘幽幻的境界，不去辨析眼前的真假善恶美丑，不会反思当下的是非好坏对错。日积月累，养成了急功近利的焦灼，羡庸慕俗的浮躁，巧取豪夺的暴戾，隐晦诡异的猥琐，精神家园干涸，心灵故乡荒芜。所以，价值判断不只是简单的数量多寡质量高低，而是一种因果的辩证逻辑的演绎，不只是过程的观览结果的检验，而是思想水平的呈现精神内核的彰显。

四十五

人类最博大精深的思想不是鸿篇巨制的繁复，旁征博引的诠释，不是璀璨缤纷的渲染，冠冕堂皇的说教，而是客观真实的描述，情真意切的倾诉，言简意赅的澄明，语重心长的通透，许多高僧大德哲人智士，正是秉持平静恬淡的心态纯真超逸的情怀，将自然的现象和规律，社会的存在和本质，生活的表象与内涵，精神的繁杂与精华，用质朴厚实简明扼要的语言文字，精萃成条理分明意蕴深刻的哲理或神谕，呈现人生的真谛，彰显生命的奥秘。浏览经典，阅读华章，篇幅不长，论述不多，却是字字珠玑，句句晶莹，朗朗上口，点点入心；不仅是思想的对话，更像是情感的交流，不仅是智慧的教诲，更像是心灵的抚慰，醍醐灌顶般的醒悟，明心见性似的超越。反观当下的思想表达理论演绎，璀璨缤纷中充斥浮躁焦灼，条分缕析里布满教条僵化，注目眼前的思潮熏染主题说教，冠冕堂皇中充满强词夺理，繁文缛节里尽是急功近利，始终达不到教化的效果，孕育的目的，造成实践与理论的鸿沟，物质与精神的背离。值得深思啊。

四十六

孤独会产生巨大的能量，没有相互支撑的依托，缺少相互帮助的依靠，单打独斗的尝试，特立独行的探索，只能倾心尽力的攀登，义无反顾的跋涉；寂寞会激发敏锐的思想，隔离时俗风尚的噪音，断绝名缰利锁的缠绕，天籁地声的聆听，自我心灵的倾诉，只能浴火重生的净化，明心见性的超越。现实中，人们离不开繁复琐屑的日常生活，抛不开追名逐利的建功立业，去不了养家糊口的辛勤劳作，断不了你来我往的应酬交际；太多的随波逐流，沉溺繁华喧闹也制造着浮躁焦灼，太多的名利取舍，滋生了精神的萎靡也湮没了思想的激越。人们在在不断提高自我素质的努力中，也积淀了不少的鄙俗陋习，人们在追求全面发展的过程中，也不停地生长着畸形的促狭偏执；人们在辛勤的努力中耕耘收获，也在不断的遗忘丢弃，人们在努力的探究着世界的奥秘，也在不断的迷失着自我。有时一种率性随心的孤独，会让人品味伟岸劲拔的嶙峋峻峭，有时一种任情使意的寂寞，会让人感悟恬淡超逸的空灵幽幻。

四十七

心灵要始终拥有一种宁静与平常，精神要始终保持那份恬淡与平和。无论繁华喧闹的追名逐利，还是繁复琐屑的衣食住行，无论趋炎附势的随波逐流，还是矜持孤傲的暗香如故，都有一种品性的担待，情趣的滋润，心胸的承纳，精神的涵蕴；无论志得意满的功成名就，还是日常平淡的卑微渺小，无论崎岖蜿蜒的攀登跋涉，还是四通八达的一帆风顺，都有一种人格的伟岸，风骨的劲拔，意志的坚韧，心灵的超逸。自然的演变万物的萌发，任其天翻地覆沧桑巨变神秘莫测，生活的真谛就是无限的平凡；时代的变化社会的发展人生的历程，任其风云变幻云诡波谲捉摸不定，生活的意蕴就是永恒的平常；犹如苍穹中的群星，只是光彩斑驳的闪烁，就像原野里的山河，只是崎岖蜿蜒的萦绕。

四十八

远离权势，淡泊名利，减少应酬，不去交际；孤独于精神的峰峦叠嶂，自有巍峨崎岖的品味，寂寞于心灵的江河湖海，自有蜿蜒盘桓的会意。不时清风拂煦，白云缭绕，青史黄卷的观览；不时清泉滋润，碧流温蕴，书画旋律的感喟。一杯清茶的幽思漫长，几杯浊酒的意兴阑珊，朝霞夕晖的晨钟暮鼓，淡月疏星的残箫断笛。有点梅兰松菊的品性，不知时俗风尚的冷暖；有些琴棋书画的情趣，不闻得失成败的浓淡；有点散淡的江湖气息，不屑钟鸣鼎食的璀璨缤纷；有些野逸的山林风尚，不管竹篱茅舍的风轻云淡。来的自然，去的潇洒，只是悄然的回归，剥去繁华后的萧瑟，只是平静的重返，湮没喧闹后的寂寥；看得清楚，想得明白，只是反复的精萃，浴火重生后的晶莹剔透，只是彻底的净化，凤凰涅槃中的轻扬飘逸。

四十九

人，与生俱来的平等却是在现实的不平等中实现的，名缰利锁的盘根错节把平等缠绕的等级森严，时俗风尚的烟熏火燎把平等侵蚀的界限分明；平等成为自然万物一张冠冕堂皇的招牌，人类社会一页理直气壮的标签，呈现在璀璨缤纷的装饰中，彰显在义正词严的宣示里。现实中，却是千差万别的层次；生活里，总是云诡波谲的变幻。人们沉溺于表象的演绎，无意于内涵的诠释；人们安然于历史的沉淀，醉心于当下的凝固；人们麻木于未来的探索，满足于于眼前的占有；关心的是自己是否享有平等的实惠，专注的是自己是否得到平等的机遇，至于社会的公平正义，生活的共同富裕，被肢解得七零八落，侵蚀得千疮百孔，太多的表现在标语口号中，编纂在典籍文章里，甚至变成了一些既得利益者的遮羞布，耍权弄势者的涂改液。平等是人类永无止境的理想，持之以恒的追求，平等是时代进步的标志，社会文明的尺度。平等是人类的重要基因，遗传变异中要永远保持，决不能疏离黯淡。

五十

时代在日新月异的变化，社会在加速度式的发展，人们无法短暂的停驻一下急促的行动，安抚一会焦灼的思想；沉浸于力量的不断扩张，速度的不断加快，满足于物质利益的富裕，精神享受的丰盈。眼前的既得，当下的占有，贯穿于思想的全过程，渗透于行动的细节中；无暇于刹那的品味，瞬间的感悟，不愿深刻的反思，反复的净化。时俗风尚的烟云中，看不清自己的身影，追名逐利的大潮里，听不到自己的心声；一切以实惠的功利为标杆，一切以时髦的追捧为赏鉴，随波逐流已成为常态，趋炎附势以成为风尚，甚至同流合污也理直气壮，苟且猥琐也冠冕堂皇，生活的意义被演绎的平庸猥琐，人生的真谛被诠释的晦涩萎靡。自然的演化源远流长，人类的历史根深叶茂，任何时代只是无限发展中的一个场景，任何社会只是永恒变化中的一个剧目，有自己具体的内涵独特的表象，有自己鲜明的特色迥异的印记；人们可以承担生旦净末丑的角色，发挥唱念做打舞的才能，人们可以在继承中发展，在开拓中创造，辛苦的攀登中有自己阴晴圆缺的观览，勤劳的跋涉里有自己悲欢离合的感悟，有时的驻足思考是为了更好的前进，有时的休憩梦幻是为了更美的向往。

五十一

大事急事容易让人精力集中，考虑周全，谋划得当，方法适宜，处理的就会比较合理妥当，而小事缓事则容易让人思想麻痹，精神懈怠，散漫拖沓，任性随意，解决的反而漏洞百出。生活中大事急事不多，琐事缓事不少，日积月累，在繁复琐屑的侵蚀中，思想的敏锐性有所迟钝，久俗成习，在随心所欲的应对里，精神的超逸性有所湮没；

养成了车到山前必有路，船到桥头自然直的思维定式和行为习惯，减弱了高瞻远瞩见微知著的精神，海纳百川壁立千仞的境界。久而久之，造成了人们眼界的短视，心胸的促狭，思想的鄙陋，情趣的平庸，关键时刻会导致对大事客观全面的考量正确合理的解决，影响对急事的有效应对及时处置。所以，不仅要以大御小，也要以小蕴大，注重平时的历练，日常的感悟，删繁就简的精萃，去粗存精的净化，以求大事急事的坦然自若，小事缓事的恬淡豁达。

五十二

小孩的想象力是非常丰富，难以描绘不易捕捉的，其天性纯真，情趣稚嫩，心灵清澈，精神敞亮；自由于苍穹深邃原野苍茫，散漫于万物蓊郁众生百像，无所顾忌，毫不遮掩，发自心扉，直抒肺腑。犹如春风拂煦，夏雨滋润，秋霜缭绕，冬雪晶莹；就像初升的朝阳，中天的明月，闪烁的星辰，碧透的宇空。跟随他们的发问，可以漫无边际的遐思；推敲他们的应答，可以神秘幽幻的畅想；精神温蕴，心灵安和。和孩子在一起是生活的一大乐趣，时俗风尚悄然隐退，名缰利锁顷刻瓦解；和孩子在一起是人生的一大幸事，阴晴圆缺顺其自然，得失褒贬烟消云散。鹤发童颜，赤子之心，便是人生的净化，生命的超越。回归的憧憬，起始的向往，都在孩子的想象中，都在老人的回望里。

五十三

人生只是一个过程，无论其经历如何纷繁复杂，结果千差万别，无论其表象如何云诡波谲，内容神秘奥妙，都是无限发展的有限环节，永恒存在的短暂呈现。就像冰晶雪洁的融化，小溪流的潺湲，古潭中的沉吟，飞瀑里的喧闹，在崇山峻岭中蜿蜒，在幽谷深涧中盘桓，天光云影的映照，树木花草的镶嵌，天真稚嫩的启程；当汇集众流，融入百川，江河雄浑，湖泊温蕴时，滋润原野，浇灌嘉禾，承船载舟，蓄洪发电，或中流浩荡或岸边逶迤，或浪涛激扬或潜流涌动，或泾渭分明或同流合污，或九曲回肠或一泻千里，身体力行的历练；当投入大海的怀抱，在深邃中分解化合，在辽阔里净化精萃，风尘世俗云淡风轻，追名逐利烟消云散，心灵安逸，精神恬淡，回望中的感慨，回归里的觉悟，身心兼备的愉悦，物我相忘的超然，返璞归真的升华。环节相连呈现无限的人生意蕴，因果循环彰显永恒的生命真谛，人生就是长亭与短亭的相续，过程与过程的绵延。

五十四

人生在回望中成为了历史，在向往中变成了梦幻。回忆中流逝的岁月总能掀开曾经的大幕，映射风云变幻的时代场景，重复神秘奥幻的社会剧目，呈现繁复琐屑的生活情节；回忆中远去的时光总能搭起曾经的舞台，演绎形神兼备的生旦净末丑，承载淋漓尽致的唱念做打舞，回味悲欢离合的甜酸苦辣咸。残垣断瓦，有了朦胧的修饰，依然温馨如故；支离破碎，有了漫漶的萦绕，依然情真意切。太多的经典巨著俗辞俚语，令人回味无穷，感慨万千；太多的丰功伟业人情世故，让人刻骨铭心，魂牵梦绕。人们总是过多关注了历史治乱兴亡警醒惕厉的借鉴，而忽视了历史蕴含情怀孕育心灵的浸润；人们总是过度的以眼前的需要当下的理由借助历史的演绎，而忽略了历史源远流长的意蕴根深蒂固的规律。历史不是僵化的蚀刻，而是生动的映射，融入精神，晶莹剔透，璀璨缤纷；历史不是陈腐的落果，而是鲜活的嫩芽，植入心中，生机盎然，枝繁叶茂。

五十五

无论众说纷纭的告别，还是盖棺论定的结论，无论苍穹深邃的迎接，还是原野辽阔的容纳，人生似乎画上了句号，生命好像找到了归宿，但灵魂的翅膀飞翔起来，轻扬飘逸，在思念的奥秘之境，近行远去，低来高往；任情使意的描绘坎坷崎岖的峰峦叠嶂，率性随心的谱写江河湖海的蜿蜒曲折，有时光明磊落的通达，有时曲径通幽的委婉，有时气壮山河的高歌，有时暗香如故的低吟；不知是回望中的尽情捕捉，还是感悟里的倾心搜索，不知是真实的再现，还是虚幻的畅想。完成了神圣的使命，实际上又播下了一粒希望的种子，卸下了繁重的责任，实际上又催生了一颗理想的幼芽。春风夏雨秋霜冬雪，岁月变幻着璀璨缤纷的身影，装饰无限的往复；春耕夏耘秋收冬藏，时光秉持着始终如一的精神，演绎永恒的交替。只是依恋的回味，一声无可奈何的叹息，只是执着的追忆，一句山高水长的寄托。灵魂永在，始终飞翔。

五十六

眼泪似乎并不珍贵，可以随意流淌，眼泪好像又很骄傲，从不无故轻洒，除了自然的原因生理的疾患，不是伤情痛心处欢快愉悦时，绝不会轻啜微泣细珠挂面，淋漓酣畅泪雨滂沱。眼泪是心灵之珠，晶莹剔透，品性的有情闪烁；眼泪是精神之源，柔润蜿蜒，情怀的倾心融汇。眼泪有时是情真意切的呈现，有时是虚情假意的隐匿；眼泪有时是刻骨铭心的彰显，有时是轻描淡写的装扮；来自什么样的崇山峻岭，就有什么样的理由，来自什么样的江河湖海，就有什么样的意蕴。眼泪没有数量的刻度，无论多少都是一种情感的表达，眼泪会有质量的判别，不管长短都是一种精神的倾诉。眼泪陪伴人们消愁去痛，增喜添乐；眼泪温蕴人们为人处世，养家糊口。眼泪总是自然的飘洒，不用什么色彩的涂抹；眼泪总是尽情地挥落，无须什么刻意的要求。有眼泪说明心灵的故乡清泉还在，虽然有时萎缩，有眼泪说明精神的家园蓊郁依旧，虽然有时萧疏。世界有泪比没泪好，不知这是偏执的谬论，还是心灵的渴求？

五十七

心之所想无所不有，充盈的物质生活，丰富的精神享受，志得意满的功成名就，潇洒自如的心想事成，钟鸣鼎食的富贵安康，花好月圆的阖家欢乐，这很正常，没有反而怪异了；心之所想要有引领，纯真质朴的品性，健康优雅的情趣，光明磊落的精神，澄明豁达的心胸，伟岸劲拔的风骨，恬淡安和的心灵，这很必要，失去则荒谬了。心之所想要有底线，尊重自然规律，符合时代趋势，遵循社会法则，秉持公平正义，既有璀璨缤纷的星空，也有暗香如故的自律，这是根本，缺失就混乱了；心之所想要有支撑，身体力行的拼搏，殚精竭虑的思索，知识文化的积淀，思想智慧的升华，精神家园的根深叶茂，心灵故乡的源远流长，这是必须，空白就懵懂了。心有多高天空就有多深邃，心有多广原野就有多辽阔，不能束缚向往的翅膀；心有多实攀登就会披坚执锐，心有多细跋涉就会勇往直前，不能桎梏前进的步伐。心有时孤独的憧憬容纳了博大精深的宇宙，心有时寂寞的思索彰显了特立独行的自我。

五十八

放松一下焦灼的精神，有点严寒凛冽中的冰晶雪洁；抚慰一下浮躁的心灵，有点酷暑熏蒸中的云淡风轻。繁复琐屑的生活让人应接不暇，日积月累的磨砺；追名逐利的辛劳让人毫无止境，年来岁往的奔波。缺少了点片刻驻足的观览品味，短暂休憩的回望感悟；遗失了点梅兰松菊的恬淡清逸，琴棋书画的幽幻空灵。有时被鼓噪的重要事务，却是冠冕堂皇下的急功近利，有时被渲染得时髦思想，却是璀璨缤纷里的俗雨庸风；有时被追捧的时俗风尚，只是趋炎附势的随波逐流，有时艳羡的功成名就，只是巧取豪夺的锱铢必较。太多的身体力行，却是毫无意义的附会，太多的殚精竭虑，却是虚无缥缈的跟踪；久俗成习圆滑世故，软磨硬雕的僵化偏执，自以为是的傲慢，任性使意的骄横。人生固然有所收获，总是被津津乐道，但也有不少遗失，却无人问津；人生固然有所成就，总是光辉灿烂，但也有许多错误，却涂抹遮掩。其实，白璧微瑕才是人生的本真，返璞归真才是人生的真谛，有时散淡的放松，可以看清真实的身影，有时自由的思考，可以感悟真实的心灵。

五十九

衣食住行繁复琐屑，人情世故盘根错节，看似日常平淡，实则意蕴深远，时代变化社会发展，生活丰盈人类文明，都是建立在其基础上的。无论物质表象的璀璨缤纷，精神内涵的幽幻奥妙，还是引经据典的诠释辨析，旁征博引的演绎说教；无论刀光剑影的你争我抢，云诡波谲的巧取豪夺，还是参差迥异的社会制度，高低悬殊的阶层等级；无论明堂亮室的高楼大厦，锦衣玉食的宝马香车，还是简陋萧瑟的竹篱茅舍，褐衣粗食的安步当车；衣食住行贯穿其中，人情世故渗透其里，万变不离其宗。人们总是被社会大熔炉的烟熏火燎所迷惑，专注于五光十色的观览，急功近利的获取；人们总是被时代大潮流的涛飞浪卷所裹挟，沉溺于五花八门的刺激，痴迷奢侈的享受；有时造成舍本逐末的畸形，有时导致塞源断流的荒谬。剥去繁华的装饰，洗涤浓艳的涂抹，生活的本真就是衣食住行人情世故的交融，社会万象的内核；人生的意蕴就是化繁为简超凡脱俗的精萃，心灵境界的升华。

六十

清流潺湲，暗香浮动，悄无声息地在寂寞中放飞心灵，任情使意的翱翔；残灯断烛，青史黄卷，孑然一身的在孤独里放纵精神，率性随心的驰骋。书中的品味只是自由散漫的游荡，不带一丝功利得失的借鉴；诗中的感悟只是幽幻奥妙的空灵，没有半点荣辱取舍的权衡。和梅兰松菊对话，与清风明月谈心，一盏粗茶的意兴萦绕，几杯浊酒的情趣温蕴；和大江东去高歌，与小桥流水低吟，明月天山的情思，阳关古道的意蕴。竹篱茅舍，落英缤纷的桃花源安在？土屋窑洞，鸡犬相闻的乌托邦何存？岁月不居，英雄豪杰高僧大德才子佳人星光闪烁；时光如流，凡夫俗子芸芸众生黎民百姓生机蓊郁。物我相忘，浑然不觉人在旅途，天人合一，轻扬不知人在梦中，只是心灵的独语，精神的沉吟。

六十一

都想让人生姹紫嫣红，不惜重彩浓墨的涂抹，璀璨缤纷的装饰；都想让人生功成名就，不惜趋炎附势的攀附，投机取巧的钻营。日积月累的尘俗遮蔽了品性的本真，锱铢必较的功利湮没了情趣的清纯，偏执促狭的思绪淤塞了心胸的宽阔，浮躁焦灼的精神熏染了境界的澄明。人生容易迷失，不是歧路太多，而是欲望炽烈贪婪太重；人生容易浑然，不是诱惑太繁，而是心绪不专奢求太盛。总想让人生享有一切，把源远流长的无限纳入有限的私囊，挖空心思的膨胀发酵，瞬间成为不可一世主宰；总想让人生永垂不朽，把神秘幽幻的永恒化为即刻的占有，痴心妄想的蚕食鲸吞，刹那成为顶天立地的神圣。殊不知，巍峨嶙峋的峰峦叠嶂，不过是无数沙石的凝固，蜿蜒盘桓的江河湖海，不过是无数水滴的相融；殊不知，山高水长的人生之旅，一程接一程的延续，书写着无限的生命画卷；天远地阔的人生之梦，一场接一场的萦绕，谱就着永恒的生命旋律。人啊人，要有点清醒的自知，透彻的自警，人啊人，要有点恬淡的精神，超逸的心灵。

六十二

内心充实了，就不会太讲究外表的装饰，内心强大了，就不会太在意外在的评议；对于一些生理有缺陷心里有障碍的人来讲，既要克服自卑的情结，也要锻造自信的胸怀。无论出生如何，历程怎样，得失大小，荣辱高低，只要倾心尽力勤奋踏实恪尽职守，上不负天下不愧地中不欺人，光明磊落，胸怀坦荡，一粒沙石的融聚，一滴水珠的映射，彰显自我，奉献社会，也就是有意义的人生。举世瞩目的丰功伟业让人尊崇，日常平淡的辛勤劳作也令人敬佩；英雄豪杰高僧大德让人仰慕，黎民百姓凡夫俗子也令人感动。在源远流长的生命长河中，每个人都是平凡的，没有天然的高低贵贱之分，只是历史的细胞；在风云变幻的社会里，每个人都是平常的，没有专属的成败得失之别，只是自己的主人。不需要过度的雕凿，刻意的涂抹，装扮本真的身影；不需要繁复的演绎，喧闹的诠释，遮掩淳朴的心灵。

六十三

海洋的平静是温馨安逸的，消解了繁复琐屑，涵化了喧哗焦躁，一望无际的清亮碧透，以辽阔的情怀深邃的意蕴，容纳百川，抚慰心灵；海洋的运动是激越暴烈的，融汇了巨大的能量，聚集了炽热的活力，铺天盖地的惊涛骇浪，以磅礴的气势激荡的心胸，振聋发聩，惕厉精神。人生犹如海洋，平静与激荡相交，恬淡与炽烈相融，描绘着炫丽缤纷的画卷，谱写着壮丽委婉的旋律；人生就像海洋，有时表面的风平浪静内里的潜流汹涌，有时外在的波飞浪卷内在的柔和安谧，有时淋漓尽致的高歌，有时悄无声息的沉吟。然而，人们总是忘却大海的禀赋，只是偏执一滴水的心胸，满足眼前的占有，沉溺当下的享受；人们总是失去大海的基因，只是迷恋一滴水的虚荣，追名逐利的攀比，趋炎附势的权衡；该平静时浮躁焦灼，该激越时萎靡沉沦。

六十四

真理是客观的，而追求真理认识真理的过程，则具有极大的主观能动性，带有不同的感性色彩，涵蕴不同的理性成分。从什么样的立场出发，以什么样的实践探索，从什么样的境界审视，以什么样的标准衡量，会有参差不齐的见解；以什么样的品性涵化，用什么样的胸怀容纳，以什么样的情趣温润，用什么样的精神引领，会有千差万别的结论。真理不可能穷尽但可以接近，真理不可能改变但可以利用，真理在相对中不断地呈现，真理在绝对里永恒的彰显。人生不仅是一个生理的遗传变异，更是一个心理的砥砺精萃，人生不只是一个具象的斑驳蚀刻，更是一个抽象的璀璨映射。人们总是在追求真理的旗帜下为人处世建功立业，人们总是在掌握真理的说教中寻找依据编织理由；由于不同品性情趣心胸境界的孕育，各自身份习俗修养素质的熏染，对于具体人物或事情会有不同的判断和应对，对于抽象概念和意蕴会有不同的演绎和诠释，因而赋予了真理灿烂缤纷的装饰，千姿百态的形象。其实，真理是客观的，不以任何人的意志为转移，始终平静地面对人们的追寻的过程，始终平淡的验证人们的探索的结果。

六十五

崇高的理想坚定的信念非常重要，澄明的胸怀恬淡的心灵格外珍重，前者是意志的精萃，后者是品性的净化。现实中，人们总是专注于宏大的主题，沉湎于豪放的叙事，用璀璨缤纷的辞章精彩绝伦的说教，赋予了理想信念的博大精深灿烂辉煌；有时言不由衷的诠释，表里不一的演绎，反而销蚀了理想的深刻内涵，降低了信念的劲拔伟岸；有时任性使意的虚无缥缈，率性随心的世俗功利，直接伤害了理想的精神引领，湮没了信念的心灵烛照；折射出人们虚弱的内在虚荣的外表。其实，豁达坦荡的胸怀恬淡超逸的心灵，才是生命的精粹人生的本真，虽然贯穿在繁复琐屑的日常生活中，渗透在云诡波谲的人情世故里，没有冠冕堂皇的引经据典，条分缕析的旁征博引，没有鲜艳夺目的装饰，淋漓尽致的表演，纯真淳厚，朴实无华，却是品性的映照，心胸的彰显，支撑理想信念的基础，孕育理想信念的温床。

六十六

沉溺于随波逐流的行为习惯中，只是麻木的蹒跚苟且的延缓，没有波飞浪卷的高歌，暗香浮动的低吟；偏执于追名逐利的思维定式里，只是疯狂的攫取贪婪的奢求，没有澄明俊逸的情怀，恬淡安逸的心灵。夜以继日，繁复琐屑的销蚀着大好时光；日积月累，浮躁焦灼的磨砺着青春年华。平庸的生活，无聊的精神，不知是现实的熏陶，还是理想的迷蒙，不知是环境的制约，还是思想的愚钝；世俗的情趣，功利的心胸，只计较眼前的得失，权衡当下的荣辱，只沉溺刹那的刺激，满足瞬间的反应。实用主义放大到了极致，阻挡了精神的视野，投机取巧膨胀到了极点，遮蔽了心灵的境界。人生的悲哀是失去了自我，缺少了自警，人生的苦楚是丧失了品位，干涸了情趣；人生不能只是生物性的适者生存，没有精神的陶冶，人生不能只是寄生性的苟延残喘，没有心灵的温蕴。

六十七

世界是客观真实的，但被人们感知到的真实又太少了，世界是神秘幽幻的，但被人们领略到的幽幻又太缺了；真实不只是具象的堆积，多多益善，也是抽象的提炼，精益求精；幽幻不只是理想的召唤，博大精深，也是梦境的温蕴，奥妙灵动。人们沉溺于实物的获取，实体的雕凿，过程具体细致，目标直观可靠，旁征博引的演绎，条分缕析的诠释，因果辩证的检验，殚精竭虑眼前的取舍，倾心尽力当下得失，具有了掌握真实的直接感受，却总少点领悟真实的间接感悟。人们满足于感官的刺激，品味的多样，情趣风尚时髦，思维任性随意，捕风捉影的搜索，猎奇探幽的寻找，挖空心思的创造，浮光掠影瞬间的喧哗，虎头蛇尾刹那的热闹，拥有了繁复的喜怒哀乐，却总少点超凡脱俗的恬淡超逸。有时的真实显得呆板僵硬，没有精神的温蕴，有时的幽幻显得猥琐鄙陋，没有心灵的映照。

六十八

精神的恬淡，心灵的宁静，说起来容易，做到却很难；品性的纯真，情趣的优雅，听起来美妙，达到却不易。人生在世，时俗风尚的熏染，名缰利锁的缠绕，行动始终急急匆匆，思想始终慌慌张张，停不住的攀登跋涉，止不住的盘算思考；缺少风光无限的观览，江山如画的品尚；缺少超凡脱俗的感悟，明心见性的升华。不知是社会生活的洪流汹涌澎湃无法回避，还是暗香如故的品性柔弱纤细缺少定力；不知是人情世故的烟火云遮雾绕不能隔绝，还是孤芳自赏的风骨散漫萎靡缺少意志；只是追名逐利中的焦灼浮躁，得失取舍里的锱铢必较；只是繁华喧闹中的逢场作戏，时髦风习里的随波逐流。品性真假善恶美丑掺杂，情趣雅俗高低清浊交融，精神家园烟熏火燎，心灵故乡荒芜干涸，所以，没有持之以恒的修持，超凡脱俗的精萃，没有醍醐灌顶的反思，浴火重生的净化，保持不了品性的纯真情趣的优雅，达不到精神的恬淡心灵的宁静。

六十九

起始不易，归程更难，返老还童是一个浴火重生的精神陶冶，返璞归真是一个澄明超逸的心灵净化。这不是自然而然的实现，因为一生峰峦叠嶂的攀登，江河湖海的跋涉，既有复杂的经历，丰盈的业绩，深刻的感悟，丰富的思想，也不乏沉淀的鄙俗陋习，累积的促狭偏执，繁琐的教条僵化，晦涩刁钻的思想观念；只有一番删繁就简的取舍，去粗存精的精萃，只有一番刻骨铭心的感悟，神形兼备的超越，才能追根溯源的到达。这不是理所当然的回归，因为一生的唱念做打舞，生旦净末丑，既有身体力行演绎，甜酸苦辣的品味，阴晴圆缺的领略，悲欢离合的感喟，也不乏得意忘形的骄赫，失意落魄的凄凉，南辕北辙的荒谬，事与愿违的尴尬；只有一番因果辩证的梳理，去伪存真的净化，只有一番精神家园的温蕴，心灵故乡的抚慰，才能安然的休憩。

七十

装腔作势，人世间经常的场景，名利场不缺的表演，趾高气扬的架势，志得意满的容颜，矫奢蛮横的口吻，指手画脚的举止，只是掩盖一下精神的苍白，遮蔽一下心灵的自卑，言不由衷，行不达意，让人难以忍受。许多有点权势的人物，久俗称习，养成了这种做派，形成了这种惯性，非此不足以彰显运权弄势的煊赫，非此不足以呈现等级地位的尊崇，好一个神采飞扬的左顾右盼，好一个八面来风的前呼后拥。殊不知，品性顽劣情趣鄙俗，腹内草莽心灵猥琐，投机取巧谄媚攀援，要奸弄滑欺上瞒下，混上了一官半职，攫取了一星半点，便是一人得道鸡犬升天的暴发，竖子当权狐朋狗友的泛滥。当然，装腔作势也是一种追名逐利技巧，由来已久，气焰蒸腾，随处可见，只是正人君子不屑，猥琐小人喜欢，也就见怪不怪了吧。

七十一

坦荡豁达是精神澄明恬淡的呈现，乐观豪放是心灵宁静安和的彰显，知识的丰厚必然有博大精深的映照，思想的深刻必然有真知灼见的闪烁；内在的丰盈强大，外在的潇洒自如，精神的光明磊落，品行的健康和谐。海纳百川，深邃辽阔的情怀，激浊扬清，包容净化；壁立千仞，巍峨嶙峋的境界，抑恶扬善，精萃升华。人生如戏，每个人都有生旦净末丑的角色，唱念做打舞的表演，或崎岖蜿蜒的坎坷曲折，或四通八达的平坦顺畅，或功成名就的志得意满，或平淡日常的卑微琐屑，都必须坦然的接受，直面的应对；视征程如畏途那是软弱的自卑，看前景只光明那是盲目的自大，唯有求真务实的攀登跋涉，唯有明心见性的修炼觉悟。一粒沙石，自有崇山峻岭的伟岸劲拔，一滴水珠，自有江河湖海的坦荡豁达；不以物喜，不以己悲，物我相忘，天人合一，精神恬淡，心灵安逸。

七十二

江河奔腾，百川汇集，涛飞浪卷，泥沙俱下，或泾渭分明，清者自清，浊者自浊，或同流合污，清中有浊，浊中有清；尽管流程长短不一，流量大小不同，流域千差万别，总是一路的高歌怒吼低吟浅唱，总是一路的急缓相交分离聚合。人生百态，品性中的真假善恶美丑既有鲜明的界限，又有相互的交织；社会万象，生活里的是非好坏对错既有尖锐的对立，又有彼此的变换；人性与兽性交融，愚昧和文明混杂，你中有我，我中有你，只是比例的多少，成分的浓淡而已。江河有自然的净化功能，一路不停地汇集容纳化和分解，直至在大海的怀抱里彻底的净化；人生有能动的修身养性，一路不断地积淀扬弃继承消化，直至在生命的归宿中永恒的升华。

七十三

无论才高八斗，还是腹内草莽，秉持天地情怀，不坠青云之志，风骨的伟岸劲拔；无论门庭若市，还是门可罗雀，涵蕴万物的胸襟，不失澄明之心，精神的恬淡超逸。人生在世，不管有什么样山重水复的经历，云诡波谲的境遇，不管有什么样匪夷所思的原因，千差万别的结果，都要坚守品性的纯真朴拙，情趣的雅致健康；不管有什么样涛飞浪卷的潮流，时髦艳丽的风尚，不管有什么样沧海桑田的巨变，日积月累的渐进，都要秉持心胸的光明磊落，精神的自由昂扬。不要因为生存的理由随波逐流谄媚时俗，不要因为发展的借口趋炎附势攀附权贵，不要因为疯狂的奢求贪婪无度，不要因为痴癫的享受沉沦堕落。有点孤独的一览众山，寂寞的暗香如故；有点桃花源的梦幻，乌托邦的向往。守得住清廉，享有清风明月的意蕴；耐得住寂寥，含纳日月星辰的奥妙；经得起磨砺，千锤百炼的精萃；担得起成败，物我相忘的坦荡。

七十四

孤独地只看到孑然的身影，寂寞的只听到执着的脉动，有点精神的自由散漫，有点心灵的飘逸幽幻，恰是人生的最好时节，生命的最美境界。繁闹喧哗的人世间，烟熏火燎的时俗风尚，盘根错节的人情世故，熙熙攘攘的人流鼎沸，来来往往的车水马龙，有点孤独的情怀，彰显峰峦叠嶂巍峨嶙峋的劲拔，领略人生的无限风光；云诡波谲的名利场，趋炎附势的投机取巧，争名逐利的巧取豪夺，贪婪无度的疯狂攫取，奢侈萎靡的尽情享受，有点寂寞的境界，呈现江河湖海深邃辽阔的伟岸，感悟生命的永恒意蕴。人们往往在社会性的洪流中销蚀了个性的棱角，随波逐流，圆滑世故；人们往往在同一性的熔炉里焚化了自我的锋芒，苟且偷安，八面玲珑。孤独中看清了真实的自我，既有真善美的晶莹，也有假恶丑的瑕疵；寂寞里听到了真实的心声，既有生机盎然的蓊郁，也有干涸萧瑟的荒芜。孤独的情怀，梅兰松菊的暗香如故，寂寞的境界，日月星辰的幽幻灵动。

七十五

文学的珠玑，不只是语言文字的精雕细琢，更是情真意切的鬼斧神工；文学的峰巅，不只是诗情画意的汇集，更是呕心沥血的熔铸。流芳千古，磅礴万世，振聋发聩，惕厉人心的锦绣文章经典巨著，是时代精神的凝聚，社会生活的提炼，人情世故的精萃，心灵境界的映照；文章巨擘，丹青高手，经历社会沧桑，品味生活甘苦，体会人间冷暖，感悟生命意蕴，入世的纷繁复杂，出世的恬淡超逸，既是天设地造的珠联璧合，又是云诡波谲的命运安排，其身世与社会紧密契合，其命运与时代交相辉映。看红楼梦，叹曹雪芹，不是简单的文字阅读，语言鉴赏，风情场景，情节演绎，故事品味，人物臧否，而是复杂的品性磨砺，情趣陶冶，精神反思，心灵净化，血泪交融，魂魄超越；看红楼梦，叹曹雪芹，不是平淡的历史回望，时代特征，社会时俗，风土人情，阶层差别，等级界限，而是深刻的人生真谛，奥妙的生命意蕴，个性缤纷灿烂的呈现，共性神秘莫测的闪烁。字字看来皆是血，十年辛苦不寻常，身同感受的个人经历，刻骨铭心的个人著述，却是人类精神的永恒记忆，人类心灵的崇高峰巅。

七十六

秋意阵阵，秋韵浓浓。清风拂煦，涂抹着原野的五彩斑斓，谱写着丰收的画卷；细雨淅沥，蚀刻着山川的俊逸蜿蜒，演绎着依恋的旋律；白云逶迤，抚慰着蹒跚而来的萧瑟，牵动着惆怅的回味；明月朗照，辉映着澄明空阔的寂寥，弥漫着朦胧的思念。时光在季节的交替中春风夏雨秋霜冬雪的变幻，岁月在季节的循环中春耕夏耘秋收冬藏的更迭；一切都拥有了验证的成果，收获着欣喜或忧伤的情思，一切都涵蕴了向往的种子，孕育着宏伟或平常的遐想。仰望苍穹，深邃碧透，无限的奥妙幽幻，可有一粒星尘的飘逸闪烁？极目原野，苍茫辽阔，永恒的博大精深，可有一滴露珠的晶莹透射？年年在秋的怀抱中殚精竭虑的反思，成熟中总有一丝伤感，不知是人生如旅的感喟，还是人生苦短的无奈？岁岁在秋的意蕴里自由散漫的畅想，收获中总有一点忧虑，不知是人生如梦的觉悟，还是人生易逝的超越？秋意浓重，秋韵散淡，萦绕在心头，弥漫在胸间。

七十七

秋天收获了绚烂的丰硕，也带来了萧瑟的寂寥；秋天凝聚了团圆的情思，也渗透了离别的伤感；璀璨缤纷的画面被时光销蚀的苍白素朴，参差起伏的旋律被岁月湮磨的简练平淡。劲风渐起，轻寒蔓延，碧云缭绕，黄叶翻舞；苍穹深邃，原野苍茫，远山清隽，近水澄澈。孤独中，仰望翱翔的征鸿，南来北往的眷恋，追逐着流逝的年华；寂寞里，凝视奔波的行旅，东奔西跑的牵挂，探索着幽幻的人生。蓝天丽日，极目千里，曾经峰峦叠嶂的攀登，江河湖海的跋涉，悄然的化为清风白云，恬淡散漫的飘逸；疏星淡月，神游八极，曾经阴晴圆缺的品味，悲欢离合的感悟，宁静的变成幽光清辉，晶莹剔透的漫漶。心灵的故乡，庭院深深，只是梅兰松菊的静默，精神的家园，意蕴轻轻，只是暗香浮动的安谧。好一个秋天。

七十八

心灵是柔软的也是僵硬的，是脆弱的也是坚韧的；心灵是真实的也是虚假的，是善良的也是恶毒的；心灵是美好的也是丑陋的，是开阔的也是促狭的；心灵是炽热的也是冰冷的，是深刻的也是浅薄的；心灵是沉重的也是轻飘的，是崇高的也是猥琐的；心灵是稚嫩的也是苍老的，是文明的也是愚昧的。心灵可以藏匿，铜墙铁壁的桎梏，盘根错节的禁锢，云遮雾绕的掩饰；心灵可以放纵，任情使意的游荡，自由散漫的驰骋，虚无缥缈的翱翔。心灵可以壁立千仞，伟岸劲拔，海纳百川，深邃辽阔；心灵可以趋炎附势，投机取巧，同流合污，苟且偷生。心灵有时是自己的，却不知珍爱，任意的蹂躏，暴虐的摧残，疯狂的阉割；心灵有时是别人的，却不会呵护，诡异的涂抹，荒谬的雕凿，扭曲的蚀刻。心灵是起始的源泉，征程的动力，前行的引领；心灵是回归的召唤，休憩的故乡，安谧的家园。人们经常寻找着丢失的心灵，心灵时刻关切着迷茫的人们；分离时的痛苦，交融时的欣喜，孤独时的彰显，寂寞时的呈现。心灵难言，心灵不语。

第二十五集　梅兰松菊

DIERSHIWUJI MEILAN SONGJU

一

秋的天宇碧蓝而幽深，晶莹剔透，苍翠欲滴，意蕴无限的放射，性情自由的飘逸，丰富的想象犹如纯净的弥漫，不带一丝纤毫的纠缠，灵动的情趣恰似天真的轻扬，没有一点僵固的桎梏。秋的远山苍茫而幽幻，峰峦斑驳，层林尽染，兴致欣悦的穿梭，思绪悠扬的沁润，丰盈的精神璀璨缤纷，诠释悲欢离合的奥妙，恬淡的心灵温馨安然，净化得失成败的积淀。秋的近水清冽而幽静，散淡逶迤，澄澈盘桓，回忆寂寥的搜寻，展望孤独的捕捉，蜿蜒的历程千回百转，映照时光的转瞬即逝，起伏的波涛低吟高唱，吟诵岁月的地老天荒。秋的人们似乎成熟了，有了参差不齐的收获，无论物质获取的多少精神享有的丰歉；秋的人们好像稚嫩了，有了千差万别的幻想，无论感性的任情使意理性的殚精竭虑。

二

一切清纯的描述，洁净的阐释，都无法比拟孩童的天真稚嫩；一切生理的论证，心理的解析，都无法彰显孩童的神奇奥秘。一举一动，行云流水般的自然；一言一语，晶莹剔透似的映照。在她的眼中，璀璨缤纷的自然质朴简单，在她的心里，繁华喧闹的社会平淡无奇；在她的语言中，没有寻章摘句的精雕细琢，在她的行为里，没有循规蹈矩的繁文缛节；在她的面前，名利黯淡荣辱失色，在她的身边，时光停滞岁月遁形。和她在一起，沉沦的品性泛起自觉的涟漪，萎靡的情趣涌动自知的波澜；和她在一起，促狭的心胸海纳百川的深邃辽阔，颓唐的人格壁立千仞的劲拔伟岸；和她在一起，感受了人生的意蕴，领悟了生命的真谛；和她在一起，回归心灵故乡的温馨，安享精神家园的抚慰。

三

人品和学问有很大的关系，一些至理名言经典章籍，经由道德高逸学问精深品格良好的人士讲解，或经品性质朴思想开明精神恬淡的人士诠释，则神形兼备，知行合一，身体力行，情理相容，让人能听得进去，接受得了，丰富知识，增长智慧，启迪心灵，升华境界；但遇到一些权势熏蒸德才鄙陋之徒的宣示，或由趋炎附势随波逐流之辈的解读，则如焚琴煮鹤般的粗鄙恶俗，污秽不堪，更有挫精毁灵似的荼毒刁刻，贻害无穷；只是冠冕堂皇的渲染，装腔作势的杜撰，是非混淆的亵渎，云诡波谲的狡辩，哪有指点迷津的引领，振聋发聩的警示，超凡脱俗的净化，明心见性的觉悟，再好的学说理论，再好的诗情画意，也难让人知情达意心领神会了，反生厌恶。所以，言从口出，言固然重要，但出自何口却是关键，在乎其言，更在乎出言之人了。境界高，情趣雅，品性良，人格好，几句话清风拂煦甘霖滋润醍醐灌顶阳光普照，直达心扉的启迪，通透灵魂的明示，否则，适得其反了。

四

归来了，像白云一样汇集于故乡的天空，投入家园的怀抱，追本溯源的回味，刻骨铭心的咀嚼，仿佛一次次的重生，从头再来的回放，聚焦一点岁月流逝的场景片段，映射一点时光不再的音容笑貌；远去了，像清风一般穿梭于时代的舞台，融入社会的洪流，峰峦叠嶂的攀登，江河湖海的跋涉，仿佛一次次的启程，持续不断地延展，雕凿一点名利得失的残垣断壁，凝结一点悲欢离合的云诡波谲。人生是一场场连绵不断的剧目，循环往复的旋律，故园的别离，他乡的偶遇，家园的重逢，异域的分离；有时身远了，心却近了，有时身近了，心却远了，有时身心俱近，有时身心俱远。人生是一出出神秘莫测的情节，精彩绝伦的演绎，起始的单纯，行程的崎岖，经历的复杂，回归的萧索；赠不完的灞桥杨柳，迎不完的关山明月，走不完的长亭古道，看不尽的青鸟鸿雁。唯有心灵故乡的那份牵挂，精神家园的那份依恋，始终萦绕，唯有天伦之乐的那份血脉情缘，挚爱亲朋的那份知音达意，根深蒂固。

五

用虚伪精心打扮，以谎言巧妙包裹，让时髦遮蔽思想，以流俗销蚀意志，是内心促狭鄙陋的反射，是精神荒芜枯寂的映照。时俗风尚的熏染，名缰利锁的缠绕，趋炎附势的攀附，巧取豪夺的钻营，让人们沉溺于眼前的获取当下的享有，麻醉于感官的刺激精神的萎靡，在浮躁的志得意满中，丧失了自我的本真，在焦灼的功成名就里，忘却了人生的意义。人不能以失去个性简单的镶嵌到共性的模具里，而应以自立自强的禀赋彰显于社会发展中；人不能以生存的本能寄付于生活的机体里，而应以自知自警的觉悟挺立于时代潮流中。既不能自欺，沉醉于自我奋斗的膨胀中，贪婪的奢求，疯狂的攫取；也不能它欺，麻木于社会认同的雾霾里，随波逐流，浑噩苟且。

六

坚守一份孤独，拥有一点寂寞，营造一块恬淡的精神绿洲，呵护一隅宁静的心灵家园，不是天方夜谭的奢望，而是人性修持的必需，不是矫揉造作的矜持，而是人生意蕴的当然。名利场中的厮杀，欲望海里的游弋；眼前既得的欣喜，当下享受的愉悦；稍纵即逝的焦灼，患得患失的浮躁；功成名就的煊赫，志得意满的骄奢；穷困潦倒的忧伤，事无所成的痛苦。人生百态，生活万象，云诡波谲，幽幻奥妙；人们必然的要应对，必须的要承受，不断领略成功的喜悦，接纳挫折的煎熬，但不能只是简单的适应，被动的回复，消极的应答，要有一种精神的引领，心灵的温蕴，要有一种品性的涵化，境界的超越。竹篱茅舍，粗茶淡饭，安贫乐道的恬淡；明堂亮室，钟鸣鼎食，富贵仁和的超然；身在草莽，不坠青云之志；位高权重，心系苍生黎民；成败得失，刹那的过眼云烟；荣辱褒贬，瞬间的云淡风轻。孤独中，有点一览众山的劲拔，寂寞里，有点暗香如故的氤氲，精神绿洲清泉潺潺，芳草萋萋，心灵家园阳光普照，清风拂煦。

七

许多流行的学说，时髦的理论，诡异的观点，具有极大地虚伪性；冠冕堂皇的题目，装腔作势的渲染，叠床架屋的结构，繁文缛节的论述，依托权势的强力支撑，凭借舆论的呼风唤雨，杜撰起一幅幅鸿篇巨制的蓝图，演绎起一出出惊天动地的旋律，大有驾驭潮流引领时代的气势，不乏指点江山涵化社会的做派。其实，经不起实践的检验，架不住科学的推敲，既无历史的渊源，也无现实的基础，更无未来的方向；牵强附会，拼凑雕凿，是非混淆，鄙俗浅陋，谬误丛生，矛盾百出。书籍浩瀚如海，经典层出不穷，概念扑朔迷离，观点云诡波谲，却与人们的品性愈来愈远，情趣愈来愈少，造成人们的胸怀愈来愈促狭，境界愈来愈浅薄，导致人们的精神愈来愈萎靡，心灵愈来愈浑浊。真善美四顾茫然，假恶丑气焰嚣张，貌似文化繁荣，实则精神荒芜，看似知识丰富，实则心灵干涸。

八

一天到晚，品书阅典，锱铢必较，知识充填；本想让思想提高，精神丰富，心灵愉悦，谁知满目字码，盘根错节，头晕脑涨。海量的信息，庞杂的知识，众多的观点，丰富的理论，一股脑的涌入，目不暇接；频繁地搜索，精细地梳理，翔实地辨析，准确地提炼，一个劲地萃取，精疲力竭。有时模糊了思索的主线，搅乱了整体的考量；有时拥堵了判断的速度，挤占了吸纳的空间。有时执着一点不及其余，钻了牛角尖；有时自由散漫没有重点，撒了胡椒面。有时考证的没深没浅，率性随心，恣肆妄为；有时推理的没边没沿，任情使意，痴迷狂癫。有时热情的春山葳欣，生机盎然；有时冷静的秋水澄澈，寂寥萧瑟。有时一点明心见性的觉悟，手舞足蹈；有时诸多冷僻诡异的刺激，瞠目结舌。咦于唏，需要梳理一下思路，放飞心情，蓝天遨游，原野驰骋；需要清理一下胸怀，灵动精神，清风明月，梅兰松菊；需要一个稚童的视野，天真纯净，晶莹剔透；需要一个哲人的智慧，恬淡超逸，返璞归真。

九

人们把名利和权势看得太重时，往往会刻意眼前的享有，计较当下的得失，陷入功利的泥淖实用的桎梏，导致鄙俗的情趣促狭的心胸；或趋炎附势，随波逐流，以时俗风尚为引领；或巧取豪夺，锱铢必较，以既得实惠为坐标；精神猥琐，心灵浑浊。人们生存的压力很大，生活的挑战不小；人们向往的目标很多，实现的途径不少。社会舞台上都有自己生旦净末丑的角色，唱念做打舞的表演；生活场景中都有自已山重水复的剧目，悲欢离合的情节；时代潮流里都有自己黄钟大吕的汹涌澎湃，低吟浅唱的盘桓委婉；现实环境中都有自己潮平两岸阔的通达，荆棘不闻路的阻滞。但适应生存不是同流合污的苟且，幸福生活不是是非混淆的浑噩，成败得失不是庸俗的市场砝码，荣辱斑驳不是时髦的价值权衡。人生如旅，峰峦叠嶂的攀登，有崎岖坎坷的艰辛，也有领略无限风光的欣悦，人生如梦，江河湖海的跋涉，有蜿蜒曲折的劳顿，也有感悟岁月如流的超越。不要让名利成为贪婪的沃土，不要让权势成为骄奢的温床，不要以丧失品性的淳朴情趣的高雅依附世俗的淫威，不要以放弃意志的坚韧精神的自由屈就时尚的霸道。

十

精神靠什么去培养，心灵靠什么去孕育，既是人生永恒的奥秘，也是现实的直接挑战，书本的知识固然重要，那是历史的精萃现实的卓识未来的引领，鸿篇巨制，博大精深，经典名籍，浩繁翔实，追根溯源，固本强基，永远是人们精神的故乡心灵的家园，取之不尽，用之不竭；但总有些远离场景的隔膜，缺乏活力的生疏。现实的生活固然重要，那是时代的潮流社会的舞台人生的疆场，风起云涌，气势磅礴，万象峥嵘，幽幻奥妙，璀璨缤纷，生机盎然，必然是人们攀登的崇山峻岭跋涉的江河湖海，励精图治，建功立业；但也有些趋炎附势的庸俗，巧取豪夺的市侩。把书本和实际相融汇，理论与实践相结合，则需要勇气的担当，智慧的启迪，意志的坚韧，恒心的秉持，因为书本知识的消化吸收转化不易，现实生活的提炼精萃升华更难；客观的多样性让人目不暇接，眼花缭乱，主观的有限性让人殚精竭虑，精疲力竭。特别是要把书本和实际的经验知识观念思想理论上升到智慧的高度，达到境界的层面，没有一番精益求精的钻研，深思熟虑的解析，醍醐灌顶的感悟，超凡脱俗的净化，返璞归真的升华，是难以达到的。

十一

久居名利场，纯真之性情一旦被唤醒，仿佛阳光雨露沐浴后的原野，生机盎然，碧草蓊郁，群芳缤纷，欣欣向荣；常在是非地，恬淡之心胸一旦被激发，犹如急风暴雨洗涤后的天宇，万里澄澈，晶莹剔透，深邃净洁，幽幻奥妙。心灵愉悦，过去一些看似微不足道的琐屑枯燥之事，也有温润之意蕴；精神爽朗，曾经一些视为殚精竭虑的功成名就之举，却如过眼之烟云。人们沉溺于时俗风尚的潮流，随波逐流的适应，锱铢必较的取舍，或多或少丢失了一些暗香如故的品性；人们执着于追名逐利的痴迷，巧取豪夺的实用，神形兼备的功利，或大或小退化了一些梅兰松菊的情趣；人们迷恋于荣华富贵的奢求，专注眼前的既得，刻意当下的享受，或远或近促狭了一些海纳百川的胸怀；人们麻醉于灯红酒绿的狂欢，倾心生理的挥霍，尽力感官的刺激，或深或浅销蚀了一些壁立千仞的境界。读万卷书，没有明心见性的觉悟，有时不如稚童的一个天真之问，振聋发聩；行万里路，没有超凡脱俗的净化，有时不如耄耋的一句肺腑之言，醍醐灌顶。

十二

真正的情趣在于品性的纯真，心胸的坦荡，精神的豁达，心灵的超逸；犹如秋高气爽时节的万木璀璨，霜叶缤纷，远山清俊，近水澄澈，原野舒展，苍茫辽阔；就像云淡风轻日子的明月朗照，清辉弥漫，星光灵动，穹宇碧透，深邃寂寥，奥妙幽幻。真正的情趣在于脱离世俗风尘的熏染，解脱名缰利锁的缠绕，打破荣辱得失的桎梏，放飞思想，飘逸精神，情由心发，兴由意蕴；竹篱茅舍，梅兰松菊的暗香浮动，浊酒粗茶，率性随心的淋漓尽致，青史黄卷，信手拈来的神思意往，人情世故，俯仰之间的过眼云烟。有时情趣就在自己心中，却在别处寻觅；有时情趣就在眼前，却向远处张望；有时情趣萌芽，急切的盼望生机盎然，欣欣向荣；有时情趣丰盈，粗俗的马上偃旗息鼓，草草收场；情趣有了不知珍重，情趣去了不知惋惜。刻意的雕凿，没有情趣的意兴；专注的培育，没有情趣的温蕴。情趣是精神的火花，心灵的激浪，情趣是品性的彰显，心胸的映照。

十三

无智无能无为，是一种先天生理缺失，心理残损的即成，还是后天修身养性，精神净化后的觉悟？是一种随波逐流的浑噩，醉生梦死的苟且，还是返璞归真，心灵升华后的超越？人生有限知识无涯，无智是一种永恒的驱使，只有空灵方能容纳，获得更多的知识，明了深奥的道理，达到智慧的澄明；生命无限能力短暂，无能是一种自觉的鞭策，不忘初始方能秉持，增加更大的能力，驾驭变幻的时势，实现辉煌的目标；物竞天择万象峥嵘，无为是一种超然的引领，顺其自然合乎规律，明心见性，万物皆备，物我相忘的情怀，天人合一的境界。人生苦短，总想获取繁多的物质财富，享有丰盈的精神成果，殊不知时俗风尚的积淀，名缰利锁的缠绕，放大了眼前的贪婪，膨胀了当下的奢求，品性低下，情趣鄙俗，心胸促狭，意志颓唐，精神浮躁，心灵焦灼，表面的器宇轩昂风光无限，内里的草莽荆棘荒芜干涸。需要一些无智的净化，无能的精萃，无为的陶冶，去繁就简，去粗存精，超凡脱俗，返璞归真，感悟生命的真谛，人生的意蕴。

十四

追求物质生活的富裕，祈盼精神享受的丰盈，虽然因人而异，因时而别，目标迥然，方法参差，但其根深蒂固的基因，源远流长的脉络，盘根错节的缠绕，锱铢必较的取舍，贯穿始终，渗透细节，挥之不去，应接不暇，古今中外，概莫能外。当今世界，科技发达，时代飞跃，社会蒸腾，生活鼎沸，民心汹然；物质领域生机勃勃，繁华喧闹；精神形态欣欣向荣，云诡波谲。人们来不及品味，等不到消化，就已时过境迁；人们还没有鉴别，尚未能精萃，就已烟消云散。感官无法跟上物质的千变万化，心灵无法适应时尚的诡异幽幻；生理上的畸形刺激，心理上的乖戾熏染；随波逐流的浑噩，同流合污的苟且；满足眼前的既得，沉溺当下的享受；贪婪无边无际，攫取没深没浅。正常的追求悄然若失，合理的祈盼荡然无存，唯恐不能尽天下之物为其所用，生怕不能绝天下之意为其所染。前进中的迷失不亚于倒退中的沉沦，成功里的奢靡不亚于失败里的颓唐，都会销蚀品性的纯真，情趣的优雅，心胸的宽阔，人格的伟岸，精神的澄明，心灵的安逸；贪婪无度的率性随心，疯狂攫取的任性使意，都会导致时代的扭曲，社会的畸形，生活的庸俗，自然的破坏，人心的浇漓，民风的粗鄙。

十五

钳制思想，束缚言论，压制民情，桎梏舆论，既是欲盖弥彰的荒谬之举，更是掩耳盗铃的愚蠢之策。防民之口甚于防川，既不能熟视无睹，随波逐流，但绝不是强制的阻滞壅堵，蛮横的塞源竭流。民其心需要引领，民其言需要疏导；言论无论对错，都是现实存在的反映，既有其客观的原因，也有其主观的理由，形式五花八门，内容千奇百怪，没有什么惊诧不解的；思想无论是非，都是社会生活的映照，既有纷繁复杂的诠释，也有云诡波谲的演绎，内涵幽深奥秘，外延扑朔迷离，没有什么惊慌失措的。要有海纳百川的胸怀，兼容并蓄，求同存异，和而不同的涵盖；要有壁立千仞的境界，精萃真谛，陶冶至理，光明磊落的辉照。社情民意，要有阳光的沐浴雨露的滋润，不乏明心见性的孕育；风言时语，要有明月的慰藉清风的拂煦，不缺指点迷津的启迪。言论生机勃勃，思想欣欣向荣，民情质朴纯真，舆论清明澄澈，既是一种祈盼的理想境界，更是一种紧迫的实践修为。

十六

孤独是精神家园的坚守，心灵故乡的秉持；人们以群体的生活形态生存发展，以关系的社会本质宣示呈现，犹如峰峦叠嶂的崎岖坎坷一律被山的凝练所涵盖，恰似江河湖海的逶迤盘桓一律被水的抽象所漫漶。其实，个体的禀赋，品性的清浊，情趣的好恶，心胸的大小，人格的强弱，是有一隅自我的精神空间，个性的心灵故地，是有一番自由翱翔的思想，独立驰骋的意志；只是这孤独的境界总是被时俗风尚的繁闹所充斥，只是这幽幻的灵动总是被追名逐利的喧嚣所侵染。人们始终处于人情世故的盘根错节中，看不到自己真实的身影，人们始终处于得失取舍的锱铢必较里，看不清自己本真的心灵。孤独是精神的独白，心灵的自语；孤独是寂寥的净化，深邃的精萃；不知是孤独远离了人们，还是人们丢失了孤独？不知是孤独的身形，焦灼的心灵，还是孤独的心灵，浮躁的身形？

十七

回忆过去，不是七零八碎东拼西凑繁杂琐屑事件的简单堆积，而是追根溯源的精神回望；回忆过去，不是盘根错节迷蒙漫漶人情世故剧目的任意编辑，而是实事求是的心灵检索。回忆过去，不是功成名就志得意满的张扬，失误挫败精疲力竭的掩饰，而是山重水复的征程回复，柳暗花明的感悟精萃；回忆过去，不是心想事成一帆风顺的彰显，劳顿阻塞穷困潦倒的宣泄，而是荣辱得失的净化，悲欢离合的超越。一路崇山峻岭的崎岖坎坷，倾心尽力的攀登；一路江河湖海的逶迤曲折，勤奋执着地跋涉。一路云诡波谲的时代变幻，殚心竭虑的思索；一路幽幻奥妙的社会发展，精益求精的践履。一路的春风夏雨秋霜冬雪，蚀刻了岁月的容颜；一路的春耕夏耘秋收冬藏，雕凿了时光的身躯。如今依然在路上，蓦然回首已是远山萧瑟，近水苍茫，原野寂寥，苍穹深邃，偶尔驻足已是斗转星移，物是人非，云淡风轻，恬淡超逸。回忆过去，超凡脱俗，返璞归真；回忆过去，浴火重生，凤凰涅槃；回忆过去，感知人生的意蕴，领悟生命的真谛。

十八

世上为名所累之人，汗牛充栋，过江之鲫，不计其数，真正有名之士,灿若星斗，幽光幻影，寥寥无几。太多的浮光掠影，萦绕着转瞬即逝的过客；太多的虚名幻誉，点缀着过眼云烟的游子。风云变幻的场景，云诡波谲的舞台，生旦净末丑的角色，唱念做打舞的演出，一段蛛丝马迹的情节，一缕余声残律的音符。千古风流人物，融入山重水复的渔樵问答，万代芸芸众生，化为悲欢离合的梅花三弄；青史黄卷，英雄不再；艳词俚曲，才子凋零；鸿篇巨制，哲人已逝；高山流水，知音难觅。庸风俗雨，一点名望的志得意满；巧取豪夺，一点权势的骄横煊赫；急功近利，一点眼前的既得当下的享受；随波逐流，一点鄙陋的情趣促狭的胸襟。巧立名目，虚荣膨胀，狐假虎威，自我放大，依托权势，附庸风雅，乔装打扮，精心装饰，好一个英雄豪杰的气势，好一个风流才子的扮相，殊不知仍是中山狼的品性，黔之驴的皮囊，头脑邪恶，腹内草莽；殊不知仍是名利场的风尘，是非地的污垢，精神猥琐，心灵肮脏。名，是一种品性的崇山峻岭，情趣的江河湖海，思想的阳光雨露，精神的清风明月，海纳百川的胸襟，壁立千仞的人格，镶嵌于历史的原野，闪烁于现实的苍穹，给人以明心见性的启迪，超凡脱俗的教诲，给人以风清气正的激励，光明磊落的向往。名，不是时俗风尚的评判，功名利禄的衡量，不是矫揉造作的精雕细琢，装腔作势的涂脂抹粉，不是刻意的制造，荒谬的追求。

十九

精神的守护在于心灵的安宁，当沉浸于宁静的原野，安然于恬淡的苍穹，一切都呈现着天然的风貌，稚朴的情韵，一切都彰显着本真的晶莹，幽幻的空灵。宁静中，透过时光的浸染，岁月的蚀刻，自然规律坦然的裸露，社会法则客观的呈现；恬淡中，涤荡世俗的风尘，喧闹的烟云，生活的真谛澄明的彰显，人生的意蕴晶莹的映照。远离了时俗风尚的熏染，解除了名缰利锁的缠绕，平息了情趣的焦灼，熨平了思想的浮躁，还原一个真实的自我；真假的混杂，善恶的交融，美丑的纠缠，有了醍醐灌顶的警醒，化合分解的精萃；是非的界定，对错的研判，好坏的区别，有了超凡脱俗的觉悟，浴火重生的净化。有了竹篱茅舍的简洁，梅兰松菊的芬芳；有了清风明月的邀请，浊酒粗茶的饮啜；有了青史黄卷的吟诵，遣词造句的唱和；有了家长里短的闲适，天伦之乐的温馨；有了亲朋故旧的箫笛，知音挚友的琴瑟。心静如止水。

二十

像溪流一般清明澄澈，潺湲地萦绕心灵的故乡，沐浴阳光的抚慰，承接星月的映照，催生原野的生机盎然，孕育岁月的幽幻奥妙；似小草一样稚嫩纯真，温馨的蓊郁精神的家园，安然春风的拂煦，欣悦雨露的滋润，漫漶山川的青春靓丽，洋溢时光的灵动飘逸。坦荡而激越，奇峰峻岭的飞流直下，深谷幽涧的曲折盘绕，江河湖海的逶迤盘桓，人生意蕴的有心彰显；执着而恬淡，云诡波谲的野火春风，剑拔弩张的严寒酷暑，碧透连天的洇染，生命真谛的无意宣告。无须时俗风尚的装扮，不要名利得失的雕凿；无须超凡脱俗的净化，不用返璞归真的超越；只是宁静的相守，清清地来，静静地去；只是恬淡地陪伴，轻轻地捻起，缓缓地放下。物我相忘，自然的品性与情趣；天人合一，超然的心灵与境界。宁静中，一缕光的稍纵即逝，恬淡里，一粒尘的了无踪迹。

二十一

繁华过后的简单，喧闹逝去的平静，是一种淡忘中的自然回归，还是一种净化后的精神自觉？是一种无情的生理衰退，还是一种有意的心灵超越？由简单到繁华不易，山重水复的攀登跋涉，柳暗花明的喜悦苦涩，殚精竭虑，身体力行的积淀；由繁华到简单更难，阴晴圆缺的品味，悲欢离合的感悟，超凡脱俗，返璞归真的净化。由平静到喧闹不易，黄钟大吕的响彻行云，丝竹琴瑟的低吟浅唱，呕心沥血，倾心尽力的谱写；由喧闹到平静更难，特立独行的孤独，暗香浮动的寂寥，天籁地声，明心见性的升华。每一个容颜都值得重现，但不再个个丰满；每一个事件都值得回味，但不再件件清晰；每一幅画卷都想详细观览，但有些场景已朦胧漫漶；每一曲旋律都想尽情品鉴，但有些旋律已淼如云烟。回望总是一种精神的筛选，凝聚简单的晶莹剔透，回味总是一种心灵的精萃，孕育平静的灵动幽幻。

二十二

褪去璀璨缤纷装饰的人生，真实而质朴；洗净繁华喧闹熏染的生命，宁静而简单。扫除凡尘俗念的心灵，晶莹剔透；卸下名缰利锁的精神，安逸恬淡。疯狂地追逐放慢了急促的脚步，贪婪的攫取松懈了刁钻的执着。孤独中，焦灼地祈盼销蚀了眼前炽热的冲动；寂寞里，浮躁的欲念散淡了当下浓郁的雾霾。朝霞夕晖，平静的晨起暮落，没有一点品性的张扬；星光月辉，恬淡地映射氤氲，没有一丝情趣的泛滥；竹篱茅舍，残灯短烛，辉映着寂寥幽幻的青史黄卷；浊酒粗茶，梅兰松菊，温馨着深邃灵动的暗香如故。峰峦叠嶂已是曲径通幽的委婉，江河湖海已是清澈明净的萦绕。鸿雁的南来北往，织就人生如旅的时光；青鸟的东去西还，穿梭人生如梦的岁月。清风拂煦，雨露滋润，芳草萋萋，林木蓊郁；阳光普照，冰雪晶莹，远山峻峭，近水凝碧。一滴相思的泪轻轻地落下，一颗祈盼的心缓缓地升起。

二十三

天空灰蒙蒙的，笼罩着厚重的浓云，不时有几队鸿雁，轻灵地穿梭，整齐地南飞，牵扯着即将离别的依恋；清风拂煦，小草摇曳着绿黄交融的斑驳，悄然季节的换装，飘零的树叶，向宇空做最后的告别，轻扬地坠落，静静地回归大地的怀抱。满园的菊花被人们精雕细琢地装扮，有点矫揉造作地堆砌成造型各异的景致，美丽的张扬中有些不情愿的扭捏；湖水泛起阵阵的涟漪，想推开映罩在自己身上的帷幕，来点清澈碧透的舒展。岁月轻柔地把萧瑟慢慢地注入原野，时光幽幻地把寂寥缓缓地沁入苍穹。情趣漫漶地徜徉在林间草地，思绪散淡地伫立湖畔荷塘；只想有点秋雨的点拨，残荷的吟哦，只想有点心灵的独语，精神的自我。

二十四

爱是一种精神意蕴，也是行为习惯；爱是一种历史承续，更是未来寄托。爱源远流长，愈往后愈浓烈；爱根深蒂固，愈延伸愈鲜活。爱后人有时甚于爱前者，因为新一代彰显着未来，呈现着希望，生命场景中最有梦幻色彩的憧憬，最具浪漫意蕴的畅想；爱后人甚于爱自己，因为新一代延续着血脉，承接着家风，人生舞台上最具神秘奥妙的剧目，最有璀璨缤纷的演绎。不是淡漠前辈，轻视自己；不是遗忘历史，模糊现在；因为有了天真稚嫩的生命，又一次唤醒了我们麻木已久的心灵，清风拂煦，阳光普照，品性晶莹，情趣俊雅；因为质朴纯净的生命，又一次洗涤了我们颓唐已久的精神，壁立千仞，海纳百川，心胸宽阔，境界高逸；因为孩子们的音容笑貌，去除了世俗风尚的熏染，解脱了名缰利锁的缠绕，我们领略了人生的意蕴；因为孩子们的言谈举止，丢掉了锱铢必较的得失，浮华鄙陋的荣辱，我们感悟了生命的真谛。不是孩子离不开我们，而是我们离不开孩子，历史只有在创造中才能不断书写，现实只有在未来中才能彰显，后人兴则民族兴，后人强则国家强。我爱孩子。

二十五

灵魂的本质在于其特立独行的品性张扬，劲拔伟岸的人格挺立，幽幻灵动的精神超逸，恬淡澄澈的心灵安适；灵魂的意蕴在于其情趣的顺其自然，心胸的深邃辽阔，品位的清俊典雅，境界的光明磊落。灵魂是自己的，却往往交给了别人；灵魂是独立的，却时常融入了群体。灵魂有时赶不上贪婪的欲望，疯狂的攫取；灵魂有时超越了眼前的繁华喧闹，当下的奢靡沉沦。灵魂在时俗风尚中翱翔，失去了根深蒂固的凭依；灵魂在追名逐利中驰骋，丢掉了源远流长的承续；灵魂在锱铢必较中支离破碎，灵魂在成败得失里鄙陋猥琐。孤独中，有点灵魂的身影，呈现于崇山峻岭江河湖海，一粒沙石的昂扬，一滴水珠的映照；寂寞里，有些灵魂的独语，彰显于阴晴圆缺悲欢离合，原野的萧瑟苍茫。苍穹的幽幻深邃。返璞归真的精萃中，灵魂闪烁着晶莹剔透的光芒，氤氲精神的家园；超凡脱俗的净化里，灵魂温馨着暗香如故的芬芳，蓊郁心灵的故地。

二十六

诗意的栖居，是一种源远流长的历史回望，难以割舍的精神依恋；诗意的栖居，是一种殚精竭虑的现实思考，无法回避的心灵挑战；诗意的栖居，是一种幽幻奥妙的未来向往，不可抗拒的灵魂梦境；诗意的栖居，是一种返璞归真的生命意蕴，超凡脱俗的人生真谛。当今时代，时俗风尚熏蒸，急功近利缠绕，眼前的锱铢必较，当下的得失权衡，人们沉溺以实惠，专注于功利；田园诗般的品性已荡然无存，桃花源里的情趣杳无声息；竹篱茅舍的淡雅支离破碎，暗香如故的风韵蛛丝马迹。衣食住行，无不以锦衣绣服、钟鸣鼎食、高楼大厦、宝马香车为时尚；琴棋书画，无不以价值大小、利益多少、评价深浅、舆论厚薄为圭臬。趋炎附势，哪有壁立千仞的劲拔；钩心斗角，哪有海纳百川的伟岸；争奇猎艳，沉溺于感官刺激；鄙陋猥琐，麻醉于精神奢靡。焦灼的精神安放不下孤独的身影，浮躁的心灵涵蕴不了寂寞的魂魄；朝霞夕晖疏星淡月不入怀，浊酒淡茶梅兰松菊难入情；青史黄卷有意地肢解扭曲，箫笛琴瑟无情地疏忽淡漠。诗意的栖居，既是对现实的警醒，也是对精神的要求，既是紧迫的再造，也是持久的引领。

二十七

人们往往谈到读书学习，总是强调充足的时间良好的环境，赋予深刻的内涵深奥的意义，旁征博引罗列诸多的理由，条分缕析印证繁杂的凭据，精雕细琢选择鸿篇巨制，寻奇探幽讲究艳词丽句；没有一定的程式，缺少一定的规仪，没有特定的时间，缺失一些温蕴的氛围，好像就不是读书学习了，其彰显读书学习的尊崇，呈现读书学习的意蕴，也是源远流长的传承，根深蒂固的秉持，但过分考究，刻意强调，则有些矫揉造作，故弄玄虚了。其实，读书学习不需要过多的条件，无意于合适的环境，不拘于时间的多寡，不用于僵固的约束；无论何时何地，稍有闲暇，信手拈来，无论何典何籍，但有空余，开篇即读，行云流水般的自然天成，鬼斧神工的浑然一气。读书学习只顾经世致用的权衡，哪有修身养性的陶冶，应景已是常态，入心则为变异，形式大于内容，声势甚于实质，所以，读书学习，任情使意也是一种坦然，率性随心也是一种潇洒，何必拘泥。

二十八

风景依旧，心灵却已寂寥；征程熟谙，精神却已恬淡。坎坷曲折的山重水复，已是云淡风轻的萧然；阴晴圆缺的柳暗花明，已是幽幻空灵的漫漶。回望里，岁月雕凿的沧桑，谱就人生的旋律；回味中，时光熏染的萧瑟，书写生命的画卷。时俗风尚的萦绕，功名利禄的纠缠，贪婪的欲望，无度的攫取，精神的积淀沉重，失去了品性的淳朴，情趣的雅洁；得失取舍的计较，荣辱褒贬的权衡，乖戾的行为，诡异的思想，心灵的堆集深厚，失去了胸襟的辽阔，境界的伟岸。成熟变成了圆滑世故的标签，冠冕堂皇的飞扬跋扈；完善变成了随波逐流的砝码，器宇轩昂的横行霸道；织就了多少璀璨缤纷的装饰，涂抹了多少灿烂夺目的色彩，膨胀了多少外强中干的身躯，充填了多少空洞虚无的灵魂。风景依旧，看山是山看水是水；征程熟谙，看山不是山看水不是水；物是人非，看山依然是山看水依然是水；物我相忘，人生的山水山水的人生；瞬间的返璞归真，刹那的超凡脱俗，心灵超逸，精神恬淡。

二十九

让心灵处于一种虚无缥缈的状态，让精神置于一种幽幻空灵的境地，是一件极好的祈盼，也是一件极难的奢求；因为面对繁华喧闹的时俗风尚，追名逐利的社会生活，置身趋炎附势的随波逐流，巧取豪夺的锱铢必较，心灵总是亢奋焦灼，精神始终冲动浮躁，好像繁忙充实，似乎活力四射；其实，只是眼前既得的夸大，当下享有的膨胀；只是情趣暂时的宣泄，胸襟肤浅的表达；谈不上思想的深刻，遑论精神的升华了。所以，能在时俗风尚的烟熏火燎中营造一隅清净之地，能在名缰利锁的盘根错节里孕育一处孤寂之境，让心灵恬淡超逸，自由翱翔，让精神清明豁达，浪漫驰骋，是再好不过的了。人们只是因为头脑空虚而苦恼，殊不知有时的空白恰是精神净化后的纯真；人们只是因为思想荒疏而气馁，殊不知有时的苍白恰是心灵精萃后的超越。与其堆积浮华无聊，充斥鄙俗猥琐，不如孤独地拒绝；与其萦绕刁钻乖戾，纠葛诡异阴晦，不如寂寞地隔离。

三十

想让精神放松下来还真不易，两耳不闻窗外事，一心只读圣贤书，静谧地坐躺，安闲地伫立，率性随心地阅读，任情使意地浏览，反而思绪绵延，寻章摘句，条分缕析，旁征博引，推理权衡，辩证演绎，繁杂的了得。想让心灵安逸下来还真难得，竹篱茅舍清风晨，梅兰松菊明月夜，山野的游弋，湖畔的徜徉，超凡脱俗的净化，返璞归真的超越，反而意蕴炽烈，品性验证，情趣检索，人格调教，胸襟涤荡，境界清扫，急促的难当。刻意的安排，反而适得其反；精致的设计，反而南辕北辙；不如顺其自然的潇洒，物竞天择的爽朗；不如自由浪漫的驰骋，空灵清逸的翱翔。柴米油盐酱醋茶的琐屑，琴棋书画诗酒花的平常；街头巷尾的家长里短，男女老少的闲言碎语；为人处世的顺达阻塞，功名利禄的此消彼长；云淡风轻地来，烟消云散地去。一杯浊酒淡茶的意兴，几缕暗香四溢的情趣；一篇信手拈来的美文，几曲余音绕梁的旋律；一点淋漓尽致的抒发，几位挚友知音的吟唱；桃花源中的梦幻，五柳庄前的畅想。咦于唏，精神何在？心灵何往？

三十一

不要让生命意蕴晦暗，赋予它太多的精神负担；不要让人生步履沉重，寄托它太多的心灵烦恼；时俗风尚熏染得它面目全非，名缰利锁销蚀得它支离破碎，巧取豪夺雕凿得它千疮百孔，锱铢必较哺育得它鄙陋猥琐。岁月如梭，织就了人生的山重水复柳暗花明，印证着崇山峻岭的攀登、江河湖海的跋涉，描绘着前进与倒退、高大与渺小、成功与失败的画卷；时光如流，承载着生命的阴晴圆缺悲欢离合，彰显着大江东去的豪迈、晓风残月的凄清，谱写着欢乐与痛苦、欣悦与悲哀、清新与浑浊的旋律。人生如旅，源远流长的承续，倾心尽力地创造，殚精竭虑地思考，经历了春风夏雨秋霜冬雪的洗礼，领略了春耕夏耘秋收冬藏的煎熬，眼前收获的丰歉，当下享受的多少，镶嵌在时代的画卷中，一粒沙石的点缀，一滴水珠的映照。生命似梦，神秘莫测的启程，遗传变异的进化，幽幻奥妙的发展，经受着人性兽性神性的交融与撕扯，接纳着真善美假恶丑的汇集与纷争，现实对错的界定，理想是非的判别，融汇在生活的旋律中，一段音节的长短，一个音符的高低。人生如梦，多一点自由浪漫的畅想，生命似幻，多一些恬淡飘逸的超越。也好。

三十二

无论什么样的丰功伟业，都会像朝霞夕晖一样映射时代的苍穹，悄然于历史的记忆；无论什么样的鸿篇巨制，都会如星光月辉一般拂煦生活的原野，隐没与现实的思考；无论什么样的渺小琐屑，都会像风霜雨雪一样漫漶社会的机体，呈现衣食住行的好坏；无论什么样的俚俗词语，都会如雾霭露霾一般萦绕众生的基因，彰显情趣精神的高低。起始与回归，原因结果的环环相扣；新生与衰亡，偶然与必然的节节相系。怎样的精益求精，深思熟虑，怎样的呕心沥血，倾心尽力，都绕不过时光的无情，刹那的云淡风轻；怎样的反思剖析，陶冶精萃，怎样的净化觉悟，升华超越，都脱不开岁月的无意，瞬间的灰飞烟灭。不要志得意满的任情使意，不要虚无缥缈的率性随心；人生有限中的一粒沙石，彰显无限的意蕴；生命有涯里的一滴水珠，映射永恒的真谛。

三十三

去掉外在的繁闹易，去除心灵的焦灼难；去掉表面的喧嚣易，去除精神的浮躁难；自我衡量始终萦绕，社会评判总是纠缠。人们不会轻易放弃建功立业的欲念，停下追名逐利的行动；人们不会决然脱离时俗风尚的熏染，隔绝得失取舍的羁绊。有了山重水复的历练，未必有云淡风轻的感悟；有了阴晴圆缺的煎熬，未必有恬淡超逸的境界；

有了功成名就的收获，未必有品性的质朴情趣的俊雅；有了为人处世的练达，未必有胸襟的开阔人格的伟岸。积淀太多的不只是厚重，也有不少的轻薄；凝聚太多的不只是深刻，也有不少肤浅；陶冶后的不只是精粹，也有不少渣滓；净化后的不只是清明，也有不少浑浊。心灵孤独地回望，碧空深邃，原野苍茫，时光如流，斗转星移，岁月不居，日升月落，地老天荒；精神寂寞地感喟，世俗风尘，功名利禄，得失荣辱，是非曲直，悲欢离合，人生如梦，物我相忘。

三十四

放开情怀，让一切涌进来，接纳万物的璀璨缤纷；让一切走出去，领略天地的幽幻奥妙。何必执拗于殚精竭虑的盘算，锱铢必较的选择；何必刻意于倾心尽力的雕琢，精益求精的营造；即便开不出绚丽的花朵，结不了丰硕的果实，那也留一个杂草丛生、野花肆意的憧憬吧；即便长不成参天的大树，成不了立地的栋梁，那也留一个枝柯虬曲、荆棘缠绕的向往吧。放开胸襟，让一切飞进来，真假善恶美丑的云诡波谲；让一切扑出去，是非对错好坏的纷纭变幻。何必专注于泾渭分明的界定，雅俗有别的辨析，何必纠缠于人情世故的藩篱，名缰利锁的桎梏；即便没有峰峦叠嶂的崇山峻岭，深谷幽涧的崎岖坎坷，那也留一个奇形怪状的嶙峋，瘦透漏皱的玲珑吧；即便没有波涛汹涌激浪豪迈的江河湖海，清越雄浑的蜿蜒曲折，那也留一个晶莹剔透的清泉，曲径通幽的溪流吧。

三十五

该想什么就想什么，其实也想不了什么；该干什么就干什么，其实也干不了什么。人具有丰富想象的精神，但也不能任性使意地违背规律；人具有积极活动的能力，但也不能率性随心地改天换地。牵起源远流长的历史，在继承中发展；立足纷纭变幻的现实，在接受中创新；展望云诡波谲的未来，在祈盼中进取。山重水复的征程，观览无限风光，只在此山中的依恋，只在彼水中的痴迷，欲罢不能的惆怅；悲欢离合的历练，感悟奥妙人生，只在新生中的欣悦，只在衰亡中的忧伤，欲说还休的无奈。放飞思想，自由翱翔，苍穹深邃里的幽幻奥妙，高处不胜寒的迷茫；放纵行为，浪漫驰骋，原野苍茫中的辽阔浑厚，远处不可期的朦胧。该想什么就想什么，无论远近深浅，犹如清风的拂煦明月的朗照，不需精心的安排，刻意的驱使，超逸空灵；该干什么就干什么，无论大小多少，就像阳光的抚慰雨露的润泽，不需专注的布局，精致的运作，恰到好处。

三十六

以溜须拍马为伎俩，以阴谋诡计为术业，以狐假虎威为尊荣，以趋炎附势为圭臬，过去时代比比皆是，当今社会处处皆有；既不要大惊小怪，也不要轻视小觑；既不要怒发冲冠，也不要淡漠纵容；毕竟是人类的劣根性，生活的阴晦细胞，时代的猥琐神经，社会的鄙俗肿瘤；虽不能掘除之而后快，也不能放任之而漫漶。需要个人的修持陶冶，自省自警，自知自明；也要社会的风清气正，钳制涵化，温蕴引领。特别在科技发达，网络盛行，信息爆炸，传闻纷纭，真假难辨，善恶混杂，美丑交融的环境中，人们的时间延伸了，直面的交流减少了；人们的空间拓展了，相互的了解荒疏了；人们的浏览增多了，思考减少了；人们的头脑充盈了，精神浅薄了。鄙俗恶习有了更为快捷的传播途径，刁蛮乖戾有了更为广阔的演绎场所，阴谋诡计有了更为隐匿的表现手法，猥琐奢靡有了更为弥漫的诸多条件；不经意间，就会陷入同流合污的泥淖，不自觉中，就会加入为虎作伥的团伙。所以，不能以时代进步为招牌，放松明心见性的修持，不能以社会发展为借口，疏忽光明磊落的教诲。

三十七

思想变幻莫测，四面八方的辐射；行动迟缓懒惰，四平八稳地匍匐。想要做到的事情太多，但专心致志干好几件的太少；想要实现的目标太杂，但精益求精获得结果的太少。人们最大的弊病在于想法漫无边际，行动拖沓松散，理想博大精深，能力浅薄鄙陋。当集中精力专注目标持之以恒时，可能有所建树，而想法频繁主意纷纭精力分散时，可能一事无成。丰富的感性思维，辩证的理性抽象，奥妙的精神梦幻，是人类超越万物的标志，也是故步自封，销蚀动能，阉割精神的利刃。没有精神引领的实践，缺失思想指导的行动，固然浅薄促狭鼠目寸光；但躺在想法上的宏图伟业，沉溺说教里的理想信念，酣睡梦幻中的美好未来，只能是虚无缥缈的空中楼阁。想法繁多说教多样，不要成为削弱行动阻碍实践的理由；思想的辨析理论的诠释，不要成为精神萎靡懒散懈怠的借口。

三十八

生活质量的好坏，来自于社会的发展和个人的努力；生活品位的高低，取决于时代的特色与自我的素质。人们必须接受衣食住行的现实挑战，应答品性情趣的精神拷问；人们必须适应社会环境的云诡波谲，应对时代特色的风云变幻。竹篱茅舍，高楼大厦，能否安放清逸恬淡的心灵？粗茶淡饭，钟鸣鼎食，能否充盈爽朗豁达的胸襟？布衫短褂，绫罗绸缎，能否彰显劲拔伟岸的人格？人行畜载，宝马香车，能否张扬自由浪漫的情怀？生活如画卷，是沉溺于眼前五光十色的物质享有，满足于当下璀璨缤纷的精神感受，还是超脱于烟熏火燎的时俗风尚，隔绝于盘根错节的名缰利锁，山高水长的淋漓尽致；生活如旋律，是沉浸于趋炎附势的随波逐流，陶醉于巧取豪夺的锱铢必较，还是安然于大江东去舍我其谁的孤独，闲适于晓风残月暗香如故的寂寞，天音地籁的余音绕梁。说不清生活数量的多少，理不明生活质量的高低，只是一粒沙石的沉思，一滴水珠的吟哦，一只飞鸟的有心，一条小鱼的无意。

三十九

秋天是收获的季节，一切丰歉验证后的欣悦与忧叹，一切成败权衡后的欢快与悲哀，通通装进了记忆的仓廪，镶嵌上岁月的符号。秋天是告别的季节，一切繁华脱去了璀璨缤纷的装饰，一切容颜洗去了浓妆淡抹的色彩，原野苍茫萧瑟，苍穹深邃寂寥。鸿雁南翔，像是穿梭在碧空中逶迤的项链，断断续续牵扯着依依不舍的眷恋；骐骥北望，犹如点缀在沧桑里零落的珠玑，星星点点映射着孜孜以求的向往。秋天是思考的季节，一切都呈现出品行的真实，一切都彰显着情怀的坦荡，崇山峻岭的攀登，江河湖海的跋涉，人生如旅的画卷清晰而又漫漶，人生如梦的旋律低沉而又激越。秋天是升华的季节，一切都回归精神的家园，一切都汇集心灵的故乡，时俗风尚的烟消云散，名缰利锁的分崩离析，生命的意蕴浑厚而幽幻奥妙，生命的真谛超逸而庄重神圣。征人难回，东西南北的生机盎然，异国他乡的蓊郁茂盛，日月生辉的朗照，长风万里的挥洒，秋天里，一往情深的回望；游子不归，阳关三叠铺砌长亭古道的蜿蜒，梅花三弄萦绕晓风残月的凄清，芳草萋萋的野火春风，杂花阵阵的年来岁往，秋天里，几多意兴的追寻。

四十

清空头脑，把漫无边际的幻想，繁复琐屑的杂念，盘根错节的思绪，患得患失的忧虑，尽情地涤荡，有点云淡风轻的超逸；扫除胸襟，把巧取豪夺的盘算，锱铢必较的权衡，功成名就的骄奢，志得意满的傲慢，尽力的去除，有点晶莹剔透的空灵。总想让思想丰满精神充盈，殊不知，真假难辨，善恶交融，美丑纠缠，搞得头晕脑涨，反而混沌迷蒙；总想让情趣高雅胸怀宽广，谁曾料，是非混淆，对错纠缠，好坏萦绕，弄得神魂颠倒，反而模糊不清。总想经受长期的历练，艰难的砥砺，经验的汲取，教训的借鉴，殊不知，缺失精萃的智慧仿佛一团乱麻，说不清理还乱；总想条分缕析的梳理，旁征博引的辨析，超凡脱俗的净化，明心见性的升华，谁曾想，没有超越的精神犹如朦胧的雾霾，挥不去招不来。孤独地伫立，虚无缥缈中有点精神的幽动；寂寞地发呆，悄无声息里有点心灵的回音。一入空门，造化无穷，不知是至理名言，还是佛光禅影？

四十一

思路不是主观杜撰的康庄大道，任意编纂的通幽曲径，而是涵纳事实，尊重规律的真知灼见；方法不是任性随心的瞎编乱造，任性使意的胡作非为，而是归集现象，呈现内容的正确应对。经验不可或缺，但不能拘泥于一些陈旧的常识，僵化于一些传统的做法，固守于一些偏颇的思维定势，顺从于鄙陋的行为习惯；智慧固然紧要，但不能漫不经心的点拨，毫无节制的倾泻，虎头蛇尾的引领，急功近利的验证。凭借于权势的威赫，不学习不研究，靠强制的力量和依附的顺从，暂时能有所气象，但终究是自欺欺人；依托名利的引诱，不思考不探求，靠眼前既得的召唤当下享受的吸引，短期能有所景致，但只会是昙花一现。屁股指挥脑袋，臆断代替思考，造成领导水平的下降，执政能力的衰败，导致社会的紊乱，民心的疏离；这既是当前急需治理的弊端，也是持久锻造的要务，不能掉以轻心啊。

四十二

秋高气爽，云淡风轻，蓊郁斑驳的原野渐渐褪去璀璨缤纷的装饰，深邃辽阔的苍穹缓缓呈现晶莹碧透的清灵。孤独的展望，苍茫的弥漫，萧瑟的萦绕；寂寞的回味，沧桑的厚重，恬淡的轻盈。秋风清冽地抚慰着焦灼的精神，峰峦叠嶂的攀登，江河湖海的跋涉，有了顺其自然的安和；秋月澄澈的温润着浮躁的心灵，得失褒贬的计较，悲欢离合的煎熬，有了暗香如故的平静。秋天有太多的收获需要验证，无论大小多少，但不要倾心尽力地盘算；秋天有太多的缺失需要检索，无论深浅厚薄，但不要锱铢必较地缠绕；秋天有太多的欣悦需要品味，无论远近高低，但不要任情使意地挥霍；秋天有太多的忧伤需要感喟，无论浓淡短长，但不要率性随心地掩抑。不知人在秋天的怀抱，还是秋天在人的心里？

四十三

孤独地思索，寂寞地遐想，总能有些意想不到的收获。长期处于时俗风尚的烟熏火燎，名缰利锁的纠缠萦绕，为人处世的盘根错节，承情应景的繁杂喧闹，情趣总是俗陋，心胸总是促狭；长期沉浸趋炎附势的随波逐流，追名逐利的巧取豪夺，成败得失的锱铢必较，人情世故的云诡波谲，品行总是浑浊，意志总是颓唐。人们在进化中完善自我，也销蚀自我；人们在发展中实现自我，也埋没自我；人们在前进中彰显自我，也迷失自我；人们在超越中升华自我，也堕落自我。人们总是探寻自然万物的神奇奥秘，却不愿揭示自我的精神意蕴；人们总是追索天籁地声的幽幻绝妙，却很少聆听自我的心灵独语，人们总是以类的宏伟雄壮凌驾一切，却很少裸露自我的单薄渺小，人们总是以群的声势浩大君临天下，却很少呈现自我的特立独行。不要拒绝孤独，孤独中有自己真实的身影；不要排遣寂寞，寂寞里有自己纯真的心声。

四十四

很多品行难以用文字抒写，只能是心灵的感悟；很多情趣难以用语言表达，只能是精神的映照。蓬头幼子，稚嫩童真，犹如自由浪漫的清风，唤起欣悦的涟漪；恰似碧透晶莹的溪流，泛动欢快的浪花。稚朴的话语，蹒跚的行动，就像温暖和煦的阳光，通透爽朗的映射；恰如轻扬飘逸的白云，幽幻奥妙的挥洒。没有时俗风尚的熏染，人情世故的浸泡；没有名缰利锁的蚀刻，荣辱得失的雕凿；没有随波逐流的攀附，趋炎附势的寄生；没有巧取豪夺的钻营，云诡波谲的乖戾。纯真善良美好的品性，任情使意的彰显；光明磊落豁达的情趣，率性随意的张扬；带我驰骋山重水复的征程，翱翔悲欢离合的疆场；伴我重返起始的精神家园，回归向往的心灵故乡。读书万卷，经历沧桑，阅人无数，处事繁朦，性情练达，精神安和，可在赤子面前，却是思想的苍白，行为的鄙陋，满心的谬误，一身的荒唐。

四十五

善良是品性的内核，情趣的底蕴，人格的基石，胸襟的容量；善良是纯真的源泉，美好的流脉，精神的家园，心灵的故乡。善良是明心见性认识自己的试金石，客观公正对待社会的度量衡，善良是拯救苦难普度众生的慈航，时代进步文明昌盛的桥梁。现实中，时俗风尚熏染了善良的纯真，功名利禄肢解了善良的美好；生活里，眼前的巧取豪夺霸占了善良的园圃，当下的豪奢萎靡侵蚀了善良的根基。恶习肆虐，陋俗熏蒸，随时都有对善良的侮辱，不乏对善良的践踏；乖戾嚣张，诡异横行，善良被折磨得体无完肤，亵渎得污浊不堪。善良孤独地坚守在心灵的深处，绝不同流合污的堕落；善良寂寞得盘桓在精神的高地，绝不趋炎附势的俯仰。善良清芬四溢的温蕴着人们品性中的纯真美好，善良暗香如故地呵护着人们情趣中的宽厚仁和。善良不会因为人们的淡漠而销声匿迹，善良不会因为社会的疏忽而悄然隐退，人们离不开善良的哺育，社会离不开善良的滋养。

四十六

历史的长河，波飞浪卷，无数的英雄豪杰抒发了大江东去的旋律；历史的苍穹，星光灿烂，无数的仁人志士谱就着缤纷璀璨的画卷。岁月不居，时光如流，音容笑貌虽已模糊漫漶，但那气壮山河的丰功伟业，涵化万物的精神意蕴，始终伴随着人们前进的步伐，照耀着人们心灵的向往；时代变幻，社会发展，场景剧目虽已时过境迁，但那崇山峻岭的雄浑豪迈，江河湖海的蜿蜒辽阔，始终呈现着人生的丰富多彩，彰显着生命的奥妙幽幻。人们在现实的生活中有所遗忘，但不能失去源远流长的历史承续，忘却根深蒂固的家国情怀；人们在丰盈的享有中有所淡漠，但不能销蚀艰难困苦玉汝而成的劲拔，凋零克艰攻难开拓创新的伟岸。一粒沙石，也有博大精深的品性，无论高低贵贱，融入原野的苍茫；一滴水珠，也有气象万千的情怀，无论大小深浅，映射苍穹的深邃；不忘历史才能挺拔地矗立于纷纭的现实，不忘传承，才能勇敢地开创辉煌的未来。

四十七

追求时尚，附庸风雅的人越来越多，这是时代进步社会发展的印证，也是生活丰盈情趣蓊郁的表现；特别是科技的飞速发展，各种器械设备的更新和普及频繁而快捷；观赏自然，浏览万物的能力不断提高，品察表象，感悟情趣的精神不断加深，令人甚感欣慰。但有时细看众多肩扛手携长枪短炮，潮水涌动般的摄像摄影人群，在捕捉纷繁复杂的自然景观，映照云诡波谲的社会杂像时，过分追求一种技术层面的技巧，设备方面的先进，凸显着物质丰厚的炫耀，洋溢着精神攀比的恣意，就有点匪夷所思了，简单点说也是一种感觉上的艺术熏陶，表面上的美学启蒙吧，深层里讲，却是一种思想苍白的点缀，精神空虚的充填了。色彩缤纷的画面，物象斑驳的场景，嘈杂凌乱的人物，总是缺少一种情趣的温蕴，精神的观照，心灵的呼应，感到一些刻意的雕凿，矫情的装饰，反而有点别扭的生疏，强制的彰显了。但毕竟是一种急促的追寻，一些美意的滋润，也是情趣的一种复醒吧。

四十八

尊重不是一个简单的词汇，不是一个随意的表达，具有丰富的意蕴，深刻的内涵。人生而平等，都是自然之子，从两亿六千万个生物中，物竞天择，脱颖而出，从人性的角度，品类的层面，都具有天赋的平等基因，得到最基本的尊重；人生而平等，都是社会的细胞，从源远流长的人类社会发展中，相互交融，盘根错节，彼此彰显，交相辉映，从生活的根本，群体的延续，都具有基本的平等内涵，得到应有的尊重。同时，作为具体的时代条件下社会环境中的人，又因为生产力的发展程度，生产关系的对应水平，社会制度的参差，思想文化的迥异，又呈现出横看成岭侧成峰，远近高低各不同的景致。无论幽涧深谷，还是峰峦叠嶂；无论溪流瀑布，还是江河湖海；都是人类勇敢攀登艰难跋涉的高歌低吟。无论丰功伟业，还是日常琐屑；无论志得意满，还是滞困阻塞；只要秉持品性的纯真，情趣的健康，都值得人们尊重。当然，充分发挥自己的聪明才智，顺应时代发展趋势，把握客观规律，人格劲拔，胸襟辽阔，思想深刻，境界高尚，成就卓著，贡献突出的仁人志士英雄人物，高僧大德君子楷模，更容易得到人们的尊重。尊重是人们精神世界的彰显，心灵境界的呈现，真善美是尊重的内核，仁义礼智信是尊重的根本，尊重自己尊重别人是有机的统一，尊重是珍视人类热爱自然的辩证和谐。

四十九

自己要看得起自己，不是率性随心的自我膨胀，不是任情使意的自我贬抑，不是随波逐流的依附时俗风尚，不是巧取豪夺的攫取权势名利。自己看得起自己，不是乖戾孤僻的冷漠僵固，不是志得意满的骄横煊赫，不是虚无缥缈的肆意张扬，不是锱铢必较的权衡盘算。生活中有许多为人处世的坐标系，社会中有许多建功立业的参照图，既有眼前的直接印鉴，也有当下的评判，既有众说纷纭的烟熏火燎，也有匠心独运的直辟边里；现实中有诸多条分缕析的过程梳理，人生中有诸多旁征博引的因果解析，既有源远流长的承续，也有精雕细琢的打造，既有迫在眉睫的马上应对，也有高瞻远瞩的规划设计。但这一切，不是随便的搜罗，杂乱的堆砌，刻意的镶嵌，扭曲的凝固；不能被动地让风尘迷住双眼，不能消极地让时俗遮蔽心扉。要有明心见性的自我修持，纯真质朴的品性根基；要有光明磊落的心胸，深刻澄明的思想；客观的认识别人，正确地对待自己，科学地探究社会，精辟地解析自己，不做丝毫的夸大，不去纤细的萎缩，还一个真实的自己，才能真正看得起自己。

五十

说要把什么都放下，只是一句貌似超脱的哲理，其实还是因缘未脱的痴迷；因为挂在嘴边的叨扰，依然是精神中的沉积；念念不忘的强调，依然是心灵中的块垒；始终摆不脱欲念的枝繁叶茂，始终去不了杂想的盘根错节。人生在世，没有什么放得下放不下的鲜明界限，没有什么拿得起拿不起的尖锐对峙；关键在于顺应时代趋势，适应社会发展，尊重客观规律，发挥主观作为，提高自身素质，增添社会福祉。不论丰功伟业，还是日常琐屑；不论功名显赫，还是孤陋寡闻；都是量力而行的付出，物我相适的给予；都是人生的环环相扣，山重水复柳暗花明的无限意蕴；都是生命的生死相继，悲欢离合生生不已的永恒真谛。该干什么就干什么，该想什么就想什么，只要秉持品性的纯真善良美好，情趣的雅俗和谐共处，只要拥有人格的劲拔伟岸，心胸的辽阔深邃。切莫纠缠放下放不下的萦绕，还一个恬淡洒脱的精神，清逸超越的心灵。

五十一

人可以活得主观一些，神飞思扬，意气淋漓，只要尊重事实，符合规律，任情使意的豪放，率性随心的挥洒，也是一种品性的彰显，情趣的张扬吧；人可以活得客观一些，谨小慎微，轻言细语，只要适应生活，顺应时代，循规蹈矩的盘算，安分守己的营造，也是一种个性的呈现，心胸的烛照吧。人生的本质是平常的，无论惊天动地的丰功伟业，还是繁杂琐屑的家长里短，无论崎岖坎坷的峰峦叠嶂，还是蜿蜒曲折的江河湖海，都是自然规律，社会法则，时代特色，生活内涵的正常呈现特殊表达而已；生命的意蕴是平静的，无论功成名就的志得意满，还是平淡凡庸的日常生活，无论阴晴圆缺的时光变幻，还是悲欢离合的岁月纷纭，都是自然孕育，社会涵化，时代雕凿，生活蚀刻的必然昭示偶然彰显而已。不要刻意于一种僵化的模式，拘泥于一种偏执的藩篱；不要沉溺于一种主观的妄为，麻木于一种客观的消极；珍视生命，热爱生活，博览万象，涵纳天地，尊重规律，完善自我，倾心尽力，造福社会，就是人生的意义，生命的真谛。

五十二

性情中人，不是简单的语言描述，直观的品行评价，也不是随意张贴的标签，任意涂抹的色彩。有些逢景而发，遇情而叹，对人心直，处事口快，不拘细节，袒露爽达，只是表面的形象而已；有些为人处世，顺其自然，临危处乱，平静安和，豪迈中不带一丝张扬，沉稳里没有半点拘谨，只是修持的彰显而已；有些超然于时俗风尚，远离于名缰利锁，竹篱茅舍的平静淡泊，梅兰松菊的暗香自持，残茶浊酒的意兴，青史黄卷的评阅，只是精神的温蕴而已；有些殚精竭虑的陶冶，呕心沥血的精萃，超凡脱俗的净化，明心见性的升华，嶙峋劲拔的孤独，深邃辽阔的寂寞，只是心灵的超逸而已。性情中人，有千种描绘，万种刻画，只是众口难调的怪味豆，众说纷纭的神秘果；性情中人，有繁杂的表象，深奥的内涵，只是人们彰显品性的依托，映照情趣的凭据。性情中人，其实自然而平常，恬淡而平静；没有矫揉造作之势，趋炎附势之态，没有急功近利之心，锱铢必较之意；壁立千仞不知其高，海纳百川不知其阔，只能意会不可言说，只能感悟不可捉摸，不要自我标榜，支会他人，不要执拗偏颇，肆意夸张。

五十三

现实与理想有很大的差异，行动与想法有很多的出入，现实中的人和事，既是客观存在的，又是运动变化的，既有规律的必然约束，又有现象的偶然释放，既有内涵的根深蒂固，又有外延的枝繁叶茂；理想固然有现象的归集梳理，规律的探索把握，但毕竟是主观的预测，思想的憧憬，精神的寄托，心灵的梦幻，具有超现实的描绘，不可能是现实的直观映射，简单镜照。二者在相互对立中呈现着不同的面貌，二者在相互融合中彰显着共同的风采，要在现实与理想之间寻求对立统一的辩证桥梁，不要形成断裂的鸿沟。行动与想法不可或缺，没有想法的行动是莽撞的，没有行动的想法是虚无的；行动需要思想的指导，精神的引领，不然缺乏境界行其不远；想法需要行动的承载，实践的验证，不然空洞无物无法前进。有时行动急促想法迟缓，有时想法超前行动滞后，二者在相互交融中相得益彰，二者在相互矛盾中彼此牵扯，要在行动与想法之间割除藩篱打破桎梏，不要造成相互的伤害。现实与理想的差异，行动与想法的出入，客观的存在，主观的呈现，需要在差异中寻求共同，出入里形成合力，以期改变现实，达到理想，想法正确，行动有效。

五十四

天宇深邃，湛蓝澄澈，清风拂煦，白云逶迤；原野苍茫，斑驳璀璨，阳光温馨，空气甘洌；好一个秋高气爽的时节，天高地远的景致。思念的情怀浓郁得像一块晶莹碧透的翡翠，幻化为鸿雁的传书青鸟的探望，漫动在心灵的深处；依恋的心胸辽阔得似一幅山重水复的画卷，蜿蜒着思绪的峰峦叠嶂，盘桓着牵挂的江河湖海；期盼的相见激越得如一曲响彻行云的旋律，映射着奇思妙想的星光，萦绕着幽幻清逸的月亮。非常喜爱孙女，纯真的化身，善良的载体，美好的意象，是我精神的无价之宝，是家丰盈的幸福之源；一声稚嫩的话语，一阵爽洁的嬉闹，一个明媚的眼神，一个朴拙的动作，直达心扉，穿越灵魂，启迪品性，涵蕴情趣，胜过读书万卷，阅人无数，强过历练精萃，沧桑陶冶；在她面前，时俗风尚烟消云散，名缰利锁分崩离析，荣辱得失缥缈无迹，焦灼浮躁云淡风轻，唯有心胸的辽阔，人格的劲拔，情趣的优雅，精神的澄明，境界的超逸，心灵的安和。

五十五

想诉说却欲言又止，想思考却一团乱麻；想清净却繁杂喧闹，想游走却举步维艰；一种虚无缥缈的精神弥蒙，一种茫然四顾的心灵尴尬。品性不能任情使意的张扬，情趣不能率性随心的挥洒，意志不能特立独行地劲拔，胸襟不能晶莹剔透地舒展。人生如旅，一路山高水长的征程，太多的回望已是朦胧斑驳的残垣断瓦，太多的回味已是凋零萧瑟的沧桑寂寥；人生如梦，一路追名逐利的拼搏，太多的取舍已是云淡风轻的淡漠，太多的成败已是烟消云散的坦然。与生命成长的细节值得精雕细琢，细细品味，有深奥的意蕴，沁入返璞归真的启迪；与人生发展的脉络值得寻根溯源，反复咀嚼，有奥妙的真谛，注入超凡脱俗的觉悟。积淀不易，清除更难；获取不易，抛弃更艰。需要点孤独的身影，可高可低，只要真实地呈现；需要点寂寞的心灵，可深可浅，只要淳朴的彰显。静静地伫立在深秋的夜晚，月光如水，天地茫然。

五十六

相聚和离别是人生永恒的主题，有数不清的演绎，道不明的诠释，讲不完的因果，理不尽的夙缘。有时离别是为了相聚，相聚是为了离别；有时离别是永远的不再相聚，相聚是永远的不再离别；有时离别却身影不离，心心相印，始终相聚在心间；有时相聚却貌合神离，咫尺天涯，始终相忘于江湖；有时离别浓缩了相聚的祈盼，相聚加重了离别的依恋；有时相聚精萃了离别的意兴，离别凝固了相聚的情趣。相聚和离别是生命意蕴的彰显，有纷纭的场景，繁复的剧目，微妙的情节，精彩的表演。有时是一幅山高水长的画卷，峰峦叠嶂的崎岖坎坷，江河湖海的曲折蜿蜒；有时是一首天籁地音的旋律，时光飞逝的阴晴圆缺，岁月变幻的悲欢离合；有时是响彻行云的高歌怒吼，委婉细腻的低吟浅唱；有时是挥毫泼墨的淋漓尽致，浓淡相间的精雕细琢。相聚中的那份欣悦，离别时的那份伤感，相聚时的那份倾诉，离别中的那份依恋，温润着精神家园的生机盎然，姹紫嫣红，涵蕴着心灵故乡的根深蒂固，叶茂枝繁。

五十七

科技飞速发展，信息急剧膨胀，人们随时随地接收，随心所欲地浏览，率性随心地发送，任情使意地评说；汲取了一些知识，增加了一些见识，抒发了一些情趣，交流了一些观点，丰富了一些思想，提升了一些智慧；印证了时代的进步，生活的丰盈，思想的开放。但长期的被动接收，随意的灌输吸纳，碎片化的堆积，虚拟化的演绎；一方面，造成了人们主动性的退化，逐渐形成了随波逐流的思维定势，附庸时尚的行为习惯，招之即来，挥之即去，失去了去粗存精，去伪存真，由表及里，由此及彼的认识过程，缺失了逻辑梳理辩证解析的思维陶冶，头脑空白，心胸荒芜；另一方面，导致了人们客观性的销蚀，逐步养成了妄自尊大的思维霸权，目空一切的骄赫蛮横，唯我独尊，主观臆断，丧失了接纳万象，尊重规律，求真务实，客观公正的精萃历练，丢弃了追本溯源激浊扬清的思想升华，精神焦灼，心灵浮躁。人们不能在信息大潮中萎缩自我，也不能在信息爆炸中膨胀自我，人们不能在科技进步中丧失个性，也不能在科技发展中放任个性。始终要谨记，人是科技的主人，不是仆役，人是信息的圣主，不是随从。

五十八

“是什么?”过去一直被认为是比较简单的认识水准，浅显的思维要求，而在科技发达，大数据云计算的条件下，却有了非同寻常的意义，其相关联系的随机性直接性，把纷繁复杂数量庞大的数据进行了详尽的梳理整合，准确揭示了呈现在繁复现象背后的内在规律，使人们对具体事物的认识，深刻内涵的把握，有了新的方法和手段，有了更广阔的视野和更高的境界。“为什么?”以往一直被认为是比较复杂的认识水平，深奥的思维程度，而在科技进步，信息化飞速发展的环境中，具有了更为深刻的蕴含，一切直接性的随机性揭示，更加充分证明了因果性的间接性阐述。可以说，二者各有侧重，揭示了表象与本质、外延与内涵的有机联系，二者相互印证，阐明了形式与内容、现象与规律的辩证关系。不能把二者混淆起来，只有相互参照，才能相得益彰，不能把二者割裂开来，只有相互交融，才能精益求精。

五十九

自然沧桑剧变，社会飞速发展，时代风云变幻，生活日新月异，但万变不离其宗，都离不开自然规律社会规律思维规律的制约；从某种意义上讲，具体表现为数量的增减，质量的高低，形态的大小，容积的多少，而其内涵和本质却依然是基本的。就像衣食住行，无论高楼大厦，还是竹篱茅舍；无论钟鸣鼎食，还是粗茶淡饭；无论宝马雕车，还是步行畜载；无论绫罗绸缎，还是布衣褐衫；本质根深蒂固，适应人们的生存和发展。犹如思维领域，无论殚精竭虑，还是粗疏草莽；无论博闻强记，还是孤陋寡闻；无论品性清浊，还是情趣雅俗；无论胸怀大小，还是思想高低；内涵依然如故，呈现人们的风貌和境界。不要被繁华喧闹的表象所迷惑，不要被急功近利的浓烈所遮掩；不要被眼前的丰盈所阻滞，不要被当下的刺激所麻醉。生活的本质是繁杂中的简单，发展的内涵是丰富中的精练，人生的意蕴是平常，生命的真谛是平凡，物我相忘是明心见性的觉悟，天人合一是超凡脱俗的升华。拥抱世界，热爱生活，修持自我，不忘根本；来自远方，立在当下，行在途中，奔向未来。

六十

简单地否定普世情怀是偏执的，粗暴地抹杀普世情怀是荒谬的，把它片面地归结于一种思潮是肤浅的，把它刻意地镶嵌上一种标记是愚蠢的。普世情怀是品性的基因，情趣的渊薮，人格的基石，区别于自然万物；普世情怀是宽阔的胸襟，雄浑的气度，高远的境界，超越于社会众生。普世情怀应该是纯真善良美好的晶莹剔透，不是虚假恶劣丑陋的污泥浊水；普世情怀应该是公平正义光明的劲拔伟岸，不是诡诈奸邪阴暗的沼泽泥淖。普世情怀是国强民富的彰显，壁立千仞的昭示，海纳百川的涵蕴，不是强权霸道的肆虐，包装私货的装饰，遮蔽污秽的色彩；普世情怀是时代进步的动力，世界大同的拼搏，人类理想的期待，不是孤陋寡闻的发酵，促狭猥琐的膨胀，故步自封的苟且。我们要孕育普世情怀的生机盎然，催放璀璨缤纷的人类精神家园，我们要引领普世情怀的洪涛细流，汇成波澜壮阔的人类心灵故乡。这是一个伟大民族的胸襟，这是一个强大国家的气派，也是义不容辞的使命，倾心尽力的担待。

六十一

追求至高至大，达到至善至美，是一种向往，人类从未实现这样的目标，达到这样的境地，也不可能绝对的享有，纯粹的获得；只能是差异中的相互平衡，参差中的求同存异，相对中的适度彰显，对比中的合理映照。作为一种理想的追求，向往的探寻，精神的引领，行为的动力，始终发挥着巨大的作用，但因主客观因素的不同，时代环境的不同，社会风气的不同，会有截然不同的表现。从好的方面讲，是一种强有力的精神激励，从差的侧面看，是一种实惠型的思想刺激；前者是远大理想坚定信念的旗帜，后者则是实用主义急功近利的标杆。前者是品性淳朴，情趣健康，心胸开阔，境界高远的渊源；后者是品性鄙陋，情趣庸俗，心胸促狭，境界浅薄的泥淖。前者是承前启后，开拓创新，求真务实，奋勇拼搏的责任；后者是安于当下，满足眼前，故步自封，僵化保守的苟且。前者是公平正义，光明磊落，提升素质，贡献社会的天下为公；后者是趋炎附势，巧取豪夺，锱铢必较，满腹己欲的中饱私囊。前者如不能理直气壮，得不到赞誉弘扬，后者如不能万众唾弃，得不到叱责抑制，就会民心散佚，社会凋敝，精神萎靡，发展阻滞，进步倒退；特别是打着前者旗号的后者不能及时发现，尽快清除，则荼毒当世，贻害无穷。理想信念只有根深蒂固，才能枝繁叶茂，只有正本梳流，才能源远流长。

六十二

稚童的行为习惯大多建立在遗传基因和生理的传承之上，犹如吮吸奶嘴，一到需要的时刻，便急切地呼唤，急不可待，而要断离时，也需耐心地慰藉，有时则需一定的熬煎，甚至有点痛苦的味道，但究竟能留下多少深刻的记忆，就不好确定了，一旦戒除，好像也就忘记了。至于精神层面的影响，可能就更为淡泊了，随着时间的推移，慢慢地遗失了，也可以说是成长中的必要去除，自然而平常。而成人的行为习惯则在长期的生活历练中不断凝聚，受到时俗风尚的熏染，名缰利锁的缠绕，思想潮流的侵蚀，社会环境的雕凿，既有相对的源远流长，又有特定的根深蒂固，真假交错，善恶混杂，美丑纠缠，蚀刻在思想中，沉淀在精神里，渗透在心里，表现在行动上，轻易不会去除，很难迅速退场；要有一番脱胎换骨的改造，刻骨铭心的净化，则需要耗费极大的精力。没有超凡脱俗的修持，就不会有明心见性的觉悟，没有返璞归真的精萃，就不会有物我相忘的超越。所以，赤子之心，稚童之意，不是简单的表象回复，而是深刻的精神回望，不是自然的平坦到达，而是深奥的心灵回归。

六十三

开卷有益，无论是专心致志地攻读，还是率性随心地浏览，无论精雕细琢地钻研，还是任情使意地品阅，都会有所收获。信息的了解，知识的汲取，人情世故的把握，时俗风尚的解析，历史的追本溯源，现实的根深蒂固，未来的枝繁叶茂，或多或少的凝聚成精粹；品性的陶冶，情趣的温蕴，胸襟的开阔，意志的劲拔，真假善恶美丑的辨析，是非对错好坏的诠释，精神的净化，心灵的超越，或深或浅的升华为境界。开卷有益，既要有承载世相的担当，也要有涵蕴精神的情趣；既要有求真务实的作为，也要有净化心灵的意蕴。无论随心而来，有意而为，还是信手拈起，随意品览，总是好的吧。

六十四

素面傲骨丹心，恬淡清逸平和，品性纯真稚朴，情趣散淡雅致，心胸光明磊落，人格劲拔伟岸。读书万卷，历览前贤与后杰；阅世千载，尽观兴旺与衰败。自然里漫游，峰峦叠嶂的攀登，江河湖海的跋涉，领略春风夏雨秋霜冬雪，岁月不居；社会中砥砺，阴晴圆缺的洗礼，悲欢离合的精萃，感悟春耕夏耘秋收冬藏，时光如流。清风拂煦，彰万物之蓊郁；润雨泽被，蕴不世之精神。明月松间照，晶莹剔透的澄澈；清泉石上流，超凡脱俗的清净。苍穹幽幻，碧透深邃，无限的神思；原野奥妙，苍茫辽阔，有情的遐想。挚友难逢，把酒论剑有谁舞？知音安在，高山流水何人听？竹篱茅舍的残灯断烛，一点孤独的映照，梅兰松菊的暗香如故，几缕寂寞的萦绕。

六十五

苍穹碧透，幽幻深邃，白云悠然地飘逸，牵起淡淡的遐想，漫无边际的游荡，轻轻地来，悄悄地去；原野斑驳，苍茫辽阔，清风柔润地拂煦，扬起幽幽的思念，纵横交错地穿梭，急切地来，缓慢地去。登高处，凌霜映日，山川萧瑟，远山嶙峋，近水澄澈，天高地远的空阔；凭栏时，清辉四溢，万物凋零，残荷孤独，断菊寂寞，地老天荒的沧桑。风俗时尚的烟消云散，名缰利锁的分崩离析，得失不再，荣辱何论；只是浊酒淡茶的情趣，青史黄卷的意兴，梅兰松菊的寻访，琴棋书画的应答。

六十六

孤独有岁月，寂寞无时光；空虚不论远，无聊谁言长。只是竹篱茅舍的残灯短烛，青史黄卷的咏诵，只是琴棋书画的淋漓，梅兰松菊的唱和。英雄豪杰，已是大江东去，渔樵应答的低吟浅唱；仁人志士，已是清风明月，高山流水的盘桓萦绕；时俗风尚，已是繁华喧闹褪去后的云淡风轻；功名利禄，已是锱铢必较消解后的虚无缥缈。一点偶尔的回望，只是征程山高水长斑驳的映照；一点肤浅的感悟，只是心灵悲欢离合依稀的闪烁；一点桃花源的憧憬，伴随着返璞归真的思绪；一点五柳庄的希冀，敲打着暗香如故的梦乡。

六十七

读书学习，为人处世之平常，只有继承历代积累下来的传统文化，把握当代创造出来的精神结晶，才能不断提高个体素质，推动社会发展。读书学习具有精深的内涵，广博的外延，但究其根本来讲，具有三个层面的意蕴，其一是为了基本的生存和发展，其二是为了更好的生存和发展，其三是为了如何的生存和发展，三者各有侧重，相互交融，不可任意的混淆，也不能断然的割裂。缺乏精深的自然知识，无法适应飞速发展的时代；缺少博大的社会知识，无法承应风云变幻的生活；缺失深奥的思维知识，无法温蕴云诡波谲的心灵世界。没有历史的传承，只是无源之水无本之木；没有现实的创造，只是故步自封僵化停滞；没有未来的引领，只是心胸促狭境界低下。要有经世致用的术业，要有博大精深的涵蕴，要有明心见性的境界。读书学习，不能空中楼阁虚无缥缈，也不能实用主义功利浓重，不能东鳞西爪碎片堆积，也不能叠床架屋僵死退化。

六十八

通向成功的征程是多样的，无论崇山峻岭的攀登，江河湖海的跋涉；达到目的的路径是复杂的，无论坎坷崎岖的砥砺，蜿蜒曲折的历练。崇高的理想，坚定的信念，高瞻远瞩的眼光，海纳百川的胸怀不能或缺；科学的态度，正确的思想，见微知著的方略，壁立千仞的境界不能丢舍。不要偏执于一时的率性随心，不要拘泥于一隅的任情使意；不要沉溺于眼前的得失取舍，不要刻意于当下的荣辱权衡。要有正本清源的追溯，根深蒂固的坚实，枝繁叶茂的丰盈；要有承前启后的承载，开拓创新的担当，光明未来的引领。纷纭变幻中，善于把握时代发展的趋势，不为云诡波谲的表象所迷惑；繁闹喧哗里，勇于驾驭社会发展的规律，不为瞬息万变的时局所绑架。该坚持的不能有丝毫的退让，旗帜鲜明的弘扬，坚如磐石的秉持；该灵活的不能有半点的僵死，得心应手的运作，精益求精的操持。要有坚忍不拔的持久韧性，克艰攻难的拼搏精神，要有求真务实的倾心尽力，公平正义的美好心灵。大到国家民族，小到个人家庭，莫不如此也。

六十九

对任何社会思潮的淡漠，都会造成难以估量的后果；对任何思想观念的轻视，都会形成无法预料的结局。一个缺乏思想浸润的时代是荆棘丛生的蛮荒，一个缺失理论温蕴的社会是枯槁遍野的草莽，一个没有精神家园的生活是烟熏火燎的是非地，一个没有心灵故乡的人生是鄙陋浅薄的名利场。思潮有好坏之分，理论有对错之辩，兼容并蓄，也要去伪存真，去粗存精；观念有是非之别，思想有清浊之界，涵纳交融，也要彻底的净化，精萃地升华。长期沉溺于经验的藩篱，禁锢于习惯的桎梏，忽视思想水平的提升，导致人们因循守旧的顽固；持续麻醉于信息的支离破碎，知识的东鳞西爪，忘却理论体系的建构，造成人们捕风捉影的嗜好。功利化的熏蒸，实惠化的侵蚀，导致人们品性浑浊，情趣庸俗，心胸促狭，思想浅薄，精神萎靡，心灵猥琐；片面化的发展，单一化的推进，造成个人素质的退化，社会机能的萎缩，精神引领的弱化，公平正义的黯淡。没有先进理论武装的民族是盲目的，没有正确思想孕育的民众是浅陋的。

七十

人们率性随心的禀赋没有错，人们任情使意的天赋也正常；既是自然进化，区别万物的品性，也是社会陶冶，呈现本质的表象。但这绝不是没有尺度的汪洋恣肆，缺失规矩的横行霸道，更不是随心所欲的狂妄自大，为所欲为的不可一世。人性中的真善美假恶丑相互交织，始终在厮杀，此起彼伏的演绎着人类的文明与野蛮；人性中的是非对错好坏相互纠缠，始终在博弈，参差不齐地诠释着人类的温馨与暴戾。人们遵循自然规律，遵守社会法则，要有强力的制约；人们修持自我的品性，孕育自我的情趣，要有自觉的惕厉。受时俗风尚的熏染，名缰利锁的缠绕，人们注重趋炎附势的攀援，巧取豪夺的获得，沉溺眼前的既得，当下的享受，放任贪婪的欲念，唆使攫取的行为，导致了品性的异化，情趣的畸形；受急功近利的诱惑，同流合污的浸染，人们满足物质的丰盈，感官的刺激，沉醉灯红酒绿的奢侈，纸醉金迷的萎靡，忘却源远流长的历史，神秘奥妙的未来，造成心胸的促狭，人格的乖戾。打造社会的公平正义和谐安顺，任重道远；修持人们的精神家园心灵故乡，永恒无限。

七十一

时代发展中的不平衡状态，社会进步中的不和谐现象，是不以人的意志为转移的客观现实，是社会规律必然性的多样性呈现，只是其震动的频率多少不一，波幅的范围大小不同，影响的尺度深浅有别而已；平衡与和谐总是在相对的诠释，不平衡不和谐总是绝对的演绎，关键是要把握其趋势，驾驭其走向，控制其尺度，掌握其范围。生产力的梯度布局和既有安排，是自然禀赋的延续，时代因素的承应；生产关系的发育程度，带有千丝万缕的历史基因，纷纭变幻的现实变数；政治架构的建设状况，具有浓重的民族特色国家意志；思想文化的发展水平，凝聚传统，呈现当下，展示未来。所以，高瞻远瞩的全面布局，科学合理的统筹安排，循序渐进的稳妥推进，克艰攻难的重点突破，见微知著的精准操作；就是要实现不平衡中的平衡，达到不和谐中的和谐。既要注重效率效益，也要把握公平正义，既要强调局部的特殊情况，也要重视全局的普遍问题，既要切实可行的近期部署，也要详尽周密的远期考量，切莫轻视不平衡的蔓延，淡漠不和谐的扩展，切莫掉以轻心。

七十二

很多事物的处理不在乎大与小，而在于是否尊重事实，依法合规；很多问题的解决不在于难或易，而在于是否客观公正，循章遵纪；很多妥善的方案不只条分缕析的精准，而且合情合理；很多圆满的解决不只辩证诠释的清晰，而且顺心顺意。人性的真善美既需要明心见性的精萃，社会温蕴的褒扬，也需要法律的凭依，规矩的护持；人性的假恶丑既需要自我的净化，众生的贬斥，也需要强力的抑制，刻意的改造。客观公正的鉴别是非，评判对错，界定好坏；光明磊落的激浊扬清，扶正祛邪，拨乱反正；惠风和畅的教诲引导，清泉洗濯，暗香浮度；电闪雷鸣的当头棒喝，醍醐灌顶，直指迷津。客观的事实要有主观的映照，法纪的准绳要有情怀的萦绕。道法自然匹配，相得益彰的融洽；情理浑然天成，交相辉映的和谐。这是理想的召唤，也是实践的行动，这是个人的努力，也是社会的共铸。

七十三

精神愈恬淡，思索的范围就愈广阔；心灵愈平静，感悟的境界愈深邃。会当凌绝顶，才有高瞻远瞩的宏远；曲径通幽处，才有见微知著的细腻。人们喜欢野火的炽烈，春风的温蕴；人们赞赏千锤百炼的陶冶，精雕细琢的营造；人们愿意气势雄浑的张扬，淋漓尽致的宣泄；人们专注崇山峻岭的攀登，江河湖海的跋涉。殊不知，也有残灯断烛下，青史黄卷的抒写，竹篱茅舍中，山重水复的谱绘；曾记得，也有流离失所中的千古圣典，惊魂失魄中的万代雄文，孤独凋零里的长风万里，寂寞萧瑟里的气壮山河。恬淡，有一份超然万象的胸怀，海纳百川的深邃辽阔；平静，有一份卓越世相的境界，壁立千仞的劲拔伟岸。

七十四

时代的场景纷纭变幻，社会的剧目云诡波谲，生活的情节奇诡奥妙，人生的演绎精彩绝伦。刹那的驻足，已是时光飞度的过客，岁月如流的老人；瞬间的思考，已是尘埃落定的过去，烟消云散的空蒙。赶不上趋炎附势的潮流，踏不上追名逐利的行径；来不及山重水复的观览，顾不了悲欢离合的品味。长亭接短亭的芳草连天，已是几度的野火春风；故乡到他乡的古道夕阳，已是数载的蜿蜒残照。灞桥折柳，阳关三叠的喑哑；湘沅惊梦，瑰丽九歌的余音；只是物是人非的一江春水东去，只是沧桑巨变的天上人间梦影。无须虚无缥缈的茫然，苍穹深邃，日月星辰的交相辉映；无须张皇四顾的迷蒙，原野苍茫，春夏秋冬的璀璨缤纷。停一停急促的脚步，静一静焦灼的灵魂。

七十五

随波逐流，终会失去自我；和光同尘，终会泯灭良知。要有纯真净洁的品性，出淤泥而不染，濯清涟而不妖的孤傲，特立独行的劲拔；要有儒雅清逸的情趣，琴棋书画的散淡，梅兰松菊的暗香；要有凌霄不屈己的伟岸，得体虚心的坦荡；要有心远地自偏的孤独，高处不胜寒的寂寥。人，不能脱离群体，但要脱离庸俗；人，不能隔绝社会，但要看破红尘；人，不能抛开时代，但要始终清醒；人，不能摆脱生活，但要恬淡超逸。领略平凡中的纯高，感悟平常中的伟岸，知晓平淡中的深奥，品味平静中的安然，还一个真实的自己，一路走好。

第二十六集　暗香如故

DIERSHILIUJI ANXIANG RUGU

一

人是大自然之子，就应保持自然的禀赋，纯真质朴的品性，恬淡优雅的情趣，坦荡开阔的心胸，劲拔伟岸的意志，这是启程时的朦胧祈盼，也是回归中的美好理想。当然，经历时俗风尚的熏染，名缰利锁的缠绕，生活疆场的砥砺，社会熔炉的陶冶，呈现了真善美的璀璨缤纷，蚀刻了假恶丑的诡异幽暗，光明磊落中也有阴晦猥琐，理直气壮中不乏私心杂念；特别是在一定环境和一段时期中，个性消失，自我隐退，只是僵化促狭的思维定势，随波逐流的行为习惯，功利性的诠释人生，实惠型的演绎生命，满足于眼前的既得，沉溺于当下的享受，精神浮躁焦灼，心灵混沌迷蒙，不知是一种自然禀赋消解中的麻木，还是一种个性磨砺中的堕落？人们需要山重水复的攀登跋涉，领略齐家治国平天下的雄浑豪迈；人们需要阴晴圆缺的感受品味，知晓格物致知真心诚意地砥砺修持；人们需要拯救众生的慈航普度，通达明心见性的菩提；人们需要物我相忘的浑然超逸，明了道法自然的真谛。其实，人最需要知道自己，不管什么样的浓彩重墨，得失荣辱，都是自然之子；留点时代的烟云，社会的场景，生活的气息，人生的轨迹，自然地来自然地去，始终要有点自己。

二

人们在思考问题时，既要克服僵化的思维定势和习惯的逻辑推演，避免先入为主的设定预测，也要克服繁琐的碎片堆积和零乱的判断演绎，避免杂乱无章的东拉西扯；二者都不能客观公正地看待事物，科学辩证地认识问题。很长一段时间，人们习惯于鸿篇巨制的叙事，博大精深的渲染，冠冕堂皇的说教，自圆其说的演绎，实则语言晦涩，理论枯燥，思维僵硬，内容空洞，严重脱离实际；犹如事先熔铸好一个精雕细琢的模具，把一切丰富的现象深刻的内容一股脑装进去，模型化的塑造出千篇一律的形象，看似宏大伟岸，气势显赫，其实外强中干，毫无生机，同样，人们满足于繁杂琐屑的堆积，支离破碎的搜罗，叠床架屋的繁缛，东鳞西爪的拼凑，实则真假混淆，是非交融，善恶不分，美丑不辨，严重违背真理；好像提前编织成一个包罗万象的筐子，把一切直接的感受间接地品味一个劲塞进来，装饰性地呈现出丰富多彩的思绪，看似璀璨缤纷，花里胡哨，其实浮皮毛躁，毫无意蕴。

三

时光悄然地流逝，岁月执着地更迭；时代被时俗风尚熏染，社会为追名逐利驱使。只是随波逐流的沉浮，和光同尘的苟且；只是锱铢必较的眼前，得失权衡的当下。缺失了源远流长的回肠荡气，湮没了暗香浮动的余音绕梁；没有了怒发冲冠的豪情壮志，黯淡了晓风残月的凄楚幽幻。一点意兴的清风白云，瞬间的虚无缥缈；一时情趣的山高水长，刹那的漫漶无迹。回忆的碎片不断地堆积，不断地销蚀，没有了历史的长亭古道，西风瘦马，只是残垣断壁的遗迹，青史黄卷的映照；展望的线条不断地放射，不断地散逸，没有了未来的云诡波谲，神奇妙幻，只是崎岖坎坷急促地攀登，蜿蜒曲折焦灼地跋涉。不知是平庸的时代孕育了平庸的人们，还是平庸的人们造就了平庸的时代？不知是世俗的社会培育了世俗的人们，还是世俗的人们塑造了世俗的社会？失去了崇高的理想，远大的目标，沉溺于贪婪的欲念，疯狂的攫取；失去了质朴的品性，儒雅的情趣，麻醉于感官的刺激，灵魂的萎靡；失去了劲拔的意志，伟岸的胸襟，偏执于畸形的个性，促狭的心机；失去了精神蓊郁的家园，心灵温馨的故乡，迷失于荆棘丛莽的荒漠，乖戾猥琐的藩篱。时代进步，不只是物质的丰裕，更要有精神的涵养；社会发展不只是生活的安康，更要有心灵的温蕴；人生要有灵魂的引领，诗意的萦绕；生命要有自知的觉悟，净化的超越。

四

漫天的灰云，满地的灰暗，一切笼罩在灰色的弥漫中，极目远望的茫然萧瑟，眼前尽览的单调，仿佛一切都静止了，瞬间凝结为沉思的画卷，仿佛一切都僵化了，刹那雕塑成寂寥的音符。是自然的正常呈现，还是精神的反常观照？是物像旁敲侧击的启迪，还是心灵曲径通幽的借鉴？浓重得不能散淡，郁结得不能飘逸，只是孤独地品味，寂寞地感喟。生活中既有春风夏雨秋霜冬雪的抚慰，也有阳光灿烂万象欣荣的温蕴；既有乌云密布电闪雷鸣的浓烈，也有天朗气清晶莹碧透的恬淡。人们习惯了对比强烈的变幻，安然于反差巨大的更迭；人们陶醉于平稳安定的日子，满足于浓淡相宜的节奏。有时平庸得让人无法拒绝颓唐的侵袭，有时世俗得让人无法消解奢靡的纠缠；有时焦灼得让人无法冷却追名逐利的贪婪，有时浮躁得让人无法平息锱铢必较的算计；只有丰盛的物质享有，没有深刻的精神解析，只有当下价值的权衡，没有长远灵魂的审判。清风徐来，笼罩天地的灰开始了涌动，不知是继续的蔓延，还是悄然的隐退？不知是浓烈的积聚，还是清淡的散逸？

五

人们总是期待好事的降临，盼望美梦的成真，特别容易被眼前的名利，当下的享有所俘虏，满足于衣食住行的改观，感官层面的刺激；不愿追根溯源的回望，条分缕析的梳理，不再精雕细琢的因果诠释，精益求精的辩证演绎；只求得一种随波逐流的适者生存，缺乏思想的升华和精神的超越，似乎一切物象的大小和快慢就说明了一切，无须心象精萃的感悟与精神净化的印证。生活日益琐屑，锱铢必较的实惠；社会日益平庸，巧取豪夺的功利；人生日益猥祟，和光同尘的苟且；生命日益晦暗，醉生梦死的萎靡。远大的理想，崇高的信念，被时俗风尚销蚀的漫漶模糊；伟岸的心胸，劲拔的意志，被急功近利阉割的支离破碎。人们缺乏激情的火焰，黯淡理性的烛照；人们玷污品性的淳朴，干涸情趣的温蕴；表面的璀璨缤纷掩盖不了无聊空虚的精神浮躁，短暂的虚张声势包裹不了颓唐萎靡的心灵焦灼。人们总是期待好事的降临，但不应是目光短浅的促狭；人们总是盼望美梦的成真，但不应是境界鄙陋的浅薄。不要把刚刚取得的一点成就率性随心的放大，遮蔽住眼界；不要把稍稍赢得的一点业绩任情使意的膨胀，阻塞了胸襟；远方始终在召唤，人们始终在征程，不忘初始，方得永恒。

六

平静，不是缺失豪情壮志的麻木；平淡，不是湮没朝气蓬勃的萎靡；平常，不是苟且繁复琐屑的庸俗；平凡，不是随波逐流的沉沦。文字可以任情地堆砌，语言可以随意地搬弄，但要到达平静的心灵，平淡的精神，平常的意蕴，平凡的境界，却是山重水复的砥砺，阴晴圆缺的精萃，悲欢离合的感喟，超凡脱俗的觉悟。没有峰峦叠嶂的攀登，哪有壁立千仞的劲拔；没有江河湖海的跋涉，哪有海纳百川的雄浑；没有时代风云变幻的历练，哪有高瞻远瞩的境界；没有社会千锤百炼的陶冶，哪有中流砥柱的伟岸。几度春风夏雨秋霜冬雪，孕育了暗香浮动的品性；数载春耕夏耘秋收冬藏，精萃了晶莹剔透的情趣；时光不能锱铢必较地计量，岁月无法翔实精准地权衡。多少时俗风尚熏染中的精神梳理，真假难辨，善恶难清，美丑难明；多少名缰利锁缠绕里的心灵净化，是非混淆，对错交杂，好坏混容；记忆不能精彩绝伦地回放，思索不能精益求精地印证。犹如汇入苍穹的一际星光，深邃中寂寥的闪烁，有点独到的清明；恰似融入原野的一缕烟云，辽阔中散淡的飘逸，有些孤傲的灵动。

七

不要执着于一种既定的方式，把丰富的内容强制地充填，粗暴地压塑成一种僵化的精神摆设；不要拘泥于一种习惯的方法，把生动的现实扭曲缠绕，畸形地编织成一种心灵的物件；不要满足于久俗成习的传统，把一切生机盎然浸入条分缕析的旁征博引，总是一种模式冠冕堂皇地追溯；不要沉溺于云诡波谲的向往，把一切因果辩证汇入支离破碎的繁复琐屑，总是一种格局翻来覆去的呈现。内容离不开形式的枝繁叶茂，形式离不开内容的根深蒂固；必然离不开偶然的璀璨缤纷，偶然离不开必然的正本清源；现实生活需要丰富多彩的映照，理想追求需要明心见性的反观；一切物象的本真需要心象的诠释，一切心象的意蕴需要物象的印证。有时剑拔弩张的对持，碰撞出五光十色的火花；有时琴瑟和谐的相容，演绎出云淡风轻的安然；有时的背离反生亲近，天涯咫尺的眷念；有时的和睦却生嫌隙，咫尺天涯的疏远。

八

人生在世，既有来自四面八方的诱惑，也有发自内心五花八门的向往；既有七上八下的追名逐利，也有七情六欲的时俗风尚。人们不能脱离现实的生存，未来的发展，但也不能泯灭心灵的纯真质朴，放任精神的荒芜浑浊。事业有成败，名声有高低，利益有大小，知识有深浅，固然是人生的具象呈现，有样映照，便于一目了然的评价，但山重水复的砥砺，坎坷曲折的磨难，阴晴圆缺的精萃，悲欢离合的感悟，却是人生意蕴的真实写照，晶莹辉映，具有明心见性的升华。苍穹深邃，银河萦绕，星系纷呈，展示着无限的幽幻；原野苍茫，山川交融，万象更迭，宣照着永恒的奥妙。多少丰功伟业已是过眼云烟的漫漶，多少英雄豪杰已是物是人非的缥缈，唯有精神江河的源远流长，心灵山脉的绵延亘续，唯有道法自然的天人合一，物我相忘的恬淡超逸。

九

万象纷纭，物质不灭，人生如梦，精神辉映。大自然孕育了一切，演化出人类这个精灵古怪，创造了横跨物质精神的载体，建构了连接客观主观的枢纽；不知是鬼斧神工的杰作，还是天意地蕴的安排。有时是自然之子的安分守己，有时是社会之子的循规蹈矩；有时是凌驾自然的率性随心，有时是拨弄社会的任性使意；有时是兽性的张牙舞爪，有时是人性的圆润安和；有时是真善美的光明磊落，有时是假恶丑的猥琐晦暗。自然中，蚀刻了多少人的印记，保护中的破坏，建设中的毁弃，占有中的淡漠，失去中的怜惜。自然中，没有详尽的诠释，苍穹深邃星光弥漫，原野辽阔物象蓊郁；时光飞驰中，山重水复的画卷无限的延展，岁月轮回中，高歌低吟的旋律永恒的萦绕。一点物我相忘的感喟，一点明心见性的菩提。

十

几度追名逐利，看似烟熏火燎的喧闹，终归云淡风轻的散逸；数载趋炎附势，犹如蜂缠蝶绕的癫狂，总是落花流水的逝去。物象的阴晴圆缺，水中月镜中花的诡异，漫漶人生的混沌迷离；心象的悲欢离合，眼中泪心中血的精萃，萦绕生命的千丝万缕。追本溯源，初始的纯真质朴，积攒了太多的世俗风尘，掺杂了太多的时尚陋习；行程的向往拼搏，雕凿了太多的山重水复，蚀刻了太多的坎坷崎岖。回光返照，精神的家园丛莽荆棘，汇集了太多的钩心斗角，凝聚了太多的锱铢必较；心灵的故乡干涸荒芜，沉淀了太多的粗鄙庸俗，养成了太多的浅薄乖戾。人们痴迷于眼前的既得，满足于当下的享受，情趣变得庸俗，胸襟日渐促狭，意志萎靡，境界低下，不知是进化中的变异，还是发展中的畸形。一点源远流长的回望，总是支离破碎的堆积，一点扪心自问的感喟，总是强词夺理的掩饰，一点生机盎然的火花，总是演变成时俗风尚的烟云，一点恬淡超逸的清澈，总是幻化成随波逐流的空虚。

十一

宁愿保持一点孤独的凄楚，也不沉溺于随波逐流的附会；宁愿拥有一点寂寞的沉郁，也不醉心于繁华喧闹的刺激；宁愿一缕清风中的散淡，轻轻地抚慰；宁愿一丝润雨里的安逸，悄悄地温蕴。名利场的锱铢必较，是非地的云诡波谲；巧取豪夺的演绎，成败得失的权衡；有时浓郁的无法化解，山重水复的盘桓萦绕；有时淡泊得无法凝结，云淡风轻的虚无缥缈。人们从简单中来，在复杂中行，终将回归简单的初始；人们从祈盼中来，在追求中行，终将到达向往的故地。人生是一个不断积累的过程，也是一个不断释放的经历；生命是一个不断丰富的积累，也是一个不断解析的扬弃。孤独中可以看清自己真实的身影，寂寞中可以聆听自己真切的心声；孤独中有点超凡脱俗的净化，寂寞中有点明心见性的菩提。

十二

人们可以执着于现实的取舍中，在力所能及的范围，合理适当的程度，拥有自己的物质和精神财富，享有自己的成就和声誉，实现自己的目标和理想，达到自己的期望和境界。当然，物质的富裕和精神的充盈，相得益彰，那是再好不过的理想状态了，自我的成就和社会的认可，交相辉映，那是再美不过的向往目标了；但在现实中，物质和精神多少有些参差不齐的崎岖坎坷，自我和社会多少有些阴差阳错的扭曲磨折。过分的物质攫取和奢侈的享受，会导致急功近利的乖戾粗鄙；过分的精神贪婪和萎靡的麻醉，会造成时俗风尚的诡异猥琐；过分的自我抑制或膨胀，会导致品行的极端或情趣的庸俗；过分的社会专横或疲软，会造成时代的僵化或生活的动荡。没有物质承载的精神和没有精神引领的物质不能和谐共进，没有自我彰显的社会和没有社会涵蕴的自我不能健康发展，二者犬牙交错地纠缠，精雕细琢地磨合，在差异中求得共同，在矛盾中达到统一。但最主要的还是人们自我的修持，精神的陶冶，要有点壁立千仞的劲拔，海纳百川的胸怀，要有点暗香如故的精神，恬淡超逸的心灵。

十三

人们从出生到死亡，删除中间的历程，仿佛是一个圆圈的循环，就像是一个原点的回复，刹那而来瞬间即去，人们从出生到死亡，抹去始终的坐标，只是一段蜿蜒曲折的过程，犹如一些云诡波谲的残片，繁复琐屑支离破碎。起始的空灵与归宿的空灵，呈现着心象的神奇，涵化万象的因果；过程的充盈与历练的繁峙，展示着物象的奥秘，容纳百态的辩证。没有充盈的空灵虚无缥缈，只是清风白云的散逸；没有空灵的充盈繁杂琐屑，只是草莽荆棘的纠集。有时空灵是充盈的净化，充盈是空灵的凝聚；有时充盈是空灵的印证，空灵是充盈的超逸；有时空灵弥漫了一切，不知高低上下；有时充盈填满了一切，不知东南西北。

十四

儒学就是人学，它以人的品性为根本，情趣为要义，意志为禀赋，心胸为基准，精神为圭臬，境界为目的；强调格物致知正心诚意修身齐家治国平天下的浑然一体，专注天行健君子自强不息地势坤君子厚德载物的凛然正义；具有经世致用的价值，陶冶性情的功能，涵化精神的效用，温蕴心灵的奥意；时至今日，依然中外敬重，东西研习，朝野尊崇，前后承续。不管是声势浩大的弘扬，还是口诛笔伐的贬斥；不管是旁征博引的诠释，还是条分缕析的演绎；不管是强制地灌输刻意地教诲，还是淡漠地荒疏鄙弃地散佚；都无法触及它博大精深的内涵，销蚀它修身养性的真谛；都无法隔绝它天下为公的理直气壮，湮没它大同世界的光明磊落。治国理政，建功立业，振兴民族，强盛国家，既要与时俱进的开拓创新，也要承前启后的继承发扬，既要创造社会前进的时代精神，也要秉持生活文明的传统文化，最关键的是要始终孕育人性真善美的根深蒂固，才能有事业璀璨缤纷的枝繁叶茂，得民心者得天下，乃是儒学的真谛矣。

十五

保持一点平静，聆听溪流的潺湲，草木的拔节，小鸟的呢喃，昆虫的吟唱；拥有一点平淡，观览崇山峻岭的崎岖坎坷，江河湖海的逶迤盘桓，电闪雷鸣的急风暴雨，云淡风轻的晶莹碧透；保持一点平常，品味柴米油盐酱醋茶的甜酸苦辣，琴棋书画诗酒花的雅俗浓淡，街头巷尾的家长里短，竹篱茅舍的灯火炊烟；拥有一点平凡，感喟云卷云舒的恬淡，花开花落的安然，人生如旅的萧索，生命如梦的幽幻。孤独地伫立，有点意兴张扬的淋漓尽致；寂寞地相守，有点明心见性的脱俗超凡。人们向往的太多，追求的太急，放不下的焦灼暴躁，去不掉的浮躁乖戾；人们攫取的不少，享有的更多，挥不去的时俗风尚，割不断的名缰利锁。一点平静，能否心旷神怡；一点平淡，能否洒脱散逸；一点平常，能否返璞归真；一点平凡，能否升华自己？一点点足矣。

十六

盛世之名，蒙蔽了多少芸芸众生，享有其璀璨缤纷的光环，却无名实相副的泽被；玩权耍势者只是冠冕堂皇的渲染，借此扬威立信，盗名欺世。盛世之名，掩饰了多少魑魅魍魉，挥动繁荣昌盛的大旗，藏匿营私舞弊的卑鄙；投机取巧者只是趋炎附势的奉迎，借此巧取豪夺，中饱私囊。源远流长的中国历史，盛世不多，盛世之名不少，真实的社会发展状况和人民生活水平，并非达到比较高的程度比较好的层次，盛名之下，其实难副。历史是人民创造的，但书写的却是当权者及其御用的文人墨客，具有强势的权力色彩和装饰功能，主要是统治者治乱兴衰的政绩，维护家天下的成败借鉴，不乏真实的写照，客观的评述，但也遮掩了诸多的史实，扭曲了不少的真相，所以，冠之以盛世之名的记述和评价，只是与衰世乱世的相对映照，并不是国强民富繁荣昌盛的真实印证。当今时代，正是克艰攻难砥砺奋进之关键，开拓创新复兴大业之要津，切忌妄自尊大故步自封，动辄冠以盛世之名，绝不骄傲自满精神懈怠，始终保持惕厉之心。

十七

回顾历史，既是一种情感的追溯，又是一种理性的感喟；既是一种事实的梳理，又是一种思想的精萃；既是一种正本清源的回望，又是一种开拓未来的期冀；既是一种见微知著的诠释，又是一种高瞻远瞩的引领。历史又是什么呢？凡夫俗子黎民百姓的生活写照，帝王将相才子佳人的功业描述，功成名就者的志得意满，破败衰亡者的精疲力竭；浩繁巨制的皇家典籍，旁征博引的史家卷帙，支离破碎的逸闻杂说，云诡波谲的传闻秘籍；真实与假象混融，事实与杜撰交汇，条分缕析与凌乱庞杂萦绕，客观公正与主观臆造纠葛。历史是人们走过的路，清晰而又漫漶；历史是人们做过的事，翔实而又模糊；历史是人们描绘的画，俊朗而又浑浊；历史是人们唱的歌，嘹亮而又哽咽。人们创造着历史。历史承载着人们，崇山峻岭坎坷崎岖地攀登，江河湖海蜿蜒曲折地跋涉；人们书写着历史，历史映照着人们，风云变幻阴晴圆缺的历练，成败得失悲欢离合的陶冶。历史是一面镜子，但不是简单的反观，有时是平面镜，有时是放大镜，有时是显微镜，有时是望远镜，有时是哈哈镜，不知你看到了什么？不知你想要看到什么？

十八

要想有点精神的恬淡，就要超脱名缰利锁的缠绕；要想有点心灵的宁静，就要去除时俗风尚的熏染。属于自己的，反复的精萃陶冶，只留一点明心见性的菩提；不属于自己的，彻底的洗涤净化，只有一点物我相忘的超越。身在名利场，要有孤独的意蕴；心在是非地，要有寂寞的思考。深邃的苍穹，日月星辰的辉映，银河盘旋萦绕，一颗渺小的幽幻之星瞬间的闪烁；苍茫的原野，生机盎然的蓊郁，万物兴衰更迭，一滴短暂的晶莹之珠刹那的映照。清泉澄澈，溪流潺湲，深谷幽涧的梅兰松菊，暗香沁入月色；浊酒残茶，琴棋书画，竹篱茅舍的青史黄卷，联想飘入云天。

十九

哲学的特点是条分缕析的梳理，逻辑缜密的演绎，因果辩证的诠释，高度抽象的精萃，海纳百川的承载万象，壁立千仞的彰显智慧，从纷繁复杂的现象中，提炼出简单精要的本质，从云诡波谲的表象中，概括出神秘奥妙的规律，直达精神的家园，温蕴心灵的故乡，与生命漫游，与灵魂翱翔。其实，每个人都是自己的哲学家，在有限的生涯中，经历了山重水复的历程，接受了坎坷曲折的磨砺，知晓了阴晴圆缺的意蕴，感悟了悲欢离合的真谛，领略了无限的精髓；从无数的简单中汇集了复杂，又从复杂中凝练了简单，从繁复的偶然中感知了必然，又从必然中驾驭了偶然。哲学情怀使人具有了品性净化的能力，情趣陶冶的功效，哲学精神使人有了眼界深远的视野，心胸开阔的境界，哲学灵韵使人有了精神的澄明，心灵的超逸。哲学意蕴使人有了明心见性的自知，物我相忘的安然。哲学就是人学，人们有时淡漠疏远，有时亲密无间，有时任情使意的挥洒，有时精雕细琢的凝练。

二十

站得高未必看得远，许多身居庙堂权高位重者的眼界，不及竹篱茅舍仁人志士的视野；离得近未必看得清，许多锱铢必较精雕细琢者的细致，不及豁达坦荡随心适意的精准。诸葛亮蛰居隆中，却有一匡天下三分鼎立的盖世之功；陶渊明隐匿五柳，却有心远地偏桃源幽梦的超逸境界。博闻强识，未必通晓为人处世的道理；孤陋寡闻，未必阻滞世事洞明的精准；孤独地伫立，未必不熟谙名利场的纠缠；寂寞的相守，未必不明白是非地的诡异。有时主客观的统一，达到交相辉映的和谐；有时主客观的对立，造成针锋相对的背离；有时的和谐，安逸中反生倒退；有时的背离，对峙中却生进取。物象的繁荣昌盛并不说明心象的璀璨缤纷，心象的恬淡宁静并不证明物象的沧桑萧瑟。世界即世界，吾心即吾心，只是一种直观的映照；吾心即世界，世界即吾心，只是一种幽幻的通达；彼此间的承载，却是山重水复的崎岖蜿蜒；彼此间的印证，却是水乳交融的天人合一。

二十一

为学日增，为道日损；知识要愈多愈好，道理要愈简愈明。充盈的知识丰富的理论，既是日积月累的积淀，连篇累牍的承续，更是精雕细琢的精萃，精益求精的净化，只有转化为能力，凝聚成智慧，升华为精神，才能实现明心见性的菩提，达到超凡脱俗的境界。简练的规律精萃的道理，既是源远流长的渊薮，枝繁叶茂的根基，更是万象纷纭的精要，涵化一切的至极，只有本质的呈现，内涵的彰显，要义的澄明，才能实现物我相忘的意蕴，领略天人合一的真谛。没有认真的学习，刻苦的钻研，汲取纷繁复杂的知识，涉猎博大精深的理论，就不可能提高思想水平，增强辨析能力，透过现象把握本质，通过偶然掌握必然；没有品性的修持，情趣的涵养，孕育豁达开阔的胸襟，锤炼劲拔伟岸的意志，就不能实现精神的清明恬淡，达到心灵的安然超逸，拨开世俗的云烟，洗涤名利的尘絮。知识丰盈，大道至简，说起容易，做到很难。

二十二

人生在世，总爱思考。事不论大小多少，人不分性别年龄，物象的不论繁杂琐屑，心象的不分简单深奥；只要在自己身体力行的疆界，魂牵梦绕的范围，就会力所能及的感知，殚精竭虑的思考。前拉后扯，上下牵绕，左右纠缠，内外联系；寻章摘句的搜罗，条分缕析的梳理，云诡波谲的辨析，漫无边际的想象；似乎要把万象纷纭一网打尽，仿佛要把大千世界尽情笼罩。思想好像丰富了，精神好像充盈了，但又陷入了一种碎片化的堆积，杂乱性的纠葛，造成了混淆不清的漫漶，似是而非的朦胧。这不是要不要思考的论证，而是怎样思考的警示；没有思考的人生不可想象，太多的思考上帝也会发笑。失去全面客观的思考会促狭偏执，失去重点主题的思考会模糊混沌，失去物象的思考没有具体的承载，失去心象的思考没有抽象的概括。涉及自然社会思维的探索，都有对应的现象与本质，偶然与必然，原因与结果；都有精雕细琢的逻辑演绎，精益求精的辩证诠释；都离不开触及人类自我的思考，但不要率性随心的错位。涉及人类自身的解析，都有生理的遗传变异，心理的幽幻奥妙，修身养性的陶冶，明心见性的觉悟，超凡脱俗的升华；都有物我相忘的明理，天人合一的至道；都离不开对自然社会思维的思考，但不要任情使意的混淆。有时过多的思考会模糊目标的指向，销蚀行动的张力；有时过多的思考会迷蒙精神的澄明，桎梏心灵的飞跃。

二十三

人类源远流长的延续，枝繁叶茂的发展，积淀了繁杂充盈的博闻强识，塑造了丰富多彩的传统文化，凝聚了博大精深的理论体系；只有继承才能发扬，只有接续才能超越。但过多的回味，繁琐的追索，刻意的重复，偏执的依附，也会让人们陷入一种习惯性的思维定势，养成一种依赖性的思维路径，压抑了与时俱进的精神，销蚀了开拓创新的动力。追本溯源，是为了更美好的向往；根深蒂固，是为了更和谐的发展。回味不是寻找品性浑浊的借口，追索不是拼凑情趣庸俗的理由，重复不是掩饰精神萎靡的凭据，依附不是遮掩心灵荒芜的装饰。过分的沉溺历史，是对现实的逃避，未来的淡漠；极端的依恋过去，是对当下的无知，长远的懵懂。历史只有在现实中精雕细琢，才能晶莹剔透；传统只有在当代中发扬光大，才能璀璨缤纷。不能隔断历史的传承，不能阻滞时代的发展，不能割裂承前启后的链条，不能混淆革故鼎新的使命。

二十四

读书是一种获取知识，增长见识，提高素质，凝练智慧的途径；更是一种涵护品性，陶冶情趣，温蕴精神，安逸心灵的修行。对于年龄愈长，阅历愈多的自己来讲，却是一种难以言说的享受。为了追名逐利实用性的阅读逐渐隐退，为了时俗风尚功利性的品览日趋淡漠，为了熟谙人情世故的借鉴了无踪迹，为了通晓古今中外的研习烟消云散；没有了外在的压力强制，没有了内在的专注刻意，率性随心的信手拈来，任情使意的随手掩去；已是清风明月般的恬淡，落花流水似的悠然，已是坐看云起时的散逸，相看两不厌处的灵幻。一点意兴的风生水起，几多情趣的生机盎然；一点感喟的醍醐灌顶，几多顿悟的凤凰涅槃；一点青史黄卷的精要，几多逸闻秘籍的繁乱；一点山重水复的旋律，几多云诡波谲的画卷。读书已是精神的愉悦，心灵的超然，不知地老天荒的时光流逝，不知物是人非的岁月轮换。

二十五

经常能被一些人或事感动，说明品性的善良依然坚挺，孕育着情趣的柔和，护持着心灵的温馨；让纯真源远流长，根深蒂固；让美好枝繁叶茂，璀璨缤纷。风云变幻的时代，繁华喧闹的社会，时俗风尚的烟熏火燎，追名逐利的云诡波谲，善良无奈的隐迹；实用性的锱铢必较，功利性的巧取豪夺，趋炎附势的谄媚，同流合污的苟且，善良伤感的遁形；恃强凌弱的暴戾，嫌贫爱富的骄赫，庸俗鄙陋的蔓延，阴谋诡计的盛行，善良痛苦的坚守；是非颠倒的熟视无睹，黑白混淆的放任纵容，牛鬼蛇神的龇牙咧嘴，魑魅魍魉的诡异阴冷，善良艰难的抗争。失去善良的人生，只是行尸走肉的苟延残喘；没有善良的社会，只是恶贯满盈的肮脏龌龊；失去善良的生命，只是虚假丑陋的猥琐乖戾；没有善良的时代，只是血雨腥风的强盗纷争。善良需要理直气壮的宣示，义正词严的弘扬；善良需要时代的彰显，社会的尊崇；善良要有法律的呵护，制度的保障；善良要有持之以恒的教化，明心见性的修持。善良在芸芸众生中生机勃勃，善良在大千世界里欣欣向荣。善良永远在心中。

二十六

善良是先天的遗传，也是后天的熏陶；善良是品性的内核，也是心灵的底蕴；善良是情真意切的抒发，也是刻骨铭心的感动；善良是千锤百炼的精萃，也是明心见性的净化。善良有时被时俗风尚笼罩，但不会虚无缥缈；善良有时被追名逐利遮蔽，但不会销声匿迹；善良有时被虚假欺凌摧残，但依然根深蒂固；善良有时被丑恶阻滞壅塞，但依然源远流长。善良有时被人们有意的淡漠，但绝不主动地退出人生的疆场；善良有时被人们无情地抛弃，但绝不消极的隐匿生命的芬芳；善良有时近在咫尺，人们却熟视无睹；善良有时远在他方，人们却瞻顾盼望。善良在心中暗香如故，人们却同流合污龌龊肮脏；善良在身边枝繁叶茂，人们却如荆棘草莽。善良始终惕厉着人们，要有洁身自好的修持；善良始终警示着人们，要有普度众生的慈航。

二十七

思考，是人类得天独厚的禀赋；品味大千世界，领略万物意象，知晓天道地理，感悟人生真谛。神飞思扬的自由浪漫，殚精竭虑的鞭辟析理，浮光掠影的浅尝辄止，深思熟虑的诠释演绎；有时庄重的冠冕堂皇，有时严肃的理直气壮，有时散漫的云淡风轻，有时轻浮的鸟语花香。平静的思考，繁闹喧哗里的安谧；平淡的思考，追名逐利中的超然；平常的思考，繁复琐屑里的从容；平凡的思考，万象纷纭中的恬淡。有时一丝简单的思线编织出盘根错节的复杂，有时一堆复杂的思绪凝结成条分缕析的简单；有时寻章摘句引经据典说不清人情世故的脉理，有时家长里短道听途说点拨了时俗风尚的渊源；有时冠冕堂皇理直气壮的宏论高谈却是苍白空虚的映照，有时任情使意率性随心的淋漓尽致却是斑斓充盈的粲然。有时太多的思考扭曲了方向滞缓了行动，有时太少的思考迷失了路径造成了茫然；有时太深的思考陷入了过分淤积的泥淖，有时太浅的思考依附了过分膨胀的泡沫。思考，是人类神秘奥妙的宝典，不知如何拿捏？思考，是人类超凡入圣的至尊，不知如何是好？

二十八

平心静气，因为繁杂喧闹的世相已经领略；恬淡散逸，因为追名逐利的狂热已经消退；该遇到的都已经历，该了解的都已明晰。一粒沙石融入崇山峻岭的坎坷崎岖，一滴水珠汇入江河湖海的蜿蜒曲折；五花八门的原因收获了璀璨缤纷的结果，丰富多彩的偶然映射了简要精练的规律。深情地回望，童年的稚嫩，少年的好奇，青年的激情，中年的沉稳，化为夕阳的余晖，燃烧在朦胧的天际；动心的感喟，蹒跚的启程，急促的奔跑，激烈的跳跃，厚重的步履，化为明月的青光，弥漫在安谧的大地。时光飞度，年年岁岁的芳草萋萋，杂花点点，可曾遮掩了古道长亭的残垣断壁，依然伴随着征夫游子的行迹？岁月不居，岁岁年年的雨露滴滴，霜雪菲菲，可曾掩隐了边关驿路的烽火狼烟，依然浸润着将军战士的盔甲？庙堂的灯火，还在运筹帷幄决胜千里的决断；江湖的炊烟，还在春耕夏耘秋收冬藏的萦绕；名利的攫取，还在锱铢必较的盘算；得失的权衡，还在精雕细琢的演绎。只是告别中的蓦然回首，一段云诡波谲的画卷；只是回归中的净化精萃，一曲余音绕梁的旋律。平心静气，孤独的超然，恬淡的散逸，寂寞的菩提。

二十九

有时最好的思考是不思考，有时最好的行动是不行动。当置心于一种恬淡超然的平静时，一切纷繁复杂的现象都呈现着本真的面貌；摆脱既有的思维模式和逻辑习惯后，一切神奇奥秘的规律都彰显着简练的风采。当置身于一种无动于衷的闲适时，一切繁复琐屑的时俗风尚都成了相对静止的画面；停滞急促的步履和匆忙的行动后，一切追名逐利的浮躁焦灼都化为散淡飘逸的旋律。有时想把人情世故弄得清清楚楚，反而陷入了盘根错节的缠绕，扯不断理还乱；有时想把来龙去脉搞得明明白白，结果掉进了进退为难的泥淖，停不下走不动。人们总想把世界浓缩，用最有效的思考精通天地的真谛，用最实惠的行动感触万物的表里；人们总想把自我放大，任情使意的雕凿时代，率性随心的刻画社会。思考不会平息，但刹那的空白会有一片晶莹剔透的清明；行动不会停滞，但瞬间的驻足会有一段超凡脱俗的境地。

三十

精神的指引非常重要，理论的涵蕴不可或缺。正确的认识问题，科学地判断是非，准确地把握趋势，合理地筹划方略，精致地组织推动，适时地调整把控，有力地促进发展；取决于精神境界的高远清澈，思想内核的深刻广博，理论基础的丰厚扎实；取决于经风见雨的历练，时代变幻的精萃，社会熔炉的陶冶。具体的行动，丰富的实践，是世界观方法论形成的源泉，而科学的世界观正确的方法论又是指导行动引领实践的指南；没有它一切行动都会变得杂乱无章，一切实践都会变得促狭盲目。时代进步的衡量，社会发展的评价，生活水平的提高，不只是物质丰盈的呈现，更是精神丰富的彰显；国家的强盛，民族的繁荣，人民的幸福，不只是物象璀璨缤纷的印证，更是心象阳光灿烂的辉映。没有理论高度的社会是没有长远发展的，没有思想深度的人民是没有永恒动力的。

三十一

初冬的阳光，温柔和煦地映照，轻轻地抚在身上，暖洋洋的，有点散淡的浸润，有点安逸的萦绕；一切都仿佛飘逸了，只是光霭的弥漫；一切都似乎凝固了，只是平静的温蕴。时光飞逝，有太多风云变幻的场景让人眼花缭乱；岁月更迭，有太多起伏跌宕的剧目让人目不暇接；刹那之间，已是原野苍凉萧瑟的寂寥；转瞬之际，已是苍穹晶莹碧透的深邃。崇山峻岭的攀登，已化为阳关古道的斑驳；江河湖海的跋涉，已变成烟雨楼台的萧疏；时俗风尚的熏染，已是云淡风轻的散逸；追名逐利的纠葛，已是分崩离析的缥缈。褪去繁华装饰后的精神家园，恬淡安和；消隐喧闹萦绕后的心灵故乡，温馨清澈。停滞了率性随心的驰骋，回望中，一览无余的空蒙；收拢了任情使意的翱翔，感喟中，地老天荒的幽幻。融入初冬的阳光里，一点慵懒的闲适，一丝平静的温蕴，一点淡泊的情趣，一丝朦胧的意兴。

三十二

心静如止水。映月无痕，只是清光的弥漫；照日无迹，只是霞辉的余韵；古潭深影，看不尽的寂寞，只是清风的抚慰，白云的飘逸，枝叶的萧疏；曲径通幽，走不完的孤独，只是松竹的摇曳，梅兰的暗香，芳草的蓊郁。身在名利场，心处是非地，却是门可罗雀的清净淡泊；眼前有实惠，当下有享受，却是绝尘弃俗的野鹤闲云；不知是真实的呈现，还是梦幻的映射？不知是无奈的畅想，还是有意的营造？不知是净化后的升华，还是精萃中的超越？不知是空虚无聊的沉沦，还是明心见性的菩提？入世不短，时俗风尚的熏染不轻，凝聚成了行为习惯的鄙陋庸俗，随波逐流的圆滑世故；阅历不浅，追名逐利的侵袭浓重，堆积成了巧取豪夺的乖戾诡异，趋炎附势的风吹草动；精神萎靡，清浊难辨的同流合污，湮没了纯真质朴的品性，高雅温润的情趣，造成草莽荆棘的肆无忌惮；心灵晦暗，是非混淆的和光同尘，销蚀了劲拔伟岸的意志，遮蔽了光明磊落的胸襟，导致了干涸荒芜的萧瑟凋零。心静如止水。有点解析中的澄明，反思里的警醒，有点诗意的栖居，梦幻的灵动。

三十三

当充沛的精力不能尽情舒展，丰富的知识不能有效应用，聪明智慧不能充分发挥时，不要情趣晦涩，心灵萧索，给予清风明月，梅兰松菊，也是暗香浮动的坦然；当远离烟熏火燎的名利场，繁杂喧闹的是非地，盘根错节的关系网时，不要思想阴沉，精神黯淡，给予琴棋书画，青史黄卷，也是云淡风轻的超逸。一样的身躯，不同的处所；一样的心灵，不同的境地；唯有品性纯真善良美好的秉持，唯有平静平淡平常的坚守。不需要什么粉饰，年年岁岁的春风夏雨秋霜冬雪，精神家园生机盎然；不需要什么点缀，岁岁年年的春耕夏耘秋收冬藏，心灵故乡丰盈蓊郁。一点残灯断烛的意兴，一杯粗茶浊酒的情趣；一缕清风的入怀，一颗流星的离去。孤独中有了劲拔伟岸的身影，寂寞中有了恬淡澄澈的心语。

三十四

君子有道，仁者有理，不以物喜，不以己悲，物我相忘，天人合一。但品性纯真，情趣儒雅，心胸伟岸，意志劲拔，精神清明，境界高远，却是根深蒂固的精要；知识渊博，见识明晰，风骨傲然，思想高逸，光明磊落，豁达从容，也是枝繁叶茂的至理。如果以顺其自然为名，行随波逐流之实，终会失君子之风韵，仁者之气质，只能是一种和光同尘随意人生而已。明心见性的修持，不只在于知识的多少，理论的深浅，而在于心灵是否纯真善良美好，品行是否公平正义昌明，若无此根本，知识再渊博，理论再丰厚，也是欺世盗名的装饰；超凡脱俗的净化，不只在于阅历的长短，历练的难易，而在于精神是否清明恬淡安和，行为是否健康合理适度，若无此真谛，阅历再丰富，历练再繁复，也是自欺欺人的演绎。君子之道，仁者之理，静以修身，俭以养德，长远的秉持，点滴的做起。

三十五

把裹挟在身上五光十色的装饰尽情地剥离，露出本真的平凡；把涂抹在心灵璀璨缤纷的色彩彻底的清洗，显出淳朴的平淡；把纠缠在身上盘根错节的名缰利锁割去，呈现坦然的平常；把萦绕在心灵浮躁焦灼的得失权衡扫除，彰显清逸的平静。人生是不断地积累，由小到大，由少到多，物质的丰盈，精神的繁复；人生是不断地提炼，由繁到简，由杂到精，物象的陶冶，心象的净化。回望中，有山重水复攀登跋涉的艰难困苦玉汝于成，也有随波逐流和光同尘的颓唐萎靡苟且偷安；回味中，有阴晴圆缺悲欢离合的殚精竭虑呕心沥血，也有追名逐利巧取豪夺的锱铢必较诡异乖戾。品性在纯真善良美好和虚假恶劣丑陋的交锋中不断地砥砺，情趣在典雅温润豁然与庸俗鄙陋猥琐的碰撞中不断地精萃；沉淀的繁多，有了千锤百炼的载体；凝聚的厚重，有了精雕细琢的功力。脱去繁华后的简单，去除喧闹后的静谧，一点白璧微瑕的感喟，一点明心见性的菩提。

三十六

任何繁复琐屑的现象，都有其深刻的本质；任何云诡波谲的状态，都有其内在的规律。近处观览是碎片化的堆积，凌乱化的缠绕；远处眺望却是参差分明的结构，条分缕析的联系。浅处品阅是峰峦叠嶂的崎岖坎坷，江河湖海的蜿蜒盘桓；深处感悟却是山川的苍茫辽阔，万象的浑然一体。见微知著，要有丰富的具象积累，全面客观的了解现象，认识状态；高瞻远瞩，要有精要的抽象概括，准确辩证的揭示本质，把握规律。就事论事，真切翔实，但不要拘泥于细枝末叶的解析，繁复琐屑的推理，有点高屋建瓴的境界；丰功伟业，波澜壮阔，但不要沉溺于高谈阔论的挥洒，旁征博引的演绎，有点求真务实的功力。全面的了解，纷繁复杂中不失主要矛盾的掌控；深刻的认识，提纲挈领中不忘次要矛盾的联系。感性的璀璨缤纷，呈现人生的充实丰满；理性的晶莹剔透，交相辉映，彰显生命的清澈超逸。

三十七

大千世界，纷繁复杂，具有多样性的特点，呈现运动化的状态。不要拘泥于一种思维模式，偏执于一种行为方法，陷入僵化死硬的教条；也不要泛滥于思维方式的四分五裂，沉溺于行为方法的支离破碎，陷入繁复琐屑的紊乱。多样性中有内在的本质客观的规律，运动化里有相对的静止绝对的趋势。以不变应万变，不是被动的适应，消极的应对，而是掌握规律，把握趋势后的高瞻远瞩；以万变应不变，不是盲动的探索，懵懂的实践，而是了解现象，熟悉特征中的见微知著。只有根深蒂固，才能枝繁叶茂；只有源远流长，才能万象归宗。具象的复杂多样，是抽象简练精要的基础，抽象的晶莹剔透，是具象璀璨缤纷的映照；物象的千变万化，是心象平静安和的载体，心象的澄明超逸，是物象云诡波谲的精萃。不要僵化，也不要散漫；不要偏执，也不要放纵。

三十八

寂寞是一种自然的状态，更是一种精神的境界；寂寞是一种时空的郁结，更是一种心灵的超越。名利场的巧取豪夺，是非地的云诡波谲；温柔乡的花好月圆，富贵处的灯红酒绿。红尘扑面，纷繁复杂；俗雾萦绕，熙攘喧闹；名缰利锁，盘根错节；得失权衡，焦灼浮躁；何处有一隅寂寞之天地？哪里有一点寂寞之心扉？只是心远地自偏的呢喃，竹篱茅舍，梅兰松菊，暗香浮动的温蕴，落英缤纷的飘逸，桃花源的向往；只是高处不胜寒的独白，云淡风轻，月明星稀，粗茶浊酒的潇洒，诗情画意的散漫，理想国的梦幻；只是凌霄不屈己的矜持，挑灯看剑，青史黄卷，江南的千帆竞发，塞外的万马驰骋，激情岁月的眷念；只是佛性常清净的菩提，身在五行中，心在三界外，返璞归真的精萃，超凡脱俗的净化，凤凰涅槃的升华。寂寞与我同在，不知是我在寂寞之中，还是寂寞在我心怀？

三十九

任何许诺都是一种情绪的宣示，思想的抚慰，至于现实情况怎样，实际结果如何，就另当别论了。人们有太多时俗风尚的追慕，有太多名利权势的索求；人们有太多人情世故的缠绕，有太多是非曲直的纠葛。需要许诺赢得信任，编织盘根错节的交际；需要许诺维系情感，铺砌相互依赖的路径。有时许诺彰显位高权重的实力，聚集趋炎附势的寄托；有时许诺虚张声势的挥洒，掩饰力不从心的尴尬；有时许诺力诺千钧的印证，昭示真情实意的厚重；有时许诺虚无缥缈的漫漶，遮蔽虚伪苍白的敷衍；有时许诺冠冕堂皇的登场，应对云诡波谲的场面；有时许诺不动声色的默许，承载义不容辞的担当；有时许诺烟熏火燎的焦灼，萦绕殚精竭虑的祈盼；有时许诺云淡风轻的恬逸，抚慰心急火燎的浮躁。许诺可能枝繁叶茂，开花结果，也可能枯树老藤，残枝萎叶；许诺可能源远流长，汹涌澎湃，也可能阻滞壅塞，半道干涸；许诺可能是精神愉悦的阳光雨露，温蕴和润，也可能是心灵苦楚的严寒酷暑，炎凉煎熬。

四十

莫论山重水复的风雨兼程，蓦然的回望，坎坷崎岖的攀登，蜿蜒曲折的跋涉，已是云遮雾绕的朦胧；别谈柳暗花明的悲喜交集，刹那的惊诧，时俗风尚的熏染，名缰利锁的羁绊，已是灰飞烟灭的飘零。一缕清风的抚慰，落英缤纷的斑斓；一轮明月的朗照，清辉氤氲的温润。一幅山高水长的画卷，春风夏雨秋霜冬雪的纷至沓来；一曲地老天荒的旋律，阴晴圆缺悲欢离合的空谷回音。一羽江南杏花春雨的轻扬，长亭古道的婉转逶迤；一骑塞北沙尘劲风的驰骋，阳关边城的崔嵬嶙峋。一点残灯断烛的映照，青史黄卷的沉吟；一隅暗香浮动的散逸，明心见性的宁静。有些思考，姗姗来迟，却是恰到好处的分寸；有些感喟，慢慢品味，却是精雕细琢的要津。孤独的身影，是放大或缩小中的真实，还是虚幻？是寂寞的心灵，清澈或浑浊中的净化，还是混溶？我思故我在，我在我还思吗？

四十一

从低处启程，向高处行进，一路崇山峻岭的攀登，江河湖海的跋涉，一路丰富多彩的剧目，风云变幻的场景；倾心尽力，攻坚克难，坎坷曲折的步履，精疲力竭的身心，取得了点蝇头小利，赢得了点虚名假誉；也算是领略点壁立千仞的无限风光，知道点海纳百川的永恒意蕴，有些追溯的经历，有些回味的资本。从高处回落，向低处缓行，一路云淡风轻的晨辉暮霭，一路竹篱茅舍的暗香浮动；洗去浓妆淡抹的色彩，卸去璀璨缤纷的装饰，裸露品性的本真，坦诚情趣的底蕴；才知晓平常中的真切，平淡里的深情，平静中的激越，平凡里的尊崇；才明白孤独中劲拔伟岸的真实身影，寂寞里恬淡温馨的超逸心灵。人生的分水岭不只是物象的截然分明，更是心象的连绵起伏；不只是取舍权衡的有限转换，更是演绎纷呈的无限延伸。风景依旧，感悟不同，物象变幻，心象永恒。

四十二

承先辈英烈之精气，驾铁马金戈之雄风，筑千古不朽之基业，撰万代经典之章籍，好一个气壮山河的志向，好一个顶天立地的精神。谁曾想，名利场，是非地，时俗风尚的熏染，人情世故的萦绕；落得个随波逐流的苟且，一点虚名假誉的浮光掠影；养成个追名逐利的猥琐，一点蝇头小利的锱铢必较。看不清楚当下，云遮雾绕；弄不明白未来，虚无缥缈；只是水中望月的朦胧，镜中看花的迷茫。孤独处，扪心自问的思索，云淡风轻的抚慰，中天明月的温润，洗去繁华后的简练，卸掉装饰后的朴素，有点警醒惕厉的感喟；寂寞时，殚精竭虑的品味，深谷幽涧的清泉碧流，竹篱茅舍的梅兰松菊，没有喧嚣焦灼的恬静，去除癫狂浮躁的清逸，有点超凡脱俗的菩提。箫笛悠然，山高水长的音符，琴瑟和鸣，阴晴圆缺的旋律，晨钟暮鼓，青史黄卷的吟哦，暗香如故，精神家园的蓊郁，一点欲说还休的无奈，谁知心灵的奥秘？

四十三

现象纷繁复杂，本质朴素简单；具象丰富多彩，抽象精要明晰；根深蒂固才能彰显枝繁叶茂，枝繁叶茂才能呈现根深蒂固。大千世界，万象纷纭；人生百态，云诡波谲；都是内外相生相克的辩证，表里相悖相和的统一；都是无中生有有中生无的循环，生死交替生生不已的承续。世界的多样性决定了人们多样性的目标，世界的变化性锻造了人们多样化的追求。一定的时代背景中，具体的社会环境里，人们的追求目标和实际行动会千差万别；一定的年龄阶段，特殊的个人素质，也会使人们的期望和努力参差不齐；但终究是现象与本质的涵盖，物象与心象的交集，客观规律与主观努力的磨合，社会环境与个人素质的砥砺。不要过分强调客观现实的硬约束，随波逐流，无所作为；不要过分强调主观努力的软实力，率性随心，胡作非为。

四十四

思想的自由，精神的独立，既是美好的憧憬，也是现实的努力。既有其源远流长的来龙去脉，也有其根深蒂固的条分缕析；既有其客观承载的天经地义，也有其主观秉持的明道至理。这种自由，不是脱离现实的虚无缥缈，违背规律的天花乱坠；不是胡言乱语的信口雌黄，添油加醋的道听途说；而是深入实践掌握规律，博大精深的阐释；透过现象把握本质，淋漓尽致的抒发；苍茫原野率性随心的驰骋，深邃苍穹任情使意的翱翔。这种独立，不是志得意满的妄自尊大，骄横煊赫的目空一切；不是画地为牢的自我封闭，孤芳自赏的自我怜惜，而是万象纷纭领略里的洒脱，人情世故熟谙中的清爽，烟熏火燎中的散淡，盘根错节里的超逸，壁立千仞的劲拔，海纳百川的伟岸。思想的自由，不应该成为品性癫狂或颓废，情趣鄙陋或庸俗的凭据；精神的独立，不应该成为心胸促狭或偏执，意志暴躁或抑郁的借口。

四十五

品人阅事，既要识其表象，知其态势，熟其行径，又要明了品性，熟谙本质，掌握规律；既要万象缤纷身形具备的生机盎然，又要明道至理心神彰显的晶莹剔透。只重视感性的触及，光顾于表面，停滞于一点，拘泥于一时，则会造成没有深度的辨析，缺乏联系的演绎，有失趋势的权衡；只强调理性的精萃，满足于逻辑推理，沉溺于概念堆积，偏执于思维运作，则会导致僵化死硬的教条，繁文缛节的枯燥，诡异乖戾的晦涩。没有具象的丰富多彩，就不能陶冶抽象的提纲挈领；没有抽象的高瞻远瞩，就不能精萃具象的见微知著；没有物象的纷纭变幻，就不能孕育心象的云诡波谲，没有心象的神奇奥妙，就不能涵化物象的生机盎然。

四十六

平心静气，表面上看是一种平常的行为举止，实质里讲是一种精练的精神修养。面对时俗风尚的此起彼伏，追名逐利的左牵右绕，人情世故的盘根错节，得失权衡的锱铢必较；在繁复熙攘中能够达到平心的状态，是一种经过长期陶冶的心胸开阔，境界高远；在喧闹焦躁中能够拥有静气的意蕴，是一种经过持久磨砺的品性纯真，心灵安和。平心静气，客观公正的涵蕴万物，光明磊落的善待众生，辩证合理的处理事务，实事求是的臧否人物。平心静气，没有率性随心的夸大，任情使意的缩小；没有主观臆断的癫狂，随波逐流的沉沦；没有趋炎附势的奴颜婢膝，骄横煊赫的狂妄自大；没有冠冕堂皇的虚张声势，庸俗鄙陋的怪异乖戾。平心静气，有时拒人于千里之外，远离急功近利的烟熏火燎，有时隐匿于方寸之间，逃避巧取豪夺的阴谋诡计，有时孤独劲拔的傲然挺立，寂寞伟岸的苍茫深邃，有时根深蒂固的大义凛然，枝繁叶茂的璀璨蓊郁。平心静气，就在人们的心灵中，却总是淡漠，甚至遗弃；就在人们的行为上，却总是枯萎，毫无生机。平心静气，一种平凡的博大精深，平静的激情洋溢；一种返璞归真的净化，明心见性的菩提。

四十七

大千世界，万象纷纭，都有其内在的本质，外在的表象，客观的规律，不同的形态。既要身体力行的实践，也要殚精竭虑的思考；既要丰富多彩的感性认识，也要精益求精的理性概括。没有实践的广博，就不会有思想的深刻；没有物象的繁复，就不会有心象的精要。有时人们漫漶于客观世界的璀璨缤纷，而忽视了主观世界的提纲挈领，一味的沉溺于感官的刺激与享受；有时人们僵化于主观世界的根深蒂固，而淡漠了客观世界的枝繁叶茂，偏执的拘泥于理念的教条与枯燥；有时人们放任于随波逐流，打着顺其自然的幌子，苟且偷安萎靡懒惰；有时人们执着于标新立异，披上革故鼎新的装饰，制造荒谬编织藩篱。在无意或有意中，人们或模糊了自然与社会的区别，或割断了相互的联系；在混沌或自觉中，人们或混淆了自我与环境的特点，或强化了相互的对立。人类的悲哀，不只是物质世界的满目疮痍，更是精神世界的支离破碎；人类的欣悦，不只是物质世界的繁荣昌盛，更是精神世界的生机盎然。

四十八

人生如旅，有崇山峻岭的坎坷崎岖，有平坦顺畅的阳关大道；有江河湖海的蜿蜒曲折，有四通八达的一泻千里。有举步维艰的蹒跚沉重，有轻车快马的矫健轻扬；有无限风光的观览品阅，有满目疮痍的触目惊心。有大江东去的风云激荡，有竹篱茅舍的晨炊暮霭；有指点江山的英雄豪迈，有暗香浮动的恬淡清逸。有功成名就的志得意满，有卑微平常的繁复琐屑；有崇光泛彩的庙堂灯火，有诡秘幽幻的江湖烟云。有长亭古道的芳草萋萋，有阳关城堡的狼烟依依；有风花雪月的闲情逸致，有金戈铁马的回肠荡气。有阴晴圆缺的云诡波谲，有悲欢离合的幽幻奥秘；有懵懂痴迷的苟且偷安，有明心见性的净化菩提。征程之长短，砥砺之多少，回望中，已是似真似幻的人生画卷；歧路之繁简，选择之难易，感喟中，已是如诉如泣的生命旋律。人生如旅，依然在途中，只是返璞归真的精萃，超凡脱俗的升华。

四十九

人们在回顾过去时，总是感喟自己经历了一种什么样的生活，走过了一条什么样的道路。无论光鲜夺目志得意满，还是黯淡无光颓唐失落；无论坎坷崎岖山重水复，还是平坦顺畅四通八达；都会给自己一个真假交融、善恶纠葛、美丑相混的解释；都会给自己一个是非判析、对错界定、好坏评价的结论。其实，所谓的个人命运，就是客观环境与主观努力共同作用的陶冶；所谓的人生意义，就是纷繁复杂的偶然表现与简练精要的必然规律交相辉映的精萃。就像无数的砂石在阳光水分温度气流的作用下，凝聚成崎岖坎坷的崇山峻岭；就像无数的水滴在云雾雨露霜雪雾霭的变幻中，汇集成蜿蜒盘桓的江河湖海；渺小中呈现着伟大，卑微里彰显着崇高。当然，也会有分崩离析后的沙尘泥土，甚至灰飞烟灭；也会有四分五裂后的泥淖沼泽，甚至枯寂干涸；纯真中夹杂着微瑕，高尚里裹挟着猥琐。回望中，不要偏执于成败得失的权衡，名利褒贬的计较；回味里，不要刻意于志得意满的虚荣，灰心丧气的抑郁；人生的画卷，都有自己的一笔，无论浓淡多少；生命的旋律，都有自己的音符，无论长短高低。

五十

冬日的天空，被寒冽的劲风拂拭的晶莹碧透，像一面湛蓝湛蓝的明镜，没有一点斑驳的反射，没有一丝逶迤的萦绕；苍翠欲滴的深邃吸纳着率性随心的意会，幽幻神妙的寂寥散漫着任情使意的神游，不知从何处来向何处去的散漫游弋，不知为什么要什么的虚无缥缈。人们在尘世中不断地索取，收获了丰硕的物质成果，凝聚了充盈的精神宝藏；人们在生活里不断地思索，品味了感性的璀璨缤纷，感悟了理性的精雕细琢，但也积淀了不少时俗风尚的灰尘，追名逐利的污垢，熏染了不少鄙陋庸俗的顽疾，乖戾诡异的沉疴。有时沉迷于眼前的既得，当下的享受，品性浑浊，情趣猥琐；有时麻醉于物质的奢求，精神的侈靡，心胸促狭，境界浅薄。能否有点寒冽的警醒，劲风的清扫？能否有点精神的净化，心灵的超越？自然的景致既给我们赏心悦目的品阅，更给我们明心见性的启迪；冬日的天空，既给我们一览无余的物象观照，更给我们超凡脱俗的心象升华。

五十一

上能成神仙，中能成人物，下能成鬼魅。人们有丰富多彩的想象，复杂多样的追求；人们有神秘幽幻的祈盼，实惠功利的既得。风云变幻的时代场景，云诡波谲的社会舞台，阴晴圆缺的生活剧目，悲欢离合的人生演绎；生旦净末丑的角色转换，唱念做打舞的形态更迭。有时是虚无缥缈中的神仙，率性随意的散荡；有时是名利是非中的人物，倾心尽力的拼搏；有时是诡异乖离的鬼魅，阴柔晦暗的萦绕。有时是真善美的真身，光明正大的彰显；有时是假恶丑的畸形，猥琐鄙陋的呈现；有时是并行不悖的遗传，相互交融的变异。理想中的泾渭分明，各有自己的天地；现实里的清浊混淆，彼此之间的纠葛；需要时和衷共济的精彩绝伦，鄙弃时分崩离析的支离破碎。有点神仙的超逸，有点人物的名利，有点鬼魅的灵幻；不要痴迷的向往，不要偏执的沉溺，不要懵懂的追随；神仙人物鬼魅是界限分明的判别，还是浑然一体的凝聚？

五十二

总想保持一处生机盎然璀璨蓊郁的精神家园，总想拥有一块清澈明净恬淡超逸的心灵境界；无论时代如何变幻，社会如何发展，生活如何丰盈，人们如何幸福，都要有一种贯穿始终的精神主线，都要有一种涵蕴万象的心灵呵护。在历史的长河中，每一阶段都有其特色鲜明的时代精神，丰富多彩的社会意蕴；有时激流直下，波飞浪卷；有时盘桓曲折，风平浪静；有时清流澄澈，晶莹碧透；有时泥沙俱下，浑浊污蒙；犹如色泽不一，质地不同，形态各异的珠玑，串联成源远流长的项链，浮光掠影中呈现着博大精深，云诡波谲里彰显着幽幻奥秘。不要因为一时的浑浊而沮丧，遇到一时的阻滞而烦闷；不要因为一时的扭曲而灰心，看到一时的断裂而绝望。激浊扬清，时代总是要千锤百炼，陶冶适应人类进步的精神；革故鼎新，社会总是要精雕细琢，精萃符合人性本真的心灵。

五十三

人们有时很容易看得透，想得通；心灵平静中，一切繁华喧闹的时俗风尚，盘根错节的人情世故烟消云散；精神恬淡中，一切根深蒂固的名缰利锁，锱铢必较的得失权衡云淡风轻。人们有时很难看得清，辩得明；心灵浮躁中，一切繁复琐屑的追名逐利，诡异乖戾的趋炎附势云诡波谲；精神焦灼中，一切自我价值的精打细算，社会评价的精雕细琢纷扰熙攘。人们更多的是在看得透与看不清的矛盾里，真假善恶美丑相互交融或界限分明；人们更多的是在想得通辨不明的纠葛中，是非好坏对错相互混淆或彼此纷争。人们在矛盾中不断地锤炼，能陶冶出符合客观规律的精华，但未必没有瑕疵；人们在纠葛中不断地砥砺，能精萃到适应主观意蕴的真谛，但未必没有谬误。不要偏执的走极端，只有全面客观中的把握；不要刻意的求绝对，只有相对辩证里的映照。有时看得透中有些朦胧的萦绕，看不清时有些散淡的轻扬；有时想得通时有点曲径通幽的委婉，辨不明时有点飞流直下的通达。

五十四

想听到自己喜欢的声音，想看到自己喜欢的风景，理想中一切都顺心达意，现实中一切都南辕北辙。刺耳的聒噪，晦涩的语言，生搬硬套的强词夺理，繁文缛节的叠床架屋，冠冕堂皇的空洞说教，专制骄横的僵硬灌输；没有思想的源泉，没有理论的流脉，没有溪流瀑布的轻灵欢快，没有江河湖海的幽幻深沉。刺目的画面，杂乱的涂抹，率性随心的主观臆造，任情使意的癫狂蚀刻，趋炎附势的乔装打扮，随波逐流的浓妆淡抹；没有精神的意蕴，没有心灵的境界，没有梅兰松菊的清逸恬淡，没有崇山峻岭的劲拔坎坷。长期的浸润，已迟钝了一些敏感的听力，清风的呼哨，润雨的淅沥，鸟雀的呢喃，草木的拔节，有点似是而非的疑惑，是自然的天音地籁，还是自我精神的倾诉？持久的观览，已漫漶了一些敏锐的视觉，原野的苍茫，苍穹的深邃，日月星辰的辉映，万物纷纭的蓊郁，有点如梦似幻的懵懂，是人生如梦的场景，还是自我心灵的渴望？孤独中，山重水复的人生画卷，情真意切地回望，有了喜欢的无限风光；寂寞里，悲欢离合的生命旋律，刻骨铭心的感悟，有了喜欢的余音绕梁。

五十五

有点不为权贵摧眉折腰的劲节，有点不为时俗趋炎附势的孤傲；坎坷崎岖的砥砺，精萃了壁立千仞的光明磊落；蜿蜒曲折的历练，陶冶了海纳百川的深邃辽阔。虽然没有了金戈挥舞铁马驰骋的疆场，但不乏名刀利剑的厮杀；虽然没有了烽火连天狼烟四起的边关，但依然充斥巧取豪夺的搏击；公平正义需要怒发冲冠昂扬激越的呈现，光明正大需要指点江山人间正道的彰显。虽然刚刚掩去血雨腥风的旧幕，依然有急风暴雨的新剧；虽然刚刚铸就复兴大业的基石，依然有艰难困苦的砥砺；虽然刚刚取得点物质的丰盈精神的蓊郁，依然有贫富的悬殊时俗的斑驳；虽然刚刚激荡起风清气正的洪流，依然有污秽肮脏的泥淖；强国富民需要克艰攻难的拼搏，中华崛起需要坚忍不拔的登攀。时俗风尚的烟云中，要秉持个人纯真质朴的品性，追名逐利的大潮中，要拥有自我高尚雅致的情趣。不要沉溺于眼前的利益当下的享受，让眼界高远心胸开阔；不要苟且于人情世故的盘根错节，让人格劲拔意志坚韧；不要沉沦于思想的随波逐流，让认识深刻观念敏锐；不要麻醉于精神的萎靡晦暗，让心灵清明超逸。

五十六

不为五斗米折腰，品性中的那份孤傲；不为名利场谄媚，情趣中的那份超逸。有点隐逸的基因，超然于世的变异；有点幽幻的遗传，悖逆时俗的狷介。缺失了金戈铁马的疆场，依然驰骋于山清水秀的天地；没有了运筹帷幄的舞台，依然翱翔于竹篱茅舍的家园。悠然的南山，扯不断浮想联翩的思绪；东篱的菊花，掩不住暗香如故的清逸；竹篱茅舍的残灯断烛，青史黄卷的萧瑟，落英缤纷的粗茶浊酒，桃源梦幻的绮丽。心远地自偏，一句千古绝唱的意蕴，至今萦绕在心里，五柳先生安逸？

冲天的豪情，一路仗剑行侠的山河惊悚；绝世的奇才，一路斗转星移的天地诧异。本是深邃苍穹中的游仙，星光闪烁，却做苍茫原野里的诗人，回肠荡气。千杯不醉的酣畅，激荡了银河的意兴盎然；任情使意的飞流直下，漫卷了五湖四海的涛飞浪涌；百舸争流，轻舟劲发。万篇不绝的挥洒，撩拨了尘世的情趣勃发；率性随心的轻扬直上，挑动了三山五岳的幽幻灵动；清风抚慰，白云飘逸。花落长安，酒入愁肠，潇洒中的无奈，散漫里的尴尬；装点盛世的璀璨缤纷，粉饰宫闱的闲情逸致；才情洋溢忤逆了萎靡的时俗，胸襟浪漫疏离了奢侈的眷顾。安能摧眉折腰事权贵，还一个真实的自己。桃花潭前，青衣江畔，孤独中的情真意切，寂寞里的天上人间；梅兰松菊有情的簇拥，清风明月无意的相邀；平静的辞别喧哗的时代，悄然的归隐奥秘的未来。相看两不厌，太白诗仙安好？

五十七

劲风怒吼，肆虐地驱赶着稀疏的云絮，向远方飘去，散逸于天的尽头；寒冽浸淫，凝固着刚被拂拭干净的碧空，湛蓝湛蓝的，晶莹欲滴。残枝萎叶，随风飘零，彼此缠绕的滚来荡去，萧瑟里的一点嬉戏；瞬间的脱离了寒风的裹挟，又悄然的止息；刹那的随风而起，窸窸窣窣地追逐，又散乱地飘离。荒芜的原野，一望无际的寂寥。远山裸露着嶙峋的苍凉，在光线的变幻中，呈现着峰峦叠嶂的交错起伏，映衬着深谷幽涧的褶皱斑驳；没有云朵的萦绕，雾霭的漫漶，只是嶙峋地矗立，冷漠地逶迤。湖泊萎缩了的身躯，还没有完全的凝固，却泛动着波光粼粼的寒意，散发着即将入睡前的疲惫。太阳尽情地抚慰，但已不那么温润柔和，只是光的弥漫，影的映射，始终的提示，过程的度量。屋里静悄悄的，放大了孤独，充盈了寂寞，膨胀了空虚，一杯残茶的倦怠，几卷诗书的慵懒，心灵无语。应该下点雪了吧？可它渺无踪迹。

五十八

阅不尽的春花秋月，揽不尽的娇娃宫娥；上不完的楼台亭阁，游不完的九曲回廊。乘不尽的宝马香车，食不尽的珍馐佳肴；听不完的琴瑟箫笛，赏不完的奇花异草，品不尽的诗词画卷，看不尽的青山绿水，享不完的荣华富贵，走不完的锦绣前程。好一个太平天子，风流君主；好一个辞章大家，丹青妙手。殊不知，金戈铁马搅碎了花好月圆，血雨腥风熏染了芬芳温馨；山河破碎，家国不再，红粉凋零，知己绝世；一江春水的愁绪，残垣断壁的凄楚，半轮淡月的忧伤，寄居塌下的屈辱。殊不知，刀枪剑戟划破了红帷香幛，运权弄势摧毁了雕栏画栋，残灯断烛，故乡映照，粗茶剩酒，芳容萦绕；落花流水的无奈，才华横溢的尴尬，柔情百结的飘零，家园不归的愁索。人有情，天无意，终是个泪长流，心已碎。天上人间，李煜安在？

五十九

人生在世，既有千差万别的经历，也有参差不齐的见识；既有术业专攻的精雕细琢，也有思想繁杂的枝繁叶茂。与此相互对应，各种名目繁多的社会称谓也就五花八门的涌现，各种佶屈聱牙的社会名号也就五颜六色的纷呈。所谓的专家，就是一个极具伸缩的名称；内涵神秘莫测，外延云诡波谲，含金量轻重不一，名誉度大小不同。有的名实相副，具有博大精深的专业理论，手到擒来的专业功底，虚实相容的专业造诣；有的名不副实，浮皮毛躁的东拉西扯，支离破碎的东拼西凑，虚假充斥的浮尘泡沫；有的一辈子拼搏，殚精竭虑，倾心尽力，安于沉寂，持之以恒；有的一瓶子不满，半瓶子咣当，响声不断，冠冕堂皇，趾高气扬；有的刚正不阿，意志劲拔，境界高远，坚持真理，抒发卓识；有的狐假虎威，趋炎附势，随波逐流，谄俗媚势，弄虚作假；有的公平正义，光明磊落，心系国家，情怀民生，实事求是；有的巧取豪夺，阴谋诡计，功于私心，贪婪己利，编造荒谬。大千世界，万象纷纭，称谓太多，名号太杂；切不可望文生义，简单的对号入座，更不要慕虚名而处实祸，让繁杂的称谓名号模糊了真知灼见。

六十

历史似水。无论九曲回肠的蜿蜒盘桓，还是一泻千里的通达顺畅；无论江河湖海的流淌汇聚，还是雨露霜雪的散漫萦绕；无论顺势而为的涛飞浪卷，还是逆势而行的干涸蒸发；无论清亮澄澈的晶莹碧透，还是泥沙俱下的污泥浊水；都是原因与结果的循环旋绕，偶然与必然的相互映照；都是现象与本质的交相辉映，客观与主观的相得益彰。价值的诠释固然可取，事实的记载更为深刻；意义的评价不能或缺，即成的历史更为厚重。人们可以追本溯源地梳理出真假善恶美丑的脉络，逻辑辩证地诠释是非对错好坏的关系，条分缕析地阐释出事件的因果联系，高度概括出事物的客观规律，但毕竟已是事实的追溯，历史的评述，甚至还带有很大的主观臆测的成分，个人喜好的因素。历史被蚀刻了当时特有的烙印，回忆和评价历史也会带有现实的痕迹；既不能僵化于一些结果的结论，也不能泛滥于一些过程的堆积；既不能偏执于一些抽象的精雕细琢，也不能沉溺于一些具象的天花乱坠。历史似水，源远流长，变化万千，执着地书写着自己的行程，涂抹着自己的特色，雕凿着自己的特征，也璀璨地呈现着自己的兴衰更迭，春夏秋冬。

六十一

万物离不开太阳，每天沉浸其中，却不曾有所感喟；伟大的辉煌以平常的方式持之以恒的呈现，也会被人们有意或无意的淡漠；有多少人会每天注目一会太阳呢？有多少人会每天有一些新的思考呢？伟大因为其深刻而让人们俯首膜拜，也因为平凡而让人们熟视无睹；崇高因为其高远而让人们仰望尊奉，也因为平常而让人们置若罔闻。人们在璀璨缤纷的朝霞中心潮澎湃，在灿烂瑰丽的余晖里欢欣喜悦，至于滑过宇空的行程无暇光顾。时来岁往中有点时间的度量空间的权衡，严寒酷暑中有点温暖的祈盼或焦躁的排斥；心情愉悦时倾心尽力朝圣般的狂热，精神颓废时晦涩阴暗弃物般的冷漠。人们热衷于伟大的崇光泛彩，而不愿领略其平凡的真谛；人们倾慕于崇高的光彩夺目，而不愿接受其平常的意蕴；人们在繁复琐屑中失去了纯真的品性，而不愿在简单中精萃；人们在急功近利中湮没了恬淡的情韵，而不愿在平淡里净化。其实，每天看看太阳，不管是晴空万里的朗照，还是彤云密布的隐逸，不管是苍穹深邃的幽幻，还是原野苍茫的蓊郁，执着地前行，平静地照耀。

六十二

大千世界，万象纷纭；都有其存在的理由，发展的因果；都有其偶然的表象，必然的规律。无须条分缕析的编织，盘根错节的缠绕；无须任情使意的规定，率性随心的强制。既要有清水出芙蓉，天然去雕饰的恬淡平常，也要有鬼斧神工，巧夺天工的精益求精；既要有行云流水，水到渠成的自然，也要有殚精竭虑，倾心尽力的人为；最根本的还是二者能否交相辉映相得益彰。顺其自然，不是一味的散漫，而是一种坦然的容纳，欣然的承接，悠然的意会，诚然的尊重，物我相忘的通达；有所作为，不是一味的偏执，而是一种了解现象，熟谙脉理，明晰本质，清楚因果，天人合一的和谐。不要把顺其自然当成无所作为的借口，随波逐流，同流合污；不要把有所作为当成追名逐利的招牌，锱铢必较，巧取豪夺。顺其自然要有涵纳万物的胸怀，有所作为要有明心见性的境界。

六十三

清风拂煦，苍穹碧透，白雪纷纭，原野净洁，一番自然的造化，呈现着博大精深的意蕴；残灯断烛，青史黄卷，殚精竭虑，惕厉自警，几多心灵的陶冶，彰显着明心见性的真谛。没有人类的自然，万象纷纭中总缺失点灵光普照的温蕴；没有自然的人类，纷繁喧闹里总萦绕些烟火弥漫的焦躁。自然是人类的母体，孕育了人性的真善美，也遗传了兽性的假恶丑；人类是自然的孩子，凝聚了天道地理的精华，也沉淀了诡异乖戾的糟粕。自然以春风夏雨秋霜冬雪浸润着人类，人类以春耕夏耘秋收冬藏回报着自然；自然有时把人类揽入山重水复的怀抱，领略柳暗花明的景致，人类有时把自然拥入阴晴圆缺的心灵，感悟悲欢离合的奥秘；自然有时教育不了自己塑造的人类，间接以暴戾的警示，人类有时维系不了自己依靠的自然，直接以疯狂的掠夺。自然演化出人类是一个已经实现了的奇迹，人类能否拥有一个前景美好的自然，却是一个永恒的主题。

六十四

寄托了美好的向往，描绘了理想的目标，注入了充盈的内容，运用了丰富的方法，燃烧了激越的豪情，倾注了幽奥的智慧；在孤独中品味，在寂寞里聆听。攀登了峰峦叠嶂，领略了崎岖坎坷，跋涉了江河湖海，经历了蜿蜒曲折，观览了阴晴圆缺，感知了悲欢离合；在平静中回望，在平淡里感悟。长风万里的建功立业，指点江山的意气风发，金戈铁马的雄浑豪迈，青史留名的伟岸劲拔；在平常中消解，在平凡里散逸。趋炎附势的随波逐流，急功近利的巧取豪夺，贪婪无度的锱铢必较，奢侈无边的痴迷癫狂；在时光中消失，在岁月里瓦解。虚无缥缈中有一点星光的晶莹剔透，烟消云散中有一缕微风的清逸飘柔，追本溯源依然是源远流长的精神家园，根深蒂固的心灵故乡，回望中的祈盼；返璞归真依然是超凡脱俗的净化，明心见性的超越，回归中的自觉。人，始终在旅途上。

六十五

过去总是充满激情的生活，将一切燃烧起来，让一切鼓荡起来；

身体矫健，思想敏锐，行动迅捷，精神昂扬。无论什么样的工作都干的风生水起，名副其实；无论什么样的生活都过得安然滋润，情趣温蕴；无论什么样的环境都能云淡风轻，坦然应对；无论什么样的变化都能得心应手，恬淡自如。如今虽然身体有些疲惫，思想有点迟钝，行动有些僵硬，意志有点消磨，但纯真质朴的品性依然生机盎然，寻幽探奇的情趣依然勃发蓊郁，豁达潇洒的心胸依然深邃辽阔，灵动激越的精神依然朝气蓬勃。如今虽然远离了时俗风尚，解除了名缰利锁，疏远了人情世故，淡漠了荣辱得失，但回忆中崇山峻岭的攀登，江河湖海的跋涉，始终在陶冶；回味中阴晴圆缺的变幻，悲欢离合的感悟，始终在精萃。返璞归真，不断超凡脱俗的净化；明心见性，不断浴火重生的超越。

六十六

青春一去不复返，但描绘在了山重水复的人生画卷里，演绎在了高歌低吟的生命旋律中。远去的时光中依然闪烁着朝气蓬勃的身影：精耕细作的农田里，苍茫原野的游牧中，边关疆场的哨所旁，机器轰鸣的车间里，书声琅琅的课堂中，伏案写作的书桌旁，专心致志的工作中，殚精竭虑的研习里，倾心尽力，只争朝夕。变幻的岁月中依然映射着纯真炽热的心灵：崇山峻岭的攀登中，江河湖海的跋涉里，时俗风尚的熏染中，建功立业的拼搏里，追名逐利的奔波中，人情世故的浸润里，荣辱得失的权衡中，悲欢离合的感悟里，精雕细琢，寻求完美。青春一去不复返，但融汇在了源远流长的历史中，蜿蜒曲折，盘桓萦绕，回味无穷；镶嵌在了根深蒂固的现实里，枝繁叶茂，花团锦簇，感慨不已。时光染白了双鬓，漫漶了双眼，蚀刻了褶皱，佝偻了身躯，但褪不去青春璀璨缤纷的底色；岁月砥砺了品性，陶冶了情趣，锤炼了意志，充盈了心胸，但掩不住青春晶莹碧透的光辉。青春作伴好还乡，不是具象的浪漫，而是心象的潇洒，不是物态的度量，而是精神的超越。

六十七

历史的翔实细节与真切场景，很难辨析得清清楚楚；历史的复杂构成与具体过程，很难梳理得明明白白。人们在创造历史，也在遗忘历史；人们在书写历史，也在篡改历史。有时客观的沉重，扭曲了真实的陈述；有时主观的轻浮，掩饰了虚假的阐释。有时道统的声张，僵化了事物的生动；有时讳忌的强制，抑制了人物的鲜活。有时为了符合当下，颠倒了是非；有时为了流传未来，混淆了功过。有时为了一言九鼎，裁剪了异端邪说；有时为了百家争鸣，泛滥了众说纷纭。历史是一面镜子，但不只是直观的映照，平面的反射，有着望远镜的作用，显微镜的功能，凹凸镜的荒诞；历史是一幢城堡，但不只是事件的堆砌，过程的铆合，有着冠冕的亭台楼阁，幽幻的九曲回廊，阴暗的旮旯角落；历史是一幅山水画，但不只是崇山峻岭的崎岖坎坷，江河湖海的蜿蜒曲折，有着风云变幻的时代舞台，兴衰成败的社会剧目，丰富多彩的生活演绎；历史是一曲交响乐，但不只是黄钟大吕的高歌怒吼，琴瑟和鸣的低吟浅唱，有着谁主沉浮的响彻行云，建功立业的激昂慷慨，街头巷尾的家长里短。有时历史和现实惊人的相似，但绝不是简单的回复，因为历史已是过去的事实，现实是继续的历史；有时历史和现实剧烈的碰撞，但绝不是截然的分割，因为历史的根深蒂固，现实才能枝繁叶茂。历史究竟是怎么一回事？人们只能永远的求索。

六十八

透过历史的云雾缭绕，一些未曾注目的残垣断壁，闪烁着稀奇古怪的光泽，漫漶成一幅似曾相识的画卷；风云变幻的时代场景，云诡波谲的社会剧目，精彩纷呈的生活演绎，不是直观表达，清晰展示，而是回望中的品味，迷蒙里的感喟。透过历史的烟云笼罩，一些未曾知晓的残章碎籍，拨弄着幽幻神秘的音符，交汇成一曲欲说还休的旋律；桃源梦幻的憧憬，落花流水的伤感，暗香如故的自慰，没有身临其境的贴切，心在其中的温蕴，只是水中望月的朦胧，镜中看花的空灵。青史黄卷，有太多的诡异；文章典籍，有太多的乖戾；冠冕堂皇的宏论，有太多任情使意的删裁；街头巷尾的逸闻，有太多率性随心的附会。人们在追溯历史中依然撰写着历史，人们在还原历史中依然创造着历史；不管是客观公正实事求是的呈现，还是主观臆断自以为是的表达，不管是条分缕析的梳理精雕细琢的诠释，还是清浊交融的混淆粗俗鄙陋的演绎。人，就是历史吗？可能是，也可能不是。

六十九

追求是人生的欣悦，也是人生的苦恼；追求是前进的动力，也是倒退的缘由。来自四面八方的机遇，面对风云变幻的挑战，追求的目标太多，身心的压力太大，投入的精力太杂，祈求的结果太高；享受着成功的喜悦，感触着失败的痛苦。追求丰富多彩的物质生活，享有高雅精致的精神品位；既是美好的理想，也是现实的行动；既是当下的实惠，也是将来的功利。人们在孜孜不倦的追求中，由小到大的增加，由少到多的积累，一个简单的愿望编织成盘根错节的复杂；人们在急功近利的盘算中，疯狂地攫取，奢侈地挥霍，一个美好的理想蚀刻成名缰利锁的缠绕。盲目的追求，阻滞了人们前进的步伐，湮没了人们崇高的理想；过度的追求，导致了人们沉溺于眼前的获取，满足于当下的享受。在有意与无意之中，人们变得品性猥琐，情趣鄙陋，心胸促狭，境界肤浅；在清醒懵懂之间，人们变得思想迟钝，行动僵硬，精神萎靡，心灵荒芜。其实，简约是人性的本真，清逸是情趣的底蕴，恬淡是精神的源泉，超越是心灵的真谛；追求应当追本溯源的梳理，删繁就简的精萃，天人合一的相适，明心见性的澄明。大道至简，这是追求的根本。

七十

荣华富贵而无知愚蛮，世之常见；萧索贫贱而有识聪慧，时有所闻，但都是时代之变异，社会之畸形，生活之荒诞，人生之不幸。财富与智慧，有时相得益彰，交相辉映；有时分道扬镳，南辕北辙；有时犬牙交错，盘根错节；有时分崩离析，支离破碎。学富五车，满腹经纶，可能不及趋炎附势，随波逐流；雄才大略，经世致用，可能不如猥琐鄙陋，假公济私；品性纯真，情趣典雅，可能不及污泥浊水，泥沙俱下；胸襟开阔，境界高远，可能不如鼠目寸光，蝇营狗苟。时俗风尚中，三家村的学究，比不上争奇斗艳的攀比；急功近利中，桃花源的诗人，比不上锱铢必较的算计。鸿篇巨制的理论体系，有时挡不住街头巷尾的家长里短；博大精深的思想说教，有时掩不住道听途说的闲言碎语。一句渔樵问答的率性随心，有时胜过条分缕析的警示；一点黎庶应酬的任情使意，有时胜过精雕细琢的哲理。

七十一

有时思想者是孤独的，只有在繁复杂乱的盘根错节中傲然矗立，才能具有一览众山的高瞻远瞩，劲拔中看到自己的身影，超越中领悟世界的真谛；有时思想者是寂寞的，只有在繁闹喧嚣的熙攘聒噪中悄然地隐匿，才能具有明心见性的深思熟虑，寂静中聆听自己的心声，净化中感知万物的奥义。孤独不是消极的躲避，而是攀登于崇山峻岭中，深谷幽涧的探寻，峰峦叠嶂的领略；寂寞不是被动的藏匿，而是跋涉于江河湖海中，激浊扬清的净化，波峰浪谷的陶冶。人们不愿意孤独，混迹于争名夺利的大潮中，随波逐流；沉溺于人情世故的江湖中，油滑伶俐。人们不愿意寂寞，缠绕于时俗风尚的烟云中，趋炎附势；痴迷于实惠功利的雾霾中，浓淡相宜。害怕孤独，是人们不敢真实面对自己，真假善恶美丑交融的品性；害怕寂寞，是人们不敢真切解析自己，是非对错好坏凝聚的情趣；拒绝孤独，是人们不愿直面云诡波谲的时代，公平正义与乖戾邪恶的交锋；拒绝寂寞，是人们不愿反思富裕文明与贫穷愚昧的撞击。缺什么，也不能缺失孤独的精神；缺什么，也不能缺失寂寞的心灵。

七十二

疾风知劲草，烈火炼真金，当国家处于山河破碎之际，民族处于危亡凋敝之时，人民处于水深火热之中，能否奉神威于天地，驾长策于寰宇，挽狂澜于既倒，建功业于即兴，承担起历史的使命，肩负其时代的责任，既是检验这个民族在源远流长的历史中，是否有英雄辈出的基因，博大精深的文化里，是否有豪杰纷涌的遗传；更是考验这个国家在云诡波谲的时代挑战中，是否有指点江山的巨擘，百废待兴的社会里，是否有谁主沉浮的精英。回望中，历史的丰碑镶嵌着多少叱咤风云的英雄豪杰，历史的苍穹闪烁着多少星光灿烂的领袖伟人；感喟中，时代的发展需要源源不断德才兼备的俊杰，社会进步需要辈辈迭出中流砥柱的新人。有时人们过分苛求于白璧微瑕的缺憾，却丢失了磅礴千古的精神；有时人们执泥于细枝末叶的纰漏，却遮蔽了激越万代的意兴；有时人们肯定一切的僵化偏执，却忽略了芸芸众生的生机盎然；有时人们否定一切的虚无缥缈，却涂抹了杰出人物的出类拔萃。没有英雄豪杰的时代是黯淡无光的，没有高僧大德的社会是猥琐枯燥的。

七十三

言从口出，意由心发，行云流水般的自然表达，情真意切的淋漓尽致，观念自由的碰撞，思想灵动的激发；言从口出，意由心发，高歌怒吼的振聋发聩，低吟浅唱的潜移默化，品性真实地呈现，情趣悠然地抒发。没有一点花言巧语的点缀，没有一点口是心非的伪装，没有一点狐假虎威的装腔作势，没有一点趋炎附势的谄媚苟且；表里如一的真诚坦荡，名实相副的光明磊落。这是人们祈盼的理想，还是现实的状况？时俗风尚的熏染中，言不由衷已是为人处世的家常便饭；急功近利的纠缠里，强词夺理已是巧取豪夺的顺理成章；得失褒贬的盘算中，信口雌黄已是疯狂攫取的狐朋狗友；荣辱成败的攀比里，胡说八道已是奢靡享受的天经地义。这是人们面对的现实，还是理想的堕落？有时彼此尖锐的对立，针锋相对剑拔弩张；有时彼此柔和的交融，你来我往推杯换盏；有时激浊扬清，泾渭分明里的白璧微瑕；有时随波逐流，和光同尘中的泥沙俱下。这是一个源远流长的历史课题，每个时代都要解析；这是一个云诡波谲的现实拷问，每个社会都要应答。

七十四

过分讲究面子，可能里子有点问题；过分追求外表，可能内心不够自信；过分看重形式，可能内容有点肤浅；过分关注氛围，可能实质有点虚弱。有时沉溺于时俗风尚的繁华喧闹，淡漠了品性的真实感受；有时追名逐利的趋炎附势，销蚀了情趣的自然表达；有时物质财富的功利攀比，堰塞了胸襟的深邃辽阔；有时精神享有的实惠炫耀，桎梏了心灵的轻扬超逸。人生有限，知识无涯，直面自己的无知，诚恳地拜师求艺，刻苦地学习钻研，勤奋地探索实践，执着地博览精取，不断地充实自己；生命有涯，智慧无限，坦然自己的愚昧，坎坷曲折中的陶冶，千难万险里的精萃，阴晴圆缺中的感悟，悲欢离合里的升华，不断地超越自己。不要因为虚荣而丢失了本真，不要因为虚伪失去了实诚，不要因为虚名自欺欺人，不要因为虚无逃脱责任；认认真真地学习，勤勤恳恳地干事，踏踏实实地生活，老老实实地做人。一张恰如其分的面子，一颗恬淡平静的心灵。

七十五

秉持宁静的心灵，拥有恬淡的精神，不可能自然而然的达到，也不会随心所欲的实现。云诡波谲的时代，繁华喧闹的社会；繁复琐屑的生活，变化莫测的人生；名缰利锁的捆绑，人情世故的缠绕；锱铢必较的得失，浓淡纷呈的荣辱；搞得人身体疲惫，思想恍惚，精神焦灼，心灵浮躁。没有一番超凡脱俗的净化，哪能通晓万象纷纭的意蕴；没有一番明心见性的修持，哪能感悟道法自然的真谛。竹篱茅舍，梅兰松菊，残灯断烛，青史黄卷，固然是精神的道场，但不是与世隔绝的空想；清风明月，暗香浮动，粗茶浊酒，琴棋书画，固然是心灵的殿堂，但绝不是虚无缥缈的幻觉。孤独中，观览了崇山峻岭的巍峨崎岖，看到了自己真实的身影；寂寞里，品味了江河湖海的曲折盘桓，聆听了自己真切的心声。耐不住孤独的煎熬，精萃不出精神的恬淡；经不起寂寞的磨砺，净化不出心灵的宁静；劲拔伟岸的孤独又需要千锤百炼的陶冶，深邃辽阔的寂寞又需要倾心尽力的营造。

七十六

凛冽的寒冷，拂拭了宇空，凝聚了漫天的湛蓝碧透，没有一缕云絮的飘逸；漫漶了原野，僵固了萧瑟的苍茫寂寥，没有一点轻柔的灵动；仿佛一幅静止的画面，犹如一曲凝固的旋律。时光飞逝中总会以特殊的场景昭示自己的存在，岁月更迭里总会以不同的剧目演绎自己的风采。冬天，凝聚了春风夏雨秋霜，收藏了春耕夏耘秋收，净化了芳草萋萋花团锦簇，精萃了果实累累璀璨缤纷；冬天，平息了春的萌动夏的焦灼秋的烦躁，安抚了心的憧憬情的浓烈意的彷徨，休眠了率性随心的淋漓尽致，收拢了任情使意的神飞思扬。一切都在寒冽的萦绕中悄然的凝固，一切又会在雪花的纷飞中轻灵地释放；一切都在回味中安然地进入梦乡，一切又会在感悟里超然地迈向远方。冬天，是一个什么样的时节呢?

七十七

有时念一些文章，虽然冠冕堂皇，气势磅礴，词严义正，铿锵有力，也觉得枯燥干瘪，味同嚼蜡；不如说自己的语言，虽然简单直率，粗词陋句，俚俗混杂，嬉笑怒骂，也感到行云流水，真实自在。有时用一些时髦的腔调，虽然东西交织，中外混杂，花团锦簇，璀璨缤纷，也感到张口结舌，佶屈聱牙；不如用日常的口吻，虽然清浊混用，好坏纠缠，大呼小叫，耳提面命，也觉得水到渠成，顺其自然。人们因为语言的不断丰富，文字的不断演化，牵开了文明的大幕；人们因为文章的不断精萃，文化的不断积累，抒写着文明的剧目，但有时人们也会为语言文字而苦恼，为文章文化而烦躁。过分的修辞造句，僵硬的文体格式，晦涩的语言表达，乖戾的文理阐释，让人摸不着头脑；繁文缛节的逻辑推理，盘根错节的辩证解析，东拉西扯的生搬硬套，叠床架屋的繁复琐屑，让人捋不清思绪。特别是一些博大精深的鸿篇巨制，冠冕堂皇的理论体系，慷慨激昂的说教，声势浩大的灌输；淡漠了历史渊源，脱离了现实生活，迷失了未来方向，疏离了社情民意，违背了客观规律，销蚀了发展动力。当心灵交流的真实被语言文字的表面精雕细琢所隔离，人类的精神家园就会杂草丛生，当精神互动的诚挚被文章文化的表面光辉灿烂所遮蔽，人类的心灵故乡就会荆棘遍地。

七十八

该坚持的一定要坚持，为人处世的底线不能丢弃：宽容不是对错不分的糊涂，豁达不是好坏不辨的愚蠢，谦让不是随波逐流的苟且，大度不是藏污纳垢的泥淖。该放弃的一定要放弃，超凡脱俗的境界不能降低：拒绝不是率性随心的冷漠，远离不是任情使意的逃避，孤独不是世外桃源的幽幻，寂寞不是暗香如故的空灵。纯真善良美好的秉持，虚假恶劣丑陋的抑制，始终是品性修炼的根本，情趣涵蕴的真谛；公平正义光明磊落的弘扬，粗俗鄙陋阴暗猥琐的清除，始终是精神陶冶的明道，心灵净化的至理。壁立千仞，不是自我的极度膨胀，而是意志的劲拔崔嵬；海纳百川，不是自我的肆意泛滥，而是心胸的辽阔深邃。不断洗涤时俗风尚的尘霾，彰显时代精神的博大精深；不断解除名缰利锁的藩篱，映射自我人格的澄明坚毅。坚持中，千锤百炼，品性不断地陶冶，情趣不断地精萃；放弃中，精神不断地净化，心灵不断地超越。